使发展更可持续

可持续经济学框架与应用

Making Development More Sustainable

Sustainomics Framework and Practical Applications

莫汉·芒纳星河／著

邹文博　谢旭轩　余嘉玲　等／译

中国社会科学出版社

图书在版编目(CIP)数据

使发展更可持续/(英)芒纳星河(Munasinghe,M.)著；邹文博等译.—北京：中国社会科学出版社，2008.11

书名原文:Making Dvelopment More Sustainable

ISBN 978-7-5004-7361-9

Ⅰ.使… Ⅱ.①芒…②邹… Ⅲ.可持续发展-研究 Ⅳ.X22

中国版本图书馆 CIP 数据核字(2008)第 169679 号

图字：01-2008-5084 号

出版策划 任 明
特邀编辑 乔继堂
责任校对 林福国
封面制作 李 洁
技术编辑 李 建

出版发行 中国社会科学出版社
社 址 北京鼓楼西大街甲 158 号 邮 编 100720
电 话 010—84029450 (邮购)
网 址 http：//www.csspw.cn
经 销 新华书店
印 刷 北京嘉业印刷厂
版 次 2008 年 11 月第 1 版 印 次 2008 年 11 月第 1 次印刷
开 本 710×980 1/16
印 张 40
字 数 600 千字
定 价 68.00 元

凡购买中国社会科学出版社图书,如有质量问题请与本社发行部联系调换

仅以此书献给我的孙女雷娜和她的后代，我虔诚地希望她们能够继承一个比我们现今世界更可持续的未来！

目 录

Contents

作者简介

莫汉·芒纳星河（Mohan Munasinghe）教授是斯里兰卡人，2007年作为联合国政府间气候变化专门委员会（IPCC）的副主席，与IPCC的其他成员以及美国前副总统戈尔先生共同分享了2007年诺贝尔和平奖。

过去35年中，他一直是国际上非常活跃的著名学者和决策参与者，上个世纪90年代以来，他作为国际公认的环境与发展问题以及可持续发展问题的权威人士，提出了很多关于可持续发展、环境与发展方面的重要建议，其研究成果和观点被国际社会采纳，并推动了这个领域的相关研究。因其重要的学术贡献，他获得十余个国际上重要的奖励和荣誉称号，并被多个重要的国际学术机构接纳为院士或会员，包括：第三世界科学院、瑞典皇家科学院、斯里兰卡国家科学院、世界水科学院、世界艺术与科学研究院等。

他分别从剑桥大学、麻省理工学院、麦吉尔大学、肯考迪亚大学获得工程学、物理学、发展经济学的学位（学士、硕士和博士）。同时，他也获得一些大学的荣誉博士学位。目前他是斯里兰卡芒纳星河发展研究院（Munasinghe Institute for Development，MIND）的主任、英国曼彻斯特大学可持续消费研究所主任、兼任联合国政府间气候变化专门委员会（IPCC）的副主席、斯里兰卡政府荣誉顾问。他担任多个决策要职，包括斯里兰卡总统的资深能源顾问、世界银行可持续发展、环境政策、资源管理（包括水、能源与交通）的资深官员和顾问、美国政府环境质量委员会发展中国家顾问等。过去三十多年，他还在世界各国的重要大学讲学并从事国际开发项目研究。他是90余本学术著作和数百篇学术论文的作者，并担任十余个国际重要学术刊物的编委。

有关作者的详细学术贡献，请参见：http://www.mindlanka.org

序 言

本书通过改进可持续经济学框架，从综合的、严谨的和可操作的分析视角，评估了可持续发展现状与前景。尽管我们面临严峻的挑战和问题，本书依然抱有乐观的态度，并坚信通过尽快采取有效的响应措施和对策，人类可以使得发展更可持续。可持续经济学为我们展示了如何才能使得当今世界从一个颇具风险的现行发展模式转向一个安全且具有可持续性的未来。

莫汉·芒纳星河（Mohan Munasinghe）用清晰、凝练和易懂的专业术语阐释了可持续经济学的核心原理和准则，并将数学推导以及相关细节用附件方式体现出来。本书将实证和案例研究与方法论结合起来，使其具有实践操作和政策含义，并跨越时间、空间、国家、部门、生态系统以及各种社会经济背景等等的局限。本书所附的丰富的参考文献和书目则有助于那些希望深入研究特定专题的人。

本书适用于不同层面的读者，包括学生、不同学科的学者、教师、政策分析专家、政府决策者、企业管理者、开发与发展的践行者以及那些对可持续发展问题关注的民众和利益相关者。

“莫汉·芒纳星河教授通过可持续发展经济学这本书向我们展示了一个令人惊奇的政策导向研究。他有效地整合了多种科学理论、方法和决策支持工具，以便推进‘使发展更可持续’的目标的实现。立足现实、秉承多学科交叉和整合的精神，基于经济学、生态学和社会科学的知识，作者精心选择并深入剖析了实证和案例研究。这些覆盖了从全球到跨界到局地的不同层面的实例，有力地证明了他的方法的可应用性”。

——汉斯·奥普查教授，
荷兰社会科学院院长，
阿姆斯特丹自由大学环境经济学教授

前　言

可持续发展是21世纪人类社会面临的最重要的挑战。它影响着这个星球上的每一个人，因此，我们都是利益相关者。传统的发展模式注重于基于物质基础的经济增长，以克服贫困、饥饿、疾病和不平等问题。然而，尽管上个世纪OECD国家以及中等收入国家取得了令人瞩目的成就，但在众多的贫困国家以及工业化国家的贫困社区，上述问题却日趋严峻。与此同时，新的挑战接踵而至，比如环境退化、暴力冲突、气候变化以及失控的全球化等，使得原本就已经存在的问题雪上加霜，难于应对。

在全球层面，联合国政府间气候变化专门委员会（IPCC）的数千个科学家通过研究进一步证实了因人类活动导致的温室气体排放量的增加，将可能导致气候变暖的灾难性后果。与此相应，由联合国前秘书长安南先生倡导、由世界上最重要的生态学家完成的千年生态系统评估报告，向我们展示了地球上所有生命赖以生存的生态系统服务功能在持续下降的历史变迁过程。这些研究无一不在呼吁尽快采取行动以扭转这种危险局面。诚然，对于世界上那些依然处在极端贫困状态下每天的消费不足1美元的人而言，需要借助于经济的持续增长以使他们能够摆脱贫困。如何在经济、社会和环境方面保持均衡和平衡的发展，是可持续发展的要义所在。

如果没有有效的规制，我们释放出来的各种力量以及开发的各种强有力的技术，有可能会导致无法预见也无法应付的结果。我们需要为此采取审慎且智慧的行动，一如《小王子》一书中所言："狐狸对小王子说，人类忘记了这个事实，但是，你却必不能忘。你要一如既往地保留责任感"。

正因为如此，芒纳星河教授责无旁贷担当重任写作一本综合的、简明且清晰的著作，向世人展示通过利用可持续经济学，人类应该且可以采取哪些适时且有效的措施使得目前的发展更可持续。他用关键且通达的分析方法揭去了可持续发展的神秘面纱。因其简洁易懂且又严谨的概念框架、通过大量实证案例研究阐释理论和方法的应用等方面的努力，使得本书成为一本独一无二的著作。

芒纳星河教授早在1992年的"里约地球高峰会议"上就提出了可持续经济学的基本原理，历经15年的审慎分析和严谨的验证，本书发展了原有的理论和方法学。可持续经济学的关键点就是这里提出的"使发展更可持续"（making development more sustainable，MDMS）的方法论，强调芒纳星河教授所提出并被广泛接受的可持续发展三角（经济、社会、环境）的平衡与均衡；超越传统界限的整合和综合（包括学科、空间、时间、利益相关者立场、现实需求等的局限)；贯穿于数据收集、政策实施和反馈整个过程中所涉及的创新方法和工具的实际应用等。本书还试图利用跨地理和时间尺度、不同国家、部门、生态系统和环境等实证案例阐释其方法论的实际应用。

作为一个备受尊敬的学者和多个重要奖项的获得者，芒纳星河在本书汇集并利用了各类不同的分析工具，同时也展示了他的严谨和学识。作为一个在发展领域有着35年经验的资深决策者和管理者，他的建议也具有极强的可操作性。最后，作为一个富有经验、著作等身的大学教授，他在书中用明确且可信的语言阐释了他的观点。

最后，我想说，这本由全球可持续发展方面的权威写就的著作，对于学生、研究人员、发展领域的实践者、政策分析家、政府决策者、企业管理者以及对此问题关注的公民而言，都是一个无价的知识宝库。

詹姆斯·古斯塔夫·思博斯　教授

耶鲁大学森林与环境学院主任

联合国开发署前任署长

2007年1月

作者序

本书是芒纳星河发展研究院有关增长与可持续发展系列出版物的第六本著作。本书针对可持续发展与贫困的各种复杂性问题进行了广泛而深入的探讨。读者会发现本书的一些背景资料有助于理解我的主要观点。物理学和工程学是我最喜爱的学科，并支持我的博士学位研究工作。然后，对发展问题的更多关注和极大的兴趣引领我去进行发展经济学的博士学位研究工作。我愿意穷其一生关注贫困和发展问题，无怨无悔。

我对发展问题的研究工作最早始于70年代，关于“增长的极限”以及第一次石油危机的各种争论，促使我关注发展规划和自然资源管理（特别是能源和水）。尽管在那个时候，可持续发展尚不为人所知，但是我那些关于边际成本定价、综合资源规划以及宏观经济模型方面的初期工作，已经不仅仅是基于经济学原理，而是同时兼顾其他的社会和环境考量，特别是贫困、公平和外部性问题等。自从80年代中期，我的主要精力转向环境和自然资源及其与宏观经济政策和贫困的关系的研究上。自1987年布伦特兰委员会的报告发布，我更加关注可持续发展问题并试图更好地理解这个新概念。

可持续经济学核心框架的开发始于90年代，并历经15年多的应用和完善。因此，本书的大部分都是基于90年代以来的工作积累。同时，可持续经济学也充分利用了我在此之前的其他相关研究成果。本书中关于发展问题的观点、理念以及案例研究等则是基于过去35年的学术研究成果。参与不同国家的项目设计和实施等的亲身经历，使得我对开发活动有更实际的了解和体会。此外，持续性的研究和教学工作不断深化我的分析方法。当然，20多年的正规教育奠定了我的知识基础并在实践中（包括对斯里兰卡的发展问题的研究）不断积累经验、改善认知。总之，我对发展问题的认识来自于多种不同的经历和所扮演的多种社会角色：学生或者教师、研究者或者实践者、政策分析家或决策者。

因由两个重大国际事件，即1992年的里约热内卢联合国地球高峰会议以及2002年联合国可持续发展峰会，促生了我的两个相关文章的诞生（Munasinghe 1992a，2002a）。第一篇论文基于我在世界银行所领导的系列研究项目的结果，构建了可持续经济学的框架。期间，世界银行建立了环境和社会可持续发展部门，并以可持续发展三角作为其官方标识。此后不久，我与其他同事共同完成了提交给世界银行理事会的有关环境与经济政策的重要政策报告，该报告提出了一系列纠正和消除“结构调整项目”所带来的负面社会和环境影响的政策建议。该研究成果随后在1994年马德里召开的庆祝国际货币基金组织成立50周年期间，被提交给各国财政部长会议。2002年我在联合国可持续发展峰会上报告的文章，则根据过去的实践经验和应用，进一步改进了最初的可持续经济学框架。

显然，可持续经济学非一人所能独创。引用牛顿著名的格言更能说明我的感受："如果说我能看得更远一些，那是因为我站在巨人的肩膀上。"因此，可持续经济学是一个切实的跨学科（或者交叉学科）工作，既包括了我的思想也包括了其他人建立和开发的概念、方法和工具，很高兴我能够有机会在文中向他们致以谢意。这种交叉学科和学科整合的方法非常必要，因为可持续发展是一个概念宽泛且覆盖范围广泛的问题，难以用传统的单一学科的观点窥其全貌。尽管在第一章阐述了我写作本书的动机和动因，但我还想指出我创造出"可持续经济学"这个新词的原因其实非常简单：现有的学科或实践都不是专门针对可持续发展的政策相关问题。

可持续经济学的最基本的原理是："使发展更可持续"，是对关于可持续发展终极目标的一直都没完没了的争论的回应。这个原理不仅激发并且证实必须尽快对一些迫在眉睫的问题，比如贫困和饥饿等，采取相应的行动。第二个核心原理是："平衡可持续发展三角"，则是回应自里约峰会以来关于如何将可持续发展的三个支柱（经济、社会、环境）整合到发展政策中的讨论。它强调这个三角的各个边（代表三个柱子的互动关系）与每个角所表征的意义同样重要。第三个原理是："超越传统边界以实现更好的整合"（学科、空间、时间等），已经探讨了多年，并证明其适用于可持续经济学。最后，可持续经济学的方法和模型集成则包括主要的政策研究工具，比如行为影响矩阵（Aciton-Impact Matrix，AIM）、"问题—执行对应图"（issues-implementation transformation map，IITM）、"政策路径"等。其他的一些工具和分析方法则借鉴其他学科或者研究，比如可持续发展评估（包括费用效益分析、环境和社会评估等）、环境价值评估、绿色核算、各种宏观和部门模型等。实证案例的设计则不仅要验证这些方法的应用，同时也要具有可操作性和政策相关性。本书所列的大量参考文献则会让那些想进行深入研究的人受益。

另外，这里还需要简要介绍芒纳星河发展研究院。该研究院创立于2000年。在海外特别是联合国系统工作多年的经历，为我提供了特殊的机会和特定的视角，我意识到，返回斯里兰卡工作和生活，不仅可以会让我对发展问题有更好的认识，也可以让我更有作为。这是一个无怨无悔的决定，因为基于科伦坡的观点与所谓的“华盛顿共识”多有差异。作为根植于斯里兰卡的很小的非营利研究中心，芒纳星河研究院以可持续三角作为官方标识，以“使发展更可持续”作为座右铭。我们坚信：建立在相互尊重且相互合作基础上的平衡的南北合作关系对于拯救我们的星球至关重要。为促进这个进程，芒纳星河研究院致力于推进南部的能力建设、促进可持续发展方面的南南合作以及南北合作。

回顾我的学术生涯和学术之旅，我从很多人那里获得教益，他们以其各自不同的方式增进了我对可持续发展问题的理解。本书前面几章所介绍的核心框架主要来自于我的一些学术文章和研究，而一些案例研究则受益于我和他人共同合作和写作的文章。

过去数年我和众多博学的同事合作，我难以一一列出。这里谨向我的学术著作和文章的共同作者们致以特别的谢意，他们当中既有年轻的学生、研究人员、也有知名学者和诺贝尔奖获得者。与他们一起工作，不仅丰富了我的学术生活，同时也加深了我对发展问题的认识。尽管他们的重要贡献已经在各章中清晰列出，我依然想在这里向他们致谢：Kenneth Arrow，Caroline Clarke，Matthew Clarke，William Cline，Wilfrido Cruz，Carlos de Miguel，Chitrupa Fernando，Claudio Ferraz，Sardar Islam，Susan Hanna，Paul Kleindorfer，Randall Kramer，Karl-Goran Maler，Jeffrey McNeely，Peter Meier，Robert Mendelsohn，Sebastian Miller，Risako Morimoto，Raul O'Ryan，Annika Persson，Walter Reid，Niggol Seo，Ronaldo Seroa da Motta，Narendra Sharma，Walter Shearer，Joseph Stiglitz，Osvaldo Sunkel，Rob Swart，Jeremy Warford，Carlos Young.

我同样要感谢发表我的学术文章的国际性刊物：*Ambio*，*Conservation Ecology*，*Ecological Economics*，*Ecological Economics Encyclopedia*，*Encyclopedia of Earth*，*Environment and Development Economics*，*International Journal of Ambient Energy*，*International Journal of Environment and Pollution*，*International Journal of Global Energy Issues*，*International Journal of Global Environmental Issues*，*Land Use Policy*，*Natural Resources Forum*，*Natural Resources Journal*，*Proceedings of the IEEE*，*The Energy Journal*，*World Bank Economic Review*，*World Development*。

我还要感谢下面的这些机构，他们发表了我的著作，这些著作中的一些观点被用到本书：Asian Development Bank（ADB），Asian Pacific Economic Cooperation（APEC），Beijer International Institute of Ecological Economics，Cambridge University Press，Butterworths-Heinemann Press，Edward Elgar Publishing，Intergovernmental Panel on Climate Change（IPCC），International Decade for Natural Disaster Reduction（IDNDR），International Society of Ecological Economics（ISEE），Johns Hopkins University Press，Organization for Economic Cooperation and Development（OECD），Sri Lanka Association for the Advancement of Science（SLAAS），United Nations Development Programme（UNDP），United Nations Environment Programme（UNEP），United Nations University（UNU），Westview Press，World Bank（WB），World Conservation Union（IUCN）。

一代一代的学生帮助我不断深化我的研究并促进了我的思考。我愿意向下述单位的学生和教师表示谢意，近年来我到这些单位讲学，他们给了我很多的意见和建议：American University，USA；Asian Institute of Technology，Thailand；Boston University，USA；Cambridge University，UK；China Meteorological Administration，China；Colombo University，Sri Lanka；Concordia University，Canada；Federal University of Rio de Janeiro，Brazil；Gotenberg University，Sweden；Groningen University，Netherlands；Harvard University，USA；Indian Institute of Management（Calcutta），India；Indira Gandhi Institute of Development Research，India；Institute of Economic Growth，India；Institute of Social and Economic Research，India；Japan Development Bank，Japan；Massachusetts Institute of Technology，USA；Moratuwa University，Sri Lanka；Oxford University，UK；Peking University，China；University of Pennsylvania，USA；Peradeniya University，Sri Lanka；Ritsumeikan Asia Pacific University，Japan；Sorbonne University，France；State University of New York，USA；Tellus Institute，USA；TERI University，India；Tsinghua University，China；United Nations University，Japan；Wuppertal Institute，Germany；and Yale University，USA.

我要特别感谢给我提供了翔实、富有建设性意见的信息和材料的同事：Johannes Opschoor，Rob Swart，and Harald Winkler.

同时要感谢为本书提供了建设性意见的人士：Michael Chadwick，Nazli

Choucri，Cutler Cleveland，Shelton Davis，Surendra Devkota，Sytze Dijkstra，Chitru Fernando，Prasanthi Gunawardene，Anders Hansen，Jochen Jesinghaus，Steven Lovink，Risako Morimoto，Eric Neumayer，John O'Connor，Paul Raskin，Terry Rolfe，Fereidoon Sioshansi，Nimal Siripala，Jeremy Warford，Robin White.

芒纳星河研究院的团队在我写作本书过程中，提供了极其重要的协助，我要特别感谢他们：Nishanthi De Silva，Yvani Deraniyagala，Irusha Dharmaratna，Priyangi Jayasinghe，and Sudarshana Perera. 同时感谢 Vijitha Yapa 出版社的 Rohan Wijesekera and Albadur Cader，他们为本书的最终出版提供了支持。

最后，我要特别感谢我的妻子 Sria，感谢她的建议和坚定的支持，并承受了本书写作过程中带给她的各种压力。我也感谢我的孩子们：Anusha 和 Ranjiva，以及我的母亲 Flower Munasinghe 对我的大力支持。

我感谢所有支持我的工作的人，他们能够让我的想法以这个方式表现出来。当然，本书存在的任何错误都完全是我的责任。

此外，我想说明，可持续经济学目前还只是一个初步的框架，还很不完善，就像一个还在依然在过程中的拼图，还有很多空白需要补充。不管怎样，它提供了一个雏形和起点，使得通过努力可以变为一幅美丽的图画。我真诚地希望其他的已经在研究或者准备进行可持续经济学研究的学者能够在此基础上前行，纠正本书的错误并完善这个框架。本书传递的主要信息是乐观的：虽然我们面临严峻的挑战，也面对严重的问题，但只要我们立即开始行动，还是可以找到有效的解决方式的，使得我们的社会能够将现在这种会导致危险情景发生的发展方式向更加安全和可持续的模式转变。

莫汉·芒纳星河（Mohan Munasinghe）
2007年1月

第1章 概览与摘要

本书结构与章节介绍

基本原理和本书写作动因

可持续经济学的简单回顾与总结

千年发展目标前景以及世界范围内的现状

本书认为，可持续发展是21世纪的首要挑战（在缓解贫困作为主要目标的前提下）。为应对这一挑战，本书总结了过去15年间不断发展起来的“可持续经济学”框架。在这里，可持续发展被广义地定义为“在一段持续的时期内，建立在维持经济、社会和环境系统自我恢复能力基础上的一个过程，这个过程能够增进人类个人或团体实现他们的愿望和最大发展可能的机会。”

本书传递的主要信息是乐观的，虽然问题相当严重，但假如我们立即开始行动，还是可以找到有效的解决方式。可持续经济学试图向我们展示的是：转变现在这种会导致危险情景发生的发展方式，向更加安全和可持续的模式转变是最首要的步骤。

可持续经济学是“一个跨学科的、整体的、综合的、平衡的、启发式的，以及有实践性的，旨在使发展更加可持续的框架”。与其他传统学科不同的是，它更关注如何让发展更加可持续化。所以，这个框架的主要原理就是要设法使目前和未来的发展更加可持续，并以此作为可持续发展这一最终目标的第一步。此外，还有一些其他的关键性准则：(a) 对可持续发展三角（社会、经济和环境）三个维度的平衡考虑；(b) 通过超越由制度、时间、空间、利益相关者视角和实际需要等构成的传统界限，实现更好的整合；(c) 对贯穿于数据收集、政策实施和反馈的整个过程中所涉及的创新方法和工具的实际应用。

本书还试图对不同地理和时间尺度、不同国家、部门、生态系统和环境等一些现实的与政策相关的实证案例研究的方法论进行清晰的阐释。不是每个案例的应用都给予可持续发展三角的所有元素（例如社会、环境和经济）以相等的权重。尽管许多案例都涵盖了这三个方面，但有的主要解决其中的两个方面（比如经济和环境）或者一个方面（比如经济的费用—效益分析，社会的多方利益相关协商过程等），对其他的方面则不是那么侧重。总之，本书尽可能更多地向读者展示那些简单且实用并使发展更加可持续的方法和工具。

我努力想使本书既精确又有很高的可读性。然而，由于它广泛的覆盖面和篇幅，有些部分可能会显得复杂而另一些过于简单，这要取决于读者的学术训练和学科背景。我总记得 Nobel-Laureate Wassily Leontief (1982) 著名的批评：“专业经济学杂志一整页充斥着数学公式，把读者从或多或少有些道理但是却全然主观设定的系列假设，引领到精确说明但却毫无相关的理论结论。”所以我尽力维持理论和应用之间的某种平衡。总的来说，章节之间的逻辑是严密的，但很少用技术术语，相关数学推导和其他细节在附录中给出。案例研究则尽可能简化并清楚地说明问题，并同时兼顾其背后原理的实用性和政策相关性。这些案例是按照空间规模上递减的顺序排列的——从全球到本地应用。对于那些想要深入研究某些专门题目的人来说，大量的参考文献应该会有用。我希望本书能够吸引更大范围的读者，包括学生、研究人员、教师、政策分析师、开发的实践者，私人和公共部门的决策者、关注相关问题的市民以及所有利益相关者。

总的说来，可持续经济学是被作为一个创新的跨学科框架提出来的，它建立在一系列关键的原则、理论和方法的整体体系之上。因为没有一个传统的学科可以单独涵盖可持续发展问题涉及的广大范围及其复杂性，本书还借鉴了许多其他的方法和技术。本书也直陈可持续经济学的可取与不足之处，期望能够使得未来其他潜在的“可持续经济学家”很快地对这个初步的框架和应用进行强化和完善，改进其漏洞和前后不一致的地方，对其进行进一步充实。

1.1 本书结构与章节介绍

本书的 A 部分包含了介绍和基础性的四个章节。第 1 章是对整本书的一个宽泛的概述。本节将概述本书的各个章节，以便为读者提供一个阅读指南。接下来，我们会介绍本书的原理和写作动机，包括：可持续发展的核心挑战（尤其是贫困），可持续发展方面主要的国际协定、历史教训、未来情景以及对切合实际的前进道路的展望。对可持续经济学的历史和基本要素进行了简要介绍之后，也评述了一些主要观点。本章最后分析了可持续经济学发展现状。

第 2 章针对可持续经济学的基本原则、概念和方法进行更加细致的介绍。这一章会详细描述一个建立在“使发展更可持续”（Making Development More Sustainable，MDMS）基础上的实用方法，以期替代有关单纯追求可持续发展的抽象定义和界定。本章还将介绍包含了社会、经济和环境三个方面的“可持续发展三角”，并对各个视角下所蕴涵的可持续性的驱动力与定义进行解释。这三个视角的整合由分别建立在最优化和持久性概念上的两个互相补充的方法来促成。本章还讨论了贫困—平等—人口之间的关联，以及经济效率与社会平等的联系。同时列出了为实现可持续经济学框架所要用到的众多实用分析工具，包括：行为影响矩阵（Aciton-Impact Matrix，AIM），可持续发展评估（Sustainable Development Assessment，SDA），费用—效益分析（cost-benefit analysis，CBA），多标准分析（Multi-criteria analysis，MCA）[1]，等等。衡量和评价可持续发展，选择相关的、考虑特定时间地点的指标是相当重要的。对于使发展与自然相和谐，和对增长方式进行结构性调整的必要性，将进行说明；特别是在发展中国

1　有些专业文献也译为多准则分析。——译者注

家，减缓贫困要求持续的收入与消费的增加。

第3章探讨经济—环境的相互关系（以及相关的社会联系）。经济上的费用—效益分析（CBA）是可持续发展评价（SDA）和项目周期中的关键组成部分。这一章给出了费用—效益分析的基本概念，包括决策标准、效率和社会影子价格以及成本和收益的衡量。对环境资产和服务进行经济评估的实用技术在把外部性纳入到传统费用—效益分析的过程中扮演了关键的角色。当这种评估难以进行时，则可以利用多标准分析（MCA）以便在不同的目标之间进行权衡。本章还概括了包括宏观的和部门的经济政策与环境（以及社会）问题之间的双向联系，也阐释了如何将环境考量纳入传统的国民经济核算体系中。

第4章对社会和生态的相互联系进行了更进一步的讨论，这一相互关系在决定自然资源的使用上起了关键的作用。该章总结了千年生态评估（MA）概念框架以及生态与社会经济领域的循环互动，包括维持人类福利的主要生态系统服务等。包括产生—成长—衰败—死亡—重生等在内的生态循环有助于我们理解生态系统的动态规律。产权制度决定了社会经济力量如何与环境资源相互作用，特别是对于那些对生态资源非常依赖的传统社会和当地居民，以及处于恶劣生存环境中的无土地贫困人口。作为经济评价（费用—效益分析）的重要补充，本章最后阐述了环境和社会评价工具，经济、环境和社会评价三者都是可持续发展评价（SDA）的关键组成部分。

接下来，我们转向可持续经济学在不同尺度上的应用，包括全球和国际、国内和宏观经济，国内部门以及工程和地方性的应用。本书的（i）部分包含两个关于全球和国际层面、并提供了案例研究的章节（第5、6章）。

在第5章，可持续经济学框架被用来研究两个不同层面全球问题之间的循环联系—气候变化和可持续发展，并分析了“适应”和“减排”策略所分别扮演的角色，并提供了一些实例。首先，在最优性和持久性的标准下对备选的气候变化减排应对策略进行了评估。接下来，考察了在附件1国家和非附件1国家之间进行联合履约（Joint Implementation，JI）以及排放交易所产生的公平和效率影响。最后一个通过分析斯里兰卡的温室气体减排案例，阐述了在国家层面上气候变化如何与可持续发展产生互动。

第6章考察了在政府间气候变化专门委员会（IPCC）内特有的跨学科国际科学交流对话，看看研究人员是如何分析气候变化和可持续发展之间的联系的。行为影响矩阵（AIM）被用来探讨两个国际活动之间的双向联系——千年发展目标（MDG）和千年生态评估（MA）。最后，利用联合国环境规划署（UNEP）的大坝与发展项目（Dam and Development Programme，DDP）来考察跨国的、多方利益相关者的、多层面的协商过程是如何实际运行的。

本书的（ii）部分包含了三章（第7、8、9章），涵盖了可持续经济学在国家和宏观层面上的案例，这些案例涉及不同的国家、政策和模型。

第7章对经济增长的长期可持续性，包括经济环境联系方面的已有文献进行了综述。有一些文献给出了关于增长导向型宏观经济政策带来的环境和社会影响的事实依据。无法预知的经济非完备性可能会与经济增长相互作用带来环境和社会方面的损害。环境—宏观分析证实次优补救措施可以帮助限制这些损害。环境考量可以被引入传统的静态IS-LM宏观模型中。该章还会对绿色会计以及真实储蓄等概念的作用进行讨论。行为影响矩阵（AIM）方法在环境宏观分析中具有关键作用。"政策路径"模型说明了消除经济不完备性将如何使可持续的经济增长成为可能，并使对环境和社会的影响得到一定的限制。最后，通过巴西的案例研究，对以上的一些观点进行了进一步的阐述。部门和宏观经济模型组合被用来分析巴西政府过去几十年所推行的增长导向型策略所带来的影响，这些影响涉及各种可持续发展问题，比如贫困、就业、城市污染和亚马孙地区的森林破坏等。最后也讨论了未来研究的构想。

第8章探讨在国家宏观经济层面深化可持续发展的两种不同理论方法。对研究增长模型中的最优化和可持续性关系的文献进行了综述。首先，基于可持续经济学的数学模型可以用来判断在什么样的条件下，专注于最优经济增长的发展路径也可以被调整得更加可持续。使用典型数据对模型进行了求解。其次，用另一个理论模型来分析在什么样的情况下，适宜对宏观经济政策进行次优调整，这种调整旨在弥补已存在的会产生环境损害的经济扭曲。三个发展中国家的例子（博茨瓦纳、加纳、摩洛哥）说明了宏观经济政策会如何与当地的不利因素结合起来危害环境，并讨论了适宜的补救措施。

第9章着重讨论可计算的一般均衡（CGE）模型。首先我们运用ECO-GEM模型来对智利的经济、环境和社会政策的联系进行评估。模型系统且整体地分析了对整个经济系统产生影响的各类政策及其对智利经济的影响。模型把不同的环境和社会政策结合在一起，以增强政策间的正面交叉效应或者抵消其中某一单一政策可能带来的副作用。它抓住了不同部门和经济行为人之间复杂的相互关系，识别了获益者和受损者，由于一些间接影响非常重要，所以，其结果并不是那么的直截了当或者显而易见。在第二个例子中，静态CGE模型运用于研究哥斯达黎加的宏观经济政策对森林破坏的影响。该研究的结果支持了更为传统的局部均衡分析方法的类似结果，亦即产权的确立有利于减少毁林活动，因为产权使得森林所有者可以获得因现在减少伐木毁林所能带来的未来收益。关于贴现率变化影响的结果同样与局部均衡模型的结果相似，即更高的贴现率促发森林破坏，反之亦然。CGE模型还识别了部门间联系的间接影响，说明了在增长的情境下推行部门改革的重要性。哥斯达黎加的动态CGE模型，对森林保护的价值、资本积累和利润率都进行了内生化处理，也得到了与静态CGE模型类似的结果。

本书的（iii）部分包括了五章（第10-14章），阐述了可持续经济学在一些国家的国内和中观层面的应用案例，包括能源、交通、水、生态和农业系统以及资源定价政策。

在第10章，我们从概述能源和可持续发展的联系开始，并在全世界范围内对能源部门的现状和问题进行评估。接着，运用可持续经济学方法为能源相关决策制定开发出了一个全面而整合的被称为“可持续能源发展”（Sustainable Energy Development，SED）的概念框架。这个框架通过综合考虑多角色、多标准和多层次的决策制定以及政策限制，识别出了现实的可持续能源策略选择。这一方法被用于说明如何把社会和环境外部性加入到斯里兰卡传统的最小成本电力系统规划中，其中既用到了费用—效益分析（CBA），也用到了多标准分析（MCA）。由于着重于评估系统层面规划的环境和社会影响，识别了斯里兰卡的可持续能源政策。此研究具有一定的独特性（包括了水力、石油、煤炭和可更新能源为基础的电力生产之间的技术选择），因为很多研究只是把这种分析用于工程和项目层面。另一个案例则把可持续能源发展（SED）应用于南非能源部门，用多标准分析来评估与电力供应和居民能源使用相关的政策选择，特别是所涉及的社会、经济和环境的权衡。最后考察了英国电力的长期扩展路径选择，想要说明的是能源分权经营有可能比集权经营更加符合可持续发展。

第11章首先综述了可持续交通一般性的优先考量因素，然后探讨了如何设计斯里兰卡交通政策使其更加利于可持续发展，包括燃油定价政策、替代燃料选择以及一系列交通工程等。讨论了两种经典的外部性，首先，用成果转移法估算了当地空气污染所带来的健康损害，并对采用无铅汽油的健康效益进行了评估。其次，研究了科伦坡的城市交通拥堵带来的影响，包括对所浪费时间的成本进行了估算。分析了一些为缓解拥堵进行的专门基础设施建设工程和其他尝试，最后总结了斯里兰卡的可持续交通政策。

第12章探讨如何使水资源管理更加可持续。第一节描述了自然界的水循环以及人类干预如何对其产生影响。接着考察了水资源与发展的联系，概述了全球水资源现状、水资源短缺及所造成的日益上升的使用成本、贫困问题以及可持续生计问题等。提出了一个综合的可持续水资源管理和政策（Sustainable water resource management and policy，SWAMP）框架，它类似于第10章中的可持续能源发展（SED）方法。可持续水资源管理和政策方法被实际地运用于一个典型的水资源工程，即菲律宾马尼拉的一个供给城市用水的地下水工程。案例研究分析了这些包括含水层枯竭、沿海带的海水入侵、地面下沉等环境负外部性带来的影响并识别了补救的政策措施。最后，在另一个孟加拉国的案例中，介绍了适用于村落的一种简单、低成本、社会接受度高、环境友好的净化饮用水、减少水介传染病的方法，这个方法为这些村落的贫困村民们带来了巨大的经济、社会和环境收益。

第 13 章给出了关于自然和人工的生态系统——分别是森林和农业系统的案例研究。首先，分析了具有高度生物多样性的雨林自然生态系统的管理，以识别出能够使森林管理更加可持续的一般性政策。接着，利用马达加斯加的案例说明专门的国家公园管理政策对热带森林的环境和社会经济影响，并从中总结了相关的政策含义。本章利用不同的价值评估方法，对森林和湿地损害、木材和非木材森林产品、森林对当地居民和生物多样性的影响以及生态旅游的收益等方面进行了经济评估。在第二个案例研究中，我们则考察气候变化对斯里兰卡的人工生态系统（农业）的可能影响。李嘉图模型被用来评估在过去由于温度和降水的自然差异所带来的影响。然后，加入了一些未来气候变化情景来估计未来农业产出。由于温度升高所带来的有害影响总的来说超过了降雨增加所带来的有利影响。最后提出了针对斯里兰卡的可持续农业政策建议。

第 14 章考察一国经济范围内的自然资源定价问题，包括对可更新和不可更新资源的经济学问题。解释了可持续定价政策（Sustainable pricing policy，SPP），并在可持续能源发展框架（第 10 章）的基础上将其运用到了能源领域。首先，可以利用经济原理确定出能达到经济上最优的能源生产和消费的有效能源价格。其次，环境影响可以通过对相关影响进行经济评估后纳入定价政策中（第 3 章）。最后，有效价格可以通过以下调整更加有利于可持续发展，比如针对经济扭曲进行次优调整，或考虑进社会因素比如制定能使贫困人口的基本需求得到满足的可承受（或补贴）价格，以及其他的政策目标比如区域或政治的考虑因素，等等。本章最后一节讨论可持续定价政策框架如何用于其他自然资源比如水的定价上，同时考察了一些特殊的水资源相关问题。

本书（iv）部分则由两章（第 15、16 章）组成，主要是关于可持续经济学在工程和地方层面上的案例应用。涵盖的范围包括水电、太阳能、水供给、可持续的灾害管理以及城市化等。

第 15 章首先应用多标准分析以及经济、社会和环境的指标，对斯里兰卡的小水电工程进行了可持续发展评价。第二个案例研究以太阳能光伏发电带动农业水泵为例，分析了一个典型发展中国家的新能源和可更新能源工程与国家能源政策。它强调利用不同政策工具（包括相互关联的影子价格和市场价格）来影响人们的行为，从而确保更加可持续的发展。接着，分析了斯里兰卡的农村电气化工程，着重于新能源和可更新能源技术，并提出了农村能源发展的优先顺序。

第 16 章解释了自然灾害如何因为脆弱性的增加而转变为大灾难，这种脆弱性的增加往往都是之前由于一些非可持续的人类活动造成的损害引起的。本章提出了一个实用框架以便将可持续减灾与灾害管理（Sustainable hazard reduction and management，SHARM）纳入国家发展规划中，包括了救济、恢复、减灾（规划、预案和防范）等各个阶段，并分析了灾害与可持续发展的双向联系。这些观点通过一个案例得到了说明，这个案例对 2004 年发生在印度、印度尼西亚、马尔代夫、斯里兰卡和泰国等亚洲国家的海啸的影响进行了评估。把海啸对斯里兰卡的影响与卡特里娜飓风对新奥尔良的影响进行对比，凸显出社会资本在应对灾难方面应扮演何种角色这一重要问题。接下来的一节阐述了亚洲城市长期扩张和增长，特别是迅速扩张的超大城市，所面临的可持续性问题。最后一节则探讨了城市面对自然灾害和环境退化的脆弱性问题。

1.2 基本原理和本书写作动因

本节总结了写作本书的几个重要动因。

1.2.1 应对当今社会可持续发展的挑战

本书写作的最首要的动因在于应对 21 世纪可持续发展挑战的紧迫性，主要包括以下方面。

1.2.1.1 贫困、不平等与人类的福利（参见专栏 1-1）

- 减缓贫困，全球有 13 亿人口收入每天在 1 美元以下，30 亿人口收入每天在 2 美元之下。
- 提供充足的食物，尤其是为现今 8 亿面临营养不良的人口提供足够的食物。在土地和水资源不发生退化的情况下要达到这个目标，意味着未来 35 年内粮食生产必须翻一番。
- 为 13 亿无法获取清洁生活用水的人口提供清洁水；为 20 亿没有卫生设施的人提供卫生设施。
- 供应满足基本需求所需要的能源，向 20 亿还用不到电的人口供电。
- 为人们提供健康的环境。目前有 14 亿人暴露在危险的室外污染下，甚至有更多的人（特别是妇女和儿童）暴露在危险的室内污染环境和病媒传染疾病的威胁下。
- 为那些受自然灾害以及内战影响的人群提供避难所。

上述数据凸显出全球范围的极不平等，特别是极端贫困和剥削引致的不平等问题。比如，世界上最富有的 1/5 人口目前消费的资源是世界上最穷的 1/5 人口所消费的 60 倍。同样，在很多国家内部也都存在非常不公平的收入分配（世界银行，2000）。在巴西和南非，最贫困的和最富裕的 10%人口所占有国家收入的相对比值分别是 53%和 42%。相应的，印度和美国的数值则达到 10%和 14%。

1.2.1.2 全球化

全球化是可持续发展的一个主要挑战。它虽然也能带来很多益处，但是在这里主要关注并识别其潜在的风险，以便引起对背后存在问题的重视。全球化这一现象主要由两种基本的力量所驱动：一是技术变革，二是因技术变革所促进的市场的加速整合以及原材料、商品、服务、劳动力、资本、信息和思想更加自由的流动。比如，在 1950－1998 年期间，世界商品出口总额增长了 17 倍（从 311,0 亿到 5.4 万亿美元），全球经济扩大了 6 倍；国际游客人次增加了 25 倍（从 2,500 万到 6.35 亿）；1970－1998 年间，跨国公司的数量增长了 8 倍（从 7,000 到 54,000）；而 1960－1998 年间直接接入全球电话网络的非移动电话线数量增长了 8 倍（从 8,900 万到 8.38 亿）（French，2000）。

全球化也意味着单个国家政府影响力的逐渐减弱。虽然这个过程也可能提供经济发展的机遇，然而最近的研究认为这样的机会不管是在国际范围还是在一国之内都不是均等的（Ehrenfeld，2003）。而且，全球化会带来很少或很难用货币价值表征的巨大社会和环境成本，这些成本常常会由贫困人口和处于社会不利地位的人承担，但其收益则主要由富人收揽。

全球化的环境成本（由空气、土地和水体污染以及自然资源的耗竭引起）主要和与日俱增的跨界自由贸易以及工业活动相关。污染可能向环保法规和环境权益未能有效执行和履行甚至根本不存在的国家（主要是发展中国家）转移。同时，像气候变化这样的全球环境问题所带来的负担又将会不成比例地更多地落到对这个问题责任更小的贫困国家。此外，这些国家由于资金和技术的匮乏将更难以应对这样的影响（IMF，2002）。随着全球化浪潮，以及不适当的开发活动、森林的减少、过度捕捞和土地退化等原因，生物多样性受到破坏（MA-BS，2005）。生物多样性的丧失反过来对可持续发展产生影响，它使得生态系统的健康发展和自我恢复能力受到破坏（Munasinghe 1992a）。例如，正是全球化促进了单一农业种植，特别是商业上较成功的经济作物，从而减少了保留商业上较不成功的作物可以带来的生物多样性。

全球化的社会成本在凸现之前往往是隐藏的和间接的（Ahmad，2005）。这些纷繁复杂的社会问题主要包括日益拉大的贫富差距、社会动荡、失业、家庭和社区的瓦解以及社会经济系统的不稳定等（Stiglitz，2002）。贫富差距的加大是在对全球化的批评中经常涉及的一个问题。允许资本和具有技术进步成分的产品成品在国界之间流动，增强了跨国公司的实力，给予了他们巨大的经济利润。然而这些利润可能无法在跨国公司和工人之间进行公平的分配（特别是在发展中国家）。当跨国公司外部化生产成本因增加利润而对一国国内的社会和环境恢复力造成破坏的时候，不平等问题会进一步加剧。

全球化带来的主要挑战之一，还在于现有的治理制度不足以管理这个新的更加一体化的世界。全球化允许不管是正面的还是负面的经济、环境和社会活动从一国转移到另一国。比如，在拉丁美洲可以很轻易地感受到美国经济的下滑或好转带来的影响，或者日本的经济“足迹”会对东南亚的森林砍伐产生很大影响。不过好在信息共享和国际交流方面的进步可能有利于更加可持续地发展。比如，设立在MIT的可持续发展全球系统（Global System for Sustainable Development）试图整理可持续发展方面的信息，并用之建立一个互联网上的开放式动态全球知识网络（Choucri，2003；网址：http://gssd.mit.edu/）。另一个例子则是Linux的开放资源理念，它提供免费的操作系统软件（网址：http://www.linux.org/）。

当然从积极的方面来说，国际关贸总协定（General Agreement on Tariffs and Trade，GATT）和世界贸易组织（Word Trade Organization，WTO）的成立促使世界贸易显著增长，相应地生活水平也产生了飞跃。消除贸易壁垒带来的全球性经济增长获益每年超过7,500亿美元（Common Wealth of Australia，1999）。由全球化带来的竞争效应使得所有竞争者的境况都有所提升；全球范围内的生产理性化、技术扩散以及刺激持续创新的竞争压力，都可能引起产量的提高；规模效应则可能带来成本和价格的降低。这样的结果有可能改善全世界人民的福利。通过大量的贸易互动而繁荣兴旺起来的国家，将不再那么容易通过诉诸武力冲突来解决它们之间的争端和分歧。贸易和投资及其促发的经济增长，都是平和国际局势的积极力量。对于欠发达国家，全球化使得国外资本、全球出口品市场以及先进技术变得更加易得，同时打破了低效率的、受保护的国内生产者的垄断。而更快的增长，将促进贫困减缓、民主化以及推行更加严格的劳工标准和环境标准（Lukas，2000）。

简而言之，全球化不是一个僵化的过程，它是由人来控制的。对国际机构特别是世界银行、国际货币基金组织以及世界贸易组织的制度框架进行改革非常必要，这些改革包括更好的表决结构和更好的代表性等方面（Stiglitz，2006）。改革还需要增强透明性、限制利益冲突、改善问责制、执行国际法治、增强发展中国家有效参与决策的能力。可持续经济学方法认为在理性分析、政府良治和良好道德的基础上，把全球化的力量引导向好的方向是有可能的。

1.2.1.3 公私平衡

在1985-1994年间，全球有4,680亿美元的国家企业被卖给了私人投资者。然而，除了少数引人注目且极具争议的个例外，政府并没有急于卖出它们所持有的大量自然资源，包括林地、公园和水道（Cole，1999）。有一些经济学家认为，自然资源由私人拥有会得到比由政府拥有更加经济有效且环境友好的管理。然而，由于资源的非使用价值不能转化为货币价值，这有可能使得拥有者不会考虑资源保护可能带来的长期收益，没有动力进行资源保护，导致对资源的非可持续的过度开发。

国有资产私有化可能是一个难得的机遇，不仅有助于解决存在的财务问题，同时也包括那些由于投资匮乏和对新技术的不了解所造成的环境问题。但是，除非建立起清晰的立法框架来处理这些新体制下出现的问题，否则追求利润最大化的私人部门可能不会愿意投入最小化环境影响所要求的资本，也不会愿意使用环境友好技术。管制不足也有可能使基本需求产品比如能源和水的私人供给者将产品定价过高并超出贫困人口的承受能力(第14章)，从而产生社会问题。

跨国公司往往会引入现代的环境友好的技术，在它们的工厂中安装先进的污染控制装备。虽然它们能够遵守发展中国家（更低）的环境标准，但可能不是最新的技术。环境标准低主要是两个原因造成的：一是为了在国际投资市场上吸引更多外国资本，二是由于引入和确立新标准的滞后性。

还有一个问题是，政府部门在国有企业（State Owned Enterprises，SOEs）的私有化过程中很有可能主要是想通过交易来提高收入而不是解决环境问题。私有化过程如果缺乏透明性将更加剧这个问题的严重性。

1.2.1.4 环境破坏

在新世纪开始之际，全球环境发展趋势又面临一个危险的十字路口（Worldwatch，2001；Ayensu 等，2000；UNEP，2006；WRI、UNDP、UNEP 以及 World Bank 2000；IPCC，2001d；IUCN，2004；MA-BS，2005）。与生态恶化加速的信号相伴的是在环境问题上的政治推动力丧失。这些挫败使人们开始怀疑：世界是否能够在经济遭受不可逆转的破坏之前就扭转这样的趋势。

新的科学研究证据表明，许多全球生态系统已经达到了临界阈值。北极冰层变薄了42%，而世界27%的珊瑚礁在过去一个世纪中消失了。这些都表明这个星球的一些关键生态系统在逐步退化。环境退化也导致了更加严重的自然灾难，并在过去的10年中给世界带来了6,080亿美元的损失，这相当于之前40年的总和。生态恶化的另一个标志则是，由于受到从森林破坏到臭氧层耗损等一系列问题带来的压力，全球数十种青蛙和其他两栖动物面临灭绝的危险。当下许多生命支持系统都面临着长期损害的风险，现在需要做的是在两个方向间进行选择，要么是尽快建立面向可持续发展的经济模式，要么是放任消费的继续扩张、温室气体排放的继续增长以及自然系统的消失，最终破坏到未来的发展。

尽管许多国家的贫困问题在过去十年中有所缓解，但仍有12亿人无法得到洁净饮用水，无数的人呼吸着不健康的空气。在绝望之中为了提高生活水平，发展中国家的贫困人口被迫毁坏森林和珊瑚礁。环境退化使人们面对自然灾害表现出更强的脆弱性，特别是贫困人口。1998-1999年，仅在印度和拉丁美洲这样的地区就有1.2万人由于无力抵抗自然灾难而死亡，上百万人流离失所。土地的匮乏使得人们居住于洪水易发的山谷和不稳定的山坡，而森林破坏和气候变化更加剧了他们在诸如米奇飓风那样的灾难面前的脆弱性，这场1998年的飓风给中美洲带来了85亿美元的经济损失，相当于洪都拉斯和尼加拉瓜两国的GDP总和。根据最新的气候模型，除非化石燃料的使用显著下降，否则，到2100年地球的温度可能会比1990年高出6摄氏度之多。这样的一个增长可能会导致更多的极端事件、严重缺水、粮食生产下降以及疟疾、登革热等致命疾病的扩散，这些都将会对人群特别是贫困人口带来不利影响。

1.2.1.5 冲突以及资源的竞争

武力冲突使得上亿人的生命和生活受到折磨。它是对人的一种全面侵犯，也是朝着千年发展目标（MDGs）前进的一个障碍。贫困以及与千年发展目标的远离反过来也可能加剧冲突。

对于富裕国家的人而言，全球安全是与恐怖主义以及组织犯罪所带来的威胁相连的。同时，在许多发展中国家，贫困和武力冲突之间的相互作用夺走了无数人的生命。不结束这个恶性循环以确保人类安全，将会带来全球性的后果。在如今这样一个相互依存的世界中，由武力冲突带来的威胁不会止于国境线。贫困国家的发展是达成全球和平与共同安全的一个关键要素。当下使用的方法可能太过强调军事策略而没有在解决贫困和考虑人类安全方面给与足够的关注。

冲突的性质发生了变化，出现了对集体安全新的威胁。20世纪的前半叶被定义为一个充满各国之间的战争的时期，下半叶的主题则变成了两个超级大国之间严峻对立的冷战恐惧。而现在，这些恐惧都已经让位于局部或区域冲突所带来的恐惧。这些冲突主要发生在国家机构力量薄弱或完全无力的贫困国家中，武器的选择则以轻武器为主。当今战争的大多数受害者都是平民。与1990年比起来，当今世界冲突的数量有所减少，但是这些冲突发生在贫困国家的比例却在增加。这些冲突往往是由于争夺有价资源（比如水、石油、黄金、钻石等）而引起的，又因国外利益的介入而加剧。在一个越来越相互关联的世界中，局地冲突很可能快速地扩散。更加有效的国际合作可以帮助消除因冲突所带来的实现千年发展目标的障碍，创造有利于可持续发展与真正人类安全的条件。

因武力冲突所带来的人类发展代价还没有被充分认识。在刚果，由于冲突而直接或间接导致死亡的数量超过了巴西死于一战和二战人数的总和。在苏丹的达尔富尔地区，接近200万人由于冲突而流离失所。武力冲突破坏了人类营养、公共健康、教育系统以及人类生计，阻碍了经济增长。在UNDP人类发展指数（Human Development Index，HDI）所衡量的32个低人类发展类型的国家中，有22个国家自1990年以来曾经或正在发生武力冲突。历经过武力冲突的国家其发展更容易低于千年发展目标对2015年的预测（见1.4节）。在没有能够成功降低儿童死亡率的52个国家中，有30个自1990年历经过武力冲突。这些代价意味着有必要进行冲突预防、冲突解决以及冲突后重建，这三者是建立人类安全、加速向千年发展目标迈进以及深化可持续发展的三个基本要求。

正如前面所提到的，全球化和私有化有可能加剧对资源的竞争从而导致冲突。需要加强国际和国内机制以预防和管理冲突。伴随着经济发展和对产品和服务需求的增加，对自然资源进行开发和利用的程度也增加了。对石油、煤、水、土地、森林资源、旅游休闲区以及其他自然资源更高的需求和更激烈的竞争，导致对这些资源长时间内的争夺和耗竭——特别是在没有合适的可持续利用政策的情况下。

未来对于稀缺资源的竞争会由于现在对自然资源非可持续性的使用而加剧。这个问题与上面讨论的环境问题是密切关联的。因此，有必要投资于研究与开发以便识别更加有效的资源利用方式以满足人类需求，并找到有效的保护措施。不仅如此，还需要付出更多的努力，加强国际和国家的制度机制与管理能力建设，以应对自然资源竞争和脆弱的生态系统危害。推进多元的、多方利益相关者的以及多层面的协商对于解决分歧和避免冲突来说非常重要（见1.2.4节和第6章）。

1.2.1.6 管理不善

管理不善引起了巨大的资源浪费，影响和妨碍了贫困、饥饿和环境退化等可持续发展问题的解决（第4.2节）。腐败、低效率、贪婪、侵吞自然资源和其他管理不善等现象大量存在。克服它们对于统治者和被统治者来说都是一个极大的挑战。良治应该是参与性的、以达成共识为导向的、负责的、透明的、及时应对的、有效的，同时也是有效率的和平等的与包容的，并且按照法律规定办事（ADB，2006）。良治的主要结果包括：腐败被限制在最小程度、少数派的意见可以被接纳、社会的弱势群体能够参与到决策过程中，而政策则对于当下和未来的社会需求能够作出及时反应。

凡是管理不善存在的地方，腐败就有更大的空间。总结全球范围内的腐败现象，可以发现最普遍的诱因还是经济上的。在存在过度政府管制和对经济的过度干预，或过度汇率和贸易约制以及税法过度复杂的地方，腐败现象都相当严重。在宽松的财政支出控制，以及由政府提供比市场价格更低的产品、服务和资源的时候（比如外汇、信贷、公共事业和住房、教育和卫生设施的提供以及公共土地的使用等），腐败更是容易滋生。当官员的决策通过一些政策方式有可能对私人或私营公司来说意味着相当昂贵代价的时候，比如通过税收激励、规划条款、伐木权与采矿权、投资许可、私有化以及进出口或国内产业的垄断权力等方式（Tanzi，1998；Abed & Davoodi，2000），腐败都有可能发生。直接加剧腐败的因素包括，公务员的素质与报酬、威慑与惩罚的有效性、国家领导的榜样作用、公务员招聘与提职制度中的任人为才、法律执行的质量与有效性以及政府行为的透明程度等（Haque 和 Sahay，1996，Van Rijckeghem 和 Weder，1997）。

管理不善会通过减少投资与减缓经济发展而对经济产生很大的负面影响。它把公共资源转为个人所得，必需的公共支出得不到满足，减少了公共收入，把资源错误地配置到了寻租活动上，扭曲了政府支出和税收收入的组成（Mauro，1995）。实证证据表明腐败减少了政府在提供公共服务方面的支出（Tanzi 和 Davoodi，1997），导致在保健和教育服务等方面，比如具体到药品和课本上的支出减少（Gupta 等，2000a）。严重的腐败同时也往往与与日俱增的军费开支相伴出现（Gupta 等，2000b）。腐败有可能加剧贫困和不平等（第 2. 3. 5 节），因为它加剧了财富的不平等分配以及教育或其他增加人力资本的机会的不均等分配（Gupta 等，1998；Hindriks 等，1999）。

既然腐败的代价如此之大，为什么政府不去除它呢？因为当腐败很普遍的时候，监察和惩罚的可能性就变小了，反而更会激励腐败进一步加剧。处于政府最高层的人而言也可能没有动力去控制腐败，也没有动力去避免参与寻租活动。同时，根除腐败在那些制度建设薄弱和整体经济环境较差的国家要付出更高的代价（Dabla-Norris 和 Freeman，1999）。实证证据表明法律规则（包括有效的反腐败法）、自然资源的可得性、经济竞争程度、贸易开放度和国家的工业政策会影响腐败的幅度和范围（Leite 和 Weidmann，1999）。

1.2.2 履行主要的可持续发展全球协议

达到近些年来被世界领导者广泛认可、与可持续发展相关的诸多全球目标的要求，是建立可持续经济学框架的第二个主要动机（第 1. 3. 1 节）。

1972 年斯德哥尔摩的人类环境大会是一个分水岭，它把国际社会聚集到一起关注发展与环境的问题。它集中讨论科技进步给经济增长带来的好处。15 年之后，世界环境与发展委员会的报告（WCED，1987）又成为一个新的里程碑，它把可持续发展的概念引入了主流讨论中。他们精练地把可持续发展解释为“在不破坏后代人满足他们需求的能力的情况下，满足当代人的需求。”然而，由于没有一个可操作的定义和足够的经验，实践中没能取得什么成功。

接下来的是在1992年里约热内卢联合国地球首脑高峰会议所通过的《21世纪议程》（UN，1992），它原本被视为把可持续发展付诸实践的蓝图。尽管大会引起了全球性的关注和热望，然而实现雄心勃勃的21世纪议程目标的资金却一直没有兑现。联合国建立了可持续发展委员会（CSD）以敦促21世纪议程的进展，但持续发展的许多指标还是下降了，特别是环境指标。里约会议上的其他重要协议取得了更大的进展，比如气候变化框架公约（UNFCCC）、生物多样性公约（CBD）等。此外，里约会议后也有其他的进展，出现了一些新的国际协议，比如《蒙特利尔议定书》（臭氧层保护）、《京都议定书》（气候变化）和《联合国沙漠化公约》。

2000年，联合国千年首脑会议提出了千年发展目标（MDG），并以其作为衡量可持续发展进展程度的实用基准（专栏1-1和第1.4节），它被全世界领导人所接受。2002年约翰内斯堡的可持续发展世界首脑会议（WSSD）还通过了补充性目标。该会议集中讨论后里约发展过程的不足之处，并试图重新发起全世界范围内的可持续发展运动。它最终制定了目标导向的、全面的约翰斯堡执行计划，包括与贫困以及水、能源、健康、农业和生物多样性（WEHAB，water、energy、health、agriculture and biodiversity）相关的目标。2005年，还通过了为达到千年发展目标的联合国千年发展工程。

专栏1-1 千年发展目标（MDG）概览

联合国的千年发展目标提供了一个衡量全球可持续发展进程的基础。2000年，所有国家都同意将以下内容作为2015年目标水平的8项主要发展目标。

目标1：彻底消除极端贫困与饥饿，在1990-2015年期间，使收入每天低于1美元以及忍受饥饿的人口减半。

目标2：普及小学教育，到2015年保证所有儿童都能完成小学教育。

目标3：提倡性别平等，保障女性权利，尽量在2005年之前消除小学教育和中学教育中的性别歧视，最迟在2015年，在所有级别的教育中达到男女平等。

目标4：降低儿童死亡率，从1990年到2015年使5岁以下儿童的死亡率降低2/3。

目标 5：提高母亲健康水平，从 1990 年到 2015 年使得母亲死亡率降低 71%。

目标 6：对抗艾滋病、疟疾和其他疾病，到 2015 年控制艾滋病毒的传播以及疟疾和其他疾病的发病率。

目标 7：保证环境可持续性，(1) 把可持续发展整合到国家政策和项目中，挽回环境资源的损失；(2) 到 2015 年使得不到安全饮用水和基本卫生设施的人口减半；(3) 到 2020 年使 1 亿贫民窟居民的生活水平得到显著改善。

目标 8：建立有利于发展的全球合作关系，(1) 改善贸易和金融系统；(2) 满足最欠发达地区的特殊需求；(3) 满足内陆和小岛发展中国家的特殊需求；(4) 完全解决发展中国家的债务问题；(5) 对于青年的职业发展提供策略性指导；(6) 给发展中国家提供足够多其财力可承受的主要药物；(7) 与私人部门合作使得新技术可得，特别是在信息和通信方面。

能源的供给，虽然没有明确提出，却对于实现千年发展目标至关重要 (UNDP 2005c)。

总的来说，在过去几十年中，已经有了一些可持续发展方面的国际协议，但是目标却逐渐放低。同时，这些目标总的来说也没能全部实现（第 1.4 节）。许多的国际会议和报告都有助于带来发展思维范式的改变。然而，科学证据、政策决策以及实际应用之间的联系还有待进一步加强（第 1.3 节）。同时，由于新的全球趋势比如全球化和私有化等问题上的科学证据分析还不足，这意味着千年发展目标（MDG）和可持续发展世界首脑会议 (WSSD) 目标的实现还需要能够适应新知识获取的动态过程。所以，还需要加强专家学者、政策制定者和其他利益相关者之间的进一步讨论和共识的达成。

1.2.3 避免未来最坏情景与借鉴过去经验

写作本书的第三个主要动机是来自于避免灾难性的未来后果与借鉴人类发展相关的历史教训的需求。一些古代文明表现出了惊人的持久性，持续了 4000 年甚至更长，包括中国黄河流域的文明、埃及尼罗河流域的文明、印度的幼发拉底河流域的文明。其他地区比如萨赫勒地区和美国的黄尘地带，显示了长期暴露在不可持续人类活动下，贫瘠土地承载力的脆弱与崩溃。

在这些历史经验基础上利用一些现有的分析工具，人们建立了很多对未来世界发展的情景预测（见表 1-1）。在对一系列乐观或是悲观的未来审视中，我们特别关注的是如何避免灾难性的情景发生。令人不安与警醒的结果包括：全球情景组织（Global Scenarios Group）的“野蛮化（barbarization)”情景，IPCC 预测温室气体排放高增长的 A2 情景，以及千年生态系统评估的“实力秩序”（order from strength）情景。这些情景提供了足够的动力，让人们投入持久而有效的努力以解决主要的全球问题，并避免可能发生的走向混乱与无政府状态的社会退化。

表 1-1　　最近的一些全球情景预测的总结

名　称	描　述
全球情景工作组 GlobalScenarioGroup (GSG)	基于 3 类的全球情景——传统世界、野蛮化情景（坏情景）、成功转型（好情景）（Gallopin1997；Raskinetal. 1998&2002）
全球环境展望 3（GEO-3）	与 GSG 相似，特别强调了区域背景情况（UNEP2002）
世界能源委员会 l（WEC）	一直到 2100 全球能源情景预测（1998）
IPCC 排放情景（SRES）	温室气体直到 2100 的排放情景；坐标轴的变化分别是：可持续 VS 不可持续；全球整体化 VS 分割化（IPCC-SRES2000）
千年生态系统评估（MA）	基于未来生态系统状态的 4 个情景（2003）：坐标轴的变化分别是：全球整体化 VS 区域；预先治理 VS 末端治理

依据过去经验而进行的一个特殊推断被作为本书的一个有力依据。19 世纪末的两次灾难性的饥荒和大屠杀导致发展中国家上千万的人死亡（Davis，2001）。它们是不利的全球环境因素（即 1876-1878 年和 1898-1901 年的厄尔尼诺干旱）与社会经济系统应对不足（即被迫纳入世界商品市场的热带农业的脆弱性）协同产生的负面结果。在 18 世纪，在巴西、中国和印度这样的国家，其生活水平与欧洲是差不多的。然而殖民统治使得世界贸易迅速扩张，重新改变了发展中国家的生产（从粮食作物到经济作物）的方向，使其满足遥远的欧洲市场。直到 19 世纪厄尔尼诺干旱发生，英国支配的整个商品与金融市场迫使发展中国家的弱小参与者们在不断恶化的贸易条件下继续出口经济作物。这个过程破坏了当地的粮食安全，使得大量人口贫困化，甚至在极端情况下引起前所未有的大规模灾难——这被认为是第三世界国家欠发达的主要原因。从可持续经济学的观点出发，基于预防原则，这种基于事实的推论是合理的（参见第 5 章）。未来发展中国家粮食生产系统的脆弱性，再结合气候变化影响以及加速的商品和金融市场的全球化，将会使上亿人的生存，特别作那些最为贫困的国家受到严重威胁（Munasinghe，2001）。

1.2.4 未来发展愿景

本书的第四个也是最后一个动机就是要提出一些观点，使其成为迈向最终实现可持续发展目标的可行路径上的第一步。这个转换的过程如图 1-1 所示。

主要问题	贫困、不公平、排斥与冲突、环境危害等	⬅	人类行为干预 按现有方式进行 不受控市场力量可能带来的风险（“华盛顿共识”、全球化等）
直接驱动因素	消费类型、人口、科技、政府	⬅	实际的中间步骤 使得发展更加可持续（MDMS），使用已有的知识和所得到的教训来管理市场力量（可持续发展经济学）
背后驱动因素	基本需求、社会力量结构、价值；选择、知识结构	⬅	长期目标 全球可持续发展的根本性转变，涉及各层级、各利益相关者、公民网络、先进的政策工具、及时反应的政府以及更好的技术（新 SD 范式）

图 1-1 可持续经济学在朝着全球可持续发展目标长期转换过程中的角色资料

资料来源：修改自 IPCC（2001a），Munasinghe（2001a），Raskin 等（2002）

1. 最上面一行表明按照现行趋势发展下去将会面临很大风险。现行趋势是由全球化以及传统的市场导向的政策在背后推动的，这些政策建立在所谓的“华盛顿共识”上。有很多政策改革要求被提出来，要纠正市场失灵，但因当下的驱动力与背后的压力所引起的问题却没有在一个以长期可持续性为目标的框架下得到系统的解决（第 3.7 节）。当下主要的政策都倾向于反应式的、被动的。贫困、不公平、排外、冲突、管理不善和环境损害有可能会在按现有方式进行的情况下严重恶化，导致全球社会的崩溃。

2. 中间的一行描述了可持续经济学方法的实际贡献。它提供了一个中期的、实际的步骤，让我们可以利用那些使当前的发展更加可持续的主动性措施向前发展。社会会通过影响关键的导致变革的直接驱动力以实现逐步朝着最终的可持续发展目标前进。这些引起改革的直接驱动力包括：消费形式、人口、技术和政府管理等，这些驱动因素继而影响全球趋势并调节市场力量。可持续经济学框架中的一些方面也有利于直接解决背后的驱动压力。对提早行动有所强调，以克服地球这个“巨型油轮”的巨大惯性，并且可以借由已有的经验和工具开始把它从危险的现有路径上转移到更加安全的水域。共同进化的社会经济和生态系统需要由理性的人类愿景来指引，而在这样的历史时刻，某个重大的全球转变有可能导致灾难性的结果（第 4.1.3 节）。

3. 最底下的一行表明长期目标将会转变为一个新的全球可持续发展的范式和可持续的生活方式。支持者们试图通过一个网络的、多利益相关方的、多层次的全球公民运动，响应性的管理结构、改善的政策工具、先进的技术和更好的沟通方式（包括互联网）等，进行深层次的改变。这些方式将会作用于那些与基本需求、社会权力结构、价值、选择和知识库相关的背后的压力。世界社会论坛（The World Social Forum；Leite，2005）和全球转变机构（Global Transition Initiative；Raskin，2006）就是两个这样的以建立多元的全球公民网络为目标的尝试。第 6 章会介绍一些多层次、多利益相关方的跨学科的交流对话，在其中专家和业界人士的网络扮演了重要的角色

1.3 可持续经济学的简单回顾与总结

1.3.1 可持续经济学方法的演变

这一节从制度观点概述可持续经济学的演变过程。本书前言部分给出了一个更加个人的观点。可持续经济学框架汇集了两大思想渊源，即发展（焦点在于人类福利）和可持续性（系统科学导向的）两大方面，以下进行详述。

1.3.1.1 发展渊源（焦点在于人类福利）

现今的可持续发展方法借鉴了几十年来的发展经验。在历史上，工业社会的发展集中于把物质生产看作人类福利的基础。于是很自然地，20 世纪大多数工业国家以及发展中国家都在追求增加产出和增长的经济目标。虽然传统的发展方法与经济增长紧密联系，但它同时也有其重要的社会维度。

20 世纪 60 年代早期，发展中国家的贫困人口已经很多并且还在增加，由于他们没有能够在世界发展中实现利益均沾，这促使人们进行了大量的直接改善收入分配效果的研究。发展的范式朝着公平增长的方向转变，在这个范式下，从对福利的贡献角度，社会（分配）目标，特别是缓解贫困，被看作与经济效率相区别但同时却又同等重要的方面。

环境保护现在已经成为可持续发展的第三大目标。到 80 年代初，大量事实证明环境退化已经成为人类发展与福利改进的主要障碍，相关的新型预防性措施被较广泛地使用（比如环境评价）。

近来可持续发展思想的演进中有以下几个关键的里程碑：1972 年联合

国环境斯德哥尔摩峰会、1987年布伦特兰委员会报告书、1992年里约热内卢联合国环境与发展大会（UNCED）、1995年哥本哈根世界社会发展峰会、2000年联合国千年峰会和千年发展目标、2002年约翰内斯堡世界可持续发展峰会（WSSD）、2005年作为千年发展目标后续的联合国千年发展项目以及联合国可持续发展教育十年（1995-2004年）（见1.2.2节）。

1.3.1.2 可持续性溯源（系统科学导向）

与上述进程相应，科学界对可持续性的研究给予了更多的关注。20世纪80年代出现了许多关注自然问题的国际科学研究机构，包括1980年成立的世界气候研究项目（WCRP）、1986年成立的国际地圈与生物圈项目（IGBP）以及1990年成立的进行关于生物多样性和生态学研究项目（DIVERSITAS）。此外，联合国政府间气候变化组织（IPCC）也在1988年由世界气象组织（WMO）和联合国环境规划署（UNEP）建立，在这个机构中，来自全球的专家定期对气候变化方面的信息进行评估。然而，全球性的可持续性问题比如气候变化，依然被看作涉及生物物理系统的问题而被放在自然科学的研究框架之下进行考虑，很大程度上脱离了它们的社会情境（Cohen等，1998）。尽管相关社会层面的问题在科学讨论中越来越受到重视，但它仍然被认为是一种附加的而非基础性的元素。

在20世纪90年代，人类活动是影响全球变化的主要因素这一事实开始被人们认识到，具体体现在像IPCC这样的已有科学机构的工作中（IPCC，1996a、2001a），也体现在像1996年的全球变化人类行为计划这样的新机构的创立。1995年，国际地圈与生物圈项目的全球分析、解释、建模（GAIM）工作小组成立，以整合不同的国际地圈与生物圈项目中核心项目所得到的知识。自那之后，一系列的国际会议和组织都呼吁使用一种整合自然科学与社会科学的方法，使科学活动能更好地与可持续发展问题，特别是人类的维度相联系。2001年由联合国秘书长科菲·安南发起的千年生态评估（MA）就是这一趋势所产生的重要成果之一，它把生态系统同人类社会与发展联系了起来。

1.3.1.3 可持续经济学的出现

关于可持续经济学最初的想法是Munasinghe在自1990年之后的一些会议发言中提出的，最后集结在了1992年里约地球首脑会议上的一篇正式文章中。该文章罗列出了可持续经济学框架的主要要素（Munasinghe，1992a）。其后这些观点被进一步阐释以进行实际应用（Munasinghe，1994a）。其目的是通过整体性和实践性的方法，把发展界的关注（像贫困、平等、饥饿、就业等紧迫的发展问题）与科学界的兴趣（他们强调可持续科学、环境等）结合起，以促进使得发展更加可持续的努力。造出“可持续经济学”这个新词汇，主要是为了利用一个更加中性的词汇强调可持续发展，并避免单一学科的片面或强势。可持续经济学同时也寻求平衡南北不同发展问题的优先性：发展中国家主要关注促进发展、消费和增长，减少贫困、不平等问题等以人为导向的优先选择，而发达国家则更多是对自然资源耗竭、污染和非可持续的增长与人口增长等问题的以环境为导向的关注。

可持续发展被宽泛地描述为“在一定可持续的时期内，建立在维持经济、社会和环境系统自我恢复能力基础上的一个过程，这个过程能够增进人类个人或团体实现他们的愿望和最大发展可能的机会”（Munasinghe，1992a）。经过对这个笼统概念的调整，一个朝向使发展更加可持续的更加集中与实际的方法就是：寻求“在更低的资源利用强度下继续对现有的生活质量进行改善，从而为后代留下未受损减的，能够增强他们提高生活质量的可能的生产性资产存量（即人造资本、自然资本和社会资本）”。

第2章中对可持续经济学框架进行了更加详尽的描述。特别强调的是，它鼓励要在对可持续发展的经济、社会与环境维度进行平衡与一致处理的基础上进行政策制定，它借鉴了可靠的同时也在不断演进的科学知识体系，包括自然与社会科学、工程与人文学科。历经十年甚至更长的时间，可持续经济学框架的发展与应用的经验在2002年世界可持续发展峰会上得到了进一步的总结（Munasinghe，2002a；GOSL，2002）。同时这个方法被引用和应用于许多世界性机构（比如ADB、CSD、EC、OECD、UNDP、UNEP和世界银行等）和政府（比如加拿大、荷兰、菲律宾、斯里兰卡和英国政府）以及研究人员（具体的文献目录分散在本书各个部分）的工作中。本书则试图对目前的可持续经济学发展进行全面评估。

1.3.2 基本原则和方法概述

可持续经济学框架主要借鉴以下的基本原则和方法（Munasinghe，1992a、1994、2002a）（详见第2章）。

(a) 使发展更加可持续（MDMS）

既然可持续发展被定义为一个过程（而不是结果），就必然强调“使发展更加可持续”（MDMS）的循序渐进的方法。由于可持续发展的精确定义难以捉摸并且可能难以达到，一个不那么好高骛远的、仅仅寻求使发展更加可持续的策略可能反而能够保证更好的远景实现。这样一个渐进式的方法更加实际，使我们能够及时解决紧急的优先性问题，因为很多“不可持续”的活动比较易于识别与消除。虽然“使发展更加可持续”是渐进的，但这并不意味着在规模上有任何限制（比如受限于时期或地理区域——见下述（c）部分）。同时“使发展更加可持续”也努力保持更多的未来选择的可能性，识别出稳健的发展策略以满足多种的可能性的实现，增强应对的弹性。所以，在实施短期和中期策略的时候，我们同时也会继续致力于界定和达到可持续发展的长期目标。

（b）可持续发展三角与平衡观点

可持续发展要求从社会、经济和环境这三个主要的观点出发进行平衡与整合。每个观点对应了一个领域（或者系统），各自有明确的驱动力和目标。经济系统主要是通过提高产品和服务的消费，向着提高人类福利的方向运转。而环境方面则着重于生态系统的整体性和弹性的保护。社会方面则强调人与人之间关系的和谐与关系内涵的丰富以及个人与团体愿望的达成。在这里，不同领域之间的互动也相当重要。

（c）超越传统边界以实现更好的整合

本书的分析超越了由于学科、空间、时间、利益相关者观点以及操作等方面造成的传统边界限制。研究范畴扩大且被扩展到了整个领域，保证了观点的全面性。跨学科的分析必须包括经济学、社会科学和生态学以及其他一些学科。空间上的分析必须包括从全球到局地的各个层次，时间区间则可能横跨几十年或几个世纪。所有利益相关者（包括政府、私人部门和公民社会）通过介入、赋权与协商等形式的参与非常重要。这种整合性的分析还需要包括整个操作流程，从数据收集到实际的政策执行以及对结果的考量。

（d）实用与创新分析工具的全流程应用

各种不同的实用与新颖的分析工具可以在从最初的数据采集到最后政策执行与反馈的整个流程中，帮助政府决策。

当下分别建立在“最优性”和“持久性”基础上的两种方法可以在一个整合的评价模拟框架下用来对经济、社会和环境三个方面进行综合分析。一个“问题—执行对应图”（issues-implementation transformation map，IITM），可以帮助把环境和社会领域的问题转换成为各个部门之内的常规国家规划和执行机制。

重构发展模式以使经济增长更加可持续通过一个“政策路径”模型来进行解释，这在贫困国家特别有用。在这些国家，减缓贫困需要持续增加收入和消费。其他实用工具还包括行为影响矩阵（Action Impact Matrix，AIM），整合的环境—经济国民账户（integrated national economic-environmental accounting，SEEA），可持续发展评价（sustainable development assessment，SDA）、环境评价、扩展的费用—效益分析（CBA），多标准分析

(MCA)，整体评价模型（LAMs)，等等。也有一系列的可持续发展指标帮助衡量进步的程度并且在整合的不同水平上进行选择。

行动影响矩阵（AIM）是把初始的数据采集与实际的政策应用与反馈联系起来的关键方法。将可持续发展的关键性考虑纳入传统的国家发展策略和目标中，主要可以通过两种方法实现：一种是自下而上的联系，可持续发展问题通过中期到长期的发展路径而嵌入国家的微观策略中；另一种则是通过微观层面的工程和政策的可持续发展评价（SDA)，自上而下地把这些问题整合到短期与中期的国家发展策略中。

1.3.2.1 主要观点概述

本书的主要结论是：在过去的 20 年中，我们已经在深化理解和实施可持续发展理念方面取得了很大的进步。正如在可持续经济学框架中所列出的那样，未来则需要朝着“使发展更可持续（MDMS)”的方向努力并采取切实的行动。许多非可持续的行为和问题都很明显，在我们朝着长期（且更加不明确的）可持续发展目标进步的过程中，这些问题很多现在就可以得到逐步解决。正面（和反面）行为的例子都不少，经验与教训使我们可以用更加可持续的方法来解决现实的问题，比如贫困、饥饿和环境退化，同时也可以进一步寻求对可持续发展最终目标更好的定义和更切实的实现。

可持续经济学框架下的核心原则为系统分析可持续发展问题提供了一个很好的起点：(a) 使得发展更可持续，(b) 可持续发展三角（经济、社会和环境维度）和平衡观点；(c) 超越传统边界（包括学科、空间、时间、利益相关者观点和可操作性）以更好地整合；(d) 实用和创新分析工具（包括行为—影响矩阵）的全面应用。

本书（以及其他一些地方）中的案例研究还进一步证明了“使发展更可持续”的方法已经取得了令人振奋的实际结果，并会使未来的前景更加美好。这里所提到的具体例子涉及从气候变化这样的全球问题到国际与国家水平政策反应的分析等。其次，我们也从世界大坝委员会（WCD)、政府间气候变化专门委员会（IPCC)、联合国千年生态评估（MA）以及千年发展目标（MDG）这样的国际间机构的经验中得到启发，这些机构都是在涉及政府、工商界、公民社会以及科学家的多方利益相关者，多层次、多学科的过程中进行运作。在国家宏观经济层面，也提出了相当多的国家层面应用，包括一些不同的模型，它们对于影响整个经济的实际政策的制定提供了有益的见解。

在国家内部层面，案例研究则涉及能源、交通和水等关键部门，也包括农业和林业的重要生态系统等问题。资源定价政策可以作为一个深化可持续发展的实用且灵活的工具。最后，本书说明了如何把可持续经济学框架运用于工程和地方层面，包括像水电、太阳能、供水、可持续减灾与灾难管理以及城市化这样的一些领域。

我们承认可持续发展经济学是不完美的，它仍然存在知识上的空白以及实施上的问题。但无论如何，我们希望和期待着其他可能的“可持续经济学家”能够为此做出重要贡献，从而很快地进一步完善本书中提出的这个初始的框架和应用。

1.4 千年发展目标前景以及世界范围内的现状

本节综述了与千年发展目标（MDG）相关的趋势和前景，以作为之后章节的出发点和立足点。

人类制造和生产能源、物质和信息的能力是标志文明进程的一个重要尺度。我们可以把这个进程分为四个时期（Munasinghe，1987、1989；De Vries 和 Goudsblom，2002）。第一个阶段是几百万年前的采集—狩猎时期，包括人工取火与石器的使用。到了公元前 8,000 年，向农业时代的转变开始了，与之相伴的是定居以及农业工具的使用。而之后 18 世纪的工业时期的到来则使世界变化更加迅速，其特点是出现了越来越拥挤和被污染的中心城市以及机械化。20 世纪则历经了全球文明的转变。由于快捷的交通与通信、信息技术和计算机技术等的发展，整个世界越来越被联系成为一个整体。在这个过程中，人类活动的量和质都有了很大变化。一方面，每一次的转变都使得人类活动规模有了显著的发展和增长，扩大了人类的活动足迹（见图 2-8）。同时，质上的发展增加了社会的内部复杂性、相互联系以及处理信息的能力。然而无论如何，人类仍然还是最终依赖于生物地球圈而生存，所以规模上的增长会使得我们在环境退化面前更加脆弱。另一方面，质上的发展由于带来了更大的复杂性、相互联系和多余的储备，从而提高了弹性，但是也增加了面对可以快速传遍全球的有害干扰的脆弱性（比如，金融和市场的不稳定或新的疾病）。

最近有很多的书都罗列出了关键的可持续发展问题和可能的解决措施，乐观、悲观或者介于两者之间的观点都存在（Easterbrook，1995；Environment and Development Economics，1998；IPCC，2001a；Jodha 2001；Lomborg，2001；MA 2005；Maddison，2001；McNeill，2000；MDG，2005；Munasinghe and Swart 2005；Myers and Simon，1994；Speth，2004；UNDP，2003；WB，2006；WRI，2005；Worldwatch，2003）。虽然很难概括，但是环保主义者和自然科学家倾向于更加悲观的观点，而经济学家和技术乐观主义者则倾向于乐观的观点——这样的概括可能还能够反映一定的情况。本书试图走一条中间路线，认为现有的问题已经足够严峻并需要给予立即关注，而只要较早地采取行动，已有的和正在形成的补救办法是能够提供适当解决途径的。

以下，我们对千年发展目标（MDGs）这个当今最被广泛认可的全球可持续发展目标的令人失望的进展进行一个总结。

1.4.1 贫困与饥饿

全球有超过10亿的人口生活在每天1美元收入的水平之下。8亿人不能得到足够的食物以满足其每天的能量需求。在发展中国家5岁以下儿童有超过25%营养不良，妨碍了他们的身心发展并威胁到他们的生存。从1990年到2001年，亚洲生活在每天1美元收入水平之下的人减少了将近2.5亿。而在过去的十年，超过30个国家的饥饿人口数减少了至少25%。撒哈拉以南非洲是饥饿和营养不良最严重的地区。

缺少足够的食物以满足他们的日常需求的人群比例在下降（见13.3节）。除西亚外，与1990-1992年相比，2000-2002年食物不足的人口所占比例在所有地区都有所降低。但是过去几年，这个速度有所减慢，从1997年到2002年饥饿人口总数增加，这可能是由于人口的增加和农业生产率低下所致。饥饿人口的构成主要是那些没有土地或土地过少不能满足基本需求的农民。

根除贫困和饥饿的成果常常受到冲突和自然灾害的影响。撒哈拉以南非洲的极端贫困者的平均收入甚至还在下降。需要通过更快并能够让贫困人口得到好处的经济增长来扭转这种负面的趋势，但在疾病和武力冲突面前这是一个极具挑战性的任务。反过来，饥饿与贫困也会成为滋生冲突的沃土（特别是如果与其他因素如不平等结合起来的时候），同时也导致更难以应对灾难。应对儿童营养不良的策略包括：出生后的前六个月进行母乳喂养、增加微量元素补充剂、减少传染病以及提高干净水和卫生设施的可得性。

1.4.2 小学教育

超过1.15亿的适龄儿童没有接受正式学校教育，他们大多都是来自贫困家庭的儿童，他们的母亲往往也都没接受过正式教育。教育，特别是对于女童的教育，对于整个社会来说都有着社会和经济方面的益处。要达到这个目标，意味着在撒哈拉以南非洲以及南亚和大洋洲等都需要进行更大范围和更大规模的努力。在这些地区以及其他任何地区，不仅需要提高入学率，并且还要努力降低辍学率和保证较高的教育质量。

世界上有五个地区儿童小学入学率已经达到了90%甚至更高的水平。撒哈拉以南非洲也取得了进步，但仍然有1/3的儿童不能上学。而南亚、大洋洲和西亚的入学率也相对落后，有20%的儿童无法上学。

1.4.3 男女平等

教育平等是促使妇女参与到社会和全球经济生活的关键因素。虽然妇女在有偿非农业雇用中所占的比例有所增加，但她们在受薪职位中仍然只占少数，而且过多地服务于非正式经济部门。在决策中拥有平等的权利是妇女权利诉求中的关键要素。

在小学教育上性别差距最大的国家已经在提高女童入学率方面有所进步。但在南亚、撒哈拉以南非洲以及西亚，这仍然是一个严重的问题。在那些资源和学校设施缺乏的国家，只有男孩才被送到学校。而在整体入学率高的国家，女孩小学教育和中学教育上的受教育情况都较好（比如在拉丁美洲）。

在大多数发展中国家，妇女被有偿雇用的机会通常都比男性小。南亚、西亚和北非国家的妇女在除农业之外的有偿职位中仅仅占有 20%的比例。而在拉丁美洲和加勒比地区的妇女现在已经占到了有偿职位的 40%。在家族企业中无偿劳动的人里面则有 60%是妇女。

1.4.4 儿童死亡率

每年有将近 1.1 亿 5 岁以下的儿童死亡（大约每天 3 万）。这些儿童大多数生活在发展中国家，他们往往死于一种或几种仅仅通过不那么昂贵的手段就可以避免或治疗的疾病。其中一半的儿童死于营养不良。因此，提升公共健康服务是关键，包括安全饮用水和更好的卫生设施。教育，特别是对于女孩和母亲的教育，能够拯救儿童的生命。增加收入可以解决一定的问题，但是如果服务不能够提供给那些最需要的人，仍然不会有什么作用。

1960 年时，在发展中国家每 5 个 5 岁以下的儿童就有超过 1 个死亡。到 1990 年，死亡率下降到了 1/10。只有在北非、拉丁美洲以及加勒比海和东南亚这些地区，死亡率的下降速度得以保持。在这些地区，经济增长、更好的营养以及健康护理都促使儿童存活率有所上升。所有 5 岁以下死亡儿童，几乎有一半都在撒哈拉非洲以南，在这个地区因为薄弱的卫生系统、冲突和艾滋病等原因，死亡率的下降速度缓慢。另外 1/3 的死亡发生在南亚，尽管这个地区的贫困状况有所缓解。而那些历经了武力冲突的国家，包括柬埔寨和伊拉克，自 1990 年之后死亡率有显著的增加或者没有任何改善。受艾滋病困扰的国家，特别是南部非洲国家，儿童死亡率也有所上升。

这些生命中的大多数都可以借由低成本的预防和治疗措施的推广而被挽救。这些措施包括纯母乳喂养、急性呼吸道感染抗生素以及腹泻口服补液的使用，免疫接种以及喷洒了杀虫剂的灭蚊网以及治疗疟疾的适当药物的使用，等等。足够的营养是预防的一部分，因为营养不良增加了因这些疾病而死亡的风险。对于母亲以及婴儿出生前后更好的护理可以减少在出生第一天发生的死亡中的1/3。

1.4.5 孕产妇保健

目前，有2亿妇女都不能得到必要的安全有效的避孕服务。这个人数是重伤或残疾的妇女人数的20倍。那些孕产妇死亡率原本就很低的国家在这个方面已经取得了很大进步。而在那些最受影响的国家里，如果要降低孕产妇死亡率，则需要更多的资源来保证大多数的生产都有医生、护士或者助产士在旁照顾，这样他们才能够预防、察觉和控制可能出现的产科并发症。当问题发生的时候，妇女必须能够及时被送到设备完善的医疗机构。生殖保健，包括计划生育措施的广泛推广是孕产妇保健的起点。

在2000年，发展中国家在怀孕或生产期间的平均死亡风险是每10万次生产中有450人死亡。在撒哈拉以南非洲一生中在怀孕或生产期间死亡的风险高达1/16，而在发达国家这个风险是1/3,800。如果妇女能够得到计划生育服务、良好的药物护理以及在出现未料想到的并发症的时候得到妇科急救护理，这样的风险就可以大大减少。

从1990年到2003年，大多数发展中地区都在提供生产所需的医疗技术人员方面取得了进步。东南亚、北非和东亚地区的状况也有很大改善，但是在撒哈拉以南非洲情况还是没有变化，孕产妇死亡率仍然居高不下。

1.4.6 艾滋病病毒/艾滋病、疟疾和其他疾病

自艾滋病这个流行病爆发以来，全世界超过2,000万的人死于该病。它已经成为撒哈拉以南非洲过早死亡的头号病因，全世界范围内也已成为疾病致死中的第四大杀手。到2004年底，估计有3,900万人携带艾滋病病毒。泰国和乌干达的经验说明，远见和领导力的作用可以使感染率被控制。历史上，疟疾带来过更加可怕的灾难。现在它每年导致100万人死亡，据估计它使非洲国家经济发展的速度每年减慢了1.3%。曾经一度被认为得到控制的肺结核又卷土重来，抗药性菌株的出现和由于艾滋病病毒和艾滋病引起的脆弱性都起到了推波助澜的作用。毫不意外，所有这些疾病都集中在最贫困的国家。它们实际上可以通过教育、预防以及治疗和护理得到很大程度的控制。

2004年全球有490万人新感染上艾滋病病毒，310万人死于艾滋病。在欧洲独联体国家和部分亚洲地区，艾滋病病毒的传播速度是最快的。在那

些流行病还在初发阶段的时候，针对易感人群的项目是有效的。

目前艾滋病还不可治愈，所以预防是关键。但是上百万的年轻人因对艾滋病病毒的了解太少而无法自我保护。在撒哈拉以南非洲和东南亚地区的调查表明，避免感染的基本知识普及率确实很低。2004年下半年，在发展中国家，接受抗逆转录病毒治疗的人数从44万人增加到了70万人，但这仅仅是所有可能会因为这些药物而获益的人群的12%。

疟疾在世界上很多最贫困国家流行，每年受影响的人达到3.5亿-5亿人。每年100万因疟疾致死的人中有90%都是在撒哈拉以南非洲。仅仅在撒哈拉以南非洲，每天就有超过2000个儿童死于疟疾。肺结核每年导致1,700万人死亡，他们中的大多数还是在生产效率最高的壮年。新发肺结核病例数量每年以大概1%的速度增长，以撒哈拉以南非洲和独联体国家增长率最高。2003年，有将近900万的新病例，而其中有67.4万人同时带有艾滋病病毒。

1.4.7 环境可持续性

土地正在以惊人的速度退化。植物和动物物种的记录数量在减少。气候变化带来了海平面上升、干旱加剧和洪水的威胁。渔业和其他海洋资源也都正在被过度开发。由于农村贫困人口的日常生活和生计通常更加依赖于他们身边的自然资源，所以他们最先受到影响。虽然劳动力向城市的大规模转移缓解了农村土地的压力，但是却有更多人居住在不安全和过度拥挤的城市贫民窟。不管在城市还是农村地区，约10亿人缺少安全饮用水和基本的卫生设施。要克服这些以及其他环境问题需要对贫民的困境投入更大的关注，也需要进行更大范围和更有效的全球合作。

森林覆盖了地球表面的1/3，是最复杂的生态系统之一。仅仅在过去的10年中，94万平方千米的森林被转为农田、被采伐，或者转为其他用途。接近1,900万平方千米（超过13%的地球陆地表面）被确定为保护区。这意味着与1994年相比增加了15%。动物的栖居地和生物多样性的破坏还在继续，有1万多种物种被认为是正在受到威胁的物种。

向发展中国家进行的新型高能效技术的转让速度还不够快。在贫困国家，清洁燃料的缺乏，直接导致农村家庭要依靠薪柴、牲畜粪便、作物残余以及木炭等作为燃料来做饭和供暖。这些燃料引起的室内空气污染据估计每年会造成160万人死亡，而这些人主要是妇女和儿童。

在发展中国家中，拥有安全的饮水来源的人口比例从1990年的71%上升到了2002年的79%。然而，对于超过10亿的生活在农村或是城市贫民窟地区的人而言，拥有安全饮用水的比例还非常低，饮水环境有待改善。在撒哈拉以南非洲，42%的人口仍然得不到相关服务。高人口增长率使得原本就面临的前进中的难题（包括冲突、政治不稳定以及水与卫生领域投资的优先性较低等）更是雪上加霜。

在改善卫生设施方面，全球性的进步更加缓慢。26 亿人（意味着发展中国家人口的一半）缺少厕所和其他形式的良好卫生设施。发展中国家卫生设施的覆盖程度从 1990 年的 34%上升到了 2002 年的 49%。如果这样的趋势保持下去，到 2015 年全世界仍然还会有 24 亿人无法拥有改善的卫生设施。要达到卫生设施方面的目标需要相关投资有巨大的增加。

发展中国家的城市人口每年增加 3%，是农村地区人口增加速度的 3 倍。所以，包括向城市的移民以及新生儿在内，发展中国家每年有 1 亿人增加到城市中。到 2007 年，发展中国家城市人口将会超过农村人口。几乎三个城市居民中就有一个（总共近 10 亿人）居住在贫民窟，受到拥挤、失业或不稳定就业、低劣的水和卫生保健服务以及普遍的社会治安混乱（包括对妇女的暴力）等问题的困扰。毫无疑问，疾病、死亡率以及营养不良的问题在贫民窟都比规划内的其他市区更高。调查显示，在一些非洲城市，贫民窟中 5 岁以下儿童的死亡率高达其他城市社区儿童的两倍。

第 2 章

可持续经济学框架

概　览

基本概念和原理

可持续发展三角的要素

整合经济、社会和环境要素

整合型分析和评估的工具和方法

为更可持续重新构建发展和增长模式

本章将更具体地描述可持续经济学框架中的原理。2.2节界定了可持续发展、传统发展和增长的基本原则和方法。为了替代可持续发展的抽象概念，将描述基于“使发展更可持续”（MDMS）的使用方法。同时，介绍可持续发展三角（包含社会、经济和环境维度），以及每个维度下可持续性的驱动力和概念。与此同时，可持续经济学试图推动一种超越传统思想界限的方法的发展，并致力于推动对数据搜集到实际政策执行的整个过程进行全周期分析。2.3节阐释可持续发展三角的三个维度之间的相互关系以及可持续性的不同概念。2.4节讨论整合上述三个维度的方法，包括对最优性和可持续性概念的补充。在此基础上，进一步讨论贫困—公平—人口—自然资源的联结，以及如何联系经济效率和社会公平性。2.5节进一步描述将可持续经济学应用于现实世界的各种原理的实践方法和工具，包括行为—影响矩阵、可持续发展评估、费用—效益分析、多准则分析，等等。这些对于选择与时间和地点相关的可持续发展指标非常重要。2.6节则概述那些通过收入和消费持续增长以减缓贫困的发展中国家如何通过协调发展和自然的关系，重新建立长期增长和使发展更可持续的方法。

部分章节摘自 Munasinghe, M.（1992a）. 环境经济和可持续发展，联合国地球首脑会议，里约热内卢，环境论文 No. 3，世界银行，华盛顿，美国；Munasinghe, M.（1994a）“可持续经济学：可持续发展的跨学科框架”，*Proc. 50th Anniversary Sessions of the Sri Lanka Assoc. for the Adv. of Science*（SLAAS），科伦坡，斯里兰卡；Munasinghe, M.（2002a）“令发展更加可持续的可持续经济学跨学科框架：能源领域的应用”，联合国可持续发展世界峰会（WSSD）论文，约翰内斯堡，可持续发展国际期刊（*International Journal of Sustainable Development*，Vol. 4，No. 2，pp. 6 - 54）；Munasinghe, M.（2004a）. “可持续经济学”，生态经济，百科全书，生态经济社会国际组织（Int. Society of Ecological Economics（ISEE）[online]），URL：http://www.ecoeco.org/publica/encyc.htm.

2.1 概 览

本章将更具体地描述可持续经济学框架中的原理。2.2 节界定了可持续发展、传统发展和增长的基本原则和方法。为了替代可持续发展的抽象概念，将描述基于“使发展更可持续”（MDMS）的使用方法。同时，介绍可持续发展三角（包含社会、经济和环境维度），以及每个维度下可持续性的驱动力和概念。与此同时，可持续经济学试图推动一种超越于传统思想界限的方法的发展，并致力于推动对数据搜集到实际政策执行的整个过程进行全周期分析。2.3 节阐释可持续发展三角的维度三者之间的相互关系以及可持续性的不同概念。2.4 节讨论整合上述三个维度的方法，包括对最优性和可持续性概念的补充。在此基础上，进一步讨论贫困—公平—人口—自然资源的联结，以及如何联系经济效率和社会公平性。2.5 节进一步描述将可持续经济学应用于现实世界的各种原理的实践方法和工具，包括行为—影响矩阵、可持续发展评估、费用—效益分析、多准则分析，等等。这些对于选择与时间和地点相关的可持续发展指标非常重要。2.6 节则概述那些通过收入和消费持续增长以减缓贫困的发展中国家如何通过协调发展和自然的关系，重新建立长期增长和使发展更可持续的方法。

2.2 基本概念和原理

世界决策者不仅面临传统发展问题（比如经济停滞、长期贫困、饥饿、疾病），也必须应对新的挑战（比如环境损害和全球化）。为此，出现了可持续发展或者“使之持续的发展”的重要概念和方法。继 1992 年里约热内卢地球峰会和通过联合国决议的《21 世纪议程》后，这个概念被广泛接受（WCED，1987；UN，1992）。随后，2000 年联合国千年发展目标，以及

2002年约翰内斯堡可持续发展世界峰会等，都进一步推动了这一概念的发展和完善。

布伦特兰委员会对可持续发展的原始定义被简单界定为“既满足当代人的需要，又不危害后代人满足他们需要的能力的发展”（WCED，1987）。为更好地界定、分析和实施可持续发展，芒纳星河（Munasinghe，1992a、1994）提出“可持续经济学”来描述“一个跨学科的、整体的、综合的、平衡的、启发式的，以及有实践性的，旨在使得发展更加可持续的框架”等相关定义和界定，本书不再一一赘述。

可持续经济学将可持续发展从广义上描述为“在一段持续的时期内，建立在维持经济、社会和环境系统自我恢复能力基础上的一个过程，这个过程能够增进人类个人或团体实现他们的愿望和最大发展可能的机会”。该定义认为经济、社会和生态系统的发展依赖于能够提升他们自身一系列机会的拓展。同时，各个系统的可持续性将通过提高他们的自我恢复能力和适应性能力得以提高。基于这样的方法，出现了一种集中度更高的和具有实践性的面向使发展更可持续的方法，它寻求“在一个较低强度的资源利用水平下，持续促进当前的生活质量的提高，从而为后代人留下一个没有减少的生产性资产的存量（也就是人造、自然和社会资本），进而提供给后代人提升他们生活质量的机会”（Munasinghe，1992a）。这种思想上的演进让我们超越了传统的“发展”（与广泛提高个体和社区的福利相关）和“增长”（指的是传统意义上由总国民生产来衡量的物品和服务等的经济产出或经济附加值的增加）。

可持续经济学当中启发性的要素在于，强调以新的研究、实证结果和目前最佳实践为基础的持续改进过程和对发展框架的反思，因为现实比我们不完善的模型更加复杂。目前的知识状况尚不足以提供一个全面的可持续经济学的定义。可持续经济学需要提供一个动态的、改进的知识框架，以此应对剧烈变化的可持续发展问题。

可持续经济学的基本思想被拟定为如下内容，这些内容得益于后布伦特兰时期的讨论和其他研究人员的工作。他们也同样开创了一个时代。这些工作的目的是刺激讨论和更加深入的研究，以便能够进一步丰富未来的基本框架。很多作者（全篇引用的作者）已经通过对可持续经济学的方法和可持续三角相关内容的研究（如下），在这方面做出了很大的贡献。

核心框架取决于几个基本原理和方法：

- 使发展更可持续；
- 可持续发展三角以及平衡；
- 超越传统界限促进更好整合；
- 在从数据搜集到政策执行和操作反馈的整个周期都全面应用实践性的分析工具和方法。

2.2.1 使发展更可持续

由于对可持续发展进行精确定义仍然是一个难以达成的目标，因此相对较低调的策略也许具有更好的前景。那么，如果可持续发展界定为一种过程而不是终点的时候，首先就需要建立一种“使发展更可持续”的规范式方法（2.3 节）。为避免继续对可持续发展的精确定义进行冗长的哲学争论，本书提出的这种增量（或渐进式）的方法显得更加实用，且允许我们处理紧迫的优先性问题，而不是迟迟不采取行动。然而，这种方法仍然需要一个实用的衡量标准去测度面向可持续发展的进步。

使发展更可持续提出了一个实用的系统的方法，以便我们可以首先找出那些最容易被识别和被减少的非可持续的活动，比如，通过提高农业耕作技术来减轻土地退化，或者通过关闭不必要的照明灯来节约能源。2.2.2 节将论述建设一个适当的，覆盖经济、社会和环境维度的可持续发展的衡量框架的必要性。特别是选择合适的指标是其中关键（2.5.2 节）。传统的经济评价试图用货币单位来衡量所有指标（经济、社会和环境），从而用经济的费用—效益分析（CBA）原则来检验是否可行有效（3.2 节）。然而，问题产生了，原因是费用—效益分析基于最优性的概念，而这和可持续性的概念是有差异的，这种经济有效性往往很难实现（2.4 节）。在这种情况下，我们的使发展更可持续衡量标准需要借用不同衡量单位的指标（货币、生物物理、社会，等等）以及相应的可持续性原则。因此，多准则分析（MCA）成为评估各项不能直接用于比较的指标的相对更加合适的方法（3.6 节）。如果一项活动使得所有可持续性指标都有所提高，它就明显满足了“使发展更可持续”的要求，这种情况也称为“双赢”。对于其他活动来说，有些可持续性指标可能提高了，而其他的指标减少了。在这种情况下，需要做出权衡各项指标的判断，本书利用一些案例讨论了解决这些问题的实践方法（第 5-16 章）。随着关于可持续发展的科学知识不断增加，这个过程本身需要持续不断地调整和提高。

可持续经济学没有批评其他原理的缺点，而是采取一种正面和实用的观点，借用它们当中适宜的方法和工具。折中并不表示缺乏严谨，相反，其中蕴涵着跨学科思考的多元化价值。然而，来自不同学科的概念可能不是相互吻合一致的，从而需要更多努力来确保跨学科的整合。

尽管“使发展更可持续”是增量式的，渐进式的，但是这不意味着要限制住它的范围（比如，有限的时间范围或者地理区域，见 2.2.3 节）。因此，需要在可持续经济学框架下分析特定的近期活动对长期可持续发展方面的影响。当我们试图用“使发展更可持续”方法来处理当前的问题时，我们也正因为要寻求更好地界定可持续发展的终极目标的方法而沿着平行的轨迹同步地向前推进（1.3 节）。此外，在这个过程中，如果这里的“使发展更可持续”分析过于有限和短视的话，那么避免出现意外的灾难（悬崖边缘）结果就变得十分重要。同样地，增量分析可能无法检测出大规模变化的后果（2.6.1 节）。最后，“使发展更可持续”鼓励我们保持未来选择的开放性，并且寻求一种扎实的策略使其能够满足多种需要，从而提升自我恢复能力和可持久性（2.4 节）

2.2.2 可持续发展三角及其和谐方式

目前就概念的讨论和思考已经演化为三个主要方面观点的融合：经济、社会和环境，如同图 2-1 的可持续发展三角提出的那样（Munasinghe, 1992a）。每个角度的观点对应一个领域（系统），这些系统有其各自明确的驱动力和目标。经济领域强调通过提高物品和服务的消费从而提高人类福利，环境领域则关注保护生态系统完整性和自我恢复能力，社会领域强调丰富人类关系并达成个体和群体的愿望。

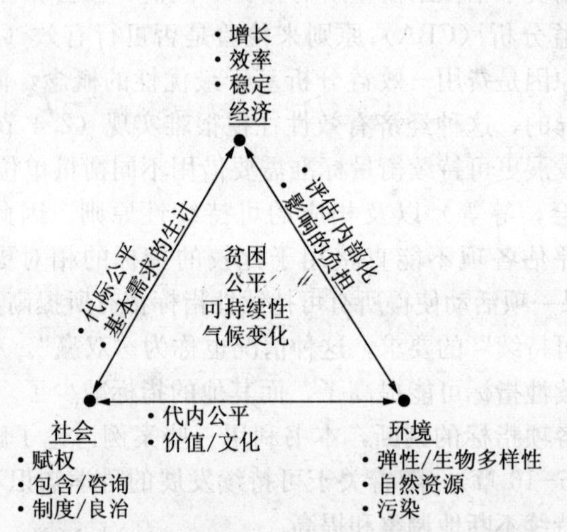

图 2-1 可持续三角—关键要素和相互关系（角、边线、中心）

资料来源：Munasinghe（1992a，1994a）。

在 1992 年里约热内卢地球峰会筹备期间，关于如何在发展政策下整合“三个柱子”（环境、经济和社会）的争论非常活跃。可持续发展三角在里约热内卢提出，强调三角的各个层面和内部（代表三个柱子之间的相互作用）和三个顶点表征的意义同样重要。比如，当把贫困和气候变化这样的问题置于中心地位时，它提醒我们需要在三个维度内都进行分析（Munasinghe，1992a）。过去人们对这种思想的抵制主要是源于学科之间的对峙和分歧。然而，到了2002年约翰内斯堡可持续发展世界峰会（WSSD）的时候，该方法已被广为接受（比如，GOSL，2002）。目前有几个版本的“三角”都在实际应用（比如，世界银行，1996a；Hinterberger 和 Luks，2001；Odeh，2005）。针对一些特殊的应用案例，还提出了第四顶点，比如“制度”或“技术”，使三角转变为锥形。尽管这些追加对特定的案例有用，但是原始的三角仍然保持了它在简洁性和多功能性方面的优越性。

2.3节将详细阐述可持续发展三角的三个顶点（经济、社会和环境）的主要特征。2.4.5节、专栏2-4以及第3章（经济的—环境的）和第4章（环境的—社会的）都分别阐释了由三角形的边线所代表的关联关系（主要是社会—经济，涉及贫困和公平）。2.4节介绍了整合所有三个维度的方法。第5到第16章的案例研究则探究三个维度和他们之间的相互关系，这种关系不总是全面或者系统的，因为相关的重点会根据具体情况和政策相关性而变化。这些应用性的章节是根据从全球到局地的空间尺度来组构的。

以可持续经济学为基础的、实质性的跨学科框架会促进平衡经济、社会和环境三个维度并使之和谐一致的可持续发展。把可持续性置于传统发展之上，其重点在于和谐。比如，南方的优先性包括持续的发展、消费和增长、减贫和公平，然而关于产生在北方的很多可持续发展的主流文献则倾向于关注污染、增长的不可持续性和人口增加。

2.2.3 为了更好地整合，超越传统界限

可持续发展包含了所有人类活动，包括社会经济、生态和物理系统之间的复杂的相互作用。相应地，可持续经济学鼓励实践者超越由准则、空间、时间、利益相关者观点和运作重点限定的传统界限，整合新颖的解决方式。

2.2.3.1 学科

“可持续经济学”这个新术语的强调重点在于可持续发展，并且强调没有任何学科性偏见或者霸权的中性方法。很多学者指出，可持续经济学代表一种新的学科、典范或者科学（比如：Vanderstraeten，2001；Markandya，等，2002）。我们则强调，可持续经济学是一个实践性的、跨学科的框架（或者“跨准则”），它试图建立一种内涵丰富的、全盘的设计框架来进行分析和政策指引，同时，各种构成要素（来自很多其他学科的原理、方法和工具）提供一种严格的“简约主义”的构件块和基础。它是补充而不是代替其他面向可持续发展问题的方法。

所涉及的问题的多样性和复杂性不能由单个准则简单地覆盖。迄今为止，包括来自不同学科专家的多学科团队已经投入到可持续发展的多个问

题的研究中。通过设法打破不同学科之间的界限，学科之间的工作踏出了更深入的一步。然而，在促进所有利益相关者之间信息交换使其引导可持续发展的众多方面——从概念到政策和实际的实践的同时，目前所需要的是真正的、能够连接和交融来自不同学科的科学知识并把它们变为新概念和方法的跨学科框架（专栏 2-1）。从而，可持续经济学将提供一个更加全面的框架和折中的知识基础，以此令发展更加可持续。

可持续经济学的方法试图整合来自可持续性和发展领域的诸多知识（第 1 章）。因此，它吸收来自其他最新行动的信息，比如“可持续性变迁”和“可持续性科学”（Parris 和 Kates，2001；Tellus Inst. 2001）。这样的整合需要利用核心学科，比如生态学、经济学和社会学，以及人类学、植物学、化学、人口统计学、伦理学、地理学、法学、哲学、物理学、心理学、动物学，等等。诸如工程、生物技术这样的技术手段和信息技术也同样扮演着重要角色。

专栏 2-1　跨学科方法

可持续经济学是一个中性的表达——这个新词汇强调不带有任何学科偏见的对可持续发展的关注。它与其他跨学科方法有着许多共同点，都是试图连接经济—社会—环境三个界面。可持续经济学与众不同的特点包括：聚焦于令发展更加可持续、学科中性、应用导向和与政策相关联。它倾向于吸收其他学科成果，利用其最实用的、适合的、可得的方法（配合相关的防止误解的说明和谨慎），而不是批判它们。

一个非常相关的领域是生态经济学，该领域结合了生态和经济的方法来处理一系列问题，并强调类似经济活动规模这样的核心概念的重要性（Costanza 等，1997）。环境和资源经济学试图将环境考量合并到传统新古典经济分析当中去（Freeman，1993；Tietenberg，1992）。诸如生态保护、生态系统管理、工业生态学和政治生态学这样的生态科学的较新领域中已经产生了分析可持续性问题的替代性方法，包括像系统自我恢复能力这样的关键概念，以及综合分析生态系统和人类活动的方法（Holling & Walker，2003）。当我们对社会资本的概念和社会整合的重要性给予关注时，就会发现社会学的重要文章已经探究了关于结合各类社会群体的综合性融合的思想。（Putnam，1993；Grootaert，1998）

系统学、热力学和能源经济学方面的文献已经关注过物理学定律之间的相关性，比如热力学第一定律和第二定律（分别涉及质量/能量守恒和熵）。本研究则对以下内容提出有用的观点：识别能量的存量和流量、物质和信息是如何与物理、生态和社会经济系统连接在一起的，并分析“相对更可利用”（低熵）的能源转换为“相对不可利用”（高熵）的能源这一定律对生态和社会经济过程的限制（Boulding，1966；Georgescu-Roegen，1971；Munasinghe 1990a；Hall，1995）。最近，文化经济学、社会心理学、社会经济学和环境社会学方面的研究也同样与此相关。环境伦理学方面的文献探究了许多重要问题，包括对诸多方面赋予权重的研究，比如价值和人类动机、决策过程、决策后果、代内和代际公平、动物和自然其余部分的“权利”以及人类对环境资产的承继所负有的责任等（Andersen，1993；Sen，1987；Westra，1994）。

理解人类行为对于所有学科都是具有挑战性的。比如，生物学和社会学都能够对此问题提出重要见解，挑战新古典经济学中的“理性人”假说（专栏 2-3）。因此，目前的研究试图解释比如双曲线贴现（与更加传统的指数贴现相对）、互惠，以及利他反应（相对于自私、个人主义行为）的现象（Gintis，2000；Robson，2001）。Siebhuner（2000）将“共存”界定为具有社会、情感和与自然相关的技巧的、有道德的、具有合作精神的个体，这与传统的“同质经济”相反，“同质经济”主要由自身经济利益和竞争本能驱动。新古典经济学已经被批判说忽略了基本的物理限制（Georgescu-Roegen，1971），以及机械化地（和错误地）将古典热力动力学模型化（Sousa & Domingos，2006）。

2.2.3.2 空间和时间尺度

分析的范围需要在地理范围上从全球尺度拓展到局地尺度，覆盖的时间范围也应该延伸到数个世纪（比如，在气候变化这样的例子当中），并且要研究包括不确定性、不可逆性和非线性等方面的问题。随着经济、社会和环境问题全球化趋势的提升，多尺度分析（专栏 2-2）和利益相关者多方分析显得尤为重要。第 5-16 章的分析是基于空间尺度来排序的（从全球到局地）。

2.2.3.3 利益相关者观点和可操作的焦点

在研究和决策过程，可持续经济学通过整合、赋权和咨询的方式鼓励利益相关者多方参与（第 6 章）。这种过程不仅有助于达成一致性意见，而且有助于促进各方意见的表达，并有利于已经达成的政策的执行。三个基本的群体——政府、公民社会和商业社会——需要联合起来，从而在地区、国家和全球层面上令发展更加可持续。这种多利益相关者、多层面的分析可以依据本地的实际情况进行修改使其适合当地（第 6 章）。这种辅助性的措施对于良治来说相当重要，这也说明为什么在地方和具体操作过程中，更多地采用分散决策。

这种分析的过程在操作上是很集中的。全周期包括目标数据搜集和观测、概念和思想、问题、模型和分析、结果、修正、政策和计划、执行、监测、回顾和反馈。

专栏 2-2　可持续系统的多尺度空间和时间特性

关于可持续性的可操作的有用概念应当指的是有机的、生物的和社会的系统在它们“一般的”寿命内的持久性、活力和自我恢复能力（2.3.2 节）。可持续性是和空间尺度和时间尺度连接在一起的，如图 2-2 所示。X 轴表示以年表征的生命时间，Y 表示线性大小（都是对数形式）。原点 O 表示人类的一个个体——分别有 100 年和 1.5 米的长度和宽度序数。斜线表示生命体系的一个嵌套层级的预期的或者“一般”的寿命范围（包括生态的和社会的），它从单细胞开始，在行星生态系统中达到顶点。带宽和寿命一样，调节生物体和系统的生存能力。

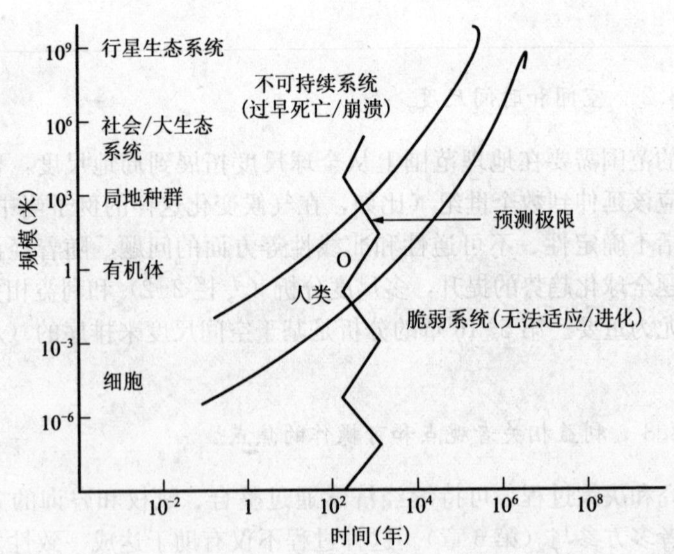

图 2-2　超越空间和时间尺度

我们认为可持续性需要生命体系能够正常地享受一个一般的寿命和功能，在如图所示的范围内。将寿命减少到正常范围之下的环境变迁意味着外部环境已经使系统不可持续。比如，水平箭头代表一个婴儿的死亡——表示人类健康和生存环境不可接受的恶化。从而，位于其上方的区域到正常范围以左的区域表示过早死亡或者衰退。同时，不会预期任何一个系统能够永久持续下去。实际上，每个大系统的子系统（比如多细胞有机体里的单细胞）通常比那些较大系统本身的寿命更短。如果子系统的扩张过大，那么位于其上一级的系统可能失去弹性，并变得更加脆弱——如正常范围以下和其右边的区域所示（Holling，1973）。Gunderson 和 Holling（2001）用术语“多尺度复杂系统”来表示生态系统的这种网状层级以及他们在不同规模之间的适应性循环（4.1.3 节）。

就一个长达数百年的时间尺度进行预测是相当不精确的。因此，提高科学分析的准确性，从而使得对一个相当长时间内的关于可持续性的预测更加可信——尤其是在说服决策者花费巨额金钱来减少不可持续性的情况下，这方面就显得分外重要。预防的方法是解决不确定性的方法之一，尤其是当潜在的风险巨大的时候——亦即，使用低成本的措施来避免不可持续性的行为，同时更加仔细地研究问题。

2.2.4 一些实用的分析工具的全周期评估应用

可持续经济学包含一系列分析工具，在从数据搜集到政策执行的整个操作周期内，它们有利于在整个过程中对现实世界问题提出实际解决方法。这些要素将在以下篇章中讨论，包括最优性和可持续性、问题—政策对应图、政策路径、行为影响矩阵、可持续发展评估（SDA）、环境价值评估、拓展的费用—效益分析、多准则分析，等等。第 5-16 章提供了一些实践性应用和案例研究。

2.3 可持续发展三角的要素

第 1 章论述了典型发展过程中经济、社会和环境思潮的演变。我们这里详述这个领域的前沿思想以及整合性方法的必要性。

2.3.1 经济方面

经济进步是根据福利（或效用）来评估的——用对消费物品和服务的支付意愿来衡量。因而，经济政策一般要设法提高传统的国内生产总值（GNP），并引导更多有效的物品和服务的生产和消费（多为市场性的）。另外，价格和雇用关系的稳定也是重要的目标。在宏观层面，有些研究者突出强调像世界贸易这种经济驱动力的作用，以此解释不同国家在富裕和增长率之间的差异（World Bank，1993d；Frankel & Romer，1999）。主流（新古典）经济学在这个框架下提出各种相关概念（专栏 2-3）。

然而，人类福祉同时也依赖于生理和精神的健康状况。经济、身体和心理层面的福利往往是相辅相成的。比如，好的生理健康能提高创收的能力和心理满足感。绝大多数宗教强调的是非物质层面。通常，佛教哲学（有超过 2,500 年历史）对人类的全部欲望进行划分，并且强调满足感不一定和物质消费有关（Ven. Narada，1988）。近期，马斯洛（1970）和其他人识别了人类需要的若干个等级，这些需要给人类带来精神上的满足，超越了仅是物品和服务带来的满足感。Alkire（2002）回顾了多个不同维度的人类发展过程（见 2.5.2 节的指标）。

2.3.1.1 经济可持续性

经济可持续性视角下的现代观点是：设法在最小的资产（或资本）存量水平下最大化它所能产生的收入（Solow，1986；Maler，1990）。Fisher（1906）把“资本”界定为“现有机械设备的现时存量”，把“收入”界定为“这些财产产生的服务流”。Hicks（1946）认为，人类的最大可持续消费是“人类不会使自身变得贫困的消费数量”。经济有效性在确保最优消费和生产方面扮演着重要角色（专栏 2-3）。

很多人认为不受限制的经济增长是不可持续的，并指出在不追加考虑环境和社会安全因素下运用经济可持续性原则遇到的实际限制（见 2.4.2 节的弱可持续发展和强可持续发展）。因此，当我们界定需要人类维持的各类资本以及他们的可持续性时，问题就出现了（比如，已经识别出的人造、自然、人力和社会资本）（见下节）。通常，很难对这些资产和它们所提供的服务进行价值化，尤其是对生态和社会资源（Munasinghe，1992a）。即使是重要的经济资产都有可能被忽略——比如，非市场交易的领域。不确定性、不可逆转性以及灾难性的衰退也同时带来了价值化的困难（Pearce 和 Turner，1990）。

很多被广泛使用的微观经济学方法严重依赖于基于微小改变的边际变化分析（比如，比较经济活动的增量成本和效益）。从自我恢复能力理论的观点（2.3.2节）看，一个适度受扰动的系统将很快恢复到它的稳态平衡点，并且几乎没有不稳定的风险。因此，边际分析总是假定细微的改变变量，这并不适于用于分析大的改变、不连续的现象以及多重均衡的剧烈变化。经济系统的自我恢复能力更容易通过衡量在面临重要的震动时系统提供关键的经济服务和有效分配资源的能力来判断（比如，1973年的石油价格震动或严重的旱灾）。更为近期的工作正在研究与系统脆弱性和自我恢复能力有关的大的、非线性的、动态的和无秩序系统的行为。

专栏2-3 主流经济学的主要概念

当今的主流经济学基本上是新古典经济学，尽管还有其他一些不太为人们熟知的经济流派，包括奥地利经济学、古典经济学、演化经济学、制度经济学、马克思主义和社会主义经济学。新古典经济学基于以下几个基本假设：

（1）在市场中个体消费者总是通过理性选择可得的物品和服务来最大化他们的效用（或者福利）——消费者理论；

（2）个体生产者总是通过理性选择生产什么产品、用什么投入生产、采用什么技术来最大化他们的利润——生产者理论；

（3）每个个体都是独立行动，并且能够获得全部准确的信息——市场行为。

这些思想成为“一般均衡”概念的基础（和瓦尔拉斯均衡相关），在均衡点上，物品和服务的供给和需求在所有市场上达到均衡。另外一个重要概念是帕累托（经济）有效或者最优，指的是在均衡点（瓦尔拉斯均衡）上不存在这样的改进：在不使其他人变坏的情况下，有人的情况能够变好（也就是福利提高）。现实世界的经济有效性根据理想的帕累托最优性原则来衡量（Bator，1957）。

在新古典经济学框架里，“资本主义”的一个知识基础是假设“完全竞争”。其中，大量的消费者为同质的物品和服务的消费而竞争，这些物品和服务由众多小企业生产。无论是消费者还是生产者都不能对市场进行控制——也就是说，他们必须接受市场价格。在某些特定条件下，完全竞争能够导向帕累托有效结果，这成为支持“自由市场”的主要观点。在这个经济学家的理想世界中，（有效）价格反应了真实的边际社会成本，并且能够同时保证如下两个方面：一方面，生产性资源有效分配从而达到最大产出；另一方面，有效的消费选择使得消费者效用达到最大。

新古典经济学的假设成为标准微观经济学的基础——比如，消费者理论、生产者理论、费用—效益分析（第3章）。主流宏观经济学模型（比如，7.3节中的简单的IS-LM分析）也是在综合新古典经济学的基础上发展起来的。后者将古典模型（基于长期瓦尔拉斯市场均衡，在完全就业和价格稳定的市场条件下）和凯恩斯理论（关注比如失业和通货膨胀这种短期非均衡现象）结合在一起。

当我们用严格的效率准则考量经济福利时，由于忽视了现有的收入分配，会出现一个严重的问题。其结果可能是不道德的、社会不公平的和政治上不可接受的，尤其当存在明显的收入分配差距的时候。比如，费用—效益准则（3.2节）接受所有净效益为正值的项目（也就是说，总效益超过费用）。这是以更弱的“准”帕累托条件为基础的，它假设净效益能够从潜在的受益者那里被二次分配（基于他们的支付意愿WTP）到受损者（基于他们的接受补偿意愿WTA），因此，没人的状况会比此前变差。这种转移往往是不太现实的。更通常的情况是，人与人之间的福利（货币化的）的比较很难实现——国家内部和国家之间，在不同的时间段内都是如此。费用—效益分析假设每个单位消费所带来的边际效用对于特定个体和不同个体来说都是相同的（不考虑消费数量水平）。

现实世界当中几乎没有完全竞争市场条件的存在。垄断，外部性（比如，没有被内部化的环境影响，见第3章），通过税收、关税和补贴等对市场过程的干预带来的扭曲，都导致了物品和服务的市场价格偏离有效的价值水平。因此，无论是消费决策还是生产决策，都不是有效的。并且，理性行为假设也有问题（专栏2-2）。

新古典经济学对这样的批判作出回应——比如，当理想条件不存在（最优）时，则转变为“次优”决策。一个和可持续经济学相关的例子就是影子价格的使用（代替市场价格），借此来制定最优投资决策（通过费用—效益分析）和定价政策（第3章）。第7章到第9章也列举了一些试图把环境和社会考量结合到宏观经济模型当中的例子。

2.3.2 环境方面

与传统的社会不同，现代经济学最近才承认需要通过谨慎的方式来管理稀缺的自然资源——因为人类福利最终依赖于生态服务（MA-CF，2003）。忽略安全的生态限制会增加长期发展前景遭到破坏的风险。Munasinghe（2002b）回顾了从马尔萨斯（Malthus）之后的文献是如何把经济发展和环境联系在一起的。Dasgupta和Maler（1997）指出，20世纪90年代以前，关于发展的主流文献极少提到环境的问题（Stern，1989；Chenery 和 Srinivasan，1988，1989；以及 Dreze 和 Sen，1990）。最近的关于环境和可持续发展主题的文献包括 Faucheux 等人的关于讨论可持续发展模型的书（1996），以及 Munasinghe 等人关于增长和环境之间联系的著作（2001）。一些研究人员认为，环境和地理因素在过去的增长和发展当中是主要的驱动因素（Diamond，1997；Sachs，2001）。

2.3.2.1　环境可持续性

环境方面对可持续性的解读侧重于生命体系整体的生存能力和健康——根据全面的、多尺度的、动态的、分层级的对自我恢复能力、活力和组织三者的考量来界定（Costanza，2000）。这些思想应用于自然的（或者野生的）和受支配的（或者农业的）系统，并覆盖荒地、农村和城市地区。自我恢复能力指的是一个系统状态在面临扰动时能够维持它自身结构/功能的潜力（Pimm，1991；Ludwig 等，1997；Holling 和 Walker，2003）。生态系统的状态是根据它的内部结构以及一系列内部交互增强的过程来界定的。Holling（1973）最初界定自我恢复能力为能够使一个生态系统从一种状态转变为另一种状态的改变的数量。自我恢复能力也和系统受到干扰性震动后恢复到均衡状态的能力有关（Pimm，1984）。Petersen 等（1998）指出，一个特定生态系统的自我恢复能力取决于较大空间尺度和较小空间尺度上相关生态过程的连续性（专栏 2-2）。适应能力是自我恢复能力的一个方面，它反映了系统行为在响应干扰时的学习能力。自然系统比社会系统在应对外部变化方面更为脆弱一些——后者能够为他们自己计划适应行为。活力和生态系统的初级生产力有关。经济系统的动态指标是产出和增长，类似地，活力是生态系统的动态指标。组织依赖于生态系统或者生物系统的复杂性和结构。比如，类似人类这样的一个多细胞有机体（体内有更多样的次级组分和内部连接）和单细胞变形虫相比组织性更高。组织更高级的形态意味着更低的熵的水平。因此，热力学第二定律要求更为复杂的有机体的生存要依赖于来自他们对环境当中的低熵能量的使用，然后作为高熵能量（更为无用）返回。这些能量的最终源头就是太阳辐射。

在我们现在所讨论的情景中，自然资源退化、污染和生物多样性减少是有害的，因为他们提高了脆弱性，破坏了生态系统的健康，减少了自我恢复能力（Perrings 和 Opschoor 1994；Munasinghe 和 Shearer，1995）。Ciriacy-Wantrup（1952）提出了安全阈值的思想（与承载能力有关），该阈值很重要——它经常能避免灾难性的生态系统衰退（Holling，1986，Ekins 等，2003）。可持续性也可以理解为：一个生态和社会经济系统根据规模来排序的网状层级的正常功能及寿命。

可持续发展超越了维持生态现状的静态概念。为了维持生物多样性水平，进而保证长期系统自我恢复能力，相互连接的生态—社会经济系统可能进化。这种生态学的观点取代了相对狭隘的经济学目标，即仅仅保护人类活动直接依赖的生态系统。可持续发展需要补偿后代人的机会，因为当代的经济活动改变了生物多样性，从而从多方面对未来重要生态服务流产生影响。

社会经济系统和生态系统之间的联系以及两个系统的共同进化也要求我们考虑他们之间共同的可持续性（2.4.1 节），简单地说，生态系统（以及与之相连接的社会经济系统）需要的是：在一系列空间和时间尺度范围内，系统具有改善健康状况以及适应改变的动态能力，而不是仅仅保持某种“理想”的静态状态（专栏 2-2）。

2.3.3 社会方面

社会发展通常指的是个体福利和整体社会福祉的提高，它们来自于社会资本的提高，特别是来自于个体和人群共同协作以达成共有目标的能力的积累（Coleman，1990；Putnam，1993）。社会资本是人们借以追求并实现他们愿望的资源，这种资源能够通过网络和与他人的关系得以发展，它也是更为正规的群体之间的一种成员关系，是一种信任、互惠和互换的关系。社会资本的制度要素主要指的是正式的法律，以及传统或者非正规的控制行为的不成文规定，而组织要素则存在于个体和社会群体中，并在相应的制度框架下运作。为了讨论的需要，我们假设社会资本中也包括人力资本（比如教育、技能等）和文化资本（比如社会关系和习俗）——尽管它们之间确实存在着某种微小差别。

社会的相互作用以人类存在为基础，其数量和质量包括：互相信任的水平和社会共同规范的程度，这些都决定了社会资本的存量。因此，随着使用的增加，社会资本随之增加，随着废置的增加，社会资本随之减弱。这与经济资本随着使用而折旧、环境资本随着使用而耗竭不同。进一步说，有些社会资本的形式可能是有害的（比如，犯罪团伙之间的合作使他们受益，却给更大的群体带来更大的负面影响）。

公平和减贫非常重要（2.4.5 节）。因此，社会目标包括减少脆弱性、提高公平性、保证基本需求被满足所需采取的保护性策略。社会的进一步发展需要进行社会和政治制度的变革以应对现代化过程中的挑战。过去传统的合作机制往往是弱势群体也参与在内的，而现代化通常会破坏这样的合作机制。

从贫困的角度讲，社会资本可以分成三种基本类型，这三种类型在现实中借由各种链接、桥梁和联系互相重叠（专栏 16-1）。关联型社会资本以同一个社区内的家庭、朋友和群体之间的信任关系和一般活动为中心。它有利于创造基础广泛的社会团结，有利于满足穷人的日常需要，有利于减少风险。网络型社会资本依赖于个体和当地群体与邻近社区建立网络，并与和他们有着共同价值或者利益的地区与国际组织（比如，提供社会保护和工作机会的信用组织和生计网络）建立连接网络。这种网络推动了很多非政府组织和公民社会组织的出现。连接型社会资本建立在有影响的团体之上——比如，有渠道接近有权人士或者组织的团体，有权的组织包括政府官员和国际机构。这种连接有利于促进效益的获取（比如，贷款、工作、对小企业发展的支持，等等），进而使人们走出贫困。

对于认知类的社会资本来说，信任、权力和安全也是很重要的要素。个体、群体或者制度之间的信任程度预示着合作的程度。网络连接很弱的时候，人们相互信任程度通常较低。通常来说，有多少权力就意味着有多少影响和关系。如果领导者处在比较远的位置，又不带来有益的改变，那么人们往往不承认他们是强大的。领导者往往未能与最贫困的群体进行有效的连接，导致这些群体的权利更加弱化。安全关系在良治中扮演重要角色。研究社区关系的动力变化为我们提供了一个社会图景，它允许实践者调整特定的项目以适应目标群体，从而为穷人参与到决策过程提供更好的机会。

在根据经济增长或经济停滞来解释不同国家的差异时，目前的研究已经强调制度是一个重要的角色——也就是说，行为规范如何控制社会行为，这最终决定了经济行为（North，1990；Acemoglu 等，2001）。

2.3.3.1 社会可持续性

社会可持续性对应于早前关于环境可持续性的概念（UNEP、IUCN 和 WWF，1991）。减少社会和文化系统的脆弱性，保持它们自身的健康（也就是自我恢复能力、活力和组织），以及维持它们抵抗冲击的能力，这些都是很重要的（Chambers，1989；Bohle 等，1994；Ribot 等，1996）。提高人力资本（通过教育）和强化社会价值、制度和公平则能够提高社会系统和管制的自我恢复能力。很多十分有害的改变是缓慢发生的，它们的长期影响在社会—经济分析中被忽略。在全球范围内保护文化资本和文化多样性是很重要的——全球大约有 6,000 种不同语言的文化群，本土文化（相对于国家文化）大概占全球文化多样性的 90%（Gray，1991）。Munasinghe (1992a) 对生物多样性和文化多样性两者在保护生态系统和社会系统的自我恢复能力方面各自的角色以及它们之间的联系做了比较。此后很多国际组织的报告突出强调了文化多样性（UNESCO，2001；UNDP，2004；Davis 2005）。加强社会凝聚力和关系网络，减少破坏性的冲突，也是这种方法所必需的要素。赋权和广泛参与的一个非常重要的补充性措施，可以将决策权有效地分散到最低（最局部）层面。

理解穷人社区向外辐射的关系，以及它们与机构、政府之间的相互作用平台，对于构建起关联型社会资本并获取相关资源，从而使社会发展更可持续来说非常重要。有时候重点会放在新社区组织层面的形成上面，这些组织有时候会破坏现有的网络关系和地方群体——最终让本土群体感到他们在项目中没有基础或所有权。因此，重点正朝着改进管制的方向转变，实现转变的方式是赋予穷人权利使之参与到影响他们自身的决策过程中。和现有的基于社区的社会资本合作，会产生使人们从贫困中提升的路径。这同时也会带来和社区之间的更可持续的联系，并且创造更有意义的公众参与的机会。

2.4 整合经济、社会和环境要素

2.4.1 整合的需要

在一个整体的平衡可持续发展框架里面整合和协调经济、社会及环境三个方面是很重要的。很多重要的决策在经济领域失效，因此经济分析在当代国家政策制定中扮演特殊角色。不幸的是，用于实际政策制定的主流经济学往往忽略可持续发展的环境和社会维度。然而，也有一些文献试图寻找解决这种缺陷的办法，比如生态经济学、保护生态学。

整合之前，比较生态、社会和经济可持续性的概念是非常有用的。一个有用的理念认为，与保护资产基础的价值不同，我们要维持一系列机会（Githinji 和 Perrings，1992）。实际上，如果偏好和技术在接下来的不同代际之间改变的话，仅仅保护一个不变的资产价值就会变得不太有意义。如果生物多样性保护的内容集中于保护一系列机会的规模大小的话，那么生物多样性保护对于生态系统持续性的重要性就变得显而易见。多样性的保护使得系统能够通过保护自身不受外界扰动而保持恢复力，同时维持人造资本存量以便保护未来的消费。经济学表明，如果一个社会消费其自身固定的资本而不进行补给，则是不可持续的，然而采用生态学的方法，不可持续的生物多样性和恢复力的损失意味着系统自组织能力的减弱，但不一定会带来生产力的减少，两者之间存在差异。在社会系统中，恢复力一定程度上取决于人类社会面对压力和扰动时的适应能力和维持其自身功能的能力。因此，社会文化和生态的可持续性在二者相互作用时产生联系，同样，人类社会和生态系统组织上的相似性、生物多样性和文化多样性之间的相似性也在二者相互作用时产生。从一个长远的观点来看，社会、经济和生态系统在一个相对更大更加复杂的适应性体系中共同进化，这一概念为我们提供了一个有用视野，即可持续发展的不同要素之间的和谐整合（图 2-1 和第 4 章）（Norgaard，1994；Munasinghe，1994；Costanza，

1997)。

当我们要整合经济、环境和社会三个维度的可持续发展时，最优性和持续性是两种有用的方法。尽管这两种方法有互相重叠的部分，但是两者在主要的切入点方面有所不同。在识别优先采取的方法时，不确定性扮演重要角色。比如，系统模拟者们都期望有相对稳定和组织良好的条件，他们可能会追求一个最优的方案，该方案试图控制甚至调整理论上的结果。而现实生活中的百姓们则面临无序的和不可预测的环境，他们可能会选择更加持久和实际的响应方案，从而简单提高生存境况。

2.4.2 最优性

在经济分析中已经广泛应用最优性的分析方法，用以进行一般化的福利（或效用）最大化分析，其约束条件是生产性资产（或福利本身）存量在长期来说不降低。根据 Pezzey（1992）和 Islam（2001）的回顾，这个假定对最可持续经济增长模型来说是具有普适性的。这个方法的基本原理可以通过总福利流（the flow of aggregate welfare（W））最大化的例子来解释，在无穷大的时间（t）内进行累积折现，如下所示。

$$\mathrm{Max}\int_{0}^{\infty} W(C,Z)e^{-xt}dt$$

这里，W 是 C（消费速率）和 Z（一系列其他相关变量）的函数，r 是贴现率。进一步的约束是要求满足可持续性——比如，不降低的生产性资产存量（包括自然资源）。福利最大化、以最优性为基础的方法成为普遍使用的经济方法的基础，比如影子价格和费用—效益分析（3.2 节）。

有些生态学模型也能够最优化生态学变量，比如能源使用、营养流或生物量产量等，模型中给予系统活力（system vigour）更多的权重，将其作为衡量可持续性的标准。在经济模型中，效用主要根据经济活动的净效益来衡量，也就是效益减去费用（第 3 章，Munasinghe，1992a；Freeman，1993）。更高级的经济最优化模型试图涵盖环境和社会变量（比如评估环境外部性价值、系统恢复力，等等）。然而，由于对“非经济性”资产进行价值化存在困难，因此在绝大多数经济最优化模型中主要考量的是那些和市场活动相关的费用和效益。

在这个框架中，最优的增长路径使经济产出最大化，同时通过保证不下降的资产存量（或资本存量）来满足可持续性标准。有些分析者支持“强可持续性”，要求分别保护每种重要的资产（比如人造资本、自然资本、社会—文化资本和人力资本），前提是假设他们之间是互补的而不是互相替代的（Pearce 和 Turner，1990）。其他的一些人则支持“弱可持续性”，它强调维持所有资产总存量的加总货币价值不变，前提假设是不同的资产类型都可以被价值化，并且它们之间有一定程度的可替代性（Nordhaus 和 Tobin，1972）。

通常我们还需要其他的约束条件，因为经济评估的基础是最优化和资源的有效率使用，而这可能无法简单地应用到生态学目标当中去，比如保护生物多样性和提高恢复力或者应用到社会目标当中去，比如促进社会公平，公众参与和赋权。所以，这种环境和社会的变量很难在同一个价值评估的目标函数中与其他衡量经济费用和效益的变量互相结合（2.5.2 节，第 3 章）。而且，价格体系（有时间滞后性）可能难以可靠地预期那些不可逆的环境和社会损害，以及非线性的可能导致灾难性衰退的系统响应。在这种情况下，对环境和社会状况的非经济性评估将是有帮助的——比如，森林覆盖的地域，冲突的影响范围（Munasinghe 和 Shearer 1995；Hanna 和 Munasinghe，1995a、1995b；UNDP，1998；World Bank，1998）。关键的环境和社会指标方面的约束条件是代表安全阈值的条件，这些安全阈值有助于维持系统的生存能力（viability）。多准则分析有助于在一系列不可度量的变量和目标之间进行权衡（第 3 章）。同样地，由于风险和不确定性的存在，决策分析工具的使用也是必要的。目前的工作强调决策科学的社会维度，指出风险感知是主观的，并且依赖于风险度量工具以及其他影响因素，比如种族文化背景、社会经济条件和性别等（Bennet，2000）。

2.4.3 持续性

第二个广泛整合的方法主要关注维持生命的质量——比如，要求满足环境、社会和经济可持续性要求。这个框架支持一种"持续的"发展路径，该路径允许增长但不一定是经济最优的。当人们在安全和经济最优之间做权衡时，可能更愿意为更加安全而牺牲一些经济最优性，将经济维持在关键的环境和社会因素限制之内——比如，在风险升高时，那些负面的和脆弱的社会或面临无序和不可预测条件的个人可能会这么做（见第 5 章的预防原则）。经济性的约束应该根据维持消费水平（广泛地界定为包括环境服务、闲暇和其他"非经济性"在内的效益）来设定——也就是，人均的消费不会降低到某个最低水平，或者不降低。环境和社会可持续性的要求可以通过与生态系统和社会经济系统的持续性（durability）或健康相关（恢复力、活力和组织）的"状态"指标来度量。举个例子，根据一个系统在健康状态下的预期寿命（expected lifespan）来简单衡量它的持续性指标（D），把该指标作为正常寿命的一部分（专栏 2-2）。我们假设 D=D（R，V，O，S）；表示持续性（durability）取决于自我恢复能力（R-resilience）、活力（V-vigour）、组织（O-organization）以及外部环境状态（Sstate）——特别是那些与潜在损害震动（shock）有关的外部环境状态。社会系统和生态系统的可持续性之间的进一步相互作用也是相关的——比如，社会冲突可能加速生态系统的损害，反之亦然。再比如，在传统社会中长期存在的社会规范有助于进行保护环境（Colding和Folke，1997）。

持续性提倡一种整体的系统观，这在可持续经济学分析中是非常重要的。生态系统和社会经济系统的自组织和内部结构使得“整体的持续性（以及价值）大于各个部分持续的总和”（第4章）。狭义的价值评估方法是基于各个部分的边际分析，可能会有误导作用（Schutz，1999）。比如，评估一个森林生态系统整体功能多样性的价值往往比评估单个植物或者动物的价值更加困难。因此，前者更可能因为市场失灵（由于外部性问题）而受损。进一步地，使用简单的环境影子价格可能导致系统多样性的均质化和减少（Perrings等，1995）。系统分析有助于识别合作性的结构和行为的效益，这是局部分析可能会忽略的。“满意”行为是一个广为人知的概念，持续性也和这个概念有关，指的是个体寻求达到满意度的最低水平，而不会努力去达到所有价值的最大化（Simon，1959）。

基于模拟的方法有利于分析诸多持续性路径的可能性，包括考虑那些可替代的世界观和未来观（而不仅仅是一个最优结果）。最近的生态学模型研究中试图将人类行为整合到模型当中，上述基于模拟的方法和这种生态学模型研究是一致的（生态经济学，2000）。关键的要素包括：用多个代理人[1]（multiple-agent）的模型解释异质行为（heterogeneous behaviour）；识别有限的理性，有限的理性导向不同的感知和偏见；强调社会性的连接，这些连接提高了诸如模仿、互惠和比较之类的响应。

在持续性方法中，可以通过设定资产存量维持不变来满足可持续性约束（就最优性方面来说）。这里，把不同形式的资本看作减少对外部震动的脆弱性以及降低不可逆损害的保障性壁垒，而不仅仅是产生经济产出的资产的积累。随着资本禀赋和冲击的强度和速率的改变，系统自我恢复能力、活力、组织和适应能力将动态地随之变化。

2.4.4 最优性和持续性的互补和结合

当我们着眼于最优性和持续性两种方法是如何互相补充时，国家经济管理提供了很好的例子。比如，在定量化的宏观经济模型基础上，我们可以优化包括财政和货币措施在内的经济政策（比如税收、补贴、利率和汇率）。然而，考虑到其他更加基于持续性，且有利于促进良治和社会稳定的社会政治因素（比如，包括保护穷人、地区性的因素），决策者难免要在执

1 原文为multi-agent。——译者注

行政策前对经济上“最优”的政策进行修正。另外一个例子也能很好地阐释持续性和最优性两种方法之间的相互影响，即对未来全球温室气体排放设置适当的目标（根据相应的温室气体浓度）（第5章；Munasinghe，1998a）。

可以通过几种方式来具体实现两种方法的互补和结合。第一，废物产生的总速率应该限制在小于或者等于环境自净能力的范围内。第二，稀缺性可再生资源的利用速率应该小于或者等于他们的自然生长速率。第三，管理不可再生资源，使之能够满足资源使用和技术进步之间的可持续性。应该通过使直线型生产转向闭合回路模式，使废物和自然资源的投入减少。从而，基于工业生态学的概念，以群落的形态设计生产联合体——最大化工厂之间的物质循环流和废物再利用。最后，需要考虑额外的方面（至少是以安全限制或者约束方面的形式），包括代际公平和代内公平（减贫），多元的和协商的决策，社会价值和体制的加强。

让我们来看看温室气体减排这个例子，以此来理解上述整合性框架是如何有助于将气候变化政策整合到国家可持续发展战略中的。总温室气体排放速率（G）可以通过下述恒等式来分解。

$$G = [Q/P] \times [Y/Q] \times [G/Y] \times P \tag{2.1}$$

这里，[Q/P] 是人均生命质量；[Y/Q] 是单位生命质量所需的物质消费量；[G/Y] 是每单位物质消费的温室气体排放量；P 是人口数量。如果等式右边的其余三个变量的每一个都能够被最小化的话，则高的生命质量 [Q/P] 和低的温室气体排放量 [G] 是可以保持一致的（见 2.6.2 节的“路径效应”）。减少 [Y/Q] 意味着“社会解耦”（或者“非物质化”），从而满意度变得相对不依赖物质消费，在这个过程中品味改变、行为和价值朝着更可持续的消费方向改变。类似地，[G/Y] 可以通过在生产和消费中减少温室气体排放强度的“技术解耦”（或者“脱碳化”）来减少。最后，需要减少人口的增长，尤其是那些人均排放已经非常高的地区。我们需要研究社会解耦和技术解耦之间的关系（IPCC，1999）——公众感知和品味的变化会影响技术变革的方向，并影响减排和适应性能力以及政策的有效性。我们可以使用一系列经济和社会政策工具来使得消费和生产模式更加可持续。政策工具包括市场激励和定价政策、立法和控制、改进的技术选择，以及消费者教育（第5章、14章）。

气候变化研究人员目前正在研究大尺度和复杂的综合评估模型（integrated assessment models，IAMS）的应用，这些模型包括嵌套的子模型，代表不同的生态系统、地球物理系统和社会经济系统（IPCC，1997）。在一个大的综合模型中的不同子系统中，最优性和持续性都能够得到恰当的应用。

2.4.5 贫困、公平、人口和可持续的自然资源使用

这一节我们从整体的可持续经济学的角度去考察贫困—公平—人口—自然资源关系中的关键性问题。

2.4.5.1 公平和贫困的维度

公平和贫困是两个重要问题，主要包含社会和经济纬度的问题，也有某些环境方面的问题（图 2-1）。1.2 节已经给出了世界范围内令人信服的统计。同时，收入差距正在加剧扩大——最富有的富人和最贫困的穷人中的前 20%，人均收入的比率已经从 1960 年的 30∶1 变为 2000 年的超过60∶1。

公平是一个主要涉及社会维度以及某些经济维度和环境维度的伦理概念和人本概念。如果关注决策过程公平和结果公平——比如，保证同等的机会和避免极端的剥削，那么一个活动的公平可以根据一些方法来评估，包括平等性、比例性、优先性、实用性和罗尔斯分配正义性。Rawls (1971) 指出，“如果说真理是思想体系的首要价值，那么正义就是社会制度的首要价值”。社会活动家试图通过平衡和整合其中若干的原理和准则来达到公平。

人们已经采取旨在提高全体人类福利的经济政策来减少贫困，提高收入分配和代内（或者空间上）公平（Sen，1981、1984；Durayappah，1998）。Brown（1998）指出实用主义方法存在缺陷，这个方法把经济方法作为公平的基础。广义地说，经济规律为更有效地生产和消费物品和服务提供了指导，但是却不能在可替代的有效消费模式中选择最公平的结果。公平原则为判定这些选择提供了更好的工具。

社会公平也和可持续性有关，因为高度扭曲或者不公平的收入和社会效益的分配不太可能被接受，或者长期持续。公平性可以通过提高多元性和民众参与决策过程以及赋权给弱势群体来加强（弱势群体通过收入、性别、种族划分、信仰、社会地位等来界定）（Rayner 和 Malone，1998）。在长期来看，顾及代际公平和维护未来人们的权利是关键。特别在公平性和有效性方面，经济贴现率扮演了一个重要的角色（Arrow 等，1995b）。专栏 2-4 综述了可持续经济学框架内社会公平和经济有效性之间的联系。

环境方面的公平最近越来越受到世人的关注。由于弱势群体在更大程度上受到环境损害，所以，减贫的努力（传统上关注提高货币收入）正在拓展为改善穷人所面临的环境退化和社会条件等领域。Martinez-Allier (2004) 认为，那些更直接依赖于自然资源的穷人通常都是很好的环境管理者，然而富人却通过自身的消费产生间接的影响，从而产生更加有害的环

境足迹。Munasinghe（1997b）对以下的普遍看法表示异议——贫困和人口增长本质上对自然是有害的，它掩盖了关键的公平问题，穷人虽然因此消费了更多但仍然远远比富人要少得多（见下文）。在5.2.3节中，我们将会讨论和气候变化相关的道德规范和公平性。

专栏 2-4 社会公平性和经济有效性之间的相互作用

当我们定义、比较和加总不同个人或国家的福利时，经济效率和公平之间的冲突就产生了。比如，假设人均收入的提高会带来绝大多数或者全部个体的福利提高，则效率意味着在资源约束的情况下使产出最大化。然而，如果收入分配变得不公平的话，整体的福利可能会降低，它的降低取决于我们如何界定与收入分配相关的福利。相反的，如果政策和制度保证适当的资源转移（resource transfer）——通常是从富人到穷人，则总福利将得到提高。

加总和比较不同国家之间、不同国家内部的福利同样是一个备受争议的问题。国民生产总值（Gross National Product，GNP）是对国家总经济产出的一种度量，并不直接代表福利水平。在一个国家内加总GNP也许并不是度量总福利的有效方法。然而国家经济政策通常更关注GNP增长，而不是它的分配，这里暗含的意思是额外的财富增加对于富人和穷人来说是等价的，或者存在以公平的方式重新分配财富的机制。有人试图通过以有利于穷人的方式给予费用和效益一定权重，把公平性的考虑纳入经济框架中。尽管系统方法能够确定这些权重，但是赋值权重的随意性还是会产生实际的问题。

同时，我们必须注意到，所有决策程序实际上已经对权重赋值了（通过随意的方式或者其他方式）。比如，设计累进的个人收入税来从富人那里成比例地提取更多。另一方面，传统的基于经济效率的费用—效益分析（cost-benefit analysis，CBA）给予所有货币化的费用和效益以同等的权重，而不考虑收入水平。更为实际的情况是，绝大多数国家通过分割费用和效益两方面来解决经济效率和公平之间的冲突，比如，维持“最大化GNP”并“建立相关制度和程序，使之承担再分配、社会保护和提供基本需要的功能”，通过二者之间的平衡来实现。公平性和效率在国际层面的相互影响将在后面气候变化案例的篇章中详述。

总的来说，公平和贫困不仅仅是经济维度的问题，也是社会和环境维度的问题，所以需要用一套全面的指标体系来对其进行评估（而不仅仅是通过收入分配这个单一指标）。从经济政策的角度看，需要强调通过增长、扩大进入市场途径以及提高资产水平和教育水平扩大贫困人口的就业机会和获利机会。社会政策则应关注通过使制度更加能够对穷人作出响应，以及消除排斥弱势群体的障碍因素，进行赋权和整合。与环境相关的帮助贫困人口的措施则应以减少他们面对灾害和极端天气事件、农作物减产、失业、疾病、经济震动等方面时的脆弱性为目的。所以，减少贫困的一个重要目标是为穷人提供相关资产，使之能够减少他们的脆弱性（比如，生理上的、人性的和财政方面的资源的增加）。这些资产能增加他们处理（即进行短期的改变）和适应（即进行长久的调整）外部震动的能力（Moser，1998）。

前述观点自然地融合于减少贫困的可持续生计方法当中。在贫困项目的可持续性方面，我们识别了生计的三个主要方面（Munasinghe，2003）。第一，存在人们可以参与的并且可以获利的活动，这些活动可以是正式的全职工作，亦可是季节性的非正式的特殊工作，这仅仅是给城市和农村地区提供了生存收入途径。第二，人们有获得资产的途径和机会，包括生产性资产和提供重要服务的资产。经济资产由以下部分组成：常见的人造资本，比如机器和厂房；环境资产，这些利用自然资本的环境资产常常被忽略；社会资本也是同等重要的，包括推动人类相互作用的，并与价值、文化和行为模式连系着的社会、政治及其他程序和制度。第三，权利和赋权，这对穷人和赤贫群体满足其基本生存需要来说非常重要（Sen，1981）。其他作者识别了五种可持续生计的重要资产：人力资本、社会资本、自然资本、物质和金融资本（Carney，1998）。

对公平来说更加非人类中心主义的一种方法认为：应该公平地对待非人类的生命形式甚至无生命的自然。有一种观点认为人类对自然有谨慎的“服务员”（或托管人）责任，这种责任超出了单纯使用的权利（Brown，1998）。

2.4.5.2 人口和自然资源使用

人口和自然资源使用之间的联系也是非常复杂的，需要在贫困和公平的领域中进行研究（Munasinghe，1997b）。可持续经济学提倡一种平衡的观点，把人看作一种资源，而不一定是不可持续的负担。从 Malthus（1798）开始，一种普遍的观点认为贫困人口的增长对自然资源是有害的（7.1.1节）。比如，在野生生物资源保护方面的一篇广泛引证的文章（Mangel等，1996）中，作者提出一个有争议的观点：“减少人均资源需求的唯一实际途径是稳定人口并进而减少人口。”这一主张是有误导性的，并扭曲了其他权威的和全面的文章里的全部内容。实际上，没有确凿的证据表明人均资源需求和人口规模是互相联系的。即便是总资源使用和人口之间的关系都是复杂的，难以用一个简单的陈述来简单概括。

我们重新改写此前的2.1方程式，将总自然资源使用表示为：N=［N/P］×P，这里P是人口，［N/P］是人均自然资源使用。只注重人口控制是片面的，因为对于资源耗竭来说，高水平的人均消费和单纯的人口增长同样需要受到指责。目前，就消费而言，世界上15%的富人超过了60%的贫困人口的16倍（在可以预见的将来也会是这样）。更公平和平衡的观点会同时识别人口和人均消费对于可持续性的含义。并且，相对于穷人来说，我们将更多地关注富人的人均消费和人口的增长速率。

我们知道环境退化、人口和贫困之间相互作用，形成了复杂的关系（4.2.6节）。穷人往往更频繁地成为污染和资源耗竭的受害者，而这些污染和资源耗竭却常常是由富人带来的——这是不公平的。同时，在宏观环境下，没有土地的穷人被迫侵占脆弱的土地，最终破坏了他们自己的环境（Munasinghe & Cruz，1994）。一个多机构完成的全面的报告最近指出，减少贫困需要进行环境保护，并且需要同时追求两个目标的实现（DFID等，2002）。Grima等人（2003）在四个不同的主题下，即制度、生态旅行、度量指标、脆弱的土地，探讨了如何整合生态学和经济学的不同观点。生态学家支持自然资源的可持续性，与之相反，经济学家提倡发展和减贫两方面的结合。同时，人口增长本身取决于很多因素，不仅包括高度可见的因素，比如家庭计划；同时也包括更深层的潜在因素，包括教育水平（尤其是妇女），妇女的地位，家庭收入，获得基本需求与金融安全的机会和途径（Dasgupta，1993）。

通常人们认为人口增长和自然资源消耗之间有相互作用的联系，但一个简单的数学表达式表明，二者之间的联系并不一定像看起来那样直接（Munasinghe 1997b）。我们现在来考察一下一个人口为P和自然资源存量为N的社会。对于自然资源存量的可持续性来说，比率R=［N/P］是一个有用的表征指标。更具体地说，人们可能寻求一种发展路径，使该比率不下降。因此，可持续性要求dR/dt≥0。我们可以将可持续性原则更方便地界定为：

$$S=(dR/dt)/R=[(d/dt)(W/P)]/[W/P]\geqslant 0$$

可以分解指标S来表示自然资源存量的增长和人口的增长所产生的不同影响。假设N=N（P，t），且P=P（t）。我们得到：

$S=[(\partial W/Wt)/N]-\{[(dP/dt)/P][1-e]\}$；其中 $e=(\partial N/\partial P)/(W/P)$

很显然，如果（∂W/∂t）>0，则第一部分［…］是正的，也就是说当人口数量恒定时和自然资源存量随着时间增加时，S上升。然而，第二部分{…}的符号同时取决于（dP/dt）和（1-e）二者的符号。因此，只有当e

<1 时，减少人口（dP/dt<0）会提高可持续性 S_0；相反的，如果 N/P 刚开始比较低而 ∂N/∂P 相对较高的话，e>1 是更可能产生的情形。比如，适度的人口增长刺激了保护和提高资源存量的更大的努力。一个可能的例子是，居住在干旱地区的社区，如果人口数量缩小，沙漠化自然过程的进行将不受阻碍；反之，为了维持 e>1 的状况，增长的和旺盛的人口（同时收入水平也增长）有可能对环境保护产生更大的贡献。

正如目前很多国家正在察觉的那样，人口增长率的快速下降有着重要的人口统计学含义。出生率下降以及人口的老龄化，使得人口金字塔底部缩小，使得一群相对小规模的有生产能力的年轻人需要维持数量不断扩大的老年人口和依赖性人口。有些国家的应对措施是通过鼓励移民来增加劳动力。老龄化人口的政策含义涉及人们对很多重要问题的根本反思，包括退休年龄、鼓励老年人的生产性活动、重新权衡社会保险的分布和养老金的支付，等等。

这里将前述的论点总结如下：尽管目前人们往往自动机械地假设人对自然资源及其可持续性是一种威胁，但是当我们把人类作为对可持续发展来说是一种有价值的资源的时候，人对自然资源及其可持续性则是有利的(4.3.2)。人类资源和自然资源是互补的。并且，人类对环境的态度以及他们的经济活动模式和人口数量本身至少是同等重要的。从可持续经济学的观点来看，如果稀缺的环境资源存量处于危险境地时，加强教育、培训、健康和其他社会服务来建设人力资本和社会资本，将是释放潜在的贫困人口以及把可感知的责任转变为一种资产的关键因素。可持续发展三角中的第三个因素（经济资源）也扮演重要角色，它通过提高技术来减少对矿物和野生生物资源的压力。

总的来说，对于保护自然资源来说，如果更加公平地考察人均资源需求和人口，就会出现一些有希望的选择。有一个背景因素不能忽略，那就是对于发展中国家来说，经济增长仍是首要的需要，尤其是对那些有大量贫困和赤贫人口的国家。2.6 节分析了如何重新构建增长来使发展更加可持续，以及如何精心设计政策来寻求一种更加可持续的路径或者“隧道”（图 3-4)。

2.5 整合型分析和评估的工具和方法

下面总结用于整合分析和评估的一些重要工具和方法。由于可持续发展范围广阔，这些“工具包”是折中的，且绝不是详尽的。这里是期望能够为可持续经济学从业者提供一些关键方法的选择。后面的章节将提供实际应用的例子，以及适用于不同情景的适当的指标工具。

2.5.1 行为影响矩阵

行为影响矩阵是多个利益相关者的协商方法，它有助于我们对发展的三个维度进行整合：社会、经济和环境，对他们之间关键的相互作用给予识别并区分优先次序，并确定那些能够使发展更加可持续的政策和项目。自20世纪90年代以来这个方法就广为应用，最初在可持续经济学框架中提出是在1992年的里约地球峰会（Munasinghe，1992a）。最初，它用于将一系列环境和社会方面的考量纳入到发展规划中（Munasinghe，1994a、1997、2002a、2006），后来，调整为针对具体的问题，比如气候变化、能源和水（Munasinghe，2002b；Munasinghe & Swart，2005；MIND，2004）。

2.5.1.1 基本程序

通常，行为影响矩阵是一种国家层面的策略工具，用以更好地理解关键因素之间的相互连接：（a）主要的国家发展政策和目标；（b）可持续发展的关键弱点和问题——比如，和经济部门、生态系统和社会因素相关的弱点和问题。

行为影响矩阵方法从对两个基本元素（a）和（b）之间的双向连接的事前分析开始——即（a）对（b）的影响，以及（b）对（a）的影响。通过简单地将发展目标和关键的经济—环境—社会问题联系起来，行为影响矩阵识别对可持续发展而言潜在的障碍，并帮助我们确定能够克服这些问题的优先策略。

行为影响矩阵本身是通过一种多个利益相关者全面参与性的分析过程来产生的。我们从政府、学术和公民社会以及私人部门中抽出大约50个分析人员和专家，他们代表与可持续发展问题以及其他和研究相关的问题有关的领域和部门。首先，通过利益相关者之间大约两天的集中的相互作用来建立初步的行为影响矩阵。上述参与性的过程和结果本身是同等重要的，因为这个过程当中产生了重要的协同和合作性的团队建设活动。这种协作有助于参与者更好地理解反面的观点，解决冲突，保护权益结构，以及促进那些已经达成一致的政策措施的执行。接下来，原始行为影响矩阵的更新或微调可以很快地由同一个群组完成，因为他们已经熟悉了方法。

为了最大化有效性，行为影响矩阵工作组需要进行精心的准备，包括培训那些执行分析的指导员、编写文件（比如行为影响矩阵指南）、筛选和初选参与人员的合理群组、提前搜集相关背景数据。

行为影响矩阵方法采用本章前面所讲的可持续经济学框架的原理和方法，包括关注令发展更加可持续（MDMS），权衡考虑可持续发展三角，强调跨越界限，以及全周期应用整合性工具——这其中，行为影响矩阵扮演重要角色。因此，行为影响矩阵是从原始数据搜集到实际政策应用和反馈的关键连接。

行为影响矩阵过程由如下关键步骤组成：

首先，筛选和问题识别

a）确定最重要的发展目标和政策（DG）——矩阵的行。

b）确定关键的可持续发展弱点和问题（VI）——矩阵的列。

c）确定VI的目前状况——矩阵单元。

d）识别DG如何影响VI（矩阵DEV）——矩阵单元。

e）识别VI如何影响DG（矩阵VED）——矩阵单元。

其次，分析、优先性判断和纠正

f）对最重要的交互作用进行分析和优先性判断，并确定适当的补救政策和措施。

g）对关键的交互作用以及上一步识别的政策选择进行更加具体的研究和分析。

h）更新和提炼上述（c）到（f）的步骤。

再次，生成两个代表双向连接的矩阵

i）矩阵DEV——发展目标和政策对弱点和问题的影响（DG→VI）。

j）矩阵VED——弱点和问题对发展目标和政策的影响（VI→DG）。

总结一下，行为影响矩阵的行表示国家发展目标和政策（DG），列表示可持续发展的弱点和问题（VI）。两个初步的矩阵单元识别了DG和VI之间的广泛联系，为我们提供了定性和定量分析方法去分析关键的交互作用的大小，有利于我们对最重要的连结给予优先性，并促进形成适当的政策响应。同时，整个矩阵的结构有利于跟踪影响，以及明晰发展活动之间的联系（政策和项目）。

行为影响矩阵方法是灵活的，并能够针对不同的问题通过不同的方式进行调整。包括如下典型的例子。

1. 一旦已经准备了初步的行为影响矩阵，我们就可以通过两种互补的方式来获得优先的连接。

a）上行连接：利用中期到长期的可持续发展路径，把对可持续发展弱点的考量纳入到一个国家的宏观经济和部门发展策略中。

b）下行连接：通过施行旨在使特定项目和政策更可持续的可持续发展评估，把对可持续发展的考量整合到国家下一级层面的短期到中期的发展策略中。

2. 完成国家层面的行为影响矩阵分析后，可以将该方法运用到国家下一级层面或者社区层面，以此对分析进行调整。

3. 在接下来的步骤中应该涵盖对其他主要外部因素影响的分析（比如气候变化、自然灾害、升高的油价，等等），这些因素可能受到国家发展目标以及政策与可持续发展的脆弱性和其他问题之间相互作用的影响。

行为影响矩阵方法的实际应用将在6.3节中介绍。

2.5.2 其他方法和指标

2.5.2.1 行为影响矩阵

可持续发展评估是一种涵盖诸多方面（overaching）的方法（有很多组成部分），它用于评价投资项目（也评估规划和政策），以此保证我们能够对发展和可持续性两方面进行权衡分析。可持续发展评估中的经济部分基于传统的经济和财务分析（包括费用—效益分析，将在本章的后面部分以及第3章介绍）。另外两个部分是环境评估和社会评估（EA和SA）——第4章（世界银行，1998）。然而，在整合的可持续发展评估当中，还涵盖了很多其他更特殊的评估类型。

经济、环境和社会分析需要被整合到可持续发展评估当中，并互相协调。在历史上，环境评估（Environmental Assessments，EA）和社会评估（Social Assessments，SA）是作为独立的方法发展起来的。但是，对所有影响进行全面评价，需要我们能够透彻地理解计划性的干预带来的所有生物物理的和社会的改变。生物物理的影响产生社会影响，社会改变也影响生物物理环境。近期的研究试图通过使用一种与可持续经济学一致的概念框架来整合生物物理和社会的影响，这使我们能够更好地理解人类影响的程度以及由这种干预带来的影响途径（比如，Lee和Kirkpatrick，2000）。Green（2001）把它实际应用到了采矿问题中进行分析。

人们有越来越多的兴趣去探究不同的可持续发展评估的整合方法，以此促进相关研究、政策设计和决策（Boulanger和Brechet，2002）。现在已经出现了越来越多的更加专业化的评估形式，有社会评估、健康评估、风险评估、气候评估、发展影响评估、贫困评估和环境评估以及性别影响评估。

可持续发展评估框架下，不同的组成部分越来越多，带来了越来越多的困难。在程序层面上，调整各个单独的评价的时间并使之与项目相关的决策保持同步，成为越来越困难的问题；在方法学层面，所使用的评价方法之间互相矛盾、特定类型的影响之间有互相依存关系，这些方面存在越来越多的可能性，而建立全面的评估用以决策，也可能存在越来越多的困难；在组织层面，工作量大幅度提高了，因为需要管理和协调单个独立的评价，以及项目设计和管理过程中的多学科团队。该方法在这方面的缺点有：存在对影响有错误判断的风险，可能忽略把跨领域问题考虑在内的更好的替代性解决方法（Brown，1998）。采取这种方式进行评估的项目面临失败的风险，因为这些方法的范式是有偏差的或者不完全的。在理想的整合的可持续发展评估方法中，我们不再需要不同的评估，而是向项目官员提出一个整合的全面的图景，它覆盖了所有可能的选择。

我们可以进行不同程度的整合。比如，通过对不同部门的评估做程序上的调整可以使评估的时机充分交叠，这样就能够使不同的评估团队有机会交流并交换他们的结果。Assefa（2005）认为，可持续发展评估应该和传统的技术评估（technology assessment，TA）以及系统分析相结合，提供一种整合的和全面的方法。

到目前为止，发展方面的合作过程还无法实现最后的项目质量目标。初期的发展合作仅仅是以经济和技术目标为目标的。随着人们意识的提高，和文化、公平、性别、环境和制度能力相关的政策主题开始出现。对各个方面逐一分析的割裂的方法有弱点，整合的方法则能够帮助我们克服这些弱点，导向一个更加优化的项目范式，并且将简化项目的决策。

因为可持续发展目标具有相互独立的经济、社会和环境目标，有人认为，评价程序和方法所采用的评价原则应该是经济、社会和环境三者相互连接的，并且是和达成目标相一致的。我们需要加强可持续发展评估方法，使之能够应用在更加战略层面的以及与发展政策、规划和项目相关的决策上（3.4节）。

传统的决策十分依赖于经济学。因此，面向整合的实践步骤中，第一步应该是把环境和社会问题系统地结合到人类社会的经济政策框架中去——比如，运用问题—执行对应图的方法（Issues-Policy Transformation Mapping，ITM）。

2.5.2.2 问题—执行对应图

问题—执行对应图是在政策过程中整合和应用可持续发展评估的不同部分（比如环境和社会评估）的一种方法。图2-3给出了一个例子，说明在决策领域，人们是如何将环境问题进行转化并将其规划到可执行的行动和政策中去的。右边的图表表示传统决策过程及其在现代社会中执行的分级性质。

全球的和跨国家的层面由主权国家组成。下一层次是单独的国家，每个国家都有多部门的宏观经济。各个国家都有不同的经济部门（比如工业和农业）。最后，每个部门由不同的子部门（subsector）和项目组成。位于图右边的是一个一般决策过程，它依赖于对项目和政策的技术—工程、财政和经济分析。特别地，过去传统的经济分析已经很好地发展起来，能够在不同的等级层面上运用许多分析技术手段，比如项目评估/费用—效益分析、部门/地区研究、多部门宏观经济分析以及国际经济分析（金融、贸易，等等）等。

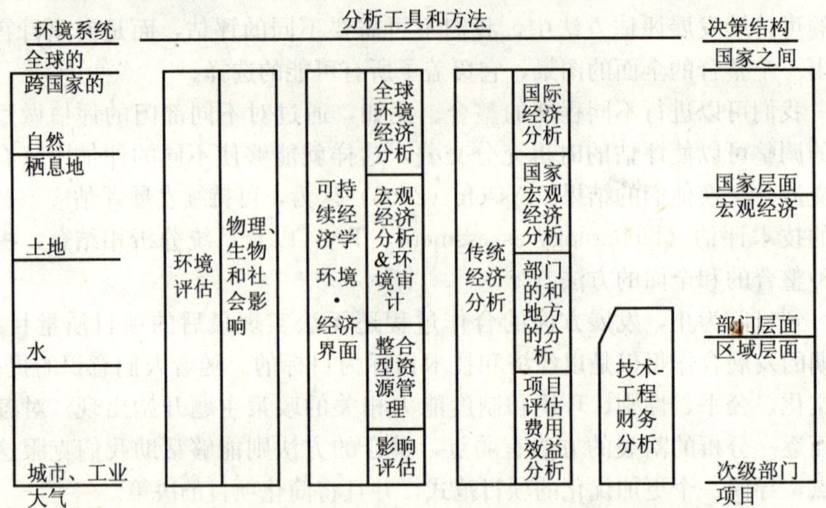

图 2-3　把可持续发展问题结合到传统决策中去的问题—执行对应图

资料来源：Munasinghe（1992）。

不幸的是，我们不能够轻易地使用上述决策架构来开展环境和社会分析。我们来考察一下环境问题是如何结合到这个框架当中的（我们知道，关于社会问题的讨论是类似的）。左边的图表示一种对环境问题的简单分类：

- 全球和跨国家的（比如，气候变化、臭氧层耗竭）
- 自然栖息地（比如，森林和其他生态系统）
- 国家生境（比如，农业地区）
- 水资源（比如，流域、蓄水层、分水岭）
- 城市—工业（比如，城市地区、区域）

在每一部分，全面的环境分析将试图全面研究一个综合的生物地球物理系统。当这类自然系统和人类社会结构相互交叉时，会出现复杂的情况。比如，一个巨大的和复杂的森林生态系统（如亚马孙森林）跨越几个国家，且在各个国家内多个经济部门发生相互作用。

环境退化是由人类活动产生的（忽略自然灾害和其他非人类引起的事件），因此，我们从图的右边开始分析，然后从图的右边向左边追溯经济决策产生的生态影响。人们已经建立了环境评估技术（EA）来推动这种困难的分析（World Bank，1998）。比如，对一个原始热带雨林的破坏可能是由水力发电大坝（能源部门政策）、道路（交通部门政策）、刀耕火种（农业部门政策）、矿物开采（工业部门政策）、土地税激励下的土地开荒（财政政策）等方面引起的。理清这些原因（右边）和它们的影响（左边），并对其进行优先排序，需要非常复杂的分析。

图 2-2 同时展示了在连接生态—经济两个界面方面，可持续发展经济

学起到了桥梁的作用，因为它对环境评估（EA）结果（由物理或者生态单位来度量的）进行转化并将其归入到传统的经济分析框架。不同的环境和生态经济评估技术促进了将环境问题纳入传统政策制定的过程，包括：环境影响评价（局地/项目层面）、综合资源管理（部门/地区层面）、环境宏观经济分析和环境审计（经济领域层面）以及全球/跨国家的环境经济分析（国际层面）。由于上述分析技术有大量重合的地方，所以概念上的分类不应该解释得过于严格。而且，当环境影响的经济评估存在困难的时候，类似多准则分析这样的技术可能就会有用（见下文）。

上述步骤完成后，必须重新设计项目和政策来减少他们的环境影响，把发展过程转变为一个更可持续的路径。显然，这种政策的范式和执行本身就是一个困难的任务。在此前描述的森林砍伐的例子中，为了保护这个生态系统，大量分离的（通常是）和非合作性的政府部门和机构之间（即能源、交通、农业、工业、财政、森林等）可能产生政策协调的问题。

为了把社会考量更有效地结合到传统的经济决策框架中去，我们可以很容易地将和上述类似的推论应用到社会—经济界面的社会评估上。在这个案例下，图的左边涵盖社会评估的主要环节，包括资产分配、融合、文化考量、价值和制度。对人类社会（即信仰、价值、知识和活动）的影响，以及对生物地球物理环境（即生命和非生命资源）的影响，二者之间通常是通过二级的和更高的顺序路径互相连接的，我们需要综合应用社会评估和环境评估。这个观点也反映了目前人们关于社会—经济系统和生态系统协同演化的思考（第4章）。

在该图的框架中，右边部分代表不同的制度化机制（从局地到全球的），它们有助于执行政策、措施和管理实践，以期达到一个更可持续的结果。如果采取可持续经济学所主张的跨学科方法，可持续发展策略和良治的执行将受益于此。比如，经济理论强调定价政策提供激励从而影响理性的消费行为方面的重要性。但是，看起来不理性的或者不正当的行为大量存在，通过行为心理学或者社会心理学以及市场研究的结果，人们能够更好地理解这一点。这些研究已经识别了一些基本原则，这些原则有助于影响社会和纠正人类活动，包括互惠（或报答的好意）、行为一致性、跟从其他人的引导、对我们所喜欢的事物的反应、服从正统的权威以及重视稀缺性资源（Cialdini，2001）。

2.5.2.3 费用—效益分析和多准则分析

费用—效益分析（Cost-benefit analysis，CBA）是经济和财政评价的主要工具。这是一种基于新古典经济学的单一评估方法（专栏 2-3），它试图对一项经济活动的结果赋予货币化的价值。人们把分析产生的费用和效益结合为一个单一的决策原则，类似于经济净现值（net present value，

NPV)、内部收益率（internal rate of return，IRR）或效益—费用比（benefit-cost ratio，BCR)。其他一些有用的指标包括费用有效性以及基于最小成本的方法。人们把效益和费用都分别界定为项目执行与项目不执行之间的差异。通常来说，经济效率的观点要求我们采用影子价格（或机会成本）来度量费用和效益。所有重要的影响和外部性都需要作为经济效益和费用来进行评估。然而，因为很多环境和社会影响不太容易用货币化方式进行评估，所以费用—效益分析的有用性主要在于它是评估经济和财务结果的一种手段。第 3 章将讨论更深入的细节。

当一个简单的规范方法（比如费用—效益分析）变得有不足时，多准则分析（MCA）或多目标决策变得特别有用——尤其是当重要的环境和社会影响难以被赋予货币化价值的时候（第 3 章)。在多准则分析中，我们明确合理的目标，并识别相应的属性或指标。不像费用—效益分析，实际度量指标不一定是货币化的——即在分析经济费用和效益的同时，我们将建立不同的环境和社会的度量标准。因此，我们对如下事实有更加清楚的认识，也就是说，不同的目标和指标将同时影响政策决定，包括货币化的非货币化的。即使多准则分析采用了多种指标，但它能够为比较和排序不同的结果提供技术。

2.5.2.4 其他特定的模型和方法

下面的章节包括几种其他的方法和模型，它们是专门针对特殊应用的，同时也是适合可持续经济学方法的。包括：

- 综合评估模型（Integrated assessment models，IAM）
- 宏观经济模型（模拟，增长，可计算的一般均衡——CGE，等等）
- 绿色审计（比如，综合国家经济环境审计或称 SEEA）
- 部门的方法（可持续能源发展——SED，可持续交通发展——STD，可持续水资源管理——SWARM，可持续有害物质减少和管理——SHARM，等等）
- 影子价格和成本计算方法（经济效率，社会公平，环境外部性，可分配费用和剩余效益分配——SCRB，等等）
- 综合资源定价（能源——基于长期边际成本，水，等等）

2.5.2.5 指标和度量

如果实际执行可持续经济学的原理，应用整合工具，那么我们将需要识别从全球（宏观）的到局地（微观）的，与不同的水平集合相应的，特定的经济、社会和环境的指标。对可持续发展的这些度量，涵盖全面的范围，呈现多维度性质（适当的情况下)，并且能够解释空间差异，这些都是很重要的。如果我们希望将可持续经济学的全周期分析的方法（2.1.3 节，

2.1.4节）应用于因果联系跟踪，那么以下这种指标分类会很有用：压力、驱动、状态、影响和响应。比如，我们考察下面的链条（第5章）：根本的压力——社会价值和取向；直接的驱动——休闲运动车（SUV）的更多使用；状态——升高的温室气体浓度；影响——全球变暖；政策响应——对SUV征税，以及面向可持续行为的消费者教育。

已经有很多文献中介绍各种各样的指标（Adriaanse，1993；Alfsen和Saebo，1993；Azar，1996；Bergstrom，1993；Eurostat，2006；Gilbert和Feenstra，1994；Holmberg和Karlsson，1992；Kuik和Verbruggen，1991；Liverman等，1988；Moffat，1994；Munasinghe和Shearer，1995；OECD，1994；Opschoor和Reijnders，1991；UN，1996；UNDP，1998；World Bank，1998；UNCSD，2005）。我们下面简单地讨论一下度量经济、环境（自然）、人类和社会资本会如何产生不同的问题。在经济维度，“资本”或“资产”一词意味着生产经济物品和服务的财富的存量。如下述讨论的那样，社会和环境资产则有更宽泛的含义。

我们可以通过传统的新古典经济学的经济分析来估算人造资本。如在费用—效益分析小节中介绍的那样，当经济扭曲程度相对较低的时候，市场价格是有用的，当市场价格不太可靠的情况下，则可以使用影子价格（比如，Squire和van der Tak，1975）。

自然资产则需要根据关键的生物物理特性来进行定量。有代表性的是，我们可以通过大气污染水平（比如悬浮颗粒物、二氧化硫或温室气体），水污染水平（比如，BOD或COD），以及土地退化水平（比如，土壤侵蚀和森林砍伐）来评估对自然资本的损害。这些物理损害可以通过使用以环境经济学为基础的不同类型的技术来估算（第3章，Munasinghe，1992a；Freeman，1993；Tietenberg，1992）。

社会资本是一种很难评估的资本（Grootaert，1998）。Putnam（1993）将其描述为人类或社会网络以及相关联的行为规范和价值之间的“横向联系”，而这影响着社区的生产力。Coleman（1990）提出了一种更为广泛的观点，他根据社会结构来看待推动社会中相关主体（agents）的活动的社会资本——相关主体的活动允许横向和纵向的联系（比如公司）。上述两种观点暗含了主要的非正式的关系，根据North（1990）和Olson（1982）所主张的制度方法，社会资本不仅包括这些非正式的关系，还包括由政府、政治系统、法律和宪章规定等所提供的更加正式的框架网络，这意味着一种更为宽泛的定义。目前的研究已经试图区分社会资本和政治资本（即将个人和社区连接到更高一级决策水平的权利和影响的网络）之间的区别。人力资源存量将根据教育水平、个人的生产能力和潜在收入的价值来度量。Chopra（2001）认为，社会资本，尤其是那些和贫困社区发展相关的社会资本，度量它们的一个关键指标是个体之间的协作，这些个体的协作存在于传统的分割的独立的国家之间，存在于市场和非市场的体制当中。

目前，尚无广为接受的、成为整体的可持续发展度量方法和传统经济指标（它们的缺点将在第3章和第7章中讨论）分庭抗礼，比如GDP。尽管很多研究者已经建议了很多可选的指标，但联合国有关组织提出的度量方法可能是更加广为人知的，包括人类发展指标体系（UNDP，2005b），真实储蓄（World Bank，2006），以及经过从环境角度调整的国民经济账户（UN，2003；参见3.7.5节）。联合国可持续发展委员会则提出了一套社会、经济、环境和制度指标。如果人们使用罗列式的可持续性指标，那么数据对于绝大多数国家来说是可得的——这种通用有效的工具允许用户选择不同可持续发展指标，适当地加总它们，并将他们运用到不同的地理尺度和特定的年份中（CGSDI；2006）。这一工具也包含MDG指标，目前这些指标对于发展政策来说是最重要的框架。IISD（2006）更进一步提供了这些指标的相关信息。

2.6 为更可持续重新构建发展和增长模式

在此前的1.4节中已经介绍了目前关于长期增长和可持续发展的诸多意见。本节深入讨论这个主题，并把重点放在令发展更加可持续的重新构建上。增长几乎是所有发展中国家的主要目标——尤其是那些最贫困的国家。然而除非经济增长长期持续，否则这个前景难以实现。发展中国家需要确保他们的自然资源禀赋没有被低估和浪费。如果有价值的资源没有受到保护，比如大气、森林、土壤和水体，发展就不可能是可持续的——不仅仅是几年内，而是几十年内。并且，从社会角度来说，必须要减少贫困，创造就业，提高人力技能和加强制度。

2.6.1 使发展与自然协调

接下来，我们考察可供选择的并能互相替代的增长路径，以及在进行选择时可持续发展原则所起到的作用。Lovelock（1975）以他的盖娅假说（Gaia hypothesis）做出了先驱性的贡献。他提出需要把地球上的生命的总数看作一个整体的网络，所有生命共同运作以此为生存创造一个良好环境。可以推出，不受管制的人类活动的扩张将威胁自然平衡。以这种精神为代表，图2-3（a）表示社会经济子系统或“人类圈”（实心的矩形）通常是如何被植入更为广泛的生物地球物理系统或“生物地理圈”（大椭圆）中的。国家经济不可避免地和自然资源互相联系，并依赖于自然资源——因为日常物品和服务实际上来自生命的和非生命的资源，这些资源则来自更大的生物地理圈。我们从地下提取石油，从树木中获得木材，我们自由地使用水和空气。同时，这些活动也将会持续地产生污染的废物，并被随意地排放到环境中。图 2-4（a）中的虚线象征性地表示人类圈中的人类活动的规模在很多情况下已经提高到了某个点，在这个点上人类活动正在触碰根本的生物地球物理系统（第 3 章）。如果我们去看那些正在消失的森林、正在受污染的水资源、正在退化的土壤、已经受到威胁的全球大气，这一点目前已经相当明显。接下来，关键的问题牵涉到人类社会会如何忍受或者管理这个问题的规模。

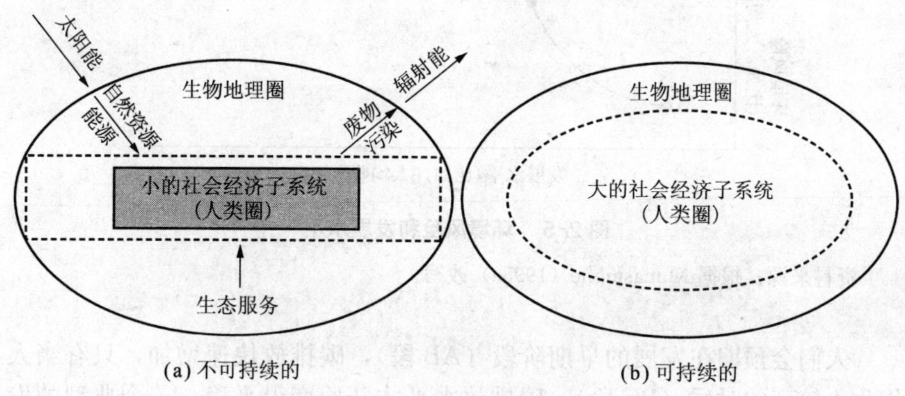

图 2-4　重新构建发展，使内嵌于更大的生物地球圈中的社会经济子系统（人类作用）更可持续

资料来源：Munasinghe（1992）。

有一个传统的观点是，假定人们关注环境会对经济活动带来可能不好的影响，这已经给世界上的很多领导者带来困扰。因此，直到最近，传统观点一直认为经济增长和保持一个好的环境两者不可能同时发生，因为它们是相互不兼容的目标。然而，更现代的观点（在可持续经济学中也进行了具体表述）表明增长和环境实际上是互补的。一个关键的潜在假定是：人们通常有可能设计所谓的“双赢”政策，它能够同时导向经济获利和环境获利（Munasinghe 等，2001）。如图 2-4（a）所示，发展的传统方法导致经济系统通过一种有害的方式侵蚀生态系统边界。另一方面，图 2-4（b）总结了现代的方法，它允许我们拥有同等水平的繁荣而不严重损害环境。在此情形中，外面一圈的椭圆曲线和内部的椭圆曲线是互相一致的——人们通过使经济活动和生态系统更加和谐的方式进行重新构建发展。

2.6.2　改变增长的结构

我们用图 2-5 以另一种方式阐释改变发展和增长的结构的重要性，图 2

-5 表明一个国家的环境风险（比如，由人均温室气体排放代表）如何随着本身的发展水平（比如，由人均 GNP 来衡量）而变化。

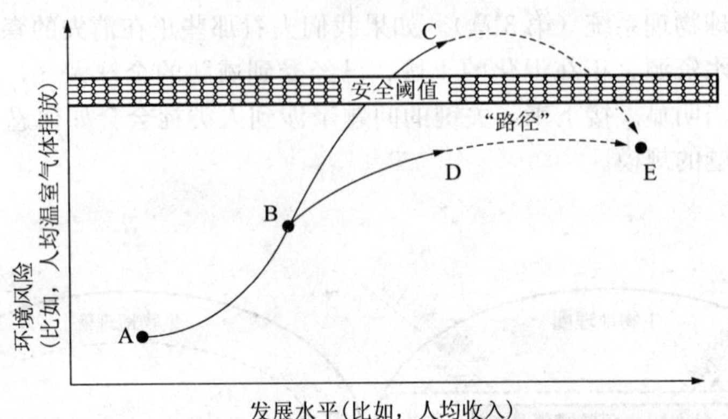

图 2-5　环境风险和发展水平

资料来源：根据 Munasinghe（1995a）改写。

人们会预期在发展的早期阶段（AB 段），碳排放快速增加，只有当人均收入较高的时候（BC 段），碳排放水平才开始变得平稳。一个典型的发展中国家可能位于曲线上像 B 这样的点上，而工业化国家可能在曲线上的 C 点上。理想情况下，工业国家（超过安全阈值）应该增加环境保护的努力，并沿着路径 CE 发展。Munasinghe（1995a，1998c）提出发展中国家应该通过学习工业化国家过去的经验，采用有关政策来从下面穿过"路径"（沿着 BDE）——路径将位于环境损害（比如气候变化或生物多样性减少）成为不可逆的安全阈值的水平以下。

这样一个路径也将对应于更加经济最优的路径，与在过去的文献中出现过的"收费公路"那样的增长路径类似（Burmeister 和 Dobell，1971）。高峰路径 ABCE 可能是私人决策和社会最优决策相背离的经济非完备性的结果。纠正性的政策将能够帮助减少这种分歧并产生穿越路径 BDE 这样的运动。从而，发展中国家就能够避免沿着传统的工业化经济发展路径（ABCE）发展导致的严重的环境退化。此方法和现有的单个国家或国家群体所谓的环境库兹涅茨曲线（environmental Kuznets curve，EKC）问题无关。与环境库兹涅茨曲线不同的是，"路径效应"把重点放在政策识别上，以期断开环境退化和经济增长之间的联系（Munasinghe，1995a、1998c；Opschoor，1998b）。

第 7 章描述了寻找这种政策"路径"的几个方法。

1. 积极寻找能够同时产生经济和环境（以及社会）可持续路径的"双赢"政策。

2. 采用互补性的政策。经济领域的政策以增长为导向，可能会和经济领域的非完备性共同作用，造成对环境和社会的危害。互补性的措施可以用来消除这种缺陷，并从而防止过多的环境和社会危害，而不是仅仅暂停经济增长。这类措施包括：项目和政策的事前环境（社会）评估，引入能够消除缺陷（比如政策扭曲、市场失灵和制度约束）的补救性措施，加强环境保护和社会保护的能力。

3. 考虑对增长导向的经济政策进行调整（比如，改变它们的时间和先后顺序），尤其是在那些严重的环境和社会损害可能发生的领域。

我们鼓励采用一种更加前瞻性的方法，以此使发展中国家能够学习工业化国家过去的经验——采取可持续发展策略和气候变化措施，这些策略和措施能够使得发展中国家沿着如图所示的 BDE 这样的路径发展，这将会是卓有成效的（Munasinghe，1998b）。因此，识别能够帮助断开碳排放和增长之间的关系的政策是我们的重点，图 2-4 中的曲线在此主要起到比喻的作用或组织政策分析框架的作用。

前面讨论过最优性的方法与可持续性方法之间存在互补性，这种表示方法也阐释了这一点。我们可以看到，图中的路径 ABC 可能是由使私人决策和社会最优决策相偏离的经济非完备性引起的（Munasinghe，1998c）。因此采取减少这种和最优性相分歧的、从而减少单位产出的温室气体排放的纠正性政策，能够推动沿着更低路径 ABD 发展的趋势。同时，持续性观点也提出，为了避免超过安全限值或代表累积的温室气体危险阈值，让环境损害的高峰点（C 点）变平（图中的阴影部分）对此是非常有利的。

很多作者通过计量经济学的方法，使用不同国家的数据，估计了温室气体排放和人均收入之间的关系，并发现这些曲线形状各异，它们的拐点也不同（Holtz-Eakin 和 Selden，1995；Sengupta，1996；Unruh 和 Moomaw，1998；Cole 等，1997）。一个报道结果是，这些曲线都呈现倒 U 形（称作环境库兹涅茨曲线，EKC）——类似图中的 ABCE 曲线。在此，我们可以把路径 BDE（更加社会最优的和更加可持续的）看作 EKC 中的一个可持续发展路径（Munasinghe，1995、1998c）。

在上述内容中，卓有成效的做法是寻找特殊的干预，让这些干预尽可能促进人们思维习惯上的关键性改变。干预的重点是放在发展的结构上，而不是增长的数量（传统上由数量度量）。可持续经济学提倡环境及社会友好的技术，它们更节约有效地使用自然资源投入，减少污染排放，推动决策过程的公众参与。专栏 2-5 表明人们如何能够把科学和技术政策[1]更好地整合到国家可持续发展战略当中。

其中的一个例子是信息技术（information technology，IT），它们能够

1 science and technology，S & T。

通过提高经济生产力来使发展更加可持续（Munasinghe，1987、1989、1994a）。从环境的观点来看，转变经济活动高度污染和物质密集型的制造和提炼工业模式，将使现代经济变得更加以服务为导向。如果我们能够进行适当的管理，IT也可能通过提高获得信息的机会和途径的方式，增加决策过程的公众参与，以期授权给穷人，以此促进社会可持续性。恰当地结合市场力量和调控保障是必要的。

专栏 2-5 使发展更可持续的科学和技术

对于令发展更加可持续（MDMS）而言，与新的可持续发展典范、人类价值和社会制度相和谐的科学和技术（S&T）以及研究方法是必需的（1.2节）。可持续经济学提倡更加全面的、跨学科的分析和解决方案。基础领域的结果证实了这种观点，比如量子物理和复杂性理论，以及像经济学、社会学和生态学这样的应用性学科，都表明万物都是相互依存的。我们目前的很多问题都是由于我们忽略了一些日益重要的相互连接造成的——鉴于迅速增长的人类活动规模及其结果对自然系统和社会经济系统都产生影响。我们需要进行一种新的综合，能够结合现代科学中主流的笛卡儿的分析方法和细分主义的方法（在可能的知识中它已经取得了很大进展），以及过去那些更加全面的哲学方法（它注重所有层面的相互依存关系）。可持续经济学试图使用S&T来解决目前主要的世界问题，并使发展更加可持续（1.2节），而不是使进步倒退和回到某种技术前的状态。最终，我们希望进行一种基本的长期的过渡，逐步向全球可持续社会转变（图1-1）。

世界范围内，公共和私人的研发（R&D）投资是巨大的，并正在增长。比如，最大的研发支出者美国和中国在2006年的研发投入是3,300亿和1,360亿美元（FT，2006a、b）。同时，2005-2006年Ford和Samsung在研发上花费了大约80亿和55亿美元。下面的数据展示了一些科学发达国家在研发上的支出和研究人员数量。在有些情况下，伴随着科学家能力的提高和成就的获得，以及科学发达的发展中国家的一些更加有效的政策，南—北方在科学技术上的差距正在减小（Hassan，2005）。这里一个有代表性的例子是，中国和印度在科学技术上的投资已经占GDP的1%-1.5%，并正在成为关键领域的世界领导者。然而，有一种令人困扰的南—南差距正在出现，即科学发达的国家（比如巴西、中国和印度）和一些落后国家（比如撒哈拉以南的非洲）之间的差距。

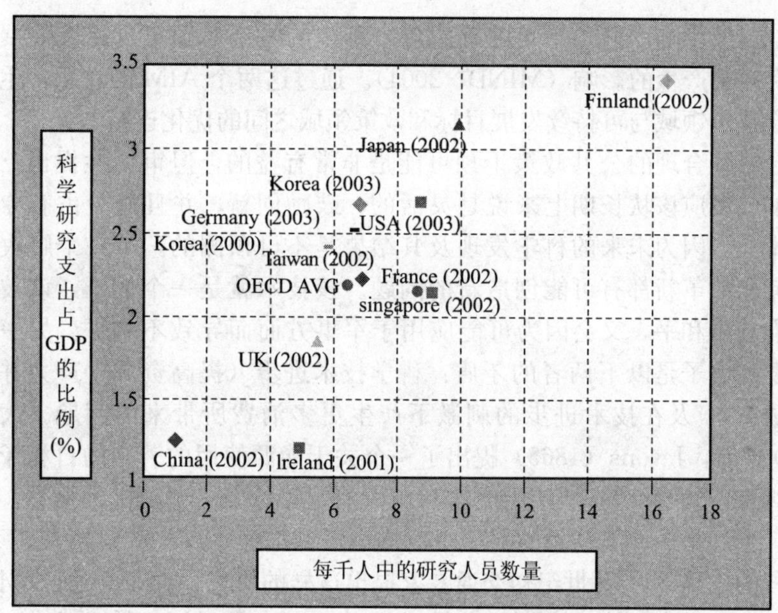

图 2-6 部分国家中的研发支出和研究人员数量

资料来源：科学和技术部门数据，韩国。

从利用知识来发展的角度而言，人们已经广泛认同建设科学技术能力是至关重要的。通过加强科学和技术的能力可以促进科学技术的变革，这些能力着重于：（1）解决优先问题；（2）支持关键部门；（3）改进决策（Watkins 等，2007）。可持续经济学为这些行动提供了框架。

可持续经济学提倡采用那些可以更好地整合到国家可持续发展战略和目标中的科学和技术政策。这种主流的方法使得科学家能够清楚地向决策者和高级官员阐释，关键的连结和优先领域是什么，以及如何识别实际的选择和执行方案。最终，国家政策应该不仅仅指导在研发方面的公共投资（尤其是教育和能力建设），也要为鼓励私人部门相应的活动提供激励，并有效地利用市场力量。我们需要发展策略政策工具（比如行为影响矩阵——AIM），并将其应用到多学科的、多个利益相关者的团队工作和咨询工作中。

在国家主要的可持续发展目标和政策方面（比如，增长、减贫、食品安全、就业、健康，等等），人们已经用 AIM 方法来识别那些在关键的科学技术领域的投资所带来的影响（比如，农业的、生物的、能源的、信息的、医学的、微观的、微型的、技术的、本土的科学和知识），并对其进行优先顺序排序（2.5 节）。一种更复杂的两阶段 AIM 方法也是可行的，在这个方法中，第一个矩阵识别科学和技术对主要经济部门的影响，第二个矩阵确定各个部门的发展对国家可持续发展目标和政策产生的影响（MIND，2004）。通过这两个 AIM 的卷积，生成科学技术领域与可持续发展目标和政策领域之间的优化连结。

尽管合理的公共政策干预可能是非常有益的，但审慎性提出，这样的政策应该从长期上来说是灵活的，鼓励创新，并且避免占有专门技术——因为未来的科学发现及其结果是不可预测的。每一个解决一类问题的革新都有可能创造新的问题。核技术就是一个例子，该技术既有利于和平，又会因为可能应用于军事方面而导致不和平。另一个重要的例子是以下两者的矛盾：科学技术进步（提高资源生产力并减少成本），及在技术进步的刺激下产生更多消费所带来的问题。大约 150 年前，Jevons（1865）提出了一个关于能源使用的著名的自相矛盾的观点："假设节省地使用燃料和减少消费等价是一个混乱的概念。相反，真理是……发动机的每一个改进……都加速了煤炭的再消费。"在同样的思路下，19 世纪初交通专家提出这样的警告：由于交通的增长，伦敦的街道会很快淹没在马的排泄物当中。20 世纪初人们通过"无马的运输"（机动车）来解决这个问题。然而，汽车带来石油使用的增加，交通堵塞和城市空气污染再次带来了世界"二战"后时期的悲观境况。在最近几十年，灵活管理的和更加能源有效的低污染的机动车已经缓和这个问题，新的技术（比如氢燃料汽车）提供了更多的希望。然而，这种循环毫无疑问会继续下去，除非我们给予 MDMS 更多的关注。

2.6.3 长期增长和可持续发展

现在，我们用最近的关于增长和发展的一些观点总结一下本章的内容。目前，对国家发展阶段的基本决定因素的当代思想中，已经体现了可持续发展三角的三个维度（2.3 节）。很多研究者强调，贸易带来的经济动力是增长和发展的主要驱动力（World Bank，1993，Frankel 和 Romer，1999）。另外一些人认为，由地理和资源禀赋广泛表现出来的自然环境、气候和位置差异是解释发展和滞后之间差异的主要影响因素（Diamond，1997；Sachs，2001）。最后，第三个观点提出，在解释富裕国家和贫穷国家之间大的收入差异方面，社会力量是一个十分重要的角色。他们强调制度的作用——即显性的和隐形的行为规范如何支配社会行为，并最终决定经济行为（North，1990；Acemoglu，等 2001）。以下观点为我们提供了一个更加综合的观点，即社会经济系统和生态系统是在一个更加复杂的适应性系统中长期协同演化的（2.4.1 节）。Munasinghe、Sunkel 和 de Miguel（2001）作为引领者，和世界上的研究者一起，就长期增长和可持续发展之间的复杂联系提出了一系列广泛的现代观点。

2.6.3.1 增长和可持续性

Opschoor（2001）探究了经济增长和环境可持续性之间的负向联系，同时提出以制度和道德革新来促进可持续发展。Norgaard（2001）阐述了快速发展的一些基本问题，讨论了关于经济增长的一些奇迹，最后基于生态经济学列举了的超越增长和全球化的发展日程。Hinterberger 和 Luks（2001）分析了快速全球化世界中的竞争（经济发展）、就业（社会发展）和低物质化（环境可持续性）。有人把第四个“角”加到可持续发展三角上（制度——将其纳入社会维度中，如图 2-1 所示）——形成了金字塔。Ocampo（2001）主张在拉丁美洲和加勒比海地区整合强大的机构，以此促进可持续发展，并认为价格改革不如技术进步有效。

2.6.3.2 一般的分析框架

Daly（2001）指出，微观经济学中传统的边际分析未能内部化环境和社会外部性，会引致对宏观经济 GNP 的高估。全球化由强大的跨国家的合作推动，这削弱了国家地位，引致了非经济的增长、人口增加、更大的不公平、失业增加以及环境损害。Sachs（2001）试图整合发展（经济）、人权（社会）和环境。他辩驳道，对生态系统进行价值评估是无用的，因为这可能促进不平衡的知识产权方面的协议，也可能促使所有自然资本和生态服务变为不可持续的私有化。由于生态经济学涉及社会方面的讨论不够充分，因此人们依据可持续经济学的思路提出了一门新的学科。Naredo（2001）认为，即使最近的评估方法对可持续发展来说也是不够的，比如污染分析、全周期分析和新的国家账户系统（System of National Accounts，SNA），因为它们仅仅把了货币价值纳入进来，却没有把潜在的物理信息考虑进来。他提出了一种补充性的方法，该方法能够允许我们更准确地计算从地壳中获得矿物资源的物理成本。

2.6.3.3 模型的应用

Kadekodi 和 Agarwal（2001）提出，环境库兹涅茨曲线的形状取决于经济发展过程中以能源为基础的、使用自然资源的部门的资本强度（2.6.2 节）。有利于劳动密集型产品的要素价格的改变会影响曲线的形状。Tsigas 等（2001）采用了一个经校正的、全球的、应用性一般均衡模型来解释，西方半球的贸易自由化及其与环境政策的相互整合会使所有国家受益，尽管在这过程中墨西哥和巴西的环境质量会下降。Batabyal 等人（2001）解释了发展中国家如何试图通过积极地采用鼓励进口替代的工业化过程的政策，来改进他们在支付地位的平衡，并发展制造工业。巴西、墨西哥、巴基斯坦和菲律宾将初级工业保护论应用到那些系统地保护制造部门的贸易政策中。Baer 和 Templet（2001）运用温室限值公平评估模型（Greenhouse Limitation Equity Assessment Model，GLEAM）来分析全球气候减排政策(第 5 章)。他们得出这样的结论：人均分配到的温室气体排放限额产生了最大平均福利水平——在可行的排放情景下，此情景要求 CO_2 稳定在小于工业化前排放量两倍的水平。Hansen（2001）比较了五种不同的、估算不可更新资源租金的资本消费，并分析贴现率、消耗时间过程、消耗路径是如何影响结果的。Neumayer（2001）批判了世界银行“真实储蓄”的方法。该方法似乎表明很多撒哈拉以南地区、北非地区、中东地区和其他国家未能通过弱可持续性检验（2.4.2 节）。如果运用可替代的 El Serafy 方法，使用一个相对较低的贴现率 4%，这些结果将是相反的。他们认为真实储蓄的概念不可靠，因为它取决于动态优化的框架，而很多经济体却是沿着非最优的路径发展的。

第3章

环境的经济学

人类活动与环境

传统的项目评价

测量成本和效益

评估环境成本和效益的基本概念

多准则分析

贴现率，风险和不确定性

经济系统政策和环境

本章将探究经济学与环境（和相关的社会）问题的关系。3.1节概述了人类活动在破坏环境的同时，环境退化如何阻碍了经济发展。3.2和3.3节对可持续发展评估和项目评估的关键要素：经济费用—效益分析（费用—效益分析）进行分析，并对包括经济决策标准、效率和社会影子价格、经济非完备性（市场失灵、政策扭曲、制度约束）等衡量费用和效益的方法进行更详细的定量和定性分析。3.4节介绍了环境资产和服务的种类以及相应的评估技术。3.5节概述了多准则分析，它有助于那些不易进行经济评估的决策。3.6节探讨了折现、风险和不确定性等关键问题。最后，3.7节研究了经济政策与环境（和社会）的联系，以及调整环境因子后的国民核算等。

本章的部分内容根据如下的材料改编而来：Munasinghe，M.（1992a）．*Environmental Economics and Sustainable Development*，Paper presented at the UN Earth Summit，Rio de Janeiro，Environment Paper No. 3，World Bank，Wash. DC，USA；Munasinghe，M.（1993c）．"Environmental issues and economic decisions in developing countries"，*World Development*，Vol. 21，No. 11，Nov.，pp. 1729-1748；Munasinghe，M.（1999）"Measuring sustainability to improve economic decision making"，in Munasinghe，M.，Dreyer，D. and Kurukulasuriya，P.（eds）*Greening the National Income Accounts*，Munasinghe Institute for Development（MIND）and German Cultural Institute（Goethe），Colombo，Sri Lanka and Berlin，Germany；Munasinghe，M.（2002b）*Macroeconomics and the Environment*，International Library of Critical Writings in Economics，Edward Elgar Publishing，Cheltenham，UK；and Munasinghe，M.（2004）"Environmental Macroeconomics-Basic Principles"，*Ecological Economics Encyclopedia*，International Society of Ecological Economics（ISEE）[online]，URL：http://www.ecoeco.org/publica/encyc.htm.

3.1 人类活动与环境

从人类与自然界处于相互依存状态的原始时代开始，两者之间的关系经历了以下几个阶段：最初，人类的相互作用仅限于生物圈，之后，人类逐步增强驾驭自然的能力直至发展到工业时代，这时技术被用来操纵控制非生物圈的自然法则，带来的是 20 世纪物质快速增长且常常不可持续的增长模式，破坏了自然资源基础。对这种环境损害的最初应对是一种被动的做法，以增加清洁活动为特点。最近则出现了更积极的态度，包括设计项目和政策来使发展更可持续（第 2 章）。

环境和资源经济学与生态经济学都是解决这些问题的有用学科（专栏 2-1 和专栏 2-2），其他作者已对它们作了全面的定义（比如，Tietenberg，1992；Freeman，1993；Costanza 等，1997；Opschoor 等，1999；van den Bergh，1999；Gowdy 和 Ericson，2005）。这两个学科互有重叠。我们这里并不强调两者的不同，而是着眼于它们支持可持续经济学框架的共同要素。最近世界银行发行了一本培训教材，欧洲联盟委员会对该学科作了非常好的概括：从可持续经济学和可持续发展三角开始（Mark 和 Ya 等，2002）。

这些受到人类活动威胁的环境资产主要为社会提供三种服务：供应、调节和审美价值（详见第 4 章）。环境和生态经济学帮我们将生态关注融入传统的人类决策框架之中（图 2-2）。通常情况下，为使发展更可持续而改善政策和项目的过程包括：（1）识别人类活动生物物理和社会影响；（2）估计这些影响的经济价值；（3）修改项目和政策以限制其损害。

3.2 传统的项目评价

开发项目周期通常包括几个步骤，一般包括识别、准备、评价、谈判和融资、执行和监督以及项目后审计（专栏 3-1）。项目评价的经济基础包括费用—效益分析和影子价格，后文会加以描述。实际应用将在第 11 章和第 15 章给出。

3.2.1 费用—效益分析和经济评估

费用—效益分析是整个可持续发展评估中经济评估的一部分，属于项目评估阶段（2.4.2 节）。费用—效益分析用货币来评估项目的成本和效益。效益定义为人类福利的获得。成本用机会成本来定义，即由于没有将资源用在可得的最好替代应用方式而放弃的收益。

可持续发展评估还要求在项目评价中考虑一些非经济的方面（包括财务、环境、社会、制度和技术的标准）。特别是，项目的经济分析不同于财务分析。后者着眼于项目带来的货币利润，使用市场或财务价格，而经济分析使用影子价格，不是财务价格。影子价格（包括外部性的估价）反映经济机会成本，测量项目对整体经济效率目标的影响。费用—效益分析中常用的标准可以用经济术语（使用影子价格）或财务术语（使用市场价格）来表述——这里我们强调的是经济评估而非财务评估。

专栏 3-1 项目周期评估

典型的项目周期包括：识别、准备、评价、融资、执行和监督（World Bank，2006）。

识别 ——包括初步甄选潜在项目，即在财务、经济、社会、和环境方面可行，且符合国家和部门的发展目标。

准备 ——这一步骤要持续几年，包括系统研究项目的经济、财务、社会、环境、工程技术和制度方面（包括实现同样目标的备选方法）。

评价 ——包括一份详细的综述，在国家和部门战略的背景下全面评价该项目，以及工程技术、制度、经济、财务、社会和环境方面的问题。环境和社会评估也是关键要素，它们会影响到项目的设计，改变投资决策。经济评估本身涉及几个定义完善的阶段，包括需求预测、成本最小的备选方案、效益测量和费用—效益分析。

融资 ——如果涉及外部财务援助，国家和金融家要协商为确保项目成功所需的措施，以及提供资助的条件（通常包含在贷款协议当中）。

执行和监督 ——执行包括在实际中实施所有敲定的项目计划。实施过程的监督通过定期的实地检查和进展报告来完成。实时检查有助于更新和改进执行步骤。

评估 ——是最后阶段，包括对照初始目标测评项目结果，独立的项目绩效审计。这样的分析能对改善未来项目的处理提供有价值的信息。

接受一个项目最基本的标准是比较成本和效益以保证效益的净现值（net present value，NPV）为正：

$$NPV = \sum_{t=0}^{T}(B_t - C_t)/(1+r)^t$$

其中，B_t 和 C_t 是第 t 年的效益和成本，r 是贴现率，T 是时间范围。

效益和成本都定义为项目实施和不实施所带来的效果之差。在经济分析中 B、C 和 r 用经济术语定义，并用效率价格影子定价（Munasinghe，1990）。或者，在财务分析中，B、C 和 r 用财务术语定义。

如果对项目进行比较或排序，应优先选择最高（并且正的）净现值的项目。设 NPV_{I} =项目$_{I}$ 的净现值，那么如果 $NPV_{I} > NPV_{II}$，假设备选项目的规模大致相同，则项目Ⅰ就比项目Ⅱ好。更准确地说，每个待检查项目的规模和范围必须改变，使得在边际上所有投资最后一份增量产生的净效益相等（且大于0）。分析相互依赖的项目会产生复杂的问题。

内部收益率（internal rate of return，IRR）是另一个项目指标，由下式给出：

$$\sum_{t=0}^{T}(B_t - C_t)/(1+IRR)^t = 0$$

即，内部收益率是使得净现值为0时候的贴现率。如果 IRR>r，这个项目就可接受，这在大多数时候意味着 NPV>0。如果备选项目时间范围有较大差异，则在解释过程中会出现问题，这里贴现率就起到关键的作用。如果使用经济（影子）价格，就使用内部经济收益率（internal economic rate of return，IERR），使用财务（市场）价格则对应的是内部财务收益率（internal financial rate of return，IFRR）。

另一个常用的指标是效益费用比（benefit cost ratio，BCR）：

$$BCR = \left[\sum_{t=0}^{T} B_t/(1+r)^t\right] / \left[\sum_{t=0}^{T} C_t/(1+r)_t\right]$$

如果 BCR>1，那么 NPV>0，该项目就可接受。

上述指标都有各自的长处和不足，但净现值或许是最有用的。它可推演出成本最小原则，条件是两个备选项目的效益相等（即都满足相同的需要或需求）。这样备选项目的比较就简化了，因为效益这一项取消了。从而，

$$NPV_{\mathrm{I}} - NPV_{\mathrm{II}} = T\sum_{t=0}^{T}[C_{\mathrm{II},t} - C_{\mathrm{I},t}]/(1+r)^t;$$

$$\text{如果}\sum_{t=0}^{T} C_{\mathrm{II},t}/(1+r)^t > \sum_{t=0}^{T} C_{\mathrm{I},t}/(1+r)^t$$

所以，$NPV_{\mathrm{I}} > NPV_{\mathrm{II}}$。

换言之，有较低成本净现值的项目更可接受。这叫做成本最小的备选项目（当效益相等的时候）。然而，即使选择了成本最小的备选项目，仍需保证该项目有正的净现值。

3.2.2 影子定价

为解决一些新古典经济学的理想假设与现实世界相悖的情况，项目分析中采用经济投入和产出的影子定价（专栏 2-3）。理论上，可以从综合的“一般均衡”经济模型中抓住所有关键的经济关系。在这样的模型中，国家总体发展目标可能会包含在一个目标方程中，如总消费。通常，分析者试图在一定约束下最大化消费，约束包括稀缺资源的限制（如资本、劳动力和环境资产）、经济结构扭曲等（参看第 2 章基于最优性的方法）。稀缺资源的影子价格即为由该资源可得性边际变化引起的目标方程值的变化。在数学规划宏观经济模型中，对偶变量的最优值（对应于原问题中约束资源可得性限制）有价格维度，可以解释为影子价格（Luenberger，1973）。虽然一般均衡方法在概念上很重要，使用起来却很麻烦，且需要大量的数据。实践中一般使用局部均衡方法来评估一些部门或区域关键经济资源的影子价格（Squire 和 Van der Tak，1975）。

3.2.2.1 效率和社会影子价格

影子价格存在两种基本类型，依赖于社会对收入分配因素的敏感程度。国家的目标是在长时期内最大化总消费的现值。如果将不同个人的消费直接相加，不考虑他们的收入水平，得到的影子价格就是效率价格，因为它反映的是资源配置的纯效率。或者，如果低收入群体的消费需要增加，影子价格需要根据收入群体调整，在总消费中给穷人更大的权重。这样的价格叫做社会价格。这种正式赋予权重的办法很少在项目评价中使用。作为替代方式，分配和其他社会问题是通过直接针对受益者或类似的专门方法来解决。

简言之，效率影子价格试图建立投入产出的经济价值，而社会影子价格则考虑到，从国家整体目标的角度，不同社会群体或区域之间的收入分配可能会被扭曲。我们分析的重点主要放在效率影子价格上。

3.2.2.2 共有财产资源和外部性

无定价的投入和产出，类似共有财产资源和外部性（特别那些由环境影响产生的），必须由影子定价反映它们的经济机会成本。共有财产资源的获得不受限制，因此其开发使用倾向于以先到先得为基础，经常导致（不可持续的）过度使用。公共物品是可以免费获得且不可分割（即，一个个体的享用不能排除他人的享用）的环境资源（如风景）。这些特点会导致“搭便车”现象，亦即：一个使用者（无论是有意的还是无意的）以低于其有效成本的价格使用该资源，从而占有了他人的利益（Samuelson，1954）。比如，废水排放税由位于一个国家中跨国水资源的使用者支付，而其他国家中汲取同一资源但不用付税的使用者也分享到清洁水体的效益。在主要是由经济学家出席的JDB国际学术研讨会（Arrow等，1996）的讨论中，强调并分析了这类影响局地和全球共有资源的问题。

外部性定义为强加在他人身上的有益的或不利的作用，而影响的制造者不能收费或被收费（Coase，1960）。如果（有损坏性的）外部性能被经济评估或影子定价，那么可以对破坏制造者收费或征税，来补偿并限制损失。这即所谓“庇古”或“价格控制”的环境管制方法。构成该方法基础的环境影响经济评估的基本概念和技术在稍后讨论。

不幸的是，很多外部性不仅难以按实物计算，也难以用货币等价物（即支付意愿）衡量。所以通常的情况是采用“数量控制”的方法，通过强加用物理测量表达的管制和标准，来试图消除感受到的外部损害（如污染的最小安全标准）。特别当存在明显而严重的环境污染时，在能够开展更精确的价值评估研究之前，制定标准是首先应该采取的一步，它能帮助提高觉悟并限制过度的环境破坏。在这种情况下，最初的重点在于费用有效性（即以最低的成本实现污染控制目标），而不是评估控制措施的效益。例如，限制总排放水平的空气污染数量控制可以与排放权在现有和潜在污染者（总体上不超过排放总量上限）中的初始分配相结合。这与定义一个开放可获得资源的产权是类似的——在这里，空气划定了一个特定的区域。接着很合乎逻辑的就鼓励像可交易的污染许可证这样的方案（可以在污染者之间产生竞争性的交易），实现在总体排放上限内“污染权”经济有效的再分配。然而，最小数量控制可能不是有效的长期解决办法，如果不尝试去比较顺从的边际成本和获得的真实效益（即，避免的边际损失）——特别当环境条件会随时间改善的情况下。

在实际中，价格和数量控制的方法被结合在一起保护环境（Pearce和Turner，1990）。混合的系统容许各种政策工具依据边际治理成本灵活调整。这样，最优结果甚至可以在没有充分的关于控制成本信息的情况下实现（Baumol和Oates，1988）。

3.2.2.3 实践问题

影子价格依赖于特定的位置和时间，相关的计算是单调乏味的。关键要素在附录 A3.1 中有描述，包括计价单位、边境价格换算系数、影子工资率、会计利息率（或贴现率）、社会影子价格和分配权重。资源定价政策的应用会在第 14 章给出。

3.3 测量成本和效益

在费用—效益分析中，项目的经济成本和效益通过两个备选情景结果之间的差异来测量——即实施或不实施这个项目时的情况。这个过程会以一种典型的资源——水资源为例在后文加以解释（第 12 章）。同样的分析很容易推广到其他领域，如能源、农业等。

3.3.1 资源利用方式

图 3-1 显示将自来水提供给先前没有这种服务的地区时对水资源可能会产生的影响。实际上，引入自来水的作用会在数年当中感受到，因为使用者逐渐进行必要的水用器具投资，以充分利用这种新的水系统。

有三个主要原因来解释为何水的需求会随供水系统的发展而发生改变（也可参见附录 A14.2）：

新旧供给的成本差异（价格改变）；

消费者发现水的新用途，与价格改变无关（更大的可得性和数量）；

消费者转向更可接受的来源（改善的质量）。

第一个需求效应如图 3-1（a）所示。它指出居民对新供水系统（如自来水）的用水需求可替代之前使用的水源（如供水商），在有效产出的质量没有显著变化的情况下。横轴表示每单位时间用水量，纵轴表示消费者每单位用水的有效总成本。既然自来水通常远比从厂商购买的水便宜，消费量会从 AB 增加到 AC。第二个需求效应如图 3-1（b）所示，它来源于水的新用途（如浇灌园子里的蔬菜），在此之前由于有限的可得水量或过高的费用，这些新用途是不曾被想到或被认为不可行的。这样，GH 的消费量代表全新的或衍生的用水市场。第三个需求效应如图 3-1（c）所示。这里也是新的自来水代替了旧水源，比如被污染的地表水。质量改善使得需求曲线从 DO 移动到 DF。如果没有这样的移动，需求会由于较低的水价从 JL 增加到 JF′，但是由于需求曲线额外的替代，总消费会是 JF（第 14 章）。

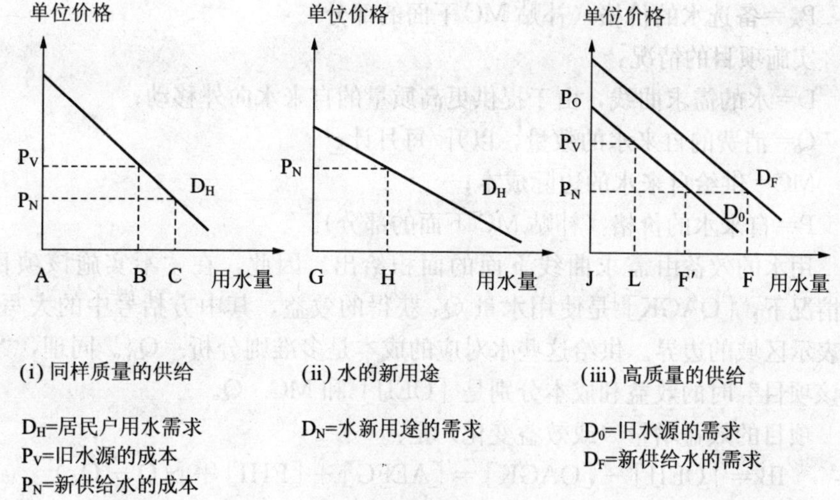

图 3-1　水投资项目对用水量的影响

3.3.2　成本和效益测量的基本经济学

下面，考虑图 3-2，一个典型消费者可能用水情况的静态图示，包括实施和不实施该项目的两种情况。这个例子与图 3-1（c）所示的情况相似。符号的意义如下：

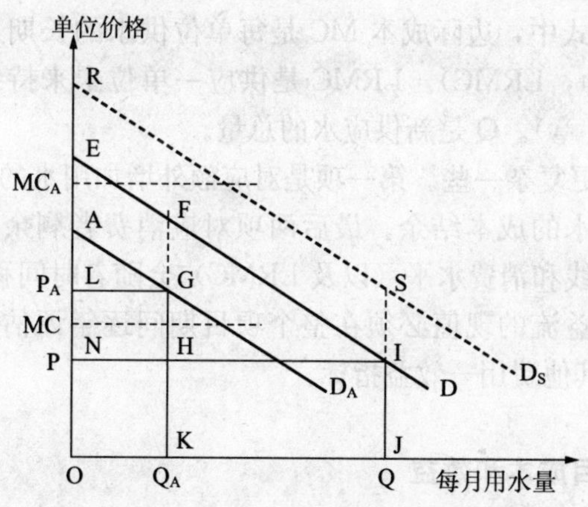

图 3-2　测量用水的净成本和效益

不实施项目的情况：

D_A =备选水源的需求曲线；

Q_A =消费备选水的量，以升/每月计生产当量产量所用水；

多准则分析=供应备选水的边际成本；

P_A=备选水的价格（补贴 MC 下面的部分）。

实施项目的情况：

D=水的需求曲线，由于提供更高质量的自来水向外移动；

Q=消费的自来水的数量，以升/每月计；

MC=供给自来水的边际成本；

P=自来水的价格（补贴 MC 下面的部分）。

用水的效益由需求曲线下面的面积给出。因此，在“不实施该项目”的情况下，[OAGK] 是使用水量 Q_A 获得的效益，其中方括号中的大写字母表示区域的边界。供给这些水对应的成本是多准则分析. Q_A。同理，“实施该项目”时的效益和成本分别是 [OEIJ] 和 MC. Q。

项目的效益增量（或效益变化）是：

$$IB = [OEIJ] - [OAGK] = [AEFG] + [FHI] + p(Q - Q_A)$$

同样，成本增量是：

$$IC = MC \cdot Q - MC_A \cdot Q_A$$

最后，水供给项目的净效益是：

$$NB = IB - IC = \{p(Q - Q_A) + MC_A \cdot Q_A + [FHI] + [AEFG]\} - [MC \cdot Q] \tag{3.13}$$

上面随后一项是项目的成本，可以写成：

$$C = [MC \cdot Q]$$

表达式剩下的部分通常称作项目效益：

$$B = \{p(Q - Q_A) + MC_A \cdot Q_A + [FHI] + [AEFG]\}$$

在 C 的表达式中，边际成本 MC 是每单位供水的长期边际成本（long-run marginal cost，LRMC）。LRMC 是供应一单位未来持续用水量的系统成本增量（第 14 章）。Q 是新供应水的总量。

B 的表达式更复杂一些。第一项是对应额外增加用水的销售收入，第二项是未使用备用水的成本结余。最后两项对应消费者剩余的区域。一般而言，这些需求曲线和消费水平（以及 LRMC）会随着时间移动和变化。（影子定价的）净效益流的现值必须在整个项目期间逐年评估，进而计算前面描述的 NPV 和其他费用—效益指标。

3.3.3 估计项目成本和效益

总成本

新供水系统的总成本由最小成本解法给出。或者，可以使用等式(3.14)，其中 MC=（每单位供水的 LRMC），Q=（新供应水的总量）。

效益第一项：p（$Q-Q_A$）

由消费增加带来的效益等于价格乘以数量（根据需求预测）。当未来价格趋势存在不确定性时，可采用未来真实水价恒定的“中性”假设。如果这个供水价格远低于 LRMC 的水平，那么效益中消费者剩余的部分［FHI］就会相对较大，对它的估计就变得更加重要，对此下面会有讨论。另一方面，如果价格与 LRMC 差别不大，那么增加的收入就更加近似于全部效益。用市场价格估计的收入，必须转换成影子定价的价值（第 3.2.4 节）。

效益第二项：多准则分析. Q_A

B 表达式中第二项表示不使用原来水源的水所节约的成本，用影子价格测量。这种替代发生的比例要进行预测，且要与需求预测中反映出的情况一致。在缺少供水项目的情况下可能已经出现的假想新水源的替代作用，会产生附加的成本节约效益，但必须谨慎核实这部分效益。

效益第三和第四项：［FHI］和［AEFG］

效益表达式中第三项［FHI］，是与用水量增加相关的消费者剩余。由在新活动中生产力增加带来的额外产出可用来实现一部分对水的支付意愿。例如，得到更多的灌溉水，可能会使农业产量显著增加。额外产出的影子定价经济价值，扣除包括在水上支出在内的所有投入成本的净额，是要用到的消费者剩余的合适度量。同样，由更换现有水源带来的更高的净产出可用来估计消费者剩余［AEFG］。效益［FHI］是超过如早先描述的来自更换备选水的成本节约效益的部分。

3.3.4 难以进行货币化的效益

非货币收入难以评估。分析者必须注意尽量避免用这种推测的效益证明哪些可能本不可行的供水项目是合理的。这样的效益可以通过定性判断包含在分析中。

第一，改善供水能支持并刺激现代化和增长。大多数家庭、农业和工业的生产所得都可以由前面所示的方法量化。然而，如果供水起到催化的作用，就会进一步有未被认识的效益，比如，由对整个社区态度发生变化所带来的效益。

第二，社会效益会由于生活质量的全面改善而增加。比如，清洁易得的水会改善健康和卫生情况，释放人们的时间。其他无形的效益可能还包括，提高个人满足感和家庭福利，减少社会的不满和不安。

第三，供水可视为政府用来改善社会公平和收入分配的工具（Munasinghe，1988）。经常供水主要会增加富人的效益。由于很难识别贫困群体并确定正确的社会权重，所以给利于穷人的效益所赋的权重是有问题的。因而，以供水效益为目标，特别是利用衔接政策和价格补贴，通常是更切实际的方法。

第四，供水项目会带来很多的就业和其他效益。由更多生产性用水带来的直接就业和其他获利可以通过先前描述的分析增量产出获得。就乡村供水而言，可以带来更好的就业和发展机会，或改善生活质量，另一个效益是减少从乡村到城市的移民。

第五，有时还认为更好的供水会提供一些其他的效益，从广阔的国家角度来看，包括改善政治稳定性和民族凝聚力，减少城乡和区域间的紧张和不平等。

图 3-2 中，"社会"需求曲线 D_s 抓住了社会剩余效益或社会的支付意愿［ERSI］，没有在个人使用者的需求曲线内直接内部化。

3.4 评估环境成本和效益的基本概念

这节介绍评估环境影响的方法。

Little 和 Mirrlees（1990）指出，从 20 世纪 70 年代中期到 90 年代，项目评估在开发领域经历了上升和衰落的过程。我们的观点是自然资源和环境问题对使发展更可持续是至关重要的。因此，环境经济分析应该继续推行，特别适合应用在项目周期的早期。即便在价值评估很困难的情况下，像多准则分析这样的技术对决策也是有帮助的（第 3.5 节）。

分析的第一步是通过比较"实施项目"和"不实施项目"的情景（第 3.3 节），确定项目或政策的环境（和社会）影响，跨学科的工作必不可少（第 2.1 节）。用非货币单位定量化相关影响是必需的，不仅为了准确的经济评估，也为了使用类似多准则分析的其他分析方法。这种生物物理影响本身就是复杂的，而且通常我们对其了解甚少。

考虑环境作用的第二步是评估项目影响。下面描述了几种实际的评估技术，它们是基于第 3.3 节框架的扩展。

3.4.1 经济价值的分类

概念上，一个资源的总经济价值（total economic value，TEV）包括（i）使用价值（use value，UV）；（ii）非使用价值（non-use value，NUV）。使用价值又可进一步分成直接使用价值（direct use value，DUV），间接使用价值（indirect use value，IUV）和选择价值（option value，OV）（或潜在使用价值）。需要注意的是不要重复计算起间接支持功能的价值和其带来的直接使用价值。我们可以写成：

$$\text{TEV} = \text{UV} + \text{NUV}$$

$$\text{或 TEV} = [\text{DUV} + \text{IUV} + \text{OV}] + [\text{NUV}]$$

图 3-3 以示意图显示 TEV 的分解。每个价值概念的简短描述和相应环

境资源的几个典型例子如下：

直接使用价值是指对目前生产或消费的直接贡献；

间接使用价值包括从环境所提供的用来支持当前生产或消费的各种服务功能中间接得到的效益（例如营养循环的生态功能）；

选择价值是指对未被利用资产的支付意愿，这种支付意愿仅仅是为了避免在将来失去它的风险（第 3.6.2 节）；

非使用价值是指与使用价值无关的对能感觉到的效益的支付意愿，比如存在价值（existence value），它是从仅仅知道该资产存在的满意中获得的，尽管并不打算要使用它。

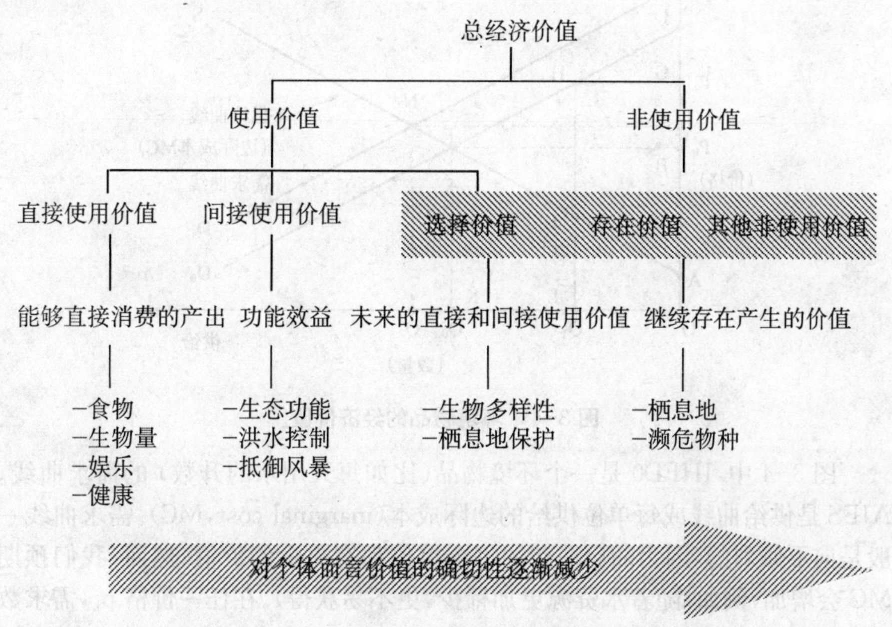

图 3-3 环境资产的各类经济价值（以森林为例）

经济学理论清晰地定义了总使用价值（TUV），但是在细分类别中有相当多的重叠和模糊，特别是关于非使用价值。因此，选择价值和非使用价值在图中加了阴影。这些分类可作为指示性的指南，但实际估计的目标是测量 TUV 而不是它的各个部分。

使用和非使用价值之间的区别并不总是很清晰。后者倾向于与更利他的动机相联系（Schechter 和 Freeman，1992）。不同的利他形式包括代际的利他或遗赠动机，人与人之间的利他或礼物动机，服务（更多的出于道德而非功利的考虑），以及 q-利他——意思是资源有固有的存在权利。这个最后的定义在传统经济学理论之外，并吸收了这样的概念，即福利功能应该从比纯人类效用更广的范围中得到（Quiggin，1991）。

对实践来说，关于经济价值的精确概念基础不如各种能估计出环境资产货币价值的实际技术来得重要。

3.4.2 实际的评估技术

所有评估方法背后的经济学概念都是个人对环境服务或资源的支付意愿，即基于需求曲线下面的面积（Freeman，1993）。

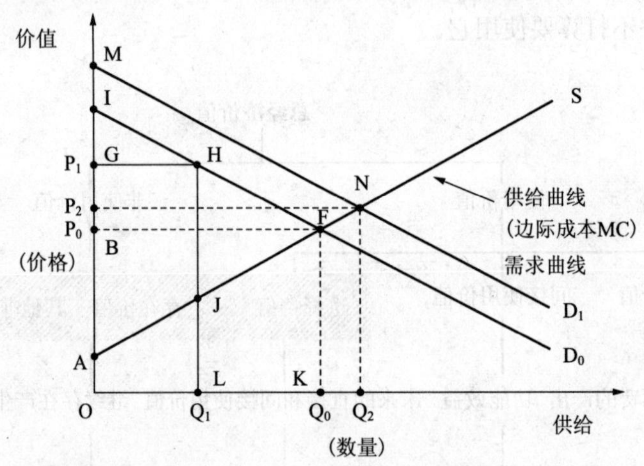

图 3-4 环境物品的经济价值

图 3-4 中，IHFD0 是一个环境物品（比如每天用水的升数）的需求曲线。AJFS 是供给曲线或每单位供给的边际成本（marginal cost，MC）。需求曲线一般是向下倾斜的，因为随后消费的每个单位都有更少的价值。然而，我们预期 MC 会增加（例如，随着水资源更加稀少，更不易获得）。在任一价格 p_1，需求数量是 Q_1，消费的总经济效益是 WTP，由区域 OIHL（即算数积分 $\int p.\,dQ$）代表。相应的供给总成本是区域 OAJL（即算数积分 $\int MC.\,dQ$）。用水的净效益是 NB = 效益 − 成本 = 区域 AIHJ，即从该活动中获得的经济剩余（或净价值）。NB 有两项：区域 IHG（消费者剩余）和 AGHJ（生产者剩余）。净效益（AIF）在 F 点达到最大，此时最优价格 p_0 等于边际成本 MC，且最优数量为 Q_0。

下面，我们检查同样的环境物品的质量变化会如何影响其价值。假设曲线 D_0 表示在初始情况下对环境资源的需求（比如，受污染的河水）。点 I 需求降到 0 的价格。假设水质由于环境清洁行为而得到改善，那么需求曲线就会向上移动到新的位置 D_1。在新的价格和数量组合下（p_2，Q_2），新的净效益增加到 AMN。因而，就有由区域 IFNM 给出的净价值的增加，由水质改善产生的——假设水和水质是弱的互补品（Maler，1974）。

理论上，补偿或希克斯需求函数应该用来估计价值，因为它表示的是效用水平不变时需求随价格的变化。环境资产的价值变化也可定义为两个支出（或成本）函数价值的差。后者是得到给定家庭效用水平或企业产出所需的最小投入，在环境资源的质量、价格、或可得性变化前和变化后，同时保证所有其他方面恒定。

这里会产生测量的问题，因为一般估计出的需求函数是马歇尔需求函数——它表示的是保持收入水平不变，环境物品价格变化时需求如何变化。实际情况显示WTP的马歇尔和希克斯估计在各种情况下有很好的一致性，并且在个别情况下，希克斯函数可以从估计的马歇尔需求函数导出（Willig 1976，Braden和Kolstad 1991）。

人们对环境损害愿意接受的补偿（WTA）是与WTP相关的另一种经济价值的测量。WTA和WTP会有差别，如下面要讨论的一样（Cropper和Oates，1992）。实际中两种测量方法在下述的评估技术中都有应用。

实证证据显示，关于保持同样环境品质的支付意愿，WTP的问题比WTA得到的结果更高。有人认为WTA的问题需要更多的时间来完全理解和吸收，WTA和WTP直接的差距会随着后续的反复询问而减小。其他人则提出人们愿意支付的真实收入要少于愿意接受的“假想的”赔偿(Knetsch和Sinden，1984)。也可能是人们在权衡改变资产净效益的时候要比没有改变时更谨慎。一般认为WTP是比WTA更有一致性和更可靠的测量。然而，当两种测量存在显著差异的时候，更高的值更适合用来评估环境损失。

在发展中国家，支付能力是个问题。在低收入地区，对环境物品或服务的货币评估传统上来说较低，这时应该使用收入权重（第3.2.2节）。或者，可以用其他社会的或道德的措施来保护穷人（第13.2.3节）。

实际的评估方法可如图3-5进行分类。

	市场类型		
行为类型	传统市场	隐含市场	构建的市场
真实行为	对生产的影响 对健康的影响 防御或预防成本	旅行成本 工资差额 资产价值 市场商品替代	虚拟市场
预期行为	重置成本 影子工程	成果转移法	条件价值评估

图3-5 环境影响的经济价值评估技术

资料来源：Munasinghe（1992a）。

3.4.3 利用直接市场法评估直接影响

本节考虑的方法直接基于由环境影响造成的市场价格或生产率的变动。

生产率变动。项目能够影响生产。市场产出的变化可以用标准的经济价格来评估。

收入损失。环境质量影响人体健康。理想情况下，健康影响的货币价值应该由改善健康的 WTP 来确定。实际上，替代的方法比如放弃的净收入可以用在过早死亡、疾病或旷工（和可看做是重置成本的更高的医疗支出）的情况。还可通过计算健康欠佳或死亡统计概率的成本（如人寿保险公司用以保险精算的价值）来避免与评估一个特定生命相关的伦理争议。

实际的防御或预防支出。个人、厂商和政府采用“防御支出”来避免或降低有害环境的影响。防御支出比直接评估环境损害容易。这种真实支出表示由个人、厂商或政府来认为综合的效益会超过成本。从而防御支出可视为对效益的最低估计。

3.4.4 通过传统市场评估的潜在支出

重置成本。这里是估计更换受损资产带来的成本。实际的损害成本可能高于或低于重置成本。然而，这是一种合适的方法，如果能有充分的理由修复损害。如果有可持续性的约束要求某种资产存量保持完整无缺，这种方法将尤其重要（第2章）。

影子项目。这种方法基于计算一个或多个提供替代环境服务的“影子项目”的成本，这些“影子项目”用来补偿正在实施项目给环境资产带来的损失。当“至关重要的”环境资产处于风险之中而又需要保持的时候，它经常是重置成本的制度判断。

3.4.5 通过隐含（或代理）市场进行评估

本节描述的技术间接使用市场信息，每种方法都有其优缺点，包括具体数据和资源需求。

旅行成本法。旅行成本法已经用于衡量休憩地产生的效益，可以确定对某一地点的需求，作为像消费者收入、价格、各种社会经济特征等变量的函数。价格通常是观察到的成本元素的总和，包括 a）进入该地点的门票；b）到达该地点的交通成本；以及 c）由于花费时间而放弃的收入或机会成本。与估计的需求曲线相关的消费者剩余为评估要讨论的休憩地点提供了一种方法。更复杂的版本包括比较不同地点，其中环境质量作为一个影响需求的变量被包括进来。

资产价值法。这是基于更一般的土地评估方法的特征价格法，它将房地产价格分解成归因于不同特点的组成部分，类似于学校、商店、公园等的接近程度。该方法试图通过更清洁的环境中的房价来确定人们为改善当地环境质量而增加的支付意愿。它假设存在一个竞争的市场，并对相关信息和统计分析工具有很高的要求。

工资差额法。这个方法也是一种内涵定价技术，假设存在一个竞争市场，对劳动力的需求等于边际产品的价值，劳动力供给随着工作和生活条件而变。这样在受污染地区或更有风险的职业就需要更高的工资来吸引劳动力。该方法依赖于个人的健康风险估价，而不必是社会的。必须有充分的职业风险数据提供给个人来帮助他们在健康风险和报酬之间作出有意义的权衡。最后，其他因素，如技术水平、工作责任感等影响工资的作用必须去除，以单独隔离出环境的影响。

市场商品替代非市场商品法。如果环境物品在市场上有很接近的替代品，环境物品的价值就可以用其市场上可观测到的替代品价格做参照。

效益转移根据收入、价格、质量和行为等因素的差异进行调整，在某时某地得到的估值用来推断另外时间和地点（此时此地直接的价值评估很难）下相似物品的价值（ADB，1996；Ecological Economics，2006）。

3.4.6 通过构建市场的价值评估

条件价值评估。当市场价格不存在，该方法主要就是直接询问人们对某效益的支付意愿，和/或容忍某损失的受偿意愿。询问的过程可以通过直接问卷调查，也可以通过实验，被试者在“实验室”条件下对问题作出应答。条件价值评估法有一些不足，包括设计、执行和问题的阐述等问题。然而，在某些情况下，它是估计效益的唯一可得方法。它已被用于评估共有财产资源，带有景观、生态或其他特点的舒适性资源，以及其他的市场信息不可得的情况。在评估更抽象的环境资产的效益时应该谨慎小心，比如存在价值。

人造市场。可以出于实验目的构建这样的市场，来评估消费者对某物品或服务的支付意愿。例如，一个家用净水器可能有各种水平的市场标价，或者要进入一个游乐地也可能需要不同价位的门票，从而分别为水的纯净度或娱乐设施的使用提供了估价。

3.5 多准则分析

项目、政策和它们的影响都包含在更广阔的（国家的）目标系统当中。

如果项目和政策对这些更广阔目标的影响能够得到经济评估，所有的这些效应就能够纳入到传统的费用—效益分析决策框架中。然而，一些社会的和生物物理的影响不太容易用货币量化，多准则分析则提供了一种补充的方法来推动决策。

多准则分析或多目标决策主要从三个方面区别于费用—效益分析（van Pelt，1993）。费用—效益分析着眼于效率（尽管将收入分配的目标纳入其中是尝试性的），多准则分析则对标准的形式没有加以限制，它容许考虑社会的或其他形式的公平。第二，费用—效益分析要求定量测量效果，容许应用各种价格，多准则分析则可以分解成三组：一组需要定量数据，第二组只需定性数据，第三组同时处理两种情况。最后，多准则分析不要求使用价格，尽管它们可以用来算出一个数字。费用—效益分析使用的价格有时需要根据公平权重进行调整。与定价相对，多准则分析则对不同群体的相对优先性赋予权重。如果效率是唯一的标准，用来评估效率的价格又是可得的，费用—效益分析就更可取。然而，在很多情况下，由于数据很少，以及将社会和生物物理的影响纳入考虑的需要，使得多准则分析成为更为可行和实际的选择。

多准则分析要求详细指明想要达到的目标。这些目标通常存在等级结构。最高等级代表广泛的整体目标（例如改善生活质量），经常陈述的比较模糊，因此不是很适于操作。必须把它们分解成更可操作的较低等级目标（比如增加收入）以达到可以进行实际评估的程度。有时候，只有替代的目标是可得的（比如，如果目标是提高休闲娱乐的机会，可以使用娱乐的天数来衡量）。尽管在选择合适的属性时需要价值判断，但是不一定要用货币来度量（像单一标准的费用—效益分析）。更明确的识别要考虑如下事实，即各种问题可能与规划决策相关。

对多准则分析基本原则的一个直观理解可以通过图 3-6 提供的二维图示获得。假设一个计划有两个不可比且相冲突的目标，Z_1 和 Z_2。比如，Z_1 是用来保护生物多样性的附加的项目成本，Z_2 是指示生物多样性的某种指标。进一步假设已经识别出解决该问题的备选项目（A、B和C）。很清楚的是，就考虑 Z_1 和 Z_2 而言，点 B 要优于点 A，因为 B 和 A 相比，有较低的成本和较少的生物多样性损失。从而，A 就该放弃。然而，我们无法在 B 和 C 之间作这种简单的选择，因为就目标 Z_1 前者好于后者，就目标 Z_2 前者则差于后者。一般识别出的更多的点（或解决方案）是像 B 和 C 这样的，它们构成非占优可行解的集合，形成最优的权衡曲线或最优选择曲线。

对一个无约束的问题，如果不引入价值判断，就无法对备选方案进一步排序。详细的信息必须从决策者处获得来确定首选的解决方案。这种信息可以以其最完整的方式总结为一族等偏好曲线，来指示决策者或社会如何在两个决策目标之间权衡——典型的等偏好曲线如图 3-6 所示。首先的方案是产生最大效用的那个，即最优等偏好曲线与权衡曲线的切点 D（对连续的决策变量如图 3-6 所示）。

既然通常不知道等偏好曲线的位置，已发展出其他实际的技术在权衡曲线上缩小可行选择的集合，一个方法是使用目标限制或“筛选排除”。比如，在图中，决策者可能面临一个成本的上界 CMAX（即一个预算约束）。相似的，生态学专家可能会设定一个生物多样性损失的最大值 BMAX（比如，超过这个水平生态系统就会崩溃）。这两个约束将权衡曲线（深黑线）缩小到更受限的一部分，从而减少且简化了可得的选择。

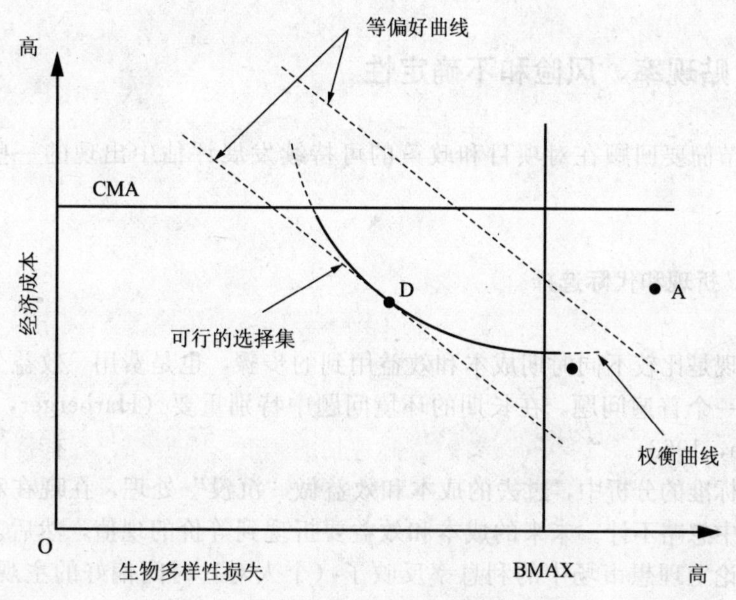

图 3-6　简单的多准则分析（多准则分析）

资料来源：改编自 Munasinghe（1992a）Source：Adapted from Munasinghe (1992a)。

Pearce 和 Turner（1990）描述了多标准评估方法的五种主要形式：集合、词典、图形的、一致性最大化和协调一致。在各种多准则分析中，最合适的方法依赖于决策情况的性质（Petry，1990）。例如，对于有很多决策变量和复杂的因果相互关系的问题，决策者的互动参与已被证明是有益的。一些目标可以直接最优化，而其他的则需要满足一定的标准（比如，生物需氧量水平（BOD）不低于 5 毫克/升）。

多准则分析模型的主要贡献在于它们能够更准确地表示决策问题，同时说明解决几个目标。然而，一个关键的问题是要考虑谁的偏好。该模型只能帮助一个决策者（或同质的群体）。各种利益相关者会对各个目标赋予不同的优先性，这样就不太可能通过多目标模型确定单一的最佳解决方案。

同样，数学框架约束了有效表征规划问题的能力。非线性、随机性和动态方程能够帮助更好地确定问题，但是增加了公式表达和求解模型的复杂性（Cocklin，1989）。在构建模型时，分析者交流关于问题性质的信息，详细阐述一些因素之所以重要的原因以及如何相互作用。从不同的角度构建模型并比较结果会有所收益（Liebman，1976）。与各种模型一同使用多准则分析，和有效的利益相关者的咨询能够帮助协调个人与社会，利己与利他偏好之间的差异。

除了在项目水平上推动特定的权衡决策，多准则分析还能帮助选择战略发展路径。

3.6 贴现率，风险和不确定性

本节简要回顾在对项目和政策的可持续发展评估中出现的一些关键问题。

3.6.1 折现和代际选择

折现是比较不同时期成本和效益用到的步骤，也是费用—效益分析中存在的一个普遍问题，在长期的环境问题中特别重要（Harberger，1976；Marglin，1963）。

在标准的分析中，过去的成本和效益做“沉没”处理，在现在和未来的决策中忽略不计。未来的成本和效益要折现到等价的现值，然后才能比较。理论上理想市场中的利息率反映了（个人对）时间偏好的主观比率，以及资本生产率的比率。这些比率在市场上边际是相等的，所以个人愿意用现值换未来价值的比率在边际上等于他们能够将现在的物品以放弃消费的形式转换成未来物品（通过资本投资）的比率。

通常，因为不完备的金融市场和由于引入税收而造成的政府扭曲，时间偏好的比率和资本生产率的比率是不相等的。同样，个人决策也不同于社会决策，因为个人决策相对是短期的，而社会决策考虑更长的时期。社区通常对未来的折现比个人较少。这些考虑引出了社会贴现率的概念（专栏 3-2）。

专栏 3-2 社会贴现率和长期考量

社会贴现率

社会贴现率（social rate of discount，SRD）适合用来确定公共政

策。价值和公平的基本问题就在于选择这样一个社会贴现率。可持续发展提供的一个广泛的指标——每一代都有权利继承至少和他们先辈们享受到的同样好的经济、社会和环境资产（第2章）。

即使在项目评估中使用的传统的费用—效益分析中，贴现率的选择也不明确（Munasinghe，1992a）。他们随国家而变化，依赖于行为偏好和经济条件。而且，即使在一个国家也应谨慎地用一系列的贴现率（通常大概是每年4%-12%）来测试项目结果的敏感度。

从理论上理想（或最优）的情况出发，即功能完备的竞争市场和最优的收入分配（专栏2-3），就有可能保证贴现率等于投资边际回报（marginal returns to investment，MRI），也等于消费者和生产者借款的利息率（Lind，1982）。有三个条件能保证有效率的（或最优的）增长路径。第一，本时期和下一时期的投资边际回报应等于借款厂商收取的利息率（i）。第二，从一个时期到下一时期消费边际效用（从消费额外一单位商品得到的满足）的变化率应等于付给出借的消费者的利息率（r）。第三也是最后一点，在整个经济和全部时期内，厂商和消费者的利息率相等（即$i=r$）。

随着我们偏离理想市场的条件和最优收入分配，贴现率的选择也变得越来越不清晰。比如，税收（补贴）可以增加（减少）给厂商的借款利率，超过（低于）付给消费者储蓄的利息率（即i不同于r）。更一般的，如果这三个条件由于经济扭曲而不能满足，那么要满足效率就要求确定针对项目修正后的贴现率，来补偿经济非完备性带来的问题。在有些情况下，不存在将市场利息率和社会贴现率联系起来的理论基础，但是市场行为仍能够为估计后者提供有用的数据。

下降的或负的贴现率（从长期的角度）

传统的贴现率分析可用来在得到在非常长的（或多个世代的）时期里用来评估成本和效益下降的（甚至负的）贴现率，此时福利或投资回报在下降。消费者时间偏好比率（consumer rate of time preference，CTP），即个人的主观贴现率（相对于市场引出的MRI）。它包括几个部分：$CTP=\alpha+\beta g$。这里，α代表个人对今天消费而非在未来消费的偏好——它可能是基于“纯粹”的偏好短视观念，以及对未来消费可能不会实现风险的感知。β是边际福利弹性，g是消费增长率。

假设福利（W）依赖于消费（c），我们可以写成$W=W(c)$。那么，根据定义，$\beta=-\{c(d^2W/dc^2)/(dW/dc)\}$，$g=(dc/dt)/c$。边际福利随消费增长：$(dW/dc)>0$；但随着消费者逐渐得到满足，就会随着消费的继续增长而下降：$(d^2W/dc^2)<0$。因此$\beta>0$，这样

(βg) 项的符号就与 g 的相同，(βg) 项显示递减的消费边际福利，结合更高的未来预期消费，会使得后者较当前消费有较少的价值，即，如果我们很可能在未来更富有，今天的消费就更有价值。

一般多数人的意见是 α 接近于 0，通常是 0-3%，β 的范围是 1-2。这样，如果 g 很大（即，较高的预期经济增长率），那么 CTP 也会很大。另一方面，如果我们考虑增长和消费下降（例如，100 年后灾难性的全球变暖）的长期情景，那么 g 会变成负的，概念上消费者时间偏好比率会很小，甚至是负的。在这种情况下，以消费者时间偏好比率作为贴现率，相比用传统的资本机会成本（比如 8%），未来的成本和效益会有更大的现值，从而赋予长期的、代际间的关注以更大的权重。关键是如果不在一致的未来情景假设下选择贴现率，可能会造成误导：Uzawa（1969）展示了如何将贴现率内生化来反映未来消费。这样，乐观的未来较不明朗的未来倾向于有较高的贴现率，这是一致的，因为未来灾难的风险会鼓励更关注未来。Hansen（2006）和 Winkler（2006）进一步讨论了呈下降趋势（双曲线）贴现率的优缺点。

资料来源：Munasinghe（1992a）。

在很多发展中国家，由于资本的稀缺性资本生产率的利率会更高。在贫穷的国家，时间偏好的利率也可能会提高，因为他们急需满足的是直接基本的需要，而不是保证长期的可持续性。

新古典的效用折现模型意味着对时间偏好的比率独立于时间范围和商品数量——当然也并不总是这种情况。此外，很多发展中国家缺少适当发展的资本市场，常常会导致投资决策与消费相关联，并依赖于偏好。

较高的贴现率可能会造成对后代的歧视。因为带有长期社会成本和短期净效益的项目将受惠于较高的贴现率，而带有长期效益的项目在高贴现率下则不太可能会实施。这样，后代就会受损于由当前世代高时间偏好和/或资本生产率比率决定的市场贴现率。

上述讨论提出应降低贴现率以反映长期的环境关注和代际公平的问题——参看第 5.2.3 节关于气候变化的讨论。然而，这也会产生问题：尽管对生态安全的活动会更经常的通过费用—效益检验，还有更多的项目一般来说也会通过检验，但由此增加的投资也会导致额外的环境压力（Krautkraemer，1988）。

很多环境保护论者相信应该采用零贴现率来保护后代。然而采用零贴现率也是不公平的，因为这意味着更多牺牲当前的政策，又会歧视今天的穷人。变化（和下降）的贴现率更适于用处理长期多世代的问题（第5.2.3节），特别是当预期未来的资本生产率会下降的时候。贴现率可以依具体的国家而定，并定期予以校正，像处理其他的影子价格一样。

为促进代际间转换而武断地处理贴现率会扭曲资源配置。一个更好的替代方法是加上可持续性的约束以保证整体的资本存量为后代能得到保存或提高（第2章）。即使是限制特定环境影响的简单规则（如污染标准）也是有益的。另一个方法是保证不可替代的环境资产在费用—效益分析中具有相当高的价值。

总之，在可持续经济学框架内下述实践指南是有用的：(a) 资本的标准机会成本可作为计算净现值的基准，也可用于比较计算出的内部收益率；(b) 应努力确保在政策和项目决策框架中补偿投资，能够弥补资本存量的减少；(c) 在项目会导致不可逆损害的情况下，应调整费用—效益分析，使其在计算成本时能测量放弃的保存资源的效益；(d) 如果环境和社会影响的评估比较困难，而又可能会发生大的不可逆的损失，就应该将损失限定在可接受的生物物理或社会规范之内；(e) 对悲观的长期情景可考虑下降的或负的贴现率。

3.6.2 风险和不确定性的问题

所有的项目和政策都包含风险和不确定性。风险通常根据不希望发生的事件（比如自然灾害）可能发生的概率来衡量。不确定性用来描述对未来影响知之甚少的情况，因为结果是不明确的，所以不能赋予概率。

风险可以以估计的数据为基础进行概率处理，得以避免，并像其他项目成本那处理样。然而，不确定性则难以应用保险精算的原则，因为未来是不明确的。随着项目和环境影响逐渐变大，不确定性会显得大过风险。对于风险合适的应对方法是在期望价值计算中将它作为一项成本。然而，使用一个数字（或风险的期望值）不能抓住风险的变异性或要估计的值的范围。而且，它也不能包括个人对风险的感知。做好预防是对不确定性的一种应对方法——如果无法清晰地预测未来，那么前进的速度就应调整到能力所及的范围。

在实际中，将风险和不确定性纳入项目评估的方式是通过敏感性分析，确定内部收益率如何依赖于不同的变量。对不同的变量使用乐观和悲观的值能够显示出哪些会显著影响效益和成本。敏感性分析不需要反映高端或低端值发生的概率。在项目评估中，确定的点估计会很有误导性，给出估值范围会有助于识别出更可靠的选择（Anderson 和 Quiggin，1990）。还可使用各种标准，如极小化最大和最小化遗憾（Friedman，1986）。

不确定性问题在环境价值评估和政策制定中有很重要的作用。选择价值和准选择价值就是基于不确定性的存在（第 3.4.1 节）。选择价值（OV）是消费者为避免将来无法获得某物的风险而愿意支付的费用。在选择价值的诸多定义中，一个有用的测量是一项环境资产使用前和使用后福利的差额。选择价值的符号取决于不确定性供给或需求的存在情况，以及消费者是风险规避的还是风险偏好的（Pearce 和 Turner，1990）。

准选择价值（QOV）是预期知识会随时间增长的情况下，保存能够在未来使用选择权的价值。如果一个项目会造成不可逆的环境损害，通过科学研究该资产来扩充知识的机会就丧失了。通过未来知识扩展得到保存效益的不确定性会产生正的准选择价值。因而应推迟发展直到增加的知识能帮助作出更明智的决定。如果信息增长本身就依赖于进行发展，那么当不确定性涉及的是保存的效益时准选择价值就是正的，当不确定性是关于发展的效益时准选择价值就是负的（Pearce 和 Turner，1990）。

如果用选择价格（个人愿意为未来效益在今天支付的价值）进行计算，那么选择价值就是多余的。选择价值被加到预期的未来效益中，将总价值增到选择价格。大多数条件价值评估方法（CVM）都是直接估计选择价格。所以如果通过其他方法来测量，选择价值实际上可能是多余的，尽管在概念上有效（Freeman，1993）。

众多不确定性形式的存在使得环境政策制定变得很复杂。在一个由酸沉降导致的空气污染的案例中，Bromley（1989）识别出六种不同的不确定性方面，分别是：1）特定污染物来源的识别；2）特定排放物的最终落点；3）落点处的实际物理影响；4）人类对落点处实际产生影响的价值评估；5）一个特定的政策响应对上述因素的影响会达到怎样的程度；6）政策选择结果的实际成本水平和这些成本的影响范围。

政策制定者基于他们对现有权利结构的理解来解决这些不确定性。对未来利益的保护，可通过一种使当代人担负考虑后代权利的责任的权利结构来进行——因为后代人不能对今天的市场产生影响来保护他们的利益。有三个政策工具能用来保证后代不变得更差：授权污染减排；对未来损害的全额补偿（比如税收）；能够补偿现在施加给未来成本的年金。面对不确定性，第一个选择看来是最实际的选择。

3.7 经济系统政策和环境

下面，我们转到更大尺度的问题，关于经济系统政策（宏观经济的和部门的）如何引起显著的环境和社会的损害。更多的细节，包括相关概念的历史回顾和近期的案例研究在第 7 章、第 8 章和第 9 章给出。

财政和货币政策、结构调整的计划以及稳定措施都会影响自然资源基础。不幸的是，经济、社会和环境之间的相互作用是复杂的，我们对其理解有限。理想的情况下，人们希望通过社会经济和生态系统追踪经济系统政策改革（宏观经济的和部门的）的影响。通常时间和数据的限制排除了在发展中国家采用这种全面综合的方法。实际的政策分析通常限制在更加局部的方法上，追踪特定经济系统政策的关键影响，至少是定性的分析，并在可能的地方进行定量分析。

广泛政策措施可能的环境和社会效应无法进行简单的一般化。不过，已经错过了将减少贫困导向或效率导向的改革与环境保护的补充性目标结合起来的机会——即“双赢”结果（Munasinghe，1992a）。比如，解决土地占用以及获得金融和社会服务的问题不仅产生经济收入，对促进环境管理也至关重要。类似的，改善工业或能源相关活动的效率也会降低经济浪费和环境污染（World Bank，1992b-e）。

很多过度污染或资源过度开采的例子都由市场扭曲造成。广泛的政策改革，提高效率或减少贫困，可以对环境产生更多的益处。挑战在于识别复杂的路径，即这种政策变化最终通过怎样的路径在厂商或家庭水平影响环境保护。一些变化会产生有益的或有害的环境和社会影响，这取决于干涉条件的性质。目标不是必须直接更改原来的更广泛的政策（即还有其他传统的非环境的目标），而是设计更具体的补充政策措施来帮助减轻消极影响或提高原来环境政策的积极影响。

3.7.1 宏观经济政策

在20世纪80年代早期的经济危机当中，很多发展中国家经历了严重的预算和贸易赤字（以及为此筹集资金而增加的外债），被迫采取了紧急的稳定计划，而这些计划经常带有不可预见的社会和环境后果。

这次危机的一个重要环境影响与贫困和失业有关。为了保持稳定作出的努力经常要求货币贬值，资本控制和提高利息率。当收入水平下降，税收收入也会相应下降。随着失业率提高，政府又会求助于扩张性的财政政策，会导致居民消费价格上涨。这些政策经常把最贫困的人口群体逼迫到贫瘠的土地上，导致土壤腐蚀或荒漠化。燃料价格上涨和降低的工资也对荒漠化和土壤肥力降低有影响，因为穷人被迫使用薪材和家畜粪便来取暖、照明和做饭。

除了短期稳定性措施的紧缩方面，很多宏观经济政策对资源使用和环境也有潜在的重要作用。不幸的是，关于这些作用方向的简单一般化是不可能的，它们可能是有益的也可能是消极的，取决于具体的条件。比如，真实的货币贬值会增加国际竞争力，提高国际贸易商品的产量（例如林业和农业产品）。如果农业的反应通过农作物的替代发生，环境影响就取决于推广的农作物倾向于环境有益的（如茶叶、可可、橡胶）还是环境有害的

(如烟草、甘蔗、玉米)。环境影响也依赖于产量增加是否会导致开垦新的土地(会导致增加荒漠化)或提高现有农田的利用效率。另一个可能性是对汇率估计过高(导致负的贸易条件,减少产品竞争力,降低农场口价格),可能会促使小的农耕者搬到更加环境脆弱的贫瘠土地上,以利用价格变化的影响。

自然资源存量产出如森林或渔业会受其他因素如产权的影响(第4.2节)。这样,如果贸易政策增加了产出的价值(如木材或鱼肉出口),那么所有制程度将影响到如何管理产量和资源存量。反应的范围可能从对资产的更多投资和维护(如果环境成本被业主用户内部化了)到迅速的损耗(当使用者在资源存量中没有相关利益的时候)。因而,Capistrano 和 Kiker (1990) 提出增加世界出口的竞争力也会增加不采伐木材的机会成本,会导致森林的损耗远超过自然再生能力。另一项研究(Kahn 和 McDonald, 1991)使用实证证据指出债务和砍伐森林之间存在相关关系。他们提出债务负担引起短视行为,经常会导致森林资源的过度损耗——即森林砍伐率从长期来看不是最优的,但却是满足短期需要所必需的。

Munasinghe 和 Cruz (1994) 明确地追踪了促进经济发展的经济系统政策改革如何产生许多不曾预料的环境和社会影响。表3-1总结了一些典型的结果。第一列只列出了众多通过宏观经济改革来解决的经济系统政策问题中的一小部分。第二列中的政策通常被用来解决这些问题。第三列是相应的经济发展目标或直接的影响。第四列显示未预料到的重要的二级环境和社会影响。虽然政策改革能改善自然资源管理,但也存在一些引人关注的潜在负面环境影响,在最后一列给出。因而,要正确评估这些改革,就有必要评估它们直接和间接的作用,以及在它们对传统发展的贡献和环境作用之间的权衡。然后为每个政策分析相关的防御措施或修正方案。这个系统过程可用行为—影响矩阵的方法(Action impact matrix, AIM)来表征(第2.4.1节)。

表3-1 经济系统政策直接和间接环境和社会影响的典型例子

政策问题	政策改革	直接经济目标/影响	间接的(环境和社会影响)
1. 贸易赤字	灵活的汇率	提高产业竞争力、出口;减少进口	促进出口会促使砍伐更多森林来出口,并导致用木本经济作物替代一年生作物。新增产业工作可减少土地资源压力
2. 食品安全和失业	居住地的农业集约化和新区域重新安置计划	增加作物产量和面积;吸收更多农村劳动力	可减少到生态脆弱区的自发移民。然而有过度使用化肥和化学品的潜在危险
3. 由于生产效率低而进行产业保护	减税和专门的投资激励	促进竞争和产业效率	更开放可带来能源利用更有效或污染更少的技术,也可吸引有害的工业

宏观经济政策对农业的关键影响已在早期的研究（Johnson，1973；Schuh，1974）中说明。Krueger、Schiff 和 Valdes（1991）也指出在农业中经济系统因素可能比部门政策更重要。如果采取广泛的评估视角，政府对产出价格的直接干涉，比间接的经济系统因素（如外汇汇率和行业保护政策）对农业激励有更小的影响。

经济系统政策影响对环境也很重要。例如，Hyde 等（1991）引用在巴西和菲律宾的研究，结果显示了经济政策的溢出效应如何构成砍伐森林的一个重要原因。巴西的农业补助对亚马孙森林的破坏贡献了一半的作用（Mahar，1988；Binswanger，1989）。对菲律宾的一般均衡模拟显示，尽管是出于对一般收支平衡的考虑，外汇汇率的变化对木制品的需求有重要的意义，从而影响了伐木率。薪材的例子同样有趣，因为在很多发展中国家薪材短缺已被认为是主要的林业问题。国家的燃料价格政策和替代能源投资政策对解决薪材问题很重要。

3.7.2 结构调整

结构调整计划可以用来解决一系列明确界定的改革问题（第7.2.1节）。一般包括建立合适的宏观经济发展框架，引入一系列支撑的部门政策和投资努力，将国内经济整合融入世界经济（Fischer 和 Thomas，1990）。

20世纪80年代早期的调整贷款解决了由世界性的经济危机引起的保持经济发展的问题。这次危机的导火索是第二轮的能源价格猛涨，出口市场崩溃，以及国际利率增长。这些外部条件，再加上局地产业缺乏竞争力，就业机会滞后，以及持续的预算赤字，导致了不可持续的经常账户赤字。

因而，贸易导向的改革，包括减税和货币贬值，成为调整贷款的关键组成部分。调整对管理外债的含义也引起多方关注。反过来，这又导致了对刺激国内储蓄，增加税收在资源筹备中的作用，以及对减少政府支出和提高投资生产力的关注。

这些计划的效益和成本在不同的国家情况不同。Birdsall 和 Wheeler（1992）回顾了拉丁美洲的经验，总结发现没有证据表明开放的发展中国家的经济更容易造成污染。外国技术和资本的流入往往会带来更严格的污染标准。与此同时，污染密集的重工业部门从保护性的行业和贸易政策中获益。不过，有些值得关注的问题还继续存在，即外国投资和私有化在大多数环境管制薄弱的发展中国家会导致“污染避难所”的增长。贸易自由化也会鼓励能源密集和/或高污染行业的增长。然而，由工业化造成的污染可以通过造林来弥补（尽管这不一定补偿污染地区的居民），通过鼓励使用污染减排技术的合理税收政策来限制。

环境相关的结构调整改革已有了相关回顾（Warford 等，1992）。这些改革包括（1）改变农业产出、投入、能源、出口税的相对价格；（2）贸易和行业政策改革；（3）改变公共支出计划；（4）部门的制度改革。在20世纪80年代的早期到中期，环境方面的问题在调整借贷操作中相对受到忽视，几乎没有环境的贷款组成部分或附加条件。该回顾还发现从FY88到FY92的计划包含了更多关于环境方面的内容。比如，回顾的58个国家中有60%的调整计划都有环境相关的组成部分或附加条件，而在FY79和FY87之间的只有37%。部门的调整计划已纳入环境政策改革。

在20世纪90年代，国际捐助机构、非政府组织以及学术机构讨论了结构调整和稳定性计划的环境影响。有几个关于国家范围内的政策对环境和社会影响的很好的研究（Munasinghe，1992a；Reed，1992；Munasinghe和Cruz，1994；Abaza，1995；Young和Bishop，1995；Munasinghe，1996；Reed，1996；Opschoor和Jongma，1996；Panayotou和Hupe，1996；Cruz、Munasinghe和Warford，1997；Warford、Munasinghe和Cruz，1997；Kessler和Van Dorp，1998；Environment和Development Economics，1999），详细内容参考第7章。

3.7.3 公共投资/支出回顾

减少公共支出是很多社会公共项目必不可分的一部分，通常来自公共投资/支出审查（Public Investment/Expenditure Reviews，PI/ERs）作出的关于政府开支优先次序的建议。公共投资/支出审查的主要目的是给政府提供以下方面的建议：关于开支计划的规模和组成，以及加强提高设计和实施这些计划的国家能力的制度。也用来执行基本的部门工作，识别适合世界银行支持的项目。公共投资/支出审查通过核心规划和金融机构帮助制定支出决策，这是结构调整、减少贫困和有效自然资源管理关键目标的中心问题。

相比效率和减少贫困，公共投资计划经常不能给予环境目标足够的权重。但还是存在一定的潜力，使得通过投资审查，适当提高对环境的关注，避免有严重长期环境后果的投资。尽管支出审查可能不是那么的至关紧要，还是可以用来保证，比如说，环境机构和他们的计划能够得到当前政府支出中公平的份额。

3.7.4 部门政策

尽管调整本身是一种宏观经济努力，包括宏观经济政策改革，但也需要具体部门的改革（Munasinghe和Cruz，1994）。调整计划中关键的宏观经济变量是投资—储蓄的缺口、财政赤字、贸易赤字、汇率和通货膨胀率。

与调整计划相关的微观经济或部门改革包括产业提升和投资激励、税负归宿、进口自由化和贸易，以及能源定价。采取这些措施可以改善资源配置，同时也对宏观经济的稳定和增长有重要含义（Fischer 和 Thomas，1990）。第一个主要是微观经济目标，第二个是调整目标。

例如，税收和政府支出是资源配置的主要微观经济机制，也包含财政政策的基本元素。反过来，财政政策具有至关重要的宏观经济影响，因为它直接决定财政赤字，从而影响经常账户赤字，以及经过一段时间之后的投资水平。税收改革问题从环境管理的角度来看有特别重要的作用，因为它们能对资源的使用产生广泛的潜在影响。税基的选择可导致污染相关活动水平的重要变化。然而，这种环境关联并没有在着眼于财政效率的传统评估中得到考虑。其他部门的改革，如处理能源定价和工业出口，也影响宏观经济的稳定，因而在调整计划中发挥常规作用（World Bank，1989）。

除了稳定宏观经济环境，部门政策对从供给方面促进增长有重要的整体经济意义。这些包括部门投资和定价政策以及部门管制和制度发展。如 Fischer 和 Thomas（1990）指出的，传统发展的方法是通过投资农业、工业、基础设施和人力资源。然而，这些部门投资的贡献很大程度上依赖于宏观经济政策和扶持机构的存在。一些国家通过限定食品价格上限来补贴城市消费者，这种情况造成的环境后果与货币定值过高带来的结果一样，因为两者都导致降低了增加可进行国际贸易的作物产量的激励。

在巴西的例子中，Binswanger（1989）指出一般税收政策、专门税收激励、土地分配规则，以及农业信用体系，这些都加速了亚马孙森林的砍伐。这些政策也增加土地所有的规模，减少可供穷人使用的土地。Mahar（1989）发现巴西亚马孙河的很多问题都可追溯到 20 世纪 60 年代中期作出的提供到亚马孙河陆路通路的决定。通过整体经济政策改革解决环境问题的进一步部门工作的例子在第 7 章给出〔Munasinghe 和 Cruz（1994），以及 Munasinghe（1997)〕。

3.7.5 国民收入账户和宏观经济表现

为了准确的认识并在宏观经济分析中包括环境问题，必须重新考察标准的国民收入核算方法。现在国民经济表现是通过国内生产总值（gross domestic product，GDP）的增长来衡量的，政策改革是否合理是以它们对该增长的短期、中期或长期的贡献为基础的。尽管用国内生产总值来衡量市场活动尚算良好，但是它被批评忽视了其他的关键方面，如附加的非市场价值、收入分配，等等。而且，国内生产总值没有考虑人力资本的折旧〔尽管较少被引用的国内生产净值（net domestic product，NDP）考虑了〕，还遗漏了“自然资本”的退化。因而，国内生产总值是真实、可持续的收入的不准确度量。

就环境而言，在广泛使用的国民核算框架的传统体系中有以下几个缺点：

1. 自然和环境资源没有被充分的包含在资产负债表中，从而，国民核算只是代表国民福利的有限指标，因为它们很差地甚至“不正当的”地衡量了环境和自然资源条件的变化。

2. 传统的国民核算没能记录经济活动中使用自然资源的真实成本。由于生产活动而造成的自然资本存量（水、土壤、空气、矿藏、和自然荒野区）损耗或退化，没有包含在自然财富的当前成本或折旧当中。因而，资源型商品的价格被低估了——附加的价值越低，最后产品价格低估的程度越大。一些国家通过补贴促进初级产品出口，经常对穷人（他们不太能够保护自己）造成巨大的负面影响，包括小的耕种者、森林居民、无地的农民，等等。如果估计出这种隐藏的成本或“补贴”，很多国家的GDP可能会显著地降低。而且，自然资源损耗引起了代际公平的问题，因为可供后代使用的生产性资产可能会不公平地减少（第3.6.1节）。

3. 当起抵消作用的环境损害没有考虑时，治理或减排活动（比如用于恢复环境资产的开支）往往夸大国民收入。对私人厂商，防御性的环境支出从最终附加值中净抵出。相比之下，如果由公共部门或家庭引起，这种治理成本则被认为是对国民产出的生产性贡献。国内生产总值的计算从两个方面被扭曲，因为不好的产出（像污染）被忽略了，而有益的环境相关的活动则往往暗中被估值为零。

到20世纪80年代还在使用的核算技术中的这些缺陷提出了对一种国民核算系统（system of national accounts，SNA）的需要，该核算允许计算经过环境调整的国内生产净值（environmentally adjusted net domestic product，EDP）和环境调整的净收入（environmentally adjusted net income，EDI）。国家级别的决策者和宏观经济计划者（通常情况下，在财政部或规划部）例行公事地依赖于传统的国民核算系统制定经济政策。这样，辅助的经过环境调整的国民核算系统和相应的业绩指标会鼓励政策制定者根据环境问题重新评估宏观经济情况，并追踪经济系统政策和自然资源管理之间的联系（Munasinghe和Cruz，1994）。

基于20世纪80年代完成的工作（Bartelmus、Stahmer和van Tongeren，1989），创造出作为中间度量的环境调整的经济账户系统（System for Environmentally adjusted Economic Accounts，SEEA）。其目标是将环境数据集纳入现有国民核算信息中，尽可能维持国民核算系统的概念和原则。环境成本、效益和自然资源资产，以及环境保护的支出，并以与国民核算系统核算框架一致的方式作为卫星账户。这个方法包括将传统的国民核算系统分解以强调实物和货币核算、环境成本转嫁，以及国民核算系统生产范围拓展与环境的关系——而不改变核心的核算。

通过 UN 环境核算的中期手册（UN，1993），环境调整的经济账户系统框架得到了进一步的推动。该手册概述了计算各种国民核算总量的可能性，如“绿色国民生产总值”——即向下调整以反映净资源损耗和环境污染的成本。绿色国民生产净值是潜在可持续收入的 Hicks-Lindahl 测量（Hicks，1946）。然而，它不能说明储蓄率是否能无限期的维持这个收入，如果经济实际处于常数效应的途径上，也不能衡量潜在消费。“真实储蓄”是宏观可持续性的一个更好的测量（Atkinson 等，1997）。进一步的工作在第 7.1.5 节概述。

随后，联合国出版了一本操作手册（UN 2000），最后在 2003 年发布了《综合环境经济核算手册》（UN 2003）。修订版提供了估计环境和自然资源相关支出的方法，这在传统的国民核算系统中没有被有效涵盖。特点包括：（1）自然资源资产账户，包括自然资源存量损耗，改善的传统国民核算系统资产负债表；（2）污染物和物质流账户，报告能源和材料使用情况，以及物质生产过程和最终需求中污染物和废物的产生情况。这些账户与供给相联系，并使用在国民核算系统中描述的投入产出表中；（3）环境保护和资源管理开支会得到更明确的显示，这些数据可用于政策分析和其他可持续发展的研究；（4）已发展出更好的宏观经济总量，如调整环境因子后的国内生产净值。

自然资源账户有资产负债表类似的地方，它们强调自然资源数量和价值开始和结束的存量，包括商业的自然资源和非商业的环境资源。因此，资源账户成为修改过的国民核算系统中扩展的国民资产负债表账户的基础。这些账户的主要政策和分析用途包括：测量物质稀缺性，资源管理，评估资源部门的资产负债表，生产率测量，组合分析和管理，损耗评估，以及识别环境退化的影响。自然资源账户和它们在国民资产负债表账户中有对应部分，因此可以对资源管理政策和更广泛的环境政策有广泛的应用。

几个国家已经开发了各种对国民核算系统进行环境调整的方法（World Bank，2006）。各种衡量国民生产和财富的方法正在考虑当中，包括自然资源（存量）账户、资源和污染物流账户、环境支出账户，和替代国民核算总量（Atkinson 等，1997）。尽管已有了试点研究，在 2003 年修订版的国民核算系统中还没有国家正式改变国民核算系统以反映环境问题（UN，2003）。

第 2.3.5 节介绍的用来说明自然资源存量可持续性的简单测量方法可扩展到涵盖总人均财富。后者将是可持续性的一个有用的指标，如果国民核算系统的目标是测量总国民财富（包括制造资本以及生物和非生物资源存量的价值）。对总财富 W 和人口 P，发展是（弱）可持续的，当：

这个指标有几个很好的性质——如，可分别核算低替代可能性的自然资产的变化。

$$S = [d(W/P)/dt]/[W/P]0$$

实际应用的进展

世界银行和UN统计处（UN Statistical Office，UNSO）在墨西哥（van Tongeren等，1991）和巴布亚新几内亚（Bartelmus等，1991）完成了早期的案例研究，确定了这种账户可如何准备。巴布亚新几内亚的研究显示了在制度能力较弱和数据可得性有限的国家（在很多资源丰富的发展中国家都会存在的情景）应用环境调整的经济账户系统框架的可行性。生产资产的折旧计算出来是国内生产总值（GDP）的9%-11%，也就是传统的国内生产净值（NDP）在国内生产总值的89%-91%之间。还评估了农业、林业、采矿业和能源部门的环境影响。

从1986年到1990年，作者估计这些影响大概平均占到国内生产净值的2%。第一，计算了环境调整的国内生产净值（EDP 1），合并了自然资源使用的经济损耗成本（但是没有计算环境质量退化和相应的非市场环境服务的损失，这在EDP2中反映）。第二，从EDP1中减去环境质量退化的成本就估计出了EDP2。估计出的EDP2大概范围是国内生产净值的90%-97%。最后的结果显示在大多数年份里消费都要超过环境调整的国内生产净值。然而，缺少物理数据使得获得准确的估计极其困难。商品价格显著的波动也反映了政府试图维持可持续发展政策的困难。

另外，与结果相反，巴布亚新几内亚不必耗尽它的资本基础，因为由外债腐蚀（由于通货膨胀降低了债款的价值）带来的资本效益占到真实国内生产净值的4%。资本的可替代性从而成为在定义“收入”时应该考虑的问题。除了这些世界银行支持的研究，还有一些在发展中国家应用环境账户的例子。并且，在发达世界甚至更少。UN拉丁美洲经济委员会和环境（UN Economic Commission for Latin America and the Environment，ECLAC）与联合国环境规划署（UNEP）在拉丁美洲开展了两个案例研究，在国家范围限定的区域里应用环境账户的方法（CIDIE，1992）。阿根廷的研究通过估计改善生产功能和维持生态系统功能的成本评估了森林生态系统。所得结果被用于模拟备选的管理和开发情景中。墨西哥的研究计算了由于一个生物走廊而对生产总值进行的调整部分，在农业和林业部门用重置成本法进行市场价值评估，并为各个单独的资源构建物质的资产负债表。收入的希克斯概念用来提供修正过的区域收入测量。

Gilbert（CIDIE，1992）作了博茨瓦纳的一项研究，在一个更大的模拟和信息系统中使用了环境核算框架。该方法使用了存量账户（以物理单位描述自然资源存量）、资源使用者账户（以物理和货币单位描述存量），以及社会经济账户（着眼于资源使用，人口统计学和环境政策）。然而，由于严重的数据约束，还无法完全实施该框架。

环境核算在发展中国家的一个早期应用是由 Repetto 等（1989）为世界资源研究所开展的。该研究收集了石油、木材和土壤资源的数据。使用的方法是基于自然资源的物理存量和流量账户，以及这些存量的估值。已有人提出林业中使用的估值方法高估了真实资源的折旧，尽管如此，事实证明它还是非常有用的一个指标，通过环境核算来衡量国内生产总值调整的大小（CIDIE，1992）。后来的一项研究（WRI，1991）对林业应用同样的评估方法，但着眼于提供详细的方法，对哥斯达黎加的森林砍伐、土壤侵蚀和海岸水产业的过度开发进行了技术性的估计。

近期的工作显示玻利维亚可能正处于不可持续的发展道路上（World Bank，2006）。如果包括自然资源的损耗，2003 年真实的国民储蓄率变成国民总收入（gross national income，GNI）负的 3.8%，尽管按传统方法计算出的国民储蓄率为 GNI 的 12%。在这个估计中，能源、金属和矿物的损耗占了国民总收入的 9%，污染损害几乎为 7%，而森林净损耗为 0。

一些研究者已经计算出衡量人类福利更综合的指标，结果显示“真实”福利和传统人均收入之间的关系，在发展早期是正的，但随后会变成负的——与环境库兹涅茨效应形成对比（Daly 和 Cobb，1990；Max-Neef，1995）。这样的测量叫做可持续经济福利指数（Index of Sustainable Economic Welfare，ISEW），它在 20 世纪七八十年代已经在美国、英国、德国、奥地利和荷兰达到顶峰，现在正在下降。减少贫困仍然是一个主要的社会目标（Sen，1984）。Lawn（2005）检查了用来计算可持续经济福利指数、真实进步指数和可持续的净效益指数的评估方法。他认为需要一套一致的和更可靠的评估技术，以保证这些备选的指标能获得广泛的接受，用于比较增长的成本和效益。近期的工作是试图扩展社会核算矩阵（social accounting matrix，SAM），将各个收入群体环境损害的影响分布包括进来（Munasinghe，2002）。

附录 A3.1　估计和使用影子价格

计价单位（Numeraire）

要得出一套一致的商品和服务的经济影子价格，需要一个共同的标准或计价物来衡量价值。同样的名义货币单位可能有不同的价值，这取决于它使用的经济环境。例如，在免税店购买的 1 卢比的巧克力很可能要比从零售店（进口关税和货物税已被征收）买的 1 卢比的巧克力的数量多。因此，这就有可能直观地区分开边境定价的卢比和国内定价的卢比，前者在国际市场使用，没有进口关税；后者在国内市场使用，受各种扭曲的影响。

计价单位的选择，如货币单位的选择，不应该改变经济决策的结果——假设在分析中使用一致的框架和假设。例如，在两个费用—效益分析中只存在一个差别，一个用“分（cents）”作单位，另一个用“卢比”（1卢比等于100分）。用分的分析中，所有的数量在数字上都是用卢比分析的100倍。因为乘以线性比例系数不会改变分析结果，我们就可以根据方便情况选择计价单位。

在很多情况下，最合适的计价单位是一单位边境影子价格的未支配公共收入（Little和Mirrlees，1974）。这个单位与可供政府使用的可自由支配的外汇是一样的，但是以官方汇率（official exchange rate，OER）转换过的当地货币单位表示出来。边境定价的计价单位对外汇稀缺的发展中国家特别重要。它表示一个国家能在国际市场上购买商品和服务的机会集合。

经济效率影子价格

将经济资源分成可贸易的和不可贸易的会便于效率影子价格的估计和使用。可贸易的是可直接进口或出口的商品和服务，它们的价值已通过边境价格知道——即以OER转换过的外汇成本。不可贸易的是当地商品，价值通过国内市场价格知道，乘以转换系数（conversion factors），转换成边境价格。

$$\text{边境(影子)价格} = \text{转换系数} \times \text{国内(市场)价格}$$

$$BP = CF \times DP$$

对具有无限弹性（世界进口供给和世界出口需求）的可贸易品，可使用进口的成本、保险和运输（C. I. F.）的边境价格和离岸（free-on-board，F. O. B.）的边境价格（对市场差价进行合适的调整）。如果相关的弹性是有限的，那么进口或出口成本的变化，以及其他国内消费或生产水平或收入转移的任何移动都应给予考虑。不需要用自由贸易假设来证明使用边境价格的有效性，因为国内价格扭曲可通过剔除所有税收、关税和补贴来调整。

为了阐明这一点，考虑一个家庭每个月给孩子20比索的零用钱。孩子可以从商店以2比索的价格买一包糖果。如果父母想劝阻消费糖果，他们可以对每包糖收1个比索的罚金。罚金完全就像进口税，孩子必须为每包糖花费3个比索（以国内价格定价，在家庭内）。从家庭的角度，该商品总的外部支出仅仅是2个比索，因为1比索的罚金是家庭内部的净转移（net transfer）。因此，当忽略罚金对父母和孩子之间收入分配影响的时候，对这个家庭而言这包糖果的真实经济成本（或影子价格）是2个比索（即它的边境价格）。

不可贸易物品传统上定义为国内供给价格落在离岸出口价格和成本、保险和运输进口价格之间的商品。由于禁止性的贸易壁垒，如禁止或严格的配额，而无法在边际价格上进行交易的商品也包含在这个范畴内。如果对一给定的不可贸易商品或服务增加的需求可通过扩大国内供给或进口得到满足，这种增加供给相关的边境价格的边际社会成本（marginal social cost，MSC）就是相应的资源成本。如果结果是其他国内或国外的使用者消费减少，放弃的国内消费或减少的出口收入带来的边境定价的边际社会效益（marginal social benefit，MSB）则是社会成本更合适的度量。

对给定投入总消费的社会最优水平（Q_{opt}）位于边际社会成本和边际社会效益曲线的交点。价格和非价格扭曲导致非最优水平的消费，$Q \neq Q_{opt}$，其中 MSB≠MSC。更为一般的是，如果两个效应同时存在，应该使用边际社会成本和边际社会效益的加权平均。后者在短期以供给为约束的情况下更重要，而前者在长期可进行产出扩张的时候占主导。

很多部门不可贸易的商品和服务的边际社会成本可以通过适当的分解来确定。比如，建设部门价值1比索的产出（以国内价格定价）可以连续分解成不同的组分——像资本、劳动力、原材料，等等，分别以边境价格定价为 C_1，C_2，…，C_n 个比索。那么建设转换系数（定义为边境价格和国内价格之比）为：

$$CCF = \sum_{i=1}^{n} C_i$$

标准转换系数（standard conversion factor，SCF）可用于那些没有重要到值得给予单独注意或缺少充分数据的不可贸易商品。标准转换系数等于官方汇率除以更熟悉的影子汇率（shadow exchange rate，SER）。使用标准转换系数将国内定价的价值转换成边境价格的等价物，概念上是传统的将外币成本乘以影子汇率（而不是官方汇率）的反过程，将外汇转换成国内价格的等价物。标准转换系数可通过官方汇率与自由贸易汇率之比来近似，当国家正朝更自由的贸易制度发展的时候：

$$SCF = \frac{OER}{FTER} = \frac{eX + nM}{eX(1 - t_x) + nM(1 + t_m)}$$

其中，X＝出口的离岸价格值，M＝进口的成本、保险和运输值，e＝国内出口供给弹性，n＝国内进口需求弹性，t_x＝出口平均税率（负的补贴），t_m＝进口平均税率。

放弃的工人产出是影子工资率（shadow wage rate，SWR）的主要部分。考虑一个劳动力剩余国家中技术不熟练的劳动力——比如，城市工厂中雇佣的农村工人。要估计劳动力的机会成本会出现复杂的情况，因为原来挣得的农村的工资不能反映农业劳动力的边际产出。而且，对每个新增的城市工作，不止一个农村来的工人会放弃原来的工作。应该针对季节性活动如收割和间接成本如交通费进行相关调整。那么，效率影子工资率（efficiency shadow wage rate，ESWR）为：

$$ESWR = a.m + c.u$$

其中，m 和 u 是放弃的劳动力边际产出和间接成本，以国内价格，而 a 和 c 是相应的转换因子，将这些价值转换成边境价格。

合适的土地影子价值取决于它的地点。通常，城市土地的市场价格是它国内定价经济价值的很好指标，而应用国内价格合适的转换系数（如标准转换系数）则会得到边境定价的城市土地投入成本。在农业中使用的农村土地可用其机会成本评估——放弃的农业产出的净效益。其他农村土地的边际社会成本取决于潜在用途，如娱乐（第 3.4 节）。

资本的影子价格通常由贴现率或会计利息率（accounting rate of interest，ARI）反映，定义为计价单位的价值随时间下降的比率（第 3.2 节和第 3.6 节）。就纯效率而言，会计利息率的一个实际替代是资本机会成本（opportunity cost of capital，OCC）——定义为年消费流的预期价值，按照去除重置的边境价格，由边际上一单位公共收入的投资产生。

对社会（和环境）影子价格的调整

如果社会定价很重要，就需要考虑消费模式变化的影响。从效率影子工资率（efficiency shadow wage rate，ESWR）开始，假设一个工人在一个新工作中得到的工资为 W_n，放弃的收入为 W_o（都用国内价格）。我们注意到 W_n 不必等于放弃的边际产品 m。可很合理的假设低收入的工人消费了全部增加的收入（$W_n - W_o$）。那么，这个消费的增加会导致该经济的一个资源成本 b（$W_n - W_o$）。这个增加的消费也会提高一个效益 w（$W_n - W_o$），其中 w 代表由增加一单位国内定价的私人部门消费带来的边际社会效益，按边境价格。

这样，我们可以估计出社会影子工资率（根据消费效应调整过的）：

$$SSWR = a.m + c.u + (b - w)(W_n - W_o)$$

这里，b 代表增加消费的边际社会成本。如果全部新收入都被消费，那么 b 就是消费转换系数或资源成本（以计价单位为单位），它是由提供给消费者价值一单位（按国内价格）的一边际篮子商品产生的。

$$b = \sum_{i=1}^{n} g_i \cdot CF_i$$

其中，g_i 是边际消费篮子第 i 个商品的比例或份额，CF_i 是相应的转换系数。

相应增加的消费的边际社会效益为：w＝d/v。这里 1/v 是在平均消费水平（average level of consumption，c_a）下增加给某人增加一单位国内定价消费的价值。因此，与“平均的”私人消费相比，v 可大概看作公共储蓄的溢价。在某些简化假设下，$b=1/v$。

d 是一种利于穷人的“社会权重”形式。如果 MU（c）表示在某个水平 c 下消费的边际效用，那么 $d=MU(c)/MU(c_a)$。假设消费的边际效用是递减的，d 就大于平均收入水平以下的“穷”消费者的单位（也就是 $c<c_a$），反之亦然。

边际效用函数的一个简单形式是：$MU(c)=c^{-n}$。这样，

$$d = MU(c) \ / \ MU(c_a) = n(c_a/c)$$

进一步假设分布参数 $n=1$，那么：

$$d = c_a/c = i_a/i$$

其中，i_a/i 是净收入的比例，可替代相应的消费比例。在这个简化例子中，社会权重 d 等于收入比例。

SSWR 的表达式中，消费项（b-w）会消失，如果在边际上：（a）社会的收入（或消费）分布是无差异的，这样每个人的消费具有相等的价值（$d=1$）；（b）认为私人消费与未支配的公共储蓄有同样的社会价值（$b=1/v$）。

包含消费效应的社会资本影子价格的一个简化公式为：

$$SARI = OCC\,[s + (1 - s)w/b]$$

其中，s 是从可保存和从新投资的原始投资中所得收益的一部分。

对环境影子价格的调整基于环境外部性（第 3.4 节）。因为严格估计影子价格是一项长期而复杂的工作，可以使用已经计算出的影子价格。或者，可以估计一些重要的项，比如标准转换系数，资本机会成本和影子工资率。当数据不够准确时，可以对一些关键的国家参数取一系列的值进行敏感性研究。

第4章

生态社会视角

联系生态和社会经济系统的概念性框架

产权、管理和生态社会关联

环境及社会评价

本章将对环境及社会经济两个领域的可持续发展之间的关系、制度安排，以及环境、社会评价作深入的讨论。第2章讨论过一些生态和社会系统可持续性的基础观点。第3章解释了生态系统在支持人类社会和经济活动方面的基本作用，并介绍了对生态系统评估的方法（包括货币化估价）。在4.1节中，我们将进行以下内容的扩展：在联合国千年生态评估基础上总结全面的概念性框架，包括生态系统和社会经济系统间的循环交互作用、为维持人类福利的主要生态系统服务。此评估强调了许多重要生态系统的不稳定状态。生命系统的多尺度复杂状态以及动态的生态循环（包括生育、生长、适应、衰退、死亡和再生）都能够帮助我们理解生态系统中的行为。接下来的4.2节描述了在社会自然资源的开发过程中产权制度所扮演的重要媒介角色。在可持续的环境管理措施的设计和实施中，产权制度同样起到了重要作用。具体的产权制度是否符合相关生态和社会因素的特点，在很大程度上决定了这些环境管理措施的有效性，对于那些严重依赖生态资源的传统社会和土著民族，以及生存在退化土地上的穷人来说尤其如此。最后的4.3节描述了作为可持续发展评估重要单元的环境和社会评估，补充了费用—效益分析（或者是经济性分析）。

感谢S. Hanna，W. Reid and W. Shrer对本章的重要贡献。本章的部分内容基于以下材料改编：Munasinghe，M.（1992e）“Biodiversity Protection Policy：Environmental Valuation and Distribution Issues”. *Ambio*，Vol ⅩⅪ，No 3，May，pp. 227-236；Hanna S. and Munasinghe，M.（1992）“An Introduction to Property Rights and the Environment” in Hanna S. and Munasinghe，M.（Eds）*An Introduction to Property Rights and the Environment：Social and Ecological Issues*，Beijer International Institute of Ecological Economics and World Bank，Stockholm and Washington DC，USA；Munasinghe，M.，and Shrer，W.（1995），*Defining and M环境评价suring Sustainability：The Biogeophysical Foundations*，United Nations University and World Bank，Tokyo，Japan and Washington，DC，USA；and Munasinghe，M. and Reid，W.（2005）“The Role of Ecosytems in Sustainable Development”，*Millennium Ecosystem Assessment Launch Conf*. New Delhi，India.

4.1 联系生态和社会经济系统的概念性框架

联合国千年生态评估（MA）是由联合国秘书长安南于2000年发起的（UN，2000）。在2001-2005年执行期间，联合国千年发展的目标是评估生态系统改变对人类福利的影响，进而识别生态系统对人类福利的贡献以及为了加强对生态系统的保护和可持续利用所需采取的行动。简而言之，生态系统是“动植物、微生物群落和它们所处的非生命环境组成的动态组合，并且作为功能单元相互作用”（CBD，1992）。

联合国千年生态评估的结果为四个国际环境协定提供了有价值的信息，分别是生物多样性公约、湿地保护拉姆萨公约、防治沙漠化国际公约、迁移物种国际公约。这项研究由22个世界上领先的研究团体支持，来自95个国家超过1,360名专家参与其中。技术报告中陈述了研究结论，涉及生态系统的状况及发展趋势、未来的情景、人类可能的响应和亚全球层次层面的评价。一些具体的研究收录在综合报告中用来供特定使用者参考。

4.1.1 生态系统服务及人类福利

如果对生态和社会经济系统之间的联系有更好的理解，可使我们对生态系统的管理更加具有可持续性。图4-1概括了这两个领域之间复杂的循环和动态关系。图中上下两个水平箭头表示循环关系。生态系统的服务有社会、经济及环境影响，从而产生可选择的未来发展路径，相应的结果对应着不同的人类福利水平。可选择的发展情景影响着变化的间接驱动力，而间接驱动力又影响到变化的直接驱动力（由两个向下的箭头表示）。两个向上的垂直箭头表示了两种驱动力和人类福利之间关键的反馈效应。最后，直接的驱动力对生态系统及其服务有着重要的影响。

间接驱动力包括以下几个主要部分：人口统计学方面的；经济方面的（全球化、贸易、市场和政策框架）；社会政治（管制和制度框架）；科学技术以及文化宗教。

直接驱动力包括以下几个主要成分：土地使用的变化；物种的迁入和迁出；技术的适应和使用；外部输入（例如：灌溉）；资源消耗；气候变化以及生物地理驱动力（例如：火山爆发）。

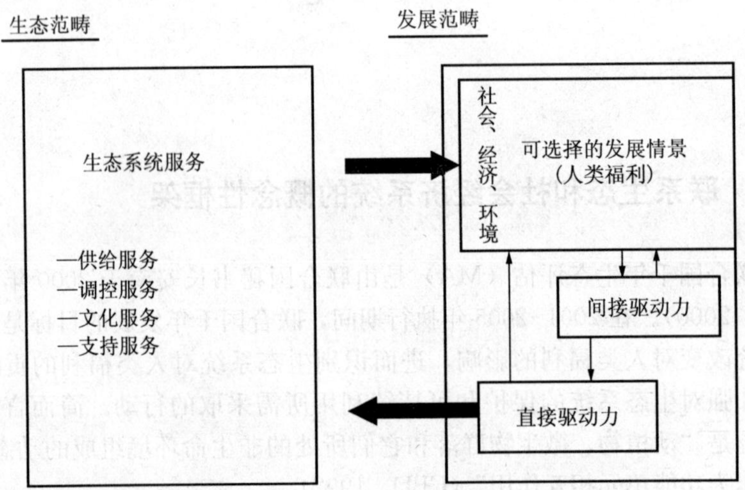

图 4-1　生态和发展（社会经济）领域间循环的交互作用

在图 4-2 中，我们对生态系统及其服务对人类福利影响方式进行总结，进而对图 4-1 中的一些基本联系进行详细的阐述（同时参见第 3 章）。

总体支持服务功能：图 4-2 的左边列举了其他的生态功能（供给、调控和文化方面的功能），这些生态功能依赖于生态系统所提供的一系列广泛的支撑性服务，包括土地形成、营养循环、初级生产等。

供给服务功能：生态系统提供了支持人类活动和消费的各种物质，包括食物、淡水、薪材、纤维、生化物质以及基因资源。

调控服务功能：生态系统可以调控自然过程，净化自然资源，以及影响气候、疾病、水资源等。

文化服务功能：生态系统还可产生非物质的益处，包括精神和宗教支持、娱乐和生态旅游、审美愉悦、灵感、教育、场所感以及文化遗产。

我们注意到，提供、调控以及文化方面的生态服务分别对应于第 3 章中定义的几种经济价值：直接使用价值、间接使用价值和非使用价值。

图 4-2 中的右半部分总结了和生态系统服务支持的相关人类福利的基本要素，箭头的宽度表示它们之间联系的强度，阴影的深度表示人类调控

的潜力。可持续发展内在的自由和选择的扩展和以下人类福利的要素相关：安全、基本物质需求、健康及良好的社会关系。

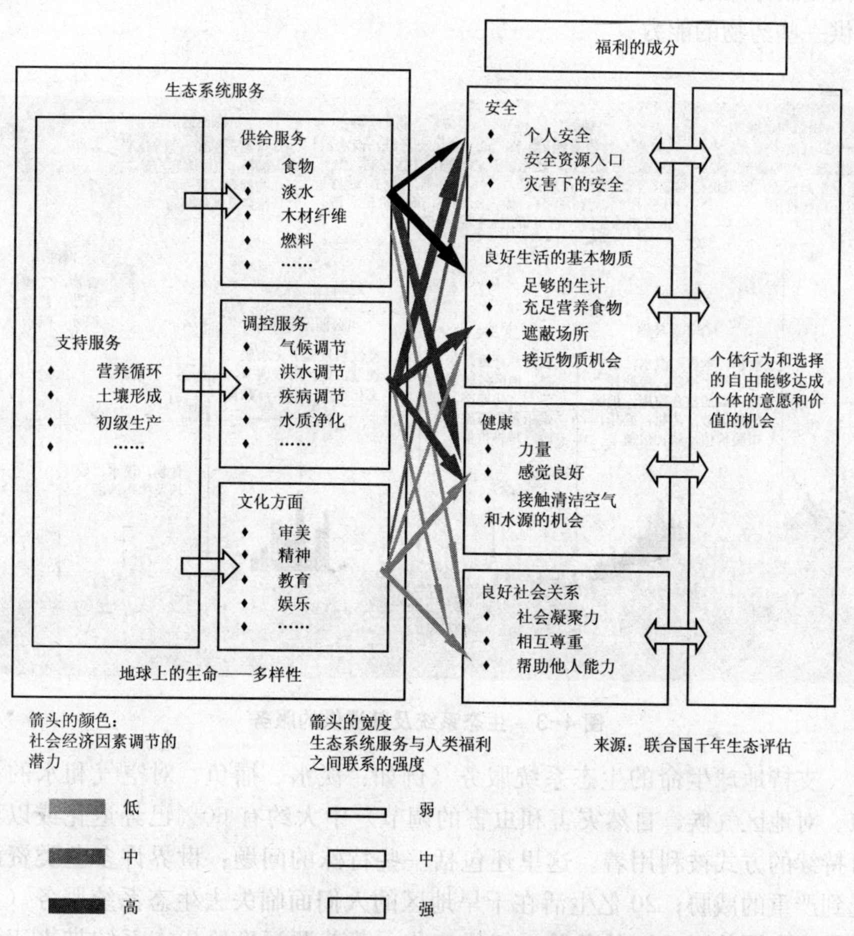

图 4-2 生态系统服务如何维持人类福利中的关键部分

在 4.2 节中，我们用这个基本的概念框架来研究人类社会结构内部的产权制度如何影响环境资源的使用方式。

4.1.2 联合国千年生态评估的主要发现

基于之前的研究框架，联合国千年生态评估得到了一些关键性的结论（MA-BS，2005；MA-GS，2005）。

4.1.2.1 主要问题

人类依靠自然和生态系统的服务为其自身提供福利（图 4-3）。而在近几十年中，为了满足日益增长的对食物、淡水、能量的需求和人口数量，我们给生态系统带来了前所未有的改变。这些改变已经减弱了自然提供一些关键服务的能力，比如对空气和水的净化能力，对灾害的抵御能力以及提供一些药物的能力。

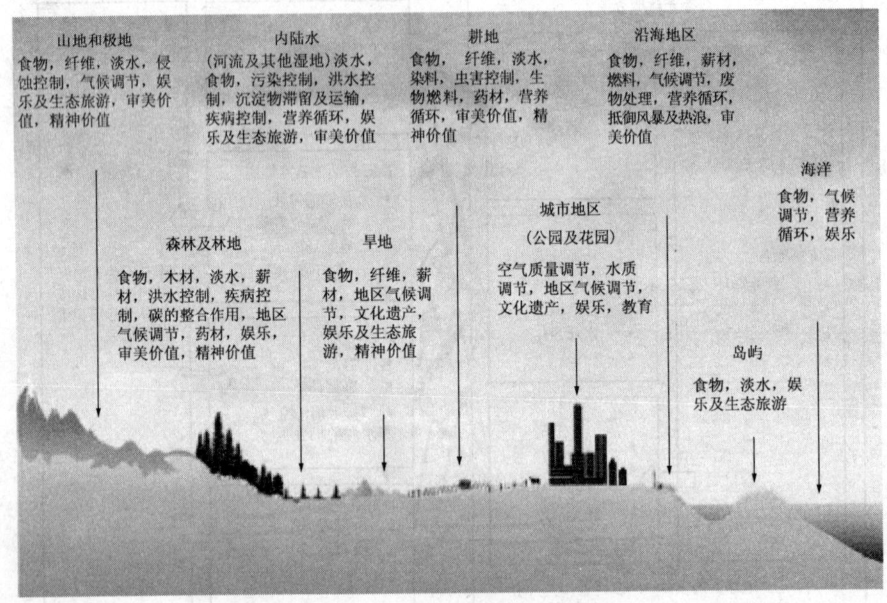

图 4-3　生态系统及其提供的服务

支持地球生命的生态系统服务（例如：淡水、捕鱼、对空气和水的调节、对地区气候、自然灾害和虫害的调节）中大约有 60%已经退化或以不可持续的方式被利用着。这里还包括一些特殊的问题：世界许多鱼类资源受到严重的威胁；20 亿生活在干旱地区的人们面临失去生态系统服务（尤其是水资源的匮乏）的危险；气候变化、营养源污染给生态系统带来逐渐增长的压力。生态系统服务功能的消失对实现联合国千年发展目标构成巨大的障碍，尤其是减少贫困、饥饿和疾病的目标。

人类活动造成对人类福利更深的威胁使整个星球进入新一拨物种灭绝的边缘。化石记录显示，历史上物种灭绝速率低于千分之一/千年。而在近些年，这个速率上升到了百分之一/千年。预计未来的灭绝速度将比现在高出十倍。

如果人类不改变目前的态度和行为，未来几十年中生态系统将在全球范围内加速退化。联合国千年生态评估中研究了 24 类生态系统服务的现状，其中有 15 类在持续退化，这些都增加了未来出现严重影响人类的突变的可能性。这些突变包括新型疾病的急性暴发、水质的突然丧失、沿海地带“死亡区域”的突现、渔业的崩溃、区域气候的转变。在这些生态系统服务中，只有像种植业、畜牧业、水产业这样的供给功能能够获得收益。

4.1.2.2 政策选择和解决措施

专栏4-1中总结了一些保护和管理生态系统服务的重要步骤，可使之更加可持续。我们可以通过一些方法使自然资源得到更好的保护，例如，给予地方社区自然资源的所有权，使他们能够公平地分享利益，并在决策时发挥更重要的作用。人类现有的技术与知识能够减弱人类对生态系统的影响，尽管这点不可忽视，但是也只有当我们全面考虑生态系统服务的价值时，才可能充分利用技术和知识来减少对生态系统的影响。

专栏4-1 管理生态系统使之更加可持续的方法

改变决策的经济背景

- 确保生态系统服务的全部价值都被计入决策的考虑范畴，而不仅仅是市场上进行买卖的部分。
- 取消对农业、渔业及能源部门的补贴，它们可能对人类和环境造成损害。
- 当土地被用来保护对整个社会都有益处的生态系统服务（比如：水质、碳存储）时，应当引入补偿机制对土地所有者予以补偿。
- 建立费用有效的市场机制，以减少营养物质释放和碳排放。

改善政策、规划及管理

- 整合不同部门以及国际机构之间的决策，从而确保政策集中于对生态系统的保护。
- 将生态系统服务的有效管理纳入所有的地区计划决策以及发展中国家减少贫困的战略中。
- 对边缘群体赋权使其能够影响到关于生态系统服务的决策，在法律上确认地方社区对自然资源的所有权。
- 建立其他的保护地区，尤其是海洋系统，并对已有的保护地区提供更大的财政和管理方面的支持。
- 在决策过程中运用所有相关的生态系统方面的知识信息，包括地方和当地居民的知识。

影响个体行为

- 提供公共教育，教育人们为何要以及如何去减少对业已受到威胁的生态系统服务的消费。
- 建立可信的鉴定体系，使消费者能够购买可持续的农产品。

- 给公众获得有关信息的途径，包括生态系统及影响其服务的决策方面的信息。

发展和使用环境友好技术

- 进行旨在以最小损害增加农业产量的农业科学和技术的投资。
- 恢复退化的生态系统。
- 改进提升能源效率和减少温室气体排放的技术。

资料来源：MA Board Summary（2005）。

对自然资产更好的保护需要政府、企业、社会公众以及国际组织间的共同努力。此外，生态系统的状态还取决于关键性政策选择，包括投资、贸易、补贴、税收和调控。

4.1.3 互联的生命体系动力学

第 2 章和第 3 章中已经说明了社会经济系统和生态系统之间是紧密联系的，并且很长时间范围内，二者在一个庞大的复杂的适应性系统内动态地共同演化。这一节将运用 Gunderson 和 Holling（2001）所描述的增长、适应、变化、衰退、再生之间的循环，简要总结这样一个多尺度复杂系统动态的演变发展过程。

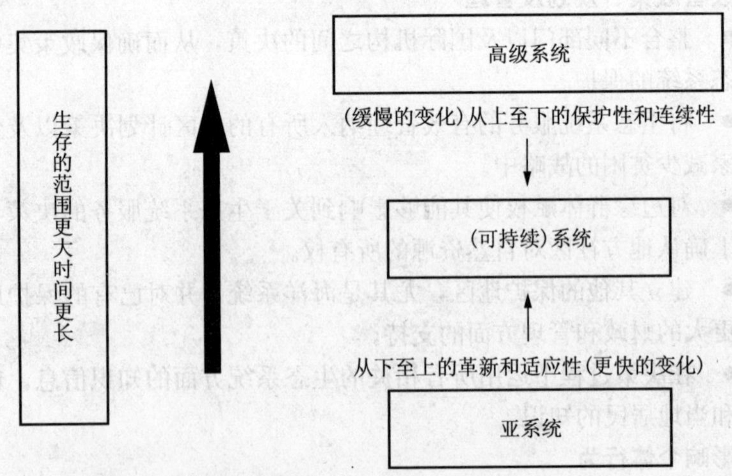

图 4-4 不同范围内生命系统动态交互作用及连续性

资料来源：作者，基于 Gunderson 和 Holling（2002）。

专栏2-2介绍了生态系统的这种网状层级以及它们在不同规模之间的适应性循环。图4-4展示了一个系统如何在给定水平上，在其所属的更高级系统内，在更加缓慢且具有保护性变化的保护下，保持稳定（可持续）状态。同时，该系统还被许多从属于它的亚系统内更快的循环不断激励和加强。简单来说，来自上一层级的保护和连续性，以及来自下一层级的革新和改变，在多尺度复杂系统中结合为一体，以此维持系统的稳定和改变两者之间的动态平衡。

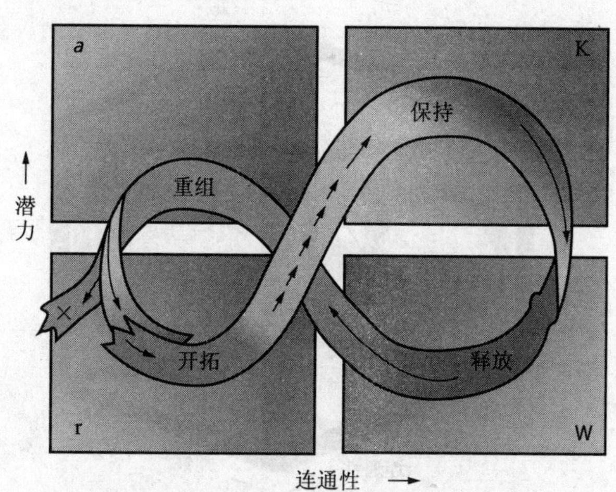

图4-5 生命系统增长及重组的循环

资料来源：Gunderson和Holling（2002）。

图4-5中表示的是一个给定系统（范围可以是一个细胞到一个生物群落）的动态路径。这个循环包括以下四个阶段：（1）原始开拓（γ）；（2）保持和组织合并阶段（K）；（3）释放和创造性破坏阶段（Ω）；（4）重组和变性阶段（α）。每个阶段都以不同程度的潜力（发展和增长的能力）和连通性（内部的联系和结构）为特征。以森林在世纪时间尺度上的演化为例：循环的第一阶段是新鲜事物的开拓，即从先锋物种（γ）开始增长并演化为顶级物种（K）。生物量和物资的积累带来自我恢复能力的减弱和脆弱性的逐渐增加，在火灾、风暴、虫害这类主要干扰（Ω）发生时，提高了遭受破坏的风险。接下来是累积起来的营养物质和生物量的释放，这些物质可能被重新组织起来，进入另一个新的循环（α）。循环的每一个阶段都在为下一个阶段创造条件。较缓慢和稳定的“向前回路”包括前两个增长阶段，而难以预测的“向后回路”则包括接下来的两个重组阶段。

弹性是一个非常关键的概念，它显示了一个系统两方面的能力：外部干扰下，系统在正常限度内继续发挥其功能的能力；当发生冲击并可能导致系统结构功能的重大改变时，系统保持其成分要素更新重组的能力（Walker 等，2002）。一个系统弹性越强，也就更加具有可持续性。

如果将上述分析中加入弹性的另一个轴向，图 4-5 中的 8 字形将变成一个扭曲而不交叉的回路，如图 4-6 所示。每个系统仍旧是图 4-4 所表示的多尺度复杂系统中的一部分。这样一个较小系统的原始开拓阶段（γ）可以触发系统的改变或反抗其所属的更大系统，同时较大系统的合并阶段（K）会促进系统的稳定，并促进从属于它的下一级系统的重新组合。

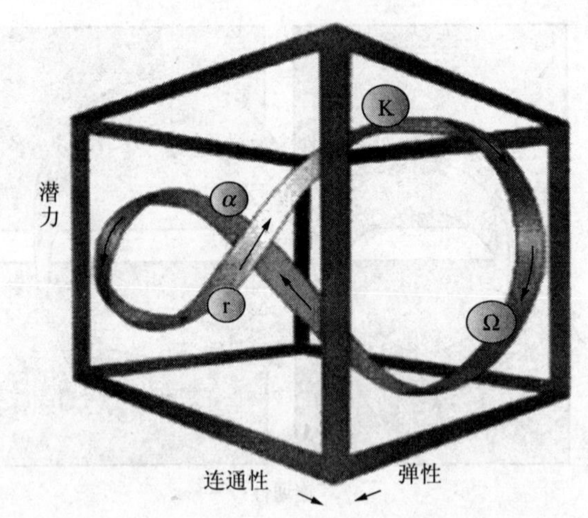

图 4-6 加入自我恢复能力的第三个维度后，图 4-5 中二维的 8 字形的螺旋状被打开

资料来源：Gunderson 和 Holling（2002）。

Holling（2004）认为多尺度复杂系统的概念应该扩展到社会系统发展、适应、转变和衰退的研究上。当系统面临风险、系统弹性受到检验并建立时，就会有一些试验和学习的机会，此时，向后回路（通常包括剧烈的变化）是一个关键的时期。当我们考察社会经济系统和生态系统两者的长期共同演化时，在这个向后回路中评估是否正在进入一个更高风险的阶段是十分有用的，这可以通过评估第 1 章所描述的“挑战带来的变化”来考察。

4.2 产权、管理和生态社会关联

接下来，我们将分析环境—社会可持续性的制度维度。人类通过产权和管理系统（嵌于社会、政治、文化和经济背景中）和环境产生交互作用，从而在数量和质量两方面影响环境资源。尽管国家和国际的经济政策常常忽略环境，但是在经济发展、保持环境承载力和维持环境系统弹性方面，制度起到关键作用（Arrow 等，1995a；Grima 等，2003）。生态学、社会学

(2006)以及环境和发展经济学(2006)描述了近期关于社会生态系统弹性的研究。Folke 和 Gunderson(2006)识别了一些文章，这些文章解释了生态—社会研究如何更好地帮助识别全球环境问题。以下将解释和人类使用环境资源相关的产权制度功能如何对可持续环境管理方法的设计和执行产生重要的影响(Hanna 和 Munasinghe，1992a)。

4.2.1 可持续性、可持续发展以及产权制度

产权制度包括产权，界定了自然资源使用权利和责任的一系列权利束，以及这些权利和责任被行使时所依照的产权规则(Bromley，1991)。产权制度会影响环境资源的使用，虽然这一观点没有被人们很好地利用，但长久以来这已经是一个不争的事实。Warming(1911)列举了在没有所有权的情况下鱼类资源过度捕捞的危险性，这个观点得到 Gordon(1954)的进一步加强。Garrett Hardin(1968)的《公地的悲剧》论述了缺乏管理使用的规则会引致环境退化问题，引起了人们对此问题的广泛关注。多年来，人们对哈丁问题的一般解释是：集体所有权是导致悲剧的元凶，所以私有产权对保持环境资源的可持续性来说是必需的。但是越来越多的科学证据表明，保持环境资源的可持续性并不依赖于某一特殊种类或结构的产权制度，而是取决于一个良好的、清晰定义的产权制度，以及这个制度与生态和社会因素之间的一致性。

在生态领域和社会领域，可持续性是一个很难解释的概念，因为基于不同的学科和全球视角，它有着很多不同的意义。人们究竟应该保护什么，如何保持以及保持多久，这些问题都有待于进一步的解释。显然，除特定含义外，在某种程度上，可持续性是人类构建的。人类将环境用于一系列目标(4.1.1节)，因此，关于应该保持什么、谁对环境服务有权提出要求，都有着不同的预期。Cochrane(2006)认为，社会(文化)资本通过影响管理目标、使用效率以及与自然资源使用相关的需求，决定了环境资本的可持续性(第2章)。

关于可持续性的问题是非常复杂的，其内容不仅仅包括产权制度的一般性应用问题。为了有效调节人类和环境之间的交互作用，产权制度需要反映一般性原理以及特定的社会和生态背景。一般性原则包括产权制度结构和功能方面的属性，而这些是超越某一特定背景的(Hanna、Folke 和 Maler，1995)。如果没有一般性原则，一个产权制度不可能长期存在，所以这是产权制度有效的必要条件。这其中包括几个关键的要素，例如生态系统和管理边界的一致性，利益的表达和诉求，管理结构和生态系统特性的匹配，交易成本的影响，以及在适宜范围内的监督、执行和适应过程(Eggertsson，1990；Ostrom，1990；Bromley，1991；Hanna，1992)。

对于有效的产权制度来说，一般性原则是必要的，但并不充分。除一般性原则之外，产权制度必须反映社会和生态背景的特定属性。社会方面的内容涉及人类与环境资源之间关系的各个维度，包括：社会安排，文化实践、经济使用以及政治限制。生态方面的内容包括人类生活和工作所依附的生态系统结构，及其特定功能方面的特性。正是社会和生态环境方面存在许多具体的特定内容，使得人类社会和生态系统之间的交互作用呈现出多样性和局部特殊性。产权制度和受其影响的人类和生态系统的特性之间的匹配程度将决定是否能够达到可持续性。

更好地对环境资产和社会—文化资产进行经济评估（第3章），并将它们内部化到价格系统中，是保证市场力量促进资源更加可持续利用的一种方法。正如向弱势群体授权并让他们更多参与到决策过程一样，更加公正地分配资源和资产也是减少贫困和保证社会可持续性的一个步骤。显然，从这个角度而言，在产权制度中明确获得自然资源基础的途径和使用它们的权利，将起到十分关键的作用。

涉及产权和自然资源使用方面问题的文献越来越多，但目前在认识上还存在巨大的分歧（Hanna 和 Munasinghe，1992）。接下来将探讨五个相关内容。

4.2.2 管理体系

生态系统会对人类行为、管理以及外部驱动力（比如气候）产生响应，环境资源管理方面的问题与人们对这种响应的预测和监督能力有关。人类系统和生态系统的复杂性会影响人们是否能够采取一致的目标，设计有意义的控制系统，并影响对相关回应的监测。生态系统的规模与社会组织的规模或者法律权限的范围，三者之间的比较决定了人类和环境系统之间的匹配程度。对于联系相关行为和结果，当局就环境决策的界定和协调不容忽视。各个权力机构之间的管理在不同层次上互相协调的方式，也决定了不同层次的一致性。我们可以通过应用辅助性原则来提高分散型管理体系的有效性，即每一个决策都是在最低可实践和最低有效水平上制定和执行的。

多数研究假定管理者在被管理的系统之外（Walker 等，2002）。然而，当我们着眼于长期的可持续性时，互相连接着的社会—经济和生态系统像复杂的适应性系统一样，其中管理者也是构成完整系统的一部分。Ostrom（1995）认为，因为很多生物过程发生在不同的大、中、小层面上，因此人们需要在不同层面上组织管理安排并将其有效联系起来，使其能够处理不同层面的复杂性。我们更加强调这种网状制度安排的重要性，其中准自治单元在从小到大的不同层面上进行运作。Townsend 和 Pooley（1995a）对分散式管理的概念进行了分析，他们运用合作管理、共同管理以及以权利为基础管理的竞争模型对渔业进行了研究。在研究中，他们对内部和外部管理问题都同时给予关注。Fiztpatrick（2000）也用加拿大的案例讨论了分散式管理。他强调需要对合作关系进行安排，尤其是对于为达到共同目标的多个部门和不同管理层之间的合作。分散式的权力会影响管理效率，尤其是通过在减低管理成本过程中，使用者参与起到的作用（Hanna，1995）。我们可以通过分析使用者参与的结构和功能及其对管理成本的作用，来分析使用者参与对管理效率的贡献。Kaitala 和 Munro（1995）以高度迁徙鱼群和跨界鱼群这类跨界鱼业资源为例，提出了多重权限的管理协调方面的问题。这里，公海部分的鱼群是由沿岸国家和远洋捕鱼国家共同开发利用的。因此，管理这类资源的困难（特征是公海部分的资源产权界定不清晰）成为联合国各国政府间会议的讨论焦点。

一些案例研究阐明了在空气污染、渔业管理和杀虫剂使用这类的环境问题的管理中不同原则的应用。Tietenberg（1995）书中关于美国污染控制方面可交易的许可证方法的章节中，通过分析基于市场的机制使用，考察了管理设计和管理层面的问题。通过不同的案例总结了一些针对实施和设计过程的经验教训。Townsend 和 Pooley（1995b）通过对在夏威夷西北部群岛龙虾捕捞业分散式管理潜在利用的分析，考察了适当权力水平的问题。Gren 和 Brännlund（1995）的研究显示，尽管环境影响的地域差异可能需要我们针对不同地区制定不同的环境规章，但是执行成本的地域差异会导致管理方面的费用有效性水平不同。Grima（2003）讨论了令森林部门发展更加可持续的案例，其中有制度（包括产权）在国际的、国家的以及社区层面所扮演的角色。

4.2.3 公平、管护和环境恢复力

产权制度可以代表公平程度，总的来说，这种公平程度有助于创建激励结构，以提升或者抑制对环境资源的管护。反过来，管护活动的程度又影响生态系统恢复力的水平。但公平究竟如何影响管护，具体的管护活动又如何影响恢复力，仍旧是值得研究的问题。对公平、管护活动以及环境恢复力的定义实际上反映了地域背景、适当的激励结构以及面对环境改变的适应这三者之间的结合。公平和管护的目标通常被认为与环境管理的效率是不一致的。Young 和 McCay（1995）在考察多种资源的几种不同产权系统之后，设计有适应性和灵活性的管理体制时，分析了以效率驱动的和以市场为基础的产权系统，并评估了它们在协调公平、管护以及恢复力方面的能力。Chichilnisky 和 Heal（2000）强调市场最具有吸引力的特征是能够对资源进行有效配置，一旦确定了一个合适的法律基础体系之后需要的

政府干预水平最小。

有几项研究论证了构建一个旨在为保护自然资源的、可促进更好的管护和提高恢复力的公平方案的困难性。Gadgil 和 Rao（1995）考察了印度民间传统的自然保护活动中管理生物多样性的激励因素。他们的研究内容集中在：基于对地方社区的正面激励，通过重新构建保护的方法获得的效率和公平增加。当前的管制方法往往过于集中、部门分割和官僚化，因此这一具有吸引力的选择与当前这种不成功的管制方法形成鲜明对比。Zylicz（1995）分析了波兰东北部环保主义者和市政当局之间的冲突。部分国家公园以前的土地所有者觉得之前受到的补偿不公平，他们认为在公园的边界内还有私人的或社区的土地，因此对国家公园提出要求，另外，公园周边的土地所有者也对公园的存在导致的发展受限提出抗议。保护主义者是否能够证明如果对自然资本进行投资就会获得经济效益，并能够防止退化的产生，决定了自然的命运。

Parks 和 Bonifaz（1995）以厄瓜多尔红树林—小虾系统这种开放性资源为例，通过说明短期商品生产和长期环境可持续性之间的不一致性，考察了环境资源的共同使用。他们识别了来自小虾养殖短期利润最大化的激励，这种激励导致红树林生态系统转变为虾塘，进而使虾幼虫栖息地遭到破坏。Gottret 和 White（2001）描述了拉丁美洲的综合自然资源管理（integrated natural resource management，INRM）。综合自然资源管理干预不仅考虑经济和环境优先权中传统的“什么”和“哪里”因素，同时也考虑社会参与者和制度中“谁”和“如何”的方面，具有一定的复杂性，因此需要更加注重运用整体的方法进行影响评价。

4.2.4 传统知识

记录并利用传统的生态学知识已经是一项国际上广泛接受的惯例。更深的层次上，许多“现代”的概念在古代哲学中都有其渊源，比如盖娅和深层生态学，而 Danial（2005）、Hall（1989）和 Hargrove（1989）都证明了东方思想在这方面的贡献。

这里我们集中讨论长期存在的环境资源管理系统及其对传统生态学知识的使用如何对现代资源管理问题产生启示。Cicin-Sain 和 Knecht（1995）回顾了在自然资源管理中整合传统知识体系和现代方法方面的数据。他们分析了地区和国家层面的主体致力于提高本土知识和当地人参与的作用时所必需面对的执行方面的挑战。

生态系统是复杂的适应性系统，对其管理需要一定的灵活性，以及对环境反馈作出响应的能力（Levin，1998；Berkes 等，2000；Dietz 等，2003）。Carpenter 和 Gunderson（2001）强调，为处理这个复杂适应性系统中的变化和不确定性，需要不断地检验，学习和发展相关知识。关于复杂系统相关知识的获得，需要一个有效的跨越不同层面的体制框架和社会网络（Berkes等，2003）。

在各种社区的人群中都有关于资源和生态系统动力学的有关知识及相关管理实践，他们在漫长的时期内为了自身的利益和生计，与生态系统相互作用（Berkes等，2000；Fabricius和Koch，2004）。这些知识的组织方式，内嵌到文化中的方式，与已经制度化的专业科学之间的关系，以及它们在催生新的环境资源管理方式中所起的作用，都已经成为重要的研究对象（Kellert等，2000；Gadgil等，2000；Armitage，2003；Brown，2003；Davis和Wagner，2003）。相关研究显示，不同知识体系的结合可能对复杂适应性系统的管理和管制有益处（McLain和Lee，1996；Johannes，1998；Ludwig等，2001）。一些研究者尝试将这些传统知识引入到科学知识的领域中（Mackinson和Nottestad，1998），但也有人认为这些知识体系是从文化中演化而来的，并以知识—实践—信仰的联合体的形式而存在，并不能轻易地从制度和文化背景中分离出来（Berkes，1999）。也有些观点质疑传统和本土知识体系在目前全球环境改变和社会全球化的情况下，所起到的作用（Krupnik和Jolly，2002；du Toit等，2004），另外一些人则认为，对复杂系统的管理来说，我们还是能够从中获得一些经验教训的，同时，这些知识体系也有助于解释不同时空范围及不同组织和制度层面之间的交互作用（Barret，等2001；Pretty和Ward，2001），特别是在快速变化的、存在不确定性和发生系统重组的时期（Berkes和Folke，2002）。

几个案例研究分析了在重建产权的过程中，传统知识及非技术知识的使用及其与现代科学知识的结合。Pálsson（1995）考察了冰岛捕鱼船长对作业过程中所获得实践知识的使用，该研究分析了渔民的知识是如何不同于渔业科学家的，以及前者如何能够被更加系统地引入到资源管理过程当中，以保证系统的恢复力和可持续性。Berkes（1995）研究了加拿大亚北极区印第安克里族的案例，他分析了当地本土知识与那些来自欧洲裔加拿大人的基于科学的野生生物和渔业管理知识之间的差异。对于发展政策的政策制定者以及致力于这一研究的学者来说，理解资源管理的传统知识仍旧是困难的。对于新西兰的毛利人来说，传统的产权已经被习惯法所承认。太平洋盆地许多国家目前的做法可能为世界范围的应用提供启示性的先例，他们目前正在将现有权利与习惯法编入不同文化框架的成文法中。

Long等（2003）发现，白山阿帕奇部落的神话、寓言、社会规范和代际之间的知识传递促进了集体行动和对生态系统动力学的理解，并为适应性管理和现代生态恢复提供了文化基础。Watson等（2003）认为，在北极地区附近的土著人和广大生态系统之间的长期关系中，传统的生态知识发挥着重要作用，这些知识还有助于理解管理决策的影响以及人类利用生态系统对长期生态组成、结构和功能的影响。Ghimire 等（2004）评估了与尼泊尔西北部的医药用植物物种相关的知识变更，这些知识和以下方面相关：医药用植物的多样性、分布、医药用途、生物特性、生态学，以及居住在当地的两个有文化差异的群体之间及其内部的管理。Devkota（2005）描述了尼泊尔森林社区中的传统知识是如何同时增强自然、社会和经济三个方面的，这为我们提供了一个强可持续性的实际案例。这些地方群体不仅能够满足自身对自然资源服务的现时需求，同时还努力为未来增加社会—经济和环境资源。

Becker 和 Ghimire（2003）说明了为保持厄瓜多尔森林公地生态系统服务和生物多样性，NGO 这类组织在连接传统知识与科学观点，以及结合传统知识和西方知识提供社会空间过程中所起到的重要作用。Milestad 和 Hadatsch（2003）分析了在与农民视角下的可持续农业相关的欧盟共同农业政策下，奥地利阿尔卑斯山有机农业发展的潜力，以及有机农业和传统活动是否有能力在这个地区建立社会—生态的恢复力。

4.2.5 连接人类和环境资源的机制

人类和环境系统之间有着不同方式的互相作用机制，这取决于它们的结构、所连接的系统以及建立联系的过程。一些连接是通过使用者对环境特征的非正规观测以及行为响应的逐渐演化而构建起来的。另外，当改变发生时，随着系统不断作出越来越迅速的响应，其他一些连接也在这个过程中建立起来。在环境资源过度使用的情况下，连接的机制通常很弱甚至缺失，切断了环境条件与人类响应之间的交互作用。一个连接机制的特定结构反映出其所处的经济、社会和生态环境。结构决定了哪些信息将会被监测，如何被监测以及必要时如何被处理。关键的问题在于，当环境变化时，这个管理系统是否会促进甚至允许行为方面的适应性改变。这些连接通过系统所允许的反馈类型同时影响到生态系统和人类系统的适应及进化。

Folke 和 Berkes（1995）提出了一个关于社会和生态交互作用的系统观点，这个观点强调，对于环境反馈人们需要积极的社会适应，并应用传统生态知识。他们还特别关注了一些经验教训，用来帮助设计更加可持续的资源管理系统，旨在改善它们的适应性和恢复力。Chopra（2001）基于印度的三个实证研究，描述了为人类提供生计和福利的自然资源及环境的管理，以此说明在传统的体制划分内（国家、市场和非市场），可以通过个体之间合作的程度来度量社会资本禀赋。

Berkes 和 Folke（1998）分析了基于本土生态知识的管理实践，并提供了以下的指导原则，目的是通过设计管理体系来建立社会—生态系统恢复力：（1）顺应自然；（2）通过完善和利用本土生态知识来理解当地的生态系统；(3) 促进自我组织和制度学习；(4) 建立与恢复力和可持续社会—生态系统一致的价值。

嵌套式的森林产权系统、渔业，以及农业—林地联合系统有助于确定连接的功能。墨西哥资源的租赁系统起到“外壳”的功能，提供了各种活动得以发展和运作的上层建筑（Alcorn和Toledo，1995）。这样的外壳以特别的方式与更大的“操作系统”联系起来，并内置于该“操作系统”当中。促进可持续生态资源管理最好的方法是维持现有的结构。Hammer (1995) 集中讨论了瑞典渔业的生态与社会系统之间的联系，尤其是波罗的海地区。他比较了传统小规模的和目前大规模的两种管理系统，通过比较两者如何分别促进社会和生态系统之间的连接，发现因为大规模的系统无法处理生态系统的反馈而更加脆弱。

在整个生物和环境系统内，社会—生态连接有助于分析捕鱼带来的更大的参数效应（Wilson和Dickie，1995）。过度捕捞的根本原因存在于社会制度，这样的社会制度无法抓住生物之间相互作用的复杂性，或者没有足够的办法来控制投入。制度上的困难和海洋系统特有的不确定性，说明了我们需要一个适用于多层面的、能够抓住不同层面社会—生态连接的管理系统。在尼泊尔的案例中，森林和维系生存的农业系统之间相互作用，农业社区的生计依赖于森林的各种产品，Pradham和Parks (1995) 研究分析了农村农业社区活动是如何影响森林和农业之间的相互作用的。过去政府试图通过排斥当地社区来保护森林资源，但效果适得其反。在地区层面上，社会—生态连接受到破坏，使得当地村民认为森林资源是开放性的资源，从而导致了进一步的环境退化。Sastry (2005) 以印度西部高止山脉山地为研究地区，从经济、社会和环境角度，分析了令发展更加可持续的空间维度。在这个地区的三个不同海拔上分别有着三个截然不同的森林生态系统，同时分别对应着三个不同的社会经济系统，他提出一个综合模型，使得这三个森林生态系统能够更好地运作。这个模型基于“具有多样性的统一体”的方法，在保持生态平衡的同时，帮助恢复森林系统。Satake和Iwasa (2006) 使用社会—生态对耦的马尔可夫模型，证明了私人土地所有者短视的决策会促使整个风景地区向农业用途发展，尽管从社会角度来讲保持森林状态更优。长期的管理视角以及加强的森林恢复可以作为补救措施。

4.2.6 贫困、人口及自然资源的使用

这节将在产权的背景之下，讨论贫困、人口和自然资源使用之间的关系。更广泛的讨论见2.3.5小节。关于人口政策的文献反映了目前的一种观点：过去的成功之处在于直接面向人口增长供给方进行家庭计划，但是如果不注意减少对生育的需求和人口增长的动力，此前的成功可能无法持续

下去（Bongaarts，1994）。被提议的政策包括：建立正式的资源产权体系，另外，对妇女提供教育以加强她们的经济地位，鼓励推迟生育（Bongaarts，1994；de Soto，1993）。

Dasgupta（1995）发现人口增长在不同程度上与以下方面相关：贫困、权力行使中的性别不平等、抚养孩子的分担程度，以及对当地环境资源基础的破坏。这些联系表明，人口政策不仅仅应该包括家庭计划生育、提高妇女教育和提供就业机会这类措施，同时还应该包括减少贫困、提供基本生存需求的措施。

Jodha（1995）分析了当陷入绝境时，贫困是如何影响资源使用行为的。他认为，目前喜马拉雅地区不可持续的资源利用模式是管理系统发生改变造成的，即传统的以保护为导向的资源管理系统被近来更强调开采利用的系统所替代。他考察了促使这种转变发生的驱动力，并讨论了可以恢复传统系统中有益部分的几种方式。

Munasinghe（1997）论述了如果过分简化贫困—人口—资源使用之间关系的复杂性可能得出不公平和不可靠的结论。他认为在合适的情况下，人类可被认为是能够补充和加强自然资源基础，并提高经济繁荣的一种社会资源。——见 2.3.5 节。Grima（2003）考察了脆弱土地和山区的农业活动，旨在帮助人们更好的理解发展、减少贫困及自然资本可持续使用三者之间的权衡。

4.2.7 经验教训和结论

在环境资源产权制度的设计、执行和维护的过程中，一般性原理与具体的社会和生态背景都是非常重要的。

治理体制：此前在涉及产权制度应该与生态系统规模和复杂性相匹配的内容时，讨论了管理的一般性原理，即不同权力层面上的规则体系保持一致，为获得代表性和控制交易成本而分散权力，以及协调不同权限。在讨论控制空气污染、渔业管理以及加强区域环境调控时，提到了管制的具体性质。

公平、管护和环境恢复力：此前根据公平、管护、环境恢复力，以及一系列环境资源产权制度的效率之间的关系，讨论了一些一般性的原理。还分析了一些传统管理系统中具体的相互作用，包括印度如何保持生物多样性，波兰国家公园产权的变更，以及厄瓜多尔沿海的红树林—小虾生产体系。

传统知识：本节还讨论了与传统知识利用相关的全球环境政策以及局地资源管理系统执行二者之间的相互作用，并据此讨论了传统知识的一般性原理。在冰岛和加拿大捕鱼的实践知识以及新西兰毛利人产权恢复的案例中，讨论了传统知识的特性。

联系人类和环境资源的机制：根据人类和环境之间连接机制的结构及其使人们观察环境变化、改变行为以适应环境的变化并创造知识的过程，讨论了这些连接机制的一般原则。另外，通过一些案例讨论了连接机制的具体性质，这些案例包括：墨西哥的森林产权制度、瑞典及其他一些地方的渔业管理，以及尼泊尔农业和林业之间的相互作用。

贫困、人口及自然资源的使用：通过性别平等、儿童抚养习惯、妇女教育及一般就业机会的中间关系，讨论了人口和贫困之间联系的一般原理。人口—贫困关系的具体性质在下面的具体情况中进行了讨论：人口随贫困增长和森林资源不可持续利用之间的关系。由于贫困—人口—资源利用之间的关系非常复杂，因此过于简单的一般化可能导致错误的结论。

这一节中讨论的很多文章都是通过一条共同的主线串联起来的：社会系统和生态系统之间通过产权并产出环境结果的相互作用。它们展示了生态背景是如何塑造人类的组织和行为的，反过来，人类社会又是如何影响生态组织和生态响应的。管制的结构、对公平和管护的评价、传统知识、联系机制以及贫困和人口的状况都是这部分内容的组成部分。对产权制度的分析巩固了这个观点：人类和环境所遵从的共同演化路径（2.3节）实际上是由社会—经济和生态的相关因素之间的相互作用决定的。

4.3 环境及社会评价

在项目周期中使用的可持续发展评估包括经济、社会和环境要素（第2章）。经济（和财政）评估依赖于费用—效益分析（CBA）。—见2.4.2节及3.2.1节。以下我们将讨论可持续发展评估的另外两个关键部分：环境评价和社会评价（EA和SA）。

4.3.1 环境评价

多数国家和捐赠机构现在都将环境评价纳入他们的决策过程。

4.3.1.1 环境评价过程

环境评价过程是可持续发展评估的一部分，以此保证所考虑的发展选择从环境角度是合理和可持续的，并且任何环境后果在项目设计初期就已纳入了考虑范畴。近几十年，已经被多数国家和国际机构采用，并演化为一种令发展更加可持续的广泛使用的手段。

环境评价分析的广度、深度和类型取决于自然、范围和环境影响。该过程（a）评价一个项目在其所影响范围内的潜在环境风险和影响；（b）调查项目可供选择的方案；(c) 通过最小化、减少或补偿负面环境影响，以及提高正面影响的方法，识别改进项目选择、选址、计划、设计和执行的途径；(d) 在项目执行的过程中继续跟进环境影响管理（世界银行，1999)。

环境评价运用综合的方法，分析自然环境（空气、水和土地)、人类健康安全、社会方面的问题（强制性重新安置、土著民族以及文化财产）以及跨界的和全球的环境问题，同时考虑项目及国家情况的变化、国家环境研究的结果、国家环境计划、与环境和社会问题相关的国家整体政策框架、国家立法和机构职能，以及在相关国际环境条约和协议下，该国的责任。

环境评价应该在项目启动时尽早开始，并与项目提案中的经济、财政、制度、社会及技术分析紧密结合（专栏 3-1)。如果在准备的早期阶段就可以获得初步结果，这样环境评价是最有效的。此时，人们就可以考虑环境友好的选择（选址、技术等)，执行和操作以费用有效的方式设计的方案来应对关键的环境问题。后期行动的代价可能会是非常昂贵的，比如改变主要的设计，选择备选方案，或决定彻底放弃该项目。而如果因为设计阶段没能考虑环境问题而使项目的实施推迟，将花费更高额的成本。

另外，可以用一系列手段来补充环境评价的要求：环境审计、战略环境评价（SEA)、灾害或风险评价以及环境管理规划。其他的补充方法主要用于私人部门，例如，环境成本核算和生命周期评价。除了应用于特定项目外，环境评价程序还可以应用于发展活动——例如，战略环境评价可适用于区域或部门层面，用以评价部门层面的项目、多个项目或发展政策和规划的影响。通过预先识别问题和现有数据或减少项目环境评价的要求，区域或部门的环境评价可以减少诸多项目环境评价所需的时间和精力。

整个过程包括：分析一个项目或政策可能造成的环境影响，在报告中记录环境影响，就报告实施公众咨询，在最终决策时考虑对该报告的意见，就最终决策进行公示。环境评价的执行计划应该规定环境影响评价和可行性研究团队之间开展经常性的协调会议和信息交换。多数成功的环境影响评价都有彻底的中期回顾。多数主要的问题在环境影响评价开始的几个月内被提出，之后的时期将集中于减缓措施的研究。

4.3.1.2　执行及监管

监管保证了如下措施能够充分得到实施：减轻预期环境影响的措施、监控项目的措施、纠正不可预料影响的措施以及遵守相关环境限制的措施。项目启动和连续运行的程序中，通常都会明确上述协议以及保护健康和安全的措施。执行过程通常还包括如下部分：适当地安置职工，培训职员，以及采购备用设备和设施，用以进行预防性的、预测性的、校正性的维护。

监管可以通过结合以下几个方面来实施：必要的报告，包括是否达到相关环境限制的要求，减缓性措施的状况，项目检测的结果，以及项目其他方面的环境影响；地方、区域或国家层面有关机构的监督，包括：相关部门的负责机构，以及（或）环境管理机构、土地利用控制机构、资源保护机构或审批机构；对迫近的不可预见的影响进行早期的预警；有监督委员会来检查相关执行情况，包括环境供给、采取纠正性行动来对影响作出响应、达到环境限制、制度性强化措施；环境专家或咨询人员进行实地考察，按照要求监督复杂的环境成分，或对环境问题作出响应。

环境方面的报告应该涵盖关键的数据（例如：超过污染标准），对所观察到的影响的描述、减缓性措施的进展、监测项目的状况（特别是侦查新的环境影响的部分）、制度巩固方面的进展、遵守相关环境限制的情况。

在项目结束的阶段应该准备和提交一个完整的报告，内容包括：描述实际发生的影响，这些影响在环境影响报告中是否有所体现，减缓性措施和制度建设和培训方面的有效性评估。世界银行（1991）提供了总报告所需涵盖主要内容的清单。

4.3.1.3 环境审计

环境审计已经发展成为一种工具，用来分析特定场所及其附近的状况、可能引起的风险、环境责任，以及环境标准和相关立法的达标情况。这些信息的使用者可以是公司本身、客户、商业银行、其他信用机构、地区和国家政府以及普通大众。环境审计能够帮助减少环境及公众健康风险，改善环境管理。

公众对环境质量的关注逐渐增长，环境法律也越来越严格，为应对这个情况，环境审计为人们提供关于行业和其他类型企业可靠的环境信息。这可以看作是对某一特定地点的环境状况的“快照”。审计还可以为以下方面提供重要投入：基线情景的环境评价分析、备选方案的考虑，以及现有影响减缓方案的建立。相关标准的制定可能会基于以下方面：地方、国家或国际环境标准，国家法律和规定，许可和特许，管理系统内部规范，公司标准，以及像世界银行这类组织的指导方针（世界银行，1995）。

环境审计起初采用被审查机构已有的文件，对经理和职员进行访谈，对整个机构实际的运作进行观察。在审计中，常使用测试和样本的形式进行抽样检查，以证实该公司是达到相关标准的，且其提供的信息真实。

4.3.1.4 战略环境评价

对于确保战略层面的政策制定能够考虑可持续性原则来说，战略环境评价是一种十分有前景的方法（Wood和Djeddour，1992）。一些国家目前已经引入了这个方法当中的一些要素，并越来越倾向于此。然而到目前为止，政策、计划和项目战略环境评价的实践经验非常有限，一些重要问题还有待解决，例如，该方法被使用的范围，它在决策中所起的作用及其与其他政策手段之间的关系，以及采用项目环境评价的方法和程序的适宜性；战略环境评价（SEA）与经济政策和环境的分析有重合的部分（见下）。

Wood 和 Djeddour（1992）从两个角度综述了引入 SEA 的有利之处：克服传统的项目环境评价的限制；为评估和评价发展政策、规划和计划的可持续性，促进建立更加综合的方法。

在决策过程中，我们必须要同时、同等对待生态方面和经济方面的考虑。为了促进令发展更加可持续（MDMS）这一可持续经济学原则，所有的发展选择和活动必须作出调整，使之与全球生物圈和区域生态系统的“承载力”相一致。通常，科学理解并不足以预测是否以及何时会超过重要阈值（即使用及活动的累计压力导致自然系统不可逆转的改变或系统崩溃的临界点——Kay，1991）。

战略环境评价扩展了环境评价的原则，通过战略环境评价可以评价那些使自然资本发生变化和损耗的发展政策和计划。这个基本方法必须与其他策略和工具互相协调，从而进行环境—经济的整合，包括对经济政策和环境之间关系的分析（第 3 章、第 7 章、第 8 章和第 9 章）。

战略环境评价是结合不同方面的可持续性的一个方向，这个过程特别有助于将环境目标和原则逐渐引入并整合到最高层次的决策过程中；确保经济和财政机构对自身选择和活动带来的环境后果负责；促进人们对经济增长的态度和设想长期地改变。

4.3.1.5　经济政策和环境

因为经济系统政策（包括宏观经济政策及部门政策）对全国经济有着普遍的、长久有力的影响，所以其环境影响应该得到评估。这是一个复杂的过程，具体描述见第 3 章（3.7 节）、第 7 章、第 8 章和第 9 章。

4.3.2 社会评价

社会评价（SA）是可持续发展评价（SDA）的重要部分——见 2.4.2 节。社会评价主要关注人，人既是可持续发展的原因，也是可持续发展的资源。文化、社会及组织是发展规划所依附的基石。人类多样的需求、信仰和预期都是影响他们对发展活动响应形成的要素。过去，人们通常把这些因素分开来分析，甚至会忽略某些重要的问题。

可持续经济学框架认为，综合的、系统的社会分析有助于确保项目在相应的社会和制度背景下更加可持续、更加具有可行性。可持续发展三角（图 2-1）强调，利益相关者参与项目选择和设计过程可以改进决策、巩固所有权，并有助于考虑贫穷和弱势群体。

社会评价（SA）作为在发展方案和项目实施前评价其社会影响的一种

方法，首次出现在20世纪70年代。之后被许多国家纳入正式的计划和核准过程中，用于评价主要的方案如何影响人口、各个群体及殖民（Barrow，2000）。

IAIA（2003）认为："社会评价应该对计划性干预（政策、规划、计划和项目）及它所带来的社会变化过程进行分析，其内容包括：分析过程、监测和管理干预措施带来的有意和无意的、正面和负面的社会结果。主要目的是提供一个更加可持续和公平的生物物理与人类环境。"

社会评价提供了一个框架，使得参与过程和社会分析能够同时纳入到项目的设计和实施中（世界银行，1995b）。实施社会评价的目的在于：(a）识别关键的利益相关者，推动项目选择、设计、执行以及监测评价过程的参与；(b）对于所有试图从项目中受益的人来说，确保项目目标和激励是可接受的，并且在项目设计的过程充分考虑社会差异；(c）评价投资项目的社会影响，分析如何避免、最小化或充分减少负面影响，以及如何最大化正面影响；(d）进行能力建设，使得相关人员能够进入参与过程、解决冲突、传递服务，以及制定具有社会合理性的减缓性措施；(e）通过加强权利制度、克服限制，以及建立微观—宏观的联系，从而使项目更加可持续。

社会评价还可以纳入到贫困评价及其他相关经济和部门的研究中。社会评价涉及对利益相关者和受影响群体进行咨询，及其他形式的数据收集和分析过程。当社会因素复杂且其影响重大时，通常需要进行正式的研究。当因为意识低下、缺乏承诺或能力不足从而产生很大的不确定性时，社会评价有助于设计一种基于经验的并能够对改变作出响应的方案。

利益相关者们所需要的参与程度同样会影响评价设计。在某些情况下，利益相关者只简单地提供一些信息，并不能预见进一步的相互作用，但通常当利益相关者共同对项目作出评价并达成一致，或者给予受益者识别问题的责任，并授权他们寻找解决方法时，项目就会得到改进。当利益相关者预期他们能够参与项目设计和执行过程时，共同分担的数据收集和分析过程有助于在项目早期建立起人们之间的信任和相互理解。利益相关者分析包括：识别关键的利益相关者、利益、影响及权力，识别责任及风险，识别利益相关者的参与方案。为保证结论和建议的合理性，与受影响人群进行结果讨论是非常重要的。在实施社会评价时可以运用很多方法工具，比如，定量调查，类似受益者评价这样的定性方法，以及共享过程和研讨会（世界银行，1996b)。社会评价小组的任务是识别哪些概念适用，以及什么方法工具可以用来为决策者提供相关可用的信息。

第 5 章

全球问题分析的应用

气候变化与可持续发展

将可持续经济学框架应用于气候变化

气候变化的适应性和减缓策略

气候变化与可持续发展之间在全球层面的相互作用

斯里兰卡的温室气体减排前景

不确定性下碳交易的实物期权框架

本章通过一些与全球气候变化和可持续发展这两个至关重要的全球性问题相关的实例来说明对可持续经济学框架中关键要素的应用。5.1节对这两个问题的循环关系进行了分析。5.2节中提出了达到社会、经济和环境等方面的可持续发展所面临的挑战，并描述了制度政策的相关原则。伦理和公平原则的考虑扮演着重要的角色，特别是在解决穷人和弱势群体在社会负担不公平的问题方面。5.3节界定并分析了面对气候变化，人类可能采取的主要响应方式，亦即适应性策略和减缓策略（有时也称减排。——译者注）。提供了几个实际例证。5.4节中描述了三个国际案例研究：首先，从最优化和持久性的角度评估了减缓气候变化的主要应对战略。其次，我们研究在公平与效率在联合履行（JI，亦称联合履约）以及碳排放交易中的相互作用，特别是针对附件1和非附件1国家之间的作用。5.5节和5.6节通过案例研究讨论了类似气候变化这样的全球性问题与可持续发展之间在国家层面的相互作用，探讨了斯里兰卡温室气体减排的前景。对国家能源部门的反应进行了分析，并描述了在不确定情况下碳期权交易的实物期权框架。

本章特别感谢K. J. Arrow，W. Cline，C. Fernando，K. G. Maler，P. Meier，J. Stiglitz以及R. Swart的贡献。本章的部分内容基于以下材料改编：Arrow，K. J.，Cline，W.，Maler，K. G. Munasinghe，M. and Stiglitz，J.（1995b）"Intertemporal equity，discounting，and economic efficiency"，in Munasinghe，M.（Ed.）*Global Climate Change：Economic and Policy Issues*，World Bank，Washington DC，USA；Munasinghe，M.（2000a）*Development，Equity and Sustainability in the Context of Climate Change*，Guidance Paper，Intergovernmental Panel on Climate Change（IPCC），Geneva，Switzerland；Munasinghe，M.（2001a），"Sustainable development and climate change：applying the sustainomics transdisciplinary meta-framework"，*Int. Journal of Global Environmental Issues*，Vol. 1，No. 1，pp. 13-55；Munasinghe，M.，Meier，P.，and Fernando，C.（2003）*Greenhouse Gas Mitigation Options in the Sri Lanka Power Sector*，ESMAP，The World Bank，Washington DC，USA；and Munasinghe，M. and Swart，R.（2005）*Primer on Climate Change and Sustainable Development*，Cambridge University Press，Cambridge，UK.

5.1 气候变化与可持续发展

由政府间气候变化专门委员会（IPCC，2001a、b、c、d）完成的全面的评估结果表明，重要的气候变量，如全球平均气温的明显变化，正推动自然和人为管理系统的变化（专栏5-1）。一组广泛的情景分析预测了社会经济情况可能发生未来不可逆转的严重影响。气候变化的应对方案主要包括适应和减缓两类措施。适应对策主要包括减少气候变化影响的措施（这并不一定意味着改变气候变化发生的可能性），而减缓对策则包括减少气候变化可能性的行动（例如，通过减少温室气体排放量或从大气中清除它们）。斯特恩（Stern，2006）详细地评估了这些措施的经济影响。

图5-1表示了一个综合评价模型（IAM）框架，包括完整的气候变化与可持续发展之间的因果循环关系（IPCC，2001）。每个处于右下象限的社会经济发展道路（驱动力来自于人口、经济、技术和管制）都引起不同程度的温室气体排放（二氧化碳、卤化碳、甲烷和一氧化二氮）。

这些气体积聚在大气中，严重干扰太阳入射辐射和地面能量反射之间的天然平衡，如图5-1左边的气候象限中所示。辐射强度增加增强了温室效应，由此带来的这些变化会改变未来的气候状况，并对人类和自然系统施加压力（如右上方可持续发展象限所示）。这种对人类和自然系统的影响最终会波及社会经济的发展道路，从而变成一个循环。发展路径也会通过非气候压力形式直接影响自然系统，如土地用途的改变导致森林的砍伐和土地的退化。

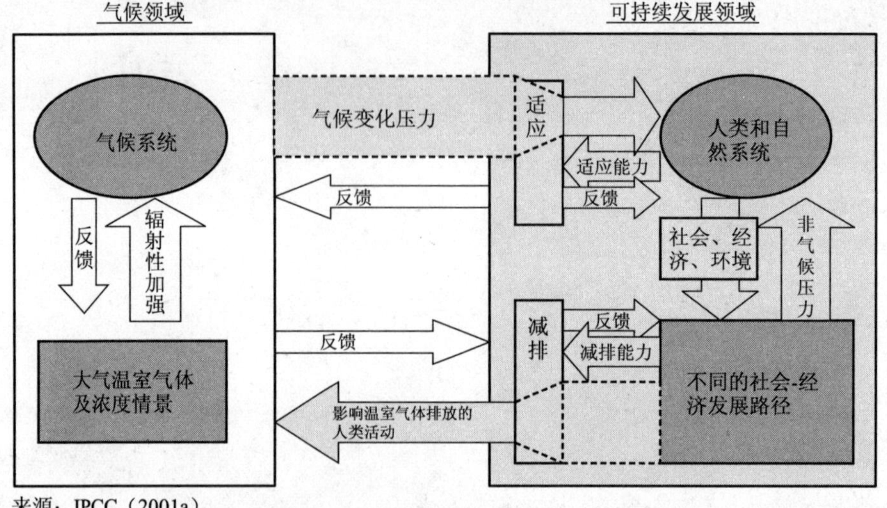

来源：IPCC（2001a）

图 5-1　气候变化和可持续发展之间循环的相互作用

资料来源：IPCC（2001a）。

专栏 5-1　IPCC 关于气候变化的主要发现

1. 全球气候正在变化，人类活动对此负有部分责任。

2. 许多物理和生物系统已经受到影响。

3. 气候系统中的组成部分中可能会发生非线性的、大规模的、不可逆转的变化，但可能不是在 21 世纪内。

4. 穷人和贫穷的国家最容易受到气候变化的影响，因为他们的适应能力最低。

5. 在自然和社会经济系统中的趋势性变化需要从长期的视角来看，并且在设计应对气候变化措施的时候应该设立安全边界。

6. 许多技术性和生物性的可选措施可以使我们达到短期排放量减少的目标（如《京都议定书》）并且稳定长期温室气体的浓度。

7. 经济结构和制度安排的其他相关措施和行为为适应或减缓气候变化提供了重要的机遇。

8. 在文化、政治、体制、经济和技术方面有很多阻碍我们获得这些选择的壁垒，但也有很多类型的政策工具可以克服这些障碍。

9. 对多数国家来说，减排成本将低于每年宏观经济增长速率预测的 1%，这取决于措施组合的设计及其全面实施。但对于某些特定的行业（如能源密集型产业）和国家（如石油出口国），成本可能高一些。

10. 对于温室气体排放量，国家所遵守的一般性的社会经济措施和一些具体的气候政策将会是同样重要。

11. 虽然减缓和适应的对策可以通过个人行为有效地开展，但是把它们纳入可持续发展战略，从整体上处理复杂的人类和自然的系统势必会取得更好的效果。

12. 可持续发展在国家、区域和地方各个层次可以对气候变化适应和减缓起到相辅相成的作用。

资料来源：Munasinghe 和 Swart（2005）。

发展道路的选择在很大程度上影响社会的适应和减缓气候变化的能力。人类和生态系统适应能力都将增强适应性，并降低影响的严重程度。同样人类社会中较强的减缓和减排能力会增强对未来温室气体减排能力的预期。因此，适应和减缓策略与气候系统的变化、生态系统的适应前景、粮食生产和经济的长远发展之间存在着动态关联。最后，可持续发展三角关系（第2章）为分析气候变化对未来社会经济的发展影响提供了一个有用的工具。人们的反馈响应会发生在整个项目或者开发活动周期，其中任一部分的改变都会通过多种途径动态地影响其他部分。

材料和能源密集型的生活方式，继续增高的消费水平，以及人口的快速增长，不符合可持续发展的路径。另外，国家内部和国家之间极端的社会经济不平等将破坏促进可持续发展的有效政策反应的社会凝聚力。社会经济及科技政策所作出的非气候相关的决定，对气候变化的影响和政策有重大的影响，对于其他的环境问题也是一样。此外，受气候变化影响的脆弱性与环境、社会、经济状况和体制能力直接联系的影响。斯沃特（Swart，2003）、科克（Kok）和德克尼恩克（de Coninck，2004）评述了通过结合可持续发展来拓宽气候政策。

5.2 将可持续经济学框架应用于气候变化

气候变化问题适合在可持续经济学宽广的概念性框架内分析，在第2章中已进行了描述。作为对决策者所关注问题的回应，IPCC运用了可持续发展三角框架对气候问题进行分析（Munasinghe，2000；Munasinghe 和 Swart，2000；IPCC，2001d）。下面描述可应用的相关可持续经济学的原理。

5.2.1 经济、社会、环境风险与机会

首先，全球性变暖形成对多数人未来经济福利的一个潜在的重大威胁，包括气候变化的冲击和影响以及人们采取减缓与适应措施的可货币化计量和非可货币化计量的费用。一般而言，高效率的经济响应方式将使从对全球性大气资源的使用获得的净收益最大化（见 2.3.2 节）。这意味着为温室气体（GHGs）规定了沉没函数（sink function）的大气资源存量必须保持在一个最优的目标水平，这个水平是由边际 GHG，减少成本与避免的边际损害相等时所确定的那个点（5.4.1 节）。

其次，气候变化能史无前例地破坏社会福利和公平。特别需要关注因快速技术变化导致的社会价值和制度的脆弱性（Adger，1999）。尤其是在发展中国家，对社会资本的侵蚀破坏了社区之间彼此的特定联系，比如与集体目标一致的个人行为的关联规则和制度安排（Banuri，1994）。现有的应付跨国和全球性问题的机制是脆弱的，它无法应付恶化气候的变化冲击，比如更多的环境难民等（Lonergan，1993；Westing，1992）。

因为气候变化及其适应和减缓策略导致的损害成本的分布差异，导致国内和国家之间，代内和代际之间的公平现状将变得更坏（IPCC，1996a）（见 5.2.3 节）。贫困者应对灾害的能力更加脆弱（Clarke 和 Munasinghe 1995；Banuri，1998）。不公平成本分担不仅是不道德的，而且不符合长远的可持续发展（Burton，1997）。通常，不公平会破坏社会凝聚力并且导致针对稀缺资源的冲突恶化。

像厄尔尼诺这样的大规模灾害为预示气候变化冲击提供了有用的历史证据。19 世纪末期两次大规模的厄尔尼诺灾害加上全球化贸易扩张加速了食品不安全问题的恶化，导致发展中国家百万人遇难，并且阻碍了他们几十年的发展（Davis，2001）（见 1.2.3 节）。在商品和金融市场的迅速全球化扰乱并行的今天，同样增加了穷人应对气候变化所需食品供应的风险（Munasinghe，2001）。

Yohe 和 Van · Engel（2004）以 50 年时间为尺度分析了公平（通过比较穷富国家之间人均国民生产总值来集中衡量）和可持续能力（通过化石燃料消耗量比当前水平的减少量来衡量）之间的取舍。他们试图通过能够改善贫富国家之间相关的“收入公平”以及“责任分担”公平（根据国家的边界来更加公平地分担实现减排目标的成本）的国际资本流动来寻求在可持续能力和公平之间的冲突的解决。

第三，从环境的观点注意到人为排放的 GHGs 的增长和储积扰动了一个关键全球性子系统——大气（UNFCCC，1993）。全球气候方面（即平均温度、降雨雪等）的变化可能也威胁到重要并交互相连的物理、生态学和

社会系统及其子系统范围的稳定（IPCC，1996b）。这个看法与持久性方法（见2.3节）有关。环境可持续能力（2.2.2节）将取决于几个因素，包括（a）气候变化强度（即极端事件的发生率）；（b）系统脆弱性（即对气候冲击的暴露和敏感性）；和（c）系统弹性（冲击后恢复的能力）。

从更加正面的角度，应对气候变化也为促进可持续发展提供了机会。气候变化作为当前和未来后代的一种风险的国际共识也已经突出了当前人口和各种各样社会经济和生态学系统范围内的现有环境问题（气候变化只是其中之一，第4章）的脆弱性。社会经济和生态系统对气候变化的脆弱性减少也同样能够减少它们更广范围不能持续实践活动的脆弱性，并且提高恢复力，增加资源使用效率，同时减少环境的压力和提高人类的福利。

5.2.2 政策相关性原则

当考虑气候变化应对时，一些经济学原理和想法是有用的，包括污染者付费原则、经济评价、外部性内在化以及产权。污染源支付原则是指破坏性污染物的排放者应该支付相应的费用。根据市场理论基础激励污染者将污染排放降到最优的水平（经济上有效率）。对污染物排放的可能的损害的量化和经济估价是一个关键前提。大气是一种公共资源，GHG，可以自由排放而不受到惩罚。这种“外部性”（见3.2.2节）需要通过使产生损害的污染者支付成本而进行内在化。庇古（1932）首次定义并且客观严谨地考虑了外部性。这里，产权的概念也恰当地确立了大气是一种有价值的稀缺资源，它不能被无条件和不加区别地任意使用。

一项重要的社会原则是不应该让气候变化使现有的不公平更加恶化，尽管不可能期望气候变化政策能够解决所有现存的公平问题。一些特别方面包括：（a）创立一个公平和参与性的用于集体决策和执行的全球框架；（b）减少气候变化造成潜在的社会混乱和冲突；并且（c）对被威胁的文化的保护以及对文化多元性的保存。

从社会公平的角度讲，污染者付费原则不仅考虑了经济效率，同时兼顾了公平。对这个概念的引申是对受害者的补偿原则（意即通过使用从污染者付费中得到的收入对受害者进行补偿）。也有道德层面涉及对污染者历史排放的补偿责任范围的问题。根据受影响的不同人群的收入水平来衡量气候变化影响带来的收益和费用也是纠正不公平问题的另一种方式（见3.2.2节）。GHG人均排放的公平权利（即平等获取大气的权利）与常规正义原则（Kverndokk，1995）和强调所有人的平等的联合国人权声明都是一致的。

传统经济分析对效率和分配问题是分开讨论的，最大化净收益与该收益由谁获得是分开考虑的两个问题（见专栏2-3）。5.2.3节将讨论气候变化的公平权利问题。

当代环境和社会分析中的几个概念对气候变化应对的选择是有意义的，包括耐久性、最优性、安全极限、承载力、不可逆性、非线性反应和预防原则的概念。概括地说，耐久性和最优性是互补的且有可能会收敛于一点的（见2.3节）。在耐久性标准之下，一个重要目标是确保在安全极限下全球生态和社会系统韧性不会受到气候变化的严重威胁。反过来，GHGs在大气中的积聚必须被强制控制到一点，以防止气候变化超出这个安全边界（见5.4.1节）。一些生物地球物理和社会经济的系统对气候变化的反应是非线性形式的，存在潜在的灾难性的崩溃。因此，预防原则争辩说，缺乏关于气候变化作用的科学证据不应该成为不作任何行动的依据，特别是当能够采取成本相对较低的逐步方案以适应气候变化作为一种保险措施的形式的时候（UNFCCC，1993）。

5.2.3 公平、伦理和气候变化

公平是应对全球气候变化所需的集体决策框架中的要素之一（专栏5-2）。

专栏5-2　为什么公平对于气候变化是重要的?

关注公平对于解决全球气候变化非常重要，包括如下这些原因：(a) 道德和伦理问题，(b) 有效性，(c) 可持续发展，(d) 联合国气候变化框架公约本身。

首先，公正和平等原则在人类交往过程中非常重要。大多数现代的国际协定，包括联合国宪章，体现与每个人基本平等权利以及存在不可剥夺的和基本的人权相关的道德和伦理的神圣不可侵犯。公平也或明或暗地体现在政策制定者运用的决策标准之中。

第二，公平决策具有更大的合法性，并鼓励所有各方在更好地履行双方商定的行动时进行合作。人类作为一个群体如果要成功应对气候变化将需要所有主权国家和几十亿人长期持续的协作。尽管惩罚和保障措施能起到一定作用，但与那些在猜疑或胁迫的情况下强制执行的决定相比，人们更乐意执行被视为公平的决定。因此，将来对人均二氧化碳排放量在南部限制为0.5吨一年，而在北部的限制却超过3吨，将不利于发展中国家的合作，因此也不太可能持久。

第三，正如前面所解释的，公平和公正性是社会可持续发展极为重要的组成部分。因此，推动可持续发展，为解决全球变暖问题找到公

平的解决办法提供了一个重要的动机。

第四，联合国气候变化框架公约有几个具体提到公平原则的实质性条款。首先，第 3.1 条规定，“各组织应在公正的基础上，根据它们共同但有区别的责任和各自的能力，当为造福人类当代和后代保护气候系统。因此，发达国家各方应该在对付气候变化及其不利影响各方面应起带头作用”。其他公平相关原则也被强调，如在第 3 条：（一）以促进可持续发展的权利；（二）有必要考虑到具体需要和特殊情况下的发展中国家和易受伤害的组织；（三）承诺促进支持性和开放性的国际经济体系；（四）预防原则。

按照第 4 条第 2 款（a），所有发达国家缔约方在减缓气候变化的影响中都必须起带头作用。此外，他们应该向发展中国家，特别是容易受到了气候变化的不利影响的缔约方转让技术和财政资源，以满足其适应气候变化的费用（第 4.4 条）。第 2 款（a）同时要求发达国家缔约方承诺：“对减缓气候变化贯彻国家政策，并采取相应的措施……这些政策和措施将表明，发达国家正在带头改变与公约目标相一致的长期人为排放趋势……顾及到各方不同的出发点和路径、经济结构、可得技术和其他个别情况，以及就该公约目标做出全球努力的各方做出公平而适当的贡献。最后，第 11 条第 2 款规定，该公约的财务机制是：“有一个代表所有各方公平和均衡的透明的管理体系。”

联合国气候变化框架公约的前述规定，为考虑公平原则应当如何影响或修改实现公约目标提供了重要指导。尽管保护气候系统是“人类共同关心的”，但附件一国家被认为应该率先采取行动，并承担更大份额的负担。另外，在责任分担中也要把重点放在如何在发达国家之间应用顾及公平的原则。当代人的责任也应该和后代的责任相平等。最后，管理的文本中提到了公平，强调了保证结果分配公平性在程序基础上的重要性。

5.2.3.1 过程和结果公平

联合国气候变化框架公约要求表明，公平原则必须适用于以下方面：（a）程序性问题，亦即决定是如何作出的；（b）结果问题，亦即这些决定带来的结果。这两个方面都非常重要，因为公正的程序，并非必然保证公平的决定，反之亦然。支持该公约及其实施将在很大程度上取决于国际社会的广泛参与和对公平的认同。

程序上的公平有两个组成部分。首先，公平意味着那些受到决策影响的人应该通过直接参与或代表的方式参与决策。其次，该过程必须确保在法律面前公平处理，即类似的情况必须加以类似的处理方式，特殊情况必须在原则的基础上处理。

结果公平也有两个组成部分，涉及分配中的成本及效益：(a) 气候变化的影响和适应；及 (b) 减缓措施（包括分配未来排放权）。无论是内容 (a) 及 (b)，都意味着在国家之间和国家内部（代内空间上的分配）、当代人和后代（代际时间上的分配）的责任分担。任何具体结果的公平性都应该根据一些通用的方法进行评估，包括平等性、均衡性、优先级、古典效用主义、罗尔斯公平分配原则。社会通常会调节平衡和结合多种的这些准则设法达到公平。自我利益也影响到标准的选择和公平决定的确立。结果公平在国际舞台上的应用主要源于这些原则，它们最初是在特定社会人类交往活动的环境中发展起来的。

人类对气候变化的响应要求公平应用于更高（全球）的层次，而这是缺乏实际经验的。关于伦理、环境与发展的文化和社会规范与观念使努力达成一个全球性的共识变得复杂（Pinguelli-Rosa 和 Munasinghe，2002）。甚至对气候变化响应的紧迫性也受到争议。在给定与公平相关的不同含义、哲学解释和政策观点的情况下，判断力在解决潜在的冲突中扮演着一个重要的角色。最终，任何的全球应对策略将是一个不同意见的折中办法。下文将探讨国家之间未来排放权分配的实际困难的一个案例研究作为一个例子（Munasinghe，1998）

不过，如果决策架构可利用开明的自我利益来支持公平或道德目标，从务实的角度来说对达成一个全球性的共识将取得重大进展。因此，发达国家将有一个自我利益实现来肩负解决气候变化问题的重大责任，因为他们自己的公民都表现出极大的解决环境问题的支付意愿；同样，发达国家将享有贸易和出口的更大机遇，只要发展中国家的市场成长没有被气候变化所扰乱破坏。所有国家都希望避免气候变化引起的具有负效应的全球性的不稳定。同时，发展中国家所面临的更高的风险和脆弱性，为他们提供了寻求共同解决气候变化问题的一个动机。

5.2.3.2 公平与经济效率

协调公平与经济效率的一般性问题在前面已进行了讨论（见专栏 2-4）。在具体的气候变化背景下，缺乏做出公平评估和在国际范围内发挥再分配作用的适当的机制，使各国之间比较国家的福利水平变得更加复杂。极端的观点是：(a) 福利水平应该进行比较，就如所有国家平等地评估彼此的福利一样（即相当于在不同国家存在相同的福利函数，每一个国家可以分配到平等的权重）；及 (b) 每个国家只首先考虑自己的福利，而不对别的国家的福利承担任何责任。由于一国温室气体排放量会影响其他国家，必须有一个气候变化框架公约在两种极端之间达成一定的折中。

5.2.3.3 代内（空间）公平

而公平不等于平等，国家间的差别，显然将影响国际问题的公平性。国际应对策略最终将转化成国家层面采取的行动，因此，要在国家内部体现公平性的考虑。下面讨论了几类与国家间与公平问题有关的分歧。

财富和消费：财富也许是国家之间（内部）最明显和最普遍的区别。根据世界银行估计，如果用国民生产总值来衡量，约有24亿人口（占世界人口的41%）居住在低收入国家（世界银行，2001）。这些国家人均国民生产总值为420美元。与此大不相同的是，15%的世界人口居住在“高收入经济区”，人均国民生产总值为26,440美元。其余的44%的人口生活在“中等收入的经济区”和“低收入和中等收入的经济区”，人均国民生产总值为1,500美元。国家之间人均收入如此大的差距，意味着用这样的方法对福利进行简单比较可能是不恰当的（第2章）。

这些分歧直接影响了解决气候变化的道路。例如，在发展中国家产生的温室气体的活动一般只涉及对生存“基本需求”的满足，也许只是来自为烹饪或基本取暖所使用的能源，从事农作生产所消耗能源，仅仅为提供少量适当的照明，和偶尔搭乘公共交通工具。相比之下，在发达国家排放的GHGs很可能来自如私人驾车、使用中央空调、制造各种各样的商品以及使用它们等活动。因此，个人财富水平与减少温室气体排放量对社会福利的影响直接相关（WCED，1987）。此外，财富决定了受气候变化影响的脆弱性大小。因为富裕起来的一些国家具有更有效的适应气候变化能力。类似的关系，除穷国和富国之间，也存在于国家内部。

较穷的国家在采取减缓策略和适应气候变化策略方面准备较不充分，出于以下几个原因。首先，贫困影响了国家其他优先权和时间尺度上的紧急迫切性在政策规划中的使用。财富对个人的贴现率有直接影响（即伴随着财富的不断增长，折现率下降）。较富裕者有更大份额的可支配财富用于未来投资，因此从理论上说能够有较长的规划时间跨度。穷人是被迫把重点放在较短目标，如基本生存的必需品。

类似的现象也适用于国家层面的经济和政治体制。由此，利率在比较贫穷的国家较高，使得资本稀缺，政策规划强调的是短期的需求，例如减轻贫困和创造就业机会等。由于迅速上升的需求，政府可能不断增加基础设施建设。他们未必会像一些较富裕的国家那样能够奢侈地考虑最优的发展战略。因此，国民财富既影响实际的投资决策，也影响更广泛的公共政策的规划能力。

发展中国家特别报告对这个问题的考虑是这样开始阐述的：“减缓贫困仍然是发展中国家压倒一切的优先考虑，他们宁愿为解决眼前的经济问题保存其财政和技术资源，而不是为避免一个可能在两代人后显现的全球性的问题作投资”。气候变化框架公约第 4.7 条同样强调“经济和社会发展及消除贫困是发展中国家首要的和压倒一切的优先事项”，因此这些因素将影响到其对气候变化的反应。即使发展中国家将增加对气候变化的关注（特别是脆弱性较强的国家），他们也很可能没有足够的资源来处理这个问题。

对气候变化的贡献：给定一定范围的源和汇，以不同的方式汇集和提出数据能够影响到公平性。发达国家 1990 年前累计温室气体排放量占全球的 85%以上。如果按人均排放量计算则有更明显的差距，北美和所有发达国家排放量分别超过发展中国家累计总二氧化碳排放量的 20 倍和 11 倍。因此，有些作者认为，由于在过去高得不成比例的温室气体排放量，工业化国家欠发展中国家一个“碳债”（Munasinghe，1993；Jenkins，1996）。发展中国家也需要考虑发展空间，以满足未来的经济增长和能源的消耗，因为他们是从一个低很多的基础起步（专栏 3-1）。同时，把发达国家和发展中国家完全分清界限可能过于简单，因为他们都在变化。基于对气候变化的责任、减缓的能力和潜力，温克勒等人（Winkler 等，2006）在非附件 1 国家之间指派了减缓负担和财政转移。

突发影响和脆弱性：突发的影响可能与温室气体排放模式并无关联，这将违反公平原则，也不符合“污染者付费”和“受害者补偿”的做法。尤其是气候变化的不利影响有可能会在热带地区发展中国家最为明显。除了不对称现象的发生，许多发展中国家更容易受到全球升温影响，因为资源稀缺，体制能力较弱，而且有技能的人力资源稀缺。穷人和位于贫困生存线的群体，或地势低洼而受到海平面上升威胁的小岛屿国家将会相当严峻。因此，基于人道和公平的原则以及已经制定的应对灾难的程序，这类群体需要特别的关注（第 16 章）。

国内公平：与国家之间的公平有关的上述大多数论点，也适用于国家内部。幸运的是，国家内部有许多现有的机制（如补贴粮食、医疗保健和接受教育、社会保障或累进税制）以实现一个更公平的资源再分配。公平问题，特别是对社会正义的观念，将会影响到这些政策的形式、决定和公信力。虽然这些制度的权利和合法性可能有所不同，但他们提供了一个有用的框架，在此框架中气候变化问题能够在国家层面和地方层面首先得到解决。

5.2.3.4 代际（时间）公平和贴现

前面对空间上公平的大部分讨论，也以非常类似的方式影响到时间跨度。第一，后代可能会比现在这一代人或富或贫。第二，过去和现在的人类行动将决定对未来气候变化的影响。第三，未来的几代人将要对过去的温室气体排放量承担后果，或将受益于他们的祖先的牺牲和所做出的投资。同时，目前还不清楚我们的后代将被更多或更少受到气候变化的影响。

有关代际公平还有两个问题。第一，因为某种程度上后代并不能作为代表参加正在进行的能够影响未来气候变化的决策过程，所以需要特别注意对他们权力的保护。第二，一旦事件发生了，将难以为后代弥补过去的错误。再次，必须格外审慎尽量避免强加给未来不可逆转和无法弥补的负担。然而，在实践中代际（如父母和子女）是重叠的，有利于把一些代际直接的考虑纳入贴现率和决策的一般过程。

社会贴现率（见3.6节）：从经济学角度看，能够影响资源跨时间分配的基本政策手段之一是社会贴现率。事实上，对气候变化政策的长期分析得出的结论关键取决于贴现率的选定（扣除通货膨胀后的真实贴现率）。贴现率（未来支出贴现到现在）在概念上的影像就是利息率（即今天的资本在未来的增长）。

由于贴现比较的是发生在不同时间的经济成本和效益，所以它将直接关系到代际的公平。在气候变化分析中突出明确贴现的影响有两个方面的原因：(a) 相应的时间跨度极其漫长和 (b) 许多的减缓成本发生相对较早，而潜在的收益发生在遥远的将来。相对于短期内的（减排）费用，当前较低的贴现率可以增加未来（避免伤害所获得的）收益的重要性，从而对后代是有利的。

确定社会折扣率的实际值的两个主要的方法是建立在消费率的时间偏好（CTP）和（无风险）市场的投资回报（MRI）的基础上的（见专栏3-2）。虽然作为这两种方法的依据在概念上似乎有所不同，但在实践中无论是CTP还是MRI都对社会贴现率提出了可比较的估计。因此CTP估计年贴现率从1%至4%而MRI为从3%到6%（Arrow等，1995）。

5.2.3.5 气候变化谈判、伦理和公平

公平和道德上的考虑，将对决定了一个有效的气候变化应对战略发挥重要的作用。当前气候变化谈判基于几个因素，包括风险、恐惧和预防原则。目前的做法通过全球市场有利于为减缓气候变化做出努力，这是受因减少排放量而可获得利润所驱动，并不意味着如可持续经济学所提倡的根深蒂固的社会态度的改变（见1.2.4节）。

在《京都议定书》签署之前就有许多公共部门和私营部门倡导应对气候变化。其中对全球气候问题的一些典型的投机性质的例子，清楚地反映了利益相关者通过处理温室气体排放以获取未来的经济优势而努力的动机。在互联网上交易碳减排量是目前国际市场上压力驱动减排机制的一个例子。由世界银行执行的碳基金（PCF）模型是这种碳排放交易中一个半官方的版本，影响着认证项目的新兴标准。国际排放交易协会（IETA）更进一步体现了世界领先企业在利用市场基础努力减少石油和电力行业废气的排放量的示范作用。涉及土地利用的减缓项目（林业，农业等）的投机买卖似乎

比投资新的能源开发或有效改变生活方式和能减少温室气体排放的消费标准更容易、更便宜。

以各国的能力和潜力为基础阐明他们的观点对气候变化谈判产生强烈影响。发展中国家在这方面存在劣势。可持续经济学路径建议他们应该在这些全球性的会谈中将自己置身于一个更有利的位置，强调气候变化、贫困和可持续发展之间的联系，并明确阐述更加人文主义化的方面（如公平和道德）在战略上和社会政治中的重要性。最近出版的一本书中阐述了一些专家的不同观点，他们来自不同的学科背景、不同部门和不同的地域背景，涉及六个相关的问题：经济学、道德、政治、权利和法律、哲学和自然科学（Pinguelli-Rosa 和 Munasinghe，2002）。

Miguez（2002）认为，历史的和当前的全球温室气体排放量中工业国家所占的比重最大。在发展中国家人均排放量仍然相对较低，而且必须增加，以满足其未来的社会和发展的需要。巴西的计划强调附件 1 和非附件 1 国家之间对考虑温室气体浓度而不是排放量所存在的巨大差距。全球平均表面温度是衡量气候变化的适当变量。必须最大限度地支持对最不发达国家适应气候变化。

Estrada-Oyuela（2002）强调伦理和公平要求各国之间共同但有区别的责任。为稳定温室气体的浓度，工业化国家将不得不减少其排放量，而发展中国家则获准增加排放量。在附件一国家高成本的减缓降低了所有国家之间人均排放量均等的可能性。主要的问题则是，如何将承担减排与国际所施加的其他负担相比较。真正价值的市场价格扭曲是造成在发展中国家频繁地声明减排成本较低的原因。如果生产量的行业和他们的预期进行了审议，排放量的减少将更为有效。该机制在公平地对待工业化国家和发展中国家同时，承认每个国家的特殊需要。

Banuri 和 Spanger-Siegfried（2002）指出，虽然公平看起来应该强烈地作为联合国气候变化框架公约中的基础性原则，以至于在《京都议定书》中对成本效益和效率的考虑退居其次。长远的角度看问题，应确保发展中国家能够经济增长和消除贫困。但在短期内，这意味着，确定双赢的政策，提供资金和技术援助，帮助穷人和弱势社区。如果现在不培养无碳增长的长期能力建设，未来的减排成本将伤害贫穷国家并恶化不公平性。为了确保公平，有必要刺激发展中国家的减排能力。清洁发展机制项目结合了对公平和效率的关注，以利于使发展更加具有可持续性。

Muylaert 和 Pinguelli Rosa（2002）把环境社会团体里所运用的方法中对伦理和公平的强调及基于“强权政治”的方法强调与这些问题的低优先级进行了深入细致的对比。他们指出，“道德”可从行为上更好地理解（而不与以往的道德联系）。在这个角度讲，每个人都有权决定什么是公平或是不公平的，以实例为基础对结果进行协商，这取决于时间和具体情况。公平在联合国气候变化框架公约或政府间气候变化专门委员会的文件中没有界定，而且在气候变化国际协议下也没有执行“公平”这一概念也没有正式要求。由于解决气候变化问题不得不考虑公平性问题，作者提出了一种更定量化的“公平指数”(equity index)。

Ott 和 Sachs（2002）对排放权交易进行了重要讨论。根据联合国气候变化框架公约，发达国家必须率先采取应对气候变化影响的行动。同时，清洁发展机制将在财政和技术上帮助发展中国家应对气候变化问题。要确实地集中关注协助非附件一国家过渡到一个非碳经济国家。在这样的计划中，只有无碳能源，如太阳能、生物质能、风能和水能才能被纳入清洁发展机制中。

5.3 气候变化的适应性和减缓策略

5.3.1 可持续发展和气候变化的适应性策略

适应性策略是指作为气候变化的压力和影响的反应，人类和自然系统的调整及其努力，以减缓损害和寻找效益的机会（如建设高海堤，或发展抗旱和耐盐性作物）。不同类型的适应性包括预防和被动适应，个人适应与公共适应，以及自适应和规划适应。显然，可持续发展和适应气候变化是相通的。大部分可持续发展战略与气候变化无关，但他们能使适应更有成效。同样地，许多适应气候变化的政策可以使发展更加具有可持续性。

5.3.1.1 脆弱性，弹性和适应能力

耐久性标准或限制条件紧紧围绕保持资产的质量和数量（第2章）。各种形式的资本如同一个堡垒从而能够降低气候变化的脆弱性，并减少不可逆的伤害，而非仅是积累的资产产生的经济产量。系统的应变弹性、生命力、组织性和适应能力，将动态地取决于对资本禀赋、幅度和对震荡的反应速度。在气候变化背景下，脆弱性是指人类和自然系统对气候变化的不利于影响的敏感性和应对能力的不足（IPCC，2001）。它是性质、规模和气候变化速度的一个函数，也是系统考虑的灵敏度和适应能力。弹性是不改变状态的情况下，一个系统可以忍受的改变的程度。适应能力是一个系统适应气候变化的能力。加强适应能力是一个重要的政策选择，特别是对易受影响的弱势群体而言。适应能力本身将取决于经济、自然、社会、资源和人力各种资源的获得和分配；制度结构和决策程序；信息，公共意识和观念；可选的技术和政策；分散风险的能力等（Yohe 和 Tol，2001）。这些变量与不同地区社会经济和社会发展的具体模式相联系。

5.3.1.2 适应性选择

对气候变化的适应可以是本能的或规划的。规划需要最小化负面影响的成本，并最大化积极的影响的收益。适应努力必须结合减缓措施，因为控制排放量对使未来影响最小化是至关重要的。

最易受到损害的生态环境和社会经济系统是那些具有最大的敏感性、最大暴露量和适应气候变化能力最差的国家。生态系统在压力下已经非常脆弱。发展中国家脆弱的制度和经济体中的社会和经济系统往往更容易受到伤害（如人口密度高，地势低的沿海地区，水灾频发地区和干旱地区）。

适应气候变化的战略包括：防止损失（如对付海平面上升的防护堤）；减少损失（如改变种植结构为混合间种）；分散或分担损失（如政府救灾），改变土地用途（如远离陡峭的山坡重新部署），或恢复重建（如历史上容易发生洪灾损失的地区）。更好的适应战略需要技术、管理与法律、金融和经济学、公共教育、培训和研究、体制变革等方面的进步。将气候变化问题纳入发展计划，有利于确保在应对未来可能的情况的基础设施上的新投资。尽管不确定性使适应政策的制定更加复杂，但许多这样的政策将会使发展更加可持续（例如，通过改善自然资源管理或社会条件）。近期的工作重点是制定和评估这种适应战略（Corfee-Morlot 等，2002；Niang-Diop 和 Bosch，2004）。

5.3.2 可持续发展和减缓气候变化

可持续发展和减缓也是相通的。可持续发展战略大多与气候变化无关，但他们可使减排更富有成效。同样地，许多减缓气候变化的政策可以使发展更加具有可持续性。

IPCC 最近阐述了六种不同的相关情景，指出在 21 世纪里各种各样的替代发展途径，每个情景都产生一个非常不同的温室气体排放模式（IPCC，2000）。与过去相比，低排放情景要求更小的碳强度的能源资源开发。减排技术的发展速度比预期快。改进土地利用的方式（特别是森林）为碳汇提供了巨大的潜力。这种方法可能为更有效地缓减技术的发展赢得时间。最终，减缓措施将取决于自然、经济、科技、资源和财政资源分配中的差异，以及在国家和代际之间的减缓成本（IPCC，2001）。

虽然每个国家未来的低排放路径都有所不同，IPCC 结果表明，适当的社会经济变革，加上已知的减排技术和政策选择，可以帮助实现到 2100 年大气中二氧化碳的水平稳定在 550ppmv 或更少。

5.3.2.1 减缓能力

未来减排的效果可以通过提高减缓能力而加强（即减少温室气体排放量或增加汇），这依赖于社会、政治和经济的结构和条件。在发展中国家需要建立更深入的减缓策略研究与分析能力。减排能力的加强可以使气候变化方面的考虑与更广泛的可持续发展战略更有效地整合，随着时间的推移，以一种有效的方式限制温室气体排放量，同时使减缓行动的联合发展收益最大化。

在体制结构的社会学习、创新和变化可提高减缓能力。产生无悔的产出的可供选择的政策，将有助于达到温室气体减排的社会零成本化或负成本化。然而，21 世纪稳定大气中二氧化碳浓度的成本将因 750 ppmv 到 450ppmv 目标浓度而急剧上升。国家内部实施减缓措施存在减排的技术、社会、行为、文化、政治、经济和制度等障碍。

5.3.2.2 减缓措施选择

与适应一样，减缓具有成本和效益。成本方程中需要考虑很多变量，包括（a）国际商定的为减少排放量的时间表和目标；（b）全球人口和经济趋势；（c）新技术的发展；（d）资本置换速率；（e）贴现率；（f）减缓行动所带来的解决非气候问题的共同效益；（g）业界及消费者响应气候变化的有关政策规定所进行的行动。

通过减少温室气体排放量降低风险的政策也将因为不确定性而贴上相差极大的价格标签。虽然立即采取行动可能具有更高的成本，但拖延可能会导致更大的风险，从而具有更大的长期成本。早期控制排放量的努力将增加人们为稳定大气中温室气体浓度的反应的弹性。

许多具有费用有效性的技术和政策都可供选择（如混合动力汽车、风力发电机、先进的燃料电池技术、建筑能源末端使用效率、运输、制造业和工业废气减排等），不仅可以减少温室气体排放，同时通过提高资源利用效率和减少对环境的压力实现其他的发展目标。各国政府应该首先积极解决体制和其他方面的障碍，以促进这些解决方案。可以利用经济激励影响投资者和消费者。举例来说，抵押基金可以鼓励人们在使用汽车和电器产品的时候选择更有效率的能源使用模式；制造商可以因销售气候友好的产品而得到奖励，或相反受到惩罚。通过改变税收或补贴将价格纳入对气候变化的考虑。如，对石油、煤或天然气征税将阻止化石燃料的使用，并有助于减少二氧化碳排放量。可交易的排污权还可以为排放控制提供一个具有成本有效性的、基于市场驱动力的办法。Caspary 和 O'Connor（2002）评述了这些选择。

能源政策（如优化能源结构）是提高减排的成本有效性的关键。对成本有效和节能技术的投资激励是必不可少的。例如，改进建筑设计、用于制冷和保温的新的化学品、节能冰箱和冷却/加热系统。可再生资源的使用使电厂排放的空气污染物和温室气体下降。在未来 50～100 年内，技术创新、能源效率以及更多的可再生能源，将是稳定温室气体的浓度至关重要的，并且可以获得其他方面的共赢。各国政府应该尽量减少阻碍低排放技术的传播的因素。

在大多数国家中，交通部门是增长最迅速的温室气体排放源（第 11 章）。过度依赖化石燃料使控制温室气体排放量尤为困难。同时城市地区的空气污染中的颗粒物和臭氧的前体物也带来了问题。新技术可以提高汽车的效率并减少每千米行程的排放量。在发展中国家的大多数城市以及工业化国家，向低碳燃料的转移因能减少本地及区域性空气污染问题而受到广泛关注，而且还有助于减少二氧化碳排放量（如生物燃料、以燃料电池为动力的车辆）。减轻运输部门的排放量的政策包括：（a）可再生能源技术的利用；（b）更好地维护和运行方式；（c）缓解交通拥堵的措施；（d）鼓励低排放交通工具（如电车和火车、自行车、步行）的城市规划；（f）对使用者收费。气候友好的交通政策能够促进发展，同时使交通堵塞、道路交通事故和空气污染给当地带来的成本最小化。

滥伐森林和农业经营增加了当地和区域空气污染以及温室气体排放量。森林应该得到保护和更好的管理（第 13 章）。减轻农业对林业的压力，减缓人口增长，当地居民的可持续森林管理，可持续的商业采伐，减少向森林地区的迁移可以控制森林的乱砍滥伐。可持续森林管理可产生可再生生物质能作为矿物燃料的替代。通过改善管理来提高农业生产率可以使土壤吸收更多的碳，同时提高有机质含量和生产率。新型混合饲料的使用提高消化效率从而降低了家畜甲烷的排放，也增加了牲畜管理的整体效率。水稻种植的甲烷排放量可在提高或维护现有生产力的情况下，通过改变灌溉方式和化肥的使用而显著降低，减少对环境的压力。新型肥料的使用可以减少农业一氧化二氮的排放，其中有一些不但可以减少一氧化二氮的排放量，而且能减少氮素损失（减少了硝酸盐、氮氧化物和氨气污染），并提高肥效。

因此，减少排放量的同时产生环境和经济效益是有可能的。“无悔”的减排策略是成本最小化而最有效的气候变化政策。即使排除避免气候变化的收益，其他收益也超过了成本。例如，消除市场缺陷，如化石燃料的补贴，或通过使用税收收入来减少其他扭曲性税收而产生的双重红利。公众参与（即利益相关者，个人、社区、企业）对有效的政策非常重要。教育和培训也很重要（如节约能源的重要性，最大限度使用阳光和太阳能电力的建筑等）。政策的公平性也需要加以考虑（即成本效率与公平）。

应对气候变化要结合减排和适应。发展中国家的研究人员已经再度重申，发展仍将是第一优先的同时，也应该在这种大环境下考虑减缓的努力

(Munasinghe 和 Swart，2005；Winkler 等，2002)。不同国家和不同行业协调一致的行动可以减少成本，较少地考虑竞争、国际贸易法规的冲突，以及碳泄漏（carbon leakage)。总而言之，包括减缓措施、科技发展和更好地了解气候变化的科学知识等采取更早的行动，将增加逐步稳定大气中温室气体浓度和可持续发展的可能性。

5.4 气候变化与可持续发展之间在全球层面的相互作用

下面列举了三个简单的例子，以说明之前讨论过的可持续经济学为基础的概念的应用。

5.4.1 在确定适宜的全球温室气体排放目标水平上，最优化和持久性之间的相互影响

对于最优化和持久性的探讨有助于确定温室气体排放水平目标（Munasinghe，1998a)。用经济最优化、最理想的解决办法是要估计与不同的温室气体排放情景相关的长期边际减排成本（MAC）和边际可避免损害(MAD)，见图 5-2（a)，其中曲线中的误差柱表示测量的不确定性（IPCC，1996a)。最优排放水平将在边际可避免损害（表示为减少单位温室气体排放所减少的气候变化影响带来的损失量）和相应边际减排成本（减少单位温室气体排放的减缓措施）相等的地方得到，即在 ROP 点 MAC=MAD。

当 MAC 和（或）MAD 难以量化或不确定的时候，持久性策略变得更恰当。图 5-2（b）假设了 MAC 比 MAD 更好界定的情景。首先，MAC 采用技术经济最小成本分析法（一种优化方法)，同时 MAD 则可忽略。然后，根据环境能够承担同时保证安全的最低水平（RAM）作为排放目标。这个值是为了避免不可接受的社会经济混乱的减缓成本的上限。这种选择是更符合持久性的做法。

最后，图 5-2（c）表明，一个更加不确定的情景，MAC 和 MAD 都难以界定。这时排放指标建立在一个绝对基准（RA）的基础上。通常情况下，这是一个避免难以接受的破坏生态（和/或社会）系统的高风险的安全极限，而没有必要以货币化形式评估任何成本。最后这个办法主要是基于持久性概念。

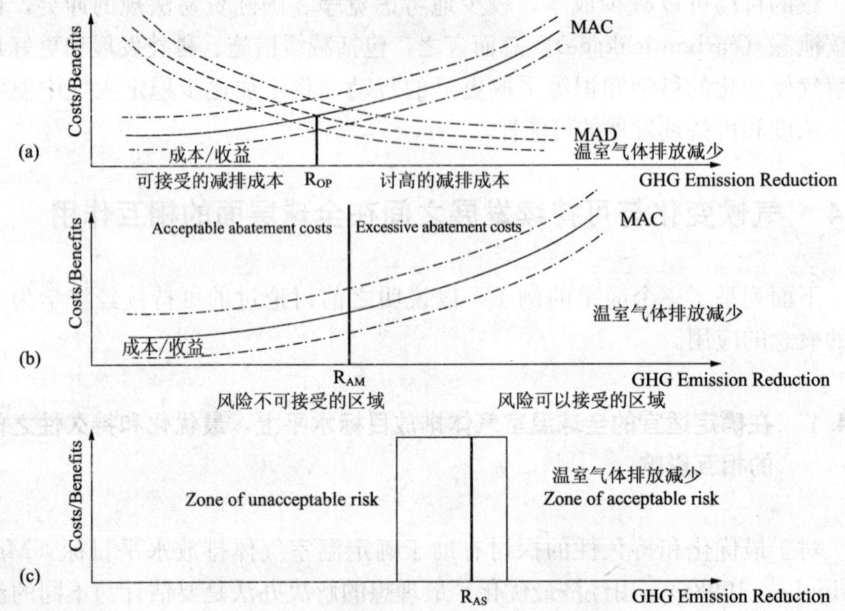

图 5-2 确定减缓目标：（a）成本效益最优化；（b）可承担的最低安全标；（c）绝对基准

资料来源：Munasinghe（2002a），根据 IPCC（1996a）改编。

5.4.2 结合效率和公平，促进气候变化减缓的南北合作

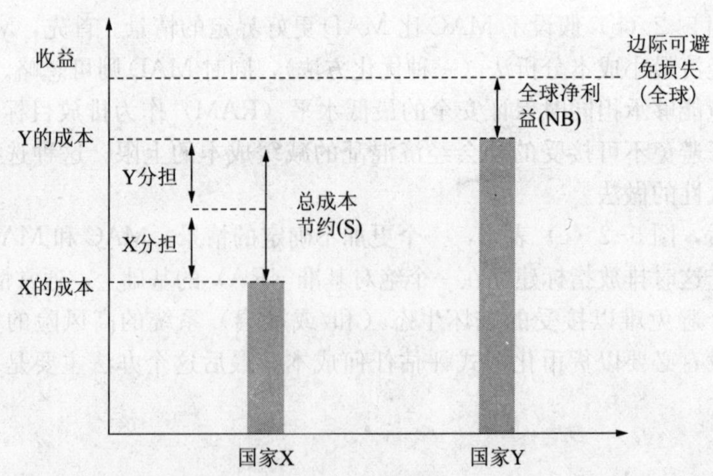

图 5-3 效率和公平的相互影响及南北合作的基本原理

资料来源：Munasinghe 和 Munasinghe（1993）。

图5-3阐明了通过资源和技术转移进行更广泛的南北合作的基本原理，并强调可持续经济学如何阐明在解决气候变化问题上，经济效率和社会公平之间的复杂作用。竖直的柱状表明两个国家边际减排成本（X是一个发展中（南方）国家，Y是一个工业化（北方）国家）。或者换句话说，柱状表示通过减缓机制实现的每单位温室气体减排的净附加费用（超出常规技术的成本，并包括所有的配套成本和效益）。这个图假设在发展中国家减少温室气体排放量的选择比在工业化国家较为便宜。减缓的全球收益由最上面的横线表示，它代表了因温室气体减排带来的全球范围内的边际可避免损失。仅由发展中国家采取减缓措施带来的边际可避免的损害非常小，因为由任何特定国家采取去除措施将在全世界范围内产生远远超出了它的国界的好处。显然，如果发展中国家仅因自己的利益而采取行动，它将不愿意承担任何减缓措施的增量成本。在这种情况下，只有所谓的“双赢”或“无悔”选择会被采用，比如能源效率计划，即使不考虑温室气体减排效益，也可以获得纯经济利益。发展中国家认为全球减缓效益具有一种“外部效应”。

从严格的整个世界的经济效率，且不计公平问题的角度来看（专栏2-3），减缓办法应该在所有国家执行，直到边际减排成本等于相应的避免全球变暖的边际损害。在这种情况下，从全球的视角来看，采取减缓措施国家避免损害的“外部”效益应该内部化。

首先，我们探讨怎样一种基于效率的途径能够使资源从北到南转移。考虑一个在发展中国家X减少温室气体排放的典型项目（如植树造林），那里减少温室气体排放的增量成本低于全球可以避免的损害。从这个角度看，财务上支持发展中国家（如通过补助金的方式）对全球发展共同体（即富国）来说应该是更加经济有效的。它们将因此“内部化”并获得了等于(NB+S)的全球减排净效益。

其次，我们以从一个工业化国家到一个发展中国家的资源双边转移为案例。考虑在工业化国家Y旨在减少温室气体排放的一个项目的成本（如燃煤电厂的替代）。这个国家可以实现成本节约，如果它说服发展中国家X采取减排措施的话，同时仍然实现全球减排的利益。对于发展中国家最低可接受的补偿是成本X。Y国愿意支付的最高补偿是S（成本Y－成本X）。这可能是联合履行（JI）和清洁发展机制（CDM）合作计划的依据。如果净效益NB和成本节约S足够大，对发达国家来说，给予发展中国家更多的资源比起Y成本的治理成本将是既公平又有效率的选择。举例来说，成本节约可以Y分担和X分担的比例在工业国家和发展中国家之间分享（Y分担＋X分担＝S）。可持续经济学将赞成这样一个在两个互相合作的国家之间潜在成本节约的分享（见5.2.3节）。这也将为发展中国家参与这种计划提供更多激励。Munasinghe和King（1992）在通过南北合作减少消耗臭氧层物质的《蒙特利尔议定书》下提出了同样的建议。

5.4.3 排放权交易中的公平与效率

公平与效率的原则，可以有效应用于各国家之间分配减排负担，以实现未来理想的全球温室气体排放量目标水平（见 5.2.3 节）。假设有为稳定温室气体的浓度国际协议，例如在未来 200 年范围为 550 ppmv，这将决定未来全球的总排放预算。

考虑在不同的国家之间逐年分配全球固定水平的未来排放量权利的两种对照规则。

1. 基于伦理与人权的所有人人均排放量相等（PC）。各国总的排放权等于人口和基本人均排放量权利的乘积，而所有国家的排放量相加之和等于全球排放目标。

2. 基于“不溯既往”的排放量等比例削减（PR）。在这种情况下，所有国家都将减少事先按基准年达成共识的相同百分比排放量，以达到预期的全球排放量的目标。

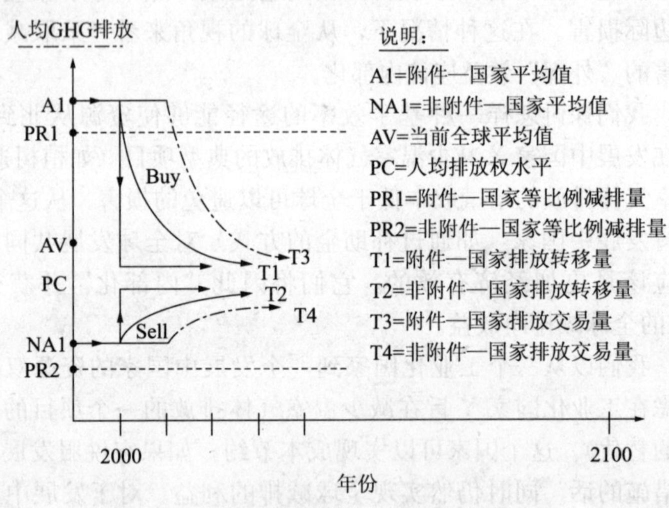

图 5-4　在排放权交易中公平和效率的结合

图 5-4 中体现了这个动态分配的过程。沿着决策时间横轴，如果全球总排放目标平均分配到所有人，横线 PC 表示了人均排放量的恒量水平。A1 和 NA1 点分别代表了附件 1（工业化）国家和非附件 1（发展中）国家现在的人均排放量平均水平。AI 比 PC 较大，NAI 则比 PC 小些。因此，为了满足 PC 的标准，工业化国家将需要承担显著削减温室气体排放量的成本。在另一方面，发展中国家有一些“余量”，随着收入和能源消费增长，人均排

放量还可以增加。

另一类可选择的分配规则是基于等比例削减（PR）排放量原则的。假设全球每年的人均排放率略微高于 PC，这意味着所有国家都将需要减少一小数额（约 10%）二氧化碳排放量，以达到 PR 标准（如图中虚线 PR1 和 PR2 所示）。显然，这样的结果是非常不公平的，因为它会严重制约发展中国家经济增长的前景，因为他们的人均能源使用量还相当低（Munasinghe，1995）。

因此，无论是发达国家还是发展中国家，都有不严格执行 PC 和 PR 途径的理由。与此同时，发展中国家争辩说，分配未来排放权利的时候对过去排放量所负的责任也应该被考虑。显然，工业化国家已经消耗了人类可得的“全球碳排放空间”的大部分份额，使得大气二氧化碳浓度从工业化前的 280ppmv 发展到目前超过 380ppmv 的水平。另一方面，工业化国家将更愿意用一个固定的基准年人口（例如，在 2000 年）作为人均排放权的乘数（如 PC），以确定全国总的排放配额。这将有效地惩罚人口增长率高的国家，因为他们的国家允许配额（由基准年的人口决定），将须在未来更多的人口之间分摊。

在集体决策过程的实践中，最终有可能会出现一些介于 PC 和 PR 之间的方式。例如，PC 可能被设置为一个长远的目标。而在较短时间而言，从务实角度考虑，建议无论是工业化国家还是经济转型国家都给予一个达到温室气体低排放水平所需要的调整时间，以避免不必要的经济混乱和困难，特别是这些国家中较贫困的群体（见图中过渡排放路径 T1 和 T2）。尽管一些工业化国家可能会认为，人均排放量均等的目标是过于理想化或不切实际的，但调整的方向是显而易见的。工业化国家人均二氧化碳净排放量趋势应该向下，而发展中国家排放量将随时间增长。即使人均排放量目标被更公平地分配，甚至绝对的平等（即所谓的收缩和收敛情景），这一结果也将出现。

另一种调整方案是可促进建立排放权交易制度。例如，一旦各国排放量配额已经分配，一个特定的发展中国家也许会发现在一个特定时期无法充分利用其分配到的排放量。同时，工业化国家可能觉得从发展中国家购买这种“过剩”排放权比通过采取成本高得多的减排项目来达到自己的目标要便宜得多（见 5.5.2 节）。更为普遍的是，排放权交易制度将允许配额自由地在国际市场上购买和出售，从而建立一个有效率的通过现时价格或期货交易的温室气体排放量市场。在图中，新的过渡排放路径 T3 和 T4 可能会出现，通过碳排放权力这一买一卖创造潜在的调整空间。

5.5 斯里兰卡的温室气体减排前景

在本节中，我们通过探讨在斯里兰卡温室气体减排前景的案例研究，在国家层面讨论像气候变化这样的全球性问题如何与可持续发展问题相互作用和影响。此外，在5.6节我们开发了一个基于实物期权的分析框架，来分析斯里兰卡决策者面临《京都议定书》的灵活手段（即清洁发展机制、联合履约和排放权交易）提供的机遇作出反应时的重大不确定性问题。

这个“自下而上的”案例研究应用了下面这些程序：(a) 估计作为参照情景的温室气体排放量（正常基准情景）；(b) 估计作为改进情景的温室气体排放量，用以评估政府采取的有代表性的定价和其他干预政策；(c) 识别、评估和筛选温室气体减排的一系列选择；(d) 设计各种可能的减排情景并估计各种情景下温室气体排放的影响；(e) 将它们与改进情景比较并评估计算温室气体减排方案的成本有效性。

首先，估计电力部门的温室气体排放量作为参考情景（或正常情况下的基准情景）。开发成本最少的扩容方案，以满足20年内电力需求的增长，同时满足可靠性和环保标准可接受的水平。其次，估计改进情景（包括各种政策选择）相关的温室气体排放量。相对于基准和改进情景，审查几种减排办法，组合成为不同的温室气体减排情景的选择。建模工具是20世纪90年代研究斯里兰卡电力部门环境问题（Meier和Munasinghe，1994），以及后来在其他许多国家应用的ENVIROPLAN模型（BCHydro，1995；USAID，1995；World Bank，2004a）。

5.5.1 基准排放量

生物质能仍然在初级能源中占有最大份额（表5-1），尽管商业能源所占的比例自1984年以来稳步增长。表5-2列出了温室气体排放量相应的变化（Ratnasiri，1998）。但是，从1990-1992年电力行业排放量的增加只是由于水力发电量的变化（1991年和1992年都是枯水年），而不是任何发电能力的改变。

这种情况正在改变，因为水力发电在斯里兰卡的能源结构中的比例继续下降，未来的二三十年间几乎所有的新电厂都将依赖化石燃料。风力发电、小水电和电力需求侧管理（DSM）的重要性也会将在不久的将来大大提高。因此，在基准情景中，电力部门在整个能源部门中所占的温室气体排放量份额将由1998年的18%增长到2018年的45%；电力部门排放的绝对量将由1997年的170万吨增至2018年的2,010万吨，增长超过10倍。

表 5-1 初级能源总比例

	1984		1996		84-96 变化量
	1,000 TOE	%	1,000 TOE	%	(%/年)
生物质能	4,203	71	3,925	57	−0.6
商业能源	1,700	29	2,952	43	4.71
合计	5,903	100	6,877	100	1.28

注：TOE＝吨石油当量。“商业能源”包括水电和石油。1996 年是干旱年，水电比例比正常年份低。

资料来源：能源保护基金（1996）。

表 5-2 1990-1992 年 CO_2 排放源估算（千吨）

	1990	1991	1992
电力（CEB）	8.5	226.6	643.2
交通	2,214	2,317	2,334
工业能源生产	559	485	561
商业用能（渔业，农业）	172	161	166
户用燃料（液化石油气，煤气）	550	578	651
水泥/石灰生产	249	244	436
精炼厂自身耗能	0.7	0.6	0.7
总能源和工业加工	3,899	4,120	4,894
生物质能	21,261	20,095	21,498
农业、土地利用及废弃物排放	8,435	8,370	8,098

资料来源：Ratnasiri（1998）。

排放因子和转换系数

Stochiometry 计算出了温室气体排放系数，部分数据无法获得的时候，便采用 IPCC 的排放因子。IPCC100 年全球变暖等量潜在物当量被用作非二氧化碳形式的温室气体的转换系数（IPCC，2001a）。

5.5.2 基准情景或正常情景

本书将锡兰电力委员会（CEB）1999 年度的长期发电扩展规划研究中的基准情景作为正常不受扰乱的基准情景（CEB，1998b、1999）。GDP 增长是需求的主要决定因素（CEB，1998a）。在基准情景中对用电需求的预测，假设电费和通货膨胀同比增长（实际情况中为常数）。

预计到 2018 年高峰期电力需求将增长到 4,292 兆瓦（对比 1998 年 1,136 兆瓦）；相应的能源需求是 206.8 亿度（1998 年 56.8 百万度）。总输配电损失率，以及系统负荷因子（SLT）分别取 17.6%（发电）和 55%，这是 10 年以来的平均值（均在过去的十年中保持相当稳定）。在总输配电损失中 15.3%为技术性损失，而且余额为 2.3%的是非技术（商业）损失。表

5-3 表明了按照基准情景产生的扩容计划。

表 5-3 基准情景下发电能力扩展（MW）

	1999		2001		2003		2005		2007		2009		2011		2013		2015		2017	
水电					70			150												
煤						300				300			300			300		300		300
液体燃料			106		300							105	105		105	105	105	300		
天然气																				
柴油		100									−36				−13					

注：负数表示退出。

5.5.3 改进情景

在斯里兰卡，一个全面的改革举措的具体组成部分方案还在设计制定之中。不过，以下要素可能是电力部门改革方案的组成部分：(a) 降低总输配电（T&D）损失量（例如，配电私有化）；(b) 执行其他的成本有效的 DSM 的选择；(c) 一天中不同时段收费制度的改进；(d) 税费改革（更高的平均价格）。

假定输配电（T&D）损失稳步下降，从 1999 年占发电量的 17.8%（15.5%的技术和 2.3%的非技术）下降到 2007 年的 12.5%（11%的技术和 1.5%的非技术性），然后保持不变。

在改革的第一阶段，假定 DSM-1 将限于照明。能源效率的汽车和空调系统被认为是 DSM-2 后的改革。到 2007 年，照明用电 DSM-1 使傍晚高峰用电需求降低 330 兆瓦，大约为傍晚高峰总负荷的 15%。

表 5-4 结合减少输配电损失和照明用电 DSM-1 方案调峰的作用，与基准情景相比降低了发电需求。基底煤单位从 6 个下降到 5 个，及热峰值单位从六个下降到 2 个（从 2010 年至 2018 年 105 兆瓦 OCCTs）。相应减少温室气体排放量 15%，从基准情景超过规划水平的 11,800 万吨下降到改进情景的 9,800 万公吨（图 5-5）。这是一个双赢的结果。相比之下，在印度的哈里亚纳邦，改进获得的经济利益比斯里兰卡大 6 倍，却导致增加了 25%温室气体排放量，这主要是因为存在如输配电损失达 35%这样的低效率（世界银行，1997b）。

表 5-4 改进情景下发电能力扩展（MW）

	1999		2001		2003		2005		2007		2009		2011		2013		2015		2017	
水电					70			150												
煤								300				300			300			300		300
液体燃料			106		300														105	105
天然气																				
柴油		100				−36				−36										
可更新燃料																				

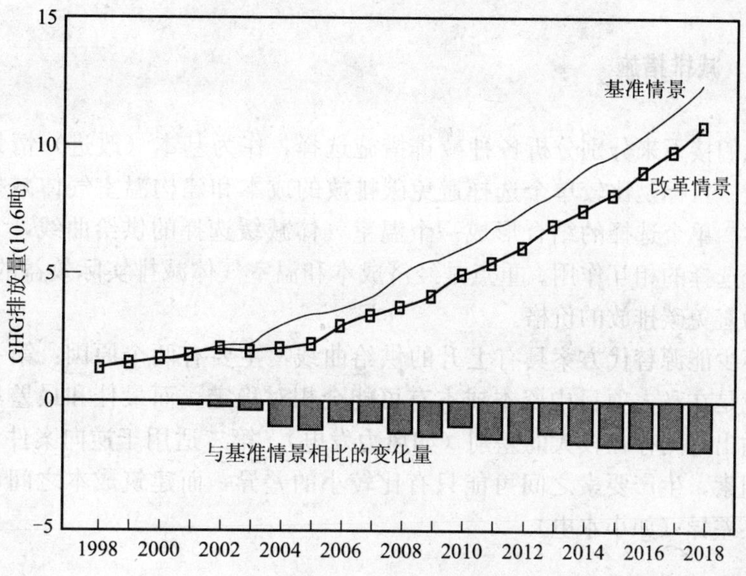

图 5-5 温室气体减排

改进对系统成本和温室气体排放的影响可以如图 5-6 中权衡图（trade-off plot）所示。输配电损失减少和用电需求管理的影响，以及 DSM-1 在图中单独列示（每一个都基于对基准情景的微扰）。改进显然是“双赢”；实际上改进对于地方气体排放的其他环境影响也是双赢的。

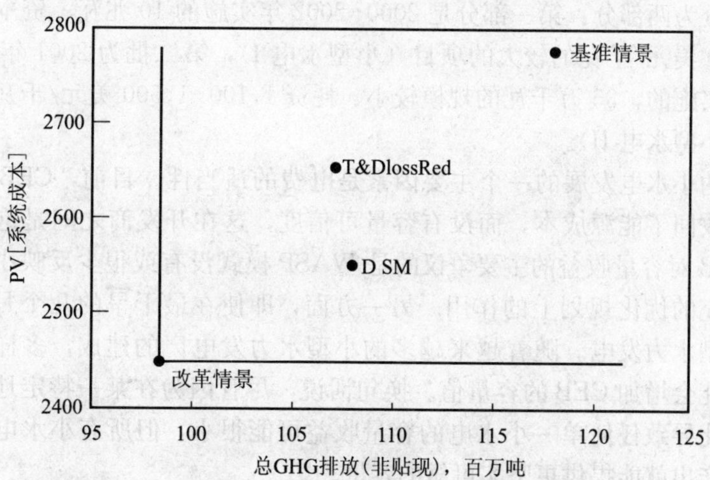

图 5-6 改进对系统成本和温室气体排放的影响

5.5.4 减排措施

我们接下来分别分析各种减排措施选择，作为基本（改进）情景的一个增量。目标是比较单个选择避免碳排放的成本和建构温室气体减排情景的成本。单个选择的结合形成一个温室气体减缓选择的供给曲线，它包括了单个选择的相互作用。重点是经济成本和温室气体减排实际效益的大小，体现为避免碳排放的价格。

不少能源替代方案具有上升的供给曲线，主要有两个原因：第一适用的情况是在私人项目中资本成本有可能会相对稳定，而最佳和最差场地的能量输出之间存在较大的差别（如风力发电）。第二适用于逆向案件，如核电厂因素，生产要素之间可能只有比较小的差异，而建筑成本之间可能存在较大差异（如小水电）。

5.5.4.1 替代能源选择

小水电：连入电网的小水电是世界上 IDA/Global 环境基金能源服务交付项目（ESDP）中最大的单一组成部分，占了 242 万美元中的 144 万美元（世界银行，1997a）。1996 年和 1997 年期间四个共约 1.3 兆瓦的这种小型水力发电厂被连接到 CEB 网。

在 Posch（1994）和 Fernando（1998）的研究基础上，我们将潜在的小水电划分为两部分：第一部分是 2000-2002 年实施的 10 兆瓦、资本成本低于 1,100 美元/千瓦的较大的项目（小型水电 I），第二批为 2001 年和 2007 年期间实施的，35 万千瓦的规模较小、耗资 1,100-1,500 美元/千瓦的工程项目（小型水电 II）。

制约小水电发展的一个主要因素是电费的适当性。目前，CEB 的电费仅仅是收回了能源成本，而没有容量可信度，这在开发商之间是饱受争议的。CEB 对容量收益的主要争议的是 WASP 模式没有或很少反映小水电在容量扩充的优化规划上的作用。另一方面，即使在最干旱的几个月，仍有一些小型水力发电。随着越来越多的小型水力发电厂的建成，多样性的影响很可能会增加 CEB 的容量值。换句话说，尽管因为在某一特定地点的水流量变化导致任何单一小水电的容量收益可能很小，但所有小水电项目的总合计产出就能提供更坚实可靠的容量。

在一些地方，虽然个体技术不能多元化，不同可再生能源技术的组合可提供多样化，并且为可再生能源的投资作为一个整体的组合增加了容量可信度。举例来说，这种结合在中国东部省份浙江就具有可行性，那里夏季小水电利用达到高峰，而冬季可以利用风能。

风力发电：斯里兰卡的季风气候的特点是两个季风系统：从 5 月至 10

月初的强西南季风和从 12 月到 2 月下旬的东北季风。一年中约有 8 个月盛行强到中等季风，斯里兰卡有适合风力发电的潜力。一个 3 兆瓦的风力发电示范点正在 ESD 项目的支持下进行，资本成本估计为 1,175 美元/kW。

斯里兰卡缺乏作出可靠的风能潜力评估的良好的历史数据。尽管如此，可从斯里兰卡现有的风力数据和自然指标，得到一些对于多风地区的初步结论。约 3,600 兆瓦的发电潜力已经确定，主要集中在南部和东南部的低地地区（CEB，1992）。该 WASP 模型被用来研究在满足 CEB 规划准则（小于 0.1%的 LOLP 值）的前提下可被系统吸纳的最大风力流量。这些研究显示，在规划周期内最高可达 2,000 兆瓦的发电能力可并入系统。

CEB 为最大的风力发电情境下的扩容计划列于表 5-5。成本和风力数据两方面的不确定性强调需要谨慎处理和找到更好的数据。我们假定在规划过程中减少资本成本，由目前 1,175 美元/kW 降低到 1,000 美元/kW。如果未来风力涡轮机技术继续以过去十年中的进步速度发展，就能够获得低得多的资本成本。在另一方面，丹麦通过一项对 1,080 个风力发电场近六年的研究表明，实际年发电量比风力发电场的设计预测值低 12%。之所以出现这种差异，可能是过于乐观地估计了未来涡轮机成本和较低的机器可靠性，以及高估了风力的有效性。

表 5-5　风力发电情境下的容量扩充（百万瓦）

	1999		2001		2003		2005		2007		2009		2011		2013		2015		2017	
水电					70			150												
煤									300						300				300	
液体燃料			106		300									105	105	105	105	105	105	
天然气																				
柴油		100				−36				−36										
可更新能源	3	30	30	30	60	60	75	75	75	75	150	150	150	150	150	150	150	150	150	150

木质热电：木质热发电的主要缘由是它可以取代昂贵的矿物燃料进口，而创造就业机会（Wijewardene 和 Joseph，1999）。这类发电厂需要大量的土地作为供应需要的燃料木材种植园。在斯里兰卡，支持者声称 1,000MW 级的木质热电，将只使用 36 万公顷的灌木林和放荒林地（占种植可用土地的 20%）。

为减少温室气体排放，对增加 50 兆瓦的木质热电站进行了测试，以代替基底煤植物。这样就产生了表 5-6 中体现的容量扩充计划，其薪柴成本是 22 美元/吨。

表 5-6　　木质热发电情景下的容量扩充（百万瓦）

	1999		2001		2003		2005		2007		2009		2011		2013		2015		2017	
水电					70			150												
煤																				
液体燃料			106		300												105		105	105
天然气																				
柴油		100				−36				−36										
可更新能源					10	100	0	100	100	150		150		200	200		200	0	200	0

木质发电的假想成本和燃煤发电厂的成本的比较如表 5-7 中归纳所示。这里假定应用气化炉，而不是燃烧（蒸汽循环）技术。燃料成本 22 美元/吨是基于在科伦坡交易的薪材的当前价格。在电厂附近管理得当的种植园生产薪柴可能会减低成本。因此，也分析了另一种木质热发电燃料成本，价格为 14 美元/吨。

表 5-7　　假定的木质热发电厂

		木质（汽化炉）	燃煤电厂
单位大小	（百万瓦）	10	2×300
资本成本	（美元/千瓦）	1,200	899
运行与维护固定成本	（美元/千瓦/月）	1.8	0.64
运行与维护变动成本	（美元/百万瓦时）	2.5	3.54
热比例	（千卡/千瓦时）	4,560	2,162
含硫量	（%）	0.02	0.6
获得的热值（a）	（千卡/千克）	3,800	6,300
燃料成本（进厂价）（Fulecost（atplantgate）	（美元/吨）	22	48
薪柴种植园土地面积	（亩/百万瓦）	360	

注：（a）假设薪柴的湿度为 20%。
资料来源：基于斯里兰卡能源保护基金的 P. G. Josep 提供的信息。

太阳能光伏发电：ESD 项目和全球环境专家（GEF）支持的太阳能光伏发电系统，为边远农村家庭（“太阳能家庭”）克服体制和融资约束，比如 ESD 项目为每个使用 30 瓦或更大太阳能光电设备的家庭提供 100 美元的补助金。

在“太阳能家庭”的情景中，我们假设到 2018 年，约有 85%的剩下的未通电的家庭将得到太阳能系统服务，即约 50 万个系统到位。这大大高于私人卖主所估计的目前 10 万～21.5 万户之间的潜在市场，同时考虑了负担能力的标准（Jayewardene 和 Perera，1991）。鉴于电力需求预测增长率假定为国内生产总值增长率，在超过 20 年的规划期内实际收入可能增加一倍。我们还假设现在的成本 6,000 美元/千瓦将随着时间的推移而降低，2018 年达到 1,000 美元/千瓦，以及系统单位产出将增加，由目前的 30～50 瓦增加到2018年的200瓦。这些较乐观的假设似乎为减少温室气体排放确定费用有效的边界提供了保障。

5.5.4.2 燃料替代方案

油蒸汽循环发电厂：这里对温室气体的评估，我们假定3.5%高含硫量的燃料油将从海湾地区进口，并要求使用烟气脱硫（FGD）设施。电厂的特点从Electrowatt（1996）获得。

液化天然气：运送到厂门的液化气价格取5.00元/英制热能单位(mmbtu)。这包括之前的基础设施成本（终端、气调贮藏、再气化设施等）的回收。发电厂的资本和运营成本、热耗率等可用柴油—燃料联合循环电厂一样的数据。

常规水电：除Kukule和Upper Kotmale项目已在成本最低的发电扩展计划外，其他在新增的电厂（见表5-8）也被纳入计划，为温室气体减排达到水电开发最大化的情景（MaxHy）。

表5-8 水电最大化情景下附加的水电项目

	起始年份	百万瓦	资本成本（美元/百万瓦）(a)
Broadlands	2005	40	2,548
GinGanga	2005	49	2,127
Moragolla	2007	27	3,002
UmaOya	2010	150	2,152

注：(a) 纯项目成本（overnight），不包括IDC，进口税和关税。

生物质能共烧：考虑了在拟建的燃煤发电厂时的生物质能共烧。基于EPRI技术评估指南，从薪柴中供应15%的能源投入在最小限度改造后的燃煤电厂中是可行的（约75美元/kW）。

电力需求侧管理：除改进情景中的照明用电DSM-1外，DSM-2通过用能源效率汽车（EEM）和DSM-3能源效率的空调系统（EEAC）可进一步实现减少温室气体排放。

5.5.5 结果

筛选分析的结果归纳在表5-9中。注意在［4］和［5］两栏中的减少排放不能加入，由于个别数据点代表改进情景的扰动，一次只能选择一个(有些是互相排斥的，如液化天然气，安装烟气脱硫装置的油蒸汽循环，或在不同的运送木材成本下木质热发现选择）。减少碳排放的负的成本表示“双赢的选择”。

表 5-9　　避免碳排放的成本

	系统成本 $ Mn	成本差异（相对于改进）	CO_2 排放量（Mntons）	CO_2 差异（相对于改进）	C差异	避免碳排放的成本 $/tonC
	[1]	[2]	[3]	[4]	[5]	[6]
改进	2,449		98.4			
＋DSM-2：EEM	2,430	－18.5	96.6	－1.8	－0.5	－37.6
油蒸汽（残油）	2,325	－123.7	83.1	－15.3	－4.2	－29.7
油蒸汽（残油）＋FGD	2,362	－87.2	83.1	－15.3	－4.2	－20.9
＋DSM-3：EEAC	2,441	－7.6	96.4	－2.0	－0.6	－13.6
油蒸汽＋FGD	2,416	－33.2	88.5	－9.9	－2.7	－12.3
＋T&D（to10%）	2,440	－9.2	95.2	－3.2	－0.9	－10.4
小水电：I	2,448	－0.8	97.5	－1.0	－0.3	－3.2
小水电：II	2,450	1.5	95.7	－2.7	－0.7	2.1
木质热，14 $/t	2,492	42.7	39.2	－59.3	－16.2	2.6
油蒸汽（0.3%S）	2,465	16.5	88.6	－9.8	－2.7	6.1
木质热，22 $/t	2,580	131.1	39.6	－58.8	－16	8.2
柴油（$800/kW）	2,494	45.3	83.8	－14.6	－4	11.4
液化气	2,545	96.3	77.3	－21.1	－5.8	16.7
柴油($1,140/kW)	2,580	130.9	83.8	－14.6	－4	32.8
MaxHy	2,553	104.0	88.3	－10.1	－2.8	37.7
风能（最大）	2,870	421.2	74.8	－23.7	－6.5	65.3
太阳能家庭	2,490	41.6	97.6	－0.8	－0.2	184.5

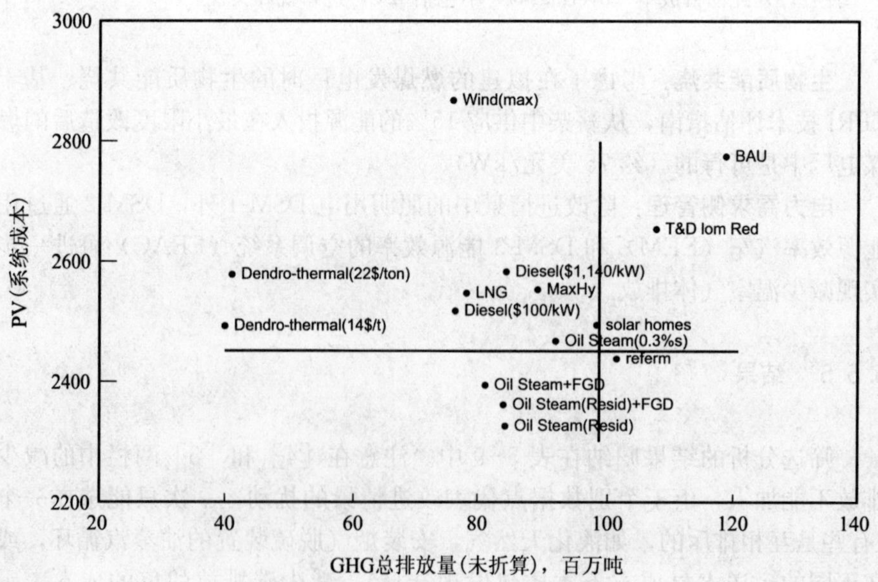

图 5-7　系统成本与温室气体排放

图 5-7 显示了数据的差异，标绘了对温室气体排放量的系统成本（没有贴现的二氧化碳），其中第四象限表示改进情景。连接任何一点和改进情景的直线的斜率表示了可以避免碳排放的成本（表 5-9 第 5 栏）。

结果并不令人惊讶。最昂贵的选择是太阳能家庭方案，184 美元/吨碳。不过，这个结果就是一个很好的例子，说明了在系统成本变化而不是净效益变化条件下进行分析的风险。在适当地评估离网地区提供照明和电视产生的收益时，家用太阳能的选择带来了可观的净利益（见 15.7.1 节）。

对当地的大气排放的影响

减少温室气体排放量措施的实施，也减少了当地空气污染物排放（二氧化硫，氮氧化物，颗粒物）。不过，这些地方的环境效益货币化价值与碳减排成本相比要小。

温室气体减排情景

从基准情景出发，个别的减排措施产生了组合的解决方案。引入下一个措施的准则可能是避免碳排放成本次优的举措，或最有可能被执行的措施。举例来说，从基准情景出发，DSM（电力需求侧管理）（具有碳减排最优成本）或 T&D（输配电）改善都可能是首选。如图 5-8 减少 T&D 损失是第一步。

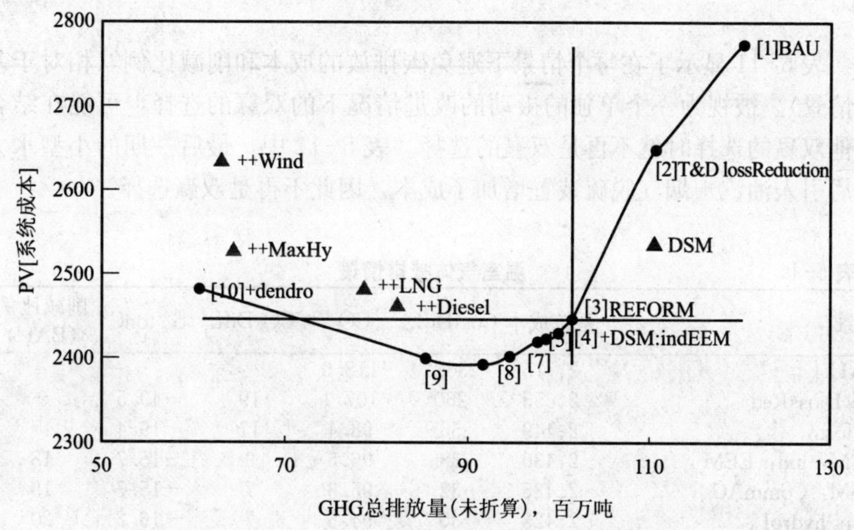

图 5-8　确定温室气体减排情景

表 5-10 显示了措施演变为解决方案的顺序，在引入全部用电需求管理、小型水力和进一步减少 T&D 损失之后，达到了成本最低情景（步骤[8]）。任何进一步减少温室气体排放量的措施都将开始使成本增加。

表 5-10 **减排情景解释**

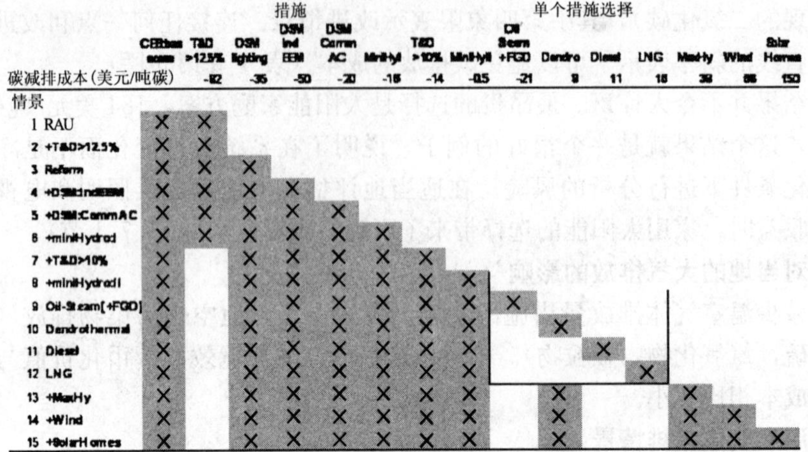

在我们达到经济成本最低情景之时（全部用电需求管理、小型水力或进一步减少 T&D 损失），就是曲线的最低点，在整个规划过程中煤电厂数量进一步从 5 个减少到改进情景的 4 个。

5.5.6 建立标准消减成本曲线（SACC）

表 5-11 显示了在每个情景下避免碳排放的成本和削减比例（相对于基准情景）。被视为一个单独的摄动的改进情况下的双赢的选择，可能在结合其他双赢的选择时就不再是双赢的选择。表 5-11 中，最后一期的小型水力之后引入油汽＋烟气脱硫装置增加了成本，因此不再是双赢选择。

表 5-11 **温室气体减排情景**

情景	系统成本	CostDiff.	CO_2	CO_2 Diff.	＄/tonC	削减比例 (BAU)
BAU［#］	2,775	382	118.0			
T&DlossRed	2,653	260	107.1	19	－49.5	9
Reform	2,449	56	98.4	11	－19.4	17
DSM：ind：EEM	2,430	38	96.6	9	－15.7	18
DSM：CommAC	2,425	32	95.3	7	－15.7	19
Mini-hydroI	2,423	30	94.6	7	－16.2	20
T&D>10％	2,403	10	90.5	3	－13.8	23
Mini-hydroII＝least-cost	2,393		87.8			26
OilSt＋FGD	2,402	10	79.6	－8	4.4	33
Dendro	2,481	89	46.2	－42	7.8	61
Diesel	2,500	107	75.4	－12	31.6	36
LNG	2,465	73	70.2	－18	15.2	41
MaxHy	2,540	147	49.8	－38	14.2	58
Wind	2,639	246	50.1	－38	23.9	58

减少温室气体排放相应的供给曲线（我们为了避免成本而依次引进每项措施）如图5-9所示。在这里，我们用碳的吨数（而不是二氧化碳的吨数）来描绘SACC。在这样确定的标准框架内，如果决策者追求减排利益最大化，那么所有低于排放交易价格的步骤都应该被选择。然而，不确定性的存在带来了复杂因素，这需要更强有力的框架，如图5-9所示。

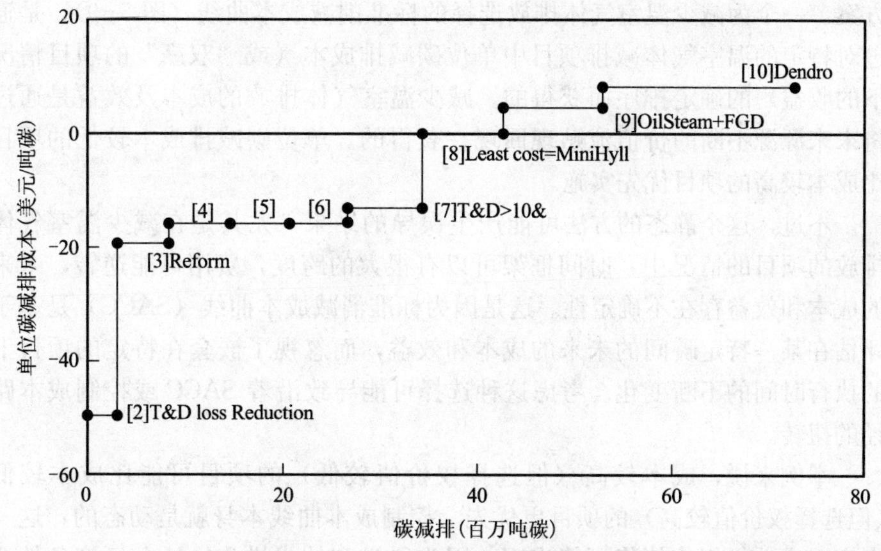

图5-9 斯里兰卡标准减排成本曲线

5.6 不确定性下碳交易的实物期权框架

前一节的结果有助于斯里兰卡确定一个适当的温室气体战略。但是，也有很大的不确定性，其中包括国际贸易中碳的价格，其范围可以从没有发展减排市场时候的“零”，到全球变暖证据开始出现后超过20美元/吨。

5.6.1 不确定性的来源和实物期权方法

不确定性要求运用以选择为基础的方法，强调费用—效益分析中使用的传统的净现值（NPV）原则。Jepma和Munasinghe（1998）将有关气候变化的不确定性分为两大类。首先，科学上的不确定性，它的出现是由于对自然排放和吸收速度以及温室气体对环境造成的后果方面知识的局限性。其次，社会经济和技术不确定性，这与人类活动相联系：由于人们难以预测未来排放速度，不能够以货币化的形式评估气候变化和其他形式的环境退化对将来的影响，缺乏人们应对环境变化的知识，缺乏可能对环境方程各方面产生影响的技术的选择的知识。气候变化影响有一个很长的期限，预期超过 100 年。即使是小规模的不确定性，在如此长的时间周期内也会导致结果很大的变化范围（Munasinghe 和 Swart，2005）。

标准和动态消减成本曲线（SACC 和 DACC）

在本节中，我们遵循 Fernando 和 Munasinghe（1998）发展起来的模式。在自下而上的减缓方法中，重要的第一步是识别减少废气排放的可选方案。一个为减少温室气体排放选择的标准削减成本曲线（图 5-9），是通过对特定的温室气体减排项目中单位碳减排成本（或“双赢”的项目情况下的收益）的确定排序而获得的。减少温室气体排放的成本及效益是通过将未来源源不断的价值流贴现回现在获得的。单位碳减排成本较低的项目比成本较高的项目优先实施。

不过，这个静态的方法可能产生误导的结果，尤其是在减少温室气体排放的项目的情况中，时间框架可以有很大的跨度，费用可能逆转，未来的成本和效益存在不确定性。这是因为标准消减成本曲线（SACC）是基于评估在某一特定瞬间的未来的成本和效益，而忽视了嵌套在特定的项目上的执行时间的不断变化。考虑这种选择可能导致沿着 SACC 或控制成本路径的扭转。

举例来说，成本较高（但选择权价值较低）的项目可能比成本较低（但选择权价值较高）的项目更优先。控制成本曲线本身就是动态的，这一事实造成选择权价值将可能出现，因为科学和技术进步、社会经济条件会发生变化。发展动态削减成本曲线（DACC）将需要考虑到上述选择权价值的作用，因为每一个温室气体减排的方案在 SACC 中都已经确定了。

为了显示风险和不确定因素会如何影响 SACC，可考虑在确定性的情况下，最便宜的减排办法（步骤一）将提高能源价格；而接下来的最佳选择（步骤二）将节约能源。在零风险分析中，决策者将首先进行第一步，然后再转到步骤二。然而，在现实中，公众对能源价格上升的反应可能涉及更大的政治风险，它可能首先选择步骤 B，而将步骤 A 推迟到后面。因此，政治的不确定性和风险可能改变决策过程。

与确定性的情况相比，未来技术的成本或碳的补偿价值的不确定性，也可能造成步骤顺序的调整。这一决策问题，可以用实物期权框架加以分析，它已被广泛地用于其他领域。专栏 5-5 用一个简单的数值例子说明了基本概念。Fernando 和 Munasinghe（1998）提供了详细的描述。

专栏 5-3 期权价值的计算

考虑一个投资 1 亿美元的环境项目。基于今天的可得信息（0 时期），该项目一年之后（1 时期）将产生 2 亿美元的（好的情形）或者 0.5 亿美元（差的情形）的价值可信度，它们发生的概率是相等的。项目在 1 时期停止。贴现率为 10%，可得净现值为：

NPV = 0.5{200/1.1} + 0.5{50/1.1} − 100 = US$ 13.6 million

第一年回报 × 第一年的回报 × 投资成本

好的情形的概率　　坏的情形的概率

标准净现值原则指出这个项目应该采取，以实现预期 1,360 万美元的正的净现值。

假定该项目可以推迟到 500 万美元的成本时实施，一年之后将知道它的情况是好是坏。如果情况是好的，则进行投资，在 2 时期可获得 2 亿美元的回报；如果情况是差的，将不投资。因此，投资决策延缓到 t =1 时的净现值为：

NPV= 0.5{200/1.12} − 0.5{100/1.1} + 0.5 * zero − 5

= US$ 32.2million

第 2 年回报 × 投资成本　　坏的情形的概率 × 延迟成本

好的情形的概率　　不做投资的概率

因此，尽管净现值是正的，但在 0 时期投资该项目不是最佳的，因为投资者可以等到 1 时期消除了不确定性时投资获利，预期收益增加为 3,200 万美元。因此，延期一年决策的选择价值为 32.2-13.6＝18.60 万美元。

5.6.2 运用实物期权方法

5.6.2.1 油蒸汽（十烟气脱硫装置）

在表 5-12 中，我们从最低成本情景出发，研究了作为减排措施的油蒸汽（十烟气脱硫装置）的使用。如表 5-12A 表所示，增加 970 万美元的系统成本，可以减少 8.1 万吨温室气体排放量，而避免碳排放的贴现成本是 21.2 美元/吨（如果没有贴现则是 4.4 美元/吨）。

B 表显示了碳补偿价值的分布概率，以美元/每吨碳表示。预期的碳补偿价值 E {V (c)} 是 22.00 美元。相应的预期碳补偿收益价值 E {R (c)} 为 1,010 万美元，此时贴现率取 10%。E {R (c)} 的计算为：

E {R (c)} ＝ Σ Vj. P {j} ·ΔC

这里 ΔC 是避免的碳排放（本例中为 810 万吨），P {j} 是碳补偿收益价值为 Vj 的概率。

表 5-12　　油蒸汽（+ 烟气脱硫装置）与最低成本方案的比较

A. 现有措施实施的碳减排和成本

		基线：最小成本	减缓措施（++OiSt+FGD）	差值
1）系统成本（未贴现）	亿美元	23.926	24.023	0.097
2）温室气体（CO_2）	亿吨	0.878	0.796	−0.081
3）CO_2 减排成本	美元/吨 CO_2			1.2
4）碳减排成本（未贴现）	美元/吨碳			4.4
5）温室气体（CO_2）	亿吨	0.254	0.238	−0.017
6）CO_2 减排成本	美元/吨 CO_2			5.8
7）碳减排成本	美元/吨碳			21.2

B. 碳抵消的收益期望值

	概率 Pr {}	收益（c，百万美元）	收益的期望值（c，百万美元）
1）0 美元/吨	0.025	0	0
2）10 美元/吨	0.15	4.58	0.7
3）20 美元/吨	0.5	9.15	4.6
4）30 美元/吨	0.25	13.73	3.4
5）40 美元/吨	0.075	18.31	1.4
6）贴现率			10.1

C. 现有措施的期望值（百万美元）

1）减缓措施的成本（从 A，线 [1]）	（++OiSt+FGD）	2,402.3
2）碳抵消的期望值（从 B，线 [8]）		−10.1
3）减缓措施的成本期望值= [1] + [2]		2,392.3
4）没有减缓措施的成本（从 A，线 [1]）		2,392.6
5）所以成本节约是		0.4
6）		效益：过程

D. 如果在 t+ 5 期实施减排情景：+ + OilSi+ FGD 的减排量和成本

（+中间措施：=）		基线：改革+5 柴油：最小成本	减缓措施（++木质柴油）	差值
1）系统成本（未贴现）	亿美元	24.34	24.41	0.071
2）GHG（CO_2）	亿吨	0.847	0.785	0.416
3）CO_2 减排成本	美元/吨 CO_2			1.1
4）碳减排成本（未贴现）	美元/吨碳			4.1
5）温室气体（CO_2）	亿吨	0.246	0.235	−0.0012
6）CO_2 减排成本	美元/吨 CO_2			6
7）碳减排成本	美元/吨碳			21.9

E. 延迟实施的影响

		基线:改革+5柴油:最小成本	减缓措施(++木质柴油)
1) 系统成本	亿美元	0.416	0.39
2) 温室气体(CO_2)未贴现	亿吨	−0.031	−0.012

紧接着 C 表中导出了在今天实施这项减排办法的期望值，成本如表 5-12 中给出（24.023 亿美元净现值），碳抵消的预期收益值则较小（1,010 万美元），比最小成本（23.926 亿美元）少 40 万美元。削减成本（虽然只占碳抵消收益预期值的 4%左右）通常会调整执行减排措施（给定 22 美元/吨的碳抵消预期值）。

D 表显示延迟 5 年作出决定的影响。这种延误是不是没有成本的，因为我们必须建立其他临时容量（如柴油机）而不是现在兴建煤炭基底负荷电厂，以满足市场需求。该扩容计划应由于第一煤炭单元推迟了 5 年而重新计算，而 5 年期间兴建 300 万千瓦的柴油机（1,100 美元/kW）。那么从现在起 5 年内，重新考虑是否要建立一个燃煤电厂，或实施减缓措施。注意 D 表中新的成本和温室气体排放量。因为临时柴油机对 the merit order dispatch 有一些影响，温室气体排放量与 A 表中是不同的，具有稍高的避免碳排放成本（21.9 美元/吨，D 表中第 7 行）。

在 E 表中我们展示了延迟的影响。成本在这两种情况下有一个大致相同数额增加。成本最小情景要求在 2006 年首先建设一个煤电厂。如果燃煤电厂建设延迟而建立其他一些临时的工厂，将意味着成本将上升 4,160 万美元。然而，由于燃油电厂二氧化碳排放量均低于相应的燃煤电厂，温室气体排放将减少 310 万吨。同样的，因为柴油比蒸汽循环发电厂更有效率，相对于不延期而言，柴油取代了第一个油厂也可减少温室气体排放量，这样温室气体排放量每年减少 120 万吨左右。

在 F 表中，我们现在来重新计算在 T+5 期给定解决方案的不确定性条件下的预期值。如果二氧化碳抵消的真实价值小于避免碳排放的成本(21.9 美元/吨)，那么减排措施不会得以实施。相反如果这里允许假设离散概率分布，真实抵消价值是 30 美元/吨和 40 美元/吨。预计收益现值为 109 万美元，大于如果今天做出决定的 37 万美元。因此，选择价值是美国 1.09-0.37=72 万美元。虽然数值不大，但延期选择的价值是今天承诺实施减排措施的预计收益价值的近两倍，相当于预计碳抵消收益的 7%左右。

适当贴现的重要性的阐明也是同等重要的。由于在一定的规划时限内，不贴现的碳排放量将始终大于相应的贴现后的总和，因而断定避免碳排放的显成本必将低于进行贴现后的成本。然而，由碳抵消金产生的经济流必须在正确分析之后进行贴现，这有效地增加了避免了碳排放的成本（在本例中 4.4 美元/吨到 21.2 美元/段）。通过扣除系统成本中的残余价值把最终效果计算在内。

5.6.2.2 液化天然气

类似的分析被应用于液化天然气（与改进情景相比），显示了现今使用液化天然气会产生 6,950 万美元的负的预期价值。在这里，碳抵消的成本（22 美元/吨）不够补偿所估计的较高的避免碳排放的成本（79.2 美元/吨）。等待五年并不能改变液化天然气的吸引力，而且并没有选择价值。在这个例子中，可避免碳排放的成本 66 美元/吨，即使不确定性得以解决而碳抵消的实际价值上升到 40 美元/吨，液化天然气的选择将仍然没有吸引力。

5.6.2.3 木质热发电

当选择权价值被应用到木质热发电的时候，今天实施的预期价值是 3,140 万美元的收益，而因为避免碳排放的成本（10.9 美元/吨）低于碳抵消效益的预期值（22 美元/吨）。

但木质热能的延迟所产生的影响与之前两个案例大不相同。正如前面的分析，强制让柴油机作为过渡时期最低成本的解决方案减少了温室气体排放量。但在木质热能的案例中，柴油将大大增加温室气体的排放量，其增加量为 910 万吨。这导致避免碳排放的总耗资达到 42.6 美元/吨。因此，考虑到在离散概率分布的假设下，给定最大值 40 美元/吨的碳抵消收入，木质热能将不会在 T＋5 时期实施。显然，这种情况下没有选择权价值。

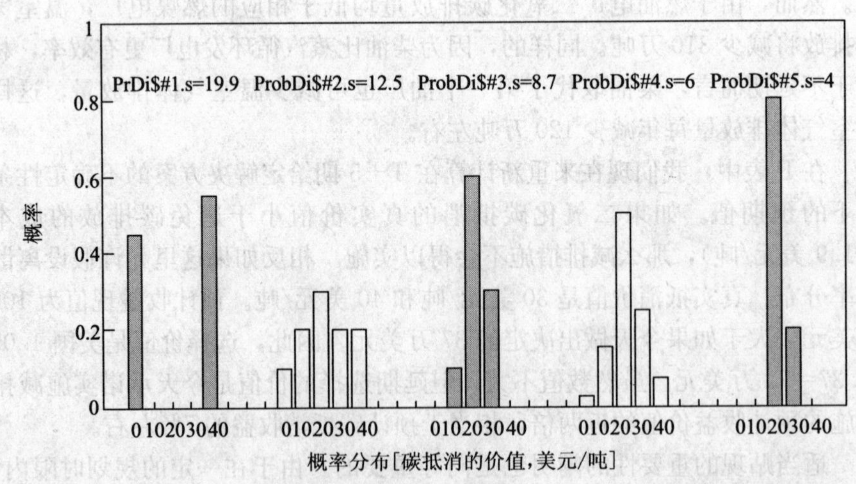

图 5-10 概率分布

导致这一违反直觉的结果是因为柴油的经济生命周期远远超出了为期 5 年的过渡期。因此，新木质热能厂必须在 T＋5 时期与只有低可变成本运行的柴油厂相竞争，因为资本成本是沉没成本，而不再与 T＋5 期有关。不过，木质热能的好处之一是它可以建 1-5 兆瓦增量的工厂，不像煤电厂容量增量为 600-900 兆瓦时才能达到规模经济。因此，我们实施一项为期 5 年的木质热能示范项目，然后再决定是否转向煤炭，或者继续全面实施木质热能项目，而不是在选择煤或木质热能之前立即实施 5 年的柴油承诺。

相应的选择权价值计算表明，目前持久地实施木质热能的预期值维持在 314 万美元不变。但是，如果实施临时木质热能示范承诺，那么延期实施会创造一个双赢的局面，因为减排措施的费用为 24.82 亿美元，低于成本最低的解决办法（同时暂行木质热能示范）所需的 25.15 亿美元，但仍高于单独的最低成本解决方案的 24.48 亿美元。然而，选择权价值计算结果是 5,940 万美元，表明了在 T+5 放弃木质热能的可观收益，而不论碳抵消价值是多少。

第6章

国际层面的应用：多层次、多方利益、跨学科的对话

关于气候变化与可持续发展的全球跨学科对话

千年生态系统评估结果和千年发展目标的多层次整合

利用行动影响矩阵阐释千年评估

——千年发展目标在国家和全球层面的关联

水坝与发展：多层次的多方对话

对水坝与发展项目的评估（2001-2004）

水坝与发展项目评估的结果和结论

本章的案例研究着重讨论可持续发展社会维度的参与协商过程。案例中所描述的各种全球性、多层次、多方参与、跨学科的对话，对"使发展更可持续"至关重要（1.2.4 和 2.1.3 节）。在传统的政府、商界及民间社会中，专家和实际工作者的知识团体在推动多方参与中发挥了关键性的推动作用（Munasinghe，2001c，2004c；Sneddon 等，2006）。青年人的参与也很重要（Focus Nation，2007）。6.1 节中描述了在政府间气候变化专门委员会（IPCC）文件写作过程中，是如何处理气候变化和可持续发展关系的（第 5 章）。案例研究针对这个非常特殊的国际交流形式，分析了数以千计的科学家在共同处理复杂的、相互关联的、规模大、时间跨度大的问题时，是如何超越学科、时空、利益冲突和各种操作性的障碍的。在第二个案例研究中，6.2 和 6.3 节则针对两个更复杂的全球性动议："千年发展目标（MDG）"和"千年生态系统评估（MA）"（以下文中建成千年评估）进行了分析。行动影响矩阵作为一个重要的可持续经济学工具，被用来评价两者之间在国家层面和全球层面的联系。最后在 6.4 至 6.6 节中，我们分析了联合国环境规划署水坝与发展项目（DDP）是如何成功地组织了一个多方利益相关者、多层次的互动进程。该项目是世界水坝委员会（WCD）的后续行动，涉及国际、区域和国家各层面上重要的水资源问题（第 12 章）。

本章的部分内容根据如下的材料改编而来：Munasinghe，M.（1998a）"Climate change decision-making：science，policy and economics"，International Journal of Environment and Pollution，Vol. 10，No. 2，pp. 188-239；Munasinghe，M.（2001c）"Exploring the linkages between climate change and sustainable development：A challenge for transdisciplinary research". Conservation Ecology Vol. 5，No. 1，p. 14 - 23［online］；Munasinghe，M.（2002c）Analysing the Nexus of Sustainable Development and Climate Change，Organisation for Economic Cooperation and Development（OECD），Paris，France；Munasinghe，M.（2004c）Evaluation of the UNEP Dams and Development Project，United Nations Environment Programme，Nairobi，Kenya；and Munasinghe，M.（2007）"Mainstreaming and implementing the millennium ecosystem assessment（MA）results by integrating them into sustainable development strategy"，in Ranganathan，J.，Munasinghe，M. and Irwin，F.，Policies for Sustainable Ecosystem Governance--Lessons from the Millennium Ecosystem Assessment，Edward Elgar Publ.，Cheltenham，UK.

6.1 关于气候变化与可持续发展的全球跨学科对话

下面以政府间气候变化专门委员会（IPCC）为例，分析其如何通过组织一个由数千名科学家参与的独特的跨学科的国际对话，来解决关于气候变化和可持续发展的复杂问题。IPCC建立了有效的协商与协作方式，以评估最新研究进展，并找出与政策相关的问题和补救方案。在政府间气候变化专门委员会的研究过程中，发现了解可持续经济学方法关键要素相互作用关系，有助于超越学科、空间、时间、利益相关者的观点和可操作性的障碍，去应对大规模的、长期的、复杂的和相互联系的各种问题，诸如可持续发展和气候变化（见5.1-5.4节）。

6.1.1 政府间气候变化专门委员会的介绍

政府间气候变化专门委员会（IPCC）的工作试图迎击气候变化和可持续发展的双重挑战（第5章）。IPCC于1988年由世界气象组织（WMO）和联合国环境署（UNEP）成立，以评估关于气候变化的科学信息、气候变化的环境和社会经济影响，并制定应对策略。在联合国的主持下，全球最重要的气候专家们经过数年努力尽力完成这项任务。1990年，IPCC的第一次评估报告把重点放在气候变化的科学解释上，并得出结论，认为大气中人为温室气体的持续累积会导致气候变化，其速度和幅度有可能对社会经济和自然系统产生重大影响。1995年发布的第二次评估报告，加强了对生态影响的分析，初步估算了相应的经济损失，并提出减缓措施的政策建议。在确认第一次评估报告成果的同时，第二次评估报告声明："较确凿的证据表明人类对全球气候产生了可识别的影响"，并预测到2100年全球平均温度会增加1-3.5℃，平均海平面抬升15～95厘米。

2001年，第三次评估报告进一步证实气候变化是不可避免的，并估计全球平均气温将上升1.5-6℃。报告研究了气候变化和可持续发展之间的相互联系。本节将探讨在第三次评估报告写作过程中多学科互动参与的经验教训，并阐释依据可持续经济学框架所提出的综合的、跨学科的方法如何促进了IPCC的工作进程。

第三次评估报告由三部分组成：(1) 气候变化科学；(2) 适应性；(3) 减缓性措施。这些部分分别由第一、二、三工作组起草。超过500名不同学科背景和来自不同国家的“主要起草人”参与了工作。第一工作组中气候科学家们占多数，自然科学家则主导第二工作组，经济学家和能源专家们在第三工作组中发挥主导作用。此外，还有数千其他专家审查了第三次评估报告的草拟稿，之后才由所有参与国的国家政府批准。

6.1.2 关于发展、公平、可持续性的指导文件

IPCC主席团（负责管理第三次评估报告）拟订了几个指导性文件，以便保证对关键的、贯穿各工作组和章节的观点前后一致。其中论证气候变化和可持续发展关系的指导文件对很多人而言就是一个很大的挑战。大多数作者以前几乎没有接触过复杂的关于可持续发展的文献。此外为了保证不影响IPCC的工作进程，指导文件必须在写作小组开始起草之前的几个月中准备好。文件的标题是：“气候变化背景下的发展、公平、可持续性”(Munasinghe，2000a)。

气候变化背景下的发展、公平、可持续性文件是基于可持续经济学框架而来的（第2章）。它对第三次评估报告的作者提出了三个问题：(1) 未来的发展模式和方案将如何影响气候变化？(2) 气候变化的影响，适应和减缓性措施将如何影响未来可持续发展的前景？(3) 如何将气候变化效应更好地整合到可持续发展战略中？

为了分析气候变化与可持续发展之间的动态影响和作用，该指导文件列出了分析框架，详见5.1和5.2节。气候变化与可持续发展的相互作用（包括替代应对战略），可以用风险管理的框架进行评估，同时应考虑到长远的影响：(1) 人类的福利和公平；(2) 生态、地球物理和社会经济系统的耐久性和恢复力；以及 (3) 不同种类的资本存量（如制造业资产、自然资产、人力资产和社会文化资产）。

需要在从全球（宏观）到本地（微观）的不同层面整合经济、社会、环境的具体指标。指标必须是全面的、多层面的、实用并具有可操作性，同时能够说明区域和规模的差异。第三次评估报告作者为了在大量的已有指标中，慎重选择那些关注可持续发展重要属性的指标，他们需要参与到一个跨学科、综合性的互动过程中，系统地查阅超越主流期刊的、日益增

多的试图解释气候变化与可持续发展关系的文献，尤其是跨学科的。

需要识别各种有助于实现可持续发展的社会、经济和环境方面的方法，并在需要的时候进行整合（第 2 章）。5.4 节描述了基于最优性和持久性的两种方法，这两种方法能有效地为不同观点提供综合和均衡的处理方式。即使气候策略不可能解决所有贫困与公平有关的问题，但却有助于评价气候变化是否会加剧现有贫困和不平等问题。

气候变化和其他全球环境问题，诸如生物多样性的丧失、土地沙化、平流层臭氧损耗之间密不可分，也与局地环境问题密切相关。其中一个重要的挑战是如何找出“双赢”的策略，可以既减少温室气体排放而又不影响减缓贫困和改善人类福利的努力。制度安排和管理体制对于有效实施适应性和减缓性措施至关重要。需要强调的是，如果第三次评估报告能够把所有利益相关者，包括政府、企业、民间社会和非政府组织的观点综合，将更有利于决策者制定正确的政策。

6.1.3 内部辩论：结果和经验教训

关于气候变化背景下的发展、公平、可持续性文件第一稿在 1999 年底以电子邮件发送给所有第三次评估报告的起草者，随即引发了激烈的争辩，这在 IPCC 的历史上是空前的。自然科学家、经济学家、社会学家、气候科学家、发展研究专家、环境学家、地理学家、政治学家、一般政策分析家以及其他具有不同学科背景的学者均参与其中。第一阶段的讨论从一封非常重要的电子邮件回复开始，这封电子邮件由六位新古典主义经济学家共同签署，强烈要求抛弃该气候变化背景下的发展、公平、可持续性文件。他们声称经济学的作用被减弱，与此同时提出要引进一个全新的框架（重新考虑经济、社会、环境之间的关联），但这并没有获得大多数人的赞同。

在大讨论的第二阶段，更多的学者做出了回应，（1）支持该文件的主要目标，（2）提供具体而建设性的批评，以及（3）对最开始的六位批评家进行反驳。以上论点为建立一个不同学科相结合的工作框架提供了支持，该框架试图平衡和整合经济、社会和环境，以便协调最优性（效率）和耐久性（韧性）之间的关系。多数人认为该文件提供了一个灵活方式，而不是一件强迫达成一致的“紧身夹克”，因为它关注主要问题的同时提供了解决问题的各种选择方案。

针对该文件的其他评论包括，提供更具体和实用的指导意见以便更好应用新框架，在评估未来可持续发展时应运用更多的关于经济、生态和社会方面详细的指标，另外还有许多小的技术性修改。反驳新古典主义经济学家批评的同时，其他许多起草者认为该文件过度关注经济效率，而应该将注意力更多地放在贫穷、公平和可持续性问题上。

最初的六位批评家也遭到了谴责，因为他们有选择地扭曲了该文件中的论据，在忽视经济视角缺点的同时夸大其作用，并拒绝接受可持续发展中涉及贫穷、公平和可持续性关键问题的重要性。他们被进一步指责是要提前“聚集”、抢占先机，并试图阻止进一步的讨论，认为他们采取了与IPCC之内有效科学对话不相符的“霸权主义者的”和对抗性的态度。

大讨论的最后阶段，大多数学者进行了较温和的意见交换，并对引起争论的问题进行重新考虑。在参加者之间的进一步对话，形成了在许多问题上的共识。最初的六位评论家撤回了他们的反对意见，气候变化背景下的发展、公平、可持续性报告最终得以修改和定稿（Munasinghe，2000a）。第三次评估报告具体章节的讨论在大学和会议上继续进行。

此次尝试是否成功，最好留给第三次评估报告的读者来评判。其中一个成果是IPCC的参与和协商进程被进一步加强了。大家试图理解其他参与者中肯的观点，学者之间没有因为争论而引发丝毫仇恨，他们的思想因为这个过程而更加开放，改进了跨学科之间的对话。尽管在学术训练、文化和观点上各有差异，最终还是合作关系占了上风，这一点非常独特且到目前为止仍然非常成功，IPCC式的讨论过程的确值得发扬。可持续发展问题被明确地加入第三次评估报告和相关文件中。然而，对待可持续发展的态度在不同的章节之间仍然是参差不齐的。如果IPCC在早期选择主要作者的时候就能意识到需要选择更了解这些问题的专家，可能结果会更好。不过，进展是显然的，IPCC秘书处和主要执行机构（IPCC全体会议）决定将可持续发展作为下一个（第四次）评估报告中横跨三个工作组的主题。

我们从这个经历中可以学到什么经验教训呢？在导则中提议的基于可持续经济学的方法被多数主要作者所赞成（除了最初的一部分新古典主义经济学家持保留意见外）。因此，跨学科的工作被认为是解决大规模、长期、复杂且互相关联问题的基础，例如可持续发展和气候变化。然而，交叉原则和文化界限要求每个人不仅要学有专长（并了解它的局限性），而且要开放思想、用耐心和诚恳的努力参与其中。启发和开放式思维方式对于在推动各种文化和学科的整合的同时正视个体差异十分重要。

因为我们的知识不可能完备且在不断发展，政府间气候变化专门委员会后续的工作远比它所取得的结果要重要得多。因此，在不同的同事之间建立真诚、互信（是一种社会资本）并了解不同的观点是更重要的长期目标，要比在某些特定问题上持有正确观点更重要。

电子邮件是强有力、快速和广泛应用的工具，但是存在潜在危险。由于国际范围内的交流存在严重的时间和资源限制，从这个意义上，它是一个必要的工具。而面对面的会议，则可能不会在多学科、多文化的辩论中引起不良感觉，这与电子邮件的表达方式差别甚大。通常“音频”电子邮件对话可能会造成误导，特别是和关系不密切的朋友或同事对话的时候。

在这种情况下，为了确保有效的沟通，“如何”说将和“说什么”一样重要。不过，尽管会遇到一些艰难时刻，公平的态度和良好意愿最终将会发挥重要作用。

IPCC 的智囊团从这些辩论中有什么样的获益呢？他们之间的这个联系网在面对蓄意攻击和有充足资金支持的“反气候变化”组织的时候表现出了极强的凝聚力。在第三次评估报告中加入可持续发展观点是另一种不同类型的外部压力。IPCC 智囊团内部的适应和学习体现在几个方面。首先是吸收新思想以推动变革；第二，推进学科融合以应对挑战（并将继续这样做）；第三，调整 IPCC 内部程序，促进有利变化的同时限制有害的纠纷。科学家们能够接受对有关问题不同思维方式和新的沟通方式（如电子邮件），从而重新遵守相应的行为守则和规范（即创建社会资本）。

6.2 千年生态系统评估结果和千年发展目标的多层次整合

在这个案例中，我们将研究如何用行动影响矩阵来分析两个重要的国际动议：千年发展目标和千年评估之间的联系（第 1、4 章）。

6.2.1 将环境问题纳入可持续发展战略中

千年评估作为重要的后续行动，将为 21 世纪的政策和体制设计提供建议（包括地方、国家和全球尺度），并推动可持续发展。为此，促进其与其他国际行动（如千年发展目标）以及各项多边环境协定（如 UNFCCC、CBC、CMS、CCD、Ramsar 等）之间的联系和协同非常重要。

我们从一个前提开始，即“保护生态系统及其服务功能必须纳入常规的发展战略”。千年评估提出的全面而深远的建议是基于一般情况，并主要针对全球和区域层次。认识到保护生态系统的各类服务功能（包括从地方到全球各级），以及国家行动的必要性，需要通过将千年评估整合到国家和地方可持续发展战略中，使得千年评估结果更具针对性，并通过地方社区和个人得以落实。作为平行的第二个步骤，如果能明确千年评估与千年发展目标之间的联系，千年评估的结果就会吸引更多发展共同体的关注。

这些整合可以通过行动影响矩阵，在国家和全球各层次的政策联系中，识别和确定需要优先执行的千年发展目标以及可持续发展目标（第 2 章）。

6.2.1.1 将千年生态系统评估—可持续发展纳入国家决策

通常情况下，国家决策者会关注常规的发展战略，以实现经济增长、减缓贫困、粮食安全、改善健康、政策和就业问题等目标。如图 6-1 所示，可持续发展在常规发展战略中很少被考虑。环境是可持续发展的一个组成部分，生态系统是环境的一个要素。箭头表征一国的千年评估的结果，是为了显示常规发展活动和关键生态系统服务之间的互动关系，确定优先领域并确定适当的政策响应方式。

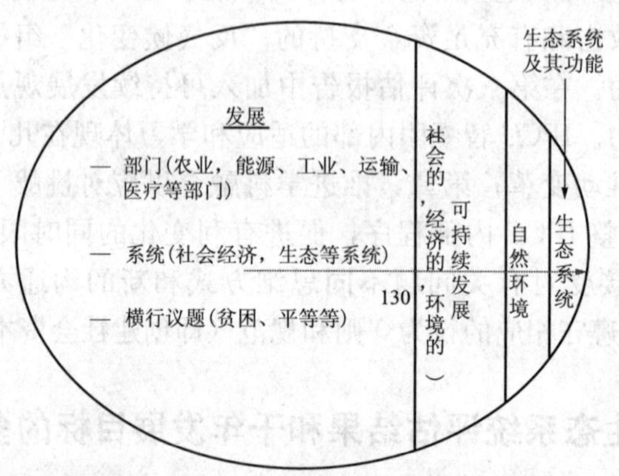

图 6-1 国家层面的生态系统——可持续发展关系是发展战略中常被忽视的因素

6.2.1.2 将千年生态系统评估——千年发展目标纳入到全球层面

图 6-2 显示千年评估报告中的关键生态系统与千年发展目标之间的多个双向关联。共同的问题是发展共同体往往只将生态系统及其服务与单个千年发展目标联系起来（如 MDG 目标 7）。最近一个 100 个国家级别的千年发展目标报告得出的结论认为，“除了目标 7 以外，考虑到千年发展目标报告中所有其他与环境保护有关的指标，环境问题都没有得到重视。环境和其他目标的因果联系没有得到充分认识或阐述，反馈系统也没有得到开发和建立”（UNDP，2005a）。在全球层面整合千年发展目标与千年评估结果，将促进国家层面的类似工作（Schmidt-Traub 和 Cho，2005）。

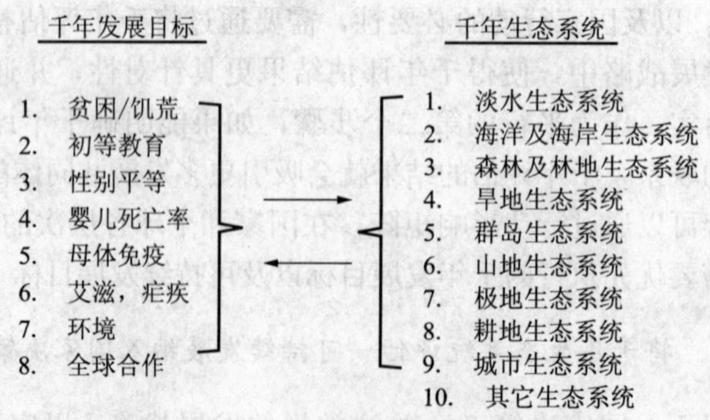

图 6-2 全球层面的整合：关键的千年生态系统应该联系到所有的千年发展目标，而不仅针对目标 7（环境）

6.2.2 千年生态系统评估的结果

6.2.2.1 关键的政策相关性问题

两个关键的政策相关性问题，进一步强调本文的主题，即：千年评估的结果需要加以解释并纳入到可持续发展框架中。首先，人与自然两者之间的关系是否平衡？千年评估看起来有利于人类中心主义的观点，并突出了生态系统与人类福利的关系。这将有助于说服决策者和利益有关者采取一些相关的政策。

其次，南北之间的关系是否平衡？千年评估过程中充分考虑了发展中国家的视角（例如，对管理人员的招聘，主要撰稿人和评论家的选择，个案研究材料选择等）。不过，在传播和实施阶段需要做出更多的努力，并充分考虑发展中国家的利益。众多结果表明：（1）生态系统及其服务功能在全球范围内受到威胁，穷人是最容易受到影响的人群；（2）尽管存在以下生态系统管理方面的政策和措施，但需要对其进行变革；（3）对生态系统的管理将改善人类福利。

千年评估的结果认为世界大多数生物多样性存在于发展中国家，并与其数十亿贫困人口有关。有两个与贫困和公平相关的关键问题需要考虑（1）生态系统服务的成本和收益由谁承担或分享了？（2）谁承担了维护生态系统服务的负担，或从中受益？

关于第一个问题，千年评估报告指出："多数情况下，穷人蒙受自然生态系统为其他地区提供生态服务压力造成的损失。"（MA-BS，2005）如果富国要利用穷国的生态系统提供的服务，当地穷人要为此付出成本，则公平问题由此产生，无论是在国际（南北）和国家内部（以及间接跨代）。

关于第二个问题，贫穷国家缺乏解决贫穷饥饿等迫切问题的资源。如果维护生态系统和生物多样性具有全球性的效益，从效率和公平的角度考虑应该将资源转移到贫穷国家，帮助他们更好地管理生态系统（第 5.4.2 节）。而现有的机制并不足以达到这一目的（如 GEF）。

这些问题都需要加以解决，以协助国际发展组织和发展中国家的决策者更好地应对生态系统管理的危机，同时需要对减缓贫困和资源稀缺问题给予优先性的重视。

6.2.2.2 千年生态系统评估概念框架的作用

千年评估提出的全球框架认为，需要在社区和主权国家中建立战略、政策和执行标准。因此，在国家决策机构内部评估生态系统管理现状，是权衡生态系统管理和其他亟待解决问题、确定需要执行的关键政策的必不可少的先决条件。

千年生态系统评估概念框架（图 4-1）清楚地表明了人类福利和生态系统服务之间的关系。生态系统服务对发展的影响（上部的横向箭头）可以分解为对可持续发展的三大要素（经济、社会和环境）的影响。在全球，国家和社区各个层次，需要进行更具体的研究确定这些相互影响是否使得发展更可持续？这将有助于确定和实施具体的补救措施，从而最大限度地减少负面影响或加强正面效应。

具有生态系统保护和发展效益的双赢政策（社会、经济和环境）是优先选择的政策手段。否则稀缺的资源可能需要在生态系统管理和其他可持续发展需要之间进行分配，同时还需要兼顾当前和未来、生态系统服务和人类福利、各利益相关者的利益（MA-RS，2005）。

这是利益相关者众多的过程，需要通过多种机制促进其参与，并形成对后续的千年评估结果上的共识。行动的影响矩阵将是一个有用的工具。

行动影响矩阵既是一个整合的也是一个关联的工具（见 2.4.1 节），其中包含几个千年评估工作中需要的功能，包括审议、信息收集以及规划要素（MA-RS，2005）。这将有助于在全球和国家层面上集中考虑生态系统问题而促进可持续发展。就全球而言，我们可以连接千年发展目标和千年评估中的关键生态服务功能。在国家层面，行动影响矩阵将（1）通过规划中长期的可持续发展路径，将生态系统问题纳入国家宏观发展战略体系中；（2）通过促成若干具体的生态系统项目的实施和可持续发展政策的制定，将生态系统问题纳入到亚国家层面的短期和中期发展战略中。此外，通过将全球层次宏观经济和本地决策相结合，促进跨尺度的协调。

行动影响矩阵可以用来更好地理解以下双向作用：（a）发展政策和目标；及（b）与可持续发展相关的生态系统关键领域。首先，探讨发展政策和目标对生态系统目标的影响，然后识别生态系统对可持续发展前景的影响。行动影响矩阵方法分析了经济—环境—社会之间的相互作用，从而找出可持续发展的潜在障碍，包括生态系统服务功能的退化。它也有助于确定那些有利于生态系统管理、有利于恢复受损的生态系统服务等方面的优先战略和政策。国家层面的行动影响矩阵可能通过充分的参与、建立共识、多方利益相关者、多学科的共同合作而产生（见 2.4.1 节）。这个过程可能在亚国家层面或社区层面上执行，以便对之前的结果进行微调和分析。因此，行动影响矩阵能够确定千年评估中识别的关键执行问题，例如规划和决策过程中的参与性和透明度不足、决策机构之间的联系不强、利益相关者信息的不充分等问题（MA-RS，2005）。

6.3 利用行动影响矩阵阐释千年评估——千年发展目标在国家和全球层面的关联

6.3.1 斯里兰卡国家层面的实践

本节将描述行动影响矩阵在斯里兰卡国家层面的应用。下面仅提供示意性的例子，说明如何用行动影响矩阵促进利益相关者参与。

行动影响矩阵分析过程包括以下几个关键的步骤：

步骤（一）：确定国家最重要的目标和政策

经济增长、减轻贫困、粮食安全、就业、贸易和全球化、削减预算赤字和私有化都是斯里兰卡需要考虑的重要目标（见 2.4.1 节）。

步骤（二）：确定与可持续发展相关的关键生态系统和服务

千年评估界定了一系列领域，我们从其中那些支持、供应、调节生态系统服务功能的类别开始（MA-CF，2003），结合斯里兰卡的数据，最终确定以下关键的生态系统领域：森林、生态系统管理—粮食、生态系统管理—经济树种、沿海及海洋系统、湿地和水资源（MENR，2002a、2002b、2003）。

步骤（三）：确定发展目标或政策对生态系统的影响（DE-AIM）

根据步骤（一）和（二）确定的两份名单建立基本的行动影响矩阵框架（图 6-3）。为方便介绍，只简明扼要地给出了行和列标题，但完整的表格将包含对每个类别的详细资料。在每一列中，所有相关的生态系统服务将被视为子类别（虽然没有显示）。

		生态系统服务功能					
		(1)	(2)	(3)	(4)	(5)	(6)
		森林	可管理生态系统(谷类)	可管理生态系统(植被耕作物)	海岸及海洋生态系统	湿地	水源
(S) 状态		−2	−1	0	−1	−1	−1
(发展目标/政策)							
(A)	增长				−2		
(B)	减缓贫困	+2					
(C)	食物安全						
(D)	就业					+1	
(E)	贸易和全球化						
(F)	赤字减少						
(G)	私有化						

图 6-3 斯里兰卡的行动影响矩阵样本：发展目标或政策对生态系统的影响（DE-AIM）

说明：3＝高；2＝中；1＝低；（－）＝负效应/状态；（＋）＝正效应/状态

标记为“状态”的行（S）是一个有用的基准情景，显示每个生态系统目前的情况。举例来说，方格－S1 的价值－2（中度负值），因为森林砍伐显著地减少了斯里兰卡的森林覆盖率，并且降低所有相关的服务功能。其次，确定国家目标和政策对脆弱的生态系统的影响，用图左上角箭头方向表示。阴影的单元格显示一些关键的影响。定性的数据表示了各种影响的净结果，包括不同的生态系统服务之间的权衡。典型的例子包括：

单元格 B1＝＋2：减轻贫困对森林产生温和的正面影响。穷人可能会为了生存而采取不可持续的森林利用方式（如刀耕火种）。扶贫项目将通过鼓励贫困人口减少对自然资源（如森林）的依赖而促进可持续生计，如通过生态移民将贫困人口从贫瘠的土地转移到其他地区。社区林业项目既帮助了农村贫困人口也恢复了部分森林生态系统的功能。

单元格 A4＝－2：经济增长对沿海和海洋系统产生温和的负面影响。增长可能导致工业和城市化而破坏沿海生态系统，例如密集的沿海建筑和采沙使得珊瑚和鱼类种群的枯竭等。另一方面，经济增长可能促使人口从脆弱的沿海资源转移（如增加旅游业就业而减少了珊瑚开采），并且较高的收入和意识可以鼓励节约。

单元格 D5＝＋1：就业对湿地的正面影响更大，就业使得贫困地区的人们不再直接依赖于自然资源和生物多样性，从而有助于保护湿地。

步骤（四）：评估生态系统如何影响发展目标或政策（ED-AIM）

进一步确定脆弱的生态系统对国家目标和政策的影响，如图 6-4 左上角箭头方向所表明的那样。一些关键的问题以阴影单元格表示。

		生态系统服务功能					
		(1)	(2)	(3)	(4)	(5)	(6)
		森林	可管理生态系统（谷类）	可管理生态系统（植被耕作物）	海岸及海洋生态系统	湿地	水源
(S) 状态		-2	-1	0	-1	-1	-1
(发展目标/政策)							
(A)	增长						
(B)	减缓贫困	-2					
(C)	食物安全						-3
(D)	就业				-2		
(E)	贸易和全球化						
(F)	赤字减少						
(G)	私有化						

图 6-4 斯里兰卡行动影响矩阵样本：生态系统对发展的影响（ED0AIM）

International Process Applications

说明：3＝高；2＝中；1＝低；负（－）＝负效应/状态；正（＋）＝正效应/状态

单元格 B1＝－2：森林退化对扶贫有温和的负面影响。

砍伐森林将导致土地退化，进一步造成对依赖于自然资源的贫困群体的负面影响，并造成恶性循环，就如最近在斯里兰卡对可持续的生计的研究所发现的。

单元格 D4＝－2：沿海和海洋栖息地的破坏对就业有温和的负面影响。由于沿海和海洋系统的退化会减少旅游业，从而增加像捕鱼、养虾等形式的就业。

单元格 C6＝－3：水资源退化对粮食安全产生很大的负面影响。

许多作物高度依赖于水源。水质和水量的降低（例如由于过度抽取地下水或污染）会削弱粮食生产。

步骤（三）和（四）中总结的所有单元格通常辅以几页对相关机制的文字细节，并引述有关报告和研究。

步骤（五）：识别最重要的互动关系，并决定采取适当的补救政策和措施（初步的行动影响矩阵）

列表中的千年评估报告的 78 项应对方案是一个普遍有用的出发点，参考其他的文件，例如减贫战略文件、国家环境行动计划以及相关的多边环境协定，将有助于达成共识，并识别国家及地方的相关政策，以解决发展和生态环境问题。在这里必须考虑到实际的和政治的制约因素，它们有可能限制可选择政策的范围。

步骤（六）：深入分析与执行

在步骤（五）中识别的可供选择的政策和措施可能会需要进一步的分析和研究，以便找出更好的针对性措施。各种宏观、区域的或地方的模式通常应用于具体的问题（Munasinghe，1994、1997、2002a）。这个过程可以帮助我们从千年评估中罗列广泛的措施中找到适合具体情况的对策，包括机构和政府管理、经济和奖励措施、社会和行为反应、技术、知识和认知反应等（MA-RS，2005）。

步骤（七）：修订行动影响矩阵

在步骤（六）中详细研究和分析的结果将被纳入到行动影响矩阵的分析过程，更新和完善单元格中的信息，并开始下一阶段对具体政策和措施的执行（见 2.4 节）。

6.3.2 全球和亚全球层次的应用

6.3.1 节所概述的程序，可用于了解全球政策目标与生态系统服务之间的相互作用关系。因此，行动影响矩阵的行表示千年发展目标，列表示关键生态系统及其服务功能，包括子类别（图 6-2）。

千年评估和千年发展目标文档提供了构造两个矩阵的信息：（1）千年发展目标对关键生态系统服务的影响；（2）关键生态系统对千年发展目标的影响。这一过程将有助于列出问题的优先次序，确定和实施政策选择，识别需要进一步研究的领域，并将千年评估结果纳入到千年发展目标的实施过程。另外，未来社会可能会对生态系统产生更大的压力，如全球化、贸易扩张与气候变化等，应该确定适当的国际政策以应对可能的问题。

此外，可以按照同样的方法构建矩阵分析其他多边环境协议，如气候变化（联合国气候变化框架公约）、荒漠化（防治荒漠化公约）以及生物多样性（生物多样性公约）等。最近UNEP主办的“头脑风暴”会议得出结论：“更广泛的合作模式应该包括千年项目方案和多边环境协定结合的方案，以确定具体的生态系统国家优先的事项……应该建立矩阵来确定环境问题和减少贫困的决策点。”（UNEP，2005）

类似的尝试或许可以在适当的区域和地方层面进行。当面对跨界生态系统（如亚马孙、多国河流等）的问题时，行动影响矩阵则需要加以调整，以适应不同国家不同社区的利益相关者的目标。

6.3.3 结论和建议

千年评估已实现的一个主要目标就是使全球注意到，全球生态系统及其服务面临的严重威胁，对人类福利，特别是世界上的穷人具有潜在的不良后果，因此有必要采取以下应对行动：

1. 促进人们了解千年评估的结果，并将其全球的一般性结论与本地具体情况结合起来，尤其要评价生态系统管理对不同的利益相关者的影响。

2. 其中关键的一步是将生态系统管理措施纳入全球、国家和社会层面的可持续发展战略中。

3. 行动影响矩阵方法能有效地将千年评估结果建议的政策整合到可持续发展的战略中，并在多个层面（全球到局地）上加以执行。行动影响矩阵可能同样适用于整合其他多边环境协议产生的问题。行动影响矩阵参与式的进程将有助于人力资源能力建设，有利于实施该千年评估的政策建议。

4. 应进行一系列不同国家的个案研究以检验行动影响矩阵方法。基于这些个案研究，结合现有的千年评估在亚全球级的应用，可以制定一个行动纲领。后者将对决策者、政策分析家和其他利益相关者提供实际指导，并将千年评估结果纳入到各个层面，使其产生深远影响。

6.4 水坝与发展：多层次的多方对话

大型水坝的建设向来需要进行成本效益分析。在水力的多种用途之间，水力发电和灌溉往往是主要的收益来源。饮用水、渔业、下游的规例、洪水控制、导航等往往体现为附加效益。就成本而言，虽然近年来环境和社会成本得到更到的强调，其工程支出仍是主要的部分。

大坝建设的一个较大的社会问题就是缺少利益相关者的参与，尤其是那些受最严重影响的，如家园被淹没而面临非自愿移民的居民。

因此，本案例研究侧重于可持续发展三角（第 2 章）的社会参与方面，以及跨边界问题（包括地理上的跨边界、多方利益相关者和操作层面上的跨边界）。研究基于世界水坝委员会（WCD）的后续行动，并介绍了一种颇为独特的就水坝建设的多方和多层次的协商过程。我们将讨论以下方面的成效：(a) 促进对话以改善在全球、区域和国家各层面之间的利益相关者有关水坝及其替代决策；(b) 建立信息网络；(c) 世界水坝委员会的信息传播；(d) 充分的意见交换。

6.4.1 世界水坝委员会

6.4.1.1 体制沿革

世界水坝委员会由世界银行（WB）和世界保护联盟（IUCN）于 1998 年 5 月成立，其两大目标是：(1) 评述大型水坝的发展成效，评估水资源和能源发展的选择；(2) 制定国际上可接受的关于水坝规划、设计、评估、施工、运营、监督和淘汰的准则和标准。

委员会得到了来自 54 个公共部门、私营部门和民间组织的公众咨询和资金支持。由 68 位来自 36 个国家成员代表组成的顾问论坛代表各方利益、意见和机构，协助世界水坝委员会的工作。来自各方面的大量信息保证了该机构所提供的报告的全面性和独立性，包括：(1) 结合 3 份国家文件对五大洲 8 个大型水坝进行了深入的个案研究；(2) 对 56 个国家 125 个大型水坝交叉核对和调查；(3) 针对五个方面的争论热点和其他大量工作报告撰写了 17 个专题综述；(4) 4 个区域性的咨询报告；(5) 来自利益相关的个人、群体和机构提供的 950 份报告。

世界水坝委员会于 2000 年 11 月（WCD，2000）发表的报告被普遍认为具有重要贡献，不仅讨论了大型水坝的效益和成本，而且重新思考了目前在全球气候变化背景下发展决策的深刻影响。一个关键的建议是，重大基础设施建设的决策，比如大型水坝，应该在考虑所有利益相关者的权力和风险的框架内进行。因此，委员会完成其工作后，国际上成立了一个世界水坝委员会利益有关者论坛作为一个过渡性机构。论坛得出的一个主要结论是：像大坝这样的大型基础设施的建设要考虑所有利益相关者的权利，以及由每个利益相关者提出或认为需要防范的风险。因此，在世界水坝委员会论坛的要求下，环境规划署在 2001 年 7 月成立了水坝与发展项目(DDP)，以促进多层次、多方对话。

6.4.1.2 世界水坝委员会的主要结论

世界水坝委员会的报告并没有解决所有水和能源发展相关的问题，但是在权利和风险认定方面达成了一致，提出了五个核心价值观和七项优先战略。五个核心价值观是：公平、效率、参与决策、可持续性和问责性。

基于这些核心价值，提出了七个战略重点并形成了一个多层次、多方对话的框架：（1）市民的接受度；（2）全面的选项评估；（3）维持现有的水坝；（4）维护河流和生计；（5）认识到应享权利和利益共享；（6）确保遵守原则；（7）以和平、发展与安全原则分享河流。这些优先事项与可持续发展评估中发挥重要作用的协商机制相呼应，例如行动影响矩阵，以及环境和社会评估（第 2.4 及 4.3 条）。

6.4.2 水坝与发展项目（DDP）的目标和组织

本节说明了水坝与发展项目的结构和活动，以帮助更系统的组织和管理如此庞大的全球协商进程。

6.4.2.1 总目标

水坝与发展项目的一般目标是促进全世界在改善水坝的决策、规划和管理，以及基于世界水坝委员会（WCD）的核心价值和战略优先事项等方面的对话。

6.4.2.2 具体目标

水坝与发展项目的具体目标是：（1）支持国家、区域和全球范围的对话，针对世界水坝委员会的报告中的提出问题，致力于吸收所有的利益相关者参与；（2）加强水坝辩论参与者之间的互动和网络建立；（3）促进向其他利益相关者宣传委员会的调查结果；（4）促进水坝与发展相关的信息流通和沟通。

6.4.2.3 组织结构

水坝与发展项目由联合国环境署（UNEP）环境政策执行司（DEPI）管理，其办公室设在肯尼亚的内罗毕。水坝与发展项目的内部结构表现在下图中。

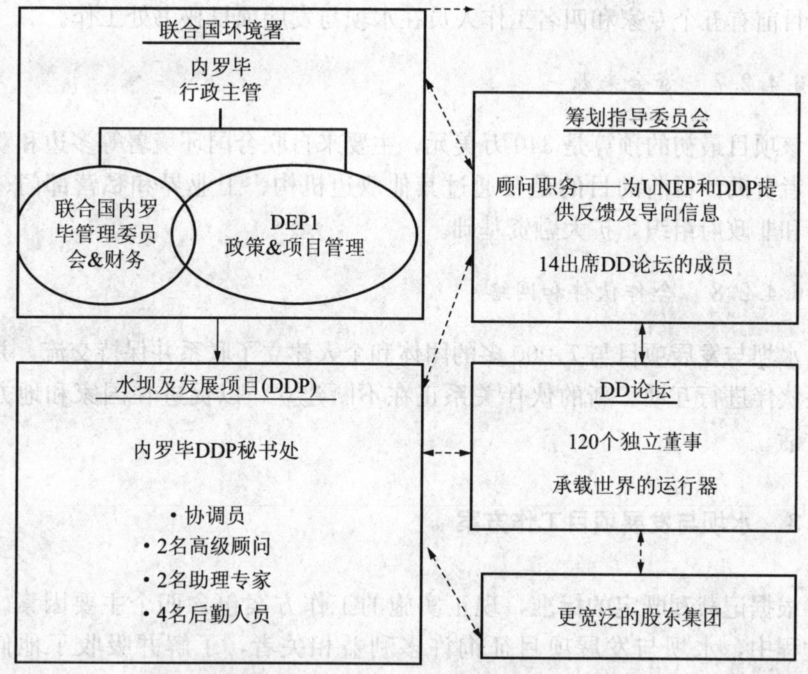

图6-5 大坝和发展项目的结构图

资料来源：Munasinghe（2004）。
说明：实线表示负责关系；虚线表示交流关系

6.4.2.4 督导委员会

一个由14个成员国组成的多方督导委员会（来自水坝与发展论坛）为环境署就水坝与发展项目的政策、工作方案和活动提供咨询意见。环境署是“列席”成员和委员会调解人。

6.4.2.5 水坝与发展论坛

水坝与发展论坛包括大约120个组织。与会代表来自各行各业，包括以下主要类别：受影响的人民团体、负责政策制定的政府机构、负责项目执行的政府机构、政府间合作机构、当地居民、宣传为主的非政府组织、国际非政府组织、其他可替代方案的组织、专业协会、私营部门或工业、研究机构及公用事业的业主或经营者。水坝与发展项目论坛提供了水坝与发展项目工作发布的平台，并协助活动执行。

6.4.2.6 水坝与发展项目秘书处

2001-2003年期间，水坝与发展项目秘书处设在南非开普敦，执行机构为自然保护联盟。从2003年4月起，秘书处迁往联合国环境署所在的内罗毕。目前有五个专家和四名工作人员在水坝与发展项目秘书处工作。

6.4.2.7 资金来源

该项目最初的预算是340万美元，主要来自联合国环境署等多边和双边捐助者资助。目前的目的是要通过其他双边机构、工业界和私营部门、基金会和非政府组织，扩大融资基础。

6.4.2.8 合作伙伴和网络

水坝与发展项目与7,000多的团体和个人建立了联系并保持交流，并与发展伙伴进行互动。新的伙伴关系正在不断建立，以促进在国家和地方层面对话。

6.4.3 水坝与发展项目工作方案

根据记载和既定的标准，现正实施的工作方案包含四个主要因素。执行过程中，水坝与发展项目征询许多利益相关者，了解并吸收了他们的意见。

6.4.3.1 促进对话

在督导委员会的指导下，根据联合国环境署建立的程序推动和支持利益相关者审议和讨论世界水坝委员会的调查结果和建议。

其行动重点是：(1) 帮助推进水坝与发展论坛在全球层面的对话，议题包括世界水坝委员会的报告，支持论坛鼓励所有利益相关者，包括那些对报告持保留意见的利益相关者加入对话；(2) 为国家和跨部门的进程、研讨和对话提供广泛协助；(3) 通过提供资金来源、专家意见、信息、材料和其他地区成功应用的例子支持这种对话；(4) 推动多方利益有关者的融资进程；(5) 按照核心价值观和战略优先事项，建立对话制度，协助改进大坝及其替代方式评估的准则和标准。

6.4.3.2 信息网络

由水坝与发展项目发布关于新的或进行中项目及所采取行动的信息，以帮助利益相关团体主动参与相关过程，同时获取信息、技术和资金支持。信息网络工作的重点是：(1) 建立一个具有明晰优先次序的通信和网络建设策略；(2) 维护和更新关于世界水坝委员会后续行动的动态网站，包括和其他网站的链接；(3) 提供通信及其他更新的信息，报告世界水坝委员会后续行动的执行情况和结果以及各种对话进程的报告；(4) 建立一个“帮助平台”栏目为利益相关者搜寻世界水坝委员会的报告及备份原始资料；（5）整理各种反馈意见。

6.4.3.3 宣传

在更大范围里宣传世界堤坝委员会的工作成果，并通过提供不同语言版本的报告提高其影响力。主要任务包括：（1）发布世界水坝委员会的报告、评述、光盘、知识库和相关产品，包括各种反馈意见；（2）协助将报告和材料翻译成不同的语言；及（3）沟通、统筹和协调会议上的信息传播，并促进各类专家和高级顾问的参与。

6.4.3.4 促进成功经验交流

传播世界水坝委员会的报告相关的经验、实践和政策等信息。

6.5 对水坝与发展项目的评估（2001-2004）

6.5.1 目标、范围和方法学

通过中立的和外部的评估方对水坝与发展项目进行综合评价。目的是通过审查项目的影响，确定在何种程度上该项目已成功地完成其目标，是否以费用有效的方式实现预期成果，以及项目活动计划的实施、产出和成果情况。该评价将作为水坝与发展项目第二阶段工作（2004 年 7 月）的基础。

评估的研究结果如下：

a）一份发送给所有论坛成员、督导委员会及其他关键利益相关者的综合调查问卷。

b）对所有项目文件和成果的审查（如信息表、论坛程序、督导委员会的会议记录、协助国家多方利益相关者的过程、翻译、数据库、网站、报告）。

c）25 个访谈（面对面、电话和电子邮件），其中包括 11 名督导委员会成员，环境署环境政策执行司主任，水坝与发展秘书处协调员，全国对话进程主要利益相关者参与，世界水坝委员会前专员，水坝与发展项目论坛成员和其他水坝与发展项目秘书处的工作人员。

d）对一个代表性案例主要利益相关者的访谈，该案例为一个在南非举行的国家多方利益相关者参与的有关水坝建设和发展的讨论。

6.5.2 调查结果

根据具体的指标对水坝与发展项目做了如下评估。发出 147 个调查，回收42份（回应率接近30%）。调查结果和评价基于以下权重：调查（50%）、访谈（25%）、书面文件（25%）。最后的结果很一致，敏感性分析并没有显著改变分析的结果，三个主要的信息来源（调查、访谈和报告）均普遍一致。不过，从结果中能看出不同类别的利益相关者存在不同观点。调查结果解释如下：

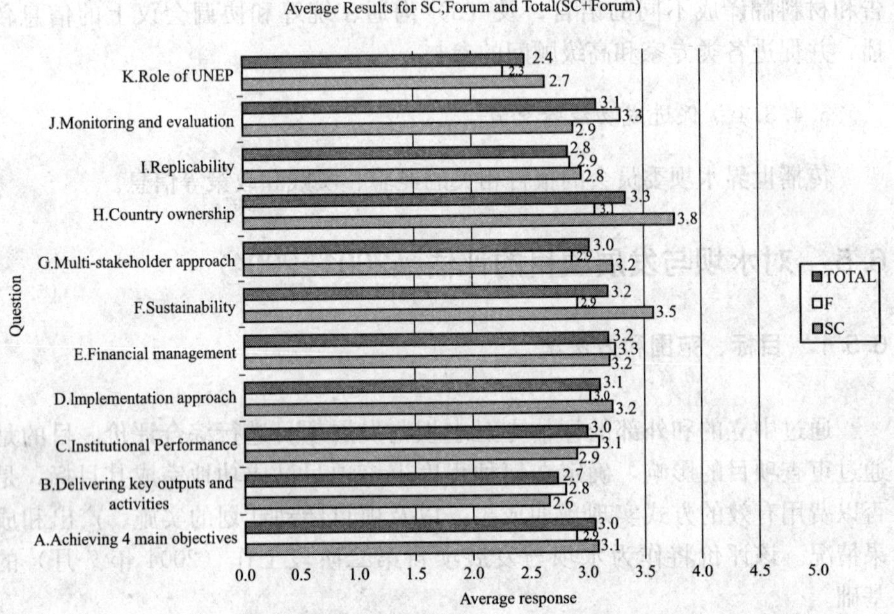

图6-6 在全球筹划及论坛委员会中回访者的结果

资料来源：Munasinghe，2004。

分类标准：
1＝优异（得分90-100）
2＝非常好（得分75-89）
3＝好（得分60-74）
4＝满意（得分50-59）
5＝不满意（得分少于49）

A. 根据四个项目总体目标，水坝与发展项目实施和完成情况如何？好（3）

B. 在项目文档中，对重要工作成果及其行为的阐述情况如何？好（3）

C. 机构和行政管理体制中不同部分的运作情况如何？好（3）

D. 执行情况如何？好（3）

E. 财政管理情况如何？好（3）

F. 水坝与发展项目运作的可持续性如何？好（3）

G. 多股东制效果如何？好（3）

H. 国家所有制行为，政策及进程如何？满意（4）

I. 水坝与发展项目的进程、多股东制以及体制设置可复制性如何？好（3）

J. 水坝与发展项目对项目监管、事后评估情况如何？好（3）

K. 联合国环境署在水坝与发展项目中的支助情况如何？非常好（2）

表6-1显示了不同的利益相关者对各项回答的平均数值。2（非常好）以上和4（满意）以下的数值被凸显出来。整体而言，各类利益相关者基本都认为水坝与发展项目是成功的。不过，也有一些不同的意见。研究机构认为实施效果非常好，但是专业协会对此的评价仅是“令人满意”。在评价国家政府的表现方面，专业协会认为非常好，而非政府组织、私营部门或工业界和公用事业的业主或经营者认为，进展只是令人满意。

表6-1　对不同利益相关者类别关于A到K问题的调查结果

	回复情况	A	B	C	D	E	F	G	H	I	J	K
受影响群体	4	2.9	2.3	2.7	2.7	2.8	2.6	2.7	3.2	1.8	3.0	2.7
政府机构（政策形式）	3	3.3	2.6	2.9	3.7	3.0	3.7	3.8	3.5	3.8	2.0	2.0
政府机构（项目形式）	3	2.7	2.7	3.3	2.5	2.3	2.8	3.2	3.5	2.0	3.0	1.7
国际政府组织	4	2.7	2.8	2.6	2.8	3.2	3.5	3.3	3.8	3.7	3.3	2.3
当地居民	3	3.5	3.7	4.1	3.7	3.0		2.8	2.1	4.5	3.0	4.5
游说团体	4	3.2	2.9	3.2	3.5	3.6	2.7	1.9	4.2	1.9	2.9	3.7
非政府组织	5	2.9	2.9	3.0	3.2	4.3	2.8	2.2	3.1	2.6	3.2	2.8
期权交易组织	2	3.0	1.5	2.1	3.0	3.0	3.3	3.5	3.7	1.5	4.0	2.0
专业组织	3	2.6	2.2	3.1	4.0	4.3	4.2	3.4	2.0	4.0	3.0	1.3
私人部门或企业	4	3.1	2.9	3.4	2.7	3.3	2.6	2.6	3.5	4.0	3.0	1.0
研究组织	2	3.3	2.8	2.0	2.0	3.0	3.7				3.0	3.0
效益拥有或管理者	5	2.9	3.0	2.7	3.0	4.2	4.1	3.8	4.3	2.8	3.3	2.0
合计	42	3.0	2.7	3.0	3.1	3.2	3.2	3.0	3.3	2.8	3.1	2.4

此外，各利益群体对这种多方利益相关者交流方式的可复制性持有不同观点。执行机构、非政府组织、政府机构（项目形式）和受影响的民众团体认为这种办法可以被推广到其他领域，而私营部门或工业界、专业组织、和本地民众团体认为推广应用的潜力不大。私营部门或工业界和政府机构（政策形式）认为水坝与发展项目的活动得到很好的监测和评价，而执行机构对这方面的评价只是“令人满意”。

所有利益相关者群体都认为联合国环境署在支持和促进水坝与发展项目活动上发挥了很大的作用，只有当地居民团体认为不够理想。

6.6 水坝与发展项目评估的结果和结论

6.6.1 主要经验

6.6.1.1 多方利益协商过程

水坝与发展项目试图将世界水坝委员会的调查结果加以推广应用。侧重点一直是多方利益相关者的多层次的协商进程。在取得初步成功后，这一进程开始出现收益递减和延误的现象。在时间和实质性内容之间还需要权衡。

1. 时间需求

组织多方利益协调过程需要足够的细致和耐心，以确保所有利益相关者都加入进来，并建立一个友好的对话氛围。不过，这可能会增加延长协商过程、丧失参与动力等不必要的风险。

2. 实质性内容

对话的初步阶段往往集中于世界水坝委员会的报告上建立共识（如核心价值观和战略优先事项）。然而除非讨论进程能抓住在实际政策执行中最根本的困难和细节问题，否则参与者的热情和报告的信誉都将受到影响。

6.6.1.2 多层面的经验

1. 全球层面

论坛以独特的方式将不同的利益群体聚集到一起，推动建设性的接触并学习对方的经验，在许多层面对水坝展开讨论。多方利益相关者对实际情况的不同观点引起了各方的极大兴趣并产生了很多实践经验。即使问题很复杂，也需要需求一个有意义和结果导向性明确的目标。

为了维护利益，有时需要考虑超越核心价值观和战略的优先性，去讨论更实质性的，甚至是有争议的问题。

水坝与发展项目涵盖的学科和利益团体范围相当广泛。不过，鉴于时间限制以及大型论坛执行过程中所遇到的问题，不可能吸收所有的经验并加以利用。

有必要就“对新旧水坝采取不同措施”的问题展开对话。可能带来的结果包括：侧重于对新水坝的规章及期权评估的应用，以及对现有水坝采取社会和环境的缓解措施。

2. 区域层面

南部非洲的经验证明，区域对话有内在优势和良好发展潜力。通过举行包括政府和其他利益相关者参加的区域会议，南部非洲发展共同体提供了在国家背景和有关国家优先事项前提下，解决干旱和水资源共享的合作方式。

向水坝与发展项目提交的有关湄公河流域水坝与发展问题的计划书具有借鉴意义，因为它可以推动和促进上游和下游用户的对话。其他还包括，南美洲拉普拉塔流域、南亚 GWP 的网络倡议等。

3. 国家层面

国家一级的对话应重点考虑，从而获得更好的可量化发展结果，这是向前迈进的重要一步。由于资金有限、能力建设支持不足、关键的利益相关者未参与等原因，国家层面的活动受到限制。多方利益相关者应在早期阶段开始。

国家层面有关水坝的决策（包括水坝与发展项目对话）需要密切协调，最好是由一个主要机构负责，其职能范围应包括能源、水资源和流域综合管理等行业部门。这一机构的可信性和有效性是对话成功必不可少的先决条件，否则利益相关者可能退出协商过程。

对现状的评估报告可以为今后的行动提供基础，尼泊尔和南非的例子证明了这一点。

全国性对话在推动水坝政策与国家水资源政策的综合方面有很大的作用。

6.6.1.3 信息传播和交流

世界水坝委员会的信息网络化和传播工作都在按计划进行。然而，但尚缺乏足够能力使其宣传到所有的潜在受益者。在国家层面的机构需要加强能力建设，确保有关资料能够提交给利益相关者讨论。

从个人和组织处收集的信息和数据需要加以验证。如果在联合国环境署数据库和网站上出现政治敏感的数据将会存在潜在危险。

无论失败还是成功，这些案例都能提供经验或教训，所以需要一种能均衡考量成功和失败的方法。过度的和非结构化特设的信息会降低本身的有效性。因此，资料应针对特定群体和相应的人群分类（例如，决策者更偏向于概要的形式，因为他们缺乏专业技术术语，而专家和研究人员往往会寻求在其相关的技术领域翔实的分析方法和资料）。

6.6.2 整体评估和建议

6.6.2.1 对水坝与发展项目第一阶段的评估

对水坝与发展项目第一阶段的总体评价良好，对应联合国环境署评估中相应的范围是 60%-74%或数值 3（见表 6-2）。在表格中每一类别的排序基于上一节和图 6-6，以及访谈和书面文件中总结得到的调查结果。表 6-2 最后一栏表明了所调查的问题和环境署的工作类别之间的关系。

除三个领域外，水坝与发展项目的成果几乎在所有环境署指定类别中都得到了好评。实现产出和活动被评为第2或非常好。不过，国家所有权和成本效益都评为4或仅令人满意。因此，强调要反映国内需要，以及减少预算总额中人事费用支出的比例等。

表 6-2　基于UNEP项目评估结果类别的水坝与发展项目分级表

	实现类别	排序	调查问题
a	目标及规划结果实现	3	A&C
b	工作成果及活动	2	B
c	费用有效性	4	E
d	影响	3	A，G&H
e	可持续性	3	F
f	利益相关者参与程度	3	G
g	国家所有制	4	H
h	实施方式	3	D
i	财务规划	3	E
j	可重复性	3	I
k	监管及评估	3	J
	所有类别（加和）	3	

注释：联合国环境署排序系统采用如下标准：
1=优异（得分90-100）；
2=非常好（75-89）；
3=好（60-74）；
4=满意（50-59）；
5=不满意（少于49）

建议

问题A：需求和优先事项是什么？

建议1：水坝与发展问题在许多国家已经并将继续得到高度重视，处理这些问题的努力必须继续下去。

水坝已经并将继续对发展产生重大影响，有必要使水坝更具可持续性。这同样适用于管理现有的水坝，以及规划、建设和运行的新堤坝。有关水坝的决策必须要在有效利用所有可用的信息，包括社会、经济、环境、技术等的基础上作出，并要求所有利益相关者的参与（即多方参与过程）。

水坝与发展项目已设法收集多方利益有关者、多层次的观点，以推动世界水坝委员会的调查结果、核心价值观和战略优先事项的执行。该项目已为多方利益相关者、多层次的不同意见交流创造出一种良好的环境，这是一项重大的成就，并可为供水等其他需要多方利益、多层次协商的争议性领域提供经验。

不过，在全球层面推动所有利益相关者以相对温和的方式进行交流，一直进展缓慢且成本高昂。如何将一个全球性的共识转化为实际的政策（在此过程中会产生更多争议性的问题并影响国内的决策），是维持信誉和动力的重要因素。

建议 2：2004 年 7 月之后的后续工作中，水坝与发展项目的最初目标需要进行认真的审查并确定新的优先性领域。

虽然水坝与发展项目与世界水坝委员会的联系将是其永远的力量源泉，但随着时间的推移，前述的核心价值观和战略优先事项可能已经不符合现实，需要根据此前的经验和结果，加以重新考虑和修订。

一个基本的新方向是关注国家对话，并使其更加有效执行。许多例行任务，如翻译和传播世界水坝委员会的材料，准备好的实践案例，可能会逐步转移到其他机构完成，或降低其优先级。

问题 B：应该由谁来做？

建议 3：延长水坝与发展项目的时间限制是合理的，以实现第一阶段的收益

这一评价认为水坝与发展项目取得了良好开端。进展一直缓慢有很多原因，其中多方协商的尝试是独特和困难的。不过最开始两三年的工作已经明确了继续努力的方向。一个选择是将水坝与发展项目的期限延长两年，但需要结合目前的经验教训进行目标和方法的调整。另一种选择是淘汰水坝与发展项目，将任务交给其他机构和组织。

在评估基础上，认为一个二年的延长期是必要的和合理的，这是在实现长期目标和避免无限期延长之间的折中和妥协。

延长时限后的“水坝与发展项目”重命名为“水坝与发展规划”，更突出对过程、政策和长远目标的重视，这项活动在联合国环境署内将继续保留其地位。

问题 C：秘书处应该选址在哪里？

建议 4：水坝与发展项目秘书处应继续设在联合国环境署。

利益相关者的一般的共识和其他的证据表明，环境署对水坝与发展项目的支持发挥了不可或缺和非常积极的作用。

因此，环境署是继续主办水坝与发展项目的最好选择，鉴于环境署在世界堤坝委员会的进程中扮演的至关重要的角色，其过去的业绩、书面支持承诺以及现有秘书处的所在地等条件，建议依然由环境署负责该工作。

问题 D：如何更好地组织和进行工作？

建议 5：秘书处应该更加突出重点、精简机构、节约成本，以符合经修订的目标和优先事项（见建议 2）。这将包括组织的规模和成员以及成员之间的任务分配。

虽然执委会指出水坝与发展项目财务管理一直很好，但几乎 2/3 财政预算用于员工和行政费用。秘书处需要进一步精简机构，并对成本有效管理。

水坝与发展项目目前在内罗毕有5个专业工作人员的职位。利益相关者认为自开普敦以来，工作人员的规模和成本有所增加，但产出却没有发生相应变化。应进一步改善秘书处的工作人员和职能，需要改变现状，包括明显缺乏团队合作精神、员工工作表现参差不齐等。今后在减少人事费的同时，要更多地强调推进国家层面的工作。工作人员需要专业知识，特别是对多方进程和多元文化的敏感性。最后，规模相对较小的秘书处，便于确保必要的集中协调和连续性的活动，高效的工作表现和团队合作可以获得更好的工资水平。

应该增加对外包活动的选定。在区域一级减少总部工作人员以降低成本，例如，减少不同地区与当地的顾问或环境署各区域办事处专职工作人员，可以降低成本、旅费和间接费用。通过利用新技术如视频会议、因特网等减少旅行费用和时间。

建议6：在保持较低强度的全球性对话情况下，强调对国家（和区域）层面的关注。

在区域和国家各级的对话与执行必须不断进步并符合水坝与发展项目的目标。

建议7：水坝与发展项目职能和资源分配应向国家和（区域）层面倾斜。

更多的资源和时间需要投入到促进国家（区域）的活动中，将有助于超越核心价值观和战略优先次序的多方参与过程，提出对具体国家的面向行动的政策指导（由世界水坝委员会的有关最佳实践指南）并采取行动。国家过程中应强调质量而不是数量（成功的例子如南非），并鼓励其他国家（尤其是那些大型水坝）学习成功案例的经验。

因此，秘书处应该注重更进一步关注具有优先性的几个主要国家（遍布不同地区），特别是那些具有强有力的政府承诺、良好信誉、关注大坝问题等的国家。秘书处应该继续注重包容性和所有利益相关者的参与，以确保认可和执行。

区域对话提供了巨大的潜力。他们需要把重点放在具体问题上，如沿岸流域开发项目，或跨国家分享共同的经验等。

一般而言全球一级的会议虽然较少，但需要集中和有组织地做好准备。然而，过去论坛会议往往过于分散，缺乏后续行动。在现有的情况下，每年举行一次论坛和两个执委会会议应维持不变。

需要在更大的背景下考虑水坝的影响，特别是水坝对水资源部门和宏观经济与规划的影响。兼顾社会、经济和环境方面的可持续发展对于决策者特别重要。一系列的分析工具，包括环境、社会和贫困评估、行动影响矩阵、多标准分析以及多行业的宏观模型等都可以促进这一进程。

6.6.3 对评估建议的回应

上述第一阶段的评估是由环境署、水坝与发展项目执委会、论坛和秘书处（DDP/UNEP，2004）进行的。其主要建议都得以实施。因此，水坝与发展项目的两年期的第二阶段方案计划于2005年2月开始。目标和工作方案在评估的基础上进行了简化和修订（DDP/UNEP，2005）。

目标

促进决策过程、规划和水坝管理，保障世界水坝委员会的确定的核心价值观和战略优先事项实施，并提供其他替代选择措施。

目的

——支持方利益相关者在国家、区域和全球层面水坝及其替代决策进行对话，以促使利益相关者对政府作用的影响。

——开发和建立针对所有相关机构的标准和准则，以及各种相关政策和措施，以帮助决策者。

为支持这些主要目标，水坝与发展项目第二阶段工作方案的目的是：

——进一步加强参与者之间就水坝的互动式和网络辩论。

——进一步在国家、区域和全球层面宣传就水坝与发展相关的活动、过程和成果方面信息，并促进利益相关者对相关问题的了解和反馈。

——进一步促进水坝与发展项目与其他相关机构的伙伴关系，促进信息和意见的流通。

具体的工作方案的活动包括：（a）促进对话；（b）制定切实可行的措施；（c）网络和通信；（d）宣传；（e）促进良好实践经验的交流。

第 7 章

宏观经济应用：国家模型综述

思想演进

实证分析

分析框架

巴西案例研究——使得长期发展更可持续

本章主要利用可持续经济学的分析框架来研究经济政策对社会和环境产生的广泛与巨大的影响（3.7 节）。7.1 节对关于经济政策和环境间联系的思考做了一个进程回顾——从马尔萨斯和李嘉图最早期的工作开始到当代的研究。经济政策（包括宏观的和部门的）通常被整合在经济结构调整、稳定以及部门变革等过程中，这些均是以促进经济稳定、高效增长并最终提高人们福利为目的。7.2 节给出了实证案例，是关于 20 世纪 80 年代关于结构调整计划的环境影响的讨论，然后给出一些程式化的结果。增长和经济不完备性共同导致了环境损害和不可持续的结果。7.3 节为分析环境—宏观经济之间的联系设定了一个基本的研究框架。无法预料的经济不完备性和增长可能造成社会和环境的损害。次优的补救措施可以帮助减少损害。一些情况下，宏观经济改革措施的时间和次序可以被调整以减少其对环境和社会的危害。标准静态 IS-LM 宏观经济学模型或许可以加入环境方面的考虑。绿色核算的作用也在讨论之中。行为影响矩阵是确定宏观经济和环境之间联系优先性的一个重要工具。“政策—路径”模型显示了可以消减经济不完备性的辅助政策将如何使得增长持续的同时对社会、环境造成的影响也较小。7.4 节对使得巴西长期经济增长更可持续的可选路径进行了案例分析。部门模型和宏观经济模型都被用来考量过去几十年中政府所采用的增长导向型策略对以下可持续发展问题的影响：如贫困、就业、城市人口和亚马孙地区的森林采伐。最后，7.5 节对未来工作方向进行了一些总结。

感谢 W. Cruz，C. Ferraz，R. Seroa da Motta，和 C. Young 对本章的重大贡献。本章的部分内容根据如下的材料改编而来：Munasinghe，M.，Cruz，W.（1994）*Economywide Policies and the Environment：Lessons from Experience*. World Bank，Washington. DC，USA；Munasinghe，M.（Ed）（2002b）*Macroeconomics and the Environment*，The International Library of Critical Writings in Economics，Edward Elgar Publ.，London，UK，第一章；和 Munasinghe，M.，O'Ryan，R，Seroa da Motta，R.，de Miguel，C.，Young，C.，Miller，S. and Ferraz，C.（2006）. *Macroeconomic Policies for Sustainable Growth-Analytical Framework and Policy Studies of Brazil and Chile*，Cheltenham，UK.

7.1 思想演进

本节综述了一些关于宏观经济—环境之间关系的研究，尽管很多观点是根源自一些更久远的经典文章，但主要是过去二十年间进行的相关研究。

7.1.1 追述宏观经济—环境之间的联系

研究二者联系的早期成果主要包括相互联系的三大块。

第一，经济活动需要自然资源。Malthus（1798）论述了土地稀缺成为限制增长的关键要素，他强调农业约束和人口的指数增长加剧了贫困。Ricardo（1817）阐释了土地产出减少会抑制财富和人口的增长。Hotelling（1931）进一步发展了可耗竭资源理论（14.2.1部分）。

Koopmans（1973）结合 Hotelling 的简单模型中的可耗竭自然资本和不断积累的人造资本，对拉姆齐增长模型下的无限消费流的折现值进行了优化（见 2.3.2 部分）。宏观经济利率发挥了重要的作用。后继的工作（Withagen，1990）开拓了这个方法的许多分支，后来便有了 Hartwick（1990）和其他人（见后文）的一些成果。Stiglitz（1974）的模型把资本、劳动力和自然资源看作生产中相互可替代的要素，以说明更高的消费水平是可持续的，前提是持续的技术进步能够补偿自然资源存量的耗竭。

Daly 与 Cobb（1990）指出，使宏观经济政策合理化可以最优地配置资源，但没有解决经济增长超出环境承载力的规模问题。Solow（1993）定义了国民净产值（NNP），包含了反映自然资源的耗竭与环境质量的变化的相应调整，该指标可用于衡量可永久持续的最大消费水平。England（2000）总结了导致国家经济稳态的三个条件——自然资本稀缺、自然资源和人造资本的互补（不可替代性）、提高自然资本使用的生产力技术发展受到限制。最新的研究关注了可持续发展和长期最优增长之间的联系（Munasinghe 等，2001；Markandya 等，2002）。

第二个历史性的进步是 20 世纪 30 年代提出了投入—产出（I-O）分析。Leontieff（1970）描述了分析生产部门污染产出和减少环境外部性的政策影响的原始框架。后继研究将投入—产出模型与考虑劳动需求、资本存量的经典模型联系起来，还与采用线性支出系统得出的内生消费需求联系起来。高级模型令投入—产出系数内生并取决于价格。用于宏观经济—环境分析的一般均衡模型（CGE），还有环境经济核算的综合框架都使用了投入—产出方法。

第三，环境考虑开始被纳入更多的传统宏观经济模型中，从比较静态分析的扩展凯恩斯 IS-LM 模型，到加入环境变量的 CGE 模型。宏观经济模型开始更多地考虑环境因素，这些模型关注短期的凯恩斯因素，比如容量利用、失业和经济循环。开放经济与闭合经济的长期环境—宏观经济模型主要围绕相关供给方的问题而建立，这些问题包括：资本积累、自然资源损耗、长期劳动力供给、贴现率和技术进步等。

7.1.2 宏观经济—环境联系的实证调查

Grossman 与 Krueger（1995）质疑倒 U 形“库兹涅茨曲线”是否表明了人均收入和空气、水污染等指标之间的实证关系。现在，普遍认为在增长的前期，环境质量会伴随人均收入的增长而恶化，但对于持续的增长是否会使得这个趋势得到逆转还并不清楚，因为对于不同国家和不同环境退化类型，曲线的形状有很大差异（Ecological Economics，1998；Environment and Development Economics，1997；de Bruyn 和 Heintz，1999）。

Opschoor 与 Jongma's（1996）的论文对世界银行和国际货币基金组织在发展中国家的结构调整计划的环境损失进行了综合论述。他们证实了 Munasinghe 和 Cruz（1994）的观点——在短期用辅助性环境措施可以抵消增长导向型宏观经济政策所带来的影响，但在长期需要更为全面的策略。Panayotou 和 Hupe（1996）指出，相比在经济改革进程中进行全面综合的政策制定，用环境和社会政策来降低经济结构调整对环境的有害影响是一个次优选择。部分改革或部分执行政策带来的坏处大于好处，因为它们是有选择性地进行实施，但又没有对其社会和环境影响进行预测。Kessler 和 Van Dorp（1998）讨论了结构调整对自然产生影响的不可预知性以及补救的重要性，并关注与土壤、水资源、森林等相关的关键指标。

7.1.3 数学模型

可计算的一般均衡（CGE）模型（Robinson，1990）可能为宏观政策的环境（和社会经济）影响提供了有用的定性启示。Jorgensen 和 Wilcoxon（1990）的早期文章用可计算的一般均衡方法分析了环境法规对美国经济的影响，该方法将跨期分析应用于长期增长影响的复杂分解模型，用以估算工业和交通的减排成本在总体成本中的份额。Bergman（1990）也使用 CGE 模型模拟了环境法规和能源政策在瑞典造成的影响。在这个模型中，包含在成本函数中的环境市场失灵，通过创建排污许可的市场得到了纠正。

第 9 章包含了对过去 CGE 模型研究更加详细的综述，还有两个案例研究（Persson、Munasinghe，1995；O'Ryan 等，2005）。Glomsrod 等（1999）使用 CGE 模型研究了尼加拉瓜结构调整政策对森林砍伐的影响。通过减少公共开支或利用营业税改革来平衡国库收支，促进经济增长的同时保护了森林。一些政策增加了近期的森林砍伐，但是减轻了长期压力。Cattaneo（2005）将 CGE 模型用于巴西，认为亚马孙地区的农业增长加剧了森林砍伐，而非亚马孙地区的小农场通过改进技术来实现增收，改善了收入分配，减少了森林采伐。亚马孙地区家畜蓄养的技术创新虽然也增加了农业收入，但却致使采伐率更高了（7.4.5 节）。

第 8 章回顾了考察最优增长可持续性的模型，还包括了 Islam、Munasinghe 和 Clarke（2003）的一个研究案例。Holden 等（1999）模拟了赞比亚的六种村庄经济模式，显示结构调整政策对环境会产生显著的不利影响。而消除政策扭曲可能也不能恢复市场的良好运行，因为在欠发达地区存在很高的市场交易成本，并且信息也不完备。

7.1.4 贸易与环境

Steininger（1999）对贸易—环境模型做了一个全面的回顾，包括赫克歇尔—俄林（Heckscher-Olin）模型、计量统计模型、应用性一般均衡模型等，这些模型可以解决不同的问题如模型溢出、分配、政策反馈效应、产品市场联系以及模型设定类型等。Batyabal（1994）研究了国内环境政策对国际贸易的影响。他的理论研究表明，一个发展中大国可能因为单方面采用环境政策而使自身情况变坏。Goldin 和 Roland-Host（1997）则反过来研究了摩洛哥国际贸易的增长对当地环境的影响（8.6.3 节）。在可计算的一般均衡研究中发现，贸易自由化促进了出口导向型增长，但给水资源造成了压力。当互补性水价上涨与自由贸易同时进行，贸易自由化带来的收益得以留存，而水资源压力也得到了缓解。

Mani 和 Wheeler（1998）分析了 1960-1995 年的各国和各行业的数据，认为由于生产首要是服务于国内市场而不是国外市场，贸易并不会增加污染密集型产品的生产。

7.1.5 绿色国民收入核算

我们继 3.7.5 节后再回顾一下最近的研究。Hartwick（1990）根据最优增长问题的汉密尔顿函数现值，得到了国民净产值（NNP），包含传统经济投入和自然资源。为计算国民净产值，自然资源存量的下降将从 GNP 中扣除，像经济资本折旧一样。Repetto 等（1989）认为，除非把自然资源存量的使用扣除，印度尼西亚传统衡量方式的经济产出保持持续增长的同时则必然导致自然资源基础持续退化。Hultkrantz（1992）评估了瑞典木材市场的资金变化、非市场交易的和非木材产品，以及其他自然资产的耗竭。

环境经济核算体系（SEEA）将环境、资源核算纳入国民核算体系（SNA）（UN，1993）。Atkinson 等（1997）描述了将国民核算体系调整为包括环境效应核算的方法，包括社会核算矩阵。绿色国民生产值或 GNP（即扣除环境、资源变化的 GNP）的概念被扩展了，衍生出“真实储蓄”的思想（即扣除环境效应的国家储蓄）。Aronsson 和 Lofgren（1998）对进展进行了综述，建立了一个总结现有知识的理论框架，提出了存在不确定性的领域和进一步研究的关键问题。

环境经济核算体系修订本于 2003 年发布，陈述了国民核算体系的一个附加分析系统，在一个共同的分析框架下结合经济和环境数据，并且阐述了二者的相互作用（UN，2003）。同时给出了指标和统计数据来观察二者的相互作用，还为以识别可持续发展路径为目标的策略规划和政策分析提供了基础数据库（UNCSD，2005）。

7.2 实证分析

7.2.1 结构调整计划的环境与社会影响

在近几十年内，结构调整计划（SAPs）在发展中国家已成为一种强有力的宏观经济干预手段（3.4.2 部分）。很多发展中国家在 20 世纪 80 年代的“债务危机”中经历了经济困难时期。1974-1979 年国际油价上涨对石油进口国家造成很大的打击。还有，西方国家为了抑制通货膨胀实施的限制性货币政策使得真实利率上升并给发展中国家造成了偿还债务的困难。因此，发展中国家面对收支平衡的问题，变得更加依靠外来资助，从而使经济增长率下降，失业率上升。国际货币基金组织和世界银行同意对这些债务国家进行财务资助以帮助其应付债务，只要这些国家进行一项广泛的名为结构调整计划的改革。这些紧缩性经济和财政改革政策旨在恢复增长，但对环境和社会将会产生不利影响。

稳定性政策通过减少国内需求来减少外汇储备的压力。通过控制通胀和减少进口来解决偿付问题，具体做法有紧缩性财政政策和适度从紧的货币政策。同时，通过货币贬值来改善对外贸易条件，使出口产品更有竞争力。调整政策集中控制供给方面，调整缺乏效率的内部经济结构，包括公共部门改革，加速经济恢复和外贸出口增长。同时采取平行政策在部门水平上来提高资源配置的效率和市场竞争性。不幸的是，这些改革多半都伴生经济衰退的效果，导致失业率和生计水平的下降至实在远期增长之前。缩减预算的压力迫使政策取消“社会安全网”计划，使得低收入群体陷入更大的困境。

改革计划并不是总能够达到经济目标。在实现了宏观经济收益的地方，环境、社会问题却更加严重了。为了解决经济问题，常常使用一些破坏环境和社会结构的政策，而这二者恰恰都是社会长期发展最终所要依赖的。(Munasinghe，2001)。

7.2.2 一些程式化结果

有许多研究宏观政策对环境、社会的影响的案例（Munasinghe、Cruz，1994；Young、Bishop，1995；Munasinghe，1996；Reed，1996；Opschoor、Jongma，1996；Panayotou，Hupe，1996；Cruz、Munasinghe、Warford，1997；Warford、Munasinghe、Cruz，1997；Kessler、Van Dorp，1998；Environment and Development Economics，1999)，然而，要对这些影响进行一般化归纳却很难，因为关系非常复杂而且各国也不一样，甚至结构调整计划的纯经济影响也很难理清（Tarp，1993)。但是，我们努力从以下的一些近期案例研究中总结一些关键的经验教训。

经济政策改革都有主要的经济目标。它们的环境和社会影响结果分为三类：有害、有益和未知的。第一种被称为“双赢”政策，同时可以促进经济、社会和环境的发展。第二种，宏观改革会对环境和贫困人口产生危害，除非采取了进一步的补偿性保护措施。第三种影响包括因为联系复杂而不可预测的影响以及远景。

7.2.2.1 有利影响

一些研究认为自由化改革（就像消除价格扭曲、促进市场激励、鼓励贸易）会使经济和环境同时受益。比如，提高工业或能源相关活动的效率可以提高自然资源利用效率，减少环境污染。类似的还有，改善土地所有权制度和提供金融与社会服务，将得到经济收益，促进环境友好行为和帮助穷人。

类似的，恢复宏观经济稳定的短期政策手段将同时惠及经济、环境和社会。比如，价格、工资水平和就业的稳定使得居民和公司都从长远出发进行决策，因此鼓励了环境可持续性的活动。降低通胀率不仅是给出更加清晰的价格信号，还加强了投资决策，穷人和固定工资收入者同样也得到了保障。

津巴布韦和墨西哥的宏观经济政策研究（Munasinghe、Cruz，1994），和泰国的研究（Panayatou、Susangkarn，1991）都是双赢的案例，经济和环境双重有利。Birdsall 和 Wheeler（1992）认为拉美的贸易开放政策促进了经济生产力高并且环境友好的现代技术。还有在其他地方的一些关于宏观政策对经济影响的研究，包括撒哈拉沙漠以南的非洲（Stryker 等，1989），泰国、象牙海岸和墨西哥（Reed，1992），还有菲律宾（Cruz、Repetto，1992）。

还有一些国家的研究显示部门改革政策的双赢结果，包括墨西哥（Munasinghe、Cruz，1994）和斯里兰卡（Meier、Munasinghe、Siyambalapitiya，1995）的能源与工业部门；巴西、中国、印度的供水和卫生（世界银行，1992b、1992c、1993a）；土耳其牧场的土地使用（Munasinghe、Cruz，1994）；赞比亚农场（世界银行，1992d）；巴西森林（Mahar，1988；Schneider，1993）；苏丹森林（Larson、Bromley，1991）；以及博茨瓦纳牧场（Perrings，1993）。控制通胀的稳定性政策在哥斯达黎加导致了更可持续的伐木活动（Persson、Munasinghe，1995），在南非则促成了可持续农业（Southgate、Pearce，1988；Schneider，1994）。

7.2.2.2 防止有害影响

典型的经济改革方案分步实施，最初的调整措施组合都是针对最为重要宏观经济问题进行的。一些未解决的扭曲通常（政策、市场和制度的失灵）会和调整方案一起造成环境和社会的损害（Munasinghe、Cruz，1994；Abaza，1995）。可以通过实施辅助政策消除不利因素从而避免负面的社会和环境影响，而不必完全放弃改革。8.6 节提供了一些案例研究，对其他例子简要介绍如下：

政策扭曲：为刺激出口利润的增加而采取的措施可能会鼓励一些价值被低估的自然资源被过度开发（例如，降低木材砍伐收费导致开放进入地区的乱砍滥伐）。类似的，自由贸易会使得一些实施能源补贴价格的国家浪费性的能源密集型活动增加。

市场失灵：一些成功的调整可能伴随着严重的环境破坏——例如，如果市场价格不能很好地反应增长的环境外部性（如空气和水污染）。在印度尼西亚，自由化和工业化使得现代部门更加不靠污染密集型的方式进行增长。但是，扩张的规模仍然导致污染外部性的增加，需要相应出台排污水防治和环境法规（Munasinghe、Cruz，1994）。

制度约束：一些未解决的体制问题（像负债国企责任追究制度的缺乏、金融调节机制的不健全、产权界定不清晰）破坏了可持续的资源管理和公正。因此，制度和体制改革不应落在经济结构调整后面，就如波兰的能源价格和机构改革的案例所说明的那样（Bates 等，1995）。在秘鲁，经济改革使得原本就存在过度捕捞问题的渔业资源面临更大的捕捞压力，因为在进行调整计划的时候没有出台相应法规保护结构方案中所涉及的渔场（世界银行，1993b）。关于印度河口渔业的产权私有化和社区管理的研究显示，即使最初所有的渔民都同意合作并从保护中共同获利，也很快就会出现反向激励，因为没有良好的产权界定（Srinivasan，2005）。因此，国家和社区管理的结合才能实现有效的资源管理。

短期稳定性：除非控制通胀的政府缩减预算行为有专门的指向性，否则可能造成在环境保护和贫困安全网上的花费被不成比例地削减掉（ECLAC，1989；Miranda、Muzondo，1991；Cornia 等，1992）。还有其他的一些例子，泰国和墨西哥因削减基础设施开销而导致空气污染加重（Reed，1992）；在非洲因政府减少了医疗卫生等方面的政府开支，对低收入群体造成了负面影响（特别是妇女儿童）（Nzomo，1992）；还有森林保护资金不足（世界银行，1994）。结构调整还可能造成一些短期影响如贫困和失业，而这些受影响的穷人又不得不进入脆弱地带和一些“开放”的自然资源从而造成环境资源压力增加。可以通过在别处增加经济机会来进行弥补。

财政政策：传统的财务政策不倾向于环境保护——主要针对收入、利润和劳动力等项目进行征税。生态税收改革（ETR）可以通过降低环境友好经济所得的税率，并增加资源耗竭和污染等“坏”活动的税率来解决这一问题。前者可以鼓励增值并强调质量的改善而不是数量的扩张（增长），而后者可以提高资源的利用效率。

7.2.2.3 长期影响及未知影响

经济政策可能会对可持续性产生不可预测的、违反直觉的长期影响。一些影响可以通过考虑了直接和间接影响的一般均衡分析来探索。哥斯达黎加 CGE 模型包含了森林砍伐受到的间接影响，说明结构调整中的最低工资政策对环境和经济的影响与局部均衡分析的结果不一致（Persson、Munasinghe，1995）（参见第 9 章）。

调整常常在增加新的经济机会和改善生计方面获得成功，这样可以减轻贫困并打破环境退化和贫困的恶性循环（世界银行，1992a）。高收入增长使环境保护的支付意愿更高。但是，增长对于贫困国家至关重要，往往也会提高对自然资源总的压力。同时，进行合适的资源估价，提高效率、减少浪费会重塑增长结构并且限制不利的环境影响。结构调整的长期经济和环境结果取决于资本和劳动力的流动性。环境政策本身对于收入分配和就业也有影响。

土地可得性的不平等和快速人口增长加剧了失业和收入差距的问题，从而使得穷人更加依靠边际资源获得生计（Feder 等，1988；Cruz、Gibbs，1990；Lele、Stone，1989，Environmen and Development Economics，2004）。结果使脆弱的环境所承受的压力增加。一个菲律宾的案例研究（Munasinghe 和 Cruz，1994）对引起农村贫困和失业问题之长期变化的政策决定因素进行了评估，表明贫困和失业使得从低洼地搬向高地的移民增加，林地被转变为不可持续利用的农业用地。在资本和技术改进有限而人口增加迅速的地区，轮耕和轮牧会使得土地退化加快（Cleaver、Schreiber，1991）。Goldin 和 Winters（1992）分析了调整方案、贸易和农业之间的重要长期联系。一个关于美国社保改革的研究假定在现代社保体制下，环境行为和环境投资可视为跨代之间的非正式合同（Farmer，2005）。

7.3 分析框架

7.3.1 环境损害与增长结构、增长规模的联系：宏观与微观视角

这部分结合了微观和宏观经济分析。由增长规模造成的环境破坏可以通过增长结构调整的政策来减轻——使其资源和环境损耗更小（2.4 节）。Munasinghe（1995）分析了在一个拥有开放森林资源的静态经济中，价格和收入效应的相互影响。他分析了经济改革如何可能与被忽视的经济扭曲相互作用，共同破坏环境。

图 7-1 中向下倾斜的曲线 D_0 代表木材的需求，假设由价格 P 和收入 Y［即 D=D（P，Y）］共同决定。在无效（经补贴）的仅代表伐木的边际成本的价格 P_s 下，最初的森林采伐率为 Q_0。如果 Q_L 是森林的采伐底线（超过此限度砍伐将导致森林严重的生态破坏），且 $Q_0 < Q_L$，情况可能会继续不被发现和纠正。

接下来，假设经济改革促进增长使得需求曲线由移至 D_1。“收入效应”将使得国内需求增加（例如，建筑用材）或更多的木材出口（例如，因为开放贸易和货币贬值）。现在，采伐率将移到 $Q_1 > Q_L$——导致严重的环境破坏。

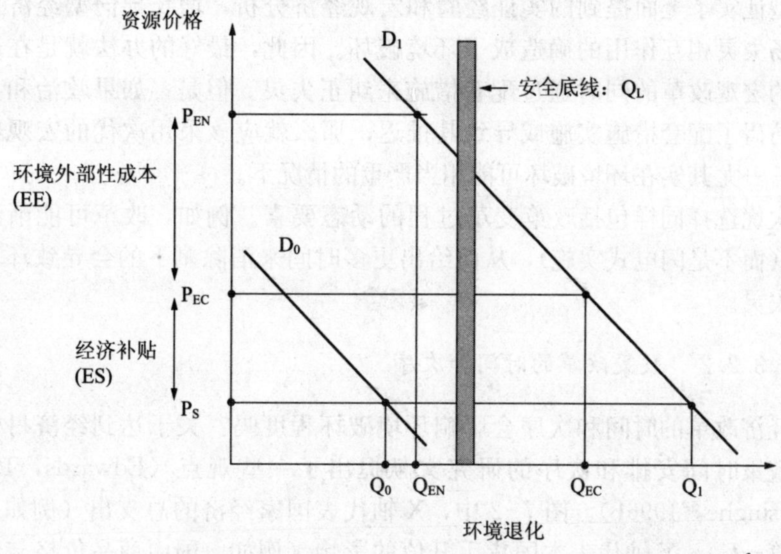

图 7-1　使用价格政策来重新调整增长结构使得发展更可持续

资料来源：Munasinghe（1995）。

显然，补救的办法不是停止增长，而是采取配套措施以实现合理的木材价格。首先，在开放进入的地区重新划分产权并征收立木税，消除经济补贴（ES）并正确地反映木材的机会成本。结果有效价格（P_{EC}）会降低采伐率为 Q_{EC}，但仍然超过了 Q_L。其次，需要加入额外的环境外部性成本（EE）来反映生物多样性损失和水涵养地的破坏，因此形成全环境成本调整价格（P_{EN}），则采伐率降到了 $Q_{EN}<Q_L$。

如果我们考虑燃料价格和机动车、工业污染排放，一些类似的推理同样适用（第 11 章）。这样的话，P_S 可能是柴油的补贴价格，P_{EC} 相当于交易机会成本，P_{EN} 全成本包括覆盖空气污染外部性成本的税收，而 Q_L 是健康安全标准。

7.3.2　改善宏观政策规避环境破坏

在这一部分，我们将考察在没有额外配套措施的情况下，是否可以通过直接调整宏观经济政策以满足环境方面的考虑。

7.3.2.1　次优政策的作用

Maler、Munasinghe（1996）指出，理论上在存在环境外部性的情况下寻求帕累托最优的宏观经济政策无法实现福利最大化（8.6 节）。这里，应该追求次优的宏观经济政策，以平衡国家宏观经济目标和环境损害。他们的模型证实了上面提到的实证经验和宏观经济分析，增长导向型经济措施和市场失灵相互作用的确造成了环境破坏。因此，最好的办法就是在进行原本的宏观改革的同时通过配套措施来纠正失灵。但是，如果政治和其他约束妨碍了配套措施实施或导致其推迟，那么就应该采用次优的宏观经济政策——尤其实在环境破坏可能相当严重的情况下。

次优选择同样包括政策变革过程的动态要素。例如，改革可能渐渐被强化（而不是闪电式实施），从而给出更多时间来消除剩下的会导致环境破坏的失灵。

7.3.2.2 政策改革的时间和次序

经济改革的时间和次序会影响环境破坏程度吗？关于达到经济目标的调整政策时间安排和次序的研究文献提出了一些观点（Edwards，1992；Munasinghe，1996b）。图 7-2 中，X 轴代表国家经济的总支出（例如，政府预算－G），Y 轴代表本国货币升值的影响（例如，国内商品价格与经过汇率调整的外国商品价格［P_D/eP_F］）。IN 线代表内部平衡或 G 和［P_D/eP_F］的均衡组合，这样使得政策制定者可以使经济产出保持在满足完全就业的水平 Y_F 上。直线 EX 表示外部平衡，当经常账户 CA 为 0 时达到均衡（即外汇的支出和收入流达到平衡）。

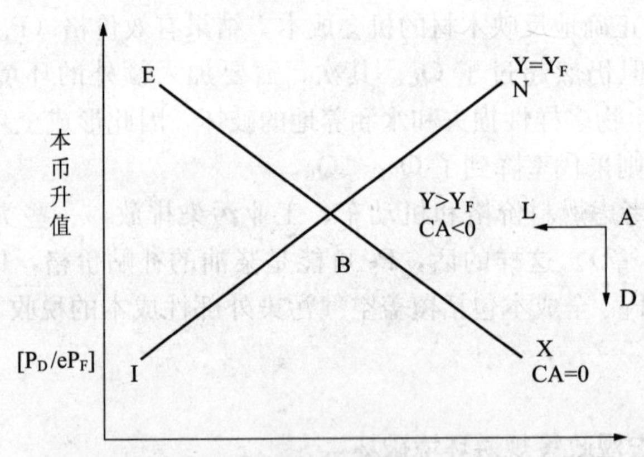

图 7-2 使得发展更可持续的经济政策时间次序

P_D＝国内商品价格
P_F＝国外商品价格
e＝汇率
IN＝内部均衡
EX＝外部均衡
AL＝减少政府补贴
Y＝收入 Y_F＝充分就业收入
CA＝经常账户
G＝政府开支
AD＝货币贬值/自由贸易

点 A 代表经济的初始状态——在内部平衡线 IN 之下和外部平衡线 EX

之上。一般来说，宏观政策制定者会通过减少经常账户赤字（因为 CA＜0）以及对商品和服务的过度需求，以减轻通货膨胀的压力，来推动经济朝均衡点 B 点移动。

通过货币贬值和取消贸易壁垒可使 AD 向下移动，同时，如果政府开支减少——比如减少能源的价格补贴，AL 线向左移动。假设影响 AD 的改革首先发生，然后 AL 才受到影响（例如，后者由于强有力的交通和工业游说者坚持燃料低价而被延迟）。然后，单单是代表开放经济的 AD 可能引致更多的外来投资，并且由于能源价格低而导致能源密集型行业的增长。但是，这同时会导致（经补贴的）能源使用的浪费并造成更多的环境污染。

这个简单的分析揭示了一些有用的道理。但是，要避免仅仅为了达到很小的环境（和社会）收益而对经济政策进行很大的改变，是需要很好的判断力的。再次强调，实现“双赢”目标的政策选择才是最好的。

7.3.3 扩展传统的 IS—LM 宏观经济分析

我们在著名的宏观经济政策比较静态分析模型——IS—LM 框架的基础上，加入环境的考虑（Heyes，2000）。图 7-3 中，熟悉的 IS—LM 曲线放置在（r，y）空间里，r 代表利率（贴现率），y 代表总需求。

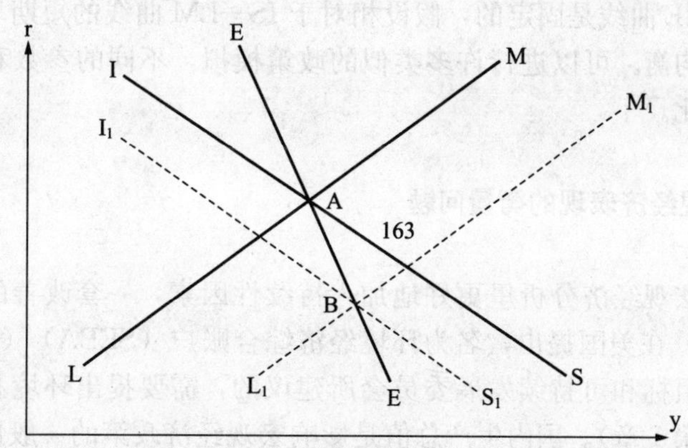

图 7-3 将传统的 IS-LM 宏观经济分析扩展到包含环境考虑

IS 曲线源自于总需求和总供给的恒等式，代表商品市场的均衡：

$$y = [c(y) + i(r) + g] = [c(y) + s(y) + t \cdot y];$$

或 $[i+g] = [s+t]$；

其中 c 是消费，i 是投资，g 是政府采购，s 是储蓄，t 是税率。简单的微分后得出基本的 IS 曲线：

$[dr/dy]_{IS} = [t + ds/dy] / [di/dy]$；该曲线是向下倾斜的。

LM 曲线是源自相应的货币市场均衡：

$$M/p = L(r,y);$$

其中 M 是货币供给（固定的），p 是价格水平，L 是货币需求。求导后得到 LM 曲线：

$[dr/dy]_{LM} = -[dL/dy]/[dL/dr]$；该曲线是向上倾斜的。

通过考察时间轴上的环境资本变化，也可以将环境变量纳入到（r，y）空间：

$$[d(KE)/dt] = [e(r) \cdot y + k \cdot KE];$$

其中 KE 是环境资产存量，t 是时间，e 是经济活动的环境影响强度（或每单位经济产出的污染排放量），k 是在自然中环境的自净率。在稳态经济中，d（KE）/dt 等于 0，求导后得到：

$$[dr/dy]_{EE} = -[e]/[y \cdot (de/dr)]$$

假设随着资本投入增加，环境影响强度越大，即 $[de/dr] > 0$。因此，$[dr/dy]_{EE}$ 是向下倾斜的。假设 e 对 r 相对敏感，EE 曲线比 IS 曲线更为陡峭。假定 e 也是一些管理框架参数 Z 的函数，该参数代表污染者为其环境外部性付费的义务被有效执行的程度。如果 $[de/dZ] < 0$，那么当规定执行更严格时，EE 向左移动。

为了证明这个方法的示范价值，假设经济最初处于均衡状态，IS、LM 和 EE 曲线在点 A 相交。扩张性货币政策使得曲线 LM 移动至 L_1M_1。使得三线重新在点 B 达到均衡，现在需要适度从紧财政政策来抵消，使得 IS 移动到 I_1S_1。EE 曲线是固定的，假设相对于 IS—LM 曲线的短期均衡，它代表更长期的均衡。可以进行许多类似的政策模拟，不同的参数和曲线会产生不同的变化。

7.3.4 宏观经济表现的衡量问题

为了在宏观经济分析里更好地加入持续性因素，一套改善的国民核算体系（SNA）在美国提出，名为环境经济综合账户（SEEA）（3.7.5 节）。如千年发展目标和可持续发展委员会所建议的，需要提出环境和社会进步的新标准（第 1 章）。国内生产总值是影响宏观经济政策的一般性的基于市场的评价标准。它存在的缺点包括：不考虑收入分配、非市场活动以及环境影响。传统的国民核算体系方法不足以反应环境破坏（如污染）和自然资源损耗（如森林采伐）（USBEA，1995）。

7.3.5 行为影响矩阵与重组增长结构的政策路径

第 2 章所述的行为—影响矩阵提供了一个系统工具，它将经济政策变革导致的最为重要的环境和社会影响排序并给予解决。过程包括：（1）基于行为—影响矩阵分析来识别、分析和排列最严重的经济—可持续性联系；(2) 在经济改革实施之前，采取特定的事前配套措施以减少其环境和社会影响；(3) 对可持续性问题的事故处理进行规划和细致监控从而以事后问题安排经济政策和配套措施的时间和次序，以最小化其环境和社会损害。

第2章也给出了一个“路径”来对不可持续的发展结构进行重组的模型—发展中国家在追求可持续发展时应该吸取发达国家的经验教训，不要犯同样的错误。经济不完备性使得个人的决策偏离社会最优决策，使得在一些发展模式下社会和环境遭到破坏。规避这些破坏的路径是存在的：(1) 实施同时具有环境、社会和经济改善效益的“双赢”措施；(2) 采用配套措施消除对可持续发展的的不利影响；(3) 当环境和社会破坏比较严重时改进经济政策。

7.3.6 未来研究领域

需要更多地结合各国具体情况的案例来研究经济政策——比如，贸易和私有化方面政策的社会和环境影响。探索长期增长的可持续性是非常重要的，尤其在自然资源越来越稀缺的情况下（包括全球环境退化）。基于模拟宏观经济的类似方法（例如，扩展的IS—LM分析框架）需要更好的模拟模型和分析工具。

在未来工作中还需要考察分配、政治经济和制度问题。政策的经济、环境、社会影响间的联系还需要进一步的探索。应提出更好的环境和社会指标，包括环境调整的国民账户，并发展环境影响评价的技术。在社会和环境影响难以进行价值评估的地方，多准则分析等技术可以作为传统的费用—效益分析的补充。

7.4 巴西案例研究——使得长期发展更可持续

在下面的部分我们将研究巴西案例，为7.1和7.3节提出的观点进行举证，展示可持续发展策略在一个特定国家会如何因当地条件、资源禀赋和社会需求的差异而不同。

7.4.1 导言

通常，一些过去实施的经济改革（包括结构调整）并没有充分考虑其社会环境甚至经济影响（7.2节）。无论如何，恰当控制的改革可以在促进经济长期发展的同时，使环境损害最小化。更宽泛地说，不增长的情景（贫穷和停滞必然导致不可持续性）总是不如增长的情景令人满意——尤其是增长可以被调整以使其更可持续（2.5 节）。

因此，一种有希望的、可持续发展的途径，似乎就是成功实施旨在经济增长恢复或维持的合理经济政策，并与明确的环境补救措施和社会安全保障相结合。为了实现这一目的，适当的可持续性指标是一个关键性前提。更重要的是，可持续发展战略必须是针对具体国家的。

因此，下面的案例通过研究在何种程度上，增长导向型经济政策与社会环境损害有关、这种交互作用潜在机制的性质，从而得出适当的政策结论，以更好地阐明巴西经济长期增长与可持续发展之间的联系。

7.4.2 经济增长与社会公平、环境保护的挑战

在过去的四十年间，巴西的工业化进程与人均收入的增长过程一直伴随着持续的社会不公平与环境退化。直到 20 世纪 80 年代早期，巴西的发展模式还是进口替代型工业化。在三十年间，贸易保护主义、国营公司的发展、雄心勃勃的财政与信用激励政策使得早先的农业耕地经济转变成了高度工业化经济。在变化最迅猛的 70 年代，巴西经济的平均年增长率达到了 8.7%，城市人口占总人口的比例由不到 1/3 上升到大约 3/4。

然而，这种繁荣是不均匀的。在 20 世纪 70 年代末，大约有 40%的家庭在贫困线下，1979 年，代表着收入分配的基尼系数达到了 0.60，这是世界上最高的数值之一（Barro 等，2000）。在初级和中等教育方面的低投资是使收入集中长期存在的关键原因。土地改革政策的缺乏也导致了土地所有权的高度集中。此外，与采取土地改革相反，政府拓殖亚马孙流域，导致了滥伐森林现象十分普遍。

70 年代末的石油和债务危机加剧了社会不平等，而由危机产生的财政不平衡减缓了投资能力的增长，并导致了此后十年的长期经济衰退。失业率上升，低效率的工业和农业组织无法维持一个动态的增长过程。此外，在整个 80 年代和 90 年代早期，高度的通货膨胀压力与经济增长机会的减少结合使得社会冲突增加。

在 20 世纪 90 年代，政府实施了几项结构性改革措施，包括一些与贸易、资本自由化、私有化和放松管制相关的市场导向型政策。结果，从 1991 到 1997 年，外国直接投资增加了 147 亿美元，制造业的劳动生产率提高了 8.7%（Bonelli，1998）。结合以前的政策，在 20 世纪 90 年代，还实施了一些限制性宏观经济改革。最重要的改革是 1994 年的黑奥计划（the Real Plan），该计划通过实施一项成功的稳健货币政策，把月通货膨胀率从 80%降低到 1%，其直接的有利结果就是由通货膨胀减少带来的收入分配效应。基尼系数由 1993 年的 0.58 下降到了 1995 年的 0.57（Rocha，2000），但即使是这个边际再分配的效果，也被更高的失业率所抵消了。

黑奥计划造成的其他影响还包括大量的失业（尤其是在工业部门），以及被高估的汇率（源于为了平衡庞大的经常账户赤字而增加的外部资本投入）。直到1998年，高利率在保持外部平衡受到控制上是部分成功的，并吸引了短期投资，但是它严重影响了财政平衡。在1999年初，对外部稳定的信心缺乏导致了大幅度的货币贬值（该国汇率是允许浮动的）。随后，巴西的经济增长遵循着一种阶段性不断被迫停止的模式，在整个20世纪90年代，都没有持续的复苏局面，主要原因是过高利率遗留的问题（压抑了生产性投资）以及庞大的经常账户赤字（造成汇率容易大幅度变动）。

同时，社会与环境政策仍是不尽如人意。尽管城市和乡村的社会保障项目在持续推进，它们仍然没有减少贫困和不平等。10%最富有的家庭与40%最为贫困的家庭的财富之比，大约为24（大多数国家这个比值低于10）。与此相似的，小农场的面积（不到10公顷）占总农场面积的比例不到3%，而大农场面积（超过1万公顷）所占比例则超过了40%。土地改革得到了一个较大的预算份额，确立了雄心勃勃的目标。但尽管如此，农村贫困仍然是一个严重的问题，尤其是在巴西东北部。

此外，农村地区还面临着严重的环境问题：水污染、土壤退化以及生物多样性减少。城市也同样面临着日益恶化的环境问题：空气和水的污染、贫困家庭排水设备的缺乏以及固体废弃物的不断增加。然而，20世纪90年代末的一项民意测验显示，只有47%的巴西人认同环境保护应优先于经济增长，低收入群体大多接受以环境质量的降低来换取经济改善。

因此，巴西一方面要恢复经济增长并加固其在全球经济体系中的分量，另一方面还要减小社会差距和保护环境，必然面临着一些重大挑战。这个复杂的分析始于一个初步的行为影响矩阵分析（2.4.1节）。基于分析出来的优先性，我们将集中研究三个具体的方面：(1)对外贸易、工业增长与污染；(2)消费模式、环境与收入阶层；(3)亚马孙的滥伐森林。

巴西的经济经历了一系列持续的政策变化，这些政策变化主要是为了减轻外债危机带来的贸易支付差额方面的压力。在20世纪80年代早期，为了扭转外贸账户的形势，巴西政府开始刺激出口。事实上，在由国际货币基金组织和世界银行支持的结构调整战略中，扩大出口是一种重要的手段。这种工业政策方向上的变化，有利于进口替代，影响了巴西的工业结构。出口导向的工业表现要优于传统的国内市场导向的工业。

在20世纪90年代，进口稳定增加源于持续的自由政策。1994年黑奥计划实施后，高估的汇率推进了进口的增加。结果，巴西国内出现了进口投入品使用增加、国内投入品使用减少的局面。

在同一时期，有证据表明污染更加严重了，尽管使用的污染指数只是一种潜在的污染估计，而不是实际的工业污染。图7-4表明，具有高污染可能性的工业发展速度比工业行业平均发展速度要快。因此，自20世纪80

年代以来，工业发展开始转向高污染的行业。潜在污染与自由贸易之间的联系通过以下途径来研究：使用投入—产出模型得到的巴西工业部门环境数据和来自圣保罗州调查所得的环境指标。为了获得产品制造的工业生产环节产生的所有污染物数据，我们需要纳入从投入品生产环节到装配环节的排放量。这种方法需要一个投入—产出模型（I-O 模型），把需求向量的转变和潜在的工业污染水平联系起来。

这个分析是根据巴西统计局的投入产出矩阵（IBGE）来进行的。该矩阵使用了四组不同的排放系数，第一组（CEMA/IPEA）是根据巴西国家污染控制项目（PRONACOP）工程统计的 1988 年巴西工业的污染排放和去除的数据来估算的（由 Young 改编，1997）。第二组是由世界银行利用美国工业部门 1987 年的数据建立的工业污染预测系统（IPPS），该系统最早被 Young 等人用过（2001）。第三组系数集利用了巴西 1990-1994 年燃烧的化石燃料排放的 CO_2 数据，根据 COPPE/UFRJ 估计而得，Young 在 1999 年曾采用过。第四组排放系数集合（IPEA-IE/UFRJ），是利用登记在圣保罗州环保局（CETESB）工业源清单中的企业排放数据和 1996 年工业调查的更新数据计算而得的。

这些不同的数据表现出明显的方法论分歧，计算出来的系数各有其不足之处。第一个 CEMA/IPEA 系数集是用较老的排放数据（1987）来估算的。第二个 IPPS 数据仅仅基于化石燃料的大气污染物排放情况来估算，且还需假设巴西的工业排污概况类似于 20 世纪 80 年代末美国的情况。第四个 IPEA-IE/UFRJ 系数并非根据记录的排放数据进行计算，而是根据官方记录的预期排放数据（包括采用了减排手段的情况）而得，这个预期的排放数据假定工业企业是按照最佳产出水平来运行的。但无论如何，这些不同的投入—产出分析都得到一个相对一致的结果：面向出口的工业生产相对于面向国内市场的生产而言更为污染密集（如表 7-1 所示）。这样看来，巴西工业在专门为世界市场提供污染可能较大的产品。这一结果也是与如下假设相一致的：发展中国家更倾向于发展那些污染型的工业，因为在发达国家当中，这些工业由于更加严格的污染控制政策而不具备竞争力。

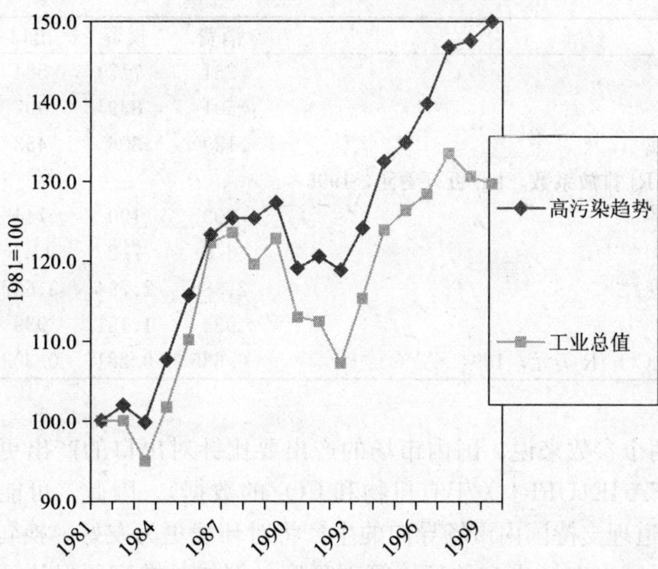

图 7-4 巴西工业及污染趋势的发展（1981= 100）

资料来源：IBGE/DPE/工业部。

即使出口导向的生产在某些污染物上来说排放更密集，一些国内市场导向的生产同样也在破坏环境。由于采用的方法不同，特定参数的估算结果可能会不同，这意味着，为了更好地理解环境绩效，我们需要改进数据收集。

表 7-1 每单位产出的污染强度（kg/百万美元）

参数/年	消费	投资	出口	总量
CEMA/IPEA 排放系数，kg/百万美元，1995				
BOD	1,116	453	1,370	861
金属（水）	10	24	47	15
颗粒物（大气）	3,398	8,232	8,549	4,441
SO_2	3,528	3,356	6,442	3,298
NO_X	1,672	1,574	3,029	1,603
HC	430	566	880	448
CO	10,899	31,445	55,460	17,855
IPPS 系数，kg/百万美元，1996				
BOD	285	125	276	253
TSS	3,507	8,765	13,202	5,792
SO_2	1,853	2,735	3,678	2,263
NO_2	1,127	1,304	1,562	1,218
CO	1,683	2,347	3,410	2,037
VOC	825	781	1,002	840

续表

参数/年	消费	投资	出口	总量
细颗粒物	261	717	584	391
总颗粒物	501	839	907	619
土壤中的金属	129	306	453	206
IPEA-IE/UFRJ 排放系数，kg/百万美元，1996				
有机物（水）	903	190	744	744
无机物（水）	6.6	7.2	11.5	7.4
颗粒物（大气）	2,388	2,794	3,667	2,634
SO_2	934	1,151	939	976
CO 排放，$kgCO_2$/R 美元，1994	0.635	0.281	0.303	0.326

对于两个参数来说，国内市场的产出要比针对出口的产出更为排放密集（指 IPEA-IE/UFRJ 关于有机物和 CO_2 的数据）。因此，可能没有任何“自然的”道理支持国内市场导向的生产将对环境更为友好。换句话说，需要改善针对国内市场生产的环境管理程序。例如，推广环保认证（如在公共采购程序上）和要求公司必须完全符合环保规定（为了从官方开发银行获取信贷）是促进工业可持续发展的关键步骤。

排放“储蓄”是 20 世纪 90 年代贸易自由化进程带来的进口扩大所产生的积极效果。既然是在国外生产的，那么进口货物也就替代了本国生产可能带来的相应污染排放——即是说，如果进口货物是在国内生产的，污染必然增加。利用 IPPS 1990-1996 年每种污染物的排放系数进行估算，相对应的排放水平平均变化为 146%（即由于工业进口的排放“储蓄”增加了 46%）。根据污染物的不同，变化水平也不同。

但是，要是增加的工业进口品不是集中于相对清洁的产品，尤其是那些技术密集型的产品（比如电子产品），那么进口品带来的排放减少会增加。表 7-2 显示，出口产品（主要是半成品和中间产品）的污染密集度几乎都要大于进口产品。然而，在 1990-1996 年间，出口产品和进口产品之间的排放强度差异在缩小。总的来看，巴西是一个可持续性的净“出口国”，因为在它的国际贸易行为中，其出口产品的污染可能性要大于进口产品。

表 7-2　用 IPPS 排放系数表示的进出口排放差异，（g/$）

污染物	1990	1991	1992	1993	1994	1995	1996
BOD	0.03	0.03	−0.01	0.08	0.06	0.14	0.08
TSS	11.73	11.83	9.37	10.29	8.72	7.31	8.23
SO_2	2.10	1.83	1.24	1.64	1.56	1.31	1.50
NO_2	0.65	0.58	0.33	0.51	0.55	0.42	0.47
CO	1.93	1.84	1.29	1.63	1.41	1.16	1.33

续表

污染物	1990	1991	1992	1993	1994	1995	1996
VOC	0.28	0.18	0.04	0.14	0.18	0.04	0.10
颗粒物	0.50	0.48	0.37	0.47	0.42	0.42	0.42
细颗粒物	0.67	0.61	0.45	0.63	0.60	0.63	0.63

结合Pasurka（1984）所提出的方法学、Mendes（1994）针对水污染物（BOD和重金属）控制成本的估算和Cavalcanti等人（1998）计算了出口量的总价格弹性，又对实施环境控制战略的直接成本进行了估算。即使是在最悲观的情景中，减排成本上升所造成的贸易转移也是相对较低的。因此，适当的环境控制措施并不会对巴西的工业出口竞争力产生很大影响（如表7-3所示）。最有可能因此失去市场的行业是制鞋业、有色金属制造业及其他冶金工业。

从一个更为动态的角度看，1996年PAEP的对圣保罗州工业企业的实地调查表明，国际性的企业比国内企业在清洁生产方面投入更多。这一结果和如下假设是相一致的：贸易和资本的开放促进环境友好操作和环境友好产品的生产。这些结果对制定政策有着重要启示。首先，工业出口集中在污染密集型企业，使得它们在国际贸易中对环境壁垒更为敏感。如果国际贸易采取更严格的环境标准，巴西的工业出口将面临重大危机。对此有两种解决办法：（1）对所倡议的贸易条例变化采取一种进攻性的反对立场，尽力维持国际贸易协定中最小环境壁垒的现状；（2）提高地方工业的环境绩效——提高排放标准或者改变出口货物的组成，减少对那些与“污染”型生产链相关的出口依赖。

表7-3　排放控制成本带来的出口损失（占年出口量的百分比）

	1980/1984	1985/1989	1990/1994	1995/1996
乐观情景（弹性：－0.34）				
减排50％				
总量	0.3％	0.4％	0.4％	0.4％
拉丁美洲	0.4％	0.4％	0.4％	0.4％
NAFTA	0.5％	0.6％	0.6％	0.6％
欧盟	0.2％	0.3％	0.3％	0.3％
减排100％				
总量	0.7％	0.8％	0.9％	0.9％
拉丁美洲	0.7％	0.7％	0.8％	0.8％
NAFTA	1.1％	1.4％	1.6％	1.5％
欧盟	0.5％	0.6％	0.8％	0.8％

注：这些数字概略地替代悲观情景（弹性：－0.78）

第一种选择反应出这样的观点：贸易（及资本）流的环境限制不会很快实现。然而，如果环保控制不规范化，而巴西又仍然作为拉丁美洲地区这方面的领导国，巴西的生产企业未必比它周围那些采取更低环境控制标准的国家有竞争力。因此，从长期来看，第二种选择是更好的解决办法。在巴西的政策决策中一直有采取基于污染者负担原则的环境管理经济手段的倾向。有些行业可能面临相对较小的短期损失（除了那些将在转向清洁生产的过程中获得特别补偿的行业）。许多企业已经自发地主动寻求更好的环境管理程序。

然而，朝着环境友好型经济转型并不能靠着放任政策——即任由巴西企业面临市场挑战的政策。一个重要的措施是推动环境管理中经济手段的运用，利用富有弹性而又有效的规则来提高环境标准。这必须与旨在推广双赢的环境创新技术的工业政策结合起来。这些政策的一些具体实例包括：鼓励企业采用、研发环保相关技术，投资人力资本，减少区域之间的环境绩效差异，激励环保认证，提倡环境友好产品和生产过程以为国内市场创造“绿色”产品。

7.4.3 城市发展、收入与环境

7.4.3.1 增长、贫困和环境问题

巴西的许多城市都面临严峻的环境污染问题，而贫困人群尤其为此所苦。Seroa da Motta 和 Rezende（1999）分析了 1980-1990 年间儿童死亡率与七种常见水传播疾病（肠道感染、霍乱、伤寒、小儿麻痹症、阿米巴痢疾、血吸虫病和志贺氏菌病）之间的联系。在保持现有卫生服务不变的条件下，对那些未享受公共供水服务的家庭（收入低于 5 倍最低工资的家庭），每增加一个百分点的服务，就可把 14 岁以下儿童水传播疾病致死率降低 2.5%（462 个儿童）。每增加一个百分点的污水收集和处理工作，相应减少的致死率分别为 1.6%（298 个儿童）和 2.1%（395 个儿童）。如果以上三项措施同时实施，致死率可降低 6.1%（1,139 个儿童）。与公共用水相关的每减少一条生命损失的投资成本是 115,102 美元，而相应的污水收集和处理相关成本分别为 175,207 美元和 214,562 美元（Seroa da Motta 等，1994）。当以上三项措施同时提高一个百分点，挽救一条生命的投资成本为 164,385 美元。

这些成本数据为了解巴西社会如何评估一个贫困儿童生命的价值提供了基础。假设卫生设施能够使用 50 年，而运行维护成本为固定成本的 10%，综合措施情景下的被挽救生命的年均话价值约为 18,000 美元（所挽救生命每年创造的价值约合 18,000 美元）——比巴西人均收入的 4 倍还高。这些数据表明水污染对人体健康造成了重大影响，但减排成本也相当高。

Seroa da Motta 和 Fernandes Mendes（1999）通过把呼吸道疾病引起的死亡率作为一个由气象参数（湿度和温度），污染浓度数据（颗粒物和 SO_2）

和社会经济数据（医疗保健、教育水平等）组成的函数，利用1980-1989年间的数据进行估计，确定了空气污染的健康成本。他们的研究表明，空气中的颗粒物浓度每增加或减少10mg/m^3，死亡率相应地升高或降低1.62%。使用估算得到的这个弹性，作者预计计划区域内工业污染物排放下降44%，空气中的颗粒物浓度将降到50mg/m^3（这是法定的一级大气质量标准），相应的，呼吸道疾病致死率将下降6.4%。基于由于疾病和过早死亡造成的产出损失[1]，估计空气污染成本为1,700万-2,200万美元。

以上计算的污染成本主要是由于城市化的扩张和消费模式的改变造成的，且与极不平等的收入分配相关。拥有较多耐用消费品，能量和水需求较高，污水和固体废弃物产生较多的高收入群体的消费模式的地方，也是环境退化现象更为集中的地方。但是，收入限制极大地影响了贫困人群应付环境退化（例如，享受好的医疗保健服务，改善家居环境）的支付能力。因此，贫苦人群可能在为富人造成的污染“买单”。

7.4.3.2 收入分配和污染的产生

收入集中的另一方面造成了消费环境影响的不平等。最近，一项对巴西家庭支出的调查表明，在1987-1996年间，巴西的家庭消费模式有了重大变化。在这期间，人口增加了15%，而家庭耐用消费品的拥有量增加得更多。对于所有的收入群体来说，干燥机、冰箱和洗碗机等耐用品的增加幅度都很大（分别是173%、211%和275%），甚至低收入群体的增加幅度更大（IBGE，1998）。这种潮流导致了一种依赖于工业产品，最终高能源密集度的消费模式的产生。

家庭能量消耗与GDP的比值从1987年的0.049 toe/10^{3}美元增加到1996年的0.060 toe/10^{3}美元（Ben，1997）。这一时期的总住宅人均能量消耗也从1987年的0.192toe增加到1996年的0.206toe。然而，同一时期的人均烹饪能量消耗却从0.110toe/人下降到0.078toe/人——主要是因为家庭烹饪的燃料由木柴变成了液化石油气。交通部门中主要使用化石燃料，但另一方面，巴西的电力消费90%是由水力发电支撑的。交通运输中的人均能量消耗由1987年的1.131toe/人增加到1996年的1.348toe/人。同一时期，农业的能量密度（关于GDP的函数）保持不变，但工业的能量密度（同样是关于GDP的函数）却由1987年的0.304 toe/10^{3}美元上升到0.359 toe/10^{3}美元。在1987-1996年间，化石燃料占总能源消耗的比例上升了38%，主要是因为交通部门的增长以及烹饪中对木柴的替代。由于可发电的水资源不断减少，化石燃料将在未来的能源消费中占据更重要的地位。91%的城市家庭都得到了自来水供应（PNAD，1998），但只有不到20%的

1 即经济价值评估中的劳动力成本法。——译者注

污水被处理了（Seroa da Motta 1996）。

巴西消费模式的改变是朝着对环境产生更大压力的方向进行的。为了分析巴西城市收入群体的消费模式，我们通过评估产品的退化可能性（用Pmg表示）和平均家庭收入来评估每一收入阶层的家庭环境退化水平（用E表示）。反过来，Pmg被用来表示根据每项消费的污染强度加权的消费倾向。分析了涉及不同收入阶层之间累进和累退的收入转移的几种情境，以研究由于收入群体中的Pmg值不同而产生的环境退化压力的相应变化。累进情境下，是把富裕阶层的100亿美元（相当于他们收入的7%或总城市人口收入的3%——均指1995年的巴西统计数据）转移给贫困阶层。在累退情境中，最贫困阶层将要损失37亿。

由于数据有限，分析只涉及了两个生产部门（工业和农业）以及三个直接服务业（交通、供水和污水处理）。分析考虑到了以下与环境的关键联系：（1）各种有机物无机物造成的工业水污染以及SO_2和颗粒物造成的空气污染；（2）化肥使用造成的农业污染；（3）家庭交通污染（向大气排放CO、HC、NO_x）；（4）家庭水消费；（5）家庭污水排放。分析所涉及的城市区域在1995年的收入占当年国民人均收入的90%以上。工业污染是根据从投入品生产环节到装配环节的排放量的投入—产出模型来估算的。

结果显示，收入分配的变化与环境退化压力的重大变化并无密切联系。在大多数的情况下，最富裕的阶层造成的环境恶化是最贫穷阶层所造成的10-20倍。同时，收入与Pmg值之间呈现负相关。贫困人群每单位消费倾向于导致更多环境退化，主要是因为他们高度倾向于消费。不同的收入群体以及他们产生的对应的环境退化压力之间没有呈现出倒U形的库兹涅茨曲线。

总的来说，退化倾向的差异基本可用以下两点解释：国民收入高度集中于富裕阶层；当技术可得时，不同收入阶层间存在技术因素的差异。其次，我们的评估表明，富裕阶层对整个环境退化的影响力要大于他们在总人口中的比例。最后，累退的收入转移模式加剧了环境退化，反之亦然。然而，我们发现在两种情景中，工业和交通源在收入分配和总环境退化压力之间呈现出一种没有弹性的关系（两种情景中收入转移的比例都要大于因此而造成的环境退化压力的改变程度）。

富裕阶层的消费模式造成的高退化压力显示出了又一个累退的方面，引起了严重的分配问题：（1）贫困人群并非造成污染的主要群体，却因为没有足够的经济能力采取充分的防护措施而承担了更多的环境恶化的后果；（2）因为环境退化的压力主要来源于富人的消费，不实行那些将会影响消费决策的更加严格的环境控制措施，就等于是在由穷人承担代价对富人的消费进行补贴。但另一方面，因为退化集中度之比低于各自的收入比，当针对环境退化的控制措施更为严格时，贫困人群也将为每单位的消费支付更高的环境控制成本（如果这些成本是通过价格传递的话）。

要避免这样的累退效果，政策手段需要一些补偿性措施。因此，环境税将是一种有用的手段，它们一方面降低了社会控制成本，另一方面税收收入还可用于补偿贫困群体（9.1节）。

7.4.4 亚马孙河流域的滥伐森林与生产模式

7.4.4.1 增长与滥伐森林趋势

巴西亚马孙河流域大约有500万 km^2，其中70%被森林覆盖，是全球现已知的大部分物种的栖息地。在过去的20年间，该地区的滥伐森林现象日趋严重。根据卫星影像数据，在1978-1998年间约有40万 km^2 的热带雨林被砍光（INPE，2000）。

亚马孙河流域的人均收入也在稳定地增长。经济增长是被拓殖工程加上大量的基础投资以及贷款优惠所拉动的。从1970年到1980年，GDP平均以每年15%的速度增长，而人均收入增长两倍以上。经济的繁荣主要是由工业部门引导的，工业部门年产值的平均增长率达到了26%，主要归功于玛瑙斯自由港的出口工业加工区。工业产值占地方产值的比例由1970年的15%上升到了1980年的40%（Reis和Blanco，1996）。

在80年代和90年代，各个州之间存在着明显的经济增长差异。在一些州，农业是主要的经济增长驱动力。表7-4给出了亚马孙流域各州从1985年到1997年的GDP增长数据，其中还包括了农业部门GDP的增长数据以作对比。

表7-4 GDP增长和巴西亚马孙河流域的森林滥伐

州	GDP平均增长率(1985-1997)	累计GDP增长率(1985-1997)	农业GDP平均增长率(1985-1997)	累计农业GDP增长%(1985-1997)	在毁林地区的增长%(1978-1988)	在毁林地区的增长%(1988-1998)
阿克里	4.86	58.31	0.31	3.71	256.0	65.3
阿马帕	6.72	80.65	11.02	132.20	300.0	145.3
亚马孙	0.56	6.77	0.50	6.06	1,058.8	46.5
马拉尼奥	1.05	12.56	0.94	11.24	42.1	10.8
马托格罗索	2.91	34.96	2.68	32.13	257.5	84.3
帕拉	2.68	32.17	5.14	61.65	133.2	43.2
隆多尼亚	4.01	48.11	4.57	54.85	614.3	77.6
罗赖马	7.20	86.34	16.98	203.82	2,600.0	114.5
托坎廷斯	2.53	30.41	0.22	2.65	575.0	22.2
亚马孙地区	3.61		4.71		146.1	45.9

资料来源：Silva和Medina（1999），INPE（2000）。

工业化程度最高的亚马孙州，其GDP增长率最低，而其他的州，比如阿克里州和隆多尼亚州，由于主要依赖于农业、畜牧业和开采，其年均GDP增长率超过了4%。GDP增长率最高的两个州——罗赖马州和阿马帕州，其农业GDP的增长率同样也是最高的。同时，这两个州在1985-1988年间的滥伐森林率也是最高的，证实了种植业和养牛场的扩张造成了森林砍伐。1978-1988与1988-1998年相比，亚马孙河流域的毁林速度有所下降。但是，在90年代，阿马帕州、马托格罗索州和罗赖马州的毁林区有所增加，而阿克里和隆多尼亚州则保持不变。

大多数的毁林区都变成了牧场（如表7-5所示）。据调查，在1985到1995/1996年间，大约有145,837 km^{2}的土地被清理出来（接近于1988-1998年间的滥伐森林面积——174,292 km^2）。牧场面积从1985年的298,423 km^{2}增加到1996年的477,272 km^2——十年间增加了60%。另一方面，该地区的农作物面积并未显著增加。因此，这些结果表明亚马孙河滥伐森林的主要变化模式是林区变成牧场。伐木也是滥伐森林的主要驱动力之一。从1980年到1995年，木材开采量从1.17亿m^{3}增加到5.23亿m^3，虽然在90年代木材开采的增长速率有所下降。

7.4.4.2　贫困和收入不平衡

尽管在亚马孙河流域的许多地区GDP增长迅速，但收入和土地所有的不平等现象也非常明显。虽然巴西北部地区的土地基尼系数从1975年的0.86下降到了1985年的0.79，但这个数值仍然是相对较高的。此外，土地、环境退化以及乡村发展缓慢又造成大量农村人口涌入城市，从而引发了新的问题。农村人口的比例从1991年44%下降到2000年的32%。亚马孙河流的年均城市人口增长率达到了5.9%，远高于巴西的全国平均值(2.7%)。城市化最迅速的两个州就是阿马帕州和罗赖马州——这两个州都是以农业为主。农村人口向城市迁移主要可能源于农业发展的不可持续性以及偏远农村地区生存环境的恶劣。

表7-5　巴西亚马孙河流域的土地利用：1985和1996（km^2）

土地利用方式	1985	1996
多年生农作物	10,183.27	10,788.24
一年生农作物	79,735.44	70,604.42
人工林	3,031.78	5,800.30
人工牧场	298,423.46	477,273.20
休闲地	43,517.64	29,030.27
未利用的土地	114,754.61	74,275.44
总农业开垦地	1,378,194.56	1,524,032.00

资料来源：IBGE农业人口普查1985、1995（包括马拉尼奥州、戈亚斯州）。

7.4.4.3 滥伐森林的社会成本

亚马孙河流域的滥伐森林和环境退化给整个流域以及流域周边地区都带来了巨大的社会成本。在流域内，未来的发展受到了限制。由于土壤中营养物质被耗尽，森林转变成牧场和农田这一过程是不可逆转的。Seroa da Motta 和 Ferraz（2000）的研究表明，伐木（森林向农田的转变跟随其后）并没有反映出其稀缺性和耗竭成本。滥伐森林的过程还损害了其他的经济活动。由于缺乏可持续的林业经营，与林业相关的诸如生物多样性的利用、生态旅游、森林碳汇以及其他的森林环境服务功能等方面在未来带来收入的可能性将会随着滥发森林而显著下降。

生物多样性的减少是滥伐森林产生的主要问题。在 1997 年，巴西的 228 种濒危动物物种中，有 90 种来自亚马孙河流域（IBAMA，1997）。亚马孙河流域有一些独特的生态系统和稀有物种，他们既有存在价值，也有实际的药用价值（第 3 章）。掠夺性的伐木活动也造成了珍稀木材的绝迹，例如桃花心木。Martini 等人（1994 年）的研究指出，在 305 种极具商业和生态学价值的树种中，已有 45 种面临灭绝危险。滥伐森林还通过排放 CO_2 造成了环境相关的社会成本。Andersen 和 Reis（2000）估计在 1970-1985 年间，亚马孙河流域每年大概排放出 1.68 亿吨的碳（相当于被清理土地每公顷排放 95 吨的碳）。

滥伐森林和伐木都增加了该地区的火灾风险。热带雨林的局地小气候本来是较湿润的，起火时也易于控制火情。而伐木以及退林为耕都使火灾发生的可能性增加了，尤其是伐木，它破坏了森林的林冠（高达 50%）——使得阳光可以照射到并晒干落叶和其他的易燃物质。因此，滥伐森林可能引发的意外火灾增加了大规模的生态破坏和严重经济损失的潜在可能。厄尔尼诺现象出现的频率增高、幅度增强，使得森林气候变干趋势更明显，也增加了森林火灾的风险（Nepstad 等，1999）。

7.4.4.4 经济刺激与巴西亚马孙河流域的森林滥伐

巴西亚马孙河流域的森林滥伐是一个复杂现象。森林退化为农田与牧场的过程，是由各个利益相关体推动的，包括家庭农场主、大牧场主、边境移民、土地投机商和伐木公司。此外，这一过程也受到市场、制度和政府政策的影响。因此，模拟森林退化的动态过程并不是一个简单的任务。

为了估算亚马孙河流域农业用地清理和牲畜数目扩张的原因，我们用了一个简单的模型来处理流域内八个州的面板数据（Munasinghe 等，2006）。

$$\begin{aligned}\ln y_{it} &= \alpha + \beta \ln pa_{it} + \delta \ln pl_{it} + \gamma \ln w_{it} + \lambda \ln crd_{it} + \gamma \ln prd_{it} \\ &+ \varphi \ln nprd_{it} + \rho \ln dist_i + \zeta \ln sd_i + f_i + \varepsilon_{it}\end{aligned}$$

在这里，y_{it}是农业模型中的农用地开垦比例或者牧业没模型中的牲畜密度；pa_{it}是产出的价格（在农业模型中是农产品，牧业模型中是每头活牛的价格）；pl_{it}是土地价格（根据因变量分别为农业用地和牧场）；w_{it}是农村工资率；crd_{it}是农业信贷密度（不同的方程中分别是农业和牧业养殖的信贷，信贷/州的面积）；prd_{it}是经铺设路面的密度（经铺设路面的总数/州面积）；$nprd_{it}$是未经铺设路面的密度（经铺设路面的总数/州面积）；$dist_i$ 是指州首府和首都之间的距离；sd_i 是优质土壤的比例；f_i 是州效应，而 ε_{it}是当期误差项。

把森林改造为牧场是该地区毁林的主要动机，但这并不能解释为什么牲畜群在不断壮大。牲畜密度和农业开垦地的比例的计算结果如表 7-6 和表 7-7 所示。

表 7-6　亚马孙河流域养牛密度的决定因素（1980-1995）

自变量	可选模式		
	（1）确定效应	（2）随机效应	（3）GLS—AR
ln（每头活牛的价格）it	−0.398（0.095）*	−0.377（0.106）*	−0.240（0.092）*
ln（牧场土地价格）it	−0.046（0.076）	−0.080（0.082）	−0.037（0.058）
ln（牧业信贷密度）it	0.034（0.024）	0.062（0.026）*	0.060（0.019）*
ln（经铺设路面的密度）it	0.307（0.063）*	0.261（0.064）*	0.174（0.058）*
ln（未经铺设路面的密度）it	0.104（0.049）*	0.210（0.051）*	0.404（0.046）*
ln（州首府和首都之间的距离）i	——	−0.799（0.149）*	−0.676（0.100）*
常量	3.221（0.454）*	9.168（1.037）*	8.6558（0.640）*
F-检验 all f_i＝0	30.26		
Breusch-Pagan LM 检验 f_i＝0，		X2（1）＝45.66 Prob＞chi2＝0.0	
豪斯曼检验	X2（5）＝0 Prob＞chi2＝1.0		
N	128	128	128
对数似然 R2	0.58		5.144

注：因变量：ln（牲畜数量密度）。括号里是标准差。* 和 * * 指显著水平分别在5%和1%。分析中包括的州指阿克里、阿马帕、马拉尼奥、马托格罗索、帕拉、隆多尼亚、罗赖马。

牲畜密度增加的驱动力主要有两个。首先，土地和牲畜价格的下降使得农民可以增加他们养殖的牲畜数，其中，牲畜价格的下降要比土地价格的下降更重要。其次，政府的政策（尤其是信贷和修路的政策）推动了牲畜规模的扩大。经铺设道路增加了到达市场的便利性，降低了运输成本，而为经铺设道路也在一定程度上推动了牲畜数目的增加——可能与小牧户的活动相关（Walker、Moran 和 Anselin，2000）。

农作物栽种密度的增大（虽然对毁林的影响相对更小），同样是很重要的，因为部分的土地转换就是由于农民寻找具有土壤肥力的土地而造成的。农民首先把森林变成了农业用地，并竭尽所能地利用其土壤肥力。而当土地生产力由于营养物质的耗竭而衰退时，农民又把农田变成了牧场。

表 7-7　亚马孙河流域耕地的检验（1980-1995）

自变量	可选模式		
	（1）确定效应	（2）随机效应	（3）GLS-AR
ln（农作物的价格）	−0.007（0.053）	0.250（0.084）*	0.117（0.057）*
ln（种植土地价格）	−0.046（0.053）	−0.048（0.087）	−0.129（0.059）*
ln（农村工资率）	−0.198（0.115）**	−0.302（0.234）	−0.149（0.115）
ln（农业信贷密度）	0.060（0.0266）*	0.247（0.039）*	0.148（0.034）*
ln（经铺设路面的密度）it	0.273（0.068*）	0.494（0.056）*	0.425（0.066）*
ln（未经铺设路面的密度）it	0.052（0.046）	0.373（0.047）*	0.216（0.051）*
ln(州首府和首都之间的距离)i	——	0.246（0.114）*	−0.220（0.137）
ln（高质量土壤打分）	——	0.269（0.035）*	0.390（0.051）*
常量	1.902（0.331）*	2.568（0.914）*	6.056（0.954）*
F-检验 $f_i=0$	42.71		89.65
Breusch-Pagan LM 检验 $f_i=0$		X2（1）=108.60	
$f_i=0$		Prob>chi2=0.0	
豪斯曼检验	X2（6）=19.86		
	Prob>chi2=0.003		
N	120	120	120
对数似然 R2	0.34		2.69

注：因变量：ln（耕地比例）。括号里是标准差。*和**指变异系数分别在5%和1%水平。分析中包括的州是阿克里、阿马帕、马拉尼奥、马托格罗索、帕拉、隆多尼亚、罗赖马。

对于农业开垦地需求的变化似乎受经济因素的影响更多一些。研究发现，产出价格在我们的两种设定中都是重要因素。令人惊讶的是，在解释农业开垦地的模型中，土地价格并不是重要的影响因子（可能是因为序列相关）。

在固定效应模型中，农村工资是有显著影响的因素。真实农村工资的降低，将减少前往边境的机会成本，同时也减少了开垦农业用地的临时雇用劳动力的成本。与牧场经营类似，在解释农业用地开垦的模型中，政府的农业信贷也是一个显著因素。

经铺设道路和未经铺设道路都推动了农业用地的开垦，原因类似于牧场经营。研究结果强调了交通政策在未来牧场经营和农业用地扩张的管理中的重要性。政府的 Avança Brasil 项目（Nepstad 等，2000），准备建立起一个经铺设道路的网络以促进亚马孙河流域的发展，这个项目可能会使毁林活动更加严重，并对该地区的可持续的公平的发展造成破坏。

7.4.5 巴西案例研究的主要结果和结论总结

近年来，巴西进行了一系列的经济政策改革。虽然这些政策并没有直接针对可持续发展问题，但是，他们确实对社会和环境产生了重大影响。在认识这些政策产生的社会环境影响时，哪怕是最微小的进步，也会有助于改善经济政策的设计。同时，认识到社会问题和环境问题背后的政策因素，也将有利于推动可持续发展。

7.4.5.1 工业增长，对外贸易和污染

对于环境保护来说，贸易政策是一把双刃剑，贸易竞争力与环境之间的关系是非常复杂的。在巴西，那些出口导向的产品其污染密集度往往比在国内市场消费的产品大。这一结果与如下假设是一致的：发展中国家倾向于提供“污染”产品，因为在发达国家的这些行业由于严格的环境控制政策缺乏竞争力。然而，这种效果被20世纪90年代由于进口快速增长带来的排放“储蓄”抵消了。通过进口商品，则避免了商品生产过程中的污染排放（这些排放行为发生于生产国）。

环境控制战略的直接成本是相对较低的。对水污染物（BOD和重金属）的控制带来的生产成本增加所造成的出口减少，占巴西出口产总值1%-2%。制鞋业、有色金属制造业和其他冶金业相对更面临着失去市场的危机。在消费者环境意识日益提高的地区，目前的高污染行业未来有可能失去市场。

出口导向或者外资公司比面向国内市场的公司或者国内公司更乐于采取各种环保新技术，因为国际市场的环境标准和环境压力都要高于巴西国内。这一结果也与如下假设相一致：贸易和资本的开放鼓励了对环境友好的生产行为和产品的选择。

研究结果意味着：(1) 巴西的工业出口将可能容易遭遇环境壁垒；(2) 国际贸易中更为严格的环境政策将让巴西出口显著减少，应对这一可能困境的战略包括：(1) 对所倡议的贸易条例变化采取一种进攻性的反对立场，尽力维持国际贸易协定中受到限制的环境壁垒的现状；(2) 提高地方工业的环境绩效——提高本地排放标准或者改变出口货物的组成，减少对那些“污染”型生产链相关出口的依赖。

转向环境友好型经济必须采取以下措施：(1) 支持环保相关技术的能力建设；(2) 在生产部门中推动新技术的应用；(3) 提高劳动力的教育水平和技能；(4) 提高研究中心的质与量，并把他们和生产部门的利益联系起来；(5) 旨在减少区域之间环境绩效差异的专门规划；(6) 激励环保认证，包括公共采购；(7) 提高国内消费者对环保生产行为和产品的意识与

理解，为绿色产品创造国内市场。

7.4.5.2 城市发展，收入与环境

在巴西，环境退化压力与收入之间的关系并没有呈现明显的倒“U”形曲线变化，收入越低的人群造成的环境损害压力越小。但是，由于富人拥有的私家车污染物排放标准的提高，城市交通环境污染与收入之间的关系呈现明显倒“U”形曲线。相对于他们在人口中所占的比例，富人消费造成了更多的环境损害。从穷人到富人的收入转移增加了这种损害程度，反之亦然。

在巴西，富人群体消费造成的巨大环境损害压力使得环境政策的公平问题更加严重：（1）穷人不是造成环境损害压力的主要人群，但却更多地承担着因此而导致的负面后果；（2）主要的环境损害压力是由富人造成的，但更严格的环境政策引起富人消费行为改变的同时最终将导致穷人群体同样负担花费。同时，由于环境退化改进低于预期收入增长，如果环境投资成本通过价格传递，那么随着环境政策更为严格，穷人需要承担的部分会更多。

如果要规避上述情况，政策制定需要涵盖进补偿标准。因而，环境税可能会有效，因为环境税政策降低了社会控制成本，并且能够为社会创收来对穷人群体进行经济补偿。

7.4.5.3 亚马孙河流域的森林滥伐与生产模式

巴西亚马孙河流域的毁林活动是一个非常复杂的现象，涉及农民、大牧场主、边境移民、土地投机商以及伐木公司。牧场经营是森林退化的主要原因。影响牲畜密度增加的驱动力有两个。第一，土地和牲畜的价格下降使得农民养殖的牲畜增加了。第二，修路活动便于产品的市场运输，降低了运输成本。

对农业开垦区的需求变化主要是受经济因素影响——比如，产出价格、农村工资、政府农业信贷。增加的劳动力流动性和通过修路实现的运输成本降低推动了农业用地的开垦和伐木活动。经铺设道路与未经铺设道路都会推动农业用地的开垦，原因与牧场经营相同。研究结果强调了交通政策在未来牧场经营和农业用地扩张的管理中的重要性。政府准备大肆修路以促进亚马孙河流域的发展，这一举动可能会使得毁林活动更严重，并对该地区的可持续和公平发展的前景造成破坏。

第 8 章

数理宏观模型应用

最优增长模型与可持续发展

增长所带来的经济与非经济的成本与收益

一个最优模型

模型结论

宏观经济政策、次优理论和环境损害

发展中国家案例研究

这一章在第 7 章一些基本性的结论之上进行了扩展，探讨了在国家层面上令发展更加可持续的两种理论方法。在 8.1 节中我们将对增长模型中最优化和可持续性的关系进行文献综述（参见 2.3 节）。8.2 节阐述了对经济增长的成本和效益，并罗列了使得增长模型能够把可持续经济学的思考纳入其中的方法。在接下来的 8.3 节和 8.4 节建立了一个数学模型，该模型研究那些着重于最优经济增长的发展路径在什么样的条件下也可以达到更加可持续发展的目标。通过代入一些典型数据对模型进行了求解，也进行了结果分析。8.5 节和 8.6 节中列举了第二个例子，这个理论模型主要试图探索什么样的情形下应该对宏观经济政策进行次优调整，以消除引起严重环境危害的经济扭曲。博茨瓦纳、加纳和摩洛哥三个案例研究表明宏观经济政策有可能危害环境，其后也讨论了适当的解决措施。

感谢 M. Clarke，S. K. N. Islam 和 K. G. Maler 对本章的重要贡献。本章的部分内容根据如下的材料改编而来：Munasinghe，M.（Ed.）（1996a）Environmental Impacts of Macroeconomic and Sectoral Policies，International Society for Ecological Economics and World Bank，Solomons，MD and Washington. DC，USA；Maler，K. G.，and Munasinghe，M.（1996）“Macroeconomic Policies，Second-Best Theory，and the Environment”，Environment and Development Economics，Vol. 1，No. 2，pp. 149-63；Islam，S. K. N.，Munasinghe，M.，and Clarke，M.（2003）“Making Long-Term Growth More Sustainable：Evaluating the Costs and Benefits”，Ecological Economics，Vol. 47，Nos. 2-3，pp. 149-66，December.

8.1 最优增长模型与可持续发展

长久以来，可持续发展的经济维度（比如 GNP），一直就被设定为发展的主要目标。建立在增长理论基础上的传统型发展研究，依赖于经济效率和动态优化的范式。但针对经济产出进行最优化的增长模型却无法保证发展的可持续性（特别是环境和社会的可持续性）。反过来，对增长的经济、环境、社会可持续性进行评价，也并不能确保经济增长的最大化（Munasinghe，1992a）。

我们通过一个数量化的生态增长模型来探讨最优化—可持续性的问题，这个模型可以对可持续经济增长的长期前景进行评价（Islam 1998）。这个方法尽可能地量化了增长所带来的所有成本和收益（包括环境和社会方面），然后用传统的费用—效益分析（cost-benefit analysis，CBA）方法最大化其引致的净收益（即收益减去成本）。也附加了一些约束条件，特别是一些保证生态可持续性的条件。模型的结果有助于评估不同的发展策略，寻求能够使得最优化增长更加可持续的政策选择。

接下来，我们将大范围地讨论一下增长和可持续性的问题。接着建立了一个数量模型来探讨这个关系。其结果证实，人们有理由担心经济增长的非可持续性。

8.2 增长所带来的经济与非经济的成本与收益

这个领域的文献有一定的局限性。首先，大多数研究都是定性而非定量的。很少有研究者在生态模型中着重研究成本和收益。其次，通常没有对三大方面的影响进行区分。经济增长可以对经济或环境产生多种方式的影响。可持续性取决于考虑了哪些种类的成本和收益（Munasinghe，

1992a)。最近有一些研究表明经济增长的成本超过了其带来的收益，而另一些却持相反的观点。虽然已经有人提出过在费用—效益分析基础上进行宏观经济学规划，但这却没有被广泛地执行。所以，我们需要一个包含了成本和效益的实用的增长模型。

8.2.1 把可持续性与增长的成本与收益联系起来

“二战”之后，经济增长被看做是对于增进个人与集体福利至关重要的(Eltis，1966；United Nations，1972；Beckerman、1974；Hufscmidt et al.,1983；Dodds，1997；Manning 和 de Jonge，1996、Gyfasson，1999)。对于更高收入的追求超越了对环境和社会的考虑。然而，环境和社会方面的损害会限制长期的增长（第 2.5.3 节)，Munasinghe 等（2001）给出了一个这方面的全面综述。

一些人引用环境库兹涅茨曲线（environmental Kuznets curve，EKC）说明他们的观点。增长引起污染，但当一个社会更加富有的时候，就会有更多的资源用于减少污染，把其控制到可接受的水平（第 2.5.2 节）(Beckerman，1992；Gylfasson，1999；World Bank，1992)。同样，当资源变得稀缺，市场价格会上升，这将鼓励对替代性资源的消费，促进提高资源供应、减少资源使用的技术进步，从而避免自然资源的耗竭。而之前关于资源耗竭的预测都已被证明是不正确的。

另一类观点则认为经济增长的总成本超过了其带来的效益，将会导致非有效的增长（Daly，2000）或贫困增长（Islam 和 Jolley，1996)。所以，尽管世界范围内都出现了经济增长，但仍有 10 亿人仍然生活在绝对贫困的境况中（第 1.2 节)。EKC 观点也受到了挑战（Grossman，1995；Ayres，1996)。

一个简单的增长最大化模型可以量化所有成本和效益（包括环境和社会方面)，然后用传统的费用—效益分析方法来对净收益进行最优化计算——见第 2.3.2 节。当环境和社会影响不能够货币化的时候，也可以通过多标准分析对非货币指标（Munasinghe，1992a）进行评估。可持续性则可以通过一些侧面约束来保证，如环境不变坏，非递减的收入、消费或福利。一个关键的问题是生态（社会）约束对经济发展是否存在绝对限制（Islam，1998)。

8.2.2 使宏观模型与可持续经济学的原理一致

下面，我们大体介绍如何把社会和环境考虑整合到宏观模型中。这种与可持续经济学相一致的模型需要探讨一些相互关联的方面，包括资源耗竭、环境退化和可持续经济增长，可持续增长过程的特征，自然资源代际分配的效率与公平，社会贴现率，影响经济增长率不同变量的相对重要性，储蓄、投资、技术进步和生产投入可持续性的问题等。

这些模型被证明对于形成国家的整体经济、社会和环境策略是有用的。一个与可持续经济学一致的模型可以解决的专门问题，包括自然资源管理、教育和研发支出、对于资源密集型行业相关的实物资本投资的激励以及污染控制策略。模型结果中也可以得到对模型中关键变量的未来增长路径的预测；这些变量包括 GDP、消费、污染、技术进步、资本和人口。模型可以把过去的实际观察值与最优值进行比较，从而提供关于环境—社会经济系统的运行、表现和演进的信息。

一个标准的经济增长模型可以通过以下方法变得更加与可持续经济学相一致：(1) 抓住等式背后的环境—经济互动关系；(2) 在目标函数中加入可持续性标准。我们将在下面讨论这些调整如何被囊括到连续和离散的增长模型中。

（连续的）理论模型包括社会福利方面以汉密尔顿方法为基础的模型，它可以用来探讨可持续经济学方法。这里，社会福利通常是用纯经济变量比如收入或消费来衡量的，可持续增长是由消费或资本在时间上的非递减来保证的。Islam 和 Craven（2001）开发了对于与可持续经济学相一致模型非常重要的数理模型和计算方法，并说明这个过程需要对传统模型进行大量的扩展。

与可持续经济学相一致的应用型大规模离散模型可以说明资本积累、技术进步以及环境和经济增长之间的关键关联。它们同样可以计算在污染累积和自然资源存量下降的约束条件下，由资本存量、人口增加和技术进步所引起的持续经济增长。

许多解法都可以用于运算这些模型（Fox 等，1973；Barro 和 Sala-i-Martin，1995；Sengupta 和 Fox，1969；Amman 等，1995，Craven 和，Islam，2001；Schwartz，1996）。具体的电脑程序包括 GAMS（Brooke 等，1997）、DUAL、MATHEMATICA（Amman 等，1996）、OCIM（Craven，1995）、RIOTS（Schwartz 等，1997）和在 MATLAB 基础上的 SCOM（Craven 和 Islam 2001）。

8.3 一个最优模型

本节列出了一个基本的与可持续经济学相一致的模型，并对如何设定与计算以及如何用它进行政策分析与预测进行说明。

8.3.1 与可持续经济学相一致的最优增长模型：Ecol-Opt-Growth-1

最优增长模型被广泛运用于发展经济学问题的研究（Ayres，1988；Faber 和 Proops，1990；Perrings，1987）。这些模型有着增长导向的目标函数，可以被用来研究增长最优化政策对生态可持续性的影响。最优增长模型对经济增长的机制和过程既是描述性的也是规范性的表征（Burmeister 和 Dobell，1970）。它们不仅可以包含增长的定量方面，也可以通过在模型中加入生态或规范判断的指标从而包含定性方面特征。也有其他学者（Snower，1982）强调了要在环境经济学研究中使用最优化模型的重要性。

Ecol-Opt-Growth-1（Islam，1998、2001）是一个考虑生态约束的动态优化增长模型（Cesar，1994；Faucheux et al.，1996；Pearce 和 Turner，1989）。它是建立在最优规划理论之上，包含了一个最优增长程序（Chakravarty，1969；Heal 1973）。Ecol-Opt-Growth-1 中描述性的部分、约束条件和数据设置都从 Van den Bergh 开发的动态生态—经济模型中（Van den Bergh，1991、1996；Van den Bergh 和 Nijkamp，1994）得到很多的借鉴。同时，Ecol-Opt-Growth-1 在描述部分和约束设置方面对 Van den Bergh 模型也有扩展，加入了 12 个关于经济比率、损害指数、减排与经济增长的成本与收益等的等式。

模型假设社会福利是消费和环境质量的函数。在最优增长的框架中，社会规划者通过选择消费、投资和污染减排这些变量的最优路径最大化跨期社会效用。在下面会详细介绍的基本 Ecol-Opt-Growth-1 模型中，其目标就是要找到在生态—经济约束条件下实现社会效用最大化的经济体中，最优的开采、环境质量以及消费会呈现什么样的增长路径轨迹。资源的使用影响环境质量，并且又对效用产生影响；同时它也通过对产品生产和资源再生产的作用，对效用产生间接影响。

这个模型在增长最大化框架中建立起了社会福利、消费、资本积累、技术进步、生态和经济增长之间的主要联系。增长由以下事项决定：（1）资本；（2）由于政府对研发和教育的投资，以及私人部门的干中学的知识借鉴和知识积累而促成的技术进步；（3）人口；（4）受到污染、政府环境（污染）控制投入以及资源使用等影响的环境质量。

8.3.2 Ecol-Opt-Growth 1 模型

最优生态模型、数据、边界条件以及横截面条件的概要概念性版本

附录 A8.1 中对模型进行了总结（详见 Islam，1998）。模型的大部分数据，除了与目标函数和横截面条件相关的数据，都来自 Van Den Bergh

(1991)。在一些使用了不同的经济学限制条件比如科普—道格拉斯目标函数和生产函数的模型运行情境下，额外的系数值是专门设定的。虽然模型数据是例证性质的，但是参数值以及边界条件都是比较符合现实的（Van Den Bergh，1991）。

模型使用的纯粹时间偏好为 3%，与主流观点所认为的社会跨期偏好一致（第 3.6 节）。而总的贴现率则是 3%加上经济增长速率，同时效用函数中则包含消费的对数值作为变量。另外模型还用零社会贴现率计算了一次，这样做主要是基于一些这样的争论：零贴现率可以保证代际公平，并与个人—政府关系的社会契约相一致，以及基于公共储蓄正的外部性效益和分离悖论的观点：社会作为一个整体应该有一个比个人要高的储蓄率。

模型的关键特点包括：（1）它建立在一种整体的发展观之上，考虑了社会选择、道德以及政治经济学等多种要素（Dopfer，1979）；（2）是一个多部门的总体生态系统增长模型；（3）包含了社会和环境的约束与反馈；（4）初始期设定了一个均衡的生态系统，增长过程可能引致非均衡；（5）分析的是一个理想化的经济系统而并不试图证明任何特定的增长理论（Burmeister 和 Dobell，1970）；（6）有内生的关键变量；（7）通过社会贴现率和变量与系数值的设定来模拟代际公平问题。

除了传统的效用函数，这个模型中还确定了衡量消费的净效益等的一些新效用函数。损害函数则基于 Nordhaus（1994）的方法。社会选择的问题以常规约束条件下最优化的形式表征，它的组成部分包括：（1）目标函数（社会选择）；（2）约束条件（所处的社会经济系统）；（3）社会时间偏好（代际公平）。道德观点通过贴现率、实施条件、可持续性指数、费用—效益等式和一些系数与数据值来表达。环境方面的考虑主要通过对资源耗竭和资源开发等式附加限制条件来表达，而社会方面的考虑则体现在目标函数、社会约束条件、可持续性指数和费用—效益约束上。变量的一个有用的分类方式可能是：（1）政策目标变量（消费、社会和环境质量、GDP）；（2）政策工具变量（部门投资、污染减排、资源开发、研发支出、环境管理等）；（3）所有其他变量。

首先，我们在一个理想系统下对增长的可持续性进行实证的研究，接下来逐步地修正各个组成部分以反映真实世界的情况。模型中增长带来的效益包括：生活水平（GDP、消费）、污染减少带来的环境效益、资源破坏和总的环境损害的减小。成本则包括自然资源耗竭、非可再生资源的过度使用、污染累积、总的环境损害以及治污成本的增加。

这个模型与传统的最优增长模型相比是更加与可持续经济学一致的，因为它：（1）更好地代表了环境和经济系统；（2）集中在一个最优增长框架中加入一个生态模型；（3）用非线性规划方法规划期内的最优轨迹，不像其他模型仅仅可解出静态值；（4）使用了独有的电脑算法和数据集。

8.3.3 模型设定和计算结果

这里对 Ecol-Opt-Growth-1 进行了 11 组不同的设定并分别求解。每个模型跨越八期，每期等于十年。这些模型情境的不同（表 8-1）主要在于他们各自的目标函数、生产函数、时间偏好水平等有所变化。第 1-9 组模型情境都是建立在最优增长模型基础上的，而第 10 和 11 组模型情境则是没有目标函数的预测模型。只有第 8、9 和 11 组模型情境运算无解。

表 8-1 不同的模型设定与运算

情境	模型类型	目标函数	生产函数	投资函数/变量	纯粹时间偏好（%）
1	最优化模型	1（a）	2（a）	部门投资/总投资	3
2	最优化模型	1（b）	2（a）	部门投资/总投资	3
3	最优化模型	1（a）	2（b）	总投资作为控制变量	3
4	最优化模型	1（c）	2（a）	部门投资/总投资	3
5	最优化模型	1（d）	2（a）	部门投资/总投资	3
6	最优化模型	1（d）	2（b）	总投资作为控制变量	3
7	最优化模型	1（a）	2（a）	部门投资/总投资	0
8	空气质量非下降的最优化模型	1（a）	2（a）	部门投资/总投资	3
9	无减排情况下的最优化模型	1（a）	2（a）	部门投资/总投资	3
10	预测模型	—	2（a）	部门投资/总投资	—
11	无减排情况下的预测模型		2（a）	部门投资/总投资	—

增长与生态情境

模型结果得到了规划期内的一系列满足资源配置静态和动态效率的生态系统情境（见表 8-2 和 8-3，以及图 8-1 至 8-5）。

表 8-2 政策变量的最优值和费用—效益分析

	情境	时期 1	2	3	4	5	6	7
污染减排率	1	0.649	0.715	0.774	0.797	0.823	0.823	0.829
	2	0.649	0.748	0.816	0.846	0.858	0.859	0.860
	3	0.649	0.645	0.646	0.640	0.640	0.633	0.633
	4	0.649	0.762	0.828	0.862	0.891	0.907	0.918
	5	0.649	0.653	0.666	0.669	0.676	0.678	0.677
	7	0.649	0.718	0.778	0.801	0.827	0.828	0.834
	10	0.649	0.730	0.812	0.848	0.882	0.900	0.911

续表

	情境	时期 1	2	3	4	5	6	7
减排的效益	1	21.5	23.76	29.590	43.575	48.015	64.558	82.282
	2	3,658	3,102.2	8,785.6	4,115.5	14,486.0	29,509.0	20,870.0
	3	32.8	44.68	58.407	66.251	71.871	75.811	80.565
	4	−1,151	−1,214	−1,280.05	−1,349.70	−1,423.12	−1,500.50	−1,582.07
	5	317.6	309.0	293.614	257.721	242.112	211.223	204.040
	7	1,326	1,506.9	2,265.578	4,154.411	5,021.287	7,625.489	11,458.57
	10	1,394	4,035	8,161.570	30,173.21	69,035.39	60,324.68	150,265.9
减排的总成本	1	4.934	6.713	9.369	12.008	13.466	15.086	17.603
	2	7.371	10.407	18.842	15.490	22.346	28.468	25.551
	3	1.447	1.542	1.669	1.683	1.738	1.720	1.763
	4	7.434	11.96	25.298	42.468	63.264	80.012	87.366
	5	2.928	2.966	3.135	3.056	3.147	3.047	3.034
	7	5.079	6.907	9.875	12.691	14.324	15.749	18.659
	10	5.175	10.31	18.680	33.127	52.734	57.303	84.604
增长的总效益	1	4.948	1.117	−5.015	46.031	97.073	138.977	155.390
	2	39.135	−366.7	−149.168	14.418	170.252	199.656	186.072
	3	−66.66	−48.97	−31.243	−27.913	−30.199	−34.102	−37.650
	4	−1,151	−1,214	−1,280.05	−1,349.70	−1,423.12	−1,500.50	−1,582.07
	5	−1,151	−1,214	−1,280.05	−1,349.70	−1,423.12	7.893	0.774
	7	0.066	−4.01	−7.643	45.306	98.743	141.921	160.545
	10	−547.1	−579.5	−1,279.94	−1,349.59	−1,423.00	−1,500.38	−145.155
增长的总成本	1	13.1	103.31	153.660	200.626	237.792	288.016	343.818
	2	53.2	146.28	203.458	195.770	263.286	350.748	386.457
	3	−109.6	−77.09	−44.441	−14.672	12.164	34.636	55.878
	4	54.17	155.93	232.766	306.705	376.925	434.472	475.710
	5	−39.1	34.8	80.239	108.550	134.705	151.519	170.380
	7	16.0	105.45	157.301	204.512	242.792	290.882	349.019
	10	17.8	143.25	220.103	291.848	362.528	396.639	472.346

表 8-3 可持续性指数的值

	情境	时期 1	2	3	4	5	6	7
环境质量指标	1	0.258	0.241	0.232	0.226	0.219	0.213	0.209
	2	0.258	0.239	0.233	0.225	0.218	0.210	0.205
	3	0.258	0.251	0.244	0.237	0.231	0.226	0.222
	4	0.258	0.239	0.233	0.225	0.217	0.209	0.204
	5	0.258	0.243	0.234	0.227	0.223	0.219	0.217
	7	0.258	0.241	0.232	0.226	0.219	0.213	0.209
	10	0.258	0.241	0.231	0.226	0.219	0.212	0.206

续表

	情境	时期 1	2	3	4	5	6	7
生态效应指标	1	0.017	0.034	0.043	0.036	0.033	0.029	0.031
	2	0.015	0.056	0.048	0.040	0.020	0.020	0.028
	3	0.044	0.044	0.043	0.045	0.049	0.052	0.054
	4	0.015	0.057	0.049	0.042	0.040	0.036	0.032
	5	0.019	0.029	0.038	0.044	0.050	0.055	0.059
	7	0.017	0.035	0.043	0.036	0.033	0.029	0.030
	10	0.017	0.032	0.060	0.049	0.045	0.044	0.023
资源供给与需求指标	1	0.991	0.982	0.970	0.955	0.943	0.938	0.938
	2	0.991	0.970	0.942	0.905	0.894	0.891	0.878
	3	0.990	0.990	0.991	0.991	0.991	0.991	0.992
	4	0.991	0.970	0.939	0.888	0.812	0.705	0.570
	5	0.991	0.991	0.992	0.992	0.992	0.992	0.992
	7	0.991	0.982	0.968	0.953	0.940	0.933	0.933
	10	0.991	0.982	0.957	0.916	0.854	0.762	0.667
非可持续性指标废弃物	1	0.066	0.144	0.190	0.168	0.161	0.146	0.159
	2	0.057	0.242	0.219	0.196	0.101	0.109	0.154
	3	0.174	0.175	0.178	0.193	0.214	0.231	0.247
	4	0.057	0.245	0.224	0.211	0.227	0.243	0.274
	5	0.076	0.122	0.162	0.196	0.225	0.252	0.272
	7	0.066	0.148	0.190	0.168	0.159	0.145	0.156
	10	0.065	0.134	0.273	0.239	0.244	0.274	0.166
污染总体损害	1	36.876	76.617	113.777	162.315	206.356	289.543	421.007
	2	5,384.2	24,200.7	44,451.4	44,858.95	88,333.23	243,839.9	426,256.5
	3	1,056.6	1,911.9	3,328.15	5,432.663	8,248.986	11,573.63	15,577.45
	4	5,430.1	26,421	57,231.5	115,086.8	213,628.7	335,917.7	444,448.7
	5	2,139.0	7,360.3	15,004.7	23,248.11	33,020.71	41,555.40	51,643.17
	7	3,709.9	15,348.1	30,610.8	52,792.07	84,040.18	144,603.2	273,324.9
	10	3,778	22,056.9	55,248	105,752.2	193,808.3	252,066.1	429,809.7

第4组模型情境（产出最大化目标）在所有期间内人均收入的增加是最大的，其次是第10组模型情境（预测模型）。消费的结果则呈现相反的形式。同时，第4组模型情境中的储蓄水平有提升。零贴现率导致初始消费更小，而很高的初始储蓄和投资引发很高的现在和未来GDP。未来生产有了更多可得资本，所以利率水平下降。在模拟阶段内，储蓄水平在不同的模型情境下结果从0到60%不等。第5组模型情境的利率在整个期间内要比正贴现率模型中的值更低。

产出、消费、人均消费和产出、投资以及其他经济变量的最优值在不同的模型运算下差异很大。模型决定了不同部门的最优投资率。生态变量的值同样在不同模型运算下差异很大。增长导致持续增加的污染。它们表现为在规划期内经济体不可持续性的增强、下降的环境质量、更强的生态影响、不断严重的资源短缺以及废弃物和总污染损害水平的不断上升。这些可持续发展意味的影响是用基于社会贴现率的实用方法得到的。也还可以加入其他的一些可持续衡量标准，比如生物多样性保护和资源保护。第 7 组模型情境（零贴现率）得到相对比较平均的可持续性指数，但是也有其他模型运算得到更加积极的可持续性指数（表 8-3）。这说明除了贴现率以外其他的变量、系数或政策同样会影响可持续性。

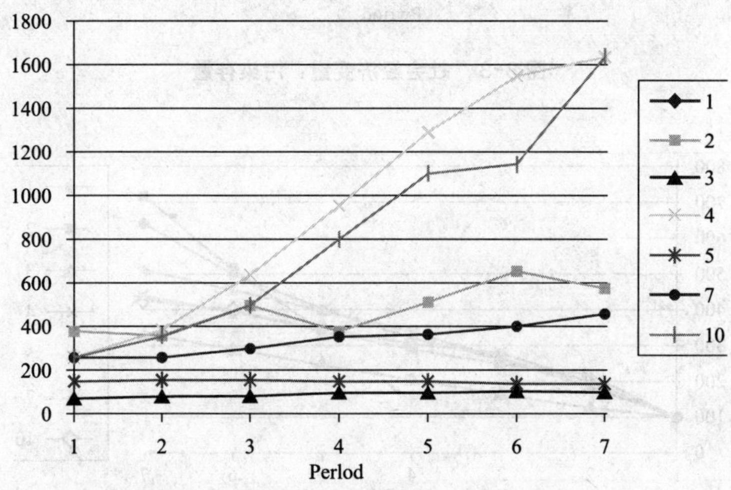

图 8-1 社会经济变量：国内生产总值

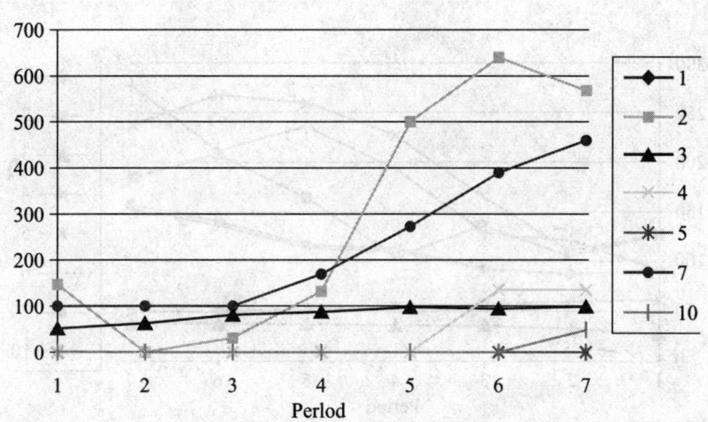

图 8-2 社会经济变量：消费

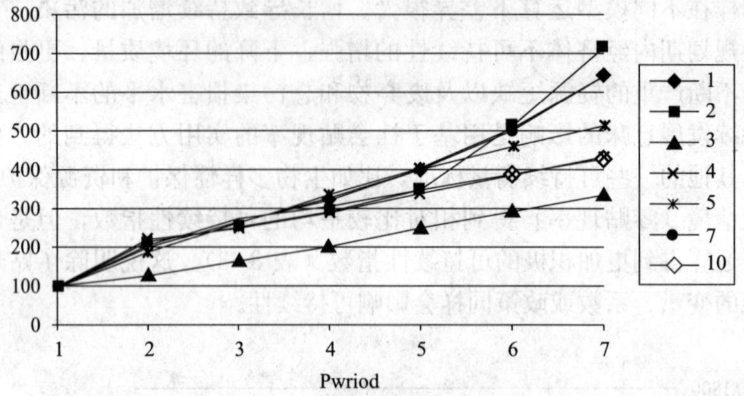

图 8-3 社会经济变量：污染存量

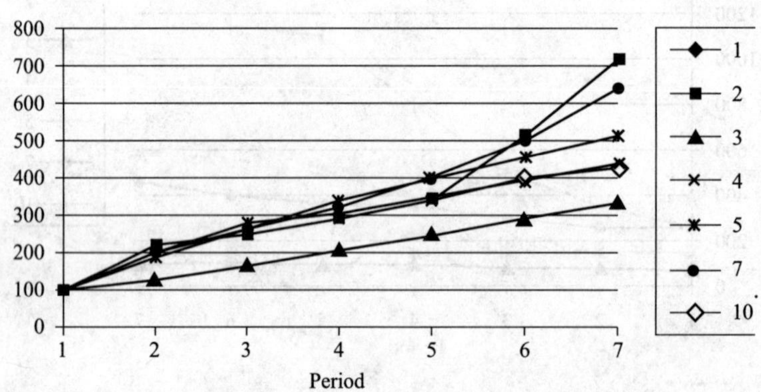

图 8-4 生态变量：不可更新资源存量

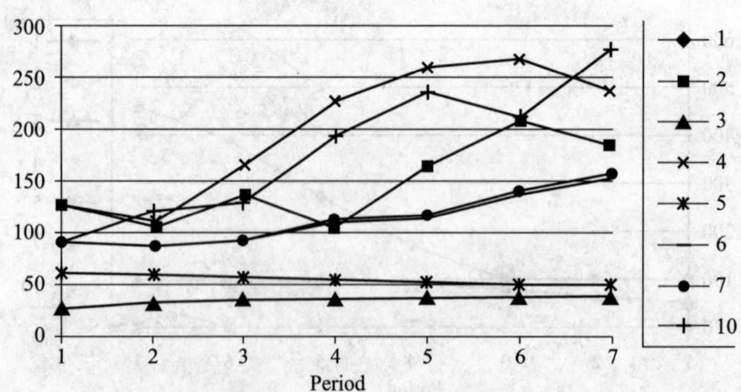

图 8-5 生态变量：最终产品与投资品产生的废弃物

8.4 Ecol-Opt-Growth-1 模型结论

这个模型的结果与其他模型相似（Meadows 等，1972；Van Den Bergh，1991、1996）。由于环境质量的下降，经济的向上趋势，或者甚至是一个稳定值，都无法再长期保持。也有其他研究者得到了一些更加乐观，但仍很谨慎的结论（Faber 和 Proops，1990）。最确切的结论需要进一步的实证研究（Nordhaus，2000；Meadows 等，1972）。

这个建模研究的主要结论是：（1）一个生态可持续的经济体不能没有限制地增长；（2）经济增长是不稳定、存在较大波动的；（3）最优经济增长充满了非可行性和非可持续性等困难。所以一个长期的经济—生态均衡看起来并不存在。相反，最优增长可能是无法持久的。需要进一步研究来整合最优与持久的发展（见第 2.3 节）；（4）为了使得发展更加可持续有必要进行政策干预（第 2.1.1 节）；（5）Ecol-Opt-Growth 1 没有表现出其他多部门增长模型中所存在的一个关键特性，即较小部门（消费产品部门）的初始投资会相对较大部门（资本品部门）更低，但在一段时间之后各个部门增长速度达到统一。

实证结果支持了这样的一个越来越引起关注的担心：由于非可持续性，经济增长的成本可能超过了它的效益。环境成本和效益对于可持续性有更大的影响，尽管社会经济成本和效益也同样很重要。基本上，结论就是在很大范围的条件下，由于上升的环境成本长期经济增长是不可持续的。

无论如何，Ecol-Opt-Growth-1 模型有很多自由度和变量都可以服务于政策制定者，按照可持续经济学家所主张的那样，把发展路径引向更加可持续的方向。比如模型意味着需要政府支持污染治理项目来朝着更加可持续的方向发展，因为没有污染减排的模型情境是不可行的。在大多数情境下，污染治理的最优水平随着时间有所增长。所以，污染治理是提高生态系统自身活力和使得发展更加可持续所必需的。

所以这些建模的尝试，确认了最优经济增长不一定可持续的观点（Munasinghe 等，2001；Islam 和 Craven，2003）。还需要进一步的工作来寻找其他的有可能持久的增长路径所需的特定条件。

8.5 宏观经济政策、次优理论和环境损害

8.5.1 宏观政策和一般均衡理论

对整个经济都产生影响的政策（既包括宏观经济的也包括部门行业政策）常常比工程层面的投资（第 7 章）具有更加有力的环境和社会效应。它

们的设计和实施需要使可能的损害能被预测并得到最小化控制，而不是进行事后处理。7.2.2 节阐述了市场与政府的不完备性（市场失灵、政策扭曲和制度约束）如何与对整个经济都产生影响的政策互相作用而产生环境和社会损害。可以采用一些其他的政策对宏观经济政策进行补充（而不是阻碍），以纠正这些不完备性，避免有害影响。

我们扩展这种方法来研究宏观经济政策失灵的影响。这里的观点认为宏观经济政策自身可能会无意地对环境产生副作用（既可能是正面的也可能是负面的）。很少有自洽的理论模型分析是否可能对宏观经济政策进行直接的调整以避免环境和社会损害。所以，我们在这里要发展一个基本的分析框架来研究宏观经济政策的环境影响，识别发生负面影响的方面并设计补救措施。之后选取了一些发展中国家作为说明性的研究案例。数学细节参见附录 A8.2。

8.5.2 包含货币政策和工资粘性的简单情形

福利经济学第一定律认为在一个完全竞争的、所有产品和服务都在市场上进行交易的经济体中，形成的均衡结果是帕累托最优的——即无法在不使其他人境况变坏的情况下提高任何人的福利。但是，不清楚的是如果存在一个竞争性均衡，其导致的居民间的收入分配是否平等。福利经济学第二定律就是要解决这个问题：如果所有的商品和服务都是可交易的，如果经济是凸的（生产上随着规模或单个投入的增加边际产出是非增的，消费无差异曲线凸向原点），连续的（闭合的生产可能性集合，以及一般的消费无差异曲线），那么在最初禀赋以一种社会可接受的方式进行重新分配之后，资源的任何一种帕累托有效分配都可以作为一个竞争均衡得到。

这些理想化的定理提供了讨论宏观经济政策后果的起始点。这些定理所描述的经济实际上是一个物物交换的经济。在真实世界中，我们假设货币被引入来对所有交易进行支付（Patinkin，1965；Arrow 和 Hahn，1971）。进一步我们假设货币供给是由政府控制的。政府仍然还未扮演实行宏观经济政策的角色。因为所有的市场都运行得很完美，政府唯一需要做的事情就是保持货币供给不变（实际上就算货币供给变化了也没有关系因为所有的交易都是以真实值进行的）。

然而，让我们现在来假设有一个中心市场运行得不够平滑，比如，由于工会的买方垄断，或者内部—外部关系或者任何其他的实际原因，劳动力市场的工资具有粘性。那么粘性工资的存在意味着在如若不然就会是完美的一个经济体中的这个单个市场没有办法自动达到均衡，所以可能会产生失业，或者对劳动力的过度需求，以及随之而来的通货膨胀压力。当粘性工资存在，宏观经济政策现在就有了一个明确的角色。比如，如果初始情境是产生了失业的，那么货币供给的增长就可能会提高劳动力市场之外所有产品的货币价格而名义工资将会保持不变，即导致劳动力的真实价格下降。如果对货币供给的调整直到真实工资水平达到竞争性均衡水平，就可以回复到完全就业。相应的，如果经济体在初始状态下存在劳动力过度需求，那么减少货币供给就会是恰当的宏观经济政策反应。

所以，在这样一个简单的模型下，政府可以使用货币政策通过增加或减少货币供给来达到完全就业。进一步的，这样得到的完全就业均衡对应的是一种帕累托最优的配置。对于资源的配置来说货币政策将会是中性的（得到与劳动力市场自动达到均衡的情况下相同的结果）。

现在让我们向经济中引入另一个影响环境资源使用的扭曲。考虑一个传统的外部性，即当政府允许工厂在不用同时对其引起的空气污染的受害者进行补偿的情况下，向空气中排放污染物的情况。这样的外部性主要是由于没有建立良好的产权（Coase，1960）。这种情况产生可能有以下几种原因。首先，它可能是由于界定个人产权所固有的困难或完全无法界定。比如，一个城镇的清洁空气被那里所有居民所分享，所以就不可能界定清洁空气（已经是公共品）的个人产权。第二，政府有可能无法界定某些产权（比如部落土地）。现在，（至少）有了两种对于最优资源配置的背离：劳动力市场失灵与资源配置失灵。这是经典的次优情景。假定如果我们对于环境资源失灵无能为力，那么我们是否应该试图通过管理货币供给从而回复到完全就业呢？根据次优理论，在环境资源有效配置无法达到的情况下，达到劳动力市场的均衡并不是社会最优的（Lancaster 和 Lipsey，1956）。于是当宏观经济政策把目标定于纠正一个配置失灵（劳动力市场，与环境无关）的时候，就会发生宏观经济环境政策失灵。在这种情况下，社会最多达到一个次优的配置因为环境资源基础已经退化。

8.5.3 税收效应

许多宏观经济政策都会产生环境影响，尽管相应问题的根源并不直接与环境资源相联系。当为了达到宏观经济稳定而设计财政政策的时候，这些政策会造成福利损失已经是一个被广泛认识到的问题。税收的增加减少了有效需求，增加了政府收入，也往往都会在经济中造成扭曲，特别是在税收与真实资源成本无关的情况下，这样的税收增加无法按照一次性总量税进行征收。传统的观点认为引致的福利损失主要是由于劳动力市场和资本市场的扭曲所造成。但是税收同样会影响选址的形式和生产结构，总的来说，这些也会对环境资源基础产生影响。在这种情况下，问题的根源在于税收会有激励效应，而（为了解决某个宏观经济问题的）税收的增加会产生包括环境退化在内的福利损失，很明显在一些情况下福利净损失有可能是负的。当环境资源价值被低估，而税收的增加采取对这些资源进行定价的形式进行，就会发生负福利损失的情况。这里要区分三种扭曲：一般性的宏观经济扭曲、税收增加带来的扭曲以及缺乏环境成本定价带来的扭曲。通过环境税这样改善现有资源配置状况的税收，可以有利于实现宏观经济政策目标。

这样的情况催生了绿色税收改革的想法。对传统的生产要素（劳动力和资本）以及商品的课税会引起扭曲，而向被低估的环境资源课税则可以改善资源配置的效率同时提供税收收入。所以这样的税收改革被认为可以带来双重红利（第 9 章）。第一重红利会是环境的改善，而第二重则会是减少已有税收带来的福利损失。然而，也有人认为这样的绿色税收改革可能会增加现有税收所带来的负担，这个负担的增加额度可能会大于降低已有税收相应带来的负担减小的额度（Bouvenberg 和 de Mooij，1994）。

同样的考虑显然也适用于支出形式的改变上。为保证增加有效需求的支出肯定会有资源配置的效应。在环境资源开发方面政府支出的增加会有什么样的效应？它们可能是正的或负的，有必要在设计财政和支出政策的时候考虑这些效应。

这些问题的解决方法就是，努力减少导致环境退化的市场失灵，从而改善次优结果（参见下面博茨瓦纳和加纳的案例）。

进一步说，由于一次性付税不可行，那么必然就还是有福利损失。理想化地说来，税收系统应该被设计来最小化福利损失（也适当地考虑到分配效应）。那么对环境的影响就应该被包含到福利损失的计算中来。附录 A8.2 中的数学模型说明了如何在简单情况下进行这样的计算。

8.6 发展中国家案例研究

以下博茨瓦纳、加纳和摩洛哥的简要案例说明了宏观经济政策和当地的经济扭曲会如何影响环境。

8.6.1 博茨瓦纳

在博茨瓦纳的案例研究中，Unemo（1996）研究了不断变化的世界市场价格会如何影响国内环境资产，比如草地。该国主要的出口商品是钻石，而钻石的世界市场价格是博茨瓦纳的贸易条件的主要决定因素。表面看来，钻石价格的变化不应该对放牧行为有任何影响。然而，由于一般均衡效应，钻石价格的变化确实可能会产生这样的影响。Unemo 使用了一个可计算一般均衡模型（CGE）来研究钻石的世界市场价格的外生变化的影响。从政策角度来看，我们可以考察会对贸易条件产生同样影响的出口补贴的变化。

钻石价格的下降会增加博茨瓦纳的过度放牧从而增加环境成本。这是因为贸易条件的下降会减少工业利润，从而减少资本收益。由于资本相对便宜了，所以对牲畜（畜牧）的投资将会上升。注意如果存在有效的土地私有产权（或者是严格控制每个社区成员可以放牧的牲畜数量的共同所有制），这就不再会是个问题。因为那样的话每个土地所有者都会比较成本和效益，考虑到增加牲畜会给草地带来的损害。实际上，每个牲畜所有者都会在他的草地上蓄养尽可能多的牲畜直到牲畜的卖出价格等于包括了环境损害的边际成本。这样，他就能在环境损害与增加的牲畜养殖的利润之间达到平衡。这样贸易条件的改变就不会导致宏观经济政策的失灵。

然而，在博茨瓦纳的大部分地区，草地都是处于开放式共同产权制度下。每个牲畜所有者都会把尽可能多的牲畜带到公地上来，只要对他有利。因为他并不考虑到他的行为对其他人造成的损害，所以他会继续增加牲畜直到价格等于平均成本。平均成本曲线要比边际成本曲线平缓，所以结果就会引致草地上的牲畜数量相对私有产权下大很多。这里就产生了一个宏观经济政策失灵的问题。有一点很重要需要指出，私有产权的缺失是造成政策失灵的主要原因，而不是钻石价格的下降（或者出口补贴的减少）。

8.6.2 加纳

加纳的案例研究考察了宏观经济改革中制度约束的角色（López, 1993）。这里，贸易自由化减小了农业出口的税收，导致了生产激励的增加，而减少政府工资账单的努力则增加了失业。于是，这样的调整过程刺激了出口作物的生产，再加上快速的人口增长以及农业部门之外就业机会的缺乏，就使得土地资源承受越来越大的压力，导致了贫瘠土地的使用和土壤侵蚀等问题。资源使用方面的这些效应也受到产权配置的影响。不管是与农民的土地制度还是与伐木公司伐木权的可靠性相关，不确定性往往会导致环境退化。和在非洲其他很多地区一样，在加纳，农用土地由传统的土地使用机构管理，农场则由村庄或部落共同所有。这些共同产权制度可能在人口规模更小而休耕期足够长到使得土地能恢复肥力的情况下，是足以保证农户对土地的可持续使用的。但是，这样的传统安排已经被整个经济体范围内的力量所打破，导致了缩短的休耕期、土壤肥力的流失以及环境恶化。最好的解决方法是对土地制度进行改革，以抵挡来自外部的压力。

这个研究分析了正在进行的贸易自由化和公职裁员对这个国家的西部地区农业生产力以及土地利用的影响。一个值得注意的政策模拟结果是，供给反应的主要来源是可耕区域的扩展而不是耕种强度的增加。生物质（被森林覆盖的土地的比率）是一个重要的生产要素，其贡献达到农业产出价值的15%-20%。与此相比，“传统的”要素投入的贡献为：耕地26%，劳动力25%，资本26%。由于农业产出在GDP中占到50%，则生物质对国家收入的贡献约为7%。所以生物质存量不仅仅是农业产出而且也可以说是GDP的重要决定因素。

有很大部分土地现在都是留给村民们拥有排他的使用权。这个系统与轮换耕作是一致的，个人对耕地有着排他的权力，但如果土地休耕，土地就会根据村庄的集体意见进行重新分配。在这样的情况下，生物质被过分开发利用的情况就已经出现了。休耕期太短，而环境资源存量低于社会最优水平。研究发现升高的农业价格和降低的农民工资导致可耕区域的扩展，进而提高了产出。10%的耕地的增加带来了2.7%的直接产出效应。然而，这样的可耕地区的增加导致了休耕的减少，以及总生物质下降14.5%。这些反过来导致了2.5%的可持续农业生产力的下降。所以，扩展可耕区域的净效应（2.7%的直接产出效应减去2.5%的生物质损失效应）仅仅只有0.2%，比单单考虑直接效应小了很多倍。除了政策变化，其他因素也导致了可耕区域的扩展，如大家庭、资本的可得性还有区域内移民的存在。

这些结果说明总的来说，只要土地质量效应的存在被考虑在内，没有包含土地管理措施的整个经济范围内的价格和工资政策改革，就只会对国家收入产生非常有限的影响。比如，进一步减少农业的隐含税收的效果总的来说是模糊的，而进口自由化的影响则是负面的。然而，减少财政赤字（通过减少公职或公职工资）对农业和国家收入有着明确的正面影响。

如果农业价格的反应模型更少地依赖于土地扩展，而更多地依赖于增加耕种强度，那么贸易自由化将会有一个更好的效果。如果没有制度改革，而且仍然有可耕种的土地待开发，那么主要的供给反应将继续会是农业的规模扩展。实际上，在研究地区（加纳的西部），影响全经济范围的这些政策改革导致了可耕区域的扩展以及相应的休耕的减少。环境和社会经济的数据表明休耕（用森林生物质与耕地的比率来衡量）对于农业生产的贡献与耕种面积、劳动力或资本等其他传统投入的贡献相当。休耕的减少也减少了改革对于农业产出的正效应。所以，需要配套的机构改革以保证当下由于调整性改革得到的获益能够保持。

8.6.3 摩洛哥

摩洛哥的研究集中探讨宏观经济政策和现有水资源配置系统之间的关系如何导致了次优与非可持续的水资源利用形式（Goldin和Host，1994）。特别是较低的税费（与之伴随的是这些税费的非有效收缴）人为地促进了水资源密集型作物比如甘蔗的生产。农业灌溉用水占了这个国家市场化水资源利用的92%。同时，灌溉水费仅仅只占长期边际成本的10%，而城市水费也只占不到50%。所以，就算在水部门进行很高的投资，预计到2020年摩洛哥仍然会出现水短缺的情况。

在传统的提高水价的部门解决方式之外，研究还把部门的政策改革与正在进行的宏观经济调整政策（去除名义关税）联系了起来。由于贸易改革，糖、麦片、含油种子、肉类以及奶制品的价格可能都会由它们本来的保护价格降低到国际价格。进一步的，贸易和水定价改革的同时进行可能意味着更高的投入品价格和更低的产出品价格。研究者使用了一个可计算一般均衡模型（CGE）来探究这些改革对经济中的产出、消费、进口、出口以及不同部门生产要素（包括水）的使用情况等的影响。

为了把部门和宏观经济改革的效应分离开，研究设计了三个情景：只有贸易改革、只有水定价改革以及两者都有的结合情景。在第一个情景下，唯一的政策变化就是名义关税（这个值1985年在整个经济范围内平均是21%，农业是32%）的完全去除。在第二个情景下，仅仅只有农业灌溉水的价格变化，它变为了原来的两倍。在最后一个情景中，这两个政策改革结合在了一起。

在第一个情景模拟中，仅仅是贸易自由化有正的效应：真实GDP有小额上升，而收入和消费得到很大提高。因为进口障碍消除了，出口更具竞争力，国内购买力上升，资源配置更加有效了。不过取消关税也有两个很大的缺点，一方面关税的取消导致政府预算赤字；另一方面就是由于增长，国内水资源需求急剧增加，导致更大的环境压力。在第二个情景下，仅仅是改革水价格，使得农村地区的水使用减少了34%，城市地区减少了29%。然而，这个静态效率收益也使得真实GDP下降了0.65%，同时农村和城市居民的收入和真实消费水平均大约下降1%。在最后一个情景中，由于贸易自由化而产生的真实GDP的增长仍然存在，同时改革水价也使得用水总量有了显著的下降。所以，自由贸易和水价改革的结合使得经济和环境两方面得到了双重获利。

8.6.4 结论

模型证实了从实证观察得到或者直觉的结论，宏观经济政策可能会与补贴性经济失灵结合造成环境危害。许多经济扭曲可能在稳态的经济中不会被注意到，特别是如果其引致的环境损害比较小。然而，一旦由宏观经济改革引起的经济增长发生了，环境危害将会很快地加重，则背后的经济扭曲将很难忽略。最优的解决方式可能是在不改变宏观经济政策的情况下消除补贴等经济扭曲。如果真实世界的限制条件使得这些补救措施被推迟，那么一个次优的情形就出现了。这种情况下就非常有必要对宏观经济政策进行修正或微调来尽量减少危害。相关政策可以在一定时间段内逐渐加强，同时补贴带来的经济扭曲可以通过其他方式逐渐地消除。由于宏观经济政策对于环境的影响是通过复杂而间接的机制实现的，所以一般均衡分析往往能提供一些有用的洞见。

附录 A8.1 Ecol-Opt-Growth 1 MODEL

目标方程：

$$Obj = \sum_t (1+\rho)^{-t} O(Pop(t), c(t), K(T))$$

人均消费的定义

$$c(t) = C(t)/Pop(t)$$

GDP 的定义

$$Y = Y(Q(t), I(t); t)$$

$$Y = Y_2(K(t), L(t), T_{rd}(t), R_{sup}(t), E(t), W_{QI}(t); t)$$

产出：

$$Q = Q(K_Q(t), E(t), R_s(t), T_{rd}(t))$$

最终产品部门的资本积累：

$$K'_Q(t) = F_1(K_Q(t), I_Q(t); t)$$

部门资本的加总

$$I(t) = \sum_{j \in K} I_j(t)$$

部门投资的加总

$$I(t) = \sum_{j \in K} I_j(t)$$

最终产品的配送

$$C(t) + O_{rd}(t) = Q(t)$$

最终产品部门投资

$$I_Q = I_Q(K_Q(t), K(t), I_Q(t); t)$$

其他部门投资

$$I_i = I_i(K_Q(t), K_j(t), I_Q(t), I_j; t), j \in J$$

部门资本等式

$$K'_j(t) = F_2(K_j(t), I_j(t), K_j(t); t), j \in J$$

技术增长率等式

$$T'_{rd}(t) = F_3(T_{rd}(t), e_e(t), I(t), O_{rd}(t), Q(t), I(t); t)$$

人口增长率

$$Pop'(t) = F_4(Pop(t), C(t); t)$$

废弃物减排

$$R_{wa} = R_{wa}(K_{wa}(t), T_{rd}(t), W_{QI}(t); t)$$

资源回收率

$$R_{rec} = R_{rec}(T_{rd}(t), K_{rec}(t), W_{rec}(t); t)$$

可更新资源开发率

$$R_n = R_n(K_n(t), N(t), E(t); t)$$

不可更新资源开发率

$$R_s = R_s(K_s(t), S(t); t)$$

废弃物存量的变化

$$S'_w(t) = F_5(S_w(t), R_{wa}(t), W_{rec}(t), R_{rec}(t); t)$$

资源供给总量的变化

$$R'_{sup}(t) = F_6(R_{sup}(t), R_N(t), R_s(t), R_{rec}(t), T_{rd}(t), Q(t); t)$$

最终产品和投资部门产生的总废弃物

$$W_{QI} = W_{QI}(Q(t), I(t), T_{rd}(t); t)$$

可回收废弃物

$$W_{rec} = W_{rec}(Q(t), K_Q(t), K(t), R_{wa}(t); t)$$

废弃物排放

$$W_{em} = W_{em}(W_{QI}(t), R_{wa}(t), W_{rec}(t), R_{rec}(t); t)$$

要求的资源开采率

$$R_{new} = R_{new}(K_Q(t), E(t), T_{rd}(t), K_{rec}(t); t)$$

生态效应指数

$$E = E(N(t), B(t), P(t); t)$$

可更新资源存量的变化

$$N'(t) = F_7(N(t), E(t), R_N(t); t)$$

污染累积

$$P'(t) = F_8(P(t), E(t), W_{em}(t); t)$$

更新缓慢的可更新资源存量的变化

$$B'(t) = F_9(B(t), E(t), I(t), K_Q(t), C(t), Pop(t), R_N(t), R_S(t), K(t), B(t); t)$$

不可更新资源存量的变化

$$S'(t) = F_{10}(S(t), R_S(t); t)$$

物料平衡条件

$$G(N, E) = M(P, E)$$

总损害

$$dm = dm(Y(t), \theta_1(t), P(t); t)$$

控制措施所避免的损害

$$dv = dv(Y(t), \theta_1(t), R_{wa}(t); t)$$

减排率

$$ar = ar(R_{wa}(t), W_{QI}(t); t)$$

减排成本

$$ac = ac(Y(t), ar(t); t)$$

储蓄率

$$s = s(I(t), Y(t); t)$$

资本产出比

$$k = k(K(t), Y(t); t)$$

资本劳动力比

$$kp = kp(K(t), Pop(t); t)$$

模型符号

存量变量：

B=一种缓慢更新的资源（泥土、土地、水）

K=总经济资本

K_Q=生产性部门

K_I=投资部门资本

K_{wa}=废弃物减排/处理资本

K_{rec}=可更新资源开发资本

K_n=不可更新资源开发资本

K_s=可更新资源存量

N=自然介质或有机体中的污染存量

P=人口水平

P_{op}=自然资源材料的总供给

P_{sup}=自然资源材料存货总供给

S=不可更新资源存量

S_{wa}=废弃物存量

T_{rd}=环境技术进步指数

Z=人工变量（被延迟的“真实”总产出）

流量变量：

C=消费

E=总体环境质量指数

I=总置换投资以及新增资本

I_i（i∈K）=部门 i 的投资

Q_{rd}=社会研发投资

K_{occ}=二次经济资本

L_d=就业

L_s=劳动力

Q=最终产品部门产出

R_{dem}=对资源的总体生产性与消费性需求

R_N=可更新资源开发

R_s=不可更新资源开发

R_{wa}=废弃物减排/处理量

e_e=技术进步的生态效益指数

U=长期劳动力市场不平衡（失业）

W_{em}=废弃物排放

$W_{Q,I}$=最终产品与投资品部门废弃物排放总量

W_{rec}=可循环废弃物

W_{too}=废弃物排放的不可持续性指数

函数：

A=同化函数

B=人口增长率

b_i（i=1，…，5）=缓慢更新资源再生与损害函数

C_q=最终产品部门资源投入与物质产出之比

C_I=资本品部门资源投入与物质产出之比

D_i（i∈K）=废置资本

F_Q=最终产品部门非受限生产函数

F_1=资本品部门非受限生产函数

F_N=可更新资源开发部门非受限生产函数

F_s=不可更新资源开发部门非受限生产函数

F_i^{-1}（i=1，…，6）=各部门所用资本的决定因素

$\int_{wa}$=生产废弃物中被减排或处置的部分

$\int_{rec}$=可循环利用废弃物中被循环利用了的部分

G=可更新资源容量的再生函数

H=环境质量函数

α=投资对技术的总影响系数

ε=社会研发以及生产提高对技术的影响

dm（t）=总损害

dv（t）=控制所避免的损害

ar（t）=减排率

ac（t）=减排成本

s（t）=储蓄率

k（t）=资本产出比

kp（t）=资本劳动比

M（P，E）=废弃物同化

G（N，E）=再生方程

表 A8-1 中列出了 Ecol-Opt-Growth-1 中用到的参数值。

表 A8-1 参数值

a_B	500	N_{crit}	15,000
α	0.098	P_{crit}	450
a_p	0.5	r	0.05
A_{pop}	5.0	p	0.03
A_{rec}	0.8	s_1	0.5
A_{wa}	0.95	s_2	0.5
b_i	550	k_i	1.0
b_{crit}	100	p_N	1
B_{wa}	18	p_S	1
C_n	30,000	k	100
C_{wa}	1.2	θ_2	2
d	1	θ_1	0.00144
δ	0.025	b_1	0.0686
ε	0.096	b_2	2.887
E_{crit}	0.8	α_1	0.3
μ	0.1	β_1	0.5
r_1	0.1		
δ_1	0.1		

而表 A8-2 中则列出了所使用的状态变量与控制变量的边界条件。变量的初始值和终端值也是采用了来自 Van Den Bergh（1991）的。

表 A8-2 初始条件

K_Q（0）＝43.0	K_i（0）＝3.6	K_{wa}（0）＝5.0
K_{rec}（0）＝5.0	K_N（0）＝30.0	K_S（0）＝30.0
P_{Op}（0）＝100.0	T_{rd}（0）＝100.0	R_{sup}（0）＝300.0
N（0）＝10,000.0	S（0）＝3,000.0	P（0）＝100.0
Z（0）＝Q（0）＋I（0）		

附录 A8.2　存在环境外部性时宏观经济政策的次优性质

这个简单的模型假设个体由于各种原因（主要是为了减少交易成本）很看重实际余额，对这种余额的需求由价格、财富以及初始平衡（Patinkin，1965）所决定。进一步地，这还是一个考虑工资粘性的非均衡模型。一个典型消费者的效用函数如下：

$$U = U(x, E, L^s, \frac{M}{p}) \quad (A8.4.1)$$

其中，x 是对消费品的需求，E 是向环境排放的污染物向量，L^s 是劳动力意愿供给，M 是被要求的名义货币平衡，p 则是消费品的价格。所以 1/p 是货币的价格。在效用函数中放入货币受到了激烈的批评（Arrow 和 Hahn，1971）。

代表性消费者的预算约束可以写为：

$$px + M + T = wL^d + M_0 \quad (A8.4.2)$$

其中，w 代表工资率，L^d 是对劳动力的需求（在工资粘性的情况下可能会与意愿供给量不同），T 则代表消费者所支付的一次性付税。在固定的工资率下，劳动力需求 L^d，必然小于等于劳动力供给 L^s。

预算和供给约束下的效用最大化得到产品和货币的净需求函数：

$$x = x^d(p, E, M_0, w) \quad (A8.4.3)$$

$$M = M^d(p, E, M_0, w)$$

对于产品和服务的供给，我们假设生产函数规模报酬不变，形式为：

$$x = f(L^d, E) \quad (A8.4.4)$$

注意污染物的排放被看做是影响生产的一个因素。我们假设政府通过向企业收取每吨 q 单位的排污收费内部化排放的外部性。利润则变为：

$$\pi = pf(L^d, E) - wL^d - qE \quad (A8.4.5)$$

最大化利润可以得到以下的需求与供给函数：

$$x = x(p, w, q) \quad (A8.4.6)$$

$$L^d = L^d(p, w, q)$$

$$E^i = E(p, w, q)$$

接下来让我们考虑一下公共部门。政府负责向公民收税、控制货币供给以及控制向环境的污染排放。公共部门的预算为：

$$T + M + qE = 0 \quad (A8.4.7)$$

如果政府能够确定对于环境改善的边际支付意愿，并且把排污收费水平定为等于这个边际支付意愿，那么：

$$q = -p\frac{\partial U + \partial E}{\partial U / \partial x} = \phi(p, E, M_0, w) \quad (A8.4.8)$$

这里，ø 等于是把对于公共品的边际支付意愿表示为了决定个人预算约束的各个变量的函数。在这一假设下，我们可以肯定必然存在最优污染水平。

暂时假设工资是灵活可变的，从而劳动力市场得以出清。于是从模型可以得到，货币是中性的，货币供给的变化不会有实际影响。进一步地，其所导致的资源配置是有效的。但是我们想要说明的问题与工资粘性有关。所以假设工资率是外生给定的：

$$w = \overline{w} \quad (A8.4.9)$$

如果 w 足够高，那么劳动力的总需求就比外生给定的供给 L^s 少，则存在失业。这样就存在了政府宏观经济政策的空间。货币供给的增加现在就会影响真实经济了。作用机制是传统的。货币供给增加，每个人都发现自己实际余额过高，于是增加其对产品和服务的净需求。这会使得产品和服务的价格总体有所提高，从而减少了个人所持真实货币余额，产出增加从而对劳动力的需求增加。这样，真实工资率下降，有可能达到完全就业。然而，在这个过程汇总，污染排放很可能会有所增加，环境有可能退化。如所应当的那样，这是因为污染者们在支付污染的边际社会成本，而增加就业方面的效益大于环境质量方面的损失。

如果污染的边际社会成本随着污染的增加迅速增加，最后结果将是污染排放只会有很少的增加，而增发货币引起不同部门之间的重新配置，相对较少污染的部门扩展而污染严重部门收缩。最后基本还是能够达到完全就业。

显然，如果环境质量的边际支付意愿对于排放是没有弹性的，而且如果产出每吨造成的排放非常高，那么可能不存在一个完全就业的均衡状态。但是，我们其实不应该考虑这种可能性，因为企业总是能够有在不减少生产的情况下减少排放的方法。

为了进一步研究这一点，让我们放弃排污收费水平是最优的这样一个假设。相反，假设 q 小于污染减排的边际支付意愿。在这种情况下，货币供给增加会有什么样的效应？对效用函数求微分得到：

$$\begin{aligned} dU &= U_x dx + U_E dE + U_L dL + U_M \frac{M}{P} \\ &= pdx - qdE + w^s dL + Yd\frac{M}{P} \qquad (A8.4.10) \\ &= (\bar{w} - w^s)dL - (q - \bar{q})dE + Yd\frac{M}{P} \end{aligned}$$

上式中第一个括号表示：如果固定工资率超过保留工资 W^s，劳动力需求的增加会引起福利的增加。第二个括号则表示：如果边际支付意愿超过排污收费水平，那么污染的增加将会引起福利的减少。要是排污收费等于边际支付意愿，那很明显最优情形就是增加货币供给直到保留工资率等于固定工资率。然而排污收费水平非最优的时候，这就不是最优的。实际上，上式说明货币供给的增加应该比完全就业情况下相应的幅度要小。所以，如果不可能达到符合与环境相关的最优配置规则，那么企图采用最优宏观经济政策也就不是最优的。

第9章 可计算的一般均衡模型的应用

智利：社会和环境政策对经济的交互影响

经济、社会和环境问题和政策评述

社会，环境和经济政策之间的相互作用

智利案例的研究结论

哥斯达黎加的经济政策和森林采伐

模型方法

哥斯达黎加案例分析主要结果

本章用两个案例研究说明如何利用可计算的一般均衡模型（CGE）分析经济的可持续发展问题，探索经济、社会和环境之间的联系。其中，9.1至9.4节介绍ECOGEM模型，该模型从城市空气污染、贫困、收入分配和就业机会等角度评估智利经济、社会和环境政策的联系。该模型研究了如何可以通过整合不同的政策，以加强环境和社会两方面政策的正向交叉影响，或着抵消单一政策的负面作用。结果表明，一般均衡模型有利于整体分析政策对经济领域的不同影响。可以通过潜在的规模收益或损失大小确定获益方和受损方，包括间接影响。在9.5至9.7节，用一个静态CGE模型来研究哥斯达黎加宏观经济政策对毁林的影响，并找出补救的政策方案。该模型的局部均衡分析结果表明：(1) 建立产权有利于减少森林滥伐，因为清晰的产权界定使森林使用者能预期未来的收益，从而减少今天的伐木破坏；(2) 较高的利息会促进森林砍伐，反之亦然。CGE方法还明确说明了必须结合间接效应（因部门间交错相连）和直接效应来衡量总的影响。最后，该模型强调了增长背景下部门改革的重要性。哥斯达黎加的动态CGE模型，也得出了与静态CGE模型基本相同的结果。

感谢C. de Miguel，S. Miller，A. Persson和R. O'Ryan对本章的贡献。本章中的部分内容引自下列资料：Persson，A. and Munasinghe，M.（1995）"Natural Resource Management and Economywide Policies in Costa Rica：A Computable General Equilibrium (CGE) Modeling Approach." *World Bank Economic Review*，Vol. 9，No. 2，pp. 656－677；Munasinghe，M.（Ed.）（1996a）*Environmental Impacts of Macroeconomic and Sectoral Policies*，International Society for Ecological Economics and World Bank，Solomons，MD and Washington. DC，USA；and Munasinghe，M.，O'Ryan，R.，Seroa da Motta，R.，de Miguel，C.，Young，C.，Miller，S. and Ferraz，C.（2006）. *Macroeconomic Policies for Sustainable Growth-Analytical Framework and Policy Studies of Brazil and Chile*，Edward Elgar Publ.，Cheltenham，UK.

9.1 智利：社会和环境政策对经济的交互影响

可持续经济学强调广义的人类福利，这种福利界定超出了传统的经济界定而更加注重社会和环境影响。我们利用智利的一个应用一般均衡宏观经济模型的案例，来分析社会和环境政策的联系、影响，以及他们的交互作用，及其对宏观经济政策和部门关键变量的影响。这项工作拓展了相关研究，说明了环境和社会问题对一国存在着强大且深入的影响（Munasinghe，2002）。

9.1 节在研究综述的基础上，总结 CGE 模型的应用。9.2 节描述了智利主要经济、社会、环境问题和政策。应用 ECOGEM-Chile 模型模拟了不同的环境和社会政策的作用，并在 9.3 节对结果进行讨论。最后，9.4 节总结了主要的结论。

9.1.1 可计算的一般均衡方法

一般均衡模型能抓住经济、社会和环境变量之间复杂的联系，优于局部均衡的方法。而对这三个领域的整合往往非常困难（见第 2 章）。考虑到经济、环境和社会变量之间存在着复杂的直接和间接联系，CGE 模型能借由将资源配置纳入市场机制以一个较为现实的途径来表征一国的经济状况。CGE 模型有助于描述并定量化它们之间的相互关系，以及不同的经济、社会或环境的政策的影响，同时也会兼顾间接效应。我们研究的重点是衡量主要的经济、环境和社会变量的变化。

图 9-1 总结了 CGE 模型模拟的基于经济流量循环的关系。它包括主要的经济主体（企业、家庭和政府）、商品流和服务流、要素成本、国际贸易等与环境的关系。每个主体都遵循一定的行为假设，包括生产者和消费者

最优化。此外，每个市场都反映经济现实，作为一个竞争或非竞争的市场，或在劳动力市场的情形下（是否充分就业）。模型根据瓦尔拉斯均衡法则，达到需求和供给相等时所确定的价格和数量。生产部门将中间投入以及资本与劳动的需求进行整合。不过，它们超越了简单的投入产出模型，允许生产投入之间的替代。这一特点使得通过所有相关的市场之间传输的影响达到平衡。此外，政府的作用通过税收、补贴和转让体现在模型中。最后，CGE 模型结合了对短期和长期发展战略和增长途径的分析，其中短期分析考虑政策稳定情景下。部门分析与技术或投资过程相关。

发展中国家模型变得更加实用，逐渐远离原始的严格的新古典主义一般均衡的方法。典型的调整包括对瓦尔拉斯传统理论的偏离转而解决结构刚性，比如固定工资、要素流动刚性（Taylor，1990）以及不完全竞争和在贸易模型中增加规模收益。

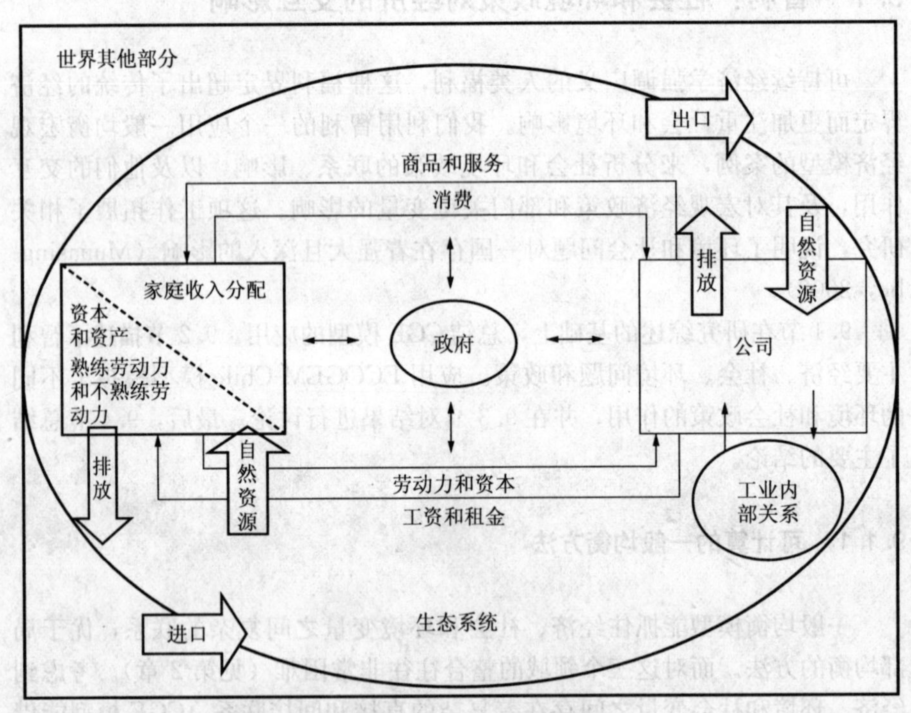

图 9-1 经济中的流量循环

资料来源：Munasinghe 等（2006）。

9.1.2 与环境的联系

第 7 章综述了经济领域政策的环境和社会影响，其中包括了 CGE 模型在发展中国家的运用（Munasinghe 和 Cruz，1994；Persson 和 Munasinghe，1995；Dessus 和 Bussolo，1996；Munasinghe，1996；Rodríguez 等 1997，De Miguel 和 Miller，1998）。

自从首个环境 CGE 模型出现以来（Forsund 和 Strom，1988；Dufournaud 等，1988），相关的研究和应用包括：（1）用以评估贸易政策和国际贸易协议对环境的影响的模型（Lucas 等 1992；Grossman 和 Krueger，1993；Beghin 等，1996；Madrid-Aris，1998；Yang，2001；Beghin 等，2002），以及在“全球贸易分析项目”中的应用（Hertel，1997）；（2）着眼于稳定的 CO_2、NO_x、SO_x 排放量对气候变化影响的评估模型（Bergman，1991；Jorgenson 和 Wilcoxsen，1993；Li 和 Rose，1995；Rose 和 Abler，1998；Edwards 和 Hutton，2001）；（3）侧重于能源问题的模型，评价能源价格变动对污染或成本控制的影响（Piggot 等 1992；Rose 等 1995）；（4）自然资源的分配和管理模型，其目标是如何在区域间或部门间有效率地配置自然资源，如具有竞争性用途的水资源配置等（Robinson 和 Gelhar，1995；Mukherjee，1996，Ianchovichina 等，2001）；（5）侧重于评估具体的环境措施或规则的经济影响的模型，如美国的清洁空气法案（Jorgenson 和 Wilcoxen，1990；Hazilla 和 Kopp 1990）。

最后，CGE 模型最近的一个重要应用领域是对双重红利问题的研究，比如将（扭曲的）传统税收方式转变为污染税可以同时提高经济和环境福利（Auerbach，1985；Repetto 等 1992）。CGE 模型的模拟结果，被广泛地用到那些赞成和反对双重红利是否存在的争论中（Bovemberg 和 de Mooij，1994；Fullerton 和 Metcalf，1997；Bento and Rajkumar 1998；Jaeger，1999；Koskela 等，1999；Parry 和 Bento，1999，等）。范希尔顿（Van Heerden，2006）等人的研究表明，在南非，当实施环境税并降低粮食价格时，会存在三重红利，包括较低的温室气体排放量、较少的贫穷以及较高的国内生产总值。

9.1.3 在智利的应用

CGE 模型在智利应用得很少。最早的尝试是用来分析智利和南方共同市场（MERCOSUR）、北美自由贸易协定（NAFTA）、欧盟、美国和亚太地区之间的替代的税收政策和贸易协定的经济影响（Ruizt 和 Yarur，1990；Coeymans 和 Larraín，1994；Harrison 等，1997、2002）。Bussolo 等人（1998）分析了在竞争性和一些刚性条件下，贸易协定对劳动力市场的影响。Holland 等人（2002）研究了农业改革中包括免除农业和粮食商品价格束缚和消除关税对农业的影响，涉及对城镇就业、农村向城市的迁移和福利的影响。

Beghin 等人的动态 CGE 模型研究，则在 OECD TEQUILA 模型基础上，增加了对环境问题的考虑（1996）。这项研究分析了贸易自由化、贸易协议和环境政策的影响，使用了包括 26 个地区和 72 个生产部门的多区域模型。它以圣地亚哥进行衡量，决定了国家层面生产活动的废气排放水平。用针对空气污染物的线性扩散模型估计空气中的颗粒物浓度。剂量反应方程将浓度转换为死亡率和发病率指数。消减颗粒物、二氧化硫和二氧化氮将显著降低死亡率和发病率。与此同时，智利加入北美自由贸易协定将有利于环境改善，而加入南方共同市场或单方面降低关税则不利于环境改善。对这些污染物征税将降低其替代物（同样也是有毒的）以及生物可累积气体的排放和浓度，从而减少死亡率和发病率。Beghin 和 Dessus（1999）应用同一模型的静态版本评估了通过环境税替代贸易扭曲所获得的双重红利。O'Ryan 等（2003）应用调整的 OECD 模型评估了智利减少空气污染的政策选择。

以上这些例子均用 CGE 模型评估经济与环境的联系。但尚无人评估可持续发展中社会和环境领域之间的交互联系，9.3 节将对这一问题加以分析。

9.2 经济、社会和环境问题和政策评述

自 80 年代中期到 20 世纪末期，智利是一个以出口带动经济快速增长的发展中国家。同时在这期间，贫困得以明显缓解，但环境受到严重危害。本节讨论 90 年代中期以后，主要的经济、社会、环境问题和用于减少这些问题压力的政策。

9.2.1 经济问题和政策

在 20 世纪 80 年代，智利通过贸易自由化和广泛的私有化进程，以促进出口和自由市场作为经济增长的主要动力。这一趋势持续到 90 年代，但势头已不如 80 年代强劲。除了公共交通工具、公用事业和港口费外，政府并没有制定价格政策。用于非自由贸易协定国家的税率是统一的，目前为 6%。公用事业、银行、证券市场和养老基金的规范得以改善。同时，主要的努力集中在保持宏观经济稳定、改善基础设施条件、集中资源，以解决社会问题。改革主要在以下部门实施，包括公用事业的私有化，促进基础设施、电力、电信和航空运输业的私人投资，贸易自由化和贸易协议的扩展，以及教育改革等。对于港口、供水和污水处理系统的私有化现在已经立法。预期未来一个许可制度可能会取代直接的私有化。

因此，智利在 90 年代的经济表现一直是上个世纪最好的，在 1989 年和

1998 年之间一直保持 8%的可观的经济增长。1997-1998 年的亚洲金融危机造成 1999 年智利经济略有衰退。尽管有不利的国际事件，在 2000 年经济增长率仍然维持在 4.5%，在 2001 年下降到 3.4%，并到 2004 年回升至 5%。智利的经济表现远远超过该地区的其他国家（增长率为 0-1%）。按当前价格计算的人均国内生产总值大约 4,500 美元。

关键的经济变量一直维持在可接受的范围内。自 90 年代初开始，中央银行已预期一年的通货膨胀目标，结果出现通货膨胀率从 1990 年 27%下降到 2002 年 2.8%。直至 1999 年，每年紧缩的政府开支有利于实现财政盈余。财政扩张已缓和，并顺利地平衡了赤字。在 10 年中的大部分年份中经常账户出现了赤字（一般占 GDP 的 1%），但很容易被国外资金的大量流入冲抵。外债的组成由 1990 年 30%私人债务变为 2002 年的 85%，主要是中期和长期债务（83%）。外债（3,900 万美元）占国内生产总值的 58%。期间内部总投资显著增加，从 80 年代平均每年占国内生产总值的 16%增加到 1998 年占 GDP 的 27%。不过，十年来国内储蓄并没有增加多少，增加的大部分投资是通过国外储蓄。1998 年后，投资减少到占国内生产总值的 23%，国外储蓄也有相应的减少。

实际工资在 20 世纪 90 年代以平均 3.2%的增长率增加。失业率下降，从 80 年代的 18%降低到 90 年代的 6%。不过，1999 年的失业率上升到 10%，虽然通过政府的努力，仍停留在 9%。贫困人口急剧下降，从 1987 年占总居民户的 45%下降到 1998 的 22%，再到 2000 年的 20.6%。收入分配仍然是一个问题。最低工资虽然一直保持一个较高的增长率在增加，但在 2002 年仍然只有 160 美元（大约为贫困线所定标准的两倍）。最富有的 20%的家庭收入超过最穷 20%家庭的 15.5 倍，2000 年的基尼系数已接近 0.58。自 1960 年以来这种情况没有得到改变。

历史上，智利的增长一直基于可再生和非再生资源。智利是世界上最重要的铜和碘的生产国和一个日益增长的黄金、锂和其他非金属矿物源地。铜是主要出口产品，但是由于出口的多样化，从 20 世纪 80 年代相当于总出口的 80%下降到现在约 40%。农产品、鱼和鱼粉、林业产品和纤维素是其他重要的出口行业，它们在过去十年中迅速增长。进口主要集中在生产资料、燃料和能源。

9.2.2 社会问题和政策

1990 年以来，社会事务的公共开支大大增加，以减少高水平的贫穷。根据机会平等和人民可接受的生活水准的基本原则，社会政策在过去十年中一直旨在改进卫生、教育和住房的覆盖面。此外，在促进贫困地区生产力发展方面也做出了努力。

智利社会政策的进化可以分为三个不同的时期（Schkolnik M. 和 Bonnefoy J.,1994；Baytelman 等，1999）。第一个时期（1950-1973 年）被称为“普遍政策”阶段，在公共社会开支、覆盖面和受益人数上有一个循序渐进的增长。针对健康和营养、教育、住房和卫生基础设施项目具有普遍的涵盖范围。不过，这些项目通常因资金不足，造成了严重的财政赤字。

第二个阶段（1973-1989 年），所谓的“援助和补贴”阶段，（由军政府）进行了经济和政治方面激烈的改革。公共部门服务的权力下放，而私营部门提供社会服务得到激励。减少了范围较广的项目，支出集中于特定的目标。主要目标是消除极端贫困，并提供母婴保健和基本服务。社会开支的量减少。不过，在人类发展指标上，如儿童死亡率、减少文盲和学校教育及其他方面有显着改善。

第三阶段是“整合政策”阶段，由民主党政府在 90 年代开始。对社会目标的花费大大增加。社会政策的重点是改善服务质量，并致力于低收入人群的技能发展。社会投资超过援助。这种看法反映了新政府的目标，即经济增长和宏观经济的稳定，以及平等和减少贫困（而不只认为是经济增长的一个结果）。1990-1998 年公共社会开支增长了 88%（人均增长 66%），年均增长 8.2%。这个增幅远高于拉丁美洲区域平均值（5.5%）（CEPAL, 1999、2000）。因此，社会开支从 1990 年占总开支的 61%增长到 2002 年的 70%（表 9-1），高于 GDP 的增长率。

表 9-1　　政府社会开支 1990-2002（占 GDP 的百分比）

	1990	1992	1994	1996	1998	2000	2002
社会支出	12.4	12.5	12.8	12.9	14.0	15.6	16.0
医疗	1.9	2.2	2.4	2.3	2.5	2.7	2.9
住房	0.9	1.0	1.0	1.0	1.0	0.9	0.9
社会保障	6.1	5.6	5.5	5.4	5.7	6.4	6.4
教育	2.4	2.6	2.7	3.0	3.5	3.9	4.3
其他 *	1.1	1.1	1.2	1.2	1.4	1.6	1.6
总支出	**20.2**	**20.3**	**19.9**	**19.6**	**21.3**	**22.4**	**22.9**
比例							
社会支出/总支出	61.4	61.7	64.2	66	65.9	69.5	69.9

* 包括对优先群体的货币补贴和社会投资项目。

资料来源：国家财政部预算局；DIPRES（2003）Series Estadísticas，Estadísticas de las Finanzas Públicas 1987-2002。

激烈的卫生部门的改革自 80 年代开始，在发展公共卫生服务的同时，建立私营医疗系统。自 1990 年开始，制定了卫生政策的新标准，包括照顾最贫穷的群体和公众健康质量的改善。为了实现这些目标，公共投资与公共支出大幅度增加，并为协调公共部门和私营系统，发展了新的立法。尽管有这些改进，公共系统仍然是智利社会的弱点。需要对弱势群体，特别是老人更多的关注。为了实现这些目标，政府在2002年推出一项重大的公共卫生改革计划（the AUGE），保证至少有80%的财政覆盖到所有人口及56种主要的疾病。该计划一年的政府开支估计超过2亿美元。

直到1980年，智利的教育主要是公共教育。80年代初期，公共资助的学校被分散和转移到各地方市政当局，从而私立学校受到鼓励。这项改革的主要目标是促进学校之间的竞争，增加费用有效性和教育质量。改革增加了小学和高中教育的可获得程度，但也没有提高教育质量。此外，80年代减少了教育方面的公共支出，从占国内生产总值的3.5%-2.5%，特别对穷人造成了影响。

在1990年，教育的具体目标包括：(1) 提高教育质量；(2) 增加提供更多平等的受教育机会；(3) 推动不同的部门和机构对教育事业的参与。这些改变使得公共教育开支增加了136%（DIPRES，2001）。1990-1998年期间，15岁以上人口平均教育年限从9年上升到9.7年。教育质量方面，试验结果表明，国立学校和私立学校、市立学校和其他学校之间的差距明显减小。

20世纪70年代末以来住房政策的重点针对穷人，并鼓励私营机构在设计、选址及融资方面发挥积极作用。国家的主要作用是提供直接和间接的补贴。在80年代初，有两个住房供给计划——社会住房供给和住宅邻里公共卫生设施建设。两者都直接由私人建筑公司建造。由于住房政策资金不足，80年代住房供给赤字增加。

从1990年到1998年住房方面的公共开支约为GDP的1%。90年代的住房政策旨在大幅减少赤字，并鼓励受益家庭、私营部门和非政府组织和社区的社会组织参与。因此，90年代住房部门比过去的十年有很大的收益。由社会项目分发的53.5%的利益由最贫穷的40%的家庭获得。由最贫穷1/5人口得到利益的比重由1996年29.5%上升到1998年32.1%。尽管住房质量也有所提高，但约50万家庭的房屋仍存在缺陷。

最后，在80年代对贫困地区生产力提高的关注甚少。促进生产集中于现代经济部门，特别是出口部门和大公司。在80年代末，通过补贴给中小型企业提供直接支持，但对生产力低、管理和技术创新薄弱及市场准入困难没有太多的关注（MIDEPLAN，1996）。

在20世纪90年代，政策发生了变化，以支持国家克服贫穷的主要目标。团结与社会事业投资基金（FOSIS）成立于1990年，为穷人生产力较薄弱的行业的发展提供融资支持。强调权力下放，确保1998年接近50%的投资被分配到地方。1998-2001年期间经济增长放缓，迫使政府把重点放在失业问题上。到2002年5月创造了96,000个新职位（MINTRAB，2002），同时通过雇用补贴提高就业。尽管有这些改善，社会保障安全网仍然很弱。

富人和穷人之间在教育、卫生、住房等方面的差距巨大，需要促进利益向贫困人口转移的有效实施。

9.2.3 环境问题和政策

到1990年，智利制定了大量的环境法规和标准，但他们支离破碎地分散在不同部门，缺乏部门之间的协调。由于缺乏整体的一致性，很多的规则并不适用。不过，在1980年的宪法中环境保护还是得到了有力的支持。

由于恶劣环境质量（特别是在圣地亚哥），以及为了捍卫受生态倾销指控的出口，民主党政府在1990年成立了大城市区（圣地亚哥）污染治理特别委员会，以及全国环境委员会（CONAMA）。在1994年，一般环境法律框架为国家环境管理制度奠定了基础。现在，全国环境委员会、经济和矿业部门及林业国营公司在环境方面的支出是1990年的50倍以上（Brzovic等，2002），2000年上升到公共预算的2%以上（表9.2）。环境主管部门规范和控制一些活动，而不是直接干预。从而，环境支出可以转移到私营部门。

表9-2 1999-2001年以环境目标分类的支出（千美元）

	根据CEPA[1] 2000的目标	1999	2000	2001[2]
1	大气和气候保护	6,337	13,440	6,204
2	流体废物管理	12,960	17,428	3,833
3	土地、地下水和地表水管理和保护	41,087	60,055	48,693
4	噪声污染消除	81	347	305
5	废弃物管理	45,568	43,754	5,352
6	生物多样性保护	41,922	39,654	20,305
7	其他环境保护行动（包括管理）	149,332	127,292	70,747
	总环境支出	**297,286**	**301,970**	**155,439**

[1] 环境保护行动和支出的类别；
[2] 初始承诺。
当年的美元平均价格的现值（Banco Central）
资料来源：基于Focus（2000）。

尽管取得了进步，但可持续发展政策和方案在智利仍然只能发挥第二位的作用，这导致在许多环境问题：（1）与城市地区、工业活动（纸浆和造纸，鱼粉）、采矿和发电相关的空气污染问题。在特定地区，各种污染物的排放超过了国家或国际标准；（2）由于家庭和工业废水未经处理导致高水平的水污染。这影响到地表水、地下水和沿海海水；（3）区域缺水；（4）城市发展管理不足、高水平的污染、缺乏绿化或娱乐区等；（5）固体废物，特别是有害废物管理和处置薄弱；（6）由于农业和林业技术落后、城市增长和固体废物管理不当导致的土地退化。这主要影响了农地和河流流域；(7) 由于过度开发（增加林业活动、煤炭开采、木材征收）和缺乏有效的保护，威胁原始森林；(8) 水生生物资源的过度开发和生物量耗竭。

由经济增长带来的快速而缺乏管理的城市化，导致了许多城市较严重的空气及水质污染，并带来较高的预防成本、健康损害和生产力损失，尤其是在圣地亚哥。圣地亚哥的空气污染是国内最明显的环境问题（图 9-2 和 9-3，表 9-3 和 9-4），并且其他城市也越来越多的受到影响（表 9-5）。圣地亚哥自然因素和人口增长是造成固定和移动空气污染源的两个主要成因。智利机动车总量已经从 1990 年的 110 万辆增长到 2000 年的 210 万辆。不过，1989 年以来 PM1 和 PM2 得以显著减少（分别减少 23.3%和 46%）。这些空气改善效益来自于除污计划、3,000 辆高污染巴士的削减、固定源使用天然气，并在所有新的车辆安装催化式排气净化器（如 1999 年圣地亚哥 50%的汽车已安装催化式尾气净化器）。

表 9-3　圣地亚哥的空气污染（1995 年）

污染物	CO[b]	Ozone[c]	PM_{10}^{a}	PM2，5[a]	SO_2[a]	NO_2[a]	TSP[a]
最大	35.6	224	302	174	161	254	621
最小	0.1	1	8	4	7	4	31
平均	2.04	13	87	42	17.8	64.8	186.3

a 单位：μg/m³
b 单位：ppm
c 单位：ppb
资料来源：SESMA，INE。

表 9-4　圣地亚哥的空气污染（2000 年）

污染物	Pollutant	CO[b]	Ozone[c]	PM_{10}^{a}	PM_{10}-2.5[a]	PM2，5[a]	SO_2[a]
最大	Max.	19.3	162	230	105	153	135
最小	Min.	0.1	1	5	1	4	1
平均	Average	1.1	16	87	35.8	34.8	4.7

a 单位：μg/m³
b 单位：ppm
c 单位：ppb
资料来源：SESMA，INE。

表 9-5　智利主要城市的空气质量概况

城市	地区	PM-10 超标	其他污染物问题	主要排放源
亚里加（Arica）	I	年均值超标	可能有硫酸盐	未知
伊基克（Iquique）	I	日均值超标 8 倍，年均值超标	NO	固定和移动源
安托法加斯大（Antofagasta）	II	日均值超标 2 倍	颗粒物	未知

续表

城市	地区	PM-10 超标	其他污染物问题	主要排放源
Calama	Ⅱ	日均值超标，年均值超标	SO_2	固定源
Valparaíso Viña delmar	Ⅴ	日均值超标 3 倍，年均值非常接近超标	NO_2，SO_2，臭氧	移动源
圣地亚哥（Santiago Metropolitan）		日均值超标 138 倍，年均值超标	PM-2.5，臭氧和 CO	街道、交通和工业
Rancagua	Ⅵ	日均值超标 11 倍，年均值超标	臭氧	移动源
Concepción 塔尔卡瓦诺（Talcahuano）	Ⅷ	日均值超标 3 倍	SO_2	未知
Temuco	Ⅸ	日均值超标 9 倍	NO	固定源

资料来源：Universidad de Chile（2002）。

交通运输是对空气污染贡献最大的污染源，尤其是 PM_{10} 的排放，是城市最重要的环境问题，约 25%是直接排放，另 50%由车辆在柏油路面和非柏油路面产生的扬尘再悬浮。这一部分还是造成了 50%的 PM2.5 排放，94%的一氧化碳（CO）排放，83%的氮氧化物（NO_x），以及 42%的挥发性有机化合物（VOC）的排放。私人交通工具污染程度较高，按照每英里行程排放的污染物浓度一般比公共交通工具贡献大（除 PM_{10} 以外）。不过，由于圣地亚哥的空气污染受气候变量和季节强烈影响，年平均值并不能反映切实的情况。

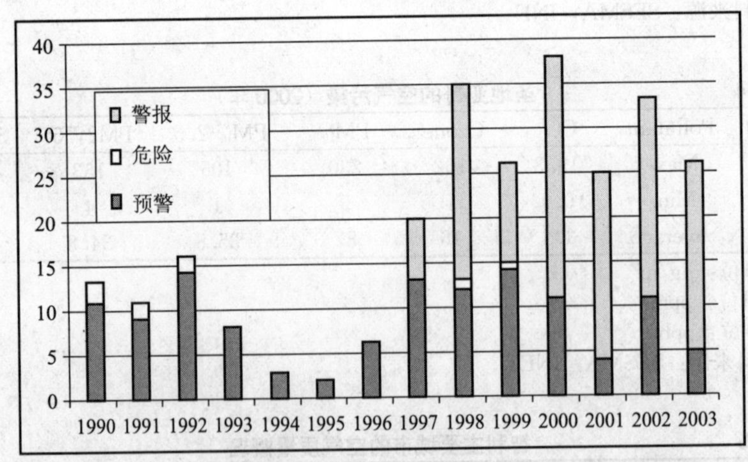

图 9-2 在圣地亚哥主要大城市大气监测中重大事件的数量

资料来源：基于 SESMA，www.sesma.cl。

注：“警报”类别是 1997 年建立的。

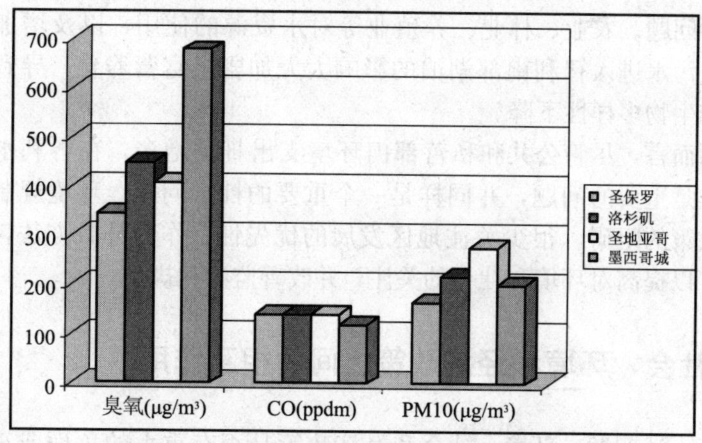

图 9-3 所选择的城市中最高污染水平的比较

资料来源：Alliende（2002）

智利其他方面的问题还包括 Concepción-Talcahuano（地名）由钢铁、石油、鱼粉、造纸和纸浆工业造成空气污染，以及 Valparaiso-Viña del Mar（地名）高水平的近地面臭氧浓度。Talcahuano 环境恢复计划正在运作中，空气监测系统也已在一些需确定饱和区目标的城市建立起来。其他重点工业污染源包括矿物燃料使用、纸浆和造纸工业（硫化氢），以及鱼粉产业（硫化氢和三甲胺）。

因为对人体健康造成危害影响最重要的空气污染物是细颗粒（PM2.5），1996 年圣地亚哥首都区声称以下几种污染物基本达到饱和：PM_{10}、二氧化碳、近地面臭氧和潜在的氮氧化物。一个针对大型固定源（1,000 立方米/小时）颗粒物排放的交易制度对于减少空气污染没有产生实质效果。排放少于目标值的固定源可能出售其排放许可量。虽然该机制已存在了好些年，很少发生交易的案例。此外，对于这个政策工具（排污权交易）在智利是否适当一直存在争议。再者，圣地亚哥公共运输服务提供者必须竞争一些重要道路，而一个关键的选择参数是车辆的废气排放情况。

智利迅速增长的生活废物分布不均，都市地区产生 60%的废物，其中住房用户只产生 40%的污染废物。水质污染和水资源匮乏是另一个问题。人口增长、工业化和城市化等因素加剧了问题的恶化。北方（渔业和采矿），圣地亚哥首都地区和中央海岸（污水处理和工业污染）和沿海地区（塔尔卡瓦诺海湾渔业、石油和纸浆工业）等问题是最严重的，而南方却经历着洪水频频侵袭。

主要的水质问题是微生物污染。虽然环境卫生系统服务运作良好，但废物处理设施不足。流经圣地亚哥和周边（尤其是沿海）地区的河流，因为倾排未经处理的污水而受到严重影响。农业灌溉导致的水污染是一个令人关注的问题。农业、林业、养殖业等对水资源的使用，以及增加的人民生活排放污水进入智利南部湖泊的影响大大加剧了富营养化，导致藻类聚集生长和生物多样性下降。

总括而言，尽管公共和私营部门环境支出日益增多，在智利水和空气污染仍然是重要的问题，并同样是一个重要的社会问题。环境规制受到中央政府政策的阻碍，很少关注地区发展的优先性。作为补救方法，需要新的政策，以提高对环境和社会的关注，并改善监测和执法。

9.3 社会，环境和经济政策之间的相互作用

鉴于上述问题，环境、社会和经济政策是否有重大的负面或正面的互动和协同作用呢？本案例研究试图通过对经济力量变量的考察，分析环保政策的社会影响，以及社会政策对环境的影响。

我们首先模拟环境政策（通过废气排放税减少 10%的可吸入颗粒物，二氧化硫和二氧化氮的排放量），分析它们对经济、环境和社会变量的影响，并决定哪些措施更有效。接下来，我们模拟了社会政策（政府收入转移到家庭的政策）对经济、社会和环境的影响。最后，我们模拟两个政策的同时发生（在保持公共储蓄恒定的情况下）情境，以查明它们的协同作用。我们这里应用 ECOGEM-Chile 模型，这是一个根据智利情况改编的 OECD CGE 模型（Beghin 等，1996）。这个 CGE 模型（附件 A9.1）是一种静态多部门模型，使用两种类型劳动力、5 个收入组、一个外部部门、和特定的生产要素。模型是储蓄驱动的，用能源投入来替代污染物减排，因为排放量与不同的投入量相关，而不仅与生产水平相关。主要数据来源是基于最新可得的 1996 年智利投入—产出表中社会核算矩阵（SAM）（Banco Central de Chile，2001）。此研究以 1996 年智利购买力计价，计数单位为十亿比索（O'Ryan 等，2001）。

我们假设跨部门间没有资本流动，并且短期内各部门内部可以进行调整。来自相关国际文献中对于收入、替代和其他的弹性则使用长期量表示，在调整过程中提供了更多的灵活性和现实考虑。不过，由于模型的静态性质的原因，作为比较回归方程中的投资和资本积累过程并未包括在内，而长期弹性只能尽量弱化这一缺陷。这里用这些变量进行情景模拟是中期尺度的分析。虽然充分就业是基本的假设，我们也设计了一个情境分析了高失业率的影响。

有两种类型的排放系数：基于投入和基于产出的系数。13 个不同的污染物被确定，有毒排放物按照介质进行分类：空气、水和土壤（TOXAIR，TOXWAT，TOXSOIL）。它们包括矿产和工业化学品、化肥和农药、油漆等。生物的污染物累积也根据介质分为：空气、水和土壤（BIOAIR，BIO-

WAT，BIOSOIL）。包括的金属元素有铝、砷、铜、铅、汞、锌等，它们对生命有长期显著的风险。其他的空气污染物包括：二氧化硫，二氧化氮，挥发性有机化合物（VOC）、一氧化碳和可吸入颗粒物。其他水污染物包括：生化需氧量（BOD）和悬浮固体量（TSS）。

9.3.1 环境政策

我们分析了通过排污税（空气污染政策的主要对象）的方式，降低10%可吸入颗粒物的排放量的影响。在不是很高的减排成本情况下即可降低污染水平，并符合当前的经济背景下的高失业率。此外，与环境税相关的预期收入类似于就业政策的财政需求。对于二氧化氮和二氧化硫，我们采用相同的方式，提高减少排放量的效益，增加积极效果，并减少负面影响。除了造成酸雨以外，二氧化氮和二氧化硫也是PM2.5（包括在PM_{10}中的细颗粒物，造成大多数健康问题）的主要化学成分。较高的公共预算没有因环境税收而减少，导致政府增加公共储蓄。开征新税项是强加的，没有任何其他的税收/补贴补偿。表 9-6 表明，对所有宏观变量的影响都是适度的，虽然税收之后伴随了一定的调整处理。实际 GDP 和消费以及出口和进口都有适度的减少，接近 1%。

表 9-6 环境税收的宏观经济影响

税收项目	PM_{10}	SO_2	NO_2
实际 GDP	−0.2% [−0.1%]	−0.2%	−0.2%
投资	0.8% [0.9%]	0.6%	0.7%
消费	−0.6% [−0.5%]	−0.5%	−0.6%
出口	−1.1% [−1.0%]	−1.0%	−1.0%
进口	−1.0% [−0.9%]	−0.9%	−0.9%

注：括号内为高失业情况下的对PM_{10}的影响结果。

表 9-7 中可看出对一些重要行业的影响。废气排放税增加了收入，公共储蓄提高了约 14%。尽管家庭和企业储蓄稍微有减少，但总储蓄上升了。储蓄增加引起投资增加，主要通过建造业作为经济渠道，行业产值提高了0.7%。电力行业也因政策的实施有微小的收益，因为部分能源需求由石油和天然气被电力所替代（−0.1%−0.3%）。在这些模拟中，运输、石油和天然气开采及石油炼制受到较大的负面影响，这些行业的产量分别降低2.1%、−2.3%、4.1%、−4.3%和 9.7%−9.8%。

表 9-7　　环境税收的行业影响

	PM_{10}	SO_2	NO_2
建筑	0.7% [0.8%]	0.6%	0.6%
电力	−0.1% [0.0%]	0.3%	0.3%
可再生资源	−0.7% [−0.6%]	−0.6%	−0.6%
木材制品	−0.7% [−0.6%]	−0.6%	−0.6%
天然气	−0.8% [−0.7%]	−0.8%	−0.8%
Load&PassTpt	−2.2% [−2.1%]	−2.1%	−2.1%
其他运输	−2.3% [−2.1%]	−2.2%	−2.2%
石油和天然气开采	−4.1% [−4.0%]	−4.3%	−4.3%
煤炭	−5.2% [−5.0%]	1.1%	1.1%
炼油	−9.7% [−9.6%]	−9.8%	−9.8%

注：括号内为高失业情况下的对 PM_{10} 的影响结果。

从环保的角度来看，表 9-8 和 9-9 及图 9-4 显示了几乎所有的排放量可通过对 PM_{10} 排放征税而减少（除了渗入水中的生物累积污水因为建筑业的发展而略微增加以外）。此外，对 PM_{10} 排放征税使二氧化氮和二氧化硫排放量下降了 10%以上。后者表明不同的污染物之间的密切联系，尤其是空气中的污染物。对可吸入颗粒物征税，比二氧化硫或二氧化氮税显示了更大的正面环境影响。因为后者显示了因生产的行业再调整导致了某些污水排放的增加。

表 9-8　　环境税收的环境影响

	PM_{10} 减少 10%	SO_2 减少 10%	NO_2 减少 10%
TOXWAIR	−0.6%	−0.6%	−0.6%
TOXAT	−1.0%	−0.9%	−1.0%
TOXSOIL	−0.4%	−0.4%	−0.4%
BIOWAIR	−1.4%	0.0%	0.0%
BIOAT	0.2% [0.3%]	0.6%	0.6%
BIOSOIL	−0.4%	−0.4%	−0.4%
SO_2	−10.1%	−10.0%	−10.2%
NO_2	−10.0% [−9.9%]	−9.9%	−10.0%
CO	−9.5%	−3.5%	−3.5%
VOC	−1.1% [−1.0%]	−1.0%	−1.1%
PART	−10.0%	−9.3%	−9.4%
BOD	−0.4%	−0.4%	−0.4%
TSS	−8.9% [−8.8%]	2.7%	2.7%

注：括号内为高失业情况下的对 PM_{10} 的不同影响结果。

表 9-9 PM_{10}税的环境影响

	总影响	生产影响	需求影响
TOXWAIR	−0.6%	−0.6%	−2.8%
TOXAT	−1.0%	−0.8%	−6.3%
TOXSOIL	−0.4%	−0.4%	0.0%
BIOWAIR	−1.4%	−1.5%	−0.1%
BIOAT	0.2%	2.2%	0.7%
BIOSOIL	−0.4%	−0.4%	0.1%
SO_2	−10.1%	−7.8%	−16.5%
NO_2	−10.0%	−7.7%	−16.5%
CO	−9.5%	−8.5%	−16.3%
VOC	−1.1%	−1.3%	−0.0%
PART	−10.0%	−7.8%	−16.5%
BOD	−0.4%	−0.4%	−0.0%
TSS	−8.9%	−8.9%	−10.3%

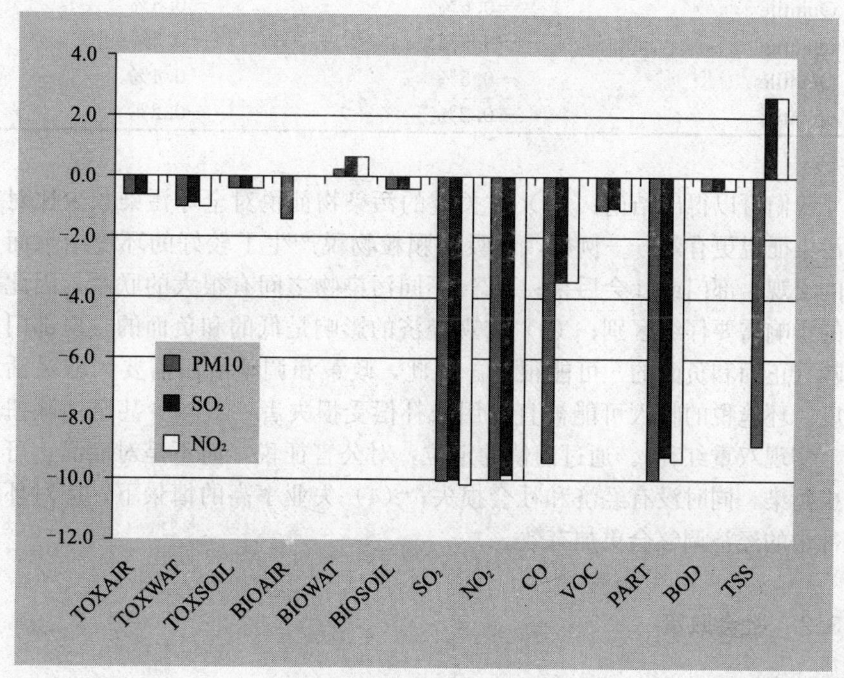

图 9-4 环境税的环境影响

注：PM_{10}柱条说明了对PM_{10}征税时对所有污染物的影响，同样可分别应用于SO_2和NO_2。

模拟的结果表明，对于 Vis-à-vis（地名）的社会影响，就业人数略有增加（伴随着工资略微下降），由于建造业较高的劳动力需求，抵消了在其他行业的收缩。当环境税（对可吸入颗粒物征税）是应用在高失业率情景下时，将对就业产生一个更积极的影响。对家庭收入也有适中的负面影响，各收入群体都减少了 0.6%的收入（在高使用率情景下减少 0.5%）。二氧化硫和二氧化氮税的影响类似。如果采用其他的福利措施（如效用函数），那么这项政策略有倒退，作为企业对新的环境税做出的部分调整，包括减薪和消费价格上升，从而对收入较低群体的消费产生较大影响（表 9-10）。

最后，环境政策有一些负面的社会影响，特别是对福利（部分原因是假设了收入的边际效用递减）。与此相反，环境收益的所有好处（如医疗成本的减少，劳动生产率的提高等）不包括在内。这样就过分强调了社会和经济的消极影响。

表 9-10 PM_{10}排放税对效用的影响

	PM_{10}	PM_{10}+失业
Ⅰ Quintile	−0.6%	−0.5%
Ⅱ Quintile	−0.6%	−0.5%
Ⅲ Quintile	−0.5%	−0.5%
Ⅳ Quintile	−0.5%	−0.4%
Ⅴ Quintile	−0.2%	−0.2%

我们可以得出结论：（1）对关键的污染物征税对全球污染减少比对其他污染征税更有效——例如，可吸入颗粒物税产生了较好的环境结果而更少的宏观、部门或社会后果；（2）不同污染物之间有很大的联系，因此征税的影响需要仔细区别；（3）宏观经济的影响是低的和负面的，但部门的影响（正面和负面的）可能很强。因此，政策和调整阶段需要采取灵活的态度。环境税的收入可能被直接用来补偿受损失者，或减少甚至消除扭曲税（实现双重红利）。通过谨慎的定位，对公害征税，而不是对商品，可以减少污染，同时没有经济和社会损失；（4）失业率高的情景下，应对环境税冲击的经济调整会更加有效。

9.3.2 社会政策

模拟社会政策包括向家庭转移支付增加 8.4%，模拟的结果等同于政府直接创造 10 万个新的就业机会的成本，或实际失业率从 10%减少到 8.2%。公共资金转移将使政府开支由 23%增加至 25%，而没有收入抵消——从而减少政府储蓄。转移的分配稳定在目前的水平下：第一个五分比人口获得 27.3%；第二个五分比人口获得 26.6%；第三个五分比人口获得 22.3%；

第四个五分比人口获得 17.9%；最富有的 1/5 人口获得 5.9%。

宏观调控的影响很小（表 9-11）。国内生产总值没有受到影响。由于政府储蓄的减少（超过 14%），投资下降了将近 1%。不过，由于几乎所有的家庭的可支配收入增加，总消费增长。由于减少了投资，建造业受到最不利的影响。天然气、水力或供水、运载和客运运输部门从此社会政策中略微获得一些利益。对社会造成的影响是积极的，几乎所有收入水平群体收入增加，并且最贫穷的群体改善最大。对效用的影响非常类似。最后，环境方面的影响，主要是大气污染排放略有上升。环境质量需求的影响总体上是负面的，而生产的影响是积极的（因建设放缓）。然而，所有的影响都不显著。该社会政策对环境的影响很小，情况根据具体的污染物有所不同。

表 9-11　　向家庭转移支付增加社会政策组合的影响

宏观变量	实际 GDP	0.0%
	投资	−0.8%
	消费	0.4%
	出口	−0.1%
	进口	−0.1%
部门生产投入	建筑	−0.7%
	电力	0.1%
	可再生资源	0.0%
	木材产品	0.0%
	天然气	0.2%
	水	0.2%
	Load&PassTpt	0.2%
	其他运输	0.0%
	石油和天然气开采	0.0%
	炼油	0.1%
家庭实际收入	Quintile Ⅰ	3.2%
	Quintile Ⅱ	1.7%
	Quintile Ⅲ	1.0%
	Quintile Ⅳ	0.4%
	Quintile Ⅴ	0.0%
环境变量排放	TOXAIR	−0.1%
	TOXWAT	−0.1%
	TOXSOIL	−0.1%
	BIOAIR	−0.1%
	BIOWAT	−0.7%
	BIOSOIL	−0.1%
	SO_2	0.1%
	NO_2	0.1%
	CO	0.1%
	VOC	0.0%
	PART	0.1%
	BOD	−0.1%
	TSS	0.2%

9.3.3 政策组合：社会和环境

从过去的经验，环保政策的实施没有重大的社会影响，反之亦然。此外双重红利（社会和环境）并不存在。不过，社会和环境政策及其影响之间似乎有一种取舍（trade-off）。因此，我们研究社会环境联合政策——比如减少可吸入颗粒物排放量 10%的税收，并将这些税收收入用作更高的政府财政转移（从而保持稳定的政府实际储蓄）。

宏观调控的影响以政策实施的社会和环境政策各自影响的平均值表示（表 9-12）。环境政策对消费的负面影响得到缓解，同时对投资的负面影响因为社会政策而抵消。宏观经济变量受到轻微的负面影响。

表 9-12 宏观经济影响的比较

	PM_{10}	Transf.	PM_{10}+Transf.
实际 GDP	−0.2%	0.0%	−0.2%
投资	0.8%	−0.8%	−0.1%
消费	−0.6%	0.4%	−0.2%
出口	−1.1%	−0.1%	−1.2%
进口	−1.0%	−0.1%	−1.1%

在部门一级，联合的政策产生的效果也是环境和社会政策单独作用的平均值（表 9-13）。

社会影响非常积极（表 9-14）。就业略有增加，收入分配得到改善。40%较富裕的的人口实际收入有所减少。对效用的影响结果非常相似。联合政策对环境的影响较好（表 9-15）。13 种污染物中 9 种的排放低于只实施环保政策的情况。在其他 4 个案例中，减缓接近于独立政策所取得的最高水平。

总之，将环境和社会政策结合起来会比较好。宏观和部门的影响保持在最坏的情况下的水平，但社会和环境变量却得到更多的改进。然而，环境和社会政策之间微小的交互影响使得对潜在的损失者进行识别，并采取后续的补偿或附加政策。

表 9-13 部门影响比较

	PM_{10}	Transfer	PM_{10}+Transf.
建筑	0.7%	−0.7%	−0.1%
电力	−0.1%	0.1%	0.0%
可再生资源	−0.7%	0.0%	−0.6%
木材产品	−0.7%	0.0%	−0.8%

续表

	PM_{10}	Transfer	PM_{10} + Transf.
天然气	−0.8%	0.2%	−0.5%
水	−0.1%	0.2%	0.1%
Load&PassTpt	−2.2%	0.2%	−2.0%
其他运输	−2.3%	0.0%	−2.3%
石油和天然气开采	−4.1%	0.0%	−4.1%
炼油	−9.7%	0.1%	−9.6%

表 9-14 社会影响比较

实际可支配收入	PM_{10}	Transf.	PM_{10} + Transf.
Ⅰ Quintile	−0.6%	3.2%	2.6% (2.5%)
Ⅱ Quintile	−0.6%	1.7%	1.1% (1.1%)
Ⅲ Quintile	−0.6%	1.0%	0.4% (0.3%)
Ⅳ Quintile	−0.6%	0.4%	−0.2% (−0.1%)
Ⅴ Quintile	−0.6%	0.0%	−0.6% (−0.2%)

注：括号中为效用水平。

表 9-15 环境影响比较

	PM_{10}	Transf.	PM_{10} + Transf.
TOXAIR	−0.6%	−0.1%	−0.8%
TOXWAT	−1.0%	−0.1%	−1.1%
TOXSOIL	−0.4%	−0.1%	−0.6%
BIOAIR	−1.4%	−0.1%	−1.5%
BIOWAT	0.2%	−0.7%	−0.4%
BIOSOIL	−0.4%	−0.1%	−0.6%
SO_2	−10.1%	0.1%	−10.1%
NO_2	−10.0%	0.1%	−9.9%
CO	−9.5%	0.1%	−9.5%
VOC	−1.1%	0.0%	−1.0%
PART	−10.0%	0.1%	−10.0%
BOD	−0.4%	−0.1%	−0.6%
TSS	−8.9%	0.2%	−8.8%

9.4 智利案例的研究结论

20 世纪 90 年代智利寻求改善环境和社会标准。进一步改善将带来递增的边际成本。因此需要创造新的办法，如将不同的政策结合起来，从而加强它们之间的协同优势。

本案例研究介绍了对可计算一般均衡模型 ECOGEM-Chile 的实证应用，

用以评估经济、环境和社会的联系。模拟六个不同的政策：三种对气体排放征税的政策，目的在于分别减少可吸入颗粒物、二氧化硫和二氧化氮总排放量的10%；一个增加政府对家庭的财政转移的社会政策；一个社会和环境的联合政策组合：采用PM_{10}税的同时与社会转移政策相结合（保持公共储蓄为常数——即环境税收作为社会财政转移）；最后一个是在高失业率情景下征收PM_{10}税。

对可吸入颗粒物排放量征税比对二氧化硫和二氧化氮征税产生更好的环境结果，在宏观、部门或社会效应方面没有实质性的差别。在PM_{10}环境政策的前提下，宏观经济的负面影响较小，但部门影响剧烈（正面和负面的）。因此，决策者应考虑政策的灵活性和调整期。对环境公害而不是商品征税将在没有经济和社会损失的情况下，产生更好的环境结果。在高失业率情况下，环境税的冲击会更好地被经济吸收，因为公司有更大的自由度来通过劳动力市场调整其生产函数。社会政策对环境质量的影响都很低，虽然这取决于不同的污染物。整体而言，有证据表明，环境政策可能对社会造成影响，但社会政策对环境的影响有限。

因为政策之间的交互影响较小，政策制定者应集中考虑特殊政策。不过，社会和环境政策制定者应对两者都进行协调，因为将两个策略结合考虑可以获得更大的好处，也就是说政策组合可改善整体效果。对潜在损失者的补偿可能会增加他们对环境政策的接受度。

系统全面地分析智利不同经济领域的政策及其对智利经济的影响是有用的。受益方或受损方可以通过这一过程得到确定，包括收益和损失的程度。但是结果并不总是直截了当的，因为间接影响也可能彼此相关。

9.5 哥斯达黎加的经济政策和森林采伐

本案例研究旨在通过研究哥斯达黎加经济政策和森林采伐之间的关系，寻求如何使发展更具持续性。

9.5.1 背景

对环境问题的经济分析主要是根据项目级别的研究，运用成本—效益分析和环境影响评估。第7章展示了经济增长导向的改革政策如何与被忽视的不完整性（如市场失灵、政策扭曲和体制限制）相互作用而造成环境损害。一般均衡分析有助于追踪显示经济范畴的政策改革对社会经济和环境的影响。

当全面的研究方法在缺乏数据和技能的发展中国家不可能运用的时候，经常采用有利于识别经济范畴政策最重要影响的局部方法。因为政策的全部结果不被揭示，局部均衡模型定量和定性的结果就可能是错误的。比如非“总量”性的税金，可能会从它们被预期要进入的部门而转移进入其他的经济部门，同时还会影响这些部门的消费和生产决策。在这一背景下，本研究的主要目的是研究调查经济政策对哥斯达黎加的森林面积和环境的影响（Persson，1994）。我们也试图确定当使用一般均衡模型而非传统的局部均衡方法来分析涉及这些森林财产权分配的新措施时，是否会产生不同的结果。

在接下来的章节中总结了主要问题、分析方法和结果。下面一节介绍对哥斯达黎加环境方面以前做的分析和研究。可计算一般均衡（CGE）模型的适用性问题、模型所使用的数据等进一步的细节问题将在后面讨论。最后两节总结了研究的主要结果和结论。附件 A9.2 提供模型详细的技术资料。

森林退化和土壤侵蚀是哥斯达黎加的主要的环境问题（表 9-16）。CGE 模型突出了经济活动对毁林的影响。它在两个关键方面超出了常规办法。首先，它可以模拟森林资源引入产权后的影响，从而激励重视森林未来收益的私人对森林的可持续管理。其次，它包括了伐木者和土地清理者的市场：伐木工人将采伐的木材出售给木材公司或出口，而当地居民清理出土地进行农业生产并出售给不断扩大的农业部门。

表 9-16　森林和农业土地总面积的比例

年份	1963	1973	1986
农业	30%	40%	57%
森林	67%	57%	40%

资料来源：Solorzano 1991。

该研究运用了一个比较规范的 CGE 模型。林业、农业和工业等贸易部门是世界市场的价格接受者，而基础设施和服务部门提供非贸易的输出。集中到自然资源部门，国内可变动的要素除了资本、劳动力（熟练和非熟练的）外，还包括空地和木材。劳动力和资本的投入是外生的。对这些要素的需求来自于生产部门（农业、工业等），以及伐木者和当地居民的森林采伐。空地供给根本上决定于被采伐的森林土地总面积。但是额外可得的空地来自于森林采伐的增加。土地清理的速度（土地供给）取决于对产权的明晰以及影响林业和农业部门的税收（或补贴）。此外，当地居民活动的扩张增大了空地这个变量。农业生产提供了对空地的需求。

哥斯达黎加森林产权的不明晰是毁林行为的关键因素。该模型显示市场失灵的矫正如何减少森林砍伐。如果产权明确，利息率是外生的，那么伐木工人对森林保护的赋值就是至关重要的。为了制止毁林，保持森林的收益必须远远高于木材和空地的价值。税收政策可能会产生意想不到的副作用，而生产部门之间投入的替代效应可能很重要。所以，当研究宏观经济政策影响的时候，一般均衡的方法产生的结论和局部均衡分析得出的结论是不同的。

9.5.2 哥斯达黎加森林状况

砍伐森林在哥斯达黎加正在愈演愈烈。Ministerio de Recursos Naturales，Energía y Minas（1990）认为，如果哥斯达黎加继续毁林，将会损失更多的经济效益和生态效益，包括：可得的施工材料和其他木制品，尚未确定的植物和动物种类可能用作未来消费和工业生产，娱乐和生态旅游，水土保持，以及用于教育和研究的可能性。哥斯达黎加对温室效应及对丰富的生物多样性的关注对全球社会是非常重要的。

毁林和土壤侵蚀是哥斯达黎加主要的环境问题（Blomström 和 Lundahl，1989；Foy 和 Daly，1989)。1950 年以来大量森林开始遭受砍伐。如果继续按照目前的毁林速度，哥斯达黎加将在未来几年里耗尽所有的商业用林。森林砍伐率最高的热带潮湿森林生物带地区，同时也是生物多样性水平最高的地区（Solórzano 等，1991)。

毁林发生在几个阶段（Keogh，1984；Carriére，1991b)。首先，一个伐木公司为开采木材开辟道路而大量伐木。其次，来自游说议员集团的压力，政府被迫改善道路状况。另一方面，使得当地农民可以更多地清理和使用余下的森林作为维持生计的农耕地，直至产量不断降低，迫使他们出售或弃置土地（取决于是否被授权)。土地仍然适合牧草生长，因此出售给基于城市房地产公司的养牛场主。几年后，土地几乎完全退化，不适合任何形式的经济用途。哥斯达黎加政府正在采取措施以维护森林。超过 13,000 平方千米的林地已被指定为国家公园，虽然有些毁林被鼓励用作除了咖啡和香蕉外的多样性农业生产（Biesanz、Biesanz 和 Biesanz，1987)。

哥斯达黎加的毁林源于以下原因：

1. 木材产业的发展造成每年多达 2 万公顷的森林砍伐。虽然伐木需要特别政府许可证，但是约有一半的森林仍然被非法砍伐。国内砍伐是在地区局部进行的，典型用途在于建筑用材。木材和木制品出口较小，且很少进口。木材进口税是 5%。林业部门效率低下，并且只有少数树种用作商业用途。仅有大约 54%伐木得到利用，而且其中只有大约一半最后到达市场(Ministerio de Recursos Naturales，Energíay Minas，1990)。用于木材产业的伐木主要来自于原产地，而非木材产业本身。

2. 香蕉企业和其他公司正迅速扩张他们的种植园。在哥斯达黎加，主要耕种作物是大米、咖啡、水果、甘蔗、豆、玉米和高粱（Hugo 和 oth-

ers，1983)。哥斯达黎加的收入税和财产税是递减的。1970 年销售税和中间税在总税收中占 70%。虽然财产税较低（在某些情况下大约为市场价值的 1%），逃税造成国家每年大约 1,000 亿的损失。补救措施可以是通过增加地租、提高地价、增加税率和更有效地监察逃税者。

3. 牛牧场主最近几十年通过损害林区迅速地扩展他们的活动。不过，这种类型的土地转换可能会受到限制，因为现在大部分可以用于可持续牧场的土地已被利用。在五六十年代，在国外援助和投资及政府对基础设施提供信贷支持的情况下，养牛业出现一个很快的增长。增加的放牧造成了森林的快速砍伐。牧场在 20 世纪 70 年代达到顶峰，但自那时以来的利润逐渐减少。超过 70%的耕地在牧场，而只有 2.5%种植咖啡，1.1%种植香蕉(Biesanz 等，1987)。

4. 私人和政府所有的土地被占用。一些土地占用者进行农业生产，但其他则将空地出售给牧场主或其他地主。从土地占有者购买土地的“诚信”买家并没有遭到起诉。对空地的支付是对森林支付的两倍多。开垦土地可能得到正式的所有权（Blomström 和 Lundahl，1989)。小农户开垦土地对整个国家毁林不是重要的组成部分，但是它可能对当地产生严重的影响。

如果除开垦土地外，可以不用任何费用而获得产权，那么森林可以被看作一种典型的共同财产，而空地被视为典型的私有财产。不过，这不是无产权和公共资源的经典案例。我们此处考虑不可靠的土地所有权。这意味对公共资源的利用不存在拥挤效应（crowding effect)，即每个当事人都会最大限度地寻求自己的利益而不顾及对资源存量的影响。当毁林发生时，存在一种短期的产权形式，但是这种产权并不能保护林分。在此产权结构下伐木者和开荒者将继续毁林，直到砍伐森林的边际成本等于边际收益。森林砍伐的社会成本将高于私人成本，因为“全世界”对保存哥斯达黎加森林的支付意愿并没有被包括在私人成本中。因此，私人和社会目标的差异将导致森林砍伐。举例来说，伐木工人只考虑伐木获得的利益而不会对未来和土地的选择使用有太多考虑。

较高的私人贴现率同样可能使森林未来价值减小而造成森林砍伐。对热带森林的影响在长期往往比短期更显著。然而，热带森林的再生能力很低，同时对未来环境效益的贴现往往使得越早砍伐森林资源越有利可图。森林的投资，如植树造林需要很长的周期才能得到回报，从而使保护森林和植树造林行动对私人个体而言毫无吸引力。在许多发展中国家，私人市场利率往往远远超出社会合理的利率。贫困人口往往因为信贷的限制而面对更高的贴现率。最后，除了部门政策，经济范畴的税收政策也可能对森林砍伐率产生重大影响。

9.6 模型方法

总的来说，砍伐森林从而导致土地侵蚀的主要原因是：

(1) 土地价格太低，因为热带雨林完整的社会机会价值没有包括在内；(2) 产权界定不清，使砍伐森林的私人成本低于社会成本；(3) 贴现率可能太高，这意味着未来从森林中获得的收益低于今天伐木的收益；(4) 经济范畴政策的影响。

9.6.1 相关研究综述

可计算一般均衡（CGE）模型之前曾被用于环境问题，主要涉及空气污染和污染税。下面简要回顾一些相关的 CGE 模型研究。

Bergman's（1990a，1990b）模型旨在模拟环境监管和能源政策对瑞典经济的影响。环境市场失灵通过创建一个排放许可证市场而得到纠正。成本方程中包括了二氧化碳、二氧化硫、二氧化氮的排放许可证的成本。Jorgenson 和 Wilcoxen（1990）通过模拟美国存在或不存在环保法规情况下的长期增长，分析了环保法规对经济的影响。估算了每个行业总成本中减排成本的分担比例，比如污染控制设备的投资和机动车安装污染控制装置的成本的比例。在存在和不存在成本的情况下运用该模型评估了经济的影响。

采用 CGE 模型分析自然资源过度开发对经济的影响的例子不多。Panayotou 和 Sussengkarn（1992）在泰国环境问题背景下构建了一个模型。环境问题的来源是经济增长、汇率问题和政府推动砍伐森林的政策。这意味着每个部门、每一单位的生产都产生一个固定数额的空气污染或森林砍伐。环境造成的影响并不是模型本身的部分，因为环境退化或改善并没有反馈到模型中，从而影响未来的生产和消费决策。研究结果表明，对水稻和橡胶的出口税增加了在土壤保护方面的投资，增加了农用化学品的使用，并使得土地利用从橡胶种植转向，稻米种植。

很少有对产权界定不清方面的一般均衡建模研究，而这一背景下的结果可能与局部均衡模型得出的分析结果不同。Devarajan（1990）表明在一般均衡的框架内包括部分均衡模型可能是有用的，它首先消除了劳动力价值根据其在某些行业边际产出而支付的一阶条件，然后采用部门中次优的行为反应作为条件将其替代。这有助于分析政策干预对毁林的影响。该模型必须是动态的，以包括砍伐森林对存量和流量的影响。

Unemo（1993）运用模型分析了由于未界定的土地产权而过度放牧导致的 Botswana 土地的次优使用（8.6.1 节）。为了对哥斯达黎加的森林产权相关行为进行模型分析，我们假设当产权不确定时，森林砍伐的私人成本低于森林的社会机会价值。在产权界定清晰的情况下，热带雨林的社会价值被纳入开垦者的效用函数，从而进入到私人森林砍伐的成本方程中。这有利于接下来 Chichilnisky 分析未界定的产权的作用（1993）。

9.6.2 模型的一般特征

这是一个开放经济系统下的静态 CGE 模型，虽然它具有一定的隐含动态特征，因为在估计林地的未来价值时使用了贴现率。它和通过纳入不确定产权和修正采伐者和土地开垦者的市场函数的 CGE 模型标准方法不同。土地开垦后假设被出售给农业部门。

该模型包括两种类型的行业。交易的生产部门（部门 T——森林、农业和工业）被假定为按照 Heckscher-Ohlin 标准的世界市场价格接受者。非交易生产部门（部门 N）是基础设施和服务部门。此外还有两个开垦土地的部门：供应森林工业和出口的伐木者，以及出售土地给农业部门的开垦者。国内跨部门流动的生产要素包括非熟练劳动力（ULABOR）、熟练劳动力（SLABOR）和资本（CAPITAL）。木材（LOGS）和开垦的土地（DLAND）是森林和农业部门特有的，但木材也可以在世界市场进行交易，没有重新造林。

模型的关键要素归纳如下（数学细节参见附件 A9.2；Persson 和 Munasinghe，1995）。

9.6.2.1 要素市场均衡和林地存量

劳动力和资本的供给被假设为外部给定，为满足市场要素出清条件，劳动力和资本的供需必须分别相等（图 9-5）。需求产生于生产部门、土地开垦者和伐木者。考虑到相关部门的生产要素价格的一致性，部门 T 和部门 N 以及毁林部门对每类生产要素的需求（资本或劳动）由成本函数的偏导数给出。伐木者和土地开垦者产生伐木非熟练劳动力的需求，但只有伐木者形成资本需求。

哥斯达黎加土地总面积分为林地和已开垦土地。已开垦土地来源于森林砍伐，依赖于产权界定、对生产要素的税收和补贴以及森林和农业部门之间的利益。假设木材是可交易的。因此，伐木部门对林地的需求和世界市场价格共同确定砍伐森林的速度。这部分需求等于与木材的使用者成本和木材净出口相关的伐木成本函数的偏导数。

已开垦土地供给包括已开垦土地存量和开垦者毁林之和。农业对已开垦土地的需求等于与已开垦土地使用者成本相关的农业部门成本函数的偏导数。既定的使用者价格比其供应价格更大（更小）取决于百分比税率（补贴）。

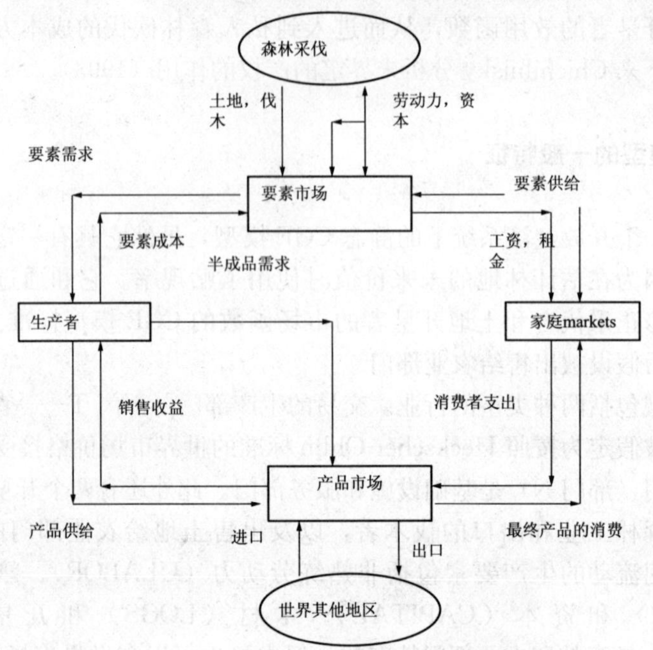

图 9-5 哥斯达黎加模型中流量图示

9.6.2.2 技术、成本和生产者行为

生产要素汇集成一个综合投入要素 Y。CAPITAL 与 DLAND 结合产生一个集合 R，集合 R 又与 LOGS 结合形成集合 M。后者结合 SLABOR 产出 V，而 V 结合 ULABOR 产出 Y。这个集合用恒定的规模报酬常数作为生产函数的恒定替代弹性（CES）。生产函数中每个部门的里昂惕夫系数将投入和产出结合起来。

由于技术进步的规模报酬不变，某一部门生产的边际成本和平均成本可表示为价格、相关的投入产出系数和间接税率的线性函数。假设生产者追求利润最大化。在贸易品生产部门，生产者产品价格 P_i 等于世界市场价格。假设完全竞争，意味着纯利润是非正的，而产出是非负的（只有当纯利润是 0 时为正）。在非贸易生产部门，具体部门的资本是内生调整的，使价格等于边际成本。

9.6.2.3 价格、国内需求、对外贸易和市场出清

对于贸易品生产部门的产品，国内生产者价格等于世界市场价格，而非贸易生产部门，国内用户价格等于生产者价格与税率的乘积。对商品的中间需求有技术假设给定。国内最终需求根据消费者的效用最大化得出，

由线性支出系统给定。为了使商品市场达到均衡，商品净出口被定义为国内供应和需求之差。

9.6.2.4 木材采伐部门

两个部门与森林砍伐相关。他们与其余的经济部门发生相互作用，通过资本和劳动要素的需求，通过向其他经济部门提供木材产品和开垦的土地，并通过在要素投入和部门产出的相对价格的变化。

伐木部门。伐木部门被假设为资本密集型技术，并且是规模报酬递减的——以反映在现有的森林面积的减少，以及非法伐木。木材生产被假设仅仅依赖于劳动力和资本。一个对数线性生产函数被采用。伴随着森林砍伐的增加，生产要素的回报率递减。假设为采木而增加的森林砍伐与为开垦土地的森林砍伐无关，反之亦然。但是，为采木而增加森林砍伐降低伐木部门的木材产量，而为开垦土地而增加的森林砍伐则减少了开垦部门的回报。在产权未界定情况下，伐木者只考虑森林砍伐的私人成本。当产权清楚界定时，节约森林的机会价值被包括在伐木者的成本函数中。

开垦者。虽然由于林地存量没有包括在开垦者的生产函数中因而不存在拥挤效应，被开垦者开垦的林地被视为共同财产。基础情景中假定产权未界定（Johansson 和 Löfgren，1985）。开垦者开垦土地的生产函数随着劳动投入单调递增。他们开垦土地的总收入是为开垦土地支付的价格。部分开垦的土地被出售给农业部门，其余用于他们仅能维持生存的农业生产。不过，由于这两项活动同时存在，对于每种情形两者的边际回报必须相同。假定开垦者不出售木材或把它用作其他用途如燃料。

在产权没有界定的情况下，开垦者（居民）开垦土地的私人总成本仅仅取决于开垦土地所需的劳动力数量。这是私人成本，其中不包括森林的未来价值和环境破坏的成本。因此，社会砍伐森林的总成本应该等于私人成本加上因为今天开垦土地而放弃的森林采伐的未来收益。假设森林未来的价值大于今天的价值。对产权清晰度的分析可以通过两种制度下的模拟实现。在未定义产权的情况下，现在的开垦者不考虑森林的未来价值。当产权清楚界定情况下，开垦者拥有自己的土地并将考虑森林的未来价值。林地拥有者（即“考虑未来价值”的开垦者）决定是要保留森林还是开垦林地。

当产权未界定，开垦者没有可利用的森林市场。可以用一个简单的局部均衡模型（这里每个开垦者获得同等份额的私人利润），表明开垦者将会开垦土地直到开垦土地的边际成本等于边际收益。这一结果对应于土地使用权不能保障情况下的私人利润最大化。当产权清楚界定时，就存在一个森林市场。开垦者考虑森林的未来价值而选择开垦林地或维护森林。这符合林业生产的社会优化条件——当市场价值等于影子价格的时候，树木应该被采伐（Hellsten，1988）。这一结果对应于社会净效益最大化。

前述表明在产权来界定情况下（d_{UPR}点）比清晰的产权界定下（d_{WPR}点）有更多的土地被开垦（d_{UPR}点）（如图 9-6）。这是因为产权未界定下比产权清晰界定情况下（curve MC_{WPR}）开垦者的边际成本较低，并且这个成本包括了森林的未来价值。MR 是边际收益曲线。

产权清晰界定情况下森林砍伐增加是因为：（1）技术进步，开垦土地过程中更有效地使用劳动力；（2）时间偏好率增加；（3）开垦土地供给价格增加。相反，森林砍伐减少是因为以下因素的上升：（1）森林的未来价值；（2）劳动力价格。当产权界定不清楚时，开垦土地决策不会受森林未来价值和时间偏好率的影响。而其他变量的影响与之前讨论的情况一样。

当产权界定清楚时，开垦者利润最大化条件包括节约森林为未来选择使用或以后采伐的机会价值。当产权界定不清时，由于未来所有权的不确定性，这种作用就不存在。

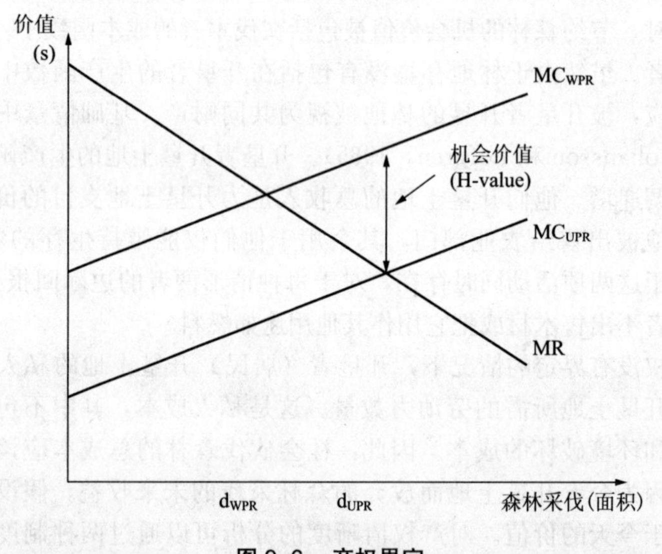

图 9-6 产权界定

9.6.2.5 宏观经济闭合与福利衡量

经常账户假定为常数，盈余被定义为净出口总和。有三个衡量福利的方法：可支配收入（由经常账户隐含确定），绿色国内生产总值（GDP，定义为要素收入加上一个要素之和，这个要素随森林采伐的增加而减少，用来反映负面的福利影响），以及效用（由消费者的效用函数决定）。效用最大化导致了基于柯布—道格拉斯效用函数变形得到的一个商品线性支出系统。

9.6.3 基础情景数据、假设和模型的局限性

数据来自 Solórzano（1991）等、国家核算账户（Banco Central de Costa Rica，1990），并由 Raventós（1990）作了调整。投入—产出矩阵由 Raventós（1990）使用的零散数据计算而来。图 9-7 显示了资源的流动。

在农业部门中，土地和资本之间的替代弹性设为 0.5。林业部门中资本集合 R 和原木 LOGS 之间的替代弹性系数假设为 0.8；所有生产部门中集合 M 和劳动力 LABOR 之间的替代弹性系数定为 0.8。相比于其他的研究，如 Bergman（1990a，1990b），这些取值应该是合理的。其余的弹性（包括在不使用这些要素的部门中的土地和木材）都设置为 0，这与一个固定的技术系数（Leontief）相一致。在开垦者劳动密集型技术和伐木者资本密集型技术的假设前提下，开垦者和伐木者生产函数中的参数是通过经验判断进行估计的。

表 9-17　资源流和数据调整

部门	森林	农业	工业	服务	基础设施	开垦者	伐木者	净出口	国内需求	总需求
森林						森林采		最终品		
农业						伐部门		需求		总计
工业	中间投入									生产
服务										需求
基础设施										
开垦者		＋lsq								森林采伐
伐木者	＋logf									需求
劳动力	－lgl	－lsq				＋lsq	＋lgl			要素
资本	－lgk	－lv					＋lgk			收入
土地		＋lv								
间接税	间接税									政府收益
总计	产品生产部门					森林采伐		最终总需求		

注：lsq＝土地开垦的劳动力投入；logf＝伐木；lgl＝伐木的劳动力投入；lgk＝伐木的资本投入；lv＝土地价值。

存在一些局限性。首先，由于数据的调整，结果更多是指示性的而不是精确的定量测算。其次，静态模型只提供了相对简单的经济横截面的情况。再次，其他的联系没有考虑——例如，移民、人口的增长、再造林、水土流失和砍伐森林的其他外部效应。

9.7 哥斯达黎加案例分析主要结果

9.7.1 数值计算结果

CGE 模型得到的结果和之前局部均衡的框架内讨论的预期可能结果不尽相同——由于生产部门间的替代效应。表 9-17 表明了基础情景下要素的相对密度（在目前产权未界定下）。产权清晰界定下，森林的机会价值（H-value）设定为 28%，高于砍伐森林获得的价值（Solórzano 等，1991）。贴现率是 10%。结果如表 9-18 所示。

表 9-18　初始资本密度（百分比）

投入	森林	农业	工业
土地	0.00	14.81	0.00
资本	31.93	14.68	11.73
非熟练劳动力	25.63	19.41	8.25
熟练劳动力	0.43	0.32	5.41

表 9-19　未来估值对产值的影响（十亿科朗）

项目类别	产权			
	未界定	界定（H-value）[a]		
		0.4792	0.2792	0.0792
森林采伐				
伐木	0.020	0.000	0.002	0.010
开垦	0.020	0.000	0.000	0.000
总计	0.040	0.000	0.002	0.011
生产				
林业	0.552	0.713	0.711	0.691
农业	13.984	13.876	13.876	13.879
工业	18.477	18.416	18.417	18.424
效用	0.232	0.232	0.232	0.232
绿色 GDP	31.962	31.972	31.971	31.971
可支配收入	37.681	37.679	37.679	37.679

a—H-value 是单位森林的未来价值。

第一和第二栏的比较显示了产权未界定导致森林砍伐的动态减少和木材净进口的增加（未显示）。林业部门活动大大增加，因为木材可以按照世界市场稳定价格不断进口。资本价格增加抵消了劳动力价格降低。开垦者毁林活动停止，农业部门活动轻微降低，因为在该部门中土地（在产权界定之后比资本相对较便宜）和劳动力可以代替资本。因为不同商品的消费不变，因此福利保持不变。

灵敏度分析（表 9-18 其余的纵栏）表明，即使一个很小的森林机会价值都会导致森林砍伐急剧减少。不过要使毁林完全停止，此机会价值要达到一个高值（H=0.4792）。森林的机会价值和利息率都是外生给定的。保持森林机会价值不变而改变利息率，可以说明高利率促进森林砍伐，反之亦然。改变的利息率产生的影响可以从表 9-18 和图 9-8 中推导出来，因为利息率降低相当于机会价值的增加，反之亦然。因此，虽然砍伐森林随利息增加而增加，但两者关系并不是线性的。

接下来表 9-19 总结了对木材、土地、非熟练劳动力和资本征税的研究。对伐木增加 10%的税收产生可预见的结果，伐木者不再采伐森林而林业部门也不进行生产。资源转移到农业部门，为提供土地而进行的森林采伐和森林砍伐总量都增加了。总的毁林增加可以解释为因林业部门不持续生产导致的非熟练工人劳动力价格的降低。增加税收实际上导致了更高的效用水平以及绿色 GDP 的增长。

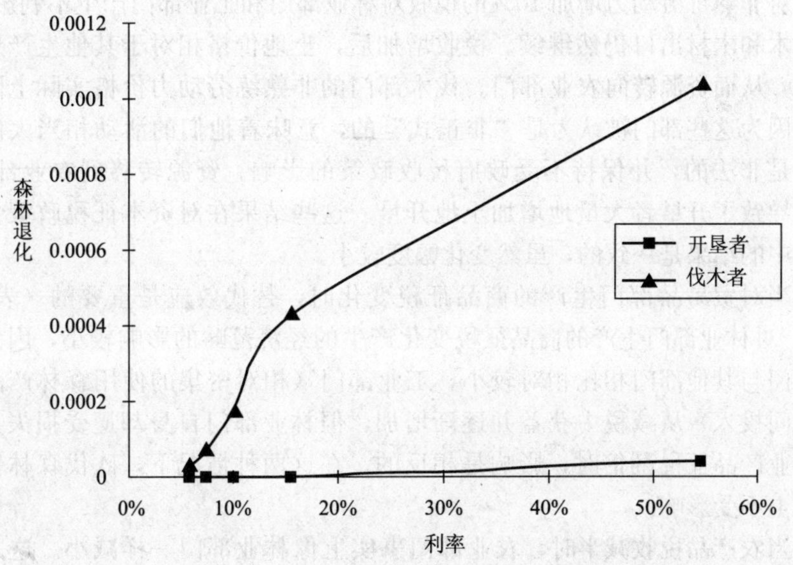

图 9-7　产权明晰界定下利息率对森林采伐价值的影响

对土地的税收和补贴产生了预期的结果，开垦者的森林采伐改变而伐木者的森林采伐基本稳定。税收和补贴是扭曲的并减少了效用、收入和国内生产总值。对土地征税时，与木材相比土地变得相对昂贵。资源从农业部门向森林部门转移，生产发生相应的变化。值得注意的是，在 20 世纪早期的哥斯达黎加，作为实证观察的结果是，土地补贴造成了为土地而毁林极大地增加。

表 9-20　　税收和补贴对生产要素的影响（十亿科朗）

项目类别	基本情形	木材		土地		非熟练劳动力		资本	
		征税	补贴	征税	补贴	征税	补贴	征税	补贴
森林采伐									
伐木	0.020	0.000	0.018	0.020	0.019	0.029	0.013	0.036	0.011
开垦	0.020	0.044	0.004	0.000	0.255	0.210	0.000	0.020	0.020
总计	0.040	0.044	0.023	0.020	0.273	0.239	0.013	0.056	0.031
生产									
林业	0.552	0.000	1.562	0.672	0.000	0.000	0.689	0.515	0.574
农业	13.984	14.204	13.748	13.877	15.122	14.922	13.877	13.987	13.983
工业	18.477	19.248	17.017	18.430	17.656	17.946	18.424	18.487	18.471
效用	0.232	0.243	0.214	0.231	0.226	0.229	0.232	0.232	0.233
绿色 GDP	31.962	32.017	31.848	31.960	31.757	31.797	31.965	31.943	31.958
可支配收入	37.681	37.748	37.561	37.678	37.592	37.620	37.679	37.680	37.682

资料来源：作者的计算。

对非熟练劳动力增加 10％的税收对林业部门和工业部门产生不利影响，但伐木和木材出口仍然继续。税收增加后，土地价格相对于其他生产要素较低，从而资源转向农业部门。伐木部门的非熟练劳动力价格实际上降低了，因为这些部门被认为是“非正式”的，意味着他们的活动相当大的程度上是非法的，并保持不受政府税收政策的影响。资源转移到农业部门，结果导致了开垦者大量地增加土地开垦。这些结果在对资本征税政策情景分析中的结果是一致的，虽然变化幅度较小。

当对贸易品部门生产的商品征税变化时，替代效应是重要的（表 9-20）。对林业部门生产的商品征税变化产生的经济范畴的影响较小，因为林业部门与其他部门相比相对较小。工业部门（相对密集的使用森林产品作为中间投入）从减税中获益并逐渐增加，但林业部门自身却遭受损失。当对林业产品征税翻倍时，影响是相反的。在这两种情况下，砍伐森林仍然基本上不受影响。

当农产品税收减半时，农业部门事实上像林业部门一样减小。这是由于非熟练劳动力价格的提高，而这两个部门都是非熟练劳动力密集型。工业部门因为广泛使用农业产品作为中间投入，以及资本成为其最便宜的要素而受益。为木材生产的森林砍伐保持不变，而为提供土地的森林砍伐减少。效用、收入和绿色国内生产总值都减少。如果对农产品税收变为两倍，则产生相反的效果。工业部门产品税收的效果类似于对农产品征税的效果，虽然量级上较大。

表 9-21　　税收改变对最终产品的影响（十亿科朗）

项目类别	基本情形	部门（相对于初始税率的改变）					
		林业		农业		工业	
		减半	加倍	减半	加倍	减半	加倍
森林采伐							
伐木	0.020	0.020	0.020	0.020	0.020	0.020	0.020
开垦	0.020	0.020	0.020	0.019	0.022	0.018	0.025
总计	0.040	0.040	0.040	0.039	0.042	0.038	0.045
生产							
林业	0.552	0.528	0.609	0.405	0.902	0.160	1.363
农业	13.984	13.984	13.985	13.258	15.706	13.964	14.030
工业	18.477	18.503	18.418	19.243	16.663	18.268	18.909
效用	0.232	0.229	0.240	0.135	0.459	0.064	0.572
绿色 GDP	31.962	31.941	31.980	31.589	32.815	31.324	33.253
可支配收入	37.681	37.669	37.709	37.317	38.544	37.051	38.984

资料来源：作者的计算。

Persson（1994）描述了一个动态版本的模式，显示了经济优化行为的中间过程。这个模型是一个两时期模型，这使得消费者和生产者在第一期决策过程中要考虑政策的变化对未来的影响。保护森林的机会价值（H 值）是内生的并受相对价格和森林大小的影响。此外，资本投资的国内利率是内生的。

定性动态模型确认了静态模型的结果稳健性。清楚的产权界定和较低的资产税可以减少森林砍伐。

9.7.2　结论

CGE 模型分析的结果支持了更为传统的局部均衡方法，建立产权趋向于减少毁林。原因是产权界定能使森林使用者获得今天减少森林砍伐而带来的未来利益。经初步推算，这个潜在的可避免的损失约为保留现有森林价值的 28%（Solórzano 等，1991）。在 10%利率情况下，由于伐木者和开垦者都将毁林损失内部化并减少相应的活动，砍伐森林将显著地减少到基点水平的 5%。即使当砍伐损失估计大量减少的时候，毁林也将大大减少。CGE 模型的分析结果关于贴现率变化的影响类似于局部均衡模型的预测——较高的利率促使了森林的砍伐，而较低的利率有助于保护。

CGE 模型方法也清晰识别出部门之间交叉联系的间接效应。必须与林业部门明确的政策的直接效应相结合来确定总的影响。例如，局部均衡分析预测立木价格的增加将直接减少伐木的行为，然而，CGE 模型表明当为伐木而毁林实际上降低时，总的毁林却继续增加。这种现象是由一般平衡分析得到的间接效应引起的。采伐和森林工业部门的萧条收缩导致资源向农业转移，并且随着农业扩张，毁林增加。

由于部门间的资源流动，CGE 抓住了经济领域工资变化的间接效应，这与局部均衡结果有所不同。如果增加非熟练劳动的工资（比如由于最低工资法），模型预测砍伐森林可能恶化而不是减缓。虽然高工资的直接成本增加可能导致采伐减少，但这远远超过了通过部门间流动的间接影响而获得的补偿，因为工业部门（最低工资法更具有约束力的部门）受劳动力高成本的不利影响更大。劳动力和资本因而倾向于转移到农业部门，导致更多的林地转变为耕地。

最后，以上这两个例子都强调了在经济增长背景下进行部门改革的重要性。在没有提供更多的可供选择的就业机会的情况下，减少采伐活动趋向于引导劳动力和资本资源向农业、工业和其他部门转移。其中的一些部门的扩大会导致又一个对林业部门的循环作用，最终可能导致更加严重的森林退化。一个动态 CGE 模型，将森林保护的价值、资本累积和国内利率作为内生变量，得出了与静态 CGE 模型本质上相同的结果。

附录 A9.2　哥斯达黎加 CGE 模型概述

A9.2.1　要素市场均衡和林地存量

$$K = \sum_{j\in T,N} \frac{\partial C_j}{\partial P_K^U} + k^{log}$$

P_K^U 指资本的使用者价格，K^{log} 是开垦者用于森林砍伐的资本。

$$U = \sum_{j\in T,N} \frac{\partial C_j}{\partial P_U^U} + l^{sq} + l^{log}$$

$$L = \sum_{j\in T,N} \frac{\partial C_j}{\partial P_L^U} + l^{sq} + l^{log}$$

P_K^U 是指非熟练劳动力的使用者价格，l^{sq} and l^{log} 分别指开垦者和伐木者用于森林采伐的劳动力，P_L^U 是熟练劳动力的使用者价格。

$$\alpha d^{FOREST} = \frac{\partial C_{FOREST}}{\partial P_F^U} - f^{nexp}$$

dF^{OREST} 是伐木部门的森林采伐，P_F^U 是木材的使用者价格，f^{nexp} 是木材的净出口，∂ 是一个固定系数，反映单位林地面积采伐的木材量。

$$\frac{\partial C_{AGRICULTURE}}{\partial P_{DL}^U} - DL^* - d^o = 0$$

DL^* 是已开垦土地的存量，d^o 是开垦者的森林采伐。

使用者价格 P_j^U 超过供给价格 P_j^S 一个百分比税：T_j：

$$P_j^U = P_j^S(1+T_j);\ j = \text{DLAND, LABOR, CAPITAL}$$

$$P_{LOGS}^U = P_{LOGS}^{WM}(1+T_{LOGS})$$

A9.2.2 技术、成本和生产者行为

$$X_j = \min\left[\frac{Y_j}{A_j}, \frac{X_{ij}}{a_{ij}}\right] \quad i,j \in T,N$$

X_j 为 j 部门的总投入，Y_j 为 j 部门生产要素的综合投入，X_{ij} 是 i 部门的产出在 j 部门的投入，A_j 和 a_{ij}是里昂惕夫投入产出系数。

$$C_j = P_{Yj}A_j + \sum_i P_i^D a_{ij} + t_j;i,j \in T,N$$

C_j 是 j 部门的边际平均成本，P_{Yj}是生产要素的综合的生产者价格，P_i^D 为部门产出的国内价格，A_j 是 j 部门单位产出的生产要素使用量，a_{ij}是 j 部门的单位产出投入到 i 部门的使用量，t_j 是 j 部门单位产出的间接税。

$$P_i - C_i \leqslant 0;i \in T$$

$$(P_i - C_i)X_i = 0;\ i \in T$$

$$X_i \geqslant 0;\quad i \in T$$

$$P_i = C_i;i \in N$$

A9.2.3 价格、国内市场、对外贸易和市场出清

$$P_i^D = (1+\sigma_i)P_i^W e = (1+\sigma_i)P_i;i \in T,$$

$$P_i^D = (1+\sigma_i)P_i;\ i \in N$$

P_i^D 为 i 部门生产的商品的国内使用者价格，P_i^w 为 i 商品的世界市场价格，P_i 为 i 商品的生产者价格，e 为汇率，s_i 是对 i 商品征收的从价税。

$$X_i = \sum_{j\in T,N} a_{ij}X_j + D_i + Z_i;\ i \in T$$

$$X_i = \sum_{j\in T,N} a_{ij}X_j + D_i;\ i \in N$$

D 是国内最终需求，Z 为净出口。

A9.2.4 森林采伐部门 伐木部门

$$d^{FOREST} = (k^{log})^{\alpha}\ (l^{log})^{\beta},\ \alpha+\beta < 1$$

产权明确界定

$$(l^{log}) = \left[\frac{P_U^U + \dfrac{\partial H(d)}{\partial (l^{log})}}{\beta P_{LOGS}(k^{log})^{\alpha}}\right]^{\frac{1}{\beta-1}}$$

$$(k^{log}) = \left[\frac{P_U^U + \dfrac{\partial H(d)}{\partial (l^{log})}}{\alpha P_{LOGS}(l^{log})^{\beta}}\right]^{\frac{1}{\alpha-1}}$$

产权未确定

$$(d^{log}) = \left(\frac{P_K^U}{\alpha P_{LOGS}(l^{log})^{\beta}}\right)^{\frac{\alpha}{\alpha-1}}\left(\frac{P_U^U}{\beta P_{LOGS}(k^{log})^{\alpha}}\right)^{\frac{\beta}{\beta-1}}$$

开垦者

$$d^o = d(l^{sq}) = l^{sq^{\gamma}};\ \gamma < 1$$

条件为

$$d(0) = 0, d_l(l^{sq}) > 0, d_{ll}(l^{sq}) < 0,$$

及

$$\lim d(l^{sq}) = B, n \rightarrow \infty$$

n是指开垦者的数量，l^{sq} 是用于开垦土地的劳动力，B是可用于森林采伐的土地总量

$$I^s(d^o) = P_{DL}^S d^o$$

P_{DL}^S 为开垦的土地的供给价格

$$C^s(d^o) = P_L^{sq} d^{-1}(d^o)$$

P_L^{sq} 为开垦的劳动力价格

$$\frac{H(F)}{1+i} > 1$$

产权未确定

$$d_i^o = \frac{1}{N} d(l^{sq})$$

N是开垦者总数，他们总的开垦土地为

$$d^o = \sum_{i=1}^{N} d_i^o$$

$$g^s(d^o) = I^s(d^o) - C^s(d^o)$$

$$g_i^s(d^o) = \frac{1}{N} g^s(d^o)$$

$$l^{sq}(P_{DL}, P_U) = \left(\frac{P_U}{\gamma P_{DL}}\right)^{\frac{1}{\gamma-1}}$$

$$d^o = \left(\frac{P_U}{\gamma P_{DL}}\right)^{\frac{\gamma}{\gamma-1}}$$

产权明确界定

$$g^{fs}(d^o) = P^s_{DL}d^o - C^s(d^o) - \frac{H(d^o)}{1+i}$$

$$l^{sq} = \left(\frac{P_U + \frac{\partial[H(l^{sq^{\gamma}})/(1+i)]}{\partial l^{sq}}}{\gamma P_{DL}}\right)^{\frac{1}{\gamma-1}}$$

$$d^o = \left(\frac{P_U + \frac{\partial[H(l^{sq\gamma})/(1-i)]}{\partial l^{sq}}}{\gamma P_{DL}}\right)^{\frac{\gamma}{\gamma-1}}$$

宏观经济闭合

$$\sum\nolimits_{i\in T,N} P_i Z_i = S$$

S是国际收支经常项目顺差。

$$GNP = P^U_K K + P^U_L L + P^U_U U + P^U_{DL} DL^* + \sum\nolimits_{j\in}^{T}, N\sigma_j X_j - \Delta(d^o + d^{log})H(1)$$

$$\text{Max } U = \prod_i D_i^{b_i};\ \sum_i {}_{bi} = 1;\ i \in N,T$$

$$\text{s.t. } I - \sum_i P^D_i D_i = 0$$

第 10 章

能源部门的应用

能源和可持续发展

可持续能源开发与发展框架

斯里兰卡电力规划中应用“可持续能源开发与发展”

能源政策选择

南非能源政策的可持续性评估

使英国电力发展更具持续性

本章将可持续经济学构架应用于能源部门。第10.1小节回顾了能源发展的问题和状况。在10.2小节中，进一步阐述了全面的、综合的“可持续的能源开发与发展”（SED）框架，鉴别出具有实用意义的可持续的能源选择方案，这些替代选择考虑了多个参与者、多项准则、多级决策水平以及许多阻碍和约束。10.3和10.4节是对斯里兰卡的案例研究，这两节阐述了“可持续的能源开发与发展”方法在电力规划和可更新能源方面的应用。通过费用—效益分析（CBA）和多准则分析（MCA）说明了如何将环境和社会外部性并入传统的最低成本电力系统规划中去。该研究的相对独特性在于它集中于这些涉及系统层面（包括工艺选择）的评估，而不是更多的常规项目层面的分析。斯里兰卡可持续的能源政策得到了确认。第10.5节描述了“可持续的能源开发与发展”在南非的应用，运用MCA对涉及电力供给和家庭能源使用的政策选择引起的社会、环境和经济的权衡进行了评估。最后，第10.6节指出对于英国的电力系统扩增而言，分布式能源可能比集中发电更具有可持续性。

感谢P. Meier对本章的重要贡献。本章部分内容是基于以下文献改编而成的：Munasinghe, M. (1980b) “Integrated National Energy Planning in Developing Countries”, *Natural Resources Forum*, Vol. 4, October, pp. 359-73; Munasinghe, M. (1990a), *Energy Analysis and Policy*, Butterworths-Heinemann, London, UK; Munasinghe, M. and Meier, P. (1993) *Energy Policy Analysis and Modeling*, Cambridge University Press, London, UK; Meier, P. and Munasinghe, M. (1994) *Incorporating Environmental Concerns into Power System Decision Making-A Case Study of Sri Lanka*, World Bank, Wash. DC, USA; Munasinghe, M. (1995b) *Sustainable Energy Development*, World Bank, Washington DC, USA; 以及 Munasinghe, M., and Meier, P. (2003a) *Sri Lanka Power Technology Assessment*, ESMAP, World Bank, Wash. DC, USA.

10.1 能源和可持续发展

10.1.1 总体背景

“可持续能源开发与发展”旨在对人类所使用的能源以一种使发展更具持续性的方式进行利用。能源生产和使用与可持续发展的经济、社会和环境各方面有着紧密的联系。

首先，经济增长依赖于能源的服务功能诸如供暖、制冷、烹饪、照明、通信、动力和电力等。超过 20 亿人得不到能源供应，从而阻碍了经济发展和改善他们生活质量的机会。

其次，能源是影响人类良好生活的社会基本需求。在城市和农村地区有权使用可得的商业能源及服务方面的巨大差异会对社会的稳定带来威胁。有权使用分布式小规模能源技术是有效缓解贫困的重要组成部分。相对更加依赖传统燃料的妇女和孩子不成比例地受到损害。

第三，由于能源的生产和使用仍然是地方、跨国和全球污染的最初来源，存在许多环境的关联（大部分是负面影响）。具体的影响包括：地下水和空气污染；土地退化和用途的改变；生态系统破坏和生物多样性降低；SO_2、NO_X 和颗粒物粉尘降低了空气质量，对人体健康、建筑物和自然系统造成的损害；以及温室气体排放对全球环境的危害（见第 5 章）。

能源的可持续发展要求对能源更加有效地使用，尤其是在建筑、交通和生产过程的终端使用方面，在增加对再生能源的依赖方面，以及在加速开发和扩展新能源技术方面。一些全球性的“可持续能源开发与发展”战略和政策包括：鼓励更多的国际区域合作，如技术的获得、环境税和排放权交易的调和化以及设备和产品的能源效率标准；采用通过使用现代燃料和电力来增加有权使用能源服务的政策和机制；加强各利益相关者的能力建设以提高能源决策；推进革新，在改革链条的每一个环节都要强调平稳；鼓励能源市场竞争，减少终端使用者的能源服务的总成本；基于成本的定价，包括逐步停止对化石燃料和核电的各种形式的补贴并将环境和健康影响的外部性内部化；奖励更高的能源效率；在更广阔的市场上改进并传播新技术。

10.1.1.1 近来的趋势

19 世纪 70 年代之前的经济增长是通过增加能源需求来刺激的。1971 年之后，随着油价上涨的结果直接转移给了消费者，工业化国家（ICs）实现了经济增长和能源需求增长之间关系的分离。他们通过能源结构的调整和采用高效的能源技术实现了更好的能源管理。由于能源价格一开始就得到补贴及因社会政治原因而保持低价，这种分离在发展中国家（DCs）只是稍后便出现。目前油价的增加将继续减少全球能源需求的增长。由于发展中国家仍处在发展的初期阶段并有较高的增长速度，通过经济增长和能源消耗的脱钩使发展更具有可持续性有着更大的余地（Munasinghe，1991）。

世界主要能源需求预计在 2005-2030 年间至少增长一半，或者说每年增长 1.6%（IEA，2005）。超过 2/3 的增长将来自于发展中国家，这些国家目前的人均能源使用量低，发展中国家的人口数量超过世界人口的 3/4 却仅利用了世界能源的 1/4。这些人大部分生活在农村地区，很少或无法获得商业能源，而过分依赖传统的生物质燃料如木材、农作物废弃物和家禽粪便等。相反，经合作与发展组织国家消耗了过半的世界能源，几乎超过发展中国家人均能源消耗量的 10 倍。2000 年北美人均初级能源使用量为 2,800 亿焦耳，超过非洲撒哈拉国家人均使用量的 11 倍。欧洲经合组织和太平洋经合组织国家的人均能源使用量分别约为 1,420 亿焦耳和 1,800 亿焦耳（UNDP，2004）。

近几十年来，发展中国家能源需求迅速增长，导致了能源供给的短缺。使发展中国家能源发展更具可持续性，要求调和经济增长（包括能源消耗的增加）和减少贫困的努力以及可靠的环境管理工作。这一目标的实现必须保证不能增加已经脆弱的经济的过重负担，且不能从其他主要目标如教育和医疗方面转移资金。

10.1.1.2 能源—经济之间的联系

现代经济的运行离不开商业能源。图 10-1 说明了在化石燃料如石油、天然气和煤炭起着主导作用下，能源消耗将如何持续地上升。

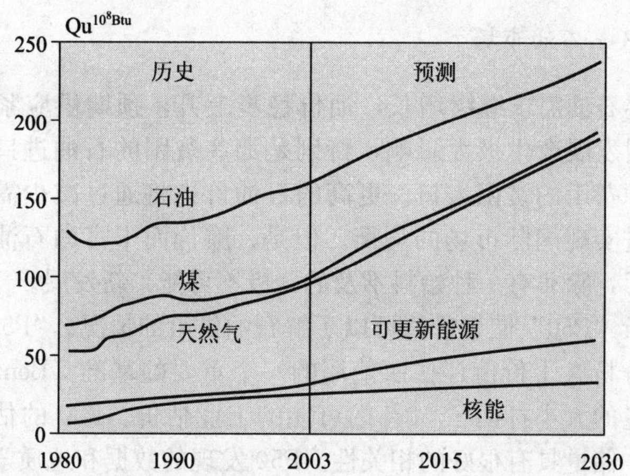

图 10-1 国际市场中各种类型的能源消耗（1980-2030）

资料来源：国际能源年鉴，2003；EIA，全球能源市场分析系统（2006）。

主要的增长将在发展中国家，受经济扩张、城市化、能耗产品渗透的增加、传统能源向商业能源的过渡和人口的增长等的驱动。

图 10-2 显示了总能源消耗、电力消耗和经济产出之间的关系。一种令人鼓舞的趋势是技术进步和效率的提高减少了经济产出的能源强度（如每单位经济产出较低的能源需求）。作为一种安全的、清洁的和便利的能源，电力将继续扮演日益重要的社会角色。

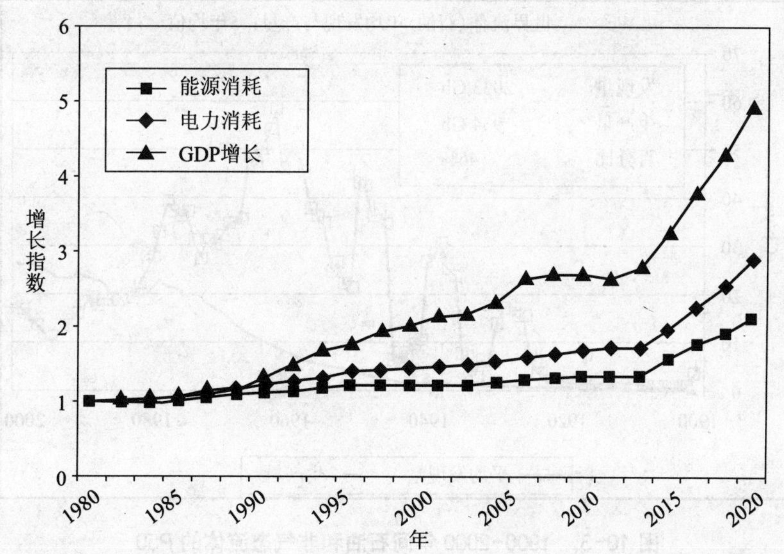

图 10-2 世界能源和电力消耗与 GDP：（1980-2020）

资料来源：Munasinghe（2004d）。

10.1.1.3 *石油市场*

随着世界石油需求继续增长，油价稳步上升，预期供应紧缩也就不足为奇。这将对发展产生极大影响，特别是那些贫困的石油进口国和无法支付昂贵的能源费用的贫困人口。更高的石油价格将通过减少需求增长和刺激供给来促进实现国际市场的均衡。但是，廉价而丰富的石油时代看来是一去不复返了，除非有一种始料不及的（极不可能）新发展。

通过分析“P50”储量价值可以了解石油供给的情况。“P50”储量价值是业内市场分析人士价值评估所使用的一个重要的基准（Bentley，2005），它为矿区储量的大小标明了50%的可能的工业估价。P50的估计与“探明的可能附加”储量具有很好的相关性。P50发现的数据和地质学的估计暗示了世界上大约2/3的石油生产国家目前已经超过了他们传统石油生产的资源极限最高点。根据Chevron的观点，包括美国、伊朗、利比亚、印度尼西亚、英国和挪威在内，世界上48个最大的石油生产国中，33个国家的石油生产已经下降。其他国家如俄国、中国和墨西哥不久将越过最高点。图10-3表明世界是如何依赖于过去的勘探成就的，自1980年以来大的发现开始下降——这也是全球产量开始超过新的探明储量的历史转折点。探明储量的最高点在1960年左右，而产量的最高点可能出现在2005-2015年期间——这是基于Hubbert曲线类型的分析，其中假定未来产量最高点的时间确定与历史探明储量曲线的形状和最高点相关。

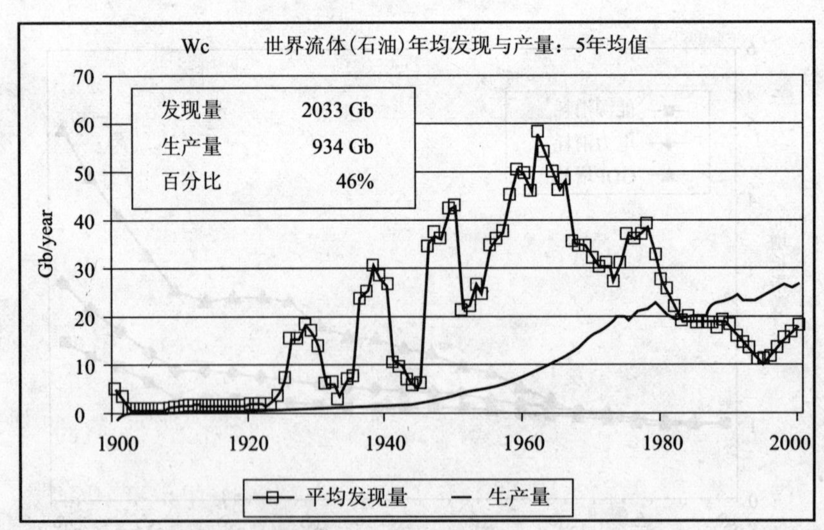

图10-3 1900-2000年间石油和非气态流体的P50探明储量和生产量，单位为10亿桶/年

资料来源：IHS能源。

10.1.2 环境与社会问题

燃油和燃煤工厂不仅造成全国性的影响，也对区域、全球环境和健康产生影响。电力是一种重要的能源形式，在终端使用环节上对环境和健康的危害相对较小，但是主要的环境和社会问题来自于发电。即使像水能、太阳能、风能、地热能和海洋能这些被认为是“清洁的”能源，也会对周围环境带来一定的负面影响。

10.1.2.1 国家层面的问题：传统能源

1. 化石燃料电厂

目前世界上 65%的商业能源来自与化石燃料——石油（7.7%）、煤炭（39.5%）和天然气（18.2%）(EIA，2005)。在燃油和燃煤电厂的情况下，主要的公众健康风险来自于二氧化硫、一氧化碳、氮氧化物、碳氢化合物、多环有机物的排放，以及其他来自于煤炭的污染物如扬尘、痕量金属和放射性核素。暴露在这些污染物中会导致呼吸道疾病、中毒和癌症发病率的增加。固体废物处理带来的健康风险与渗滤和地下水污染有关。燃气电厂引起的公共健康风险来自于氮氧化物和颗粒物的排放，但其危害比起燃油或燃煤电厂显然要小得多。煤炭开采、运输和洗选对环境也有重大的不利影响。

石油燃烧排放的二氧化碳是煤炭的 85%-90%，而相等热容量的天然气排放的二氧化碳是煤炭的 60%以下。若不加处理和控制，煤炭比任何其他燃料排放更多的颗粒物（PM）、二氧化硫和氮氧化物。石油和天然气排放的 PM 可以忽略，而煤炭排放出灰尘和其他物质的重量大约是它的石油当量的 10%。二氧化硫排放量取决于燃料中硫的含量，而氮氧化物的排放量在各种燃料中不尽相同，而天然气排放出的氮氧化物仅为煤炭的 2/3。

2. 核电厂

目前核裂变反应产生的电能超过全世界电能的 15%，并将在中期内取代化石燃料的产电容量（EIA，2005）。由三里岛和切尔诺贝利事故导致的安全性因素考虑，使得核能在政治上和经济上均未产生足够的吸引力。但是，在法国和日本等少数国家，核反应堆得到了广泛的应用。尽管核能不会像化石燃烧工艺那样排放出大气污染物，但是核裂变反应会产生生命周期极长的高放射性废物，其终端处理受到极大的争议。核电也会造成低下水污染。它比化石燃料发电资本密集程度更高，其成本饱受争议。

暴露于放射性物质中带来的职业健康风险可能会造成代际间的影响。公众健康风险由发电过程和废弃物处理中低水平的放射性所产生。在重大事故中可能导致严重的放射性暴露，这将带来潜在的长期的健康危害。实际的公众健康风险可能相对较小，但是公众对核工厂和废物处理站的风险规避极其强烈且无法解除（通常是基于对潜在的具有灾难性而罕见的事故的风险规避反应）。

3. 水电

全球大约 7%的电力来自于利用水库或者瀑布的大型水电站——详见 6.4 节。

10.1.2.2 国家层面的问题：新能源和可更新能源

2002 年，生物质能源、风能和地热能是新能源和可更新能源（除了水电外）的主要贡献者。预测到 2030 年将会增长 6 倍（见 15.4 节和 10.2.3 节）。

1. 小水电

小型和微型水电站广泛流行，不仅给地方提供电力和灌溉，而且不会造成如大型水电项目引起的重大环境和社会影响。微型水电项目目前已经在许多发展中国家开始起步，它们在为中枢电网外的农村地区提供电力具有优势（Munasinghe，1987）。

2. 太阳能

近十年来光热技术的进步和通过光电装置直接发电的技术极大地降低了成本（RE Focus，2005）。虽然这些技术在发电阶段不会带来职业风险和健康风险，但是因为这些技术高强度的土地利用造成了可利用土地的减少，可能也会带来一定的环境影响。太阳能的利用也由于自身有限的适用性而受到制约。

3. 地热能

地热能利用地球的热量驱动蒸汽轮机。利用当前技术对地热能源进行成本竞争性的开采主要局限在火山活动活跃的环太平洋“火山带”和地中海地区，这些地区合适的蒸汽储气池位于地表以下一英里。地热蒸汽携带着大量的大气污染物包括二氧化碳、汞和氡气。目前一般将抗毒素再次注入蓄水池中。随着新的发展，干热震动（发电）技术将能够与传统地热技术和化石燃料电厂进行竞争。

4. 生物质能源发电

将生物质能转化为电能存在着广泛的可能性。生物质能发电厂利用锅炉燃烧从速生物种（种植于专用的人工林）得来的木材，从而通过传统的蒸汽轮机发电。潜在的应用主要是在发展中国家边远地区的电力供给。考虑到专用的薪柴人工林对当地环境的影响及其对土地利用产生的竞争，广泛采用生物质能发电的电力供应计划受到了制约。仅当生物质燃料作为其他过程的副产品而得到时，能源目标中利用生物质才是经济的。另外一种可用来发电的生物质能源是地方市政的固体废物，这种利用受到的限制既包括公众对排放的关注，也包括集中的固体废物原料的不足。在热带地区，固体废物的含水量降低了其作为燃料的吸引力。

5. 风力发电

在多涡轮“风电场”中的大型联网的风力发电机（75kw-450kw）如今在许多国家补充着电力供应。2004 年风力发电的总装机容量约为 47,300 兆瓦，其中德国、西班牙和美国分别占 35%、18%和 14%（MIT，2005）。但是，风能发电仅占电力总供给的 0.3%。风能和燃气涡轮联合发电项目正在研究中，该研究将以最小的成本提供可靠的电力以满足需求。虽然风力发电机不会形成空气或水污染物排放，但是地表区域大型的涡轮造成视觉和审美上的影响，并会产生噪声，会形成电磁干扰并对鸟类造成潜在危险。

6. 海洋能

对海洋热能转化（OTEC）的试验电厂实验表明，水面和约 1,000 米以下水体之间温度差达到 20 摄氏度，即可进行经济有效的商业化发电。在热带海洋中这种能源具有巨大的潜力。由于高资金投入的要求和技术不够成熟，尚未有大规模商业电厂运作。对环境的影响包括对海洋生物的影响和深层海水中储藏的二氧化碳将释放到大气中。将潮汐能转化为电能也正在研究和开发阶段，尽管一些商业发电厂（如潮汐发电站）已在运转中。对海洋生物、海运和渔业的潜在影响值得关注。

10.1.2.3 跨界和全球性问题

酸沉降是一个严重的跨国界的问题，它是由化石燃料电厂排放的硫和氮的氧化物以颗粒物和酸雨的形式降落到地面而造成的。二氧化硫可以进行长距离的传输（大于 1,000 千米）。由硫和氮的氧化物形成的酸雨导致了对植被的损害，引起了河流和湖泊的酸化，导致了对水生生态系统的破坏。同时它们还对房屋、纪念性建筑物和桥梁造成侵蚀、腐化和玷污。在酸化水体和土壤中的重金属富集对人体健康造成了间接的影响（USEPA，2004）。

其他重要的跨界问题包括：因重大核事故（切尔诺贝利）造成的放射性对环境和健康的影响，由于石油泄露造成的海洋和沿岸污染（Amico Cadiz、Exxon Valdez 和 Braer），因一个国家对水源地的森林采伐和水土侵蚀造成邻国的河流下游的淤积，以及由于新建大坝引起的水体流动性和水文条件的改变。由于温室气体（GHG）排放导致的气候变化的影响在第 5 章中已有阐述。

10.1.3 电力部门的角色及存在的问题

电能是清洁、通用的，容易获得且配送简单。它对保持合理的生活质量和可持续发展至关重要。因此，世界电能需求正以超过初级能源需求增长率1.5倍的速度在增长。在接下来的30-40年里，全球初级能源将有一半以上被用来发电。

10.1.3.1 发展中国家的电力

尽管电力是现代经济发展的关键，但是仍有超过20亿人得不到使用。工业化国家人口约占世界总人口的15%，而消耗了全球近60%的电力。发展中国家的人均能耗是发达国家人均能耗的1/3-1/15之间（UN，2006）。人均能源与电力消耗通常与人均收入相关（图10-2），欧洲和日本的能源密集程度相对比美国要小得多。满足基本电力需求（每天每个家庭1千瓦时）要求增加发电60兆瓦，或者说增加全球现有已装机容量的2%略低一些。这个额外的电力供应成本约为1,800亿欧元——或者说25年内每年略高于70亿欧元（GENI，2004）。2000年，全球电力收益超过8,000亿欧元。因人口每年增长约为1.5%，即到2030年将增加10亿，其电力供应的增加也是必需的。

电力很大程度上提高了发展中国家人民的生活质量，改善了他们的健康、教育，提高了穷人的生产力。农村电气化（RE）也有利于减缓人口从农村地区向城市转移，增加可持续生存发展的机会。发展中国家的电力需求增长率在20世纪70年代和80年代分别为10%和8%，但是在90年代以后降低到6%-7%。2030年全球电力消耗将比2003年翻一番，其中非经合组织国家和经合组织国家分别占总增长的71%和21%（EIA，2006）。亚洲地区（主要是中国和印度）几乎占非经合组织国家总增长的2/3，煤和水电是其初级能源。

10.1.3.2 电力部门的问题

发展中国家的电力需求已超过其发电能力，导致经常性的电力短缺。电力中断阻碍了生产活动，延缓了社会的发展。在产出方面，电力短缺会使生产中断。例如，斯里兰卡1996年、2001年、2002年间的电力中断造成了估计1%-2%的GDP损失。电力短缺也限制了投资和就业——阻碍了生产并要求对现场发电或稳定供给更高成本的投资（Munasinghe，1990b）。

结构、制度和财政问题使发展中国家的电力供应进一步恶化。电厂运行与维护不足，传输和配送系统耗损严重及燃料耗费巨大，都导致了不可持续的能源浪费和经济损失。发展中国家热电厂的发电效率低于60%，而在发达国家超过80%（世界银行，1994）。发展中国家电厂生产每单位电力消耗的燃料比发达国家多15%-30%（WRI，1994）。发展中国家传输和配送系统耗损成本超过300亿美元。因政府的政策导致的不适当的关税、因不当的计量统计引起的税收征收不足，及会计与账目的混乱导致了巨大的财政损失和筹集投资资金的困难。虽然制度建设不断发展完善，但政府作为所有者和作为电站经营者的角色冲突影响了部门的运作。含糊不清的命令控制管理、目标制定不明确、政府对日常事务的干预和财政独立性的缺失破坏了制度的执行。

为了满足电力需求的增长，发展中国家每年需要为未来的资金投入筹措几千亿美元的经费。地方资金不足于满足这些需求。尽管电力部门改革和私有化得到鼓励，但是将主要部门的公共资产廉价卖出而转为私人（主要是外国的）所有在许多发展中国家越来越受到抵制，私有化鼓吹者声称的“利益”也受到质疑（Hall 等，2005）。此外，私人投资商不愿再进入外债负担过多的发展中国家。再者，发展中国家的电力部门未来的扩张将会造成严重的环境影响。

10.2 “可持续能源开发与发展”框架

可持续经济学方法为我们对能源相关的决策制定勾勒了全面而综合的概念框架（Munasinghe，1995b、2002b）。Najam 和 Cleveland（2003）确定了能源可持续发展的三种重要关系：（a）推动经济增长；（b）满足人类基本需求；（c）强调环境——符合经济、社会和环境可持续发展的三元素之间的三角关系。

电力与能源规划必须是总体发展规划和政策分析的组成部分而且必须与之紧密结合，以适应许多具体的、相关联的而又经常相互冲突的国家目标。具体目标可能包括：（a）在各种形式的能源的供应和使用中保证经济效率，使增长最大化——其他与能源效率相关的目标是能源节约、减除浪费型的消费和储备稀有外汇。（b）从能源销售中筹集充足的财政收入，为部门发展筹集资金；（c）处理社会焦点问题如穷人的基本能源需求、可持续生计和公平问题；（d）保证优质的能源供应；（e）供应多样化，减少对外国能源的依赖以满足国家安全的要求；（f）致力于发展特殊地区（尤其是农村和边远地区）和经济优先发展的部门；（g）稳定物价；（h）保护环境；等等。

10.2.1 整合的方法

图 10-4 概述了“可持续能源开发与发展”的一个分级决策框架，它考虑了多部门、多准则、多级别决策和制约因素。它可以通过一系列能源供求管理政策进行实施。

“可持续能源开发与发展”框架的核心是如中间栏显示的对国家综合能源规划（INEP）的多级分析（Munasinghe，1980b、1988a）。在全球层次上，国家受到了外在条件的约束。下一级关注的是能源部门和多部门的国有经济之间的关系。

能源规划要求分析能源使用部门（如工业和交通）需求，能源部门的输入需求以及对能源价格和可获得性相关的政策对经济的影响。“可持续能源开发与发展”的中间级别允许详细的分析，特别强调不同能源下属部门（如电力和石油）之间的互相作用，可能的替代性和政策冲突问题的解决。最低级别集中在个体能源下属部门，尤其是项目的计划和实施。社会和环境的相互作用（垂直框）贯穿于各个级别。

“可持续能源开发与发展”促进政策制定的同时并不意味着严格刚性的集权计划。因此，这一过程将形成弹性的发展，并可经常更新为实现国家可持续发展目标而设计的能源战略。这种可持续能源战略可通过能源供求管理而实施，有效利用分散的市场力量和刺激因素。图 10-4 指出了能源管理的多种政策工具。“可持续能源开发与发展”也考虑到了从国际机构到地方能源使用者等多部门的利益。图中还说明了限制有效的政策设计和执行的最重要的障碍。

可持续能源选择：“双赢”结果与权衡取舍

实现经济、社会和环境改善的可持续能源选择被称为“双赢”的选择。“双赢”的情况一经确定，权衡取舍的情况就像 3.5 节阐述的那样被提出。环境和社会影响必须用经济术语进行价值评估，并引入传统的成本效益分析。如果难于进行这种价值评估，就可以用到多准则分析（MCA）。

更好的能源管理能够改进经济效率（用既定的资源获得更多的净产出）、能源效率（单位能耗获得更高价值的净产出）、能源节约（减少能源消耗的绝对量）、环境保护（减少与能源相关的环境成本）和社会效益（更多的可用能源）。但是，并不可能总是同时满足以上目标。经济效率准则要求各种稀缺资源（包括能源）的净产出的价值最大化，事实上包含了纯能源导向型的目标，如能源效率和能源节约等。

下面讨论主要的可持续能源选择。

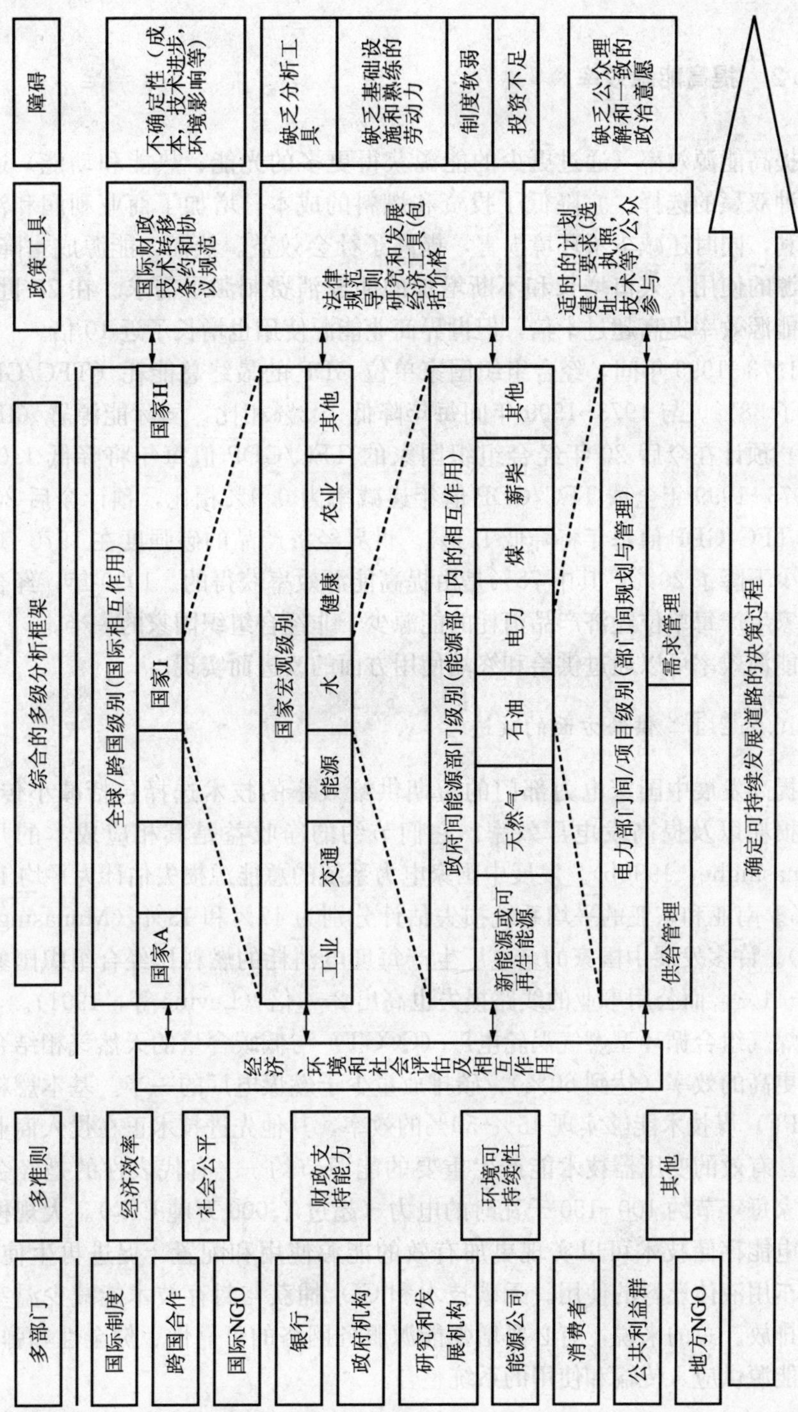

图 10-4 可持续能源发展框架（SED）

资料来源：摘自 Munasinghe（1980b）。

10.2.2 提高能源效率

提高能源效率（通过更少的能源获得更多的光能、热能和动能）通常是一种双赢的选择。它降低了投资和燃料的成本，增加了商业利润和消费者福利，同时还减少了环境损害，提高了社会效益。然而，能源成本降低、新能源的使用、人口增长和不断增加的能源消费刺激了需求。在 20 世纪，尽管能源效率提高超过十倍，但世界商业能源使用也增长了近 10 倍。

1973-1999 年间，经合组织国家单位 GDP 的最终总能耗（TFC/GDP）降低了 38%。与 1973-1999 年间每年降低 1.2%相比，国际能源署（IEA，2000）预计在今后 20 年经合组织国家的 TFC/GDP 值每年将降低 1.0%。与 1973-1999 年全球 TFC/GDP 值年递减率为 0.9%相比，预计今后 20 年全球 TFC/GDP 值每年将降低 1.1%。世界经济产品的碳强度在 1970-1986 年至少下降了 20%，其中 75%是由提高能源效率获得的。1990 年，经合组织国家生产每单位经济产品消耗的能源少于非经合组织国家的一半。

能源效率可以通过供给和终端使用方面的改进而实现。

10.2.2.1 供给方面的改进

提高发展中国家电力部门的短期供给效率的技术选择包括减小传输、配送损耗以及提高发电厂效率。它们节约的净收益是其相应成本的几倍（Munasinghe，1990b）。发展中国家电力系统的总能源损失估计为平均 16%-18%。南亚和东亚的平均系统损失估计分别为 17%和 13%（Munasinghe，1991）。许多发展中国家的老电厂生产每度电消耗的燃料比经合组织国家多 18%-44%，而公用事业的线路损失也高出 2-4 倍（Levine 等，1991）。

煤气组合循环型燃气涡轮电厂（CCGT）与低碳含量的天然气相结合可获得更高的效率（达到 60%），碳排放量少于燃煤电厂的一半。基本燃料粉碎（PF）煤技术能够实现 45%-50%的效率，其他先进技术正在投入商业化生产。有效的变压器技术能产生重要的能源节约——有代表性的是经合组织国家每年节约 100-150 千瓦时的电力（超过 7,000 万吨 CO_2）。大规模廉价的电能存储技术可以实现更加有效的能源使用和配置，促进再生使用，减少车用液体燃料的使用。无碳技术和 CO_2 捕获与封存技术能减少温室气体的排放。总的来说，有必要增强能源服务网络的可靠性、健全性和弹性，包括能源供应、传输和使用的系统整合。

10.2.2.2 需求方面的改进

能源效率需求方面的管理（DSM）规划包括对电厂的计划、执行和监控活动，鼓励消费者改变他们的电力消费水平和模式。这些技术能有利于实现发展中国家更加高效的照明、供暖和制冷。DSM 将有利于平衡电力供求，稳定电价，提高系统可靠性和安全性，使电力供给基础设施投资合理化，减少温室气体排放。在传统的“最小成本规划”框架里，DSM 被电厂当做一种负担重、投资大的管理工具。而现在，DSM 作为自由的能源市场上一种基于市场的服务被赋予了新的应用（国际能源署，2006）。由于发展中国家主要需求将继续增长，技术及其应用通常基于以往的设计，因此从 DSM 中获得电力系统的总体效率就成为可能。

鼓励成本有效和能源有效的技术政策包括（国际能源署，2000b）：（1）能源信息、技术补助和设备标签分类；（2）产品和操作的规范和标准；（3）经济手段，尤其是价格；（4）行业与政府间的自主协商（VAs）；（5）能源研究、开发和配置（RD&D）；（6）公共基础设施规划和建设。表 10-1 指出了减少电力消耗、对地方环境和社会影响及温室气体排放主要的 DSM 方法。发展中国家不愿采取这些技术的一个主要原因是他们对高额成本的担忧。然而，若包括广泛体系的所有成本在内，能源高效设备通常比能源低效设备以更低的安装资金成本而提供相同的能源服务（国际能源署，2006）。不幸的是，新的能源高效设备的潜在购买者可能仍然无法购买，因为他们没有必需的资金或者可得的信贷业务服务。

表 10-1 主要的能源高效技术和实际应用

建筑外层	能源有效的窗户、绝缘的墙壁、屋顶和地板，减少空气渗透
空间调节	空调效率调节（如热绝缘、改良热交换器、高级制冷剂、高效发动机）；离心压缩机、高效风扇和泵、大型商业建筑空气交换系统
用具	高级压缩机、抽空绝缘板（冰箱）、抽空板绝缘体（冰箱）、洗衣机和干衣机中更高的旋转速度
烹饪	提高沼气炉效率；高效煤气炉
照明	小型荧光灯、改进磷光剂、使用电晶体的电子镇流技术、先进的光控系统（包括日间照明和光敏电阻传感器）、作业照明
发动机	变速驱动、规模最优化、改进动力性质
其他	建筑能源管理系统、不消耗外部机械能的太阳能使用（建筑设计）、太阳能热水器

10.2.3 实施环境和社会友好型的政策选择

随着发展中国家扩大能源供应以满足快速增长的需求，在采用新技术之前他们指望工业化国家在改进和测试新技术方面作出表率。特别的是，可更新能源和燃料转换是两种重要的环境和社会友好型技术（Bryne 等，2006）。

10.2.3.1 可更新能源

全球17%的初级能源由可更新能源提供——包括传统生物质能、大型水电和"新型"可更新资源（小水电、现代生物质能、风能、太阳能、地热能和生物燃料）。随着生物质能更有效的使用或者更加现代化的替代能源形式，主要用于烹饪和供暖的传统生物质能约占9%且增长缓慢甚至在某些地区开始下降。大型水电占6%且增长缓慢，主要是在发展中国家。新型可更新能源占2%，在发达国家和一些发展中国家增长非常迅速（REN 21,2005）——也可见15.4节。

在过去的20年里可更新能源并没有得到预期的发展。在经合组织国家，可更新资源在总初级能源中占的比例下降了（Jefferson，2005）。自2000年以来，全球煤炭所占的比例增加了，而大型水电和核电的比例则减少了。在2004年，全球可更新电力容量（除了大型水电外）总计1,600亿瓦，即约占电力总容量的4%。小水电和风电占可更新电力容量的2/3，其中发展中国家为700亿瓦。可更新能源发电量为全球核电的五分之一。2000-2004年间，太阳能光电系统和联网风力涡轮机发电每年约增加30%，而地热能和太阳能光热发电每年约增加10%（联合国开发计划署，2004）。在发展中国家，1,600万个家庭使用沼气烹饪和照明，而超过200万个家庭使用太阳能光电效应进行照明。世界上发展最快的能源技术是联网太阳能光电板，总发电量从2000年的1.6亿瓦增加到2005年的18亿瓦——平均年增长率为60%。

在2000-2004年之间，可更新能源技术发展迅速（年平均增长）：风力28%——生物质能内燃机25%，太阳能热水器/供暖17%，脱网太阳能光电板17%，地热加热13%，乙醇11%。包括生物质能、地热能和小水电等其他可更新能源发电技术更加成熟并以每年2%-4%的更传统的速率增长。与这种增长率相比，2000-2002年间基于化石燃料的发电量年增长率为3%-4%，大型水电为2%，而核电为1.6%。

大型水电仍然是成本最低的能源技术之一，尽管它的进一步增长受到了环境的制约、移民的影响和发电效率等限制（6.4节）。2004年，大型水电发电供应了全球电力的16%，比十年前的19%有所降低。2004年全球大型水电发电总量为7,200亿瓦，略微高于历史年增长率2%（增长的一半是由发展中国家贡献的）。小水电经历了一个多世纪的全球性发展。全球小水电容量的一半以上在中国——仅2004年就增加了约40亿瓦的容量。

风力发电从1990年1,930兆瓦的小容量增加到了2005年的47,317兆瓦。特别值得注意的是以下国家风力发电增长迅速：丹麦（自1997年来每年增长35%）、西班牙（自1997年来每年增长30%）、德国（自2000年来每年增长68%）。如今丹麦的风力发电量超过其总发电量的20%。欧洲总共约存在 600 兆瓦的近海风电。Brown（2004）指出，仅仅是近海风电就能提供整个欧洲的居民用电。然而，大规模开发采用的确面临着挑战。由于在可见的特定区域公众阻力不断增加，故将强调转移到近海面的海岸风电场。风力发电的价格已经大幅度的下降，从 1980 年的 0.46 美元/度下降到现在的 0.03-0.07 美元/度（Sawin，2004）。Brown（2003）指出风能满足等权重的经济、社会和环境标准。

生物质能发电和热能发电在欧洲发展缓慢——例如，生物质能满足了瑞典过半地区的供暖需求。发展中国家小规模的农业废弃物电热联产相当普遍，如利用秸秆和椰壳。甘蔗渣在大型制糖业国家被用来生产电能和热能。可以在农村地区通过整年的农作物而很经济地获取现代化的生物质能并将环境影响最小化，甚至还有积极的影响。当前现代生物质能的生产和使用有利于创造国际生物能市场，政策激励其减少二氧化碳的排放。

有 76 个国家使用地热能，其中 24 个国家利用地热发电。2000-2004 年增加的地热电能超过 10 亿瓦。2000-2005 年地热直接供暖的利用量几乎翻了一番，增加了 130 亿瓦。冰岛在世界上处于领先地位，地热提供了其总供暖需求的 85%。

联网太阳能光电装置应用主要集中在日本、德国和美国三个国家，超过 40 万个家庭使用屋顶太阳能光电板将电输入电网。2004 年这一市场约增加了 7 亿瓦，累积装机容量从 11 亿瓦增加到 18 亿瓦。太阳能热水器/供暖技术广泛采用，其中中国占全球总量的 60%（REN 21,2005）。尽管光电池生产每度电的成本稳步下降，但这与传统标准技术相比仍然是成本高昂的技术。另外，该技术似乎并不存在明显的规模经济效益，部分原因是因为无法通过改进装置和设备的大小来提高发电效率。太阳能光电技术（和其他小规模发电技术一样）可以通过结合清洁能源、宏观财政和社会准入来克服社会阻碍。

与每年约 12 万亿公升的汽油生产量相比，2004 年全球生物燃料产量为 330 亿公升。巴西使用乙醇作为燃料已超过 25 年，2004 年生产了约 150 亿公升，出口超过 25 亿公升（超过全球贸易量的一半），居世界第一。

未来全球能源使用中，可更新能源的比例预计将从 1997 年的 14%降低到 2020 年的 12%。预计到 2020 年，全球（主要是发展中国家）将增加利用水电超过 50%。增长最大的可更新能源估计来自风能和生物质能，它们得到减排温室气体和能源综合多样化政策和措施的支持。尽管增长如此强势，但是到 2020 年，非水电可更新能源在全球综合能源中的比例将仅达到 3%，因为目前只有 2%的低起点。未来可更新能源在发展中国家的利用（包括水电和非商业可燃再生物和废弃物）将增加 35%（国际能源署网站，2006）。但是，它们在发展中国家能源总需求中的比例将从 1997 年的 26%下降到 2020 年的 18%。这些基本预测将随着新政策的采用而改变。

总而言之，非传统能源能够有利于以成本有效的方式满足能源需求，尤其是在那些将会出现巨大需求增长的发展中国家。Hall 等人（2003）提出补贴和外部性使研究领域向碳氢化合物倾斜，这强调需要公共政策的干预以激励研究、开发和采用可更新能源的形式，从而使发展更具可持续性。重大的障碍会阻碍可更新能源的发展，除非政府、私营部门和个体能源消费者采取行动克服风险、高成本、法规障碍、生产效率限制、公共信任度缺失、信息和技术缺口、基础设施缺乏和不当激励等问题。

10.2.3.2 燃料替代

发电的初级能源替代是实现双重利益的一种重要的潜在方式。在天然气代替煤或石油的情形下，经济收益不仅来自石油产品的进口替代，也来自这些产品的出口。另外，天然气燃烧实现 30%-50%碳排放的减少具有典型意义。大量减少硫酸盐污染排放可以通过取代低硫煤或其他低劣煤燃料而实现。对燃气和燃油电厂的投资也将减少二氧化碳的排放，尽管这可能增加对昂贵的石油或天然气进口的依赖。

时滞性也是重要的。历史经验表明，即使受到很强的激励，全国工业部门从老的生产过程（如炼钢）转向新工艺大概也需要 15 年的时间。能源系统中主要的燃料转换用了 20 年时间。

10.2.4 制度和政策变革

在上一世纪，世界上出现了许多纵向联合的电力公司，包括国有的和私有的。Michaels（2005）声称这些公司获得了显著的成本节约。

虽然国有企业模式对私营部门脆弱的小国更有意义，但它也具有一些不足之处。在组织和操作问题上过多的政府干预已经成为许多发展中国家的重要问题。这反过来又影响最低成本的供给和投资决策，阻碍了将价格提高到有效水平，支付低薪和引起过多的职工安置。这反过来又导致了不当管理，因无竞争力的雇用条件和工作不能令人满意而导致的熟练工人流失，疲软的计划和需求预测；低效的运行和维护；高损失以及财政监督、控制和税收征缴不力。发展中国家缺乏对效用管理者的激励，以追求技术效率和财政自律，从而始终使产品成本最小化并提供可靠的服务。发展中国家缺乏国内资金，加上规划、运行和维护上的不足导致了普遍存在的大量维护储备金和发电效率低下，因而增加了发电量扩张的压力。在一些国家，国有电力企业垄断已经成为事实上的小政府，几乎不对任何人负责，对提高客户服务和参与技术改革也不存在压力。缺乏详细的财政审核，这些国有企业运作不良。在许多发展中国家，中央集权政府没有足够的资源对基础设施建设给予充分的投资，导致长期的电力短缺和服务可靠性极差

(Sioshansi，2006)。

一些电力企业职责的自然垄断特征和为一般政策目的而灵活处理这些企业的必要性，已经成为主张大型集权公共部门组织的理由。然而，假定这些企业的激励性管理内部所出现的问题是具有成本意识的、创新的和对消费者需求敏感的，那么可能需要更多的根本性的改变。这就值得为其他组织机构的构建权衡取舍部分能源企业中已知的规模经济性，这些组织机构为管理效率和消费者的反应提供更大的内在激励。

政府决策者、高级政府官员和部级职员应该集中关注关键的宏观经济和能源部门的战略和政策。对电力公司的高级管理，可以由独立的董事会进行适当的引导和协调缓冲，从而管理他们的日常运转而不受政府干预，以满足国家的总政策目标和规章导则范围内的目标。效用管理应该尽可能地确保上级层面的连续性，即使面对政治的改变。当企业享有更广泛的自治权，它将承担更多责任，并以一系列商定的具体目标和监控指标为衡量标准。对职员的管理培训和教育是确保这种方法成功的关键。

在更分散化和更多私有成分参与的范围内存在相当可观的利益。发展中国家电力部门的官员非常积极地研究这些选择，一些国家已经为这一转变准备好必要的立法和制度框架。一些国家开始了主动的改革，包括国有企业整顿和对私营电力项目的鼓励。

能源企业的私有和合作所有权的选择既包括地方和国外参与，也包括合资。只要特定的规章制度奏效，就表明所有制的形式（私有和公有）自身将不会影响运行效率。分散经营的第一步，可以提倡国有电力企业订立能更好地被其他企业掌握其活动和职能的竞争性合同，如票据和托管处理，或日常维修。这样安排的好处是更低的成本和更大的规划弹性。

在规则的垄断模型中，私营部门拥有并操纵重要的基础下层组织部门，通常由一个独立的调控部门监督管理。这种模型相对集中规划的国有企业而言具有许多有利条件，例如，独立的、称职的、机敏而警惕的调控部门的存在。它为获得重大的纵向整合大型垄断的规模经济效益，并控制恶评如潮的趋势提供了机会。另一个优势是，私营垄断的财政压力比假设他们是私营而无控制情况下的压力要小。调控的垄断一般考虑的是低风险和低收益。尽管私有投资者提供项目经费并具有一定风险，但是蒙在鼓里的消费者承担了规章制度评估和审批过程中绝大部分的风险（Newberry，2005）。

空间上的分散化也是有机会的。例如，大国具有独立的地方电网，配电公司可以通过市政府进行分离——在边缘经销区可能受到部分重叠的限制——并有权从不同的厂商手中购买。如果私有经营者获得准入，一个可能存在的有利条件是，至少大型电力消费者也能成为合法的股东，他们不仅关心服务的效率，也关心公司的财政生存发展能力。

发电也具有通过整顿而提高效率的潜力。虽然大量的电力传输和配送功能被认为具有更多自然垄断的公共承运商的典型特征，但是在发电方面却并非如此。事实上，独立的电力生产者可以出售给中央电网（如大型工业的联合发电），发电存在着实质性的竞争机会。自立的发电公司将提供全部或部分资金，且仅在以担保价格出售电力亏损时才得到支付。这就减少了对大型资本集约型项目的过分强调。

理论上，开放的电力市场不仅导致短期更低的价格，同时也随着更多实质性的收益而导致技术革新和市场规划的改革。但是，使电力市场更具竞争性是复杂的，完全竞争的理想市场无力达到（专栏 2-3）。例如，电力的地区分配是一种垄断，因为它作为第二供应商安装自己的线路、电线杆和在已有电网中建立电缆管道是资源浪费。直到消费者能够在自己的基地利用“配额发电”技术经济地发电之前，地区分配和长距离输送还需要保持管制的垄断。

在过去 10 年中，加利福尼亚损失惨重的经历表明了没有足够深谋远虑的能源改革的缺陷（Brenman，2001）。在 1996 年，加利福尼亚放松了对能源市场和增加的竞争的控制。违反常规的做法包括通过电力公司整顿部分电厂，这些电力公司仍然负责电力分配并和零售市场的自营公司竞争。装机发电总容量的 40％卖给了自营电力生产者。到 2000 年为止，批发价格完全解除管制，但零售价仍然受管制。2000 年 6 月以后，批量电价猛涨，电量储备达到不稳定的最低水平，导致电力中断。承担责任的电力公司招致巨大的损失，他们被迫以高价（非管制的）大规模买入电力，而以较低（受管制的）零售价卖出。这就让自营生产者通过停止发电、在州内发电和州际输电之间套利交易和造成人为的输电制约而操纵价格。

这种职责（仍服从于零售价上限）面临着不减退的终端使用者需求，而供给是有限的。电力和燃气市场也会互相影响产生不稳定的价格变动，使能源生产者和消费者都感到困惑。Enron 的戏剧性崩溃和继而发生的财政丑闻也和这个过程有密切关系。这种无政府管制的反对者立即指出，完全管制体系已经很好地运作了 40 年，而草率的无管制为不道德的投机者破坏一个可行的系统制造了机会。肯定私有化的提倡者强调调控部门过度控制和抑制了市场。抛开这些争论，加利福尼亚案例（和其他案例）表明，在新的市场机制和不稳定的规章制度下，发展中国家必须在采取剧烈的部门改革之前三思而行。

在最新的进展研究中，Joskow（2006）阐明了“在美国向可竞争的电力市场转变是一个艰难的过程”。他指出，结果是混杂的，迄今为止，在主要受传统管制和垄断的半个国家和推行私有化和竞争市场的另半个国家中，没有明显的赢家。总而言之，虽然大型的、完整的、纵向整合的传统垄断模型存在重大的不足，而转向其他极端的完全私有化的能源部门也会造成巨大的风险（Griffin和Puller，2005)。决策者正在寻求实现适当平衡的具有国家特色的改革之路。

10.2.5 可持续的能源定价政策

本节简单地回顾了可持续经济学原理如何应用于构建可持续能源定价政策的框架。第14章将深入详细地讨论综合能源定价，特别是电的定价政策。可持续的能源定价政策在应用于电力部门时需要结合经济效率，同时考虑社会公平和环境。

过去，大多数国家的电力定价政策主要是基于财务或会计标准来决定的。例如，尽可能地提高销售收入以满足营业费用和偿还债务的要求，同时为未来电力系统扩大所需的资本提供适当的贡献。但是，正如第14章中所阐述的，近来逐渐强调运用可持续发展原则以实现经济、社会、环境和其他目标，而这些目标通常是相矛盾的。

以可持续经济学为基础的方法导向一种对这些多重目标作出响应的价格结构。在第一阶段，边际供给成本目的在于满足经济（最优）效率目标——运用影子价格为未来经济资源成本定价。边际成本的构建有可能实现效率和公平分摊消费者的费用负担。在发展可持续经济学的第二阶段，基于价格，允许背离严格的边际成本而在其他重要的财政、社会、政治、环境和经济（次优）的目标中权衡取舍。

对发展中国家电力部门以往的研究表明，电价并没有和成本增加保持一致（Munasinghe等，1988；Besant-Jones等，1990）。基于对60个发展中国家的调查，以1986年美国定值美元为基准，平均电价在1979-1986年间从5.21分/千瓦时降低到了3.79分/千瓦时。研究中约400个电力企业的营业比率（定义为偿还债务、折旧和其他资金费用扣除前的营业成本除于营业收入）从1996年至1973年间的0.68恶化为1980-1985年间的0.8(Munasinghe，1991)。更多新的资料证实了这些趋势。

低成本测量和配电系统设备的进步已经能够考虑用更成熟完善的方法达到供求平衡，如局部定价和负载控制等。尽管执行成本增加了，但是对于电力生产者和消费者而言潜在的节约是巨大的。生产者实现了他们的需求管理目标而从中获益，如峰值削价和负载转移。消费者可以通过根据他们个人需求选择服务水平而获益，也可以通过减少总成本而获益。Fernando等人（1994）揭示了通过定价和中断控制技术（如负载转换）实现的需求管理在资金缺乏和短缺成本更高的发展中国家尤其重要。能源的环境成本更深一层地强化了这一含义。

10.2.6 “可持续能源开发与发展”选择路径矩阵和结论

表10-2总结了选择可持续发展三元素不同选项的影响。虽然有效的供给方选择（如传输和配电损失的减少）可以从减少资金投入和温室气体排放中获得经济和环境收益，但是他们并没有明显的社会收益。有效的终端使用如更好的薪柴炉灶在涉及三个元素中都可获益。尽管如清洁煤燃烧技术等先进的技术是减少空气污染的关键（诸如 CO_2 和 NO_x 等空气污染导致呼吸道疾病并降低生产力），但是许多贫穷国家却支付不起高额的成本。同样地，可更新能源也通过减少对化石燃料的依赖而获得了环境和社会收益，但它却可能比化石燃料昂贵得多。定价和私有化可以根据具体情况取得综合效果。

表10-2　可持续能源发展选择路径矩阵

选择路径	影响		
	经济	环境	社会
供给效率	+	+	
终端使用效率	+	+	+
先进技术	−	+	+
可更新资源	−	+	+
定价政策	+	+	+/−
私有化/分散化	+	+/−	+/−

“可持续能源开发与发展”确定了可持续能源选择路径，运用全面的综合的框架进行分析，考虑了多部门、多准则、多级决策和约束。各种方法包括成本效益分析（CBA）和多准则分析（MCA），有利于确定双赢的能源选择路径以同时满足可持续能源发展的三大元素（如经济、环境和社会）。接着，就可以在其他可得的可持续能源选择路径中作出权衡取舍。

10.3 斯里兰卡电力规划中应用“可持续能源开发与发展”

本节中，以斯里兰卡的实践案例研究来说明“可持续能源开发与发展”框架的应用。Meier 和 Munasinghe（1994）同时使用了成本效益分析（CBA）和多准则分析（MCA）方法，论证了环境和社会外部性如何以系统化和有效率的方式并入传统最低成本的电力系统规划中。20世纪90年代，斯里兰卡主要依靠水力发电。但是，增长的需求迫使规划者建设大型的燃煤或燃油电厂，或者经济回报和环境影响愈加不协调的水电站。另外，有大范围的其他选择（如风力发电、需求方管理和系统效率的改进等）使决策复杂化——即使是在缺乏环境考虑的情况下。研究的独特性在于注重从系统层面规划评估环境和社会的利害关系，而反对仅仅在战略部门发展决策已经制定之后在项目层面上进行这些常规实践（详见第 15 章对能源项目的可持续性分析）。

10.3.1 环境问题

斯里兰卡是世界上污染较为严重的国家之一，而可利用土地也是一个重要问题。水电厂一般建在湿地区域附近，没有空地用于重新部署移民定居，而更远距离的可利用土地对潜在的撤离者并没有多大吸引力，因为难于获得水源。评价建设项目潜在的土地相关的环境影响的一种有效途径是比较淹没面积，从 0-150 公顷每千瓦时不等。装机容量和需要淹没的土地量之间并没有很好的相关性，因为大型项目并非必然意味着更糟的环境影响，反之亦然。

由于过去 50 年来农业的土地开垦、伐木和薪柴的使用，斯里兰卡自然森林的损失是一个重要的环境关注点。因为斯里兰卡是一个小岛（6.5 万平方千米），已有相当长时间的隔离，所以有许多地方物种。在亚洲国家中，斯里兰卡生物多样性水平是最高的，受到的主要威胁是由于天然栖息地的丧失。尽管过去的电力项目并没有造成森林损失，但是必须仔细审查未来项目对保留下来的自然森林地区造成的可能潜在影响。

斯里兰卡全国的空气质量是相当好的，这是除科伦坡外工业化的区域限制和强季风带来的自然空气净化作用的一种反映。然而最近几十年来科伦坡交通的快速发展导致了空气质量下降的趋势（见第 11 章）。可以相当确定的是，目前电力部门对斯里兰卡空气污染的贡献是极小的。但是，一旦 2011 年左右电力系统预期的燃煤电厂增加，将会带来重大的改变。酸雨（亚洲—太平洋地区一个日益重大的环境问题）很大程度上是一种远程污染的现象，它对斯里兰卡自身的影响将波及在印度的排放趋势。

全球变暖和跨区域的酸雨在概念上有别于局地环境影响，因为前一种情况的影响主要发生在其他国家（见第 5 章）。由于斯里兰卡主要的国家目标是自身福利最大化，所以如果这些行为的利益主要由其他国家获得的话，那么决策者是不愿招致额外的附加成本的。我们假定斯里兰卡可以通过全球共同承担的义务为温室气体减排努力而增加的成本得到补偿。

随着发电从水力向混合化石燃料的转变，沿海地区需要为热电厂选址，以降低对主要经济活动如旅游业和海洋渔业（雇员约 10 万人，也是斯里兰卡动物蛋白的最大来源）的潜在的环境风险。主要的环境问题是，热电厂将热的流体排入沿海栖息环境内含有众多温度敏感生物的生态系统中，这些生态系统包括：(1) 珊瑚礁、海底草地、底栖生物群落和红树林；(2) 自由漂流的浮游动物和浮游植物群落；(3) 鱼虾养殖场。

10.3.2 方法

对经济、社会和环境目标有益影响的电力部门战略是绝对优先的，如减少成本和污染排放的能源有效性措施。但是，大多数的选择涉及权衡取舍，需要多准则分析（见第 3.5 节）——例如，风电提供了可观的环境利益，却成本高昂。

总体方法（图 10-5）包括：(1) 确定的路径选择；(2) 筛选和定义这些反映规划目标的选择项的属性；(3) 在经济上评估影响（如果可能），并把它们计入全面的系统成本中；(4) 对剩余的难于经济评估的选择路径的属性定量化（使用非经济的定量方法）；(5) 将属性值标准转变成价值函数（众所周知的“缩放比例”）；(6) 在权衡选择路径空间中标明结果，以助于决策；(7) 识别进一步深入研究的关键选择，排除劣等选择。这里，我们并没有对属性赋予权重，也没有将结果加总得到最后一个单一的全面的选择序列。

10.3.3 在斯里兰卡电力部门中的应用

政策选择的定义：各种不同的选择是经过研究分析的，包括建筑工地、污染控制减轻和技术，而不对其可行性作先验判断。在混合水电站和热电厂的变化之外，经研究分析后主要的政策选择包括 (1) 需求方的管理——如小型荧光灯；(2) 可更新能源替代（用风力发电技术作为例证）；(3) 系统效率的改进（用比 1997 年基本案例假定的 12%更加雄心勃勃的传输和配电损失目标）；(4) 洁净煤技术——如在组合的循环模式中的加压流化床燃烧技术（PFBC）；(5) 污染控制技术选择——例如，燃料转变和污染控制措施，如柴油机使用进口低硫燃油，燃煤电厂安装废气直接脱硫系统。

属性选择：经选择的属性反映了国家的重要问题。它们在数量上是有限的，因为更多的属性就要考虑到更复杂的分析和更高的概率，这可能导致决策者对结果更难解释。

关键的环境属性是用现在的折扣价值来表示的。二氧化碳排放是气候变化潜在影响的代表，假定影响是线性的——尽管斯里兰卡对温室气体的贡献很小。利用可归于每一种来源的细颗粒物和氮氧化物按人口加权的增加可以得到对健康的影响。一个简单的高斯烟气模型被应用于所有主要的厂点，在 20 千米半径范围内估算 1 平方千米环境单元内增加的浓度，然后乘以每一单元内的人口数量。二氧化硫和氮氧化物排放代表了空气污染的影响如酸雨，还为生物多样性的影响推导出一个可能的指数。

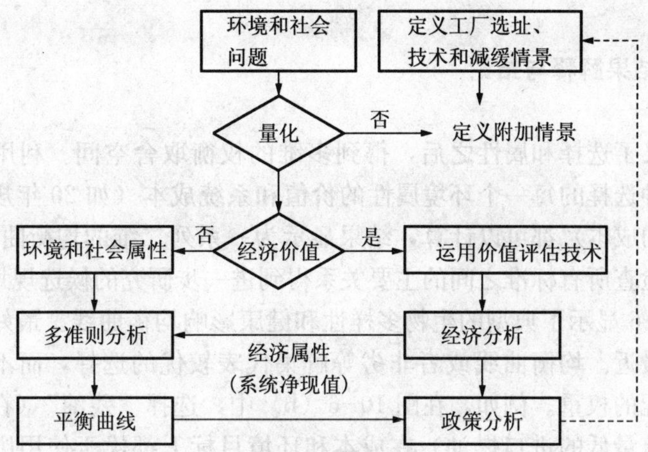

图 10-5　斯里兰卡电力部门研究的方法

资料来源：Meier 和 Munasinghe（1994）。

就业的增加被用作反映典型的社会影响。它是国家政策的一个关键目标，特别是对于年轻人而言。在这一属性中所获得的是独立的和纯政治目的的就业增加，它有别于严格的能够在工程费用估算中用影子工资率（反映高失业率）获得的经济收益。

属性量化：生物多样性属性说明了量化的问题。规划者不太可能得到电厂详细的站点明确信息。因此，必须推导出一个指数能够给决策者提供可能的信息，详细的环境影响评估将揭示存在地方特有品种对具有高生物多样性的生态系统的危害，或者会影响到已经或易受破坏的生活环境。

推导这么一个可能性指数有许多实际的问题。首先，区域损失的价值是剩余栖息地的一个函数。例如，一个生态系统最后一公顷的损失是无法接受的，但是 1,000 公顷中损失一公顷则尚可容忍。其次，生态系统可能需要最小的区域以长期生存，这就意味着价值函数随着接近该最小值而必须趋于无限大。

但是，一些影响并不能直接量化，即使用可能的数值范围来表示。例如，热排放对水生生态系统的潜在破坏的量化就是困难的。排入混合良好的水体表层一般会驱走鱼类。另一方面，在温度突变层以下排放是有益的，因为由羽流浮力引起的上升流作用将营养物质带到水面。但对这些一般函数赋予数值是非常困难的。相反，通过定义一个可接受的环境风险——例如，水面温度增加小于1℃，可以用一个粗略的计算来比较不同的点源。超过这个标准的水面区域就适用于所提议的各种冷却系统设计。

10.3.4 结果解释与结论

在定义了选择和属性之后，得到多维的权衡取舍空间。利用环境规划模型，每种选择的每一个环境属性的价值和系统成本（如 20 年规划范围内平均增加的成本）都可以计算，结果显示为一系列二维的均衡曲线。最后，通过同时检查所有标准之间的主要关系得到进一步研究的候选规划。

图 10-6 显示了典型的生物多样性和健康影响均衡曲线。最好的解决方案离原点最近。均衡曲线或者非劣等解集代表较优的选择，而不考虑不同目标所分配的权重。例如，在图 10-6（b）中，选择“残油”（在柴油工厂中使用含硫量低的进口燃油）在成本和环境目标上都优于使用废气直接脱硫系统（“FGD”选项）。

图 10-6（a）显示了在生物多样性指数和平均增长成本间的一条不同的均衡曲线。大多数的选项都有一个介于 50-100 范围内的指数值。非水电的选项值为零，因为这个选项中代替水电厂的热能项目位于生物多样性低值的点（或者靠近负荷中心或者在附近）。风电厂需要相当大的占地面积，但是南岸陆地的植被具有相对较低的生物多样性值，最优选择（或者非劣选择）曲线包括非水电选项和没有洪水爆发的沿河水电选项。注意到图形右上角的是新西兰果鸠水电大坝，它的多样性损失指数（B=530）比其他选项（B=50-70）大得多。

案例分析产生了四种有用的结论说明 MCA 能对决策者有所帮助，以及五种实用的政策建议有助于将环境问题融入系统规划的过程中去。

第一，评估技术非常直接且已充分确定（如评估被淹没的土地的生产力损失的机会成本，或者在水库建立养殖渔场的收益），其影响与系统总成本相比变得相当小。从它们成本效益分析中得出的结论并没有本质上改变结果。

第二，尽管确切的估值可能是困难的（如空气污染的健康影响），但运用均衡曲线分析的内涵估值为决策者提供了有益的指导。例如，研究表明人的生命价值约为 150 万美元，证明了煤电厂的废气直接脱硫是正当的。这个价值比地区医院的激进改革成本大得多。

第三，当同时检验所有的影响时，某些特定的选项明显比其他所有的选项劣等（或者是较优）。例如，新西兰果鸠水电项目的高水坝方案应该排除在进一步考虑之外，因为它在所有属性范围中的特征都差（包括经济成本）。另一方面，确定的需求方管理措施的实施支配着其他所有的选项，因为他们按照经济和环境标准获得利益。

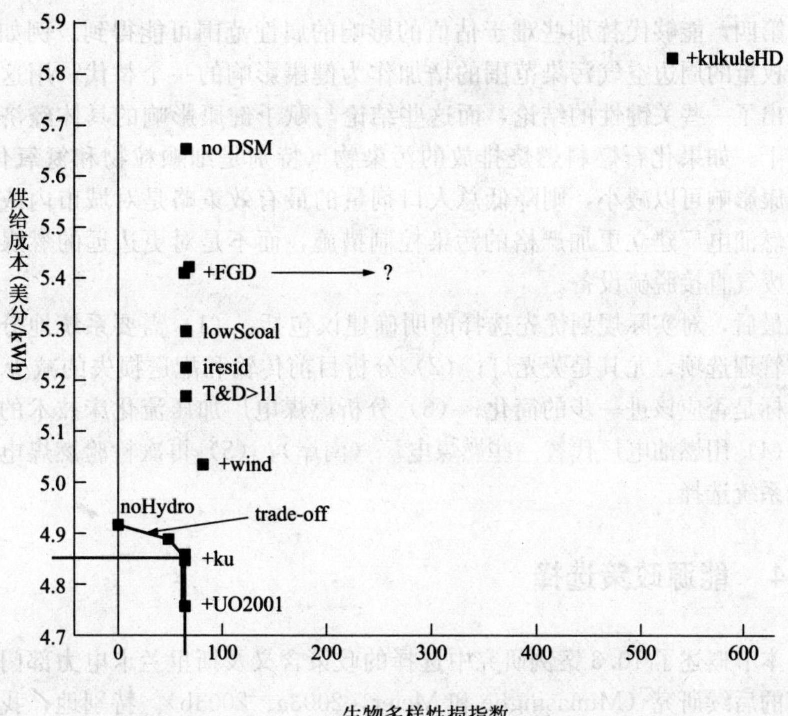

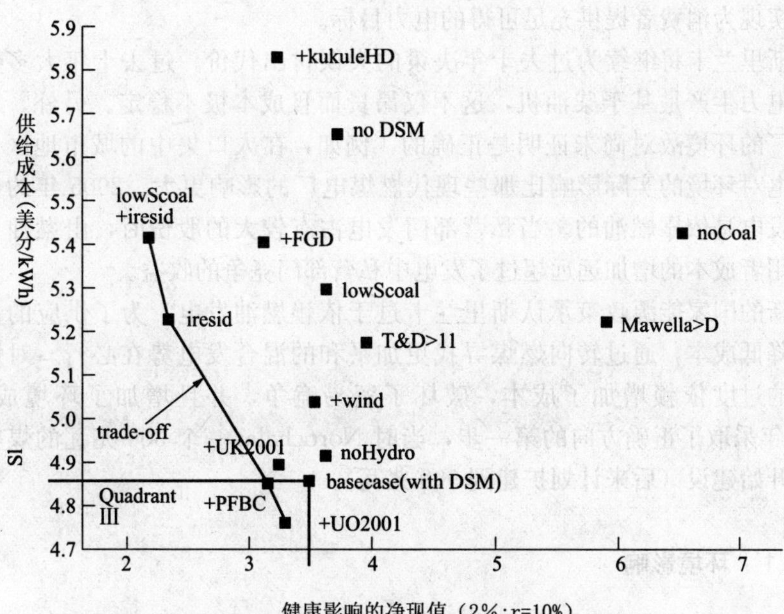

图 10-6　在（a）经济成本与生物多样性影响和（b）经济成本与健康影响之间的权衡

资料来源：Meier 和 Munasinghe（1994）。

第四，能够代替那些难于估值的影响的属性范围可能得到。例如，按人口权重的周边空气污染范围的增加作为健康影响的一个替代，用这种方法引出了一些关键性的结论，而这些结论与赋予健康影响的具体经济值毫不相干。如果化石燃料燃烧排放的污染物（特别是细颗粒物和氮氧化物）的健康影响可以减小，则降低总人口剂量的最有效策略是对城市内或者附近的燃油电厂建立更加严格的污染控制措施，而不是对更边远的燃煤电厂安装废气直接脱硫设备。

最后，对实际规划优先选择的明确建议包括：（1）需要系统地分析需求方管理选项，尤其是荧光灯；（2）分析目前传输和配送损失的减少12%的目标是否应该进一步的简化；（3）分析燃煤电厂加压流化床技术的可行性；（4）用燃油电厂代替一些燃煤电厂（南岸）；（5）再次检验燃煤电厂的制冷系统选择。

10.4 能源政策选择

本节概述了10.3案例研究中选择的政策含义及斯里兰卡电力部门能源使用的后续研究（Munasinghe和Meier，2003a、2003b）。特别地，我们通过详述近来关于电力部门重组和改革来寻求电力部门更可持续发展的道路，从而实现为消费者提供充足可得的电力目标。

斯里兰卡将继续为过去十年决策的失误付出代价。过去十年大多数额外的电力生产是基于柴油机，这不仅昂贵而且成本极不稳定。另外，对燃煤电厂的环境敌对尚未证明是正确的，例如，在人口集中的城市地区，柴油发电对环境的实际影响比那些现代燃煤电厂的影响更大。2005年约有一半的发电是依靠燃油的。当私营部门发电占有较大的股份时，由燃油导致的使用者成本的增加远远超过了发电中私营部门竞争的收益。

新的国家能源政策承认斯里兰卡过于依赖燃油发电。为了供应的多样化和降低成本，通过转向燃煤寻找更加平和的混合发电势在必行。对燃油发电的过度依赖增加了成本，破坏了贸易竞争，并且增加了环境成本。2006年采取了正确方向的第一步，当时Norochalai一个300兆瓦的煤电厂已经开始建设（后来计划扩建到900兆瓦）。

10.4.1 环境影响

10.4.1.1 温室气体（GHG）减排

斯里兰卡的温室气体减排优先考虑电力行业改革（这将减少输配电损失）和一个复杂的需求方管理（DSM）启动项目的实施。和印度不同，斯里兰卡的改革是双赢的，既考虑到经济利益也考虑到温室气体减排。一旦改革得到实施，使用残油进行柴油发电是下一个温室气体减缓和减排措施，从制度上和管理上的观点来看，这是最容易实现的。这也将可能带来经济净收益。然而，这个选择的可行性取决于斯里兰卡国内炼油生产力的扩张，这尚在研究中。

一个具有前景的最小成本选择包括额外的需求方管理和减少输配电损失（正视在改革的第一阶段的超标），加上一个 45 兆瓦的小水电项目的果敢实施。虽然这些是双赢的（经济收益和温室气体减排），但是仍然存在主要的财政和制度障碍。因此，小水电应该继续得到 GEF 和能源服务转移政策的支持（第 10.4.4 节）。

生物热电厂能够以合理的成本减少温室气体排放，面临的是该领域人造林管理、可获得土地和劳动力以及电厂闸门成本等关键问题的确认。因此，一个至少 1 兆瓦的电厂的试验计划被推荐，占有薪柴人造林大约为 400 公顷。另一个选择是研究扩大 Norochalai 另一个 300 兆瓦的薪柴混烧燃料（一项已被证明的新技术）煤电厂的成本。如果混烧成本过于高昂，试验人造林的木材仍然会被卖到科伦坡的薪柴市场，从而减少项目风险。

斯里兰卡具有可观的风电潜力，但是成本很高。经检验，这里风力最大的情景下，可以获得的价值为避免 65 美元每吨的碳排放。即使资本成本能够降低到 700-800 美元每千瓦（目前超过 1,000 美元每千瓦），这仍将是一个昂贵的减排措施——假定可以达到较低的发电系数。风速较小和功率达 3 兆瓦的南岸试验项目，建议在实行大型规模风电开发之前，有必要进行更加全面的风能资源评估。

太阳能家庭供电系统（SHS）被证明是合理的，它的重要性在于解决了农村照明（以及电网服务扩大到边远山村的费用和困难）。但是，SHS 作为一项温室气体减排措施具有较低的优先选择性。即使对市场渗透力抱有乐观的假想，通过 SHS 项目减少的温室气体排放也小于通过改革而实现的减少量的 1%。

10.4.1.2　局地环境影响

对局地的环境影响的分析，将在第 11 章讨论了斯里兰卡的可持续交通措施之后讨论。

10.4.2　防范策略

高含硫量燃油能够以相对低的成本从中东炼油厂进口，这在过去常常比煤便宜。但是，假定目前石油价格的上升趋势（第 10.1.1 节），加上 1970 年石油恐慌的影响，斯里兰卡政府应该谨慎对待重点发展大型蒸汽循环燃油电厂的措施。尽管历史上依靠水电使电力行业避免了 1970 年石油价格的冲击，但是过度依赖水电的风险在1996-2001年间得到了充分的证明，当时的干旱导致了GDP增长减少超过1%。热电可以减少水电的风险，但是取而代之的风险却是对石油的依赖。

一个有益的防范措施是在煤电厂实行煤油混燃发电——用石油或者木材混合燃烧。这里的主要问题是可提供的石油储量。储量越大，资本成本就越高，但是在低油价时期购买和储存石油的能力就越大，并且可以避免未来的市场障碍。

10.4.3 石油行业的问题

2003年，斯里兰卡消耗了约340万吨石油产品。约有一半（主要是柴油）是进口的，其余的是由萨普加斯坎达的锡兰石油公司（CPC）炼制生产的（2003年该公司进口了200万吨原油）。

表10-3 斯里兰卡石油产品消耗，1,000吨

	2001	2002	2003
汽油（90辛烷）	244	277	328
汽油（95辛烷）	5	9	13
汽车柴油	1,675	1,752	1,652
超级柴油	49	47	42
煤油	228	229	212
锅炉重油	811	780	715
飞机燃气轮机用煤油	138	114（b）	139
石脑油	14	56	102（a）
液化石油气	141	157	161
总计	3,305	3,423	3,360

注：（a）增长反映了2002年12月CEB燃烧石脑油CCCT的试行；（b）下降反映了由于2001年科伦坡国际机场遭恐怖分子袭击而导致的游客减少。

资料来源：斯里兰卡中央银行（2003）。

最近通过将锡兰石油公司（CPC）石油市场1/3的垄断股份卖给兰卡印度石油公司（LIOC），从而在石油行业引入竞争，这是有益的。但是，正如电力行业的情形一样，现在全都可以让市场力量进行相互影响的假定冒着长期的风险。过去50多年世界石油市场的历史阐明了考虑到供应安全（特别是在交通运输业）而平衡短期市场是必要的（第11章）。

各种交通燃料的供求平衡和相对价格取决于精炼产品的利用率。因此，萨普加斯坎达私有部门精炼厂对未来提出了关键问题。在目前政府和LIOC的协议中，尚未要求兰卡印度石油公司（LIOC）从地方炼油厂获得部分或者全部供给。如果行业调整进展到包含更多参与者，锡兰石油公司（CPC）

的市场份额可能降到30%以下，结果是除非有其他的参与者从萨普加斯坎达的需求中购买大量的份额，否则炼油厂的生产力将降低到无法再获利的水平。斯里兰卡将不愿经营一个无利润的炼油厂，而通过进口税（这将很容易提高所有消费者的价格）对炼油厂进行保护在经济上是无效率的。但是，如果炼油厂一旦关闭，那么斯里兰卡将完全依赖于主宰亚洲市场的国际同行。这是斯里兰卡 20 世纪 50 年代面临的情形，当时导致了石油的国有化。

在阐述这个问题时应该考虑几个选择。例如，如果萨普加斯坎达炼油厂能与通过新的定价公式计算得到的产品的登岸成本相符合，那么在广泛的国家利益层面，私有部门的参与者就会被要求地区性购买。简而言之，这些问题在国家可持续能源规划过程中需要被考虑到，以平衡各种长期和短期利益，包括供给安全。所有的利益相关者包括私人公司，都应该被考虑到，但是最终的决策将仍然由政府做出。

10.4.4 脱网电气化的可更新能源

如在第 15 章更详细的描述，能源服务转移（ESD）项目是在世界银行或者 GEF 组合中一个最成功的可更新能源项目。ESD 包括太阳能家庭供电系统（SHS）和乡村水电以及一个基于电网的小水电项目，它建立起一个可行的且可持续的私有部门商业活动，并发展了小水电项目。

消费者剩余应该包括在脱网电气化系统的经济收益中。这得到了经验证据的支持——甚至贫穷的家庭都愿意为了更好质量的电灯和收看到电视，支付比可选择的煤油和电池费用更多的钱。

虽然基于电网的电气化是长期目标，但是共享的目标通常是不切实际的，因为电网的扩展是未来政治目标而不是合理的经济原因。结果是损失高、电网服务质量差、效用上不可持续的财政损失。在亚洲，农村电气化的新模型和明晰的补贴及 O&M 运作的完全独立性有共同的主题——后者要求有效的地方制度能力。

10.4.5 重点电力部门的优先权

在市场自由化和私有部门参与的背景下，能源计划尤其是公共部门出台的计划常常遭到不公平的非议。但是斯里兰卡的经验暗示了假如能源计划能够和必要的政治意愿结合在一起，它就可以有效地引导转变和资金流动。

早在 20 世纪 80 年代建立起来的制度是非常有效的，当时 Jayewardene 总统同时担任能源部长。世界上第一个综合的国家能源计划得到了实际的执行。兰卡电力公司（LECO）在自主管理的基础上建立起来，但却在公共所有权的条件下。LECO是南亚地区的一个典范——例如，在各种困难情形下，如几年内战、不利的关税环境、为众多工业消费者和CEB争吵不休等，将输配电损失从50%以上降低到8%以下，这是一个显著的成就。LECO成功的关键在于商业化的操作，而政治意愿强化了它的授权。实际上，当把政治压力加于LECO之上以放松执行那些引导减少商业损失的措施的时候，这意味着总统的直接支持。

始于20世纪80年代中期制定的主要的行业制度规划因缺乏执行而受创。自90年代中期以来未能确保充足的发电量是显而易见的，高成本发电（基于汽车柴油）对CEB系统的依赖并不是计划的失败，而是政治意愿在执行计划上的问题。斯里兰卡并没有从那些私营或私有部门发电厂的特权阶级中得到很好的信息服务。如在印度，引入IPPs将导致走上改革之路这种观点是错误的（印度的案例中，90年代前期的加速主要是因为个人腐败）。虽然斯里兰卡失败的程度比Dabhol小得多，但是其结果是一样的——电力短缺的风险、发电厂使用昂贵的燃料（汽车柴油）并位于环境有害区域（如科伦坡码头的水上电厂）以及特权阶级（包括加速私有化的捐赠人）提出的不切实际且毫无生存力的项目。

电力行业的问题不能单独地通过调整重组而得到解决，而市场竞争力也不会必然确保新的装机容量的即时投资。例如，加利福尼亚州的电力危机（10.2.4节），以及欧洲电力传输基础建设的不足导致了2003年意大利大范围损失惨重的电力中断。因为长期滞后，相关调整的主体部分必须确保与公共利益中投资计划的步骤相一致，以便被斯里兰卡新的国家能源战略所认可。这包括一个经过规范校正的电力行业长期发电扩张计划和与之平行的可更新能源计划。印度新制定的电力行业授权调整的经验表明，尽管它们名义上是独立的且进行行业经营的分类计价，但是行政干预仍然是一个问题。部门改革和可预测且稳定的关税体制是在主要的能源基础设施建设项目中私有资本成功运行的必要条件，而赋予能源部门发展的重要优先权也是种族冲突一个可维系的解决方案。

10.5 南非能源政策的可持续性评估

10.5.1 南非的能源和电力状况

利用能源发电且更加可持续性地利用是未来南非发展道路中的一个重要挑战。电力消耗的增长率和经济产量之间存在相互关系。电力供给行业最初是由采矿业需求所驱动的。得到廉价的煤炭和电力有利于建立起制造业。南非种族隔离制政府大力投资发展综合石油工业和地区核电，而民主制政府已经将焦点从供给转向需求——以提高电力的家庭使用，更加支付得起能源服务。目前煤炭占初级能源供应的 75%（DME，2003a），占总许可发电量 43,000 兆瓦中的 90%以上（NER，2002a）。

到 1948 年，电力行业被统一整合成为大型的、强势的、国有的、纵向整合的垄断行业（ESCOM）。1972-1982 年间大型电力项目每年新增加 16%以满足需求（Eberhard，2003）。后来，在 20 世纪 80 年代和 90 年代，增长减慢，导致大量的超额生产力，这有利于保持低价。南方的电力供应局限于已建立的市镇和经济活跃地区。1993 年，连入电网的人口只占总人口的 36%。国家电气化工程（1994-1999）的第一阶段全国增加了约 66%的电力供应——46%在农村地区，80%在城市地区（NER，1999）。但是，1/3 的人口仍然用不上电，特别是在农村地区。

目前的主要转变发生在电力行业（由于调整重组）和石油行业（伴随着燃气调整的确立）。南非引入液化石油气（LNG）的选择正在研究中（CEF，2005）。石油产品修正法将为汽油站改变许可准则以加强政府管制，同时石油输送法案将为石油和天然气管道输送建立定价和使用规则。

能源相关的环境影响日益受到关注。国家大气质量管理法案要求不久将实行排放监测。南非计划最优化使用各种能源——煤、天然气、石油、核能和可更新能源，因此强调供给的多样化。最初的焦点在于可能从莫桑比克和纳米比亚进口天然气，这就能够促进一个远离煤炭的大转变（Marrs，2000a、2000b；DME 2001）。可更新能源是增加多样性的又一选择，焦点在于从南非储备容量电力网（SAPP）内部共享水电。Eskom 已经确定有 9,000 兆瓦地区性进口的潜力（包括刚果的 Grand Inga）。政府目标是到 2013 年新的可更新能源将为能源总供给贡献达 100 亿度电。

在扩大电能使用上已经取得了巨大的进步，尽管承受能力和生产性使用都仍是难题。政府主要的能源目标包括更广泛的可承受能源服务的享用、提高能源管理、刺激经济发展、管理控制能源相关的环境影响和以多元化保证安全供应（见第 10.2 节“可持续能源开发与发展”目标）。

10.5.2 分析和结果

表 10-4 中选择的可持续能源发展指标反映了南非的发展目标，与能源政策目标是一致的，标志着向可持续性的迈进。表 10-5 总结了对他们可持续性的评估后的政策选择，而表 10-6 显示了住宅能源消费的结果。

表 10-4 可持续能源发展指标

指标	单位
经济	
一能源系统的总成本	R Billions
一电力供应的边际成本	c/kWh
一电能混合燃料的多样性——国内源	%
环境	
2025 年地区空气污染	
一二氧化硫	kt SO_2
一氮氧化物	t NO_x
一一氧化碳	t CO
总温室气体	Mt CO_2-equiv
社会	
住宅区燃料消耗	PJ
家庭能源服务成本	
一住宅区电力的影子价格	c/kWh
一非电力燃料的影子价格	R/GJ
每月的电力费用	R/（HH * month）

表 10-5 居住区能源和电力供应的政策案例

名称简写	关键特征
	家庭
清洁有效的水加热系统(SWH)	通过增加太阳能热水器和温泉水蒸气加热毯提供更清洁更有效的热水。SWH 的成本随时间推移和新技术在南非市场的广泛普及而不断下降
紧凑型荧光灯（CFL）	更广泛的普及使用紧凑型荧光灯得到更高效的照明，在已经降低成本的基础上再进一步降低成本
高效的房屋建筑(Effhouse)	房屋外壳是通过绝缘、天花板改良的，因为这种技术没有燃料成本，边界的设置确保没有额外建造更多的房屋
液化石油气的转变	家庭从电的和其他炊具转向液化石油气炉灶
混合用电	以上所有政策的混合作用
	电
可更新能源	到 2013 年可更新电能份额上升到满足 1 万 GWh 的目标。光热、风、甘蔗渣和小水电的比例上升超过源范例。新技术成本随全球产量的增加而下降
球床模块反应堆(PBMR)	到 2020 年球床模块反应堆模块产量的国内消耗将使核能发电量增加到 4,484 兆瓦。成本将随这国家产量和初始投资的注销而下降
水电	到 2010 年，从南非发展中国家地区进口水电的份额将从 2001 年的 9.2GWh 增加到 15GWh。水电份额随着南非更多水电机组的建设而增加
天然气	进口充足的天然气以提供 1,950 兆瓦的组合循环气体涡轮机，每 387 兆瓦为一单位
流化床燃烧(Basew/out FBC)	使用废弃煤（一种低成本资源）进行流化床燃烧已经是源范例的一部分。正在研究没有这种能源将会是如何

表 10-6 居住区能源消耗结果的总结

指标	单位/年	源范例	高效的房屋	紧凑型荧光灯	水加热 SWH/GB	烹饪用液化石油气	居住区政策组合
社会							
居住区燃料消耗	PJ						
电	2014	98.9	93.1	98.9	95.9	96.4	98.3
	2025	116.8	104.9	116.8	110.3	112.6	115.5
液体燃料	2014	51.9	43.0	51.9	51.9	41.3	51.9
	2025	58.9	39.3	58.9	58.9	36.1	58.9
可更新能源	2014	1.7	7.9	1.7	1.7	9.5	1.7
	2025	3.5	16.7	3.5	3.5	20.1	3.5
总燃料消耗	2014	201.1	195.3	201.1	201.5	195.2	200.5
	2025	213.5	202.3	213.5	214.4	202.1	212.3
房屋建筑的能源消耗成本	c/kWh	37.8	34.2	34.8	34.8	34.8	34.2
一般个体耗电	R/GJ	105.1	95.1	96.7	96.7	96.7	95.1
家庭能源服务成本：住宅区非电燃料的影子价格							
家用燃煤	R/GJ	3.5	3.5	3.5	3.5	3.5	3.5
生物燃料		30.0	30.0	30.0	30.0	30.0	30.0
液化石油气		149.4	149.4	149.4	149.4	149.4	149.4
石蜡		96.9	96.9	96.9	96.9	96.9	96.9
烛蜡		70.3	70.3	70.3	70.3	70.3	70.3
每月电耗成本	R/(HH*month)						
RHE（同流热换器）		87	78	80	80	80	78
RLE		16	15	15	15	15	15
UHE		164	148	151	151	151	148
ULE		62	56	57	57	57	56
环境							
局地空气污染（2025 年）							
二氧化硫	kt SO_2	3,571	3,524	3,568	3,531	3,559	3,517
非甲烷挥发性有机化合物	t NMVOC	888,450	888,038	888,432	888,139	888,387	888,011
氮氧化物	t NO_x	2,156,438	2,132,925	2,155,275	2,137,627	2,151,339	2,129,828
一氧化碳	t CO	4,923,479	4,921,832	4,923,416	4,922,246	4,923,237	4,921,730
总温室气体（2025）							
二氧化碳总量	kt CO_2	630,053	622,540	629,686	624,117	628,685	621,827
甲烷	t CH_4	50,325	50,234	50,323	50,261	50,380	50,301

续表

指标	单位/年	源范例	高效的房屋	紧凑型荧光灯	水加热SWH/GB	烹饪用液化石油气	居住区政策组合
一氧化二氮	t N_2O	8,171	8,065	8,165	8,082	8,149	8,052
经济							
能有体系的总累积成本	Rbillions	6,120	6,119	6,119	6,115	6,121	6,115
2025 年所有与住宅有关的技术年投资	Rbillions	29.78	30.23	29.58	29.71	30.65	29.75

图 10-7 根据三种可持续发展指标对不同政策分级，包括：更加可承受的电力（社会）、更低的电力系统总成本（经济）、更少的排放（环境）等，数值越高，政策越具有可持续性。并没有出现明显的优胜者。如果优先降低能源系统的成本，进口天然气或者水电将会是有利的，因为经济指标在三角形的外缘，代表着一项更可持续的政策。两种进口都减少了资金和系统总成本。南非减少排放的环境优先权将偏向两种国内选择，即使他们显示出更高的成本——可更新和更高成本的球床模块核反应堆（PBMR）。

按成本组合的情形得分很低，使得减排非常昂贵。图中供给的多样性仅仅通过可更新能源的比例得到说明。可更新能源选择仍实现了与其他燃料中更好的混合，但是需要另一个指标（如减少煤炭消耗）来说明球床模块核反应堆（PBMR）实现了更大的供给多样化，而脱离了对煤炭的依赖。两种国内选择以相近的百分比减少了地区空气污染和温室气体。

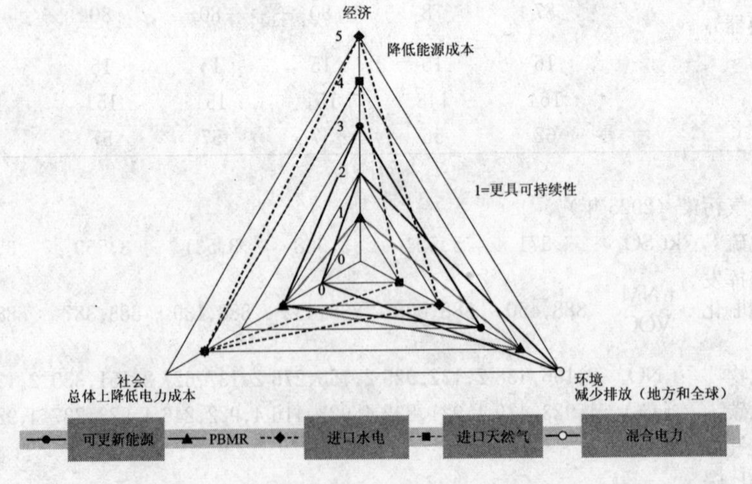

图 10-7　用经济、社会和环境的三种指标对电力供应选择进行分级

图 10-8 对同样的电力供给政策选择指出了一系列更加复杂的可持续发展指标等级。又一次没有出现明显优等的可持续能源发展选择，因为政策的分级会根据指标急剧地改变。

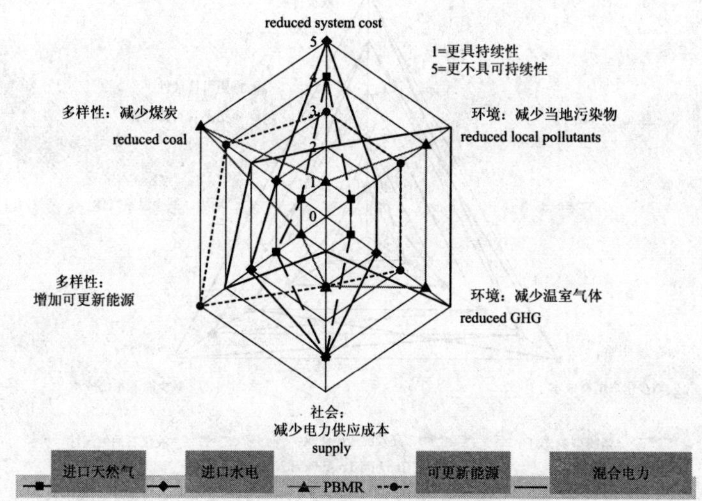

图 10-8　用经济、社会和环境的六种指标对电力供应选择进行分级

图 10-9 显示了居住区政策的结果。这里出现了更加清晰的图形。在满足基本能源发展目标的背景下，两种居住区政策显示了更加可持续的市场发展的最大容量。高效的房屋建筑和 SWH/GB 的三角形完全包涵了紧凑型荧光灯和液化石油气烹饪等选择。高效的房屋建筑和 SWH/GB 实现了最大的燃料节约，并且由此为家庭节约了最大的能源成本。政策为家庭减少了电力负担，特别是贫困的农村电器化。增加的可承受力使社会破坏更加不易发生。这两个选择也是对清洁使用燃料和提高环境质量贡献最大的。所有政策结合看起来似乎是一个非常可持续的选择——如最大的三角形所示。

比较住宅区及电力政策和可持续发展的各个尺度，可以为我们提供协同和权衡取舍的一些意见。住宅区政策有明显的双赢案例。但是，没有单一的电力供给选择是在经济、社会和环境方面最优的。这暗示了更多权衡的必要。另外在识别持久的长期解决方案时，短期经济成本不应该是唯一的因素。

结果确认了家庭能源政策在发展的可持续性上具有更大的潜力，包括高效的房屋建筑和清洁高效的水加热系统。可更新能源在电力供给选择中具有多种收益，但是更低成本进口的权衡要求进一步的考虑。把住宅区和电力政策相结合将提供一个综合方案，使获得经济发展、社会可持续性和地区及总体环境都受益的持久性平衡。解决途径虽然是为南非而论证的，但是将会在其他工业化进程迅速的发展中国家产生共鸣。最后，研究证实国家的可持续发展是决定能源和减排政策的适当的出发点（在概念上和方法上）。

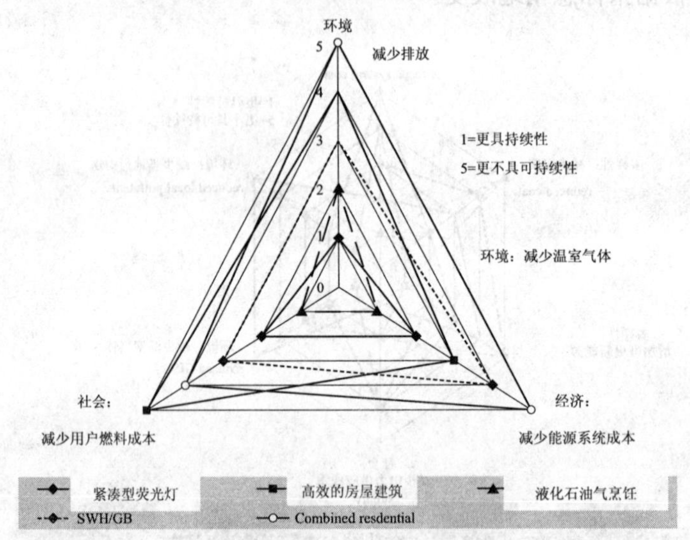

图 10-9　用经济、社会和环境的三个指标对居民能源选择进行分类

10.6　使英国电力发展更具持续性

10.6.1　英国电力系统背景

目前英国电力供应仍然是高度集中化的。分布式能源（DE）只占总装机容量的 7.3%和发电量的 7.2%。大规模联合发电（>1 MWe）占有分散能源容量的最大份额（3.1GWe），但是其他分散能源如定点可持续能源增长迅速（DUKES，2006）。根据燃料消耗，英国大部分发电都是燃煤发电（31.3%），天然气与之接近，居于第二（29.1%）。但是，天然气越来越重要，而北海天然气储量已经提出对能源安全问题的关注。核能是另一个重要能源（18.2%）。其他的发电原料来自石油（1.14%）、水电（0.42%）、其他可更新能源（2.99%）和其他燃料（1.55%）。

WADE 经济模型

WADE 经济模型用于计算用各种混合的分布式发电和集中发电来供应增加的电力负荷增长所带来的经济和环境影响。它使用了详细而复杂的数据，这些数据和现有发电设备、燃料未来价格趋势和技术发展有关。从已知第零年的发电量和容量机组报废及负荷增长开始，模型增加了规定的用户容量以满足未来 20 年增长和报废的需要。这有助于通过比较具体选择、对重要变量如燃料价格和需求增长等进行灵敏度分析，并且允许不同的电力系统扩张计划之间进行直接比较，从而作出政策决定。

在该研究中，为新的容量满足 20 年来增长的需求，用模型分析了五种情形，未来增加的混合燃料电厂在两个极端之间——［0%的分布式发电，100%的集中发电］和［100%的分布式发电，0%集中发电］。对于五种情景中每一个情景，结果都给出了 20 年时期内总的资本成本（如发电、输电和配电——T&D），也包括零售成本（未来成本调整或贴现到现在的价值）、新增和总发电厂 CO_2 和其他污染物年排放量以及 20 年里燃料消耗（独立的和共有的发电）。该模型也为 20 年分析时期中的中间年份给出了结果。这些结果与国家政策目标直接相关，也是可持续发展决策的核心。

10.6.2 英国能源情景

两种主要的情景说明如图 10-10 所示。

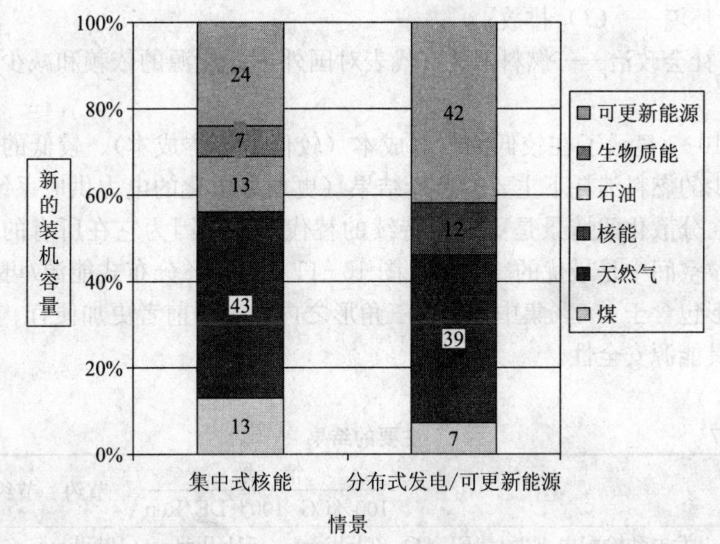

图 10-10 基线和主要的替代情景

基线：集中式核能发电（100%集中发电）

被称为“集中式核能发电”的基线情景，假定 100%集中发电以每年 5%的需求增长，代表了一个可能的未来电力系统，这是基于对市场和政府现存问题的预期回应。它假定新的核电装机容量将在分析阶段的第二个 10 年建成以代替现有的电厂，并假设在 2002 年核能将占发电量的 20%。在新的核电厂进入运营之前，英国将主要使用天然气的联合循环蒸汽轮机（CCGT）以满足需求，但也使用部分燃煤发电以限制英国对天然气进口的依赖。可更新能源发电逐步增加，其中主要是风能。

主要替代情景（100%分布式发电/可更新能源）

分布式发电/可更新能源是主要的两个选择。它和核能集中发电情景一样的输入和假设，但不同的在于混合发电。新增发电量的75%都是分散的，25%由可持续能源（集中化）组成。不再新建核电容量，而现有的电厂以设计的速率退出。也没有新的集中式化石燃料电厂，因此所有新的集中式发电（市场总量的25%）都是使用可更新能源（主要是风能和生物能）。分布式发电的75%的市场份额主要是燃气热电联产，但是大规模的热电联产和定点可更新能源的份额将在20年的时间内增加。

10.6.3 主要结果和结论

为了使英国的能源发展更具有可持续性，我们在可持续经济学框架内分析了模型结果，使用了三种典型指标：

- 经济——表征了能源成本；
- 环境——CO_2 排放；
- 社会政治——燃料消耗（代表对国外进口能源的依赖和减少能源安全）。

表10-7显示了在较低的输电成本（较低的资本成本）、较低的碳排放和和较少的燃料消耗下主要的选择结果（更加分散化的电力供应系统）。明显可见，分散化的情景是更加可持续的替代方式，因为它在所有的可持续发展三位空间中是最优的。例如，图10-11中100%分布式能源/可持续能源三角形包含于100%集中式发电三角形之内，表明前者更加便宜、更少污染且更具能源安全性。

表10-7 主要的结果

	情景		节约	节约率（%）
	100%CG	100%DE/Ren		
资本成本一发电和输配电（£1=E1.44）	70billion	51billion	19billion	27
运输成本（£/kWh）	0.0683	0.0582	0.0101	15
CO_2 排放（mt/yr）	36.75	33.92	2.83	7.7
燃料消耗（PJ/jr）	2,303	2,163	140	6.1

成本节约的主要原因是模型假设了分布式能源比集中式发电要求更少的输配电容量，因为它的发电量更加接近于消耗量。这种假设是正确的，因为大部分输配电机组需要在接下来的10-20年内被替换。预计英国商业和居民区的电力需求会增长，因而需要额外的发电容量和输配电容量，而

集中式发电的需求比分布式发电更大。另外，新的燃气联合循环蒸汽轮机电厂将最有可能在欧洲大陆的新管道入口处建立，从而需要新的输电线路将它们连接到电网。

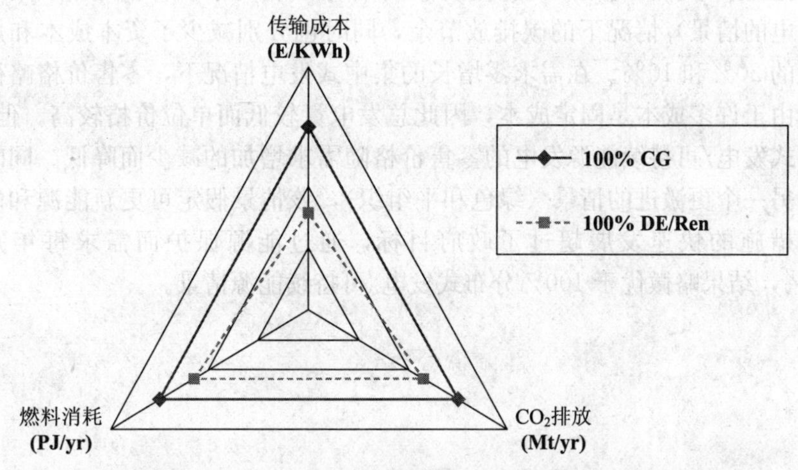

图 10-11　100% CG 和 DE/Ren 情景的可持续性比较

由分布式发电（DE）情形下产生的部分节约也是这些技术高效运行的结果，尤其是通过联合发电和减少传输损失。这是影响燃料消耗和 CO_2 排放的最主要的方面。注意到基线情景混合的集中发电只是从 2014 年引入了新的核电，反映了它研制时间之长。结果，100％集中式发电情景实际上也包括了大量新的燃气混合循环蒸汽轮机。这就解释了在分布式发电/可持续能源情形中 CO_2 排放和燃料使用的减少，同时也揭示了根据《京都议定书》的承诺和能源安全，建造任何不能重复利用热量的新的燃气电站都显然是有问题的。

假定改变某些关键假设，对其敏感性进行分析，分布式发电比集中式发电更具有持续性这一主要的研究结论并不会改变。

燃料价格的敏感性

对燃料价格的敏感性分析，其未来趋势相当不确定，表明燃料价格趋势中零售价的改变的影响并不显著，且对分布式发电/可持续能源的影响要大于集中式发电，因为零售价高于批发价。但是，结果表明分布式发电/可持续能源在燃料价格每年上涨 10％的水平下仍保持收益。

发电投资组合

当考虑到不建造新的核电或者燃气混合循环蒸汽轮机电厂的影响时，碳排放和燃料消耗增加，而成本基本保持不变。对欧洲大陆进口天然气的高度依赖证明这些不是具有吸引力的选择。

需求增长

把需求增长从每年0.5%减少到0%导致了相对于核替代计划（集中核能发电的情景）情况下的碳排放节余，同时也分别减少了资本成本和燃料消耗的20%和10%。在需求零增长的集中式发电情况下，零售价格略微高些，由于许多成本是固定成本，因此总发电量较低而单位价格较高。但是，分布式发电/可持续能源发电的零售价格随需求增加的减少而降低。同时模拟了另一个更激进的情景（绿色和平组织），该情景假定可更新能源和能源效率措施的快速发展超过了政府目标，通过能源保护而需求每年减少0.5%，结果略微优于100%分布式发电/可持续能源情景。

第 11 章

交通部门

本章将继续讨论可持续经济学在经济基础部门的实际应用，重点为交通部门（包括燃油定价政策等）。11.1 节回顾了可持续交通的一般性理论，讨论了世界范围内有关交通的一些重要问题，同时将交通问题与经济、社会、环境联系起来。之后我们将探讨在典型的发展中国家如何制定符合可持续发展的交通政策。11.2 节讨论了斯里兰卡国内由于交通带来的空气污染所造成的健康损害外部性，该节内容包括文献综述、成果转换法（benefit transfer method）对局地空气污染健康损害的估算以及推广无铅汽油的健康效益评估。11.3 节讨论了另一类由于交通带来的外部性——以科伦坡市为例阐述了交通拥堵带来包括时间损失等一系列后果的价值估算。11.4 节分析了若干种减少拥堵的基础设施项目。11.5 节对本章进行了回顾总结，并提出了若干条斯里兰卡可持续交通发展的政策选择。

11.1 可持续交通的一般理论

可持续交通对于社会发展至关重要，因为它极大地影响了就业、健康、教育及其他影响生活质量的福利设施。同时，交通还起到了连接资源和产品市场的作用，而二者与发展经济、消除贫困紧密相关。不合理的交通政策会加重贫困、破坏环境、无法满足居民的出行需求，并加重公共财政负担。许多近期发表的重要文章对可持续交通及其通达性进行了阐述，涉及本书所提到的可持续经济学的理论框架和可持续发展三角（World Bank 1996c；SUMMA，2003）。

11.1.1 全球的重要交通问题

世界银行曾提出以下几种促进交通基础设施的可持续发展的措施(World Bank，1996c)：（1）提高交通通达性和承受能力。为此需要发展农村贫困地区的市场经济和配套基础设施，扩大二级、三级交通网络并发展公共交通；（2）提供足够的道路养护，以避免由于路况不好导致的机动车使用成本和道路管理部门长期花费的增加；（3）对道路使用者的需求作出积极反应。由于居民收入的不断提高，对多样化交通方式和高质量交通服务的需求也相应增加；（4）适应全球贸易格局。为避免交通运输成为制约经济增长的瓶颈，各国需要发展大规模、长距离的货物运输业；（5）积极应对因城市人口快速增加导致的机动化。在发展中国家中，私家车拥有量的增长速度已经超过了城市道路空间的增长。这种大量消耗土地的城市结构引发了道路拥堵，同时由于机动车制造水平落后还导致了严重的环境污染，使得城市客运耗时长、成本高（尤其是对穷人而言）。

11.1.2 经济、环境和社会

将可持续经济学运用于交通部门，能提供许多实用的分析视角（Munasinghe，1992a；World Bank，1996c；SUMMA，2003）。图 11-1 总结了可持续交通的主要组成要素。

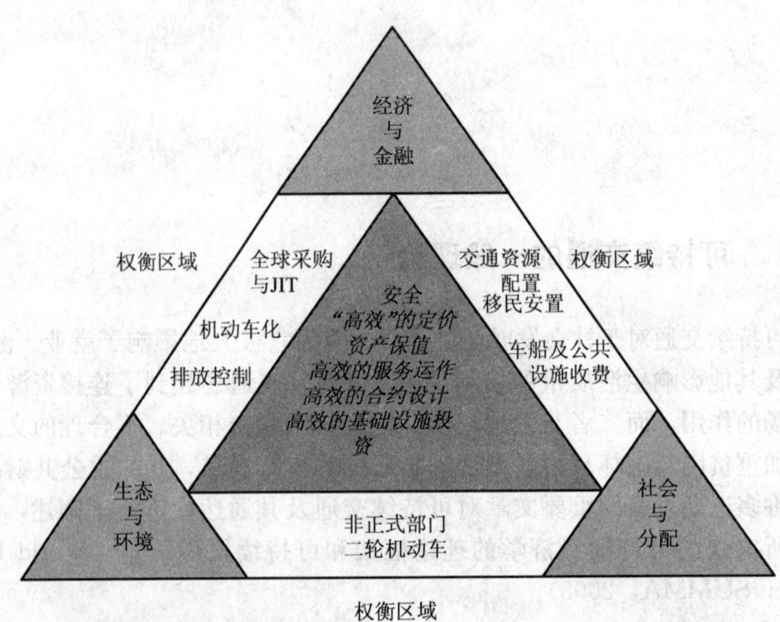

图 11-1　运用于交通部门的可持续发展三角结构

资料来源：Munasinghe（1992），World Bank（1996c）。

经济与金融的可持续性要求高效率的资源使用和资产保值。交通运输业需要提高成本有效性和适应变化的需求。为此，交通部门需要对交通投资进行系统的经济评估，使用适当的价格激励手段，对道路养护工程给予充足的金融和财政支持。为获得经济可持续性的建议包括充分利用市场的竞争性，提高使用、维护、投资和管理交通运输基础设施的效率，同时制定应对市场作用力的战略性计划并提高管理能力。

环境和生态的可持续性要求决策时考虑交通运输导致的外部性作用。为此应该采用更加成本有效的技术，执行更具战略目光的行动（例如，土地使用规划、交通需求管理和通过拥堵收费或污染收费鼓励人们使用公共交通工具）。为了实现环境的可持续发展，应当将健康影响和环境的综合影响纳入工程评估，并建立一个环境敏感型的战略框架。

社会可持续性要求让所有人都能分享交通运输业发展带来的好处。为此应当重视非常规交通运输部门和非机动化的交通运输方式、农村交通基础设施维护，以及更多的劳动密集型的技术。我们需要关注农村和城市贫困人口的交通问题，并保护这部分群体的利益在交通政策的改变中不受到损害。

政府在进行决策时应当同时考虑可持续交通的三个方面，应当同时扮演竞争性的提供者、环境和社会利益的管理人的角色，积极参与制定有效公共基础设施使用费制，保护贫困人群，促进决策过程中的社区参与。交通政策应当纳入更多基于市场的解决路径，包括由私人部门来提供、运行和投资部分交通公共服务和基础设施建设。

11.2 斯里兰卡空气污染的健康损害费用

污染造成的人体健康损害（尤其是贫困人口的健康损害）对于社会的可持续发展具有重要的影响。本节分析了斯里兰卡由交通造成的空气污染的健康损害，在文献评述的基础上，通过成果转移法计算了由于局地空气污染造成的健康损害费用，并评估了推广无铅汽油将带来的健康效益。

11.2.1 健康影响

Chandrasiri 和 Jayasinghe（1998）提供了估算斯里兰卡国内机动车尾气排放的健康损害的计算方法。尽管存在局限性，但该方法是唯一基于临床数据的研究。在过去的十年里，因呼吸系统疾病造成了医院就诊率和死亡率的持续上升，这表明由于机动车尾气排放造成的颗粒物污染正在日益加重（如图 11-2）。

如图 11-2 所示，机动车尾气排放的增长快于医院就诊率/死亡率的增加，同时显示了一定的滞后效应。大部分的内科医生的诊断表明呼吸系统疾病与机动车尾气排放有一定关系。一项针对高浓度暴露人群（三轮车司机、交通监察员和交通警察）的研究证实了这一关系。虽然目前尚未发现“汽车尾气致病”的医学依据，但是在科伦坡市进行的实证调查同样为这一论断提供了证据。

Senanayake 等人（1999）调查了门诊记录中儿童突发性哮喘的病例，发现城市日最高急性哮喘发病率和城市最高 SO_2 及 NO_x 小时平均浓度呈现显著的正相关关系（最低发病率和最低小时浓度呈现相似的相关关系）。然而，哮喘病和空气污染之间的关系目前在学术界仍存在争议——英国的空气污染医学影响研究委员会（1998）指出，目前的证据并不支持室外空气污染的致病作用，认为花粉和真菌孢子的影响作用更大。事实上，1976－1997 年间伦敦的哮喘发病率增加 300%，与此同时空气污染排放也增加了

180%（Glaister 等人，1999）。

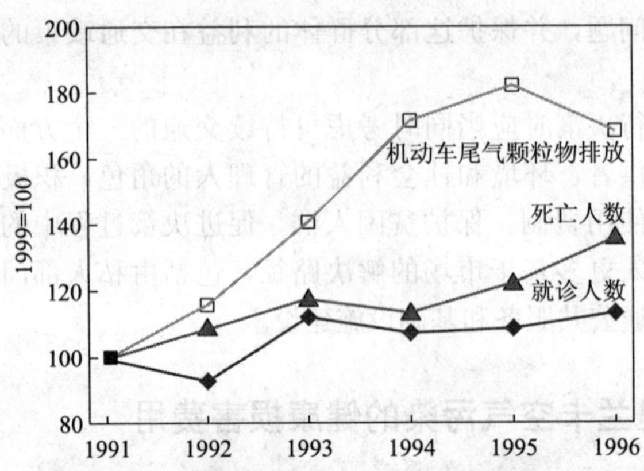

图 11-2 机动车尾气颗粒物排放（科伦坡市）与呼吸系统疾病就诊率/死亡率（所有岛屿）的关系

资料来源：Chandrasiri 和 Jayasinghe（1998）。

11.2.2 局地空气污染损害评估

理想状况下，环境损害成本应该通过直接计算获得（Munasinghe，1992）。在本研究中使用的方法是成果转移法，通过已有研究中其他地区的损害价值评估，外推得到斯里兰卡地区的环境损害价值。当然，如果直接使用斯里兰卡的损害评估数据会更合适，但是这部分数据通常无法获得。尽管成果转移法存在一定的缺陷，但仍然能够在同等环境损害水平下提供有用的价值评估指示值（Freeman，2000）。近期以来，该方法已经在对许多发展中国家所作的研究中被采纳（Meier，2004；Abeygunawardena 等人，1999），包括斯里兰卡 1996 年电力紧缺事件的研究（LIFE，1998）、科伦坡至卡突那亚凯段高速公路环境影响评价（RDA，1997）等。

该方法包括以下步骤（Abeygunawardena 等人，1999）：（1）确定基准年单位损害价值（如美元/吨/1,000 人）。为达到这个目的，亚洲发展银行引用了 Rowe 等人（1995）所作的有关纽约州的研究；（2）根据美国国民生产总值的增长，调整物价水平至 2000 年的水平；（3）将价值与人均国民生产总值相乘。根据购买力平价，2000 年斯里兰卡人均国内生产总值折合为 3,900 美元（WRI，1998-1999），而美国则为 3.4 万美元；（4）将价值与估算的单位面积常驻人口相乘；（5）根据估算的单位面积人口和 GDP 增长率推算未来的情况。表 11-1 显示了该方法的计算结果，其中第三列显示的为 LIFE（1998）计算的斯里兰卡电力生产影响的价值评估。

Kumarage（1999）计算了各种机动车的环境损害（单位：卢比/升（燃

料)，见表 11-2)。如果按照卢比/升（燃料）来计算，不同类型机动车之间的环境损害差别并不明显，但是如果按照卢比/千米（行驶里程）来计算，不同类型机动车之间表现出显著差别，这一点符合理论预期。

表 11-1　根据 ADB 的成果转移法和 LIFE 的直接估算得到的环境损害评估

（单位：美元/吨）

	ADB 低值	ADB 高值	LIFE *
斯里兰卡 2000 年			
颗粒物	258	478	483
SO_2	53	106	825
NO_x	81	116	334
斯里兰卡 2020 年			
颗粒物	1,623	2,779	
SO_2	327	654	
NO_x	506	697	

* 根据购买力平价调整至 2000 年水平。

表 11-2　莫勒图沃大学的损害评估

	卢比/升	卢比/千米
轿车	0.57	0.06
摩托车	0.56	0.01
三轮车	0.62	0.02
火车	0.65	0.07
中型公交车	0.71	0.14
大型公交车	0.79	0.20
中型卡车	0.71	0.14
大型卡车	0.79	0.23

注：(a) Kumarage (1999)，表 B4-2。
(b) 根据平均燃料使用效率计算。

Chandrasiri 和 Jayasinghe (1998) 根据高浓度暴露人群（交通监督员、三轮车司机、交通警察）的数据，计算得到科伦坡市因颗粒物污染造成的健康损害价值为 6,700 万-1.6 亿美元/年。世界银行 (2000) 的计算结果显示科伦坡市每年由于 PM_{10}（平均环境空气浓度 40-50 $\mu g/m^3$）造成的健康损害约为 3,000 万美元。

六城市研究案例

欧美大部分有关健康影响评估的研究对象为电力部门的污染排放（即偏远地区的高空源），很难利用机动车污染排放成果转移的方法（在近地面高难度污染区）。不过在一项对六个城市进行污染损害价值评估研究中，成果转移法被用于计算机动车尾气排放造成的健康影响。该研究估算了六个

城市的 PM_{10}、SO_2 和 NO_x 造成的损害（表 11-3）。结果表明四个亚洲城市中机动车尾气排放造成的损害价值是电力行业的 30-50 倍（克拉科夫和圣地亚哥的案例损害比值甚至更高）。

表 11-3　　边际损害成本（美元/吨）

		电力行业（高空源）[1]	大规模工业（中高空源）[2]	小规模锅炉和机动车 [3]	机动车/电力行业 [4] = [3] / [1]
孟买	PM_{10}	234	1,077	7,963	34
	SO_2	51	236	1,747	34
	NO_x	20	93	668	33
上海	PM_{10}	161	502	5,828	36
	SO_2	36	112	1,295	36
	NO_x	11	33	385	35
马尼拉	PM_{10}	345	1,828	17,942	52
	SO_2	61	324	3,183	52
	NO_x	24	129	1,265	52
曼谷	PM_{10}	828	2,357	28,722	34
	SO_2	147	417	5,087	34
	NO_x	57	162	1,971	34
克拉科夫	PM_{10}	97	682	13,255	136
	SO_2	18	130	2,522	140
	NO_x	4	29	560	140
圣地亚哥	PM_{10}	692	4,783	88,551	128
	SO_2	132	911	16,864	127
	NO_x	35	240	4,445	127

资料来源：Lvovsky 等人，(2000)，表 1.5（16 页）。

表 11-4 的边际单位价值提供了有用的信息。在确定可再生能源的经济最优使用水平时，不确定性是最主要的问题。

表 11-4　　单位健康损害，美元/吨/100 万人/1,000 美元人均收入

	高空源（电力行业）	中高空源（大规模工业）	低空源（锅炉和机动车）
PM_{10}			
六个城市的结果范围	20-54	63-348	736-6,435
平均值	42	214	3,114
SO_2			
六个城市的结果范围	3-8	10-56	121-1,037
平均值	6	33	487
NO_x			
六个城市的结果范围	1-3	3-13	29-236
平均值	2	9	123

资料来源：Lvovsky 等人（2000），表 6-3（65 页）。

专栏 11-1 可再生能源的经济最优使用水平

在某些国家制定可再生能源配额政策的过程中，一般都会面临“如何确定可再生能源的最优使用水平”的问题。根据经济学理论，确定可再生能源的最优使用水平的标准方法如下：首先确定可再生能源的供给曲线，然后得到边际生产成本和可避免损失（包括环境损害成本）相等的点即为可再生能源的最优使用水平。

在下图中，我们假设使用化石燃料的发电成本为 c，外部性价值 v_{ENV}和供给曲线 S 是已知的。供给曲线 S 和可避免损失曲线的相交点 A 即为可再生能源目标使用水平，经济最优资源存量为 Q_{IN}。如果存在排污权交易市场，则市场出清价格为 v_{ENV}。

很显然，如果实际损害价值为假定价值 v_{ENV}的两倍，则 Q_{IN}的设定结果将低估真实的最优经济使用水平（若实际损害价值较低则高估）。在实际政策执行中则意味着：如果所有数据都是真实可靠的，则政府无论将目标使用水平定在 Q_{IN}还是将排污权交易的价格定在 P_{OUT}的最终结果都是一致的。但是如果政府所掌握的数据是不准确的，当有研究显示损害水平显著增高（或降低）时，政府便需要调整政策。调整目标使用水平的政策相比调整价格的政策更为容易（如果调整价格，既得利益集团会出于保护现有成果的目的而阻挠政策的实施）（Meier，2004）。

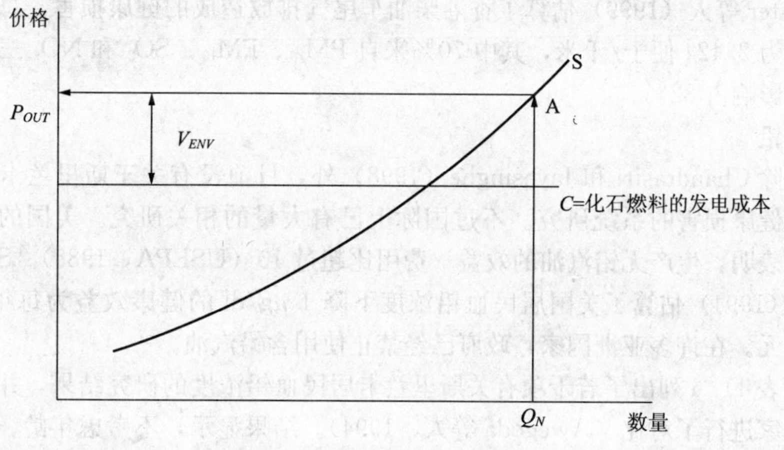

表 11-5 损害价值评估比较（美元/吨）

基准	源	科伦坡 2000 年
颗粒物		
六城市的研究，最低值（a）	PM_{10}	17,790
	TSP	14,232
ADB 成果转移法	表 11-1	258-478
RDA，CKE 环境评估	见上文	8,500
LIFE	表 11-1	483
莫勒图沃大学的研究		262
SO_2		
六城市的研究，最低值	见上文	2,924
ADB 成果转移法	表 11-1	53-106
LIFE	表 11-1	825
莫勒图沃大学的研究		447
NO_x		
六城市的研究，最低值	见上文	700
ADB 成果转移法	表 11-1	506-697
LIFE	表 11-1	334
莫勒图沃大学的研究		180

注：（a）六城市的研究给出了 PM_{10} 的健康损害价值，其他的研究只计算了总颗粒物（TSP）。对于 PM_{10}/TSP 的比值，六城市的研究取 0.55，但是实际上柴油车尾气中的 PM_{10}/TSP 值为 0.8，汽油车尾气为 0.9。典型的电力行业高架点源中 PM_{10}/TSP 值为 0.6 左右。

如果只考虑 PM_{10}，SO_2 和 NO_x 三种污染物，总健康损害将会被低估。Glaister 等人（1999）估算了香港柴油车尾气排放造成的健康损害，总损害价值为 2.424 便士/千米，其中 70%来自 PM_{10}、PM_{10}、SO_2 和 NO_x 三者总共的影响占 82%。

铅

除 Chandrasiri 和 Jayasinghe（1998）外，目前没有关于斯里兰卡国内铅的健康损害的系统研究。不过国际上已有大量的相关研究。美国的一项研究表明，生产无铅汽油的效益—费用比超过 10（USEPA，1985）。Schwartz（1994）估算了美国居民血铅浓度下降 1 μg/dl 的健康效益为每年 189 亿美元。在许多亚洲国家，政府已经禁止使用含铅汽油。

表 11-6 列出了若干项有关斯里兰卡居民血铅浓度的研究结果，并和其他国家进行了对比（Awegoda 等人，1994）。结果显示，不考虑年龄、采样时间的影响，大部分高浓度暴露人群的血铅浓度要高于控制组的人群；斯里兰卡普通人群的血铅浓度水平要低于其他亚洲大城市的一半。

对于斯里兰卡，我们利用人口数据和 PPP 值来调整人均 GNP 得到估算结果。计算结果显示血铅浓度降低 1μg/dl 可为斯里兰卡带来 190 亿卢比的经济效益（按 2000 年的物价水平计算）或 1.5%的 GDP。假设 2000 年斯里兰卡全国年消耗汽油 2.77 亿升，则每升汽油无铅化的收益为 68.7 卢比。即使将此结果除以 10 的调整因子，汽油无铅化的实际效益仍在 7 卢比/升左右。

表 11-6　　平均血铅浓度水平

斯里兰卡（科伦坡）	平均值，μg/dl
在校儿童（4-5 岁）	5
摩托车驾驶员	12
街区小贩	13
三轮机动车驾驶员	15
交通经常	53
成人控制组	9
其他城市居民	
曼谷	40
马尼拉	20
雅加达	15

资料来源：国际数据—— Lovei（1998）；斯里兰卡数据——Awegoda 等人（1994）。

11.3　交通拥堵——经济与环境的可持续化

交通拥堵（尤其是在发展中国家快速发展的大城市）将会带来大量的经济和环境成本。传统的解决拥堵方法难以发挥作用，尤其供给侧的政策——如道路扩展。这些政策只能在短期内缓解交通拥堵，同时还受到财政、城市空间、环境等方面的约束。从长期来看，收费等需求侧政策是一个相对较好的选择。新加坡的道路收费政策便是一个成功的案例，目前该城市已经成为亚洲为数不多的、没有道路拥堵的大型城市之一。

科伦坡市的交通主要集中于七条连接中心商业区的辐射状道路。图 11-3 显示了 A3 路段一天 24 小时的典型路况特征，可以看出这些主要道路有着明显的高峰时段。研究表明，某段道路增加的车辆导致原有车辆的速度下降，由于所有车辆的速度同时下降，所以增加的车辆和该道路上原先行驶的车辆的成本都会增加（Jayaweera，1999）。一般研究将平均车速低于 30 千米/小时的情况定义为“拥堵”。一项对科伦坡市交通的研究估算出该市每年由于交通拥堵造成的成本为 110 亿卢比，相当于 1996 年 GDP 的 1.5%。政策改革的缺失导致这一数值可能继续增加。目前 GCMR 路段的平均车速已经下降到 22 千米/小时，其中心区车速约为 10-15 千米/小时，非中心区的车速约为 45 千米/小时。

由于燃料使用效率随着车速下降呈现非线性下降（尤其是公交车和卡

车)，大幅度下降的车速也导致了空气污染物排放的显著增加。图 11-4 为 2001 年科伦坡至拉特纳普勒路段的交通数据。

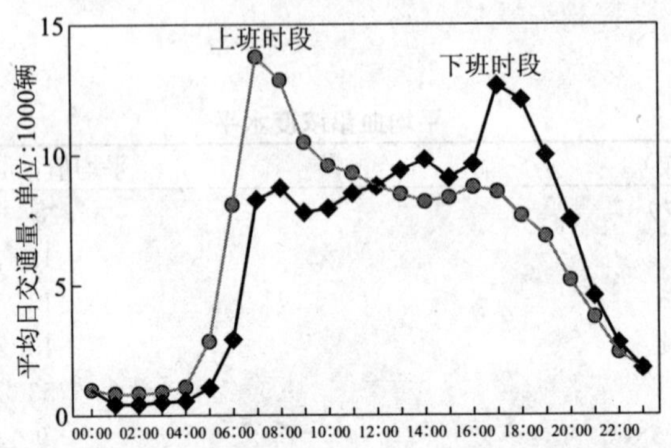

图 11-3　A3 路段（匹里雅各达至普塔勒姆）日平均交通量 24 小时变化

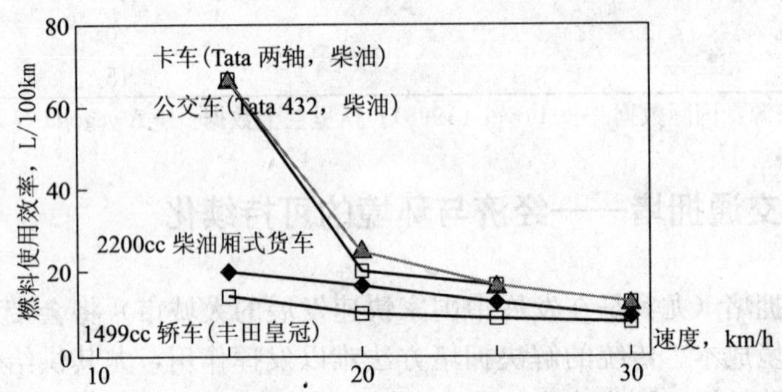

图 11-4　若干种典型机动车的燃料使用效率

Jayaweera（1999）用边际社会成本和边际个人成本的差值来估算科伦坡市最优的拥堵收费水平。我们用此项微观经济学的研究结果推算得到整个经济影响，并估算相关的环境效益。

11.3.1　价格弹性

在接下来的章节中，我们将研究拥堵收费对道路使用者决策的影响(第 14 章)。首先，消费者选购何种机动车（如是柴油车还是汽油车）取决于销售价格和使用费用预期（主要是燃料价格)。之后，机动车拥有者的使用行为主要取决于燃料价格。税收费率水平和全球油价、汽车到岸价格一样影响着以上决策过程。不同种类机动车征收的进口关税和消费税不同，同时还有附加税收减免和特许条款（Chandrasiri，1999)。

斯里兰卡没有车辆制造业（但是有少量机动车是在国内组装的)，购车需求的满足基本依赖进口，而且进口的车辆中只有 25%是新车，大部分都是使用了两三年后翻新的日产车辆。图 11-5 显示了四种主要轿车的平均名义价格（根据 1982 年的卢比价格调整），大多数情况下价格变动反应能反映出税率的变化。

表 11-7 比较了丰田同款汽油车和柴油车的税收（这两种车仅有发动机不同，均为使用三年后翻新的车辆）。柴油车的购买税看起来是汽油车的两倍，但是两者总购买成本中购买税比例是相当的。

表 11-8 列出了部分亚洲国家的交通燃料需求弹性。然而，许多有关斯里兰卡的研究只集中于 1970-1985 年间，而且没有很好地反映 1977 年经济自由化导致的道路交通的变化。

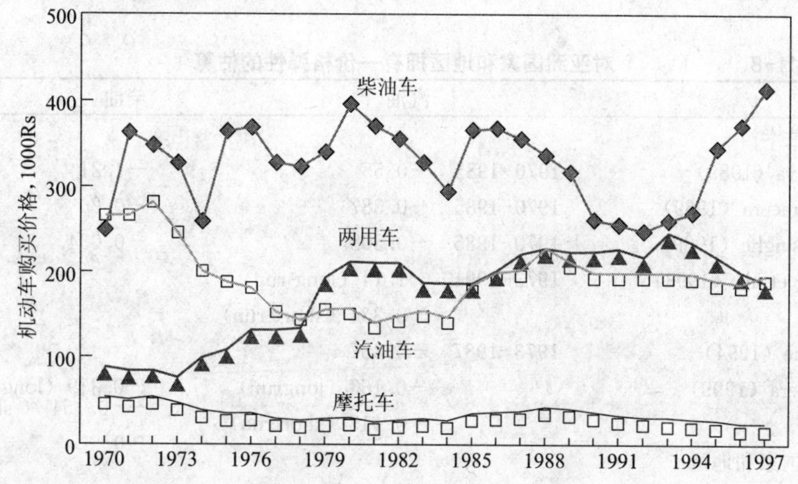

图 11-5 机动车价格，以 1982 年卢比价格为基准

资料来源：斯里兰卡关税、GDP 折算指数，中央银行。

表 11-7 柴油车和汽油车的购买价格比较

单位：卢比	汽油	柴油
购买成本		
到岸价格	1,800,000	2,200,000
进口税	267,000	534,000
保护征收费	108,489	217,000
国内商品税	254,400	508,800
商品服务税	198,721	397,400
印花税	21,380	42,800
总税收	850,092	1,700,000
总税收＋到岸价格	2,649,992	3,900,000
税收占总价格的比例	32%	44%

续表

单位：卢比	汽油	柴油
登记费	3,500	6,500
柴油税		10,000
奢侈品税（a）		50,000
年燃料成本		
千米/年	15,000	15,000
千米/升	10	10
升/年	1,500	1,500
价格/升	50	21.50
年燃料成本	75,000	32,250

注：（a）奢侈品税每年下降1万卢比，第六年减为0。
引用数据为2001年4月的税收和价格。

表 11-8　对亚洲国家和地区拥有—价格弹性的估算

		汽油	柴油
斯里兰卡			
de Silva（1989）	1970-1985	−0.55	−1.21
Samaraeera（1989）	1970-1985	−0.387	−0.26
Ranasinghe（1989）	1970-1985	−0.508	−0.034
Meier et al.（1993）	1973-1991	−1.14（long-run）	
		−0.334（short-run）	
McRae（1994）	1973-1987	−0.337	
Jayaeera（1999）		−0.163（longrun）	−0.339（longrun）
		−0.115（shortrun）	−0.154（short-run）
其他国家和地区			
菲律宾（McRae，1994）	1973-1987	−0.391	
泰国（McRae，1994）	1973-1987	−0.304	
马来西亚（McRae，1994）	1973-1987	−0.125	
韩国（McRae，1994）	1973-1987	−0.496	
韩国（McRae，1994）	1973-1997	−0.866（long-run） *	
		−0.385（short-run） *	
印度尼西亚（McRae，1994）	1973-1987	−0.197	
印度（McRae，1994）	1973-1987	−0.321	
中国台湾（McRae，1994）	1973-1987	+0.024	
中国台湾（Garbacz，1989）	1954-1985	−1.362（long-run）	
		−0.245（shortrun）	
中国台湾（Banaszak et al.，1999）	1973-1992	−0.519（long-run） *	
		−0.124（short-run） *	

注：1.（*）不区分汽油和柴油的需求（see text discussion）。
2. 所有有关斯里兰卡的研究中，因变量为每辆车的燃料消费量。

以上的研究存在几个问题。在有关汽油需求变化的研究中，如果考虑到车型比例的变化（主要是摩托车数量的增长），则单车汽油消费量等自变量将会变小，因为摩托车的单车耗油量远小于汽车。例如，McRae 在 1994 年的研究中便没有考虑摩托车和三轮车。有些研究中加入了一个表征人均机动车拥有量的变量，该变量的弹性系数为负数且弹性较大（人均机动车拥有量的增加会降低车辆的使用效率）（McRae，1994）。在有关斯里兰卡的研究中，只有 Meier 等人在 1997 年的研究中将摩托车占总机动车的比例作为一个变量，其弹性系数为－0.17。

对亚洲的研究中，最为严谨的研究是 Garbacz（1989）年所作的对台湾地区的研究。然而这一研究中也没有包括机动车的价格变量。该研究和 Meier 等人对斯里兰卡的研究得到的长期、短期的机动车价格弹性系数具有一致性（见表 11-8），并且符合 Dahl 与 Sterner（1991）年的研究中得到的发展中国家长期弹性系数为 1.05 的结论。

由于汽油和柴油的部分替代关系（partial substitutes），研究它们的交叉价格弹性具有重要意义。此时必须同时估计价格弹性系数和收入弹性系数，估计方法有两种：1）将汽油和柴油的消费量作为权数，结合汽油和柴油的价格加权得到总价格变量；2）同时估计两个方程。前一种方法见 Banaszak 等人（1999）对台湾地区和韩国的研究，后一种方法见 Chandrasiri（1999）年对斯里兰卡的研究。

然而，国际上普遍观点更倾向于运用“滞后内生模型”，Meier 等人（1997）和 Jayaweera（1999）的研究中曾使用该模型计算汽油需求量。

$$Q(g)_t = kQ(g)_{t-1}^{\lambda} Y_t^{\alpha} P(g)_t^{\beta} P(d)_t^{\mu} V_t^{\gamma} \tag{11.1}$$

此处 Q（g）t=t 时的汽油需求（销售额/车）

P（g）t=t 时的汽油价格

P（d）t=t 时的柴油价格

k=常数

Y=人均 GDP（固定价格时）

V=车型比例变量（如摩托车的比例）

l=滞后系数

a=收入弹性

b=短期拥有价格弹性

m=柴油的交叉价格弹性

其中，长期价格弹性的计算如下：

$$\beta^* = \frac{\beta}{(1-\lambda)} \tag{11.2}$$

在计算汽油需求量的方程式中，有关的车型比例变量是摩托车占总数的比例，而在计算柴油需求量的方程式中，有关的车型比例变量是轻型柴油车占总数的比例。表 11-9 的结果比较了对 1968-2000 年的时间序列使用 OLS 法和 SURE 法的估算结果。SURE 法同时估计多个方程，以避免各方程误差项之间相关性的影响（在不同燃料的需求方程之间，由于存在交叉价格弹性，不同方程的误差项之间可能存在相关性）。(Lutkepohl 1991)

表 11-9　SURE 和 OLS 估计结果的比较

变量	汽油		柴油	
	OLS	SURE	OLS	SURE
CNST	0.412	0.365	1.94	2.08
	(0.226)	(0.207)	(2.00)	(2.21)
汽油价格	**−0.151**	**−0.155**	0.045	0.039
	(1.82)	(1.90)	(0.833)	(0.740)
柴油价格	0.091	0.089	−0.070	−0.630
	(1.02)	(1.01)	(1.18)	(1.06)
税率	−0.059	−0.054	**−0.144**	**−0.156**
	(0.317)	(0.300)	(1.96)	(2.17)
滞后效应	**0.704**	**0.693**	**0.765**	**0.758**
	(6.38)	(6.35)	(7.46)	(7.62)
摩托车的比例	**−0.100**	**−0.099**		
	(2.18)	(2.18)		
重型机动车的比例			−0.151	−0.168
			(1.37)	(1.54)
R^2	0.962	0.962	0.979	0.979

注：粗体＝统计显著性，括号中的数值为 t 值

计算得到的滞后变量具有正确的符号和数量级，而且 SURE 和 OLS 两种方法得到的结果惊人地相似。计算结果显示车型比例变量（汽油需求方程式中的摩托车比例和柴油需求方程式中的重型机动车比例）显著，且正负号符合事实。柴油车拥有价格弹性不显著。将文献中提到的数值变动范围加入计算结果，得到的弹性系数如表 11-10 所示。

表 11-10　短期与长期的价格弹性系数

		汽油	柴油
拥有价格	短期	**−0.16**	−0.07
	长期	**−0.51**	**−0.29**
交叉价格		0.09	0.05

注：粗体＝统计显著性。

另外一种不同的计算方法是通过车辆的使用里程弹性系数，但是需要更多的基础数据。该方法测算了当不同类型的机动车总使用成本（包括燃

料、润滑剂、保养费用等）发生变化时，其行驶里程的相应变化。表 11-11 显示了 1988-2000 年数据的 OLS 回归结果（log 形式），并将用于下文有关拥挤收费的分析。

表 11-12 显示，公共交通工具拥有价格的弹性系数较低，其交叉价格弹性系数为负，表明不同的交通方式互为补给品而不是替代品（Dheerasinghe 和 Jayaweera，1997）。2000 年公共巴士票价上调之后，轨道交通的人均使用比例（指人均使用轨道交通的千米数占总交通出行千米数的比例）从 7%显著上升至 9%，但是 1974 年、1980 年和 1987 年的公共巴士票价上调却没有显著的作用。

表 11-11　车辆的使用里程弹性

机动车种类	弹性系数
轿车（柴油/汽油）	−0.349
轻型卡车（柴油）	−0.230
中型卡车（柴油）	−0.443
重型卡车（柴油）	−0.260
中型公交车（柴油）	−0.150
大型公交车（柴油）	−0.130
摩托车（汽油）	−0.462

资料来源：D. Jayaweera 估计。

表 11-12　价格弹性系数估计

公交巴士	−0.08
私人巴士	−0.07
轨道	−0.04

资料来源：Dheerasinghe 和 Jayaweera（1997）。

11.3.2　理论模型

图 11-7 描述了车辆行驶速度、交通成本和交通流量之间的基本关系。在图 A 中，起点为低交通流量 V_1 和空道路，车辆行驶速度为 S_1。随着新的车辆加入交通流，车辆行驶速度下降，并在交通流量的最大点 V_{max} 处达到最大速度 S_{max}。在该点之上，新增的车辆将会导致交通流量的下降，并逐步接近零流量和零速度 S_0。

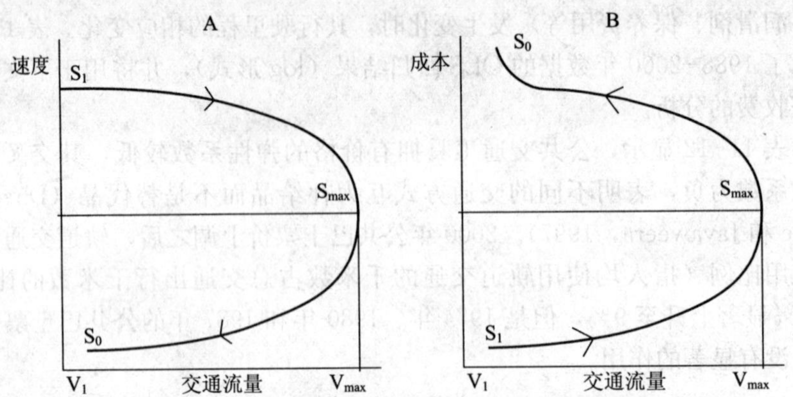

图 11-6 车辆行驶速度、交通成本和交通流量

图 B 显示了驾车者的平均私人成本曲线（APC）。此处使用“平均私人成本”的概念是为了强调个人成本和社会成本的差异。随着车辆行驶速度的下降，驾车者的私人成本上升（因为每次出行的时间以及时间的成本上升，同时燃料使用效率下降）。在 V_{max} 基础上更多的机动车进入道路，成本继续增长（趋向无穷大）。我们可以忽略曲线上面向后倾斜的部分，因为最优选择一定会出现在成本较低的部分。

由于边际使用者在对特定时间的特定出行进行决策时，只考虑私人成本而忽略了由此带来的其他人的成本增加，因此就出现了交通拥堵。在图 11-7 中，对于某些给定的交通量 V_0（如道路容量），私人成本（粗略估计）为常数 P_0。

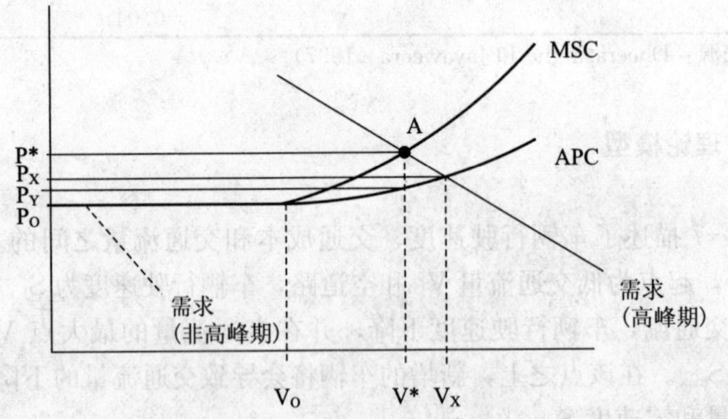

图 11-7 最优价格和交通量

在 V_0 上交通量的增加，车辆行驶速度下降同时个体的私人成本上升（因为相同距离的行驶时间增加，燃料效率会随着行驶速度的下降而下降，从而导致了燃料成本的增加）。于是在点 V_0 之下，个人成本（APC）曲线向上倾斜，与需求曲线在点 A 相交（V_x，P_x）。

在 V_0 点之上，由于边际使用者带来的车速下降具有外部性，道路上所有行驶车辆的速度下降，使用者的成本增加。因此边际社会成本（MSC）曲线比边际个人成本曲线（APC）更高。所以社会的最优交通流量为 V＊，P＊处，即需求曲线和边际社会成本曲线相交处。福利理论中讨论的庇古税（3.2.2 节）运用于此处即为 $\Delta = P* - P_Y$，在该点处私人使用者的总成本（个人成本加税收）正好和社会成本相等（即等于需求曲线表示的社会边际收益）。非高峰期的需求曲线在高峰期需求曲线的左边，此时的最优拥堵收费很低甚至为零（如在深夜时）。

11.3.3 估计时间成本

时间的节约是交通拥堵减少带来的最大经济收益。人们愿意为避免时间延误而支付的金额，取决于他们的个人时间机会成本。由于无法获得斯里兰卡道路使用者的具体收入数据，此处使用平均工资进行计算。对普通职工而言，交通机会成本可以等同为工资收入。对公交车驾驶员而言，道路拥挤和通勤时间的延长意味着休闲时间的减少（或睡眠）。由于休闲时间的价值没有直接的计算方法，我们可以假设其与收入相关（Munasinghe，1980）。表 11-13 列出了道路使用者的平均月收入，可以在一定程度上反映其时间机会成本的大小。

表 11-13　　驾驶者与乘客的平均月收入

	比/月
轿车乘客	21,000
面包车乘客	16,500
公交车乘客	3,800
轿车驾驶员	4,700
面包车驾驶员	5,040
公交车驾驶员	10,080
卡车驾驶员	11,280

资料来源：莫勒图沃大学，Origin-Destination 调查，1998 年 5 月。

接下来，我们将轿车乘客的时间价值作为外生变量，并根据表 11-13 中的工资水平，同比例计算其他使用者的时间价值。如果乘客的工资水平提高 5%（参考真实 GDP 增长速度），则 2001 年轿车乘客的时间价值为 24,310 卢比/月，或 138 卢比/小时（每月 22 个工作日，每个工作日 8 小时工作时间）。需要注意的是，时间价值也与出行目的有关。据调查，高峰时间的道路使用者的出行目的中，通勤、教育和商业分别占 43%、21%

和16%。

Jayaweera（1999）估计的时间价值则相对较低（见表11-14）。轿车乘客的时间价值仅为26.5卢比/小时（调整为2000年的价格则为30卢比/小时），而高速公路/A30通道使用者的时间价值则较高（138卢比/小时），因为高速公路和普通城市道路相比，所承担的高价值商业出行的比例较高。然而，在11.3.5节中，我们将使用Jayaweera的研究中另一些价值估计相对保守的图表。根据Jayaweera 1999年的研究，运货车辆的平均时间价值为150卢比/小时（已加上驾驶者的时间价值）。

表11-14　　时间价值

	时间价值卢比/小时	与轿车乘客的价值比	根据工资计算的价值比
轿车乘客	26.5	1.00	1.00
厢式货车乘客	21.4	0.81	0.79
公共汽车乘客	8.8	0.33	0.18
轿车驾驶者	16.8	0.63	0.22
Van driver	13.0	0.49	0.24
Bus driver	16.4	0.62	0.48
Truck driver	19.3	0.73	0.54

资料来源：Jayaweera（1999），表5-8和表5-2。

11.3.4　拥堵收费的影响

表11-15列出了Jayaweera提出的阶梯式收费方案和科伦坡市议会提出的统一收费方案。前一方案中列出了不同种类机动车所造成的不同的外部成本，可作为本文的参考案例。使用者对于收费的反应可能会与之前估计的使用者对机动车驾驶成本变化的反应不一致。

表11-15　　收费方案（每日收费额度）

	Jayaeera的研究	科伦坡市政
轿车	25	8
轻型卡车	20	8
中型卡车	20	8
重型卡车	40	8
中型公交巴士	0	
轻型公交巴士	0	
摩托车	10	8

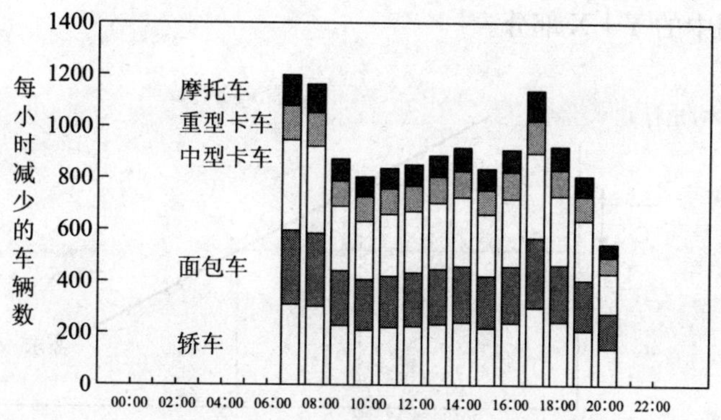

图 11-8　一天中由于拥堵收费引起的变化（A3，出境）

图 11-8 预测了由于拥堵收费引起的道路行驶速度变化（基于表 11-11 的弹性系数）。Meier 和 Munasinghe（2003b）给出了一个关于机动车速度和交通量（决定于收费和价格弹性系数）的具体模型，根据该模型计算得到的交通变化情况如图 11-9 所示。一处很小的修正没有显示在该图中——一次公交车出行将减少 40 次摩托车或者轿车出行，不过影响不大。

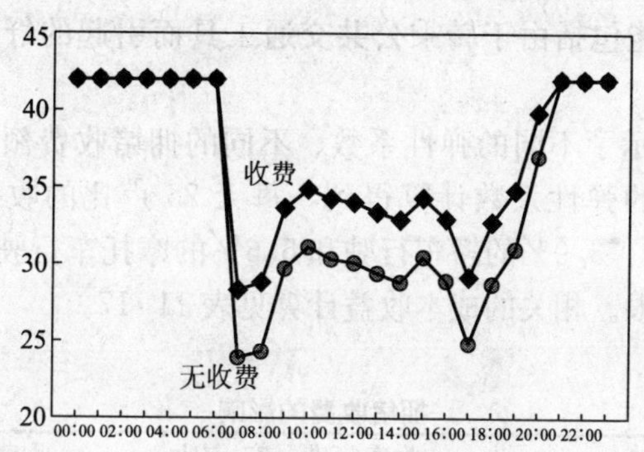

图 11-9　一天中各个时段的平均行驶速度（里/小时）（基于拥堵收费，A3）

11.3.5　经济分析

下面将进行简单的成本效益计算，包括由于收费引起的福利损失。乘客（包括轿车、面包车、摩托车）对收费可能的反应包括：1）不改变出行时间，支付拥堵费；2）放弃出行；3）改乘公共交通工具（公共汽车）；4）在早上 7 点之前进入城区，晚上 8 点之后离开城区，以避免交纳拥堵费——考虑到拥堵收费针对的是城区内行驶的车辆，因此本模型中不考虑此类反应。

图 11-10 显示的是由于拥堵收费导致出行次数减少引起的消费者剩余

减少——图中的 Y+X 部分。

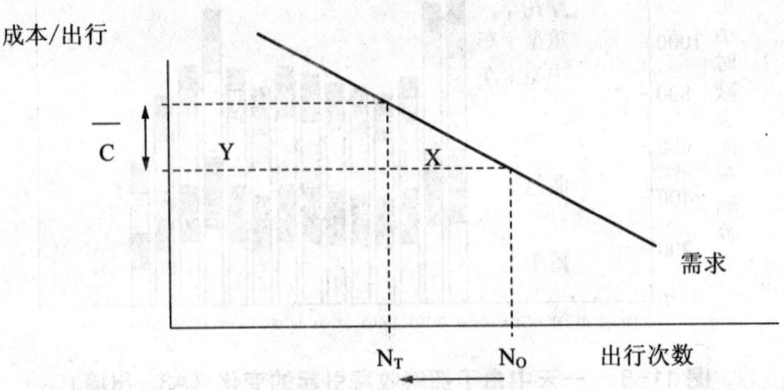

图 11-10 福利损失

$$X=\frac{\tau[N_0-N_T]}{2}$$

$$Y=\tau N_T$$

其中，τ 为每天收费额度，N_0 和 N_T 分别为收费之前和收费之后的出行次数，Y 为政府得到的总收入，X 为无谓损失。以上仅仅是近似结果，因为消费者损失还可能包括由于转乘公共交通工具而引起的舒适程度下降和效用损失。

表 11-16 显示了不同的弹性系数、不同的拥堵收费额度下的环境质量变化。根据较低的弹性系数计算得到，每天 25 卢比的收费水平仅能降低 2.2％的总交通量、3.9％的轿车行驶和 5.6％的摩托车行驶。由此减少的空气污染也十分有限。相关的成本收益计算见表 11-17。

表 11-16 拥堵收费的影响

		收费额度：75 卢比		收费额度：25 卢比	
		低弹性系数	高弹性系数	低弹性系数	高弹性系数
轿车	(％)	−10.1	−19.1	−3.9	−7.7
轻型卡车	(％)	−7.9	−15.0	−3.1	−6.1
中型卡车	(％)	−9.7	−18.3	−3.7	−7.2
中型卡车	(％)	−9.7	−18.3	−3.9	−7.6
中型巴士	(％)	0.3	0.5	0.1	0.2
大型巴士	(％)	0.6	1.0	0.3	0.5
摩托车	(％)	−14.0	−25.7	−5.6	−10.8
总计	(％)	−5.7	−10.7	−2.2	−4.3
环境（排放减少）					
温室气体（终生）	1,000 吨	17.0	33.0	6.4	12.8
2010 年减少量					
PM-10	(吨)	1	2	0	1
SO_2	(吨)	7	13	3	5
NO_x	(吨)	39	75	15	29

注：低弹性系数＝表 11-11 中数据；高弹性系数＝2 倍机动车驾驶成本

表 11-17　　2010 年实行 Jayaweera 拥堵收费的影响

	道路使用者							环境		
	低收入（公共汽车）	中收入（摩托车）	高收入（轿车）	载货车（卡车）	政府	其他	总计	局地	全球	总计
	[1]	[2]	[3]	[4]	[5]	[6]	[7]	[8]	[9]	[10]
时间节省	578	21	489	354			1,442			1,442
拥堵收费支出	0	−99	−1,280 0	−593	1972		0			0
汽油燃料税		0	8		−8		0			0
柴油燃料税	5		1	2	−9		0			0
柴油节省	87			47			134			134
汽油节省		0	19				20			20
无谓损失	0	−7	−56	−27			−90			−90
管理成本					−30		−30			−30
委托代理佣金					−197	197	−197			−197
环境										
PM_{10}							0	2		2
SO_2							0	2		2
NO_x							0	3		3
温室气体							0		1	1
总计	671	−85	−819	−217	1,728	197	1,278	7	1	1,286

根据表 11-17 可知，拥堵收费的较大获益者为乘坐公共汽车的低收入人群，因为乘坐人数众多所以总的时间节约和经济收益均较大。如果不包括无谓损失（由于换乘相对不方便的交通方式而引起的消费者剩余的损失），乘坐轿车出行的乘客福利状况保持不变，因为他们节约下来的时间和燃料与他们支付的拥堵费基本持平。如果计算无谓损失，则轿车使用者的净收益为负。对于卡车使用者而言，他们的净收益总是为正，所以没有理由因拥堵收费而上调货物价格。图 11-11 显示了 20 年内总收益的净现值（贴现率为 10%）。由此可见，道路拥堵收费的经济效益为正。尽管环境收益占总经济收益的比例不到 1%，拥堵收费仍然是一项双赢的措施。

图 11-12 对不同收费额度的净经济收益做了敏感性分析（基于 2001 年针对乘用车的收费）。结果显示最优的收费额度为 35 卢比/天，高于 Jayaweera 基于微观理论计算的结果 25 卢比；由于公共汽车无须支付拥堵收费，为保持总收益不变对其他车辆的收费自然要相对增加。因此，该宏观模型得到的结果与基于微观理论的计算结果并不矛盾。

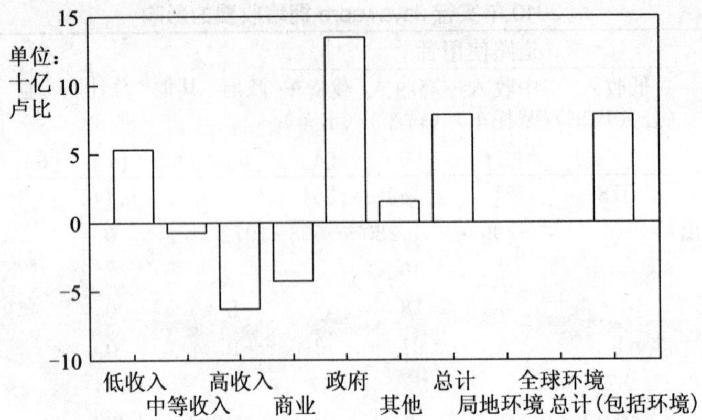

图 11-11 拥堵收费下各类人群的净收益（20 年净现值）

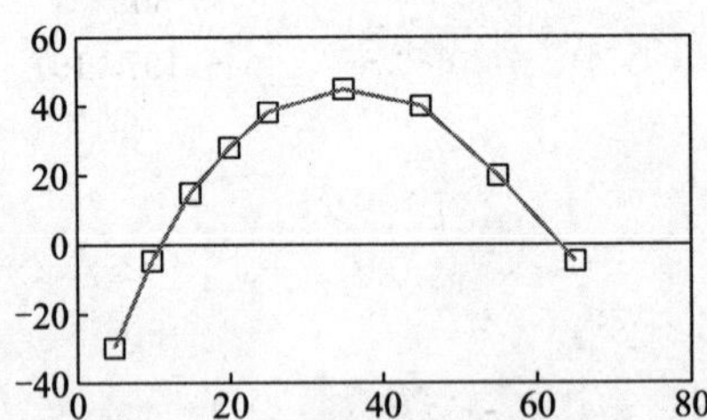

图 11-12 不同收费额度（卢比/天/人/车）下收益的净现值（10 亿卢比）

11.4 其他减少拥堵的措施

Meier 和 Munasinghe（2003b）总结了在科伦坡地区实行的其他减少交通拥堵的措施，包括：1）新建从科伦坡市中心到卡图那亚凯机场的高速公路；2）铁路电气化；3）增加学校班车；4）新建集装箱码头，以减少北面主干线和科伦坡港口的拥堵。下面将针对每一项措施运用 11.3 节中的方法进行分析。

11.4.1 卡图那亚凯机场高速公路

目前通往机场的 A3 公路是斯里兰卡全国交通流量最大的道路，该公路在科伦坡市附近的路段日均总车流量达 20 万辆（大约占全国总机动车行驶里程的 1%）。关于“是否建设一条连接科伦坡商业区和卡图那亚凯机场的高速公路（25 千米长、四车道）”的讨论已经持续了近二十年。由于各种延误和出于环境考虑的反对意见（Road Development Authority，1997，Sivagnasothy 和 McCauley，2000），该公路直到 2000 年才开始动工，而此时的建设成本已经从 1995 年的 50 亿卢比上升到 130 亿卢比。同时 A3 公路上因交通拥堵造成的空气污染也更加严重。对该工程的分析将会给其他规划中的高速路建设提供参考，例如，连接科伦坡和南海岸的马特勒的南部高速路和连接科伦坡和卡图那亚凯机场的外环高速路。

理论分析

以下模型将计算新建道路的经济收益和消费者剩余（此处消费者包括新建道路使用者和原有道路使用者）。图 11-13 中的 D_{T1} 为需求曲线。工程建设之前，A3 公路使用者的成本为 P_{A3}，交通量为 Q_{A3}（需求曲线 D_{T1} 与边际成本曲线 MC_{A3} 的相交点）。

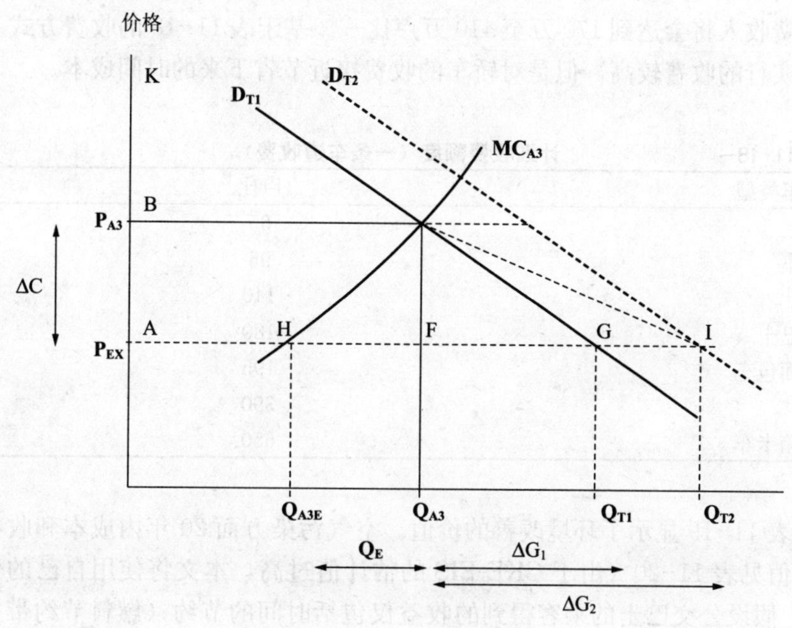

图 11-13 消费者剩余变化

工程建成之后，部分车辆（Q_E）将选择新建的高速公路，原有道路上剩余车辆数为 Q_{A3E}。由于燃料和时间的节约 $\Delta C = P_{A3} - P_{EX}$，道路使用者的成本下降至 P_{EX}。然而，由于使用成本的下降，交通需求量将从 Q_{A3} 上升至 Q_{T1}，增加量 ΔG_1（其数量是需求弹性系数的一个方程，即 D_{T1} 的斜率）。该工程的收益即为消费者剩余的增加，即从区域 KBE 增加到 KBAHFGE 面积的变化（假设需求曲线为线性）。

可得：$\Delta B_1 = KBAHFGE - KBE = ABEF + EFG$

$$= \Delta C.\ Q_{A3} + 0.5\Delta C.\ \Delta G_1 \qquad (11.3)$$

此时，需求曲线会向外平移至 D_{T2}（见图 11-13），和价格 P_{EX} 相交于点 I，使得交通量增加至 Q_{T2}，消费者剩余由 KBE 增加至 KBAHFGIE。

$$\Delta B_2 = KBAHFGIE - KBE = ABEF + EFGI \qquad (11.4)$$

$=\Delta C.\ Q_{A3}+0.5\Delta C.\ \Delta G_2$

然而，由于道路交通量的增加，拥堵情况将会更加严重，尤其是在高速公路到其他道路的出入口。这部分外部性 $\Delta C*$ 将会减少工程的净收益。本研究中假设该部分外部性刚好抵消由于高速公路建成引起的需求曲线的移动（即 $\Delta C*=\Delta B_2-\Delta B_1$），所以工程净收益为 ΔB_1（见 11.4 式）。

结果

许多学者曾对该公路的交通情况进行预测（Kumarage 等人，2000；莫勒图沃大学，2000）。结果显示，到 2025 年该高速公路的日车辆行驶里程将会达到 325,000 至 747,000 千米，A3 公路为 836,500 至 1,708,000 千米，日收费收入将会达到 170 万至 410 万卢比——基于表 11-18 的收费方式。对卡车实行的收费较高，但是对轿车的收费接近节省下来的时间成本。

表 11-18　计划收费额度（一条车道收费）

机动车类型	卢比
轿车	65
面包车	95
巴士	140
大型巴士	180
运货面包车	195
卡车	390
集装箱卡车	650

表 11-19 显示了环境改善的价值。空气污染方面 20 年内成本和收益的净现值见表 11-20（由于 CKE-EIS 的估计值过高，本文将使用自己的估计值）。假设公交巴士的乘客得到的收益仅包括时间的节约（燃料节约带来的收益将归于公交巴士拥有者，并用于抵消拥堵费的支出）。虽然摩托车不允许上高速公路，但是乘摩托车者仍将因 A3 公路的交通拥堵缓解而节约时间和燃料。巴士、面包车、卡车驾驶者时间的节约将归于这些机动车的拥有者。准确地说，空气污染排放收益将高于其他费用支出，将环境收益考虑在内会使得一项好的工程锦上添花。

表 11-19　局地环境影响价值评估的净现值，单位：百万卢比

	Sigvagnasothy 和 McCauley 的研究（1991 年价格水平）	CKE-EIS 的研究（1995 年价格水平）	本研究（截至 2000 年）(a)
1. 农业土地转变（b）	−42		−84
2. 噪声和空气污染（c）	−41		−82
3. 噪声污染（d）		−29	−40
4. 空气污染		1,377	见本文

续表

	Sigvagnasothy 和 McCauley 的研究（1991 年价格水平）	CKE-EIS 的研究（1995 年价格水平）	本研究（截至 2000 年）(a)
5. 生物多样性和泄湖区的减少		−83	−118
6. 水质污染和渔业减产	−8		−16
7. 交通事故减少（e）		112	159
8. 非农业土地转变	−660		−1,331
9. 建筑破坏	−598		−1,206
10. 洪水增加		−70	−99

注：负数为成本，正数为收益。

(a) 根据中央银行年度报告中的 GDP 折算指数；(b) 农业减产的机会成本；(c) 资产价值的估计变化；(d) 假设由于噪声造成的资产价值损失为 10%。

表 11-20　机场高速路：成本和收益分布

（根据 2000 年价格的净现值，单位：百万卢比）

		道路使用者				政府	CPC	总计	环境		总计
	道路发展管委会（RDA）	载货车（卡车）	低收入（公共汽车）	中等收入（摩托车）	高收入（轿车）				局地	全球	
	[1]	[2]	[3]	[4]	[5]	[6]	[7]	[8]	[9]	[10]	[11]
收费	2,922	−2922			−841			−841			−841
建造费用	−10,372							−10,372			−10,372
时间节约	−1,140							−1,140			−1,140
运行维护成本		14,505	4,065	1,371	3,051			22,992			22,992
柴油燃料税						−419	419	0			0
汽油燃料税						−359	359	0			0
柴油支出节省		1,681					−1,681	0			0
汽油支出节省		0		88	536		−624	0			0
燃料进口							1,472	1,472			1,472
港口调整							55	55			55
交通事故			115					115			115
环境											
非空气质量影响									−375		−375
空气质量影响											
PM-10								0	147		147
SOx								0	253		253
NO_x								0	290		290
碳排放								0		574	574
总计	−8,589	13,264	4,180	1,460	2,746	−778	0	12,281	333	574	13,188

正如预期的一样，货运收入的增加是该工程收益中最大的部分。低收入的道路使用者（包括公交巴士乘客和由于交通事故导致死亡或重伤的步行者）比轿车乘客的收益更高。收费收入（即使收费额度为 50 卢比）将会高于道路发展管委会（RDA）的运行维护成本，但仍然存在一个明显的政

府财政赤字缺口。

11.4.2 铁路电气化

科伦坡政府已经花了几十年的时间来研究郊区铁路电气化的问题，包括可能的私人投资部门。科伦坡城堡和维雅各达（音译）之间计划实现电气化的铁路是铁路主干线中的一段。铁路电气化的收益包括以下几方面：

1）原先乘坐普通内燃机火车（DMU）的乘客节约的出行时间，因为电机车（EMU）的行驶速度更快，而且运行效率更高。将总时间节约（DMU 总乘坐时间减去 EMU 总乘坐时间）乘以每小时 10.83 卢比价值（Kumarage，1999）将得到时间节约的总收益。如果人均收入增加，这一估计价值也将随之增加。

2）原先乘坐公共巴士的乘客也能节约出行时间。将总时间节约（公交巴士总乘坐时间减去 EMU 总乘坐时间）乘以每小时的价值能得到这部分总收益。

3）乘客由公交巴士转而乘坐电机车，公交巴士的运行成本将会降低。因为乘坐需求的降低，拥堵道路上的公共巴士数量也将下降。这些巴士的运行成本为 18.80 卢比/千米，假定每辆巴士的载客人数为 50 人（巴士交通政策，1999）。

4）由于公交巴士的减少而减少的空气污染排放损害。

5）电气化带来的空气污染减少。假设因电气化而增加的电力供应来自石油或者煤炭燃烧，并粗略认为其数量与目前使用 DMU 所需的化石燃料相当。由于 DMU 的尾气排放集中于道路两侧的高人口密度地区，而电力供应的污染排放是偏远地区的高架源，因此可以认为环境效益上升。几种代表性污染物的地面和高空污染健康损害比如下：PM_{10} 为 3,114/42，SO_2 为 487/6，NO_x 为 123/2（Lvovsky 等人，2000）。我们将这些比率应用在 DMU 年排放 460 万升燃料的尾气排放。

6）因减少公交巴士而减少了交通事故损失。公路交通事故损失大约为 0.08 卢比/人/千米（Kumarage，1999），铁路为 0.04 卢比/人/千米。

图 11-14 显示，铁路电气化不是经济的选择，其经济损失净现值为 30 亿卢比左右。尽管铁路电气化所带来的道路拥堵减少和车辆运行成本减少具有明显的效益，但是这部分效益不足以抵消投资铁路电气化所需要的大量资金。环境效益为正但是数值很小，即使将其考虑在内同样不足以抵消巨大的经济损失。

计算该项目在 30 年的效益净现值，考虑和不考虑环境效益下的贴现率分别为 4%和 3.5%，则效益的净现值将从正数转变为负数。结果远远低于投资的机会成本（6%-10%）。

本文的分析和目前的一些研究结果一致，这些研究也认为北部通勤线路电气化不是经济的选择。本文还进一步说明了环境效益是十分有限的。总而言之，作为一项减少局地空气污染的措施，铁路电气化的成本过于昂贵。

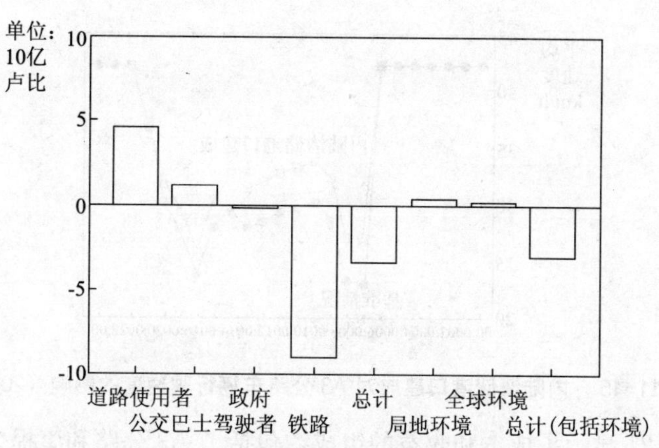

图 11-14　铁路电气化的收益者和损失者

11.4.3　干式集装箱港口

科伦坡港是一个重要的经济枢纽，转船运输业利润很高。然而由于主要港口空间的限制阻碍了大规模扩张。所以港口的有效运作至关重要。科伦坡港正在与其他印度洋港口竞争成为集装箱经营者及国际资本运作中心。地处南亚地区的最南端，科伦坡港具有发展转船运输业的得天独厚的优势，这也是政府将大力开发的重点。

目前国内的集装箱占用了科伦坡港大量的资源，严重妨碍了具有更高经济收益的转船运输业。而随着国内集装箱业的发展，这一情况将会更加恶化。为了减少装卸时间和腾出更多的港口容量，当地正计划筹建一处内陆清储港口（PICD）。

另一方面，科伦坡市内的交通问题也加剧了港口的拥堵。由于国内的集装箱业不断发展，越来越多的铰接式卡车将集装箱运达至私人内陆仓库，这些仓库许多位于科伦坡北部 A3 公路附近，导致道路拥堵不断加剧（见图 11-3）。重型货车（主要是运输集装箱的车辆）仅占机动车数量的 5%，但是却占据了道路容量的 8%。

港口运作全面的成本收益分析超出了本文的研究范围，此处 PICD 建成之后的收益仅包括以下几项：（1）转船运输业吞吐量的增加；（2）延缓新港口或者港口扩容的建设；（3）私人业主减少了在港口等待的时间成本。

我们可以运用之前评价拥堵收费定价的模型来估算 A3 公路上因拥堵减少带来的收益（集装箱运输转移至铁路），以及环境改善的效益（因平均行驶速度提高而带来集装箱卡车等机动车尾气排放的减少）。减少的交通量将使得 A3 公路高峰期平均车速提高 3-4 千米/小时（见图 11-15）。

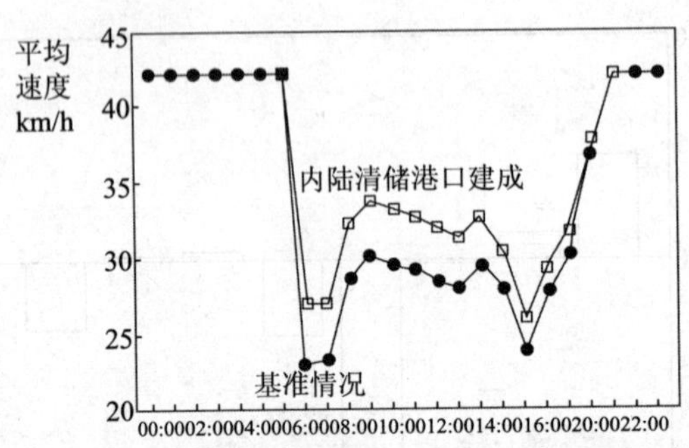

图 11-15　内陆清储港口建成对 A3 公路车辆行驶速度的影响（2001）

表 11-21 显示了成本和收益的组成，包括了 A3 公路和康提公路（两条重型卡车行驶的主要道路，从科伦坡城向外辐射，长度分别为 12 千米和 6 千米）。该分析假设内陆清储港口建成之后，A3 公路上的重型卡车将减少 75%，而康提公路将减少 50%，轨道货运的停留时间将减少 50%。铁路和港口引起的内陆清储港口成本将由集装箱业经营者来支付。

表 11-21　内陆清储港口的成本和收益

	道路使用者								环境		
	低收入（巴士）	中等收入（摩托车）	高收入（轿车）	载货车（卡车）	集装箱业经营者	政府	铁路部门＋港口	总计	局地	全球	总计
时间节省	5,927	18	927	647	2,639			10,157			10,157
收费	0	0	0	0		0		0			0
汽油燃料税		1	26			−27		0			0
柴油燃料税	44		4			−48		0			0
柴油节省	765			273	63			1,101			1,101
汽油节省		1	85					86			86
无谓损失	0	0	0	0				0			0
机动车运行成本节约					2,957			2,957			2,957
港口和管理部门收费					−6,579		6,579	0			0
其他效率节约					919			919			919
资本成本							−1,712	−1,712			−1,712
运行维护成本							−4,866	−4,866			−4,866
环境											
PM-10								0	7		7
SO_2								0	11		11
NO_x								0	13		13
温室气体排放								0		12	12
总计	6,736	19	1,042	920	0	−75	0	8,642	31	12	8,685

定义"其他效率节约"（使该工程项目可行的集装箱业经营者新收益最低水平）的目的是使得工程外部收益率和投资的机会成本相等。此时，经济净收益和道路使用者及环境的外部性影响减少相等。最主要的获益者为公交巴士的乘坐者。

11.4.4 恢复学校班车

20 世纪 80 年代早期之前，科伦坡市实行学校班车制度，该项制度由斯里兰卡国有运输委员会负责运作，并拥有稳定的赞助来源。然而，由于国有公交行业的削减，学校班车制度转而由私人面包车主负责，并需要每月支付一定的乘车费。在 2001 年，科伦坡仅有 50-60 辆学校巴士，而有 2,167 辆面包车（1996 年为 1,619 辆，年均增长率为 5%）。每辆面包车可以容纳 16 名学生。

大量学校面包车加剧了交通拥堵，调查显示，接近半数乘坐面包车学生愿意转而乘坐更为可靠的学校巴士。一辆巴士可以容纳 80 名学生，相当于 5 辆面包车，可以节约至少 50%的道路空间。一项 1996 年的调查显示，学校面包车的价格为 570 卢比/月/学生，略低于政府面包车班车的收费（650 卢比/月）。表 11-22 显示了这项政策的收益和成本的 20 年净现值。环境收益大约占总经济收益的 7%。

表 11-22　收益和成本净现值，100 万卢比

	道路使用者	学生	政府	总计	局地环境	全球环境	总计
机动车驾驶成本节约	736			736			736
时间节约	512	X		512			512
燃料税	30		−30	0			0
收费	X	X	X	0			0
环境							
PM-10				0	13		13
NO_x				0	25		25
SO_2				0	24		24
温室气体				0		33	33
总计	1,277		−30	1,247	61	33	1,342

注：正数为收益，负数为成本；x 表示不确定，燃料节约包括在机动车驾驶成本节约内。

该政策的收益分配并不清楚。很难解释车辆运行成本的节约是如何在巴士驾驶者、学生和政府之间分配的。另一项难以定量的效益是学生们的时间节约。即使购买新巴士需要 8.6 亿卢比（被替换掉的面包车价值视为零），该措施的净收益仍有 4.82 亿卢比。综上所述，恢复学校巴士班车是一项双赢的举措，因此很受欢迎。

11.5 斯里兰卡的可持续交通政策

11.5.1 燃料税和机动车税

交通运输可持续发展重点考虑的政策是燃料税和机动车税的合理化，主要是要减少柴油税（较低）和汽油税（较高）之间的差别。基于对公路破坏的外部性，柴油税确实应该高于汽油税。如果从收入中性的原因而使各种燃料税率水平相当，那么从环境角度出发，基于碳排放税率之间应该略有差异（柴油税应该略高于汽油税）。

高汽油税看起来似乎不符合收入再分配的社会目标。因为实际征收的汽油税绝大部分来自于700,000位摩托车和三轮车的拥有者，私人汽油轿车只占了不到30%的比例。2002年提出的燃油价格方案更符合国际石油价格水平，因此比之前的高汽油税方案更为有效。然而，柴油和汽油的相对价格仍难以令人满意，因为它们未能反映真实的道路损耗情况和环境外部性。

11.5.2 减少柴油硫化物含量

和含铅汽油相比，柴油中实际硫化物的含量要远低于1.1%的标准规定。尽管如此，减少柴油燃料中的硫化物含量仍能带来很大的好处，这一点能从“硫化物含量不同的石油气国际价格不同”得到证明。目前煤油精制得到氢化石油气的成本在下降，精炼厂可以大规模生产含硫率为0.1%的石油气，这类产品能符合绝大多数国家和地区的标准规定。如果使用SO_2健康损害的保守估值，则0.5%的含硫率标准毫无疑问是成本有效的；但如果使用六城市研究中的损害估值，则0.3%的含硫率标准才最为成本有效。

11.5.3 换用液化石油气燃料

虽然汽油车辆液化石油气的转换增长率最近减缓了，目前已有10%的汽油发动机使用液化石油气，其中超过七成转换使用瓶装气。这一燃料替换的行为完全是扭曲的燃料税政策造成的。大部分换用液化石油气的汽车为行驶千米数较大的机动车（出租车为主），因为从财务的角度考虑这类车燃料替换的效用很高。

换用液化石油气的主要环境效益是避免含铅汽油的铅排放，而这一点在推广无铅汽油使用之后将不复存在。剩余的环境效益与机动车更换、进口液化石油气燃料、建造加气站等高昂经济成本相比显得微不足道，即使使用较先进的集装罐也是如此。换用液化石油气将会使政府损失大量税收收入（汽油税明显高于液化石油气税）。这对出租车（其乘客具有高收入）和商务用车起到补贴的作用，因为他们可以通过行使里程的增加来抵消转换成本。

一个有效补救方法是在液化石油气加气站对使用液化石油气的车辆征收一笔和汽油税同样的税收。但这项措施有可能会鼓励瓶装气的使用（除非对瓶装气征收的税也上升，但那样会损害使用瓶装气的家庭的利益）。而之前规定的禁止汽车使用瓶装气的条款也会失效。贫困家庭一般使用薪柴进行烹饪，而使用瓶装气的家庭一般是高收入人群——也就是使用摩托车和轿车的人群。于是，如果斯里兰卡执行一项收入中立的税收（即对液化石油气和汽油征收同样的税），则分配影响将会被抵消，同时组织了非经济的换用液化石油气燃料的行为。

11.5.4 交通基础设施工程

根据上文所述，两项交通基础设施工程（机场高速公路、港口内陆仓库）被认为是双赢的策略，而铁路电气化被认为是非经济性的。表 11-23 显示，在上述的高速公路和干式集装箱港口两个项目的总效益中，环境效益所占的比例相当低（3%和<1%）。另外一些减少拥堵的双赢措施（如学校巴士班车、拥堵收费）的环境效益同样有限。

表 11-23 环境效益占社会总效益的比例

措施	百分比（%）
拥堵收费	1
学校巴士班车	5
税收均一化	30
无铅汽油	120
碳排放税（增量）	40
碳排放税（均一化）	31
禁止使用两冲程摩托车	135
CKE 机场高速公路	3
港口内联仓库	0
铁路电气化	2
柴油 0.5%含硫率规定	116
柴油 0.25%含硫率规定	130
使用液化石油气燃料（相比使用含铅汽油）	472
使用液化石油气燃料（集装罐）	148
使用液化石油气燃料（相比使用无铅汽油）	0

注：如果数值超过 100%，表明该项措施在未计算环境效益时其收益净现值为负值。即如果实禁止使用两冲程摩托车，其环境效益（正值）为非环境效益（负值）的 135%。

根据分析，最优方案（即净现值最高）为税收均一化、无铅汽油和高速公路（CKE）。如果考虑到环境效益，则最受关注的措施是无铅汽油的推广使用。图 11-16 显示了综合考查各项措施的经济和环境均衡效益，最优措施应该在两方面都有好的表现。

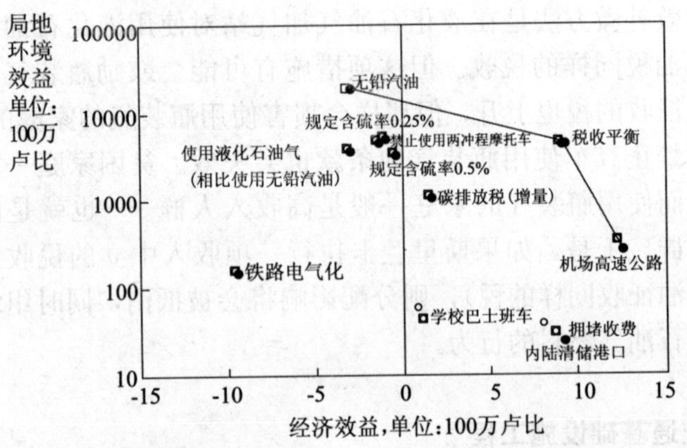

图 11-16 经济性 vs 局地环境效益（Y 轴为 log 形式）

图 11-17 显示的是全球效益（基于 20 美元/吨的碳交易价格）。“无铅汽油”措施落到了均衡线之外，而“税收均一化”和“高速公路”仍然是最优的方案。最后，图 11-18 显示了经济效益和 PM_{10} 之间的取舍。禁止进口两冲程的摩托车在减少 PM_{10} 方面具有最高的效益，但是经济成本较高。

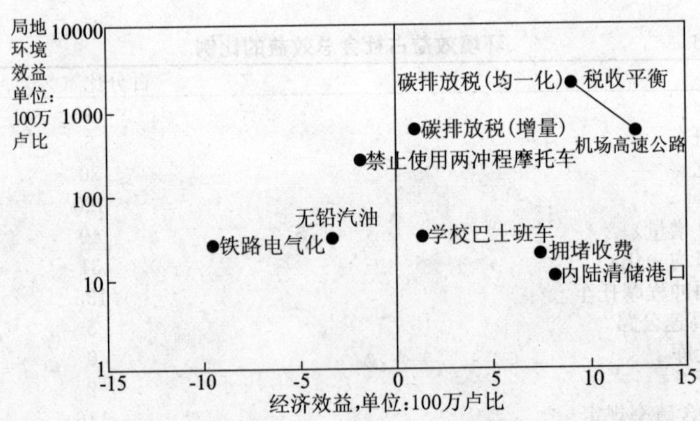

图 11-17 经济性 vs 全球环境效益（碳交易价格为 20 美元/吨）

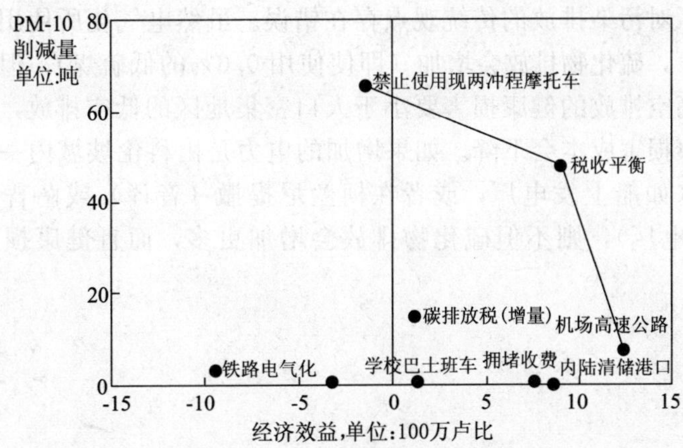

图 11-18　经济性 vs PM_{10}

11.5.5　局地环境影响

近期的研究结果表明，早期关于斯里兰卡机动车（或自行发电设备）尾气排放健康损害研究的结果在数量级上偏小。使用成果转移法计算得到的健康损害价值评估更具有说服力，但是仍然无法替代局地研究结果。城市空气监测数据的质量和连贯性需要提高，而且要增加农村监测站点的数据。迫切需要基于科伦坡城医学和医院数据的、关于健康损害价值评估的研究。

科伦坡市的空气质量在过去的几年中有所恶化，尤其是 2000/2001 年空气中的超标物质含量（包括每日平均和每日最大值）迅速增加。最可能的原因应该是科伦坡港一家装机容量为 60MW 的船上发电厂的投入运行，而不是高峰期交通拥堵的增加。计算结果显示，船上发电厂每发电 1kWh，可能增加的健康损害是诺瑞查莱（音译）的煤炭发电厂的 20-40 倍。

由此可以推断：(1) 建于船上的 60MW 发电厂所产生的健康损害影响要比在诺瑞查莱（音译）建设一个煤炭发电厂高出一个数量级；(2) 船上发电厂产生的废气比西部省份产生柴油机动车尾气排放要高出 25%-50%；(3) 诺瑞查莱（音译）的煤炭发电厂产生的环境问题要比石油发电厂可能带来的健康损害小至少一个数量级；(4) 将柴油中的含硫率从 0.7%降低到 0.5%的成本有效性，是在诺瑞查莱（音译）煤炭发电厂安装 FGD 的 100-1,000 倍。

以上所有的政策都具有环境净效益（通过污染排放货币化），但是其中有些政策会在减少某些污染物的同时增加另外一些污染物。例如，禁止进口两冲程摩托车的规定能大量减少颗粒物排放，但是会增加 NO_x 的排放。不过 PM_{10} 的健康损害成本要更高，所以总健康损害会下降。铁路电气化的案例说明了对污染排放的传统观点存在错误。虽然电气化所使用的电力来自燃煤电厂，硫化物排放会增加（即使使用0.6%的低硫煤），但是因为偏远地区的高空排放的健康损害要小于人口密集地区的低空排放，最终结果显示总健康损害成本会下降。如果增加的电力是由科伦坡城内一家燃煤电厂供应的（如船上发电厂，或者在柯兰尼提撒（音译）或萨普加斯康达（音译）的电厂），则不但硫化物排放会增加更多，而且健康损害也不会减少。

第 12 章

水资源领域的应用

水循环及人类活动

水资源与发展

可持续水资源管理及政策

非律宾针对地下水耗竭及咸水倒灌问题的管理

政策执行问题

孟加拉国用于防治霍乱的简易水源净化方法

本章将考察如何在水资源领域应用可持续经济学原理，使其开发和管理更加可持续化。12.1节将描述自然界的水循环以及人工干预的影响。12.2节讨论水资源和发展的联系，并回顾全球水资源的情况、水资源紧缺以及成本不断上升的现状、贫困问题以及可持续生计问题。12.3节将简要地讨论一个全国范围内的可持续水资源管理及政策(SWAMP)框架，讨论的思路与第10章提到的“可持续能源开发与发展”(SED)方法相似。在可持续发展策略的大框架中，需要合理且系统地整合与水资源相关的社会、经济、环境和技术等方面因素。12.4节及12.5节将简要介绍在菲律宾马尼拉为满足城市用水而开展的一个地下水项目的案例中如何应用可持续水资源管理及政策原理进行分析，包括分析含水层枯竭、咸水入侵以及土地下沉等环境负外部性的影响，同时识别相应的补救措施。最后，12.6节介绍了孟加拉国使用简单、成本低廉、社会可接受度高并且环境友好的方法净化饮用水、减少饮水传播疾病的经验案例，此案例中该国的贫困村民得到了巨大的经济、社会及环境效益。另一个案例研究是第15章提到的对非洲贫困乡镇地区典型水资源供应系统的评估。

12.1 水循环及人类活动

水循环是决定水资源如何在自然界分布的源动力。自然资源能否以一种经济、社会、环境以及技术合理可行的方式被开发的关键因素是其大小、性质以及区域位置。需要通过系统地评估水循环的机理来考察水资源与其他部门活动之间的交互作用。

深入了解水循环以及人类活动影响，有助于合理权衡众多不同类别的来源和使用者，从而进行合适的水资源配置。水资源被消费者使用后，废水或是过剩的水返回自然界从而对上游或下游水域造成影响，使水资源的可持续性增强或是减弱。因此，横跨大河修建一座大坝会对河流下游最高日供水能力、用户的季节或年用水需求产生正的影响；但也会产生一些负面影响，比如对航运、鱼的繁殖、下游的灌溉等。由于水坝的水流量比自然情况下的水流量低，因此下游污水排放会严重污染河道。

12.1.1 基本水循环

图 12-1 展示了水循环的主要元素，它是一组在自然界中循环的次级循环系统（在空气、植被、土壤、岩石、河流、湖泊和海洋之间），通过水利设施、储存和处理设备以及运输系统等人为管理，它们之间相互转化。

当云中的水蒸气在合适的凝结核（或颗粒物）上聚集时，便发生了降水（Pettersen，1964；Mason，1975；Shaw，1983）。许多燃烧产物含有硫化物或是氮化物，导致酸雨形成。风使水蒸气和凝结核移动，潮湿空气上升，并且冷却过程就形成云。降水可能直接进入或流入一些水体，如河流、湖泊或海洋，这是水蒸发散逸的地方。降水也会是雪或冰的形式。Debski（1966）的研究结果显示，世界上所有海洋每年蒸发 450 万立方千米的水。

水蒸气将在大气中悬浮十天左右，然后浓缩成云中的液态形式。

降水过程中（1）一部分水会蒸发返回大气；（2）一部分水被植被拦截；（3）一部分水渗入土壤；（4）一部分水流入地表径流、溪流、江河、湖泊，可能的话最终流入海洋。被植被拦截的水分一部分蒸发，一部分缓慢地渗入土壤。降水通过土壤粒子之间的连接空隙渗入土壤。当降水或者雪融水的流量超过土壤的吸收能力时，表层土壤就会随水土流失。地表渗入的水分会慢慢下渗到土壤下未经侵蚀的岩床，或是通过土壤中水蒸发的毛细作用上升到表面。另一些水被植物吸收并且通过植物叶子的蒸发返回空气中，这个过程可视为土壤蒸发作用的一部分。当水分下渗到隔水层时，上面的岩石或是土壤层将开始浸透，形成潜水面，随着更多的水分下渗，潜水面将逐渐朝着表面上升。此时，一些水分会慢慢地渗透到隔水层以下的岩床里去。

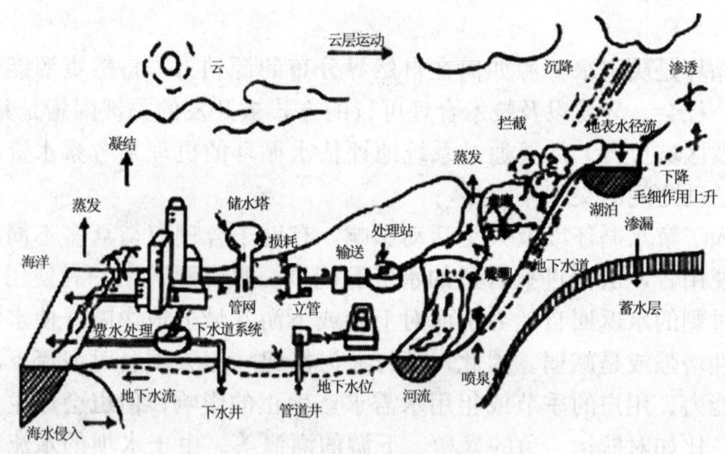

图 12-1 水循环与典型的人类行为干预

当多孔的岩床积蓄了大量水分后，形成地下蓄水层，此时地下水会在水力作用下顺着潜水面流动。水的流量和流速取决于岩石和土壤的可渗性，可渗性的大小由岩石与土壤的大小及其连接孔隙的空间决定。当潜水面超出地表时，水便会流回地表形成泉、河流或是湖泊。如果地下水流在一个隔水层下面流动，水流便会在压力的作用下通过缝隙上涌（如自流泉），或是通过从地表钻出的钻孔上涌。

地表水土流失的程度取决于土地的大小、形态、倾斜度、湿润程度以及土壤表层植被覆盖情况，同时也和降水及气象条件有关。在没有植被的陡峭山坡表面，降水会形成流速很快的细流或是小河，造成表面土壤侵蚀。在平缓起伏的地表，降水会形成缓慢流动的河流、池塘或是湖泊。

12.1.2 人类行为及其影响

人类对水圈的干预主要有两个目的：（1）为生活、工业及农业提供可靠的用水支持；（2）控制水流的能量以减弱土壤侵蚀、阻止洪水、发电、提供运输等。

在水资源利用方面往往有多种竞争性用途：可以作饮用水，可以为生态系统和野生动植物提供支持，可以用作娱乐消遣，可以作为运输载体，还可以用来发电等。水利工程师们通过建造大型蓄水和运输设施，如水渠、运河、大容量输水管道、给水管网以及钻孔等，使水流在重力作用下流动或是依靠泵的作用从远处提取到人口密集处。水资源供给和消费的日间变化、月间变化及年间变化决定了储水设施（如蓄水池）的规模，这些设施有助于保持长期水供给的可靠性。

人们用泵从含水层中的井中抽水或是通过管道引导远处的泉水，将地下水提取出来。由于地下蓄水层的特性难以测量，并且会在短距离范围内发生较大的变化，所以对地下水的管理更加困难。地表水或是地下水被统称为“蓝水”，且已被大量开发利用，因此人们开始越来越关注控制和管理相对未开发的“绿水”——自然条件下渗入土壤的雨水（Falkenmark and Rockstrom，2006）。

节约水资源的使用可以通过减少用水需求或是循环使用水资源来实现。循环用水可以是对废水进行处理，或是在不太重要的使用场合（如冷却用水）用循环水代替一次水源。然而，人造水基础设施中，由于管道或水库泄漏可能产生水资源非生产性的损失。当然，水的泄漏也可能是计划性的、以保护水源为目的的，比如，防止沿海地区由于含盐水分侵入导致含水层盐碱化。这种人工回灌通常用注水井往土地里输水或是回灌盆地的渗流。

天然水往往不适合直接引用，还需要进行处理。水在地表流动会携带大量的有害或是致病的物质，比如，淤泥、农业或工业化学品、油料残渣或是人类粪便。污水可能直接被排入未被保护的水源中去，排放源可能是工厂、电站或是污水处理厂。农业灌溉用水也有相似的问题。好的灌溉模式除了满足作物的生长用水之外，还会提供额外的供水以过滤因使用农用化学品可能带来的盐分。含有渗滤液的排水重新进入水循环系统并且可能对下游的水源造成影响。好的环境行为要求污水在排入水源或是海洋之前对其进行处理，然而不幸的是，大多数发展中国家废水处理都不是惯例。开发新的水资源的增量成本少于处理及循环利用废水的成本时，这种情况尤为普遍（14.5 节）。

砍伐森林、城市化以及景观改变都会改变水资源径流与下渗的形式和时点，这些将决定水资源的供水能力。当水分蒸发或是凝结核的数量及形态均发生变化时，局地气候将发生改变，降水会减少或是酸化。城市化将会降低土壤的可渗性，从而提高径流总量、最大流量以及流速（Lazaro，1979；Hall，1984）。城市化也可能会导致地下水回灌量的净增加。当然，如果城市化之前是灌溉农业，可能会有一些例外（Foster，1988）。

人类行为对水循环的影响会降低或是增加每个人的用水净成本。如果一个人对另一个人产生了成本而不用进行支付或补偿，术语则称为外部性（3.2.2节）。对某一个部门用水成本产生积极影响（净效益）的情况（比如，廉价且简单地将工业废水倒入河流意味着生产成本的降低），可能会对另一个部门产生负面影响（比如，下游取用时需要对河水进行处理以去除其中的有毒物质而产生的额外成本）。因此，那些提高（或降低）水资源的品质、数量及可靠性的人类行为导致了用水效益（成本）的产生。可持续水资源管理及政策（SWAMP）中包括了这些短期或是长期的影响。

12.2 水资源与发展

回顾历史，水资源在人类各个方面活动中都发挥着举足轻重的作用。在近代，水资源逐渐成为可持续发展中的关键资源。由于其在生产活动中的广泛应用及其提高生活水平的潜力，水资源也成为现代经济系统中的关键因素。

由于我们面临资本不足约束下需要提高经济系统效率、提升社会公平以及工程环境可持续性等方面的挑战，因此水资源的相关政策制定变得更加棘手。要使得发展更加可持续，需要在国家整体发展战略的框架下对水资源相关问题进行理性和系统综合的考量。最近的跨国及全球化现实可能意味着应当在更大的背景下进行水资源分析。可持续水资源管理及政策框架（SWAMP）（12.3节）是一个系统地考虑了诸多参与者（从跨国公司、国际组织到当地居民组织）、多个标准（比如经济效率、贫困与公平、环境保护等）、多个层面（全球的、国家的、行业的以及子行业的）以及多个约束条件（包括制度的不完备、人力资源的不足等）的综合框架。

12.2.1 水资源现状

1990-2000年间，水供给状况得到改善的人口比例从79%（41亿人）上升到了82%（49亿人），同时，全世界人口有享受卫生设施机会的比例从55%（29亿人）上升到60%（36亿人）（WHO/UNICEF，2000）。在2002年初，11亿人没有供水支持，26亿人缺乏卫生设施（WHO/UNICEF，2005）。这些人中的大部分生活在亚洲和非洲——近50%的亚洲人缺少良好的卫生饮水设施，近40%的非洲人缺乏必要的水资源供给。在撒哈拉以南非洲，3 亿人无法得到改善的水源。南亚已经取得了很大的进展，但是水资源的污染问题带来了新的挑战。在东亚，快速的城市化发展给水资源和其他公共事业的供给带来了挑战。图 12-2 表示了不同地区水资源的供给情况，并且预测了 2015 年的值（World Bank，2005）。

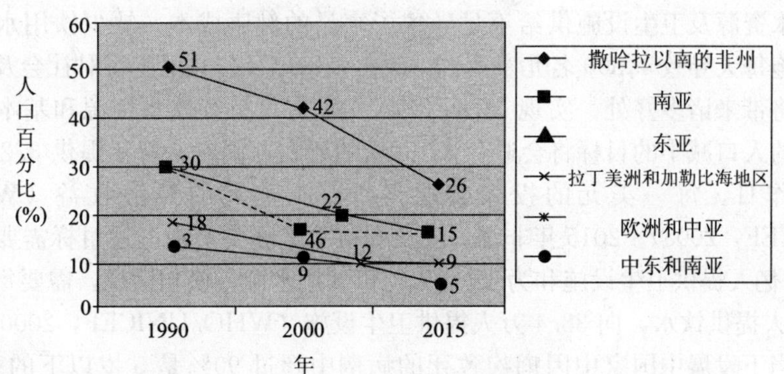

图 12-2 无法获得正常供水的人口（1990 年及 2000 年真实值，2015 年估计值）

资料来源：世界银行 2003。

农村的供水服务落后于城市很多。尽管人口增长主要在城镇地区，但供水覆盖最差的地方还是在农村（图 12-3）。在非洲、亚洲以及拉丁美洲，农村卫生设施的覆盖率还不足城市的一半。这些地区农村和城市的人口分别为 20 亿和 10 亿。在中国和印度，有 13 亿人缺少足够的卫生设施（WHO/UNICEF，2000）。

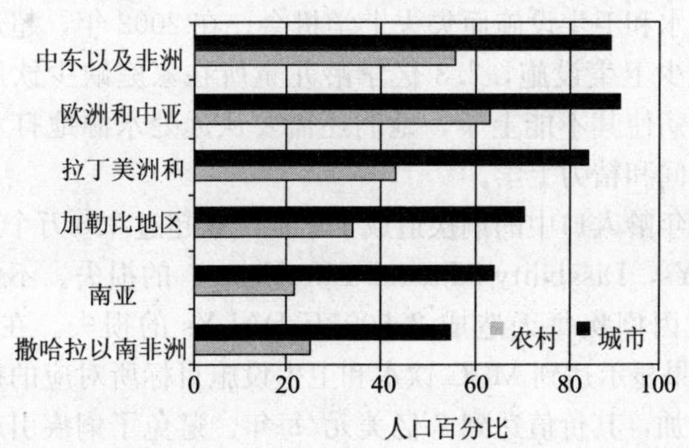

图 12-3 2002 年获得卫生设施的人口

资料来源：世界银行 2005。

与城市及农村卫生设施以及农村供水情况不同，城市供水的覆盖率从

1990 年以来一直持续下降。非洲、亚洲和拉丁美洲和加勒比地区的城市人口预期的大规模增长使得供水及卫生设施供给部门将在未来 10 年受到巨大的挑战。同时，农村地区也不断面临着填补现有的大规模供水缺口的挑战（图 12-3）。在未来的 25 年，非洲和亚洲的城市人口将要翻倍，拉丁美洲的城市人口将要增加 50%。

水资源及卫生设施供给不足导致了高昂的健康成本。缺少饮用水及卫生设施每天导致 4,500 名儿童死亡。改善供水以及公共卫生将对社会及经济发展将带来诸多好处。实现 MDG 2015 年没有可持续饮水资源和基本卫生措施的人口减半的目标将会避免 47 万人的死亡，同时，每年提供 3.2 亿有效工作日。每一美元的投入会取得 3－34 美元的经济收益（WHO/UNICEF，2005）。2015 年非洲、亚洲和拉丁美洲要实现上述目标需要分别对 22 亿人提供卫生设施和为 15 亿人提供饮用水源，换句话说，需要每天向 28 万人提供饮水，向 38.4 万人提供卫生设施（WHO/UNICEF，2000）。

当下发展中国家中因痢疾致死的病例中超过 90%是 5 岁以下的儿童。改进的饮用水和卫生设施及更好的卫生行为（尤其是母亲的卫生行为）在控制儿童死亡率方面起到举足轻重的作用。2000-2003 年间，在撒哈拉以南非洲及南亚地区，每年分别有 76.9 万名及 68.3 万名 5 岁以下儿童死于痢疾。相对的，在发达地区绝大多数的母亲和幼儿从安全的饮水，良好的、私人的卫生设施，充足的营养和其他有利条件中受益，使得 5,700 万五岁以下儿童中每年仅有 700 名因痢疾死亡（WHO/UNICEF，2005）。因此一名撒哈拉地区的幼儿比欧洲或是北美地区的幼儿因痢疾死亡的风险要高 520 倍。

在非洲和亚洲的儿童，尤其是女孩，会因为不论是学校还是家里都没有足够的饮用水和卫生设施而失去上学机会。在 2002 年，超过 5 亿学龄儿童所在家庭缺少卫生设施，2.3 亿学龄儿童所在家庭缺少饮用水源。对女孩，不光是疾病使其不能上学，她们还需要从远处水源地打水的重担也使得她们没有时间和精力上学。

每年劳动年龄人口中的痢疾造成了东亚国家超过 250 万个“伤残调整生命年”（DALYs，Disability-adjusted Life Years）的损失。不仅如此，撒哈拉地区的儿童因痢疾每天造成 2,500 万 DALYs 的损失。在全球范围内，WHO 测算结果显示达到 MDG 饮水和卫生设施目标所对应的痢疾减少将会使得生产力增加，其价值达到 7 亿美元/每年。避免了痢疾引起的过早死亡的人，他们收入相加则将达到 36 亿美元。需要治疗的病人更少，这将带来 73 亿美元/年的资金节约。如此，达到 MDG 目标将带来将近每年 120 亿美元的经济收益。这些收益大于提供饮用水及卫生设施预计所需的 113 亿美元/年的投资，可见这个投资数量是合理的。

迄今为止，最大的经济收益来源于因获得充足的就近饮水和卫生设施而带来的时间节约。假设每个家庭成员每天平均可以节约一小时的时间并且用来挣取最低每日工资，这些节省的时间将价值 630 亿美元。

上了年纪的人比一般成年人更容易受到与水和卫生相关的疾病影响，也更有可能因此死亡。到 2025 年，年龄在 60 岁及以上的人口会超过 10 亿（WHO/UNICEF，2005）。与发展中国家不同，在发达的工业化国家，超过 60 岁的人因痢疾死亡的概率比 0-5 岁的幼儿还要高。

12.2.2 水资源紧缺与供给成本的不断增长

在这个世纪的前 25 年，相当于世界人口的 1/3 的 27 亿人口将会面临严重的水资源短缺问题（Munasinghe，1992b）。这些人口将主要集中在亚洲的半干旱地区以及撒哈拉以南非洲地区。这些地区的粮食生产也将因为地下水的过度开采受到负面影响。

2000-2010 年间，发展中国家的人口增长预计要比享有水资源和卫生设施的人口在此前 10 年间的增加量还要大。因此，如果想要达到覆盖率持续提高的目标，水供给部门的投资水平就要提高。当人口规模变大，已经很紧张的供给及处理系统就需要相应的扩大和升级。我们可以开发额外的供给水源，应用水采集、水处理和废水排放的新技术，但是实现这些将会需要更高的经济、社会及环境成本。

当人均占有的可更新水资源少于 2,000 m^3/年时，社会通常就会面临水资源短缺的情况。许多发展中国家水资源需求增长的速度都超过了供给增长的速度，一些发达国家也深受缺水的影响（Munasinghe，1992b）。在东欧的某些地区，情况尤为不稳定。咸海作为其最大的淡水水体之一，因为低效率的灌溉，在过去十多年里面积已经减少到原来的 40%。为避免进一步的生态危机，当权者不得不停用亚洲中部一些高产的农场（Perera，1988）。在最近几十年中，美国西部地区（尤其是加州）的城市和农村地区多次遭遇了水资源的空前短缺。1991 年加州的许多供水商为全体使用者实行供水配给。

一项对城市水资源情况的调查（Bhatia 和 Falkenmark，1992）显示，许多发展中国家在鼓励节约用水或是内部化外部成本方面没有相应的政策工具（不管是规制还是是经济激励）。因此，水资源使用及环境恶化的机会成本被忽略了，导致经济学意义上“过度”的水资源消费和“过量”的废水产生。考虑外部成本的政策体系的缺失，使得人类行为引致的水量和水质的问题反过来影响人类自身。

从对人类福利影响能力的角度来说，水量与水质同样重要（Munasinghe，1992b）。更进一步地说，水量和水质是相关的——水量的减少也将导致水质的降低和污染的增加，尤其对贫困人口会造成不利影响。在今天水资源日益紧缺的大环境下，越来越多的城市及农村贫困人口、农村生产者以及农业工人逐渐把水资源权益看做比食物、基本医疗保障和教育更加重要的一个问题。由于农业是用水大户，人们应该对农业灌溉系统管理、民用和医疗用水以及其他后果给予更多关注，如环境影响。

从获得供水的人口数量和服务水平的角度看，水资源的开发成本的不断增加将导致可得的投资资本的有效性降低。在保持环境可接受的水质水平的情况下，满足所有用户越来越大的用水需求所需要的实际成本在发展中国家正在急剧地增加（Falkenmark et al.,1990，Munasinghe，1992b）。造成这种情况的原因有：(a) 用于保持现有水资源供给和卫生设施服务水平的额外开支导致供给长期边际成本增加；(b) 用于升级和扩大现有供水及卫生设施系统以及增加使用额外设施以便满足更大需求带来增量成本；(c) 覆盖现在未覆盖社区带来的更高的人均成本——因为剩余水资源的开发受到更为复杂的技术、社会及环境因素影响。

最方便及费用最有效的资源已经被开发了，留下的是技术上或是环境上更困难（因此也更昂贵）的工程。成本上升最剧烈的是那些不断扩张的城市，那些地方水资源的开发难以赶上需求的增长（Munasinghe，1992b）。不断增加的单位成本和稀缺的资金意味着更多的城市贫困人口所依赖的公共供给不够可靠，或是更多城市贫困人口将使用污染了的地下或是地表水。贫困人口把更大部分的收入用于满足其基本的用水需求，或是减少他们已经很少的用水需求，导致健康问题及死亡率上升。在一些国家，收入比例中用于饮水的比例如下（世界银行网站）：

拉丁美洲——墨西哥 1.1%；哥伦比亚 2.4%

欧洲——阿尔巴尼亚 1.2%；罗马尼亚 4.9%

南亚——印度 0.8%；尼泊尔 1.2%

非洲——尼日尔 0.8%

表 12-1 粗略估算了不同类型供水设施建设成本。不同地区成本差异是因为水资源禀赋、建设的单位成本、服务提供水平、人口密度以及水资源可获得性不同。一个非传统方法——脱盐方法的成本大约为 1 美元/平方米盐水，苦咸水 0.6 美元/平方米。

表 12-1　水供给成本 1990-2000（美元/人）

设施	非洲	亚洲	拉丁美洲和加勒比地区
室内供水联网	102	92	144
水站配送	31	64	41
浅井	23	17	55
深井	21	22	45
雨水收集器	49	34	36

资料来源：WHO 与 UNICEF（2000）。

12.2.3 水与贫困

保障贫困社区能够获取水资源意味着通过提供安全而可接受的饮用水及卫生设施的方式保障穷人的基本需求（见第1章MGDs）。贫困人口在如下几个关键方面依赖水（Munasinghe 1992b，1994）：作为生产投入品，维持生命，保证健康和福利，保证生态系统完整性以及其他间接途径。

12.2.3.1 水作为生产投入品

许多贫困的社区的经济依靠农业产出，而这和水资源密切相关。世界人口有35%依靠农业生存，这个数据在欧洲及美洲是3%，在亚洲是50%-60%，在非洲是90%。改进的灌溉系统以及土地的可获得性将会极大地加强贫困人口的可持续生计。降水依靠型农业将面临更大挑战。收集雨水、更好的地下水可获得性以及改进的农场水资源管理会带来可持续的效益。综合水资源管理包括更好的土壤水分管理、作物选择以及社区层面的流域和森林保护。

12.2.3.2 水资源与贫困人口生计

与水密切相关的生计包括渔业、树木及家庭园艺耕种、家畜、小规模的制造业如陶器、制砖、制革，提供服务如洗烫或其他。水也和其他制造业或是较大的经济活动密切相关——这些经济活动可以为贫困人口，尤其是城市中的贫困人口提供就业机会。贫困人口经常依靠这些活动去补充他们的收入以及克服他们其他资产的不足（如土地），即使这不是他们的主要生计活动。维持和扩展这些活动的行为成本很小，但可以为贫困人口带来巨大效益。更有效率地提供水服务需要正确认识水对贫困人口生产活动的重要性，而不能仅仅只认识到其在消费中的重要性。

12.2.3.3 水与健康和卫生

贫困人口的健康和福利——尤其是对弱势群体如儿童、老人和女人——与充足、安全、价格可接受的用水服务息息相关。世界上最贫困的社区缺少清洁用水是疾病及过早死亡的最主要原因之一。12.2.1节重点介绍了因痢疾死亡的情况，不仅如此，有2,000万人遭受血吸虫病，数以百万的人因沙眼、疟疾、霍乱和其他原因导致失明，水资源管理不善是一个主要诱因。地下水中的有毒物质是南亚及非洲的另一大威胁，如砷和氟化物。这些问题极大地阻碍了人们在营养、身体和精神方面的发展，同时也带来保健成本及潜在生产力的损失。

12.2.3.4 生态系统对贫困人口生计的支持作用

水是生态系统保持活力的重要因素，贫困人口能在生态系统中获得其生计的基础，即可以获得自然资源。即便水资源不是直接投入品，但其他自然资源（如森林、鱼或草地）都来自于依靠水支撑的生态系统。这些资源或许不是生计的主要来源，但许多贫困人口需要依靠其作为饲料、燃料、补充食物（扩大食品安全）或是其他来自公共资源的产品。这些产品在发展中国家对农村贫困人口是非常重要的，尽管几乎难以对其货币化并且常常忽略它们。充足和高品质的人类用水代表了水源地生态系统的状况。

12.2.3.5 间接效应

城市贫困人口高成本的用水将会进一步破坏健康以及劳动生产力。影响途径可能是直接的，如通过营养的影响；也可能是间接的，如影响住房面积、住房质量和居住密度——尤其在城市贫民区（第16章）。如果不能把改善水供给带来的各种好处（经济的、社会的和环境的）都考虑进来，将会导致投资收益的低估。

12.2.4 可持续生计与水

可持续生计方法为我们深刻认识发展动力和贫困人口不同境遇提供了新的方法。它加深了我们对于贫困社区、当地环境以及外部社会经济、环境及制度压力等之间关系的理解。生计包括能力、财产（包括物质的和社会资源）以及谋生必需的各种活动（Carney，1998）。当个人在不破坏自然资源基础的情况下能够保持或增强其当下或未来与资产相关的能力，并能够应对压力且在受到冲击后可以恢复的话，那么其生计被称为是可持续的。

可持续生计的概念是理解贫困和水资源安全之间关系的关键。贫困是复杂且多方面的，它反映了人们生活中物质和非物质的情况——有社会、经济及环境三个维度（2.3.5节）。任何针对贫困人口需求和潜能的有效措施都必须反映这种贫困的多维特征。水资源安全意味着那些拥有可靠且充足的途径获取满足其各种需求的水资源的居民和社区能够受益于水资源带来的许多机会，免于受到与水相关危害风险的影响，并能在水冲突发生时占有合理的资源。

直接依靠自然资源的首当其冲是世界上的穷人，他们通常通过耕作、放牧、采集或是捕猎这样的利用方式来维持生计。因此，要保持这种方式下生计的可持续性，就必须保持自然资源基础（Rennie和Singh，1996）。以下的观点主要关注可持续生计、水和贫困三者之间的关系。第一，居民的生计状况和组成随时间发生剧烈变化；第二，居民不仅仅只是农民、壮工、工厂工人或是捕鱼者，其生计是复杂的——“农村家庭正在逐步地整合小规模的高度分散的各种生计方式”（Cain 和 McNicoll，1988）；第三，生计会受到外部的、无法人为控制的各种压力的影响——社区内部的、外部社会的、经济的、环境的、政治的、法律的以及制度上的影响；第四，家庭户会谨慎选择合适的对策来配置其资产，一次最大化各种机会以及最小化其面临的风险。

对贫困人口来说，脆弱性既是一个现状又是贫困的决定因素，它包含了人们避免、抵抗那些无法立即控制的破坏因素所带来的有害影响以及从这些影响中恢复过来的能力。这些破坏因素包括冲击（自然灾害、战争或是物价变动）和趋势（环境退化、政治体制退化、贸易萎缩）。总的来说，一个家庭越富有、占有的资产越多，其生计应对外部冲击和趋势的弹性就越强（第 16 章）。

12.3 可持续水资源管理及政策

12.3.1 水资源与可持续发展

水资源与可持续发展相互影响和相互作用。不同的社会—经济发展路径（以人口、经济、技术及统治为驱动力）带来人类开发和使用水资源的不同模式。由此引起的水圈及水供给—需求平衡的改变将会反过来为人类社会经济及自然系统带来压力。这些压力将会最终影响社会经济的发展路径，这是一个循环。不同的发展路径也会以与水无直接联系的方式对自然资源造成直接影响，如对土地利用的改变导致森林破坏和土地退化等。

贫困与可获得水资源的数量及质量息息相关。物质和强耗水的生活方式、依靠不可再生资源支持的高消费水平以及人口的迅速增长速度都与可持续的水资源发展路径不一致。相似的是，国家之内或是国家之间社会经济的极度不平等（尤其是与水资源相关的）将破坏社会和谐以及可持续性。同时，与水相关的社会经济以及技术政策决策对水资源政策和环境管理有着重要意义。不仅如此，临界影响阈值以及应对水压力的脆弱性与环境、社会、经济情况和制度能力直接相关。

12.3.1.1 水量不足和水质不佳带来的经济风险

水资源的短缺（由不充足的水量和不佳的水质共同引起）给未来大量人口——尤其是贫困人口——的经济福利带来了巨大的潜在威胁。用最简单的话来说，经济有效要求从使用水资源上获得最大的净效益（或是产品和服务的产出），这意味着水的边际产出要与水的边际生产成本相同，稀缺的水资源被分配到最高产的用途上。

12.3.1.2 水量不足和水质不佳带来的社会风险

水是人类生存的一种基本需要，因此，水资源稀缺和水的压力也将削弱社会福利和公平性。许多关于分享水资源的已演变多年的社会价值观念和体制是脆弱的，它们由于科技的迅速变化而受到威胁。特别是在发展中国家，社会资本的侵蚀破坏了把社区团结在一起的黏合剂——如那些使个人行为与集体目标相符合的规则和安排（Banuri 等，1994）。现有的应对水资源分配问题（尤其是跨国和全球性问题）的机制和制度得还很脆弱，不太可能应付日益严重的水资源短缺问题——尤其是牵涉到社区、用户群体或国家之间的水事纠纷问题。不平等会削弱社会凝聚力和加剧针对稀缺水资源的冲突。此外，水资源的分配不公从道义上也说不通，尤其是当穷人是受害者的时候。Trondalen 和 Munasinghe（2005）解释了水资源冲突中道德所扮演的角色。

水方面的代内和代际间公平很有可能恶化。现有证据清晰表明，更加贫困的国家和一国内相对弱势的人面对与水相关的灾难更加脆弱，如干旱和洪水（Clarke 和 Munasinghe，1995；Banuri，1998）。而损害成本的分布不平衡，大多数成本会由穷人承受；这样水资源短期也很可能因此加剧不平等。这种不同的影响效应可能发生在国家之间也可能发生在一国之内。气候变化将会使水的问题恶化，主要集中在贫困国家（IPCC，2001b；Mirza 和 Ahmad，2005）。未来的食品安全可能会成为一个大问题（1.2.3 节）。

12.3.1.3 水量不足和水质不佳带来的环境风险

从环境学的观点来看，水资源的短缺和逐年减少将会极大地扰乱全球的生态系统（包括陆地的和海洋的）。环境可持续性依靠如下一系列因素：(a) 水资源可获得性（如洪水和干旱等冲击的程度及频率）；(b) 系统脆弱性（如影响破坏的程度）；(c) 系统自我恢复能力（即从冲击中复原的能力）。更笼统地说，发生在全球水循环和水平衡系统的变化将会威胁到一系列关键的物理、生态和社会经济系统及其子系统的相互作用和稳健性。

12.3.2 在国家层面上实施的可持续水资源管理和政策

考虑到水资源的关键作用以及开发水资源所需的巨额投资，政府以某种方式的介入就显得必要。因此，很多国家把水资源发展项目视为其整体发展努力中的一部分，这就需要在全国可持续发展战略的框架下来研究水资源问题。

基于前面的陈述，我们依据可持续经济学为可持续的水资源管理及政策（SWAMP）设计了一个整体的框架。可持续的水资源管理及政策致力于在一个整体框架以及在很长的时间区间中，研究和解决包括水部门投资规划、定价和管理在内的一系列问题。在绝大多数的发展中国家，水方面的投资占到所有公共投资的 10%左右，或者 GDP 的 0.5%左右。即便如此，许多国家还是面临严重的用水问题，在饮水和卫生设施覆盖率上也相对落后，特别是在农村地区。因此，即便是水资源开发及使用效率方面的小小改进也会带来巨大的效益，特别是在财政资源稀缺的情况下。

可持续的水资源管理及政策包括规划、政策分析和管理。从广义上来理解，水资源规划表示一系列的步骤或过程，通过这些过程可以在一个系统分析的框架下研究和理解许多生产过程中以及水资源使用过程中的相互关系。规划的技术从普通的手工方法到尖端的计算机模型都有涉及。水问题的复杂性使得问题的解决更加依赖于后者。水资源政策分析指的是系统地调查某一个特定的水资源政策对社会经济及环境系统的影响。水资源管理，包括供给端和需求端管理，涉及使用相关政策及政策工具来达到理想水供给消费模式及满足国家的目标。

我们使用了规划一词并不表示会有一个依于集中和完全计划经济路线的严格框架，不管它是用于国家经济还是特别指水供给部门。规划，不论是通过设计还是仔细考虑默认路径，在每个经济中都会存在，甚至存在于那些以市场为主导的经济形式中。因此，特别需要强调可持续的水资源管理及政策框架促进了水资源规划、政策分析和政策形成以及政策执行等部分之间的调和——以市场机制和权力分散机制（尤其是价格）来实现（第 14 章）。

12.3.2.1 国家目标

可持续的水资源管理及政策是一个以提高居民生活质量为目标的可持续发展策略的一个必需的组成部分。它从国家水资源政策的主要目标发展而来，包括（a）满足经济增长和发展目标的用水需求；（b）选择不同来源水资源的混合组合使未来需求以最小的成本被达成；（c）最大化就业人口；（d）保护水源消除浪费；（e）多样化供给以及减少对国外资源的需求；（f）达到国家安全要求；（g）供给贫困人口，其中农村贫困人口占很大部分基本用水；（h）节省稀缺的外汇；（i）识别服务于特定地区（特别是农村和偏远地区）或经济中关键部门的优先发展的水资源政策；（j）在水利部门的发展中从水的销售得到足够的收益来为水资源部门的发展提供财务支持；（k）保持水价稳定；（l）保护环境。

12.3.2.2 可持续的水资源管理及政策的范围

能够实现国家目标的有效水资源管理必须通过综合的框架实现，因为在水资源部门和经济其他要素之间存在许多经济和环境的相互作用。这种方法会帮助决策者敲定政策，提供市场信号和信息给经济人以鼓励，使其更加有效的发展和使用水资源。图 12-4 总结了可持续的水资源管理及政策方法，包括规划、政策分析以及管理。

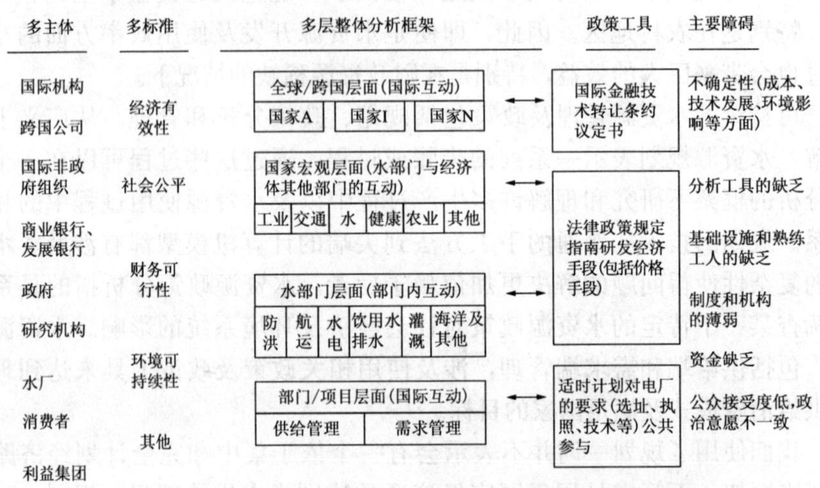

图 12-4　可持续水资源管理与政策（SWAMP）概念与分析框架

图 12-4 的前两列强调了决策者面临的现代经济中由于多参与者（其利益相冲突）和多准则（或是目标）导致的复杂性。然而，可持续的水资源管理及政策的核心是整合的多水平分析框架，由图中中间几列表示。尽管可持续的水资源管理及政策主要关注国家层面，我们还是从识别许多水资源问题的全球联系开始。单个的国家都内嵌在国际经济及环境矩阵中。因此，世界经济（通过贸易和金融联系）以及自然资源基础（通过循环水资源或是全球气候形式联系）将对决策者形成一系列外生约束和输入。图中下一级把水资源部门作为整个经济的一部分。因此，水资源规划需要考虑水资源部门和经济体其他部分的联系。这些联系包括与国家目标相关的，水资源部门的投入需求（例如资金、劳动力、原材料以及环境服务）、水资源部门服务、对涉及水资源可得性、价格、税收的政策的有效性的影响。

某些联系是宏观层面的，比如水资源部门进口的外汇需求，或是供水设施的投资需求。其他的则与特定的用户部门相联系。比如，针对农业部门的政策如对农业投入品的补贴，农产品的保护价或是信贷的可得性，都可能会对水需求产生与直接影响水价、水分配或供给管理的政策同样深远的影响。

下一级可持续的水资源管理及政策把水资源部门视为独立体，由饮用水、污水、灌溉用水、排水、水力发电、洪水和干旱控制、航运、休闲、渔业以及其他子系统组成。这样允许我在细致研究水利系统时可重点考虑不同子系统间相互作用、替代可能性以及解决任何相关政策冲突。一个相互作用的例子是对一个多用途蓄水库满足灌溉、发电或是航运需求时涉及的权衡。更进一步，一些水利子系统可能会直接与其他主要部门相互作用，如污水系统与健康部门，或者水电与能源部门。在这一级，水圈的子循环的详细知识对于决定资源使用策略和决定重要环境外部性的性质，都是非常重要的。

最后也是最分散的一级属于每个水资源子系统的规划。因此，举个例子的话，供给饮用水的子系统必须进行自己的需求预测和长期投资项目。正是在这最低的一级水供给项目和计划的绝大多数详细的构想、规划和执行被确定下来。

在实践中，这些层级在整合的水资源计划的制定与执行中在很大程度上有融合与重叠。水—社会—环境之间的相互作用（由图中竖条表示）也经常涉及所有层级并且需要被整合到系统分析当中（第 3、4 章也有阐述）。最后，空间上的不统一是存在的，特别是在大尺度和地域性差别大的国家中。

可持续的水资源管理及政策辅助了政策决策并且不意味着死板的中央规划。它提供一个灵活的、实时更新的水资源可持续发展策略来满足国家目标。这个策略（包括投资项目和价格政策）可能会通过使用分权市场力量和激励的水资源供给和需求手段来实行。图 12-4 展示了很多用于执行可持续水资源管理的政策工具，并且总结了限制政策执行的关键障碍。

12.4 菲律宾针对地下水耗竭及咸水倒灌问题的管理

12.4.1 水资源管理概述

12.4.1.1 城市供水系统、排水系统和地下水使用

菲律宾的水资源供给以及环卫服务从 20 世纪 70 年代以来取得了显著的进步。在 80 年代后期，创立了专门的部门机构并确定了总体目标、对策以及发展计划。到 1988 年，大约 63%的人口能享有安全的水资源，其中 31%的人用上了自来水。尽管总的服务范围在提高，服务的质量却常常很差，水压往往不足并且在一些地区实行水资源的限量供应。

12.4.1.2 部门财务状况

马尼拉水资源供给及环卫部门发展主要是依靠城市水道及排水系统（MWSS）的自筹基金、政府资产获益、国外或是境内贷款等方式筹措资金。政府的政策要以社区支付能力及其支付意愿为基础进行相关系统的建设。因此，在城市及市郊地区提供了个体居民住房的供水连接，并且基于支付意愿有些地区还提供了蓄水塔，在农村地区提供了带泵的取水井。在 1984-

1986年间，部门投资减少了，环卫服务及水相关的服务也停滞在一个较低水平。而到了1987年，政府采纳了一个具有整套政策、项目和方案的水供给与环卫管理计划；该计划分两步执行：从1988年到1993年以及从1994年到2000年。

12.4.1.3　制度安排

国家水资源委员会（NWRC）负责制定水资源供给政策。马尼拉市的城市水道及排水系统（MWSS）是1972年建立的，负责维持市区及周边的水资源供给与排放污水。城市水道与排水系统的服务面积（MSA）大约15万公顷，包含了马尼拉、4个邻近城市以及32个自治市。局地水资源使用管理部门（LWUA）为大约730个偏远城市的2万人口及偏远社区提供水供给和环卫设施方面的技术及财政资助。城市水道与排水系统与局地水资源使用管理部门都是公共事务及高速公路部门（DPWH）下的半自制组织。健康部门有农村卫生项目，负责监控饮水品质。

12.4.1.4　地下水使用

过去三十年来马尼拉地区地下水取用的快速增长远远超过了自然再生的能力，导致了地下含水层的“钻井”现象。这样的消耗导致海水倒灌入沿海含水层，恶化了水源品质，由此给用户带来巨大的经济损失。并且地下含水层坍塌会造成地表下陷，这进一步给政府和私人个体带来了很大的成本。这很对道路等基础设施、建筑物以及管道等结构上的整体性造成了很大的破坏，也增大了洪水来袭的可能。当下对地下水的使用实际上都是把外部不经济性成本强加到所有当下与未来的使用者身上（Munasinghe，1984）。如果未来继续过度抽水，这些环境外部性会愈加严重。

在另一方面，缩减现有工业用户的地下水用量将会对工业产出以及就业产生负面的影响。作为发展计划的一部分，在耗竭区域的绝大部分地下水使用者已经被城市水道及排水系统（WMSS）识别，足够的传输和分配设备将会向他们提供管道水。如果地下水耗竭的问题依旧存在，特别是在充分的管道水提供的情况下，那么必须采取更加严格的用水管制，并且允许MWSS对地下水使用收费，以减少过度使用并且为MSA中扩展的水路供给设施筹集资金。

12.4.2　模型和分析

这一小节根据当前地下水取用对当前和未来所有地下水使用者带来的外部性成本，来计算大于采掘成本的地下水使用长期经济成本。计算中所有成本和价格以1984年不变价格为准。

12.4.2.1　地下水耗竭模型

假设所有大马尼拉地区（GMA）的取水都从共同的含水层提取；在MWSS（1983a）的文献中对含水层的相关详细信息有所描述。为了简便起见，含水层的取水进行简单相加，不考虑空间分布情况。更复杂的方法可以分析一个逐渐前移的盐水入侵边缘，以及不同地区井水的逐渐盐化，但是实际数据无法做到辨识出这种差别。

基于有限数据和有实际意义的假设，图 12-5 中显示了两种情景的比较，以衡量外部成本。第一种或叫做耗竭情景（曲线 ABEFI）是假设现行政策持续下去的基准情景（MWSS 1983a，b）。

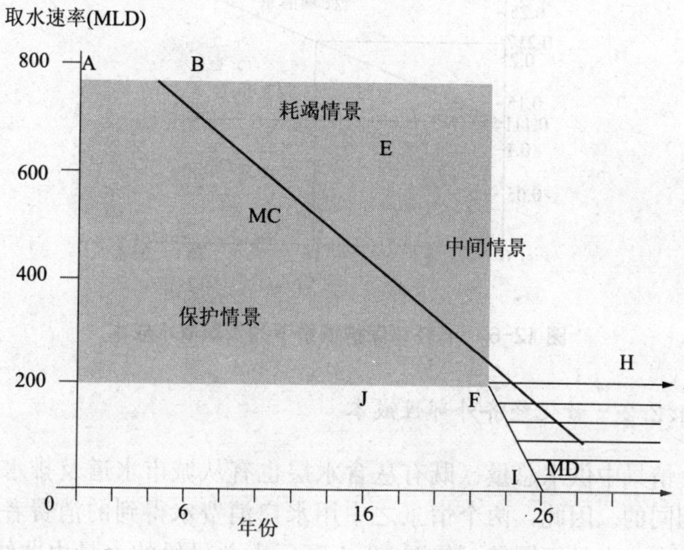

图 12-5　马尼拉地下水使用的可选情景

保护情景（曲线 AJFH）是实施集中管理的地下水采集政策会出现的结果。也可能会有以上两种情景之外的其他情景，但是由于数据的限制无进一步再进行调整。无论如何，以上两种情景的对比已足够有力地给出了一些有价值的政策结论。

在耗竭情景下，第 0 年（1984 年）一直到第 5 年的取水速率都是每天 730 兆升（MLD），直到第 6 年取水量开始线性减少，到第 16 年仅为 620MLD，然后取水速率开始迅速减少，到第 26 年因过度取水，取水速率降为 0。附录 A12.1 和图 12-6 显示，在 0 到 16 年平均取水成本从每立方米 0.13 美元到 0.22 美元呈线性上升，最后升到第 26 年的每立方米 0.27 美元。

与耗竭情景形成对比的是，我们也探讨了一个准理想化的保护情景，在这情景中地下水的使用被控制，最后达到一个安全的可持续水平，在这个水平下自然和人工再生水平与总取水水平相等。尽管保护情景是假想的，但它能提供一个有用的实际基准，以说明如果有周全的事先考虑和及时而准备充分的行动，可能达到的好的状态是什么样的。在这个情景中，第0到16年取水速率从730MLD线性减少到200MLD，这是达到依据含水层物理模型估计的安全可持续取水水平。当达到平衡时，就可以持续的以这种速率取水而不会破坏含水层。取水成本一直固定在每立方米0.13美元（见附录A12.1）。

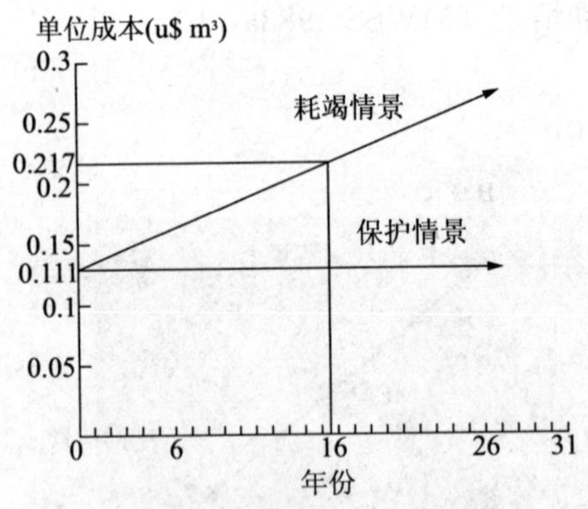

图 12-6 消耗和保护情景下的长期取水成本

12.4.2.2 量化经济外部性成本

两个情景中供水总量（既有从含水层也有从城市水道及排水系统中取水）是相同的。因此，两个情景之中用水户消费水得到的消费者剩余是相等的，只有成本是不同的。如图12-5所示，总供给的水量由曲线ABEFH下的面积表示。要满足总需求，除了地下水供给之外，在枯竭情景中城市水道及排水系统必须补充MD这么大的量（从第23年开始）；而在保护情景中补充MC这么大的量（从第0年开始）。城市水道及排水系统从含水层以外的其他可考虑的水源取水。

在表12-2中，基于城市水道及排水系统供给的平均增量成本（AIC）（附录A12.1），我们对比了耗竭情景开采地下水的成本和保护情景下抽水的成本，也包括了作为补充供给的城市水道及排水系统自来水的净增量成本。两个情景之下的成本之差的净现值被认为是由于实行耗竭情景而非保护情景带来的长期经济外部性成本（EC）。

这些额外的外部成本是因为按照消耗竭情景中的消费模式推进而产生的。表12-2还显示了此情景中地下水开采总量的现值。比率UEC＝EC/QD用来衡量每立方米地下水开采的长期外部性成本，也可以作为对地下水使用者的收费依据，用于补偿潜在的效益损失（对比保护情景被实施的情况）。UEC 被估计为每立方米 0.012 美元。如果过几年衡量的话 UEC 的平均值会增加。随时间推进（同时含水层在耗竭）而越来越高的 UEC 应在以下的政策手段中被反映出来。

表 12-2 地下水枯竭造成的外部经济成本

(1) 耗竭情景	
水供给成本的贴现值（参见附录表 A12-1）	40.687 亿美元
(2) 保护情景	
水供给成本的贴现值（参见附录表 A12-1）	37.756 亿美元
(3) EC	
成本之差：(1) －(2)	2.931 亿美元
(4) QP	
耗竭情景中地下水取水总量的贴现值	244.4 亿 m^3
(5) UEC	
耗竭所带来的长期外部性成本：(3) / (4)	0.012（美元/m^3）

12.4.2.3 政策执行

物理模型和地下水采集情景可以为估算破坏含水层的外部经济成本提供一个基准，可是关于地下水用户消费模式和经济行为（尤其是水的需求曲线）的进一步信息却基本空白。然而从简单静态分析出发我们也可以得到一些政策结论。稍后将会加入更多动态的方面，并且这不会影响以下讨论的逻辑。

图 12-7 表示一条正常的向下倾斜的地下水（私人）需求曲线。DP 表示地下水使用者的总支付意愿（即在不同的开采成本下的年使用量），此线下的面积衡量了水资源使用的效益，包括外部性成本。理想情况下，如果对未来含水层耗竭方面的信息是完备的、私人水井拥有者知道行为对社会的影响，那么地下水使用受社会需求曲线 DS 制约。DS 在 DP 之下是因为消耗情景下每立方米开采地下水都存在额外的经济成本（如 UEC）。DP 和 DS 间的差值会变大因为地下水使用者会忽略或是没有考虑到外部性。特别是，那些在早年开发最多享受低开发成本的人不一定会是那些后来面临从耗竭的含水层中以高成本取水的人。

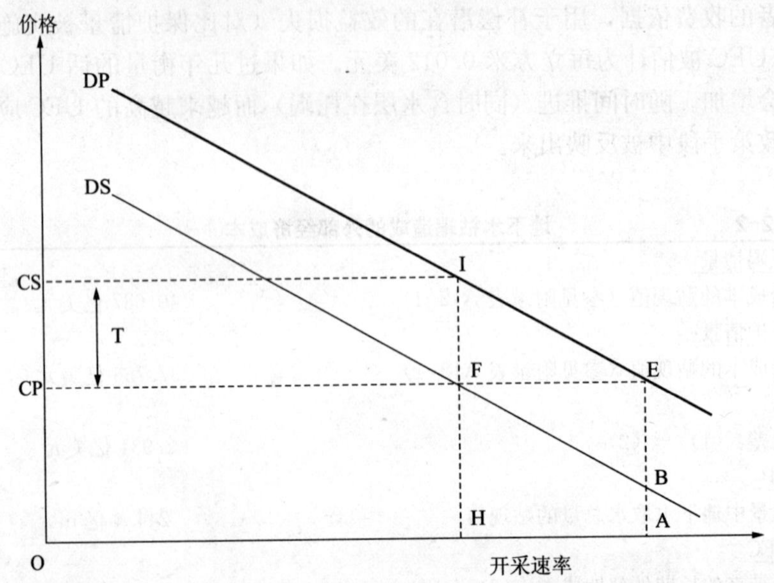

图 12-7 地下水提取以及用户收费

正如之前提到的那样，社会最优选择可能是限制地下水开采，实现保护情景。这将会带来成本的节约：在分析时间段内 UEC＝0.012 美元每立方米。然而，现在这种产出是不太可能达到的，因为要达到这个目标要求在很多年之前就已经引入相应政策。在现有政策情况下，耗竭情景将会持续，在特定的一年用户会以 CP 的成本开采 OA 的水（图 12-7）。BE 是每一边际单位用水的经济效率损失成本，因为开采成本超过了社会的使用收益。理想情况下，如果 DS 约束用水，边际消费收益 FH 将会等于 CP。在次优情况下，让我们强加一个使用税：T＝UEC＝IF＝BE。这会使得私人成本增加：CS＝CP＋T。如此地下水开采将会缩减到 AH，边际效益与成本相等，实现经济有效的用水水平。

如果引入时间维度，我们的分析将会变得更加复杂。如图 12-7，减少了的取水水平 AH 将会产生一个中间水平的开采情景，UEC 的值也有所不同。虽然如此，UEC 的初始值相较于 CP 来说较小，如果需求弹性较小（DP 斜率较大），这种调整就会很小。最后，通过互相作用的过程，达到一种 CS、SP、UEC 及取水速率相协调的状态是可能的。有效（次优）税率 TE 将会比原始 UEC 低。更加深入的动态分析是可能的，因为需求曲线 DP，成本 CP 以及税 T 都可以随着时间变化。更进一步地说，当咸水一步步入侵，如果可以得到不同区域的取水速率、成本以及用户费用等数据，那么就可以进一步分析空间上的分散性。

从公共财政的角度来说，在耗竭情景下平均每立方米 0.012 美元的用户费用将会生产 2931 万美元的现值收入。如果 UEC 随时间增加，收入也会增加。这些资源可以被用来开发备选的城市水道及排水系统水资源，以取代逐渐耗竭的含水层。

12.4.3 政策选择

12.4.3.1 基本原理

在法律上，所有菲律宾的水资源属于国家，用水是政府赋予公民的基本权利。从社会经济角度来看，菲律宾的水资源是公共物品，需要以最优国家收益为原则来分配和使用。政府有责任规制水资源使用，特别是在水资源短缺或是将来可能短缺的地方。

在过去40年中大马尼拉地区的地下水使用增长很快。很多时候取水速率超过了自然再生速率数倍，持续的过度取水将会给社会带来经济损失，因为从更低水位取水的成本更高，而水盐化加剧导致水质下降，一些水井不得不被放弃。每一个当下的地下水使用者都对其他所有使用者强加了外部不经济性。因此，政府必须采取理性的政策管理和控制地下水。一系列设计良好的地下水使用收费以及水资源分配管理方法将会帮助限制大马尼拉地区的地下水使用，并且得到足够的收益为未来开发其他的水供给源提供资金（特别是依靠发展城市水道及排水系统水道系统）以补充或替代（通过人工再生）不断减少的可获得地下水。

12.4.3.2 地下水管理程序以及已有措施

美国、墨西哥以及马里这些各异的国家中都存在地下水立法。在菲律宾，发展或开发其他自然资源如矿产、森林产品以及用于发电的水资源是要收费的。对诸如森林产品如木材或是薪柴的使用收费是合理的，因为地下水、森林属于可再生资源，会由于持续且不控制的过度利用而超过其再生水平时被破坏。然而，执行这些政策却存在一定问题。

在一些特定的地下水区域，许多给水管理区如宿务岛和巴塘格（音译）征收了使用费用。地下水管理措施在由国家水资源委员会（NWRC）颁发的菲律宾水资源法规（PWC）和创建了城市水道及排水系统的共和国1971年6月第6234号议案中都有所规定。对钻井及水井维护、保护水供给源、管理费、用户最低收费以及根据水井之间距离对取水频率进行限制。然而，对于大马尼拉地区地下水资源快速的耗竭及盐化，罚款既不足够也没有被强有力地实施。

12.5 政策执行问题

为了使水资源发展更加可持续，显然需要一系列新的地下水管理和控制措施以配合和补充上述提到的法律。新的措施应该包括确定大马尼拉地区的关键地下水域，颁发钻井执照，要求钻井许可，对建造、维护、消毒井水的消息描述、测量及上报要求，用户费用，取水限制，对含水层的冷水回灌以及污染控制。政策工具的协调使用是取得最好结果的关键因素。

12.5.1 钻井及执照费、控制及其他措施

新的水井拥有者应当为其钻井权以及每年经营井的执照付费。这样所有现存及新增的水井都有注册，并且它们的状态至少一年检查一次。取水许可应该根据测压水头和水含咸度确定建筑细节、允许的采取量以及用户费用。

政府需要采用一个水井安全弃用的体系。通过往孔径中从上到下填充满不可渗透材料（如水泥或黏土），可以避免新增咸水下流从而含水层的保护可以被加强。

要在低测压水头以及/或是高盐分地区限制地下水的采集，如果其他的城市水道及排水系统供水是可得的，则应该追加一个额外收费（超过用户成本）以处罚超过“正常需求”的取水。

河流及沟渠通过河床渗透污染含水层，而这些地表水本身所带废物则来自地表径流、工业排放、城市垃圾和卫生填埋等。当污染控制的规定已经在国家层面上存在时，针对大马尼拉的规制应该被明确且严格执行。含水层已确实被很严重地耗竭，其消化吸收可能有害的废物的能力已经大大降低。

12.5.2 保护、再分配及补给

1980-1981年，大马尼拉地区的供水中地下水的比例占40%。MWSS（1983b）报告说地下水的采集会从1982年的740MLD将会在2000年下降到少于615MLD。在像瓦伦祖埃拉以及马卡提这样的地区，取水的布局要远离“地下水降落漏斗”。大马尼拉地区的地下水采集会持续下降直到稳定在200MLD。

现有的地下水耗竭现象已经延展到整个大马尼拉地区，除了在一些极北的地区（不到总面积的10%）地下水承压面的高度已经低于海平面，在一些人口密度的地区，要低40-140米不等。在将来，大马尼拉临近地区的取水还会继续降低GMA的地下水位。大马尼拉沿岸地区向侧与向下的咸水入侵已经造成了严重的含水层破坏，并且在一些地区还产生了从200米以下或是更深的地方上涌的现象。

总的说来，一旦可操作，大马尼拉地区的地下水采集必须立即被限制

且重新布局。在高度枯竭的地区，应该通过向其提供新的地表水源降低其地下水的采集。对那些高于“正常枯竭水平”的取水征收高于正常地下水费的额外费用，会成为用水大户强大的经济激励。

增强含水层的补给，可以靠东南方向的淡水水源，或者是南部、东部和东北部高地的淡水水源以及雨季穿越大马尼拉的溪流。然而，大马尼拉地区含水层相对较弱的可渗透性会阻碍自然补给的过程。通过废弃水井，用高层写字楼或是民用住宅中的冷却水进行人工水资源补给有可能是可行的。使用过的冷却水必须在化学上与含水层相容。在大马尼拉的沿海地区，可以新建淡水井水脊以控制咸水朝内陆迁移。最后，大马尼拉区域内水井的水位及水质应该被监测以决定补给过程的进度。

12.5.3 估算和收取使用者成本

一个实际的框架必须包括经济有效性、社会公平以及环境保护方面的考虑（第 14 章）。在社会政治的基础上，有必要区分相对来说使用少量水资源以满足基本需求的个人用户以及采掘大量水资源以进行营利性活动的工业或商业水井拥有者。这种区别可能仅适用于使用者费率，而水井拥有者面对的是钻井以及执照费用。

咸水前缘（图 12-1）会引起“上吸”或升锥的现象，使得水井无法使用，所以接近咸水前缘的用户的取水不能超过临界水平。这些用户实际上还会面临额外的外部成本。远距离用户的过度取水行为会加剧咸水侵入内陆的程度，导致前缘附近的用户减少其取水，甚至最终放弃取水井。如果信息可得，我们可能会使用空间上的价格歧视或是价格分区制（依据其到咸水水面的距离）。在时间上进行动态定价也有一定的道理。

12.5.3.1 个人用户

基于满足基本用水需求的社会政治目标，对家庭水井拥有者（包括免税）的两个救济措施包括以下两种减免：(a) 对每户每月不超过 50 m^3 的取水量免除使用费（基于每人每月 6 m^3 的基本需求分配，并假设每户平均 8 人），而每月超过这个值的取水则按照惯常使用费收取；(b) 直径小于临界值（如 13mm）的水井，所有取用的使用费用都减免，尽管两个措施都鼓励节约地下水。(b) 选项可能更加容易实施，因为其避免了对大量小规模地下水使用者的计量、计费单以及付款收集。

12.5.3.2 工业和商业用户

这部分使用水资源以支持营利性活动的用户的所有用水将被征收全额费率（0.012 美元/立方米）

12.5.3.3 其他用户收费

在临界地区，应当在普通收费之上追加额外收费，使得费率高到足以使得井水拥有者转向城市水道及排水系统供给。基于地下取水使用后的处置成本还应该再添加额外收费，应该包括实际的污水处理费用和与排放相关的健康或环境成本。

要收费则要确定从井中取水的水量，有三种方法确定取水量：(a) 根据水位；(b) 根据电力消耗；(c) 根据水泵取水能力。在这些方法中，直接衡量水位适用于像城市水道及排水系统这样的水务企业，这里的组织机构已经具备了训练有素的人力，当地官员和适当的程序。然而水的计量很可能被作假，所以必须要靠施加很强的法律惩罚才能保证人们的遵守。另外是否计量以及安装复杂设施的决定也应该要先对计量的效益和成本进行比较(Munasinghe，1992b)。

次优的方法是基于电力使用来确定取水量，这需要有经验的人力、可靠的取水数据以及电表的周期性读表数据。这些记录需要从电厂获得，或是直接由水务企业工作人员去读取。最后，使用水泵取水能力来计算取水量的方法在实际使用中会存在困难。需要技术数据以计算取水量，所以需要水井所有者的配合——液下泵的取水能力可能就很难被确认。

以上每一个方法都假设城市水道及排水系统可以拥有对所有取水装置特征及位置的完整记录，以征收税费和加强取水管理。

12.5.4 结论

上述案例分析显示了忽略长期外部性如何危害地下水的可得性与水质，并增加了经济、环境及社会成本。当取水速率超过自然加上人工补给的速率时，一个典型的地下水使用者会倾向于忽略或是不关心其所造成的外部不经济，也就是其给所有其他用户以及未来用户带来的成本。在大马尼拉的情境中，不仅地下水枯竭，还有咸水入侵等次生现象，使得长期问题恶化。

一个关键补救措施是引进用户收费系统以使得水资源发展更加可持续化——通过减缓地下水采集速率以及保护未来用水。用户收费标准基于地下水的社会需求曲线，该曲线清晰地显示了环境—经济外部成本的存在。一个等同于长期外部成本的用户收费可以被施加到每一立方米的取水上，使得边际地下水采集成本和社会边际使用效益相等。在临界地区可以征收普通税费之上的附加费用，费率基于更加具体的咸水入侵和含水层耗竭发生的空间及时间分布特征。

适当限制水的使用，特别是在缺水地区或是未来可能缺水的地区这样做，是政府的责任。基于用户收费的政策应该和地下水需求管理及控制措施相结合以便有效地减少地下水的使用。有力的地下水管理会增加收入以开发其他水源，用来补充或是代替可得性日益降低的地下水。

12.6 孟加拉国用于防治霍乱的简易水源净化方法

12.6.1 水污染及疾病问题

缺乏安全水源是一个世界性的难题，随着人口增长和环境恶化该问题日益严重（12.2节）。霍乱以及其他水传播的痢疾类疾病是导致人口死亡的主要杀手之一，尤其对发展中国家的儿童威胁甚大。每年约发生550万起霍乱的病例。在许多国家，往往认为抽取地下水的管井能提供安全的饮用水。然而，管井水源却无法防治肠胃疾病。地下水系统很容易受微生物和重金属污染，例如，地下水砷污染在阿根廷、智利、中国、墨西哥以及泰国等地都有发生。在20世纪60年代末为了应对严重的地面水污染，孟加拉国所开凿的深井中约有半数深井都存在严重的砷污染，砷含量高达50ppb，部分污染区域的砷浓度甚至更高。

饮用水的微生物学中一个主要的方面是“活的但却非可培养现象”，即水传播疾病细菌所表现出来的休眠状态或生存策略。在“活的但却非可培养”（VBNC）状态下，细胞具有活性和可致病性，却并不处于传统的细菌培养基上进行生长。因此，若不采用其他的检测手段，这些致病细胞则会保留于水中。有必要对用于水处理的消毒剂相关规定（包括那些使用氯的消毒剂）进行重新评估，特别是在市政的过滤与水净化系统有效性很低的时候，如在严重洪灾期间。

马里兰大学和孟加拉国痢疾研究国际中心（ICDDR，B）的实地调研发现简单净化在减少霍乱和其他肠道疾病传播上十分有效（TWNSO，2004）。干预方法应该满足可持续发展标准，即低成本、社会和文化可接受以及环境友好；并且在极端的气候条件，比如雨季之后，对于发展中国家的广大公众来说是简易可得的。瓶装水对于受水传播疾病危害的穷人来说显得过于昂贵。

区别于其他疾病的是，水传播疾病往往不能彻底根除，因为许多病原体往往自然地存在于水源中。然而，却可以通过改变社会行为对其加以预防，例如通过普通教育和改进公众意识以改变用水习惯，还需要加大力度保护水源免受污染。由于快速工业化、缺乏资金以及管理低效，许多发展中国家也面临严重的化学品污染。此外，对于水净化以及提供安全引用水的机构来说，病原体可能对水处理化学品产生抗药性，这又带来了新的难题。

传染霍乱的传染性病原体叫做霍乱弧菌（VC），它天然地存在于水生环境。如果摄入霍乱弧菌，根据个人不同的健康状况可能引起霍乱（Cash等，1974）。孟加拉国面临两种不同的水问题，即雨季的洪灾和旱季的严重干旱。在霍乱流行区，夏季霍乱弧菌数量会增加（Sack等，2003）。洪水总是造成极端情形，甚至人们的基本需求都难以得到满足。此时，将水煮沸或进行氯气净化变得更加困难。

在饮用水之前进行煮沸处理能杀死麦地那龙线虫的幼虫（它会引起麦地那龙线虫病）和剑水蚤（浮游期的麦地那龙线虫）以及其他的微生物。然而，这需要花费很多时间，并且对孟加拉国这样薪柴比较缺乏的国家而言显得较为昂贵。此外，在孟加拉国（以及非洲）（WASH，1991）煮沸水再饮用并不符合社会习惯。在取水时或者饮水前进行过滤能有效去除剑水蚤。剑水蚤可以用尼龙网进行滤除，并且过滤被认为是能有效预防这种致命疾病的方法，并且在非洲此方法一度成为普及的方法（WASH，1991）。

在孟加拉国，大部分的村民仍主要依赖于未经处理的地表水源。取自池塘和河流的地表水被认为是更好的饮用水源，不仅因为口感、方便的原因，还在于传统的看法认为“高质量”的水来自“自然的”水源并且未经化学处理的。Hughes等（1982）指出饮用霍乱弧菌阴性的水，但是用霍乱弧菌阳性的水源来煮饭、洗澡或洗衣服，其感染霍乱的概率和直接饮用霍乱弧菌阳性的水源是一样的。这说明，所有家庭用水都应采用清洁水源，而不仅仅是饮用水，这相当重要。一旦某位家庭成员被传染上疾病，那么很可能通过食物或者其他直接方式将疾病传染给家庭其他成员。

在雨季的洪水中，孟加拉国很大部分区域被淹没，只有很少的手动管井能被村民使用。许多厕所也被洪水所淹没，这导致了更严重的卫生问题，并将村民直接置于肠道细菌（如霍乱弧菌）污染的威胁之中。先前的研究指出，在最近的几个雨季中，浮游动物和浮游植物都大量生长，使得弧菌有载体进行附着和繁殖，进而增加了天然水体中霍乱弧菌的数量（Colwell和Huq，1994；Huq等，1983）。当无法避免使用地面水源的时候，尤其是在洪水和其他自然灾害的情况下，一个简单而有效地减少霍乱弧菌的数量方法，将会对减少霍乱的发生非常有用。

12.6.2 纱布过滤法的实验

实地实验采用了一种简单、廉价以及容易被社会接受的方法，即采用四层纱布作为过滤器，这样能除去99%的附着在浮游生物上的霍乱弧菌，从而减少霍乱病例。在众多可选的材料中，旧纱布比新布料更适合用于过滤，因为旧的纱布已经磨损，减小了网格的尺寸。四层旧纱布形成30mm的网格，这样就能过滤99%由浮游生物携带的霍乱弧菌。因为霍乱的致病需要一定剂量，在那些人们不得不引用未经处理的水源的区域，在其他方法不可得或太昂贵的情况下，过滤是防治霍乱一个很实用的方法。这个研究针对贫穷的农村家庭，通过当地社区的直接介入减少霍乱的发生。这些家庭中母亲们具体执行水源过滤净化的操作。

每组各 1.5 万名的三组村民参加了该项实验。第一组采用纱布过滤，第二组采用尼龙过滤（这是在非洲用于防治麦地那龙线虫病的），第三组作为控制组，继续使用原有的无过滤措施的取水方法。尼龙和纱布组的参与者被教授了如何使用该过滤装置，而三个组的参与者都被告知了卫生和个人健康的重要性。还通过海报张贴，强调去除水中浮游生物的重要性。且向村民们宣传最好所有的日常用水都要采用过滤水。广泛的事先和事后问卷评估了参与者掌握水过滤健康价值相关知识的情况，并且也评估了参与者对此项目的参与意愿。

12.6.3 研究结果

实验开始后四个月，90%的人在其日常生活中接受了纱布过滤系统。在采用尼龙和纱布过滤的组中霍乱发病率急剧降低。采用纱布过滤组的霍乱病例仅为控制组的一半。

很显然，纱布过滤帮助人们获得更加安全的水源却并未造成过多额外的支出，给那些没有其他处理办法的人们带来了很大的健康效益。它满足了之前提到过的经济、社会和环境的标准，即低成本、社会文化可接受和环境友好，并且对于公众来说具有可行性，尤其是在雨季之后这样的极端气候情况下。在成功的实地实验之后，许多村庄都已经开始采用这种方法来过滤水源。应该通过大众媒体告知公众这样的正确信息，这样更多的人才会采用纱布过滤方法。

12.6.4 纱布过滤方法的可持续发展评价

基于可持续经济学的可持续水资源管理与政策框架考虑了可持续发展的经济、社会和环境方面。一旦“双赢”（能改进这三方指标）的方案得以实施，政策制定者就能在其他的可行方案中进行权衡取舍了。

传统的水工程评价采用费用—效益分析（CBA），所有的影响都要用货币来进行衡量。然而，当环境和社会影响难以度量时，多重标准分析（MCA）对政策制定者来说更加有吸引力，这样就能通过考虑一系列备选方案来得到一个“最好”的解决方案。多重标准分析（MCA）对达到各种目标可选的措施进行评估，而这些目标往往有着不同的度量单位，因为许多影响并不能仅通过货币来衡量（第 3 章）。

图 12-8 采用多重标准分析方法在可持续水资源管理与政策框架中评价简易的纱布净水方法。沿三条轴线向外移动则意味着三方面标准的改进：经济效率（净货币收益）、社会公平（穷人收益的改进），以及环境保护（水污染的减少）。三角形 ABC 表征当前现状。水传播疾病导致发病率和死亡率的上升，进而造成经济危害（收入损失，医药费等等）。社会公平仍然很低，因为穷人受影响最大，并且总的环境保护情况也很差。下一步，三角形 DEF 表征了纱布过滤所提供的未来“双赢”局面，三方面标准都得以改进。因为健康情况改进，所以经济损失减少。乡村的穷人，尤其是妇女和儿童的健康状况有所提供，因而社会公平有所改进。环境效益则来源于更清洁的水。

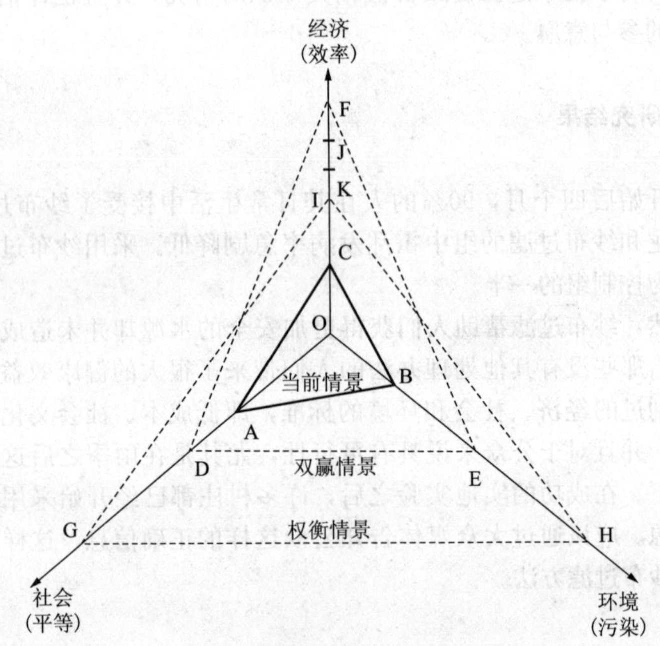

图 12-8　通过 SWAMP 和 MCA 对水质进行 SD 分析

资料来源：Munasinghe (1992，2002)。

实现“双赢”的收益之后，再采用其他的方案可能就面临着权衡。例如，GIH 三角意味着采用更加先进的供水及净化方法（如使用由净化厂和管道供给的水井或地表水水源、纳米技术等）或许能获得更多的环境和社会效益，但是经济成本也会随着增加。从 ABC 到 DEF 获得了令人满意的“双赢”之后，政策制定者可能并不愿意进一步从 DEF 移动到 GIH，因为很难确定三方面标准的权重。然而也有办法可以缩小可选方案的范围。假设一个较低的经济成本 FL，可以获得社会收益 DG（如通过主要帮助穷人），而要实现环境效益 EH（如更好的供排水服务）需要一个较高的成本 LI。这里社会效益相对似乎更能弥补其对应的经济成本。进而，如果预算约束导致成本增加不可能超过 FK，那么只有提高社会效益的选择才有足够可得的资金，那么改进环境的政策选择将只能延后。

附录 A12.1 水供给的经济成本

以下表 A12-1 到表 A12-4 分别表示以下几种的供给成本：（a）地下水（包括耗竭情景与保护情景）；（b）MWSS 公共用水供给。水供给的单位经济成本等于供给的平均增量成本（AIC）（第 14 章）

$$AIC = \frac{\text{水供给增量成本的现值}}{\text{水供给增量的现值}}$$

表 A12-1 地下水取用与供给成本

年份	耗竭情景						保护情景				
	地下水取用量（MLD）	MWSS 供给（MLD）	单位供给成本 t（1）（US$ m³）	生产成本（以千美元/天记）			地下水取用量（MLD）	MWSS 供给（MLD）	生产成本（以千美元/天记）		
				地下水 wd（2）		总数（3）			地下水 wd（2）	MWSS	总数（3）
1984	730	0	0.131	95.9	0.0	95.9	730	0	95.9	0.0	95.9
1985	730	0	0.137	100.1	0.0	100.1	697	33	91.6	7.6	99.2
1986	730	0	0.142	103.8	0.0	103.8	664	66	87.3	15.4	102.6
1987	730	0	0.148	107.9	0.0	107.9	631	99	82.9	23.0	105.9
1988	730	0	0.152	111.6	0.0	111.6	598	132	78.6	30.6	109.2
1989	730	0	0.159	115.8	0.0	115.8	565	165	74.3	38.3	112.6
1990	730	0	0.164	119.4	0.0	119.4	532	198	69.9	46.0	115.9
1991	719	0	0.169	121.7	0.0	121.7	499	220	65.6	51.1	116.6
1992	708	0	0.174	123.4	0.0	123.4	466	242	61.2	56.2	117.4
1993	697	0	0.180	125.4	0.0	125.4	433	264	56.9	61.3	118.2
1994	686	0	0.185	126.9	0.0	126.9	400	286	52.6	66.4	119.0
1995	675	0	0.191	128.7	0.0	128.7	367	308	48.2	71.5	119.7
1996	664	0	0.196	129.9	0.0	129.9	334	330	43.9	76.6	120.6
1997	653	0	0.201	131.5	0.0	131.5	301	352	39.6	81.7	121.3
1998	642	0	0.206	132.5	0.0	132.5	268	374	35.2	86.9	122.1
1999	631	0	0.212	133.9	0.0	133.9	235	396	30.9	91.9	122.8
2000	620	0	0.217	134.6	0.0	134.6	200	420	26.3	97.5	13.8
2001	558	0	0.223	124.4	0.0	124.4	200	358	26.3	83.1	109.4
2002	496	0	0.228	113.0	0.0	113.0	200	296	26.3	68.7	95.0
2003	434	0	0.234	101.4	0.0	101.4	200	234	26.3	54.4	80.6
2004	372	0	0.239	88.7	0.0	88.7	200	172	26.3	39.9	66.2
2005	310	0	0.244	75.7	0.0	75.7	200	110	26.3	25.6	51.9

续表

年份	耗竭情景						保护情景				
	地下水取用量(MLD)	MWSS供给(MLD)	单位供给成本 t (1)(US$ m³)	生产成本(以千美元/天记)			地下水取用量(MLD)	MWSS供给(MLD)	生产成本(以千美元/天记)		
				地下水 wd (2)		总数 (3)			地下水 wd (2)	MWSS	总数 (3)
2006	248	0	0.249	61.9	0.0	61.9	200	48	26.3	11.1	37.4
2007	186	14	0.255	46.0	3.3	49.3	200	0	26.3	0.0	26.3
2008	124	64	0.260	32.2	14.9	47.1	200	0	26.3	0.0	26.3
2009	62	138	0.266	16.5	32.1	48.6	200	0	26.3	0.0	26.3
2010 to INF	0	200	0.271	0.0	46.4	46.4	200	0	26.3	0.0	26.3

由表 A12-3 可知，地下水取用的单位生产成本为 0.127 美元（耗竭情景下 2000 年的情况）。

由表 A12-2 可知，地下水去用的单位生产成本为 0.132 美元/立方米。

由表 A12-4 可知，MWSS 供给的单位生产成本是 0.23 美元/立方米。

注意：耗竭情景和保护情景下的产出都是相同的。

表 A12-2　　1984 年的初始抽水成本和井水产出量

年份	成本		产出量（m³）
	投资成本	操作成本	
0	92,857	9,400	179,050
1	0	9,400	179,050
2	0	9,400	179,050
3	5,100	9,400	179,050
4	0	9,400	179,050
5	5,100	9,400	179,050
6	2,607	9,400	179,050
7	5,100	9,400	179,050
8	0	9,400	179,050
9	16,900	9,400	179,050
10	0	9,400	179,050
11	7,707	9,400	179,050
12	0	9,400	179,050
13	5,100	9,400	179,050
14	0	9,400	179,050
15	5,100	9,400	179,050
16	2,607	9,400	179,050
17	5,100	9,400	179,050
18	11,800	9,400	179,050
19	5,100	9,400	179,050

续表

年份	成本		产出量（m³）
	投资成本	操作成本	
第 0 年的贴现值（贴现率为 10%）	121,044	80,025	1,523,900
单位成本：（121,044+80,025）/1,523,900=0.132 US$/m³			

注：根据 1984 年 6 月 1 日的汇率：1 美元=14 菲律宾比索。

1984 年水井的各方面特征指数：

深度=183m；抽水速率=0.454 立方米/分钟；有效率=0.6；生产能力系数=50%；使用寿命=20 年

表 A12-3　　2000 年（耗竭情景下）抽水成本和井水产出量

年份	成本		产出量（m³）
	投资成本	操作成本	
0	92,857	12,614	179,050
1	0	12,614	179,050
2	0	12,614	179,050
3	5,100	12,614	179,050
4	0	12,614	179,050
5	5,100	12,614	179,050
第 0 年的贴现值（贴现率为 10%）	99,855	47,818	678,740
单位成本：（99,855+47,818）/678,740=0.217US$/m³			

注：根据 1984 年 6 月 1 日的汇率：1 美元=14 菲律宾比索。

2000 年水井的各方面特征指数（预测数据）：

深度=183m；抽水速率=0.681 立方米/分钟；总动压头（TDH）=116m；

有效率=0.6；产能力系数=50%；使用寿命=6 年

表 A12-4　　MWSS 水供给的平均增量成本（AIC）

根据 1984 年不变价格，把生产成本和产量按照 10%的贴现率贴现回 1984 年的现值：	
1. 资本成本（百万美元）	632
2. 运行成本（百万美元）	77
3. 能源销售价值（百万美元）	59
4. 成本净现值（1+2-3）（百万美元）	650
5. 产水量（百万立方米）	2,801
6. 所产出水的平均增量成本（美元/立方米）	0.23

第 13 章
生态及农业系统的应用

热带森林的可持续管理

马达加斯加的森林生态系统评价

农业及气候变化

气候对斯里兰卡农业的影响

本章阐述了可持续经济学在以下两种主要生态系统中的应用——森林（自然生态系统）及农业（人工生态系统）。13.1 节阐述了森林采伐的深层原因，对雨林中具有高度多样性的自然生态系统管理进行了分析，接下来识别了使森林使用更加可持续的一般性政策。在 13.2 节中，通过马达加斯加的案例研究，试图更好地理解公园管理政策对热带森林的特殊影响，评估了人类行为的环境及社会经济后果，并特别着重对环境影响进行了经济评估。研究还使用不同的方法（如机会成本法、条件价值法、旅行费用法）对损害进行了经济评估，损害的内容包括森林和分水岭、木材及非木材的森林产品、本地居民和生物多样性受到的影响以及生态旅游的收益。并提出了相关的政策意义。13.3 节及 13.4 节介绍了关于斯里兰卡的案例研究，讨论人工生态系统（农业）对气候变化的脆弱性。李嘉图农业生产模型估算了温度和湿度自然变化造成的影响。然后，在几个未来气候变化的情景下评估了未来的农业生产。正在升高的温度带来的负面影响超过了增加的降雨量带来的正面影响。最后，对斯里兰卡可持续农业政策的提出了政策结论。

感谢 R. A. Kramer，J. McNeely，R. Mendelsohn，N. Seo 及 N. Sharma 对本章的贡献。
本章的部分内容改编自以下的材料：Munasinghe，M.（1993d）“Environmental economics and biodiversity management in developing countries”. *Ambio*，Vol. XXII，No. 2-3，p. 126-35，May; Munasinghe，M. and McNeely，J.（1995）*Protected Area Economics and Policy*，The World Bank and World Conservation Union（IUCN），Washington DC，USA and Gland，Switzerland; Kramer，R. A.，Sharma N. and Munasinghe，M.（1995）*Valuing Tropical Forests*，Environment Paper No. 13，The World Bank，Washington DC，USA; and Seo，N.，Mendelsohn，R. and Munasinghe，M.（2005）*Environment and Development Economics*，Vol. 10，No. 5，p. 581-96，October.

13.1 热带森林的可持续管理

13.1.1 森林砍伐问题

热带森林包括干旱森林及潮湿森林两种，每种大致占目前世界上已发现的 31 亿公顷热带森林的一半。热带潮湿森林又进一步分成雨林及落叶林。雨林占到所有热带潮湿森林的 2/3，并具有最丰富的生物量和生物多样性。落叶林一般在雨林的外缘，以有较清楚的干旱湿润季节划分为特征。尽管热带干旱林也遭受到大规模的破坏，但国际社会关注的仍然是热带潮湿森林的消失。

森林砍伐这个词被用于相当广泛的范围，是指对森林资源浪费式的破坏，尤其是对于原始森林。但是，也有例外情况（Rowe R.，等，1992）。"干扰性森林砍伐"指的是人类活动严重改变了森林系统的自然栖息地。"转换式森林砍伐"是指将森林土地转换为其他替代性用途（如农业和移民）的过程。不是所有的人类活动都会对森林带来彻底的破坏。尽管一些与森林相关的服务和功能可能受到重大的影响，某些人类导致的干扰性或转换性的森林砍伐还是使森林覆盖下的区域仍保留了完好无缺的状态。

为了减少对林地的破坏性利用，人们开始考虑人造林和可持续农业活动，管理良好的人造林使得次生林在砍伐后能够再生，可持续农业活动让土地在收割后几个季节内休耕。浪费式的森林砍伐指的是产生高价值的产品和服务的森林全部被采伐或被只有较小回报的土地利用方式所替代。后一种引起了重要的环境问题，具有地区、国家乃至全球性的影响。浪费式的森林砍伐在很大程度上是一个不可逆的过程。如果土地在耕种一个季节之后休耕一段时间，或者有序地进行造林，那么次生林的再生是很快的。但是自然热带森林的生物多样性的重建却需要花费几十年的时间，甚至可能永久丧失。

热带地区的森林砍伐现在仍在继续。作为开放性资源的森林遭到的破坏最严重，甚至公园和受保护的地区都遭到了威胁（Munasinghe 和 McNeely，1995）。至 1995 年，自然森林覆盖的地区大约占热带地区的 36%（1,715 百万公顷）。与 20 世纪 90 年代相比，热带森林砍伐率在 2000-2005 年间上升了 8.5%，而同期原始热带森林的消失增加了 25%（FAO，2005）。热带森林的年破坏比率从 20 世纪 90 年代的 0.57%（10.16 百万公顷/年）上升到 2000-2005 年间的 0.62%（10.4 百万公顷/年），同时原始热带森林的消失速率从 20 世纪 90 年代的 0.66%至少上升到 2000-2005 年间的 0.81%。同期原始森林每年的破坏从 5.41 百万公顷上升到 6.26 百万公顷。由于人工造林数量的显著增加，北美、欧洲及中国的森林植被面积在扩大，但是热带地区却有所减少。工业砍伐、农业转化（商业和生计）以及森林火灾（通常由人类引起）是造成目前全球大多数森林退化的原因。

巴西在 1990-2005 年间森林消失的数量最多，为 2.8 百万公顷（占总森林覆盖面积的 8.1%）。印度尼西亚、缅甸、刚果民主共和国及赞比亚同样遭受着严重的森林破坏。森林覆盖面积较小的国家消失的比率更高，例如，科摩罗为 7.4%，布隆迪为 5.2%（FAO，2005）。

13.1.2 森林获益

热带森林的基本自然过程（如土壤的形成、营养循环及初级生产）支持着关键的生态系统功能（供给，调节及文化方面），而这恰是可持续发展所依赖的（第 4 章）。热带森林还提供许多产品及服务，使当地、全国乃至全球的人们受益。土著居民和以森林为基础的社区依赖森林资源为其提供大部分消费品，如食物、住所甚至衣服。对国家而言，森林资源是外汇和能源的来源。森林土地可以成为粮食生产和住所扩张时的"新"土地。森林还可以保障淡水的正常供应，防止洪水，保护作物不受大风所破坏，防止土壤侵蚀和下游河床淤积。热带地区总共约有 25 亿人直接或间接地依赖森林资源为其提供消费品。热带森林稳定全球气候，保护生物物种多样性，支持生态系统，提供休憩的服务。人们从森林的舒适性价值中获益，还从其持续存在的过程中获取知识。

在人类社会发展中，森林的作用也许超过了其他资源、水系及耕地。森林产品部门占世界 GDP 的 1%以及国际商业贸易的 3%。圆材、锯材、平板、纸浆及纸张的流通量超过了 2,000 亿美元（FAO，2005）。在一些国家，它们所占 GDP 比重更高——比如，在马来西亚、利比里亚及象牙海岸，比重约为 5%，在喀麦隆和坦桑尼亚，比重约为 4%。马来西亚沙巴州 70%的政府收益都来自于森林。尽管如此，林业部门潜在的利益仍然被低估了，且在大部分发展中国家中没有计入。多数森林最重要的市场产品是木材、薪材、纸浆及纸张，相当于每年为全球提供 34 亿立方米木材。1960－1990 年间木材的使用量增长了 60%，后来由于更加有效的木材使用以及纸张循环，全球木材使用量于 20 世纪 90 年代稳定下来。

贫困国家和富裕国家的木材总使用量之间差距不是很大，很大程度上是因为贫困国家将木材作为燃料的需求量非常大。世界上人均木材使用量最多的国家（超过全球平均水平的三倍）包括了经济发展各个阶段的国家：利比里亚、赞比亚、马来西亚、哥斯达黎加、瑞典及美国。非洲是木材人均消费量第二大的地区，排在北美洲之后（FAO，2005）。木材的使用随经济发展水平的不同而急剧变化。从全球来看，一半的使用是作为燃料，而发展中国家这一比率上升到 80%。木材是全球 30 亿人取暖烹饪的主要能量来源，这是非洲热带森林消失的主要原因。许多国家，尤其是在南亚，面临着越来越严重的国内薪材短缺问题。

到目前为止，热带森林最有价值的经济产品是木材，木材收益大约占到了森林所有相关收益的 1/2。圆材和薪材是两种主要的木材产品。圆材指的是木材处于其天然的状态，其后可以被加工成锯材、纸浆、平板、合板及纸浆。热带硬木是热带主要的出口贸易工业木材，占国际木材贸易总量的 10%以上（Ambio，1992）。发展中国家生产的工业木材总量中，大约 31%以圆材或木材产品的形式出口。尽管如此，这部分只占到全部热带木材供应的 4%，而 13%是各国以木材的形式消耗，其余部分以薪材的形式消耗（Vanclay，1993）。目前 33 个热带国家是木材的净出口国。随着许多国家的国内需求逐渐和可供给数量持平，到本世纪这个数字将会降到 10 个。

在工业化的国家，木材主要用作“工业圆材”（建筑材料、纸张及包装）。美国人均使用量是发展中国家平均水平的 15 倍。一半以上的工业用木是在北美、欧洲和日本，而这几个国家的纸张用量占到 70%。全球的纸张使用从 1950 年起增长了 6 倍，其木材用量占所有木材用量的 1/5（FAO，1995）。除了中国和巴西，多数工业圆材的生产在发达国家，其木材使用量超过发展中国家的两倍。

薪材的生产主要是为了满足国内的需求。从热带森林采伐的木材中，大约 83%作为薪材使用。在非洲，超过 90%的木材供应被当作能源的原料来消耗（Vanclay，1993）。发展中国家的 30 亿人口依赖薪材作为主要的能源来源，但是只有 20%的能源需求是由薪材来提供的。随着木材不断变得稀缺，薪材的成本急剧上升，尤其是在严重裸露的地区。家庭（尤其是城市的贫困人口）仅在薪材一项上的花费就有可能占其收入的 20%-30%（Rowe 等，1992）。

森林还是许多非木材产品的来源，包括一些提取物，比如，树皮、染料、纤维、橡胶、熏香、乳胶、油、树脂、虫胶、制革化合物和蜡；部分植物和动物可以用于医学、仪式、装饰用途；还有一些食物，比如灌木丛动物、花、水果、蜂蜜、坚果、花瓣、种子及香料。多数非木材产品在本地消费。喀麦隆南部雨林的一项研究发现，超过 500 个植物物种及 280 个动物物种被本地人使用，以及在本地市场上进行买卖（Dijk，1998）。实际上每公顷土地上非木材产品的商业价值可能是超过木材产品的。藤条、乳胶、棕榈油、可可、香草、坚果、香料、橡胶以及装饰性的植物可以作为商品从而扩大发达国家现有的市场。一些国家可以从非木材产品中获得可观的收益。苏丹和马达加斯加每年可以从橡胶和香草出口中分别获得 6,000 万美元。印度尼西亚 1986 年从非木材产品出口中赚得 134 百万美元。许多生活在热带雨林中或附近的人们所需近一半或超过一半的蛋白质依赖于从森林中捕获的野生动物。而每年在巴西亚马孙地区所获得的食用肉类接近 16 万吨，即大约 2,000 万只动物。

由于许多非木材森林产品都在森林中使用或者非正式地贸易，因此当考虑自然森林相对与其他土地利用方式的价值时政府通常低估它们对经济的贡献价值。20 世纪 80 年代后期巴西亚马孙河流域的“农业储备”是一个例外，其目的是贡献于巴西的坚果收获，橡胶采集和其他对森林的非破坏性使用。这些非木材资源可能被过度采集，尤其当当地产品能够流向城市市场时。非洲捕猎丛林动物已经成为全球性活动，捕捉量每年可能超过 100 万吨。这种水平的捕猎是不可持续的，同时会对森林生态造成破坏，因为同种动物之间经常散播种子。

天然热带森林提供了很多生态系统服务，人们有充分合理的理由保护它们。由于高生物量密度，热带森林和土壤储存了大量的碳。热带森林中所含的碳量是大气中的三倍。热带的森林砍伐会增加全球碳排放的 1/6，增加了气候风险（第 5 章）。

热带森林面积只占地球总面积的 9%，却支撑着地球生物圈中大约 140 万已命名物种中的一半（Schucking、Heffa 和 Patrick Anderson，1991）。热带的物种、基因以及生态系统多样性对于维持自然生态系统平衡来说至关重要（13.1.3 节）。基因多样性的丧失可能导致对环境变化的不适应性，对疾病的脆弱性，以及由生态服务变化引起的收益降低（第 4 章）。

对于保护流域以及保证长期淡水供给来说，森林起到了非常重要的作用。由风和地表径流带来的侵蚀可以经森林的作用而减轻，比如，森林可以减少水库和河流下游的沉淀物和河床，后者导致了作物的破坏、动物的消失、人类居住地和基础设施的损坏，以及疾病的传播。森林有助于稳定局地气候和水文系统——例如，在亚马孙河流域，据估计有一半的降水来自土壤水分蒸发蒸腾损失（Rowe R.，等，1992）。森林还有助于改善空气质量，以及通过固氮作用使土壤肥沃。

迄今为止热带森林的休憩价值很大程度上被隐藏了。生态旅游是一项新出现的经济活动，可以为热带国家带来大量外汇。本地城市居民同样可以通过游览热带森林获得休憩的益处。然而他们对这些资源的支付意愿一般来说都相对较低。尽管多数人可能从来都没有打算游览森林，但是热带森林仅仅存在就可以为人们带来益处。

13.1.3 热带森林及可持续发展

对可持续发展来说，森林砍伐是极其有害的。有一些例子可以说明森林砍伐对发展有严重的影响，比如孟加拉国、泰国及马达加斯加的洪水泛滥；肥沃土壤的侵蚀；河床和水库的沉积作用影响下游的水电工程、渔业和其他产业。由于森林耗竭造成的全部经济损失大约占主要木材出口国GNP的4%-6%——相当于木材出口所获得的收益（Rowe R.，等，1992）。

13.1.3.1 自然系统

森林砍伐、温室气体及气候变化之间的联系同样有着非常重要的意义。目前森林砍伐使得10亿-30亿吨碳释放到大气中。森林砍伐的碳释放主要有两个方面原因：生物量对碳储藏作用的减少，以及焚烧森林过程中的碳释放。发达国家的化石燃料燃烧每年释放大约60亿吨碳进入大气。气候方面的问题也与热带森林燃烧带来的温室气体排放有关。

当森林资源由于人类的活动而遭受极大的压力时，其结果可能最终使土地沙漠化。森林覆盖的消失可能导致降雨形式和植物的变化。较低密度的灌木丛和矮树丛可能取代丰富的生物量，因为生物量越丰富则需要更多湿气。如果由人类带来的这种压力持续下去的话，存活的植物也会随着地表变裸露而消失殆尽。超过一定的阶段后，沙漠化的进程将难以逆转。

森林覆盖的消失还会影响水土保持的能力，水土保持能够保证流域在干旱时期仍能保持活力。没有树木的覆盖，土壤会失去保持水的能力，大部分降水随地表径流迅速流失。由于森林砍伐带来的流域破坏可能是极其有害的，那些依赖自然资源满足其基本需求及其他相关需求的乡村贫困社区受损尤为严重。森林覆盖的消失同样影响水文地质循环。

13.1.3.2 生物多样性

热带森林在保护生物多样性方面起到了重要作用。1992年的生物多样性国际会议将生物多样性定义为生命有机体的变异性。生物的多样性有三种：物种、基因和生态系统。这种分法只是提供了一种便利的方法来定义多样性的不同类型，同时方便度量，但三种类型之间不是互相排斥的（Aylward、Bruce A. 和Edward B. Barbier，1993）。生物多样性的概念不同于生物资源本身。但是文献中倾向于认为保护生物多样性、生物资源和自然栖息地是同一个相同的目标。

尽管世界上物种的总数约在 500 万-3,000 万之间，但雨林中物种多样性的 5%是不为科学所知的。一项研究发现婆罗洲（一半属于马来西亚，一半属于印度尼西亚）雨林中的仅仅 10 公顷上就有 700 个树种，相当于北美洲所发现树种的总数（Botkin 和 Talbot，1992）。更加具有代表性的是南美，一公顷热带雨林中就可能有 40-100 个物种，而秘鲁的亚马孙河流域一公顷热带雨林中能达到 300 个物种。相比之下，北美森林东部一公顷只有 10-20 个物种，北部森林只有 1-5 个。

物种当中的 25%可能在未来 20-30 年内灭绝掉。物种的灭绝和进化都是不可避免的自然过程。6,500 万年之前，上一次物种大灭绝消灭了所有恐龙、大多数海洋无脊椎动物和海洋浮游生物。除了在这样的阶段，一般来说进化的速率通常略高于物种灭绝的速率，因此生物多样性随着时间在逐渐增加。但是目前物种灭绝的速率比物种进化的速率要高出 4,000 倍（Schucking 和 Anderson，1991），主要原因是人类活动逐渐增加。每天多达 50 个物种灭绝。

可持续发展的生态学角度强调生物物理系统的稳定（第 2 章、第 4 章）。生态系统对生态可持续发展来说是关键。首先，生态系统支持着目前的生产，维持生态系统的生存能力是基本的。其次，未来的需求不可预测，有潜在价值的物种可能消失。第三，目前对生态系统的理解不足以确定去除某一成分造成的影响。特别的，关键生态系统或子系统的消失可能造成不可逆转和灾难性的后果。最后，多样性本身就是有趣并具有吸引力的。

潜在的药用价值是吸引私人部门进行生物多样性保护的一方面。从野生产品而来的药物正在增加，估计能达到每年 400 亿美元。相关的例子有：(a) 美国国家癌症研究所（the US National Cancer Institute）参与的一个五年项目，该项目试图筛选 3,000 种可以活跃地抑制癌细胞的植物，而这其中有 70%是热带植物（Munasinghe 和 McNeely，1994）；(b) 一株埃塞俄比亚大麦的基因可以保护美国加州价值达 6 亿美元的大麦作物免受黄矮病毒的侵袭；(c) 20 世纪 60 年代，一个患有白血病的儿童存活下来的概率只有 20%，现在一种含有从玫瑰长春花（一种马达加斯加热带森林植物）中提取的活性物质的药物可以使这一概率提高到 80%（Munasinghe，1992e）。

联合国千年生态评估（MA）阐述了生态可持续性如何要求在一个可持续的水平保护生物多样性（第 4 章）。这个方法需要地方社区，科学工作者、当地人及许多政府部门一起共同工作以保证生物资源——土地、森林、海洋等——以可持续的方式被利用，以此促进代内及代际公平的实现。可持续经济学框架提供了一个实用的方法，使得能够将生态可持续性方面的考虑纳入可持续发展策略当中（第 4 章和第 6 章）。

13.1.3.3 社会文化特点

热带森林满足着众多土著及部落群体的基本需求，因此对实现发展的社会维度起着重要作用。世界上有 3 亿土著人，分布在 70 个国家，居住于大约 20%的陆块上。随着经济压力的增加，许多土著群体失去了他们对林地的传统权利，取而代之行使权利的是牧场主、伐木者和移民者。

我们的目标并不是保护这些文化和社会使其满足类似“本土性”之类的理想化标准。事实上，由于逐渐增长的人口基数带来了逐渐增加的需求增长，世界上有限的资源基础变得越来越受限制，这个过程中这些土著群体可能迟早会遇到外部经济、文化和政治的压力。当接触到传教士、大众传媒网络和市场导向的经济力量时，土著社区通常会感受到外部的压力。这些影响常常会使社区内较年长成员与年轻成员之间的关系趋于紧张。年长的成员努力维持传统的习俗礼节，而年轻成员则对外部影响更加开放。

政策分析者的挑战是要学习如何与各类群体交流，这些群体使用不同语言，持有不同世界观，有着不同的文化特征。通过了解土著群体的现状和重要性，政策设计应该遵循各个社区自身的重要发展观念，而不是让这些群体屈从于我们构想的发展观念。这样做可以使这些社区以一种不受威胁的方式逐渐适应外部的环境，同时使他们自己的文化遗产得以继续保持。过去的 150 年间，仅巴西就消失了 87 个土著群体，这仅仅是有记录的案例。实际的数字可能更高。如果不采取适当的措施，还有更多土著群体会面临相同的命运。

土著和非土著人之间的根本区别源于他们各自的自然观。非土著社会通常认为人类是独立于自然的实体。所以他们主要关注建立人类与自然的适当关系。自然环境被认为是应该受到管理或控制从而更好满足人类需求的实体。土著人通常认为人类是自然界内在的一部分。人类和自然的关系是与自然共存的关系，他们的知识基础同时包含物质和精神的信息。

土著人对植物和动物药用价值的知识对发达国家十分有吸引力。所有西方国家的处方药中大约 1/4 都含有雨林植物的成分。发展这些药的过程中，约有 3/4 的药得益于土著群体的相关知识。例如，奎宁和箭毒的有关信息来自于厄瓜多尔和秘鲁的舒阿尔（Shuar）部族（Gary，1991）。虽然基于雨林相关药物的制药业能够产生每年几亿美元的收益，但这些收益几乎没有返回到当地社区中。

如果能够充分地将权限和权力分配到当地层面，对土著社区给予认可并结合他们来制定相关政策，是最有可能成功的。授权给这些地方社区会使他们逐渐意识到他们对森林资源管理和保护的直接责任。同等重要的是，需要对当地社区进行教育，使他们了解到森林破坏带来的后果以及良好管理森林资源带来的益处。当地社区一旦意识到这些益处，就会更加倾向于采取保护措施，并保证这些措施也被其他的社区和群体采用。

生物圈保护的概念更加强调将当地社区纳入研究、教育和培训项目，从这个角度讲这是一个非常有前景的方法。将当地居民纳入管理系统，他们对森林的本土知识有助于设计相关管理实践。这种保护包括使用地带（或缓冲地带）和非使用地带（核心地带）。

由此引出了社会文化发展的最终目标——公平问题。在许多发展中国家，典型的情况是：伐木公司和腐败的政客猖獗地牟取暴利，主要以剥削土著社区为代价，有时候剥削的甚至是他们最基本的需求，如食物和住所。来自森林资源的收益应该在适当的林业政策之下被更加公平地分配。受外部性影响受损最大的当地社区理应从总体收益中分得更多。同样地，伐木公司必须承担与他们的活动造成的损害程度相当的成本。让伐木公司更多地承担破坏性使用森林的成本，最终会使他们采取破坏性较小的方式，并考虑采集森林资源的效率和有效性。这样的话，森林破坏的程度可能会大幅减轻。

13.1.4 森林采伐的动机及症状

森林管理政策如果把重点放在症状而不是原因上，这样的误导性政策通常不会成功（Vanclay，1993）。因为某些原因在森林问题的边界之外，通常很难区分森林砍伐的原因和症状。例如，Gbetnkom（2005）阐述了使粮食作物、出口作物和木材价格上升的非林业政策是如何加速森林破坏的。另外，结构性调整政策，石油繁荣和货币贬值会提高消费者的购买力和国内作物的市场竞争力，从而使森林受到危害。经济政策对森林的影响已在7.1节和7.2节中给出，7.4.5节和9.5节中给出了一些案例研究。

为满足不断增长的食物需求和没有土地的人们的需求，发展中国家被迫开发森林资源并将林地转化为农业用地。到2025年全球人口预计达到80亿，其中60%的人口增长将来自发展中国家。热带森林被看作是新土地和原材料的一种无价来源。低海拔的森林被当作潜在的农业用地，高地上森林被用来提取木材、薪材和其他原材料。以目前的生产力，每年要消耗大约1,000万公顷的森林来为逐渐增长的人口提供目前摄入的营养物质。60%的森林砍伐是由农业用地的扩张带来的（世界银行，1992）。剩余的部分包括其他活动，可以划分为伐木、放牧和采矿。然而在某些地区，与其他活动相比，小规模的农业用地扩张带来的森林砍伐反而是适度的。在亚马孙河流域，森林砍伐主要是由于土地转化用于牲畜放牧。仅仅在巴西，受补贴的家养牲畜畜牧场就导致了森林砍伐的70%——1980年大约有1,200万公顷的森林因此被砍伐（Rowe R.，等，1992）。东亚热带地区有类似的情况，工业伐木是森林砍伐的主要形式。

不受控制的暴利及腐败促使政治家、林业部门官员、木材商人和土地拥有者们开发森林资源。在很大程度上，发展中国家也忙于处理那些会直接影响人类福利的城市和社会问题，但常常以影响相对不太明确的环境退化为代价。因此，环境问题通常只有相对较低的优先权。但是最近，非政府组织不断努力促使政府更加有责任心，生态破坏的后果正在逐步得到识别和重视。

对森林资源的管理不善还可能是由于行政和管理机构的无效率造成的。林业部门的典型特征是中央集权式的管理结构，即权限和权力集中在最高层。地方层面的行政人员没有决策权。更甚的是，林业机构通常人手不足，并缺少相关培训和设备，从而难以实施适当的管理活动。林业部门的官员要去森林中的采伐点必须依赖木材公司提供交通，这就限制了他们进行随机检查的能力。而官员同样也缺少激励经常进行督查。为了纠正这些问题，需要采取制度改革措施和适当的激励机制。

林业机构执行能力低下的一个明显的表现是：向伐木公司收取权利金、费用，以及在造林税方面林业机构表现出来的无规律和无能力。通常，发展中国家政府只能获得林业部门收取理应缴纳收益中的不到 50%（Rowe R.，等，1992)。因此，私人木材公司可以从木材采集中大比例获得租金，这样就鼓励他们为了短期的私人收益而大量开采森林资源。

一个相关的问题是：在森林长期管理的设计过程中，当地社区和土著居民被排除在外。他们对森林土地的固有传统权利常常被忽视。那些试图阻止人们进入森林保留地和开采森林产品的森林管理政策常常遭受失败。主要的经验教训是：必须让地方社区参与并获得他们的支持，森林资源管理才会成功。

市场失灵对可持续森林管理来说是另一个主要威胁（第 3 章）——例如，在木材采伐和其他相关的非林业的土地使用方面，私人成本和社会成本的分离。木材价格一般是基于立木的价值（或者木材的产品价值减去处理成本)。然而，从森林相关的产品和服务的机会成本来看，木材采伐的社会成本很大。当确定木材采伐的社会成本和采伐的社会有效水平时，必须将要发生的经济、社会及环境收益的损失考虑进去。引起市场失灵的其他因素有：森林资源的开放性特征，森林系统的不完全信息和不确定性，以及非完全竞争的市场结构。

市场失灵通常和政策失灵互相结合，进一步加剧森林砍伐。超过 80% 的热带森林是公有的。因此政府的政策对森林资源的管理以及林业部门收益和成本的分配有着相当大的影响。通过给予伐木公司特许权并给与补贴，或提供基础设施支持以促进人们采用非森林的土地利用方式，从而鼓励木材采伐，类似这类的政策对森林有着直接的负面影响。使森林相关产品价格扭曲的某些宏观经济政策同样增加了森林砍伐（第 7 章）。市场失灵和政策失灵的联合作用促使受个人利益驱动的企业“开采”森林，追求短期利益，而不是进行可持续的采伐。补救性措施通常包括以下形式：通过建立相关规章进行公共干预，提供经济激励（即基于市场的），或者进行制度改革以保证森林的可持续管理。另外，还应该向伐木公司征收能够更加准确反映木材机会成本的税金。

前述内容说明了热带森林评价对可持续管理的重要性（第3章）。评估总经济价值是很复杂的，因为很多森林产品和服务没有市场，对所有资源赋予货币化价值存在困难，人们缺少某些森林功能的价值和效用的相关知识，对相关联的功能带来的收益进行分离时也存在困难。尽管如此，费用—效益分析和联合国千年生态评估的结合能够给政策分析者提供更好的信息，基于这些信息就不同的土地利用方式进行决策。传统的经济分析只能说明森林资源的商业价值。如果忽视森林资源的非市场价值（包括舒适性价值），就会使不可持续的土地利用方式更有吸引力。

纠正市场失灵和政策失灵是复杂的，有时甚至超出了主权政府的能力。通过识别地区层面和国家层面的社区带来的效益，可以在一定程度上对浪费性森林砍伐的成本进行内部化。然而即便如此，热带森林仍然存在大的全球尺度的外部性，从而需要在全球层面上进行评估和内部化。

最后，一个国家土地利用政策的建立最终是为了达成政治和社会目标，而并不仅仅只以经济准则为基础。制度结构是土地利用政策的基础，它间接决定了森林管理活动的成果。当国家的土地利用政策是基于合理的政治、社会和经济考量而制定的，相应的结果也是可持续的。但如果政策受到自私的政治动机的影响和腐败的驱动时，就需要进行改革。

13.2 马达加斯加的森林生态系统评价

这个案例研究试图使人们更好地理解国家公园管理对马达加斯加热带森林的影响。案例评估了人类活动的社会经济及环境后果，其中的重点是环境影响的经济评估，同时给出了相关的政策含义。本节使用一系列技术对相关损害进行了经济评价，包括对森林和流域、木材及非木材森林产品的损害，对当地居民的其他影响，以及对生物多样性和生态旅游收益的影响（第3章）。

13.2.1 马达加斯加及曼塔迪亚国家公园

马达加斯加国土面积58.7万平方千米，是一个距离非洲东南海岸400千米的岛屿。1990年人均收入300美元，居民人数为1,100万人，其中80%居住在乡村，85%的人口从事农业生产。森林面积约为1,200万公顷，其中只有 14%被划分为没有退化的高密度森林（世界银行，1988）。这个岛屿砍伐森林的速度非常快，每年估计有 20 万公顷的森林消失。马达加斯加 20 万个物种中至少有 15 万个属于地方性物种，是世界上这一比率最高的地区之一。因此，马达加斯加是一个具有高度多样性的地区，并且主要是海滩和自然公园的重要旅游目的地。尽管改进很少，进入成本很高，同时基础设施也比较差，但自然旅游仍是这里旅游业中增长最快的子部门之一。1987 年到马达加斯加旅行的 2.8 万人中，有 8,000 人是专门为了自然旅游而来的，而 1985 年这一数字只有 4,000 人（世界银行，1990）。

捐赠机构和非政府组织为马达加斯加政府（GOM）提供资助建立网络，作为国家环境行动计划（National Environmental Action Plan，NEAP）的一部分，该网络有超过 45 个的受保护地区，涵盖 140 万公顷面积。受保护地区网络的目标包括保护国家生态多样性和支持自然旅游产业。假定由自然旅游带来的税收收入可以用来支付这些资助项目的运行成本，则这些资助项目就是合理的（世界银行，1990）。

1988 年马达加斯加开始实施森林管理和保护项目（FMPP）。该项目主要有三个目标：（1）加强森林部门的力量；（2）阻止森林的进一步退化；（3）提高私人部门参与重新造林和木材加工过程的比重。这个项目七年的预算是 2,200 万美元。作为自然森林保护目标的一部分，曼塔迪亚国家公园被建立起来，地点位于首都塔那那利佛东部安达斯巴地区受欢迎的佩里内（Perinet）森林保护区附近。从首都通过公路到达这里需要三个小时，走铁路也可以到达。整个公园覆盖超过 9,875 公顷的东部雨林。海拔高度从 850 米到 1,250 米不等，最大的特征是陡峭的地形和茂盛的矮树林。公园有许多不同的树种和植物种类。公园还有 11 种狐猴（原猴亚目灵长类，马达加斯加地方性物种），其中四种濒临灭绝，两种非常稀少，两种处于脆弱境地。最重要的是，这个公园还是马达加斯加大狐猴（一种著名的狐猴）的栖息地。

佩里内保护区的全球知名度、可通达性，以及旅游设施表明，这里存在极大的潜在旅游效益。后文中我们将探讨生态旅游是否可能帮助减少贫困和提供就业（经济角度），并且不使自然资源基础退化（生态角度）（Grima，2003）。

13.2.2 评价生物物理资源的方法

这一节将估算对于当地居民的非市场成本和收益（第 3 章），以及建立曼塔迪亚国家公园为国际旅游业带来的收益。国家公园的建立会带来很多直接和间接的费用和效益。费用主要来自于土地占有（如果之前土地是属于私人拥有的），公园员工雇佣，以及道路、旅游设施和其他基础设施的建设。还有一部分费用经常被忽略，即与过去公园土地利用方式相关的机会成本。

效益包括使用价值和非使用价值。多数公园不允许开采森林资源，主要是用于旅游和研究。旅游业可以通过门票和游览服务为国家提供相当大的收益。国家公园还有一些非使用价值，其中存在价值和选择价值非常重要（3.4 小节）。其他效益还包括森林破坏的减少，流域保护以及气候调节。本项研究集中于几项相对重要但是难以度量其经济影响的效益，即公园对当地村民的影响、新建公园给外国游客带来的效益。这里三种主要的评价方法是机会成本法、条件价值法以及旅行费用法。以下对这三种方法进行简要描述，基本的数学模型细节见附录 A13.1。

13.2.2.1 机会成本法

这个方法使用市场价值来确定此前与资源利用方式相关的经济效益。公园的建立给当地人带来相当大的经济负担。这里通过对公园附近或内部的居民对森林资源的利用方式来估算机会成本，估算的基础是分析最近土地利用情况以及没有建设国家公园的情况下土地利用方式的可能情况。

曼塔迪亚国家公园边界内没有人类居住地，但是临近有几个村庄依赖公园内部和附近的森林提供森林产品及进行农业生产。马达加斯加东部农业生产进行的轮垦是森林破坏的主要机制，同时也是许多当地居民维持生计的唯一方式。此外，森林还提供薪材、一系列可以作为食物的鱼类和动物，以及各种可以用于多种用途的草地。

通过对公园附近五千米范围内十个村庄 372 户人家的调查可以估算与上述经济活动相关的机会成本。该调查由当地一个精通乡村调查方法的 NGO 实施，正式调查在预调研后开展，预调研包括一次村庄初访、与几组主要群体的访谈、与熟悉当地情况的人进行交流，以及对 25 户人家的预调研。调查是使用该国语言马尔加什语进行的。

问卷主要集中于以下内容：(1) 确定当地居民依赖附近森林为其提供一系列森林产品从而产生的对森林的依赖程度；(2) 确定村民将森林用于轮垦的程度；(3) 评估当地居民对森林保护的态度。其他问题还涉及社会经济变量、土地利用、时间配置以及家庭生产活动。最后一部分使用了条件价值法。

对村领导进行的调查使用单独的问卷，问题主要涉及以下几个主要方面：一般性的农业生产模式、产品销售的市场及其价格、村庄的历史、移民模式、与森林相关的文化问题以及轮垦的细节。

13.2.2.2 条件价值法

条件价值法（CVM）使用调查方法来确定没有市场价格的物品和服务

的价值。首先向被访者描述一个模拟的市场，然后直接询问他们，从而根据某些共同特点来揭示他们的偏好，进而确定对非市场性物品的需求。

在这项研究中，条件价值法既用于调查村民也用于调查旅游者。通过旅游者的调查来评估公园对旅行者的总价值时，该方法是旅行费用法的替代方法。调查中问题表述为：如果为游客建立新的公园以供游览，那么外国游客对他们的旅行多增加的支付意愿是多少。这些问题同样也作了预调研，并在游客调查实施之前进行了修改。

13.2.2.3 旅行费用法

旅行费用法使用旅游者去某地旅行所实际花费的时间和金钱的数量作为价格的替代，加上参与程度和旅行者特征，以此估计这个地方的休憩价值。旅行费用法一般标准假设是：该旅行是一个单一目标、单一目的地、当日往返的短途旅行，旅行目的地提供某种特殊的休憩体验，或者提供一种可以由其他类似的可到达地点所提供的典型质量。马达加斯加国家公园的休憩价值和旅行费用法的假设形成鲜明对比。相反，到马达加斯加的旅行者可以划分为消费不同物品的两个群体：（1）为了欣赏当地自然环境来国家公园一日游的本地游客；（2）为了体验与众不同的自然景色和文化而长途旅行的外国游客。下面我们集中讨论第二个群体。

一种新的国际旅行费用法（Mercer 和 Kramer，1992）假设个人到一个国家旅行会在那里从事多项活动。模型需要如下特殊数据：在模型时间范围内，各种活动所花费的时间在家庭户上的分布，理想情况下，这意味着收集外国旅行者的旅行计划的有关数据以及旅行成本的相关信息。旅行计划数据包括：每个人在不同活动上的时间分配，进行每项活动的相关费用，以及不同活动的特征。不同活动具备不同特征，使得不同个人在其能力范围内进行各种活动时产生差异。

基于理论模型进行问卷设计，然后将其翻译成法语，并到临近曼塔迪亚国家公园的佩里内森林保护地对游客进行调查。问卷中的问题涉及目前到马达加斯加旅行的费用，以前自然旅游的情况，选择旅行目的地的方法，采用条件价值问题询问被访者到曼塔迪亚国家公园旅行的支付意愿，以及一些社会人口统计和经济方面问题。此外，还制作了“马达加斯加旅行日志”，“日志”中列出了目前到马达加斯加旅行的具体旅行计划、成本、时间和质量信息。开始通过调查美国此前到过马达加斯加的一组人群，对问卷进行了检测；之后在马达加斯加在对佩里内保护地的小部分游客进行了预调研，并与当地马拉加什合作者进行了讨论，接着又对问卷进行了修改。尽管对于实施国际旅行费用法来说数据还不充分，但是从数据中得到了人们对到新公园旅行的支付意愿平均值，这还是很有意义的。

13.2.3 分析及结论

13.2.3.1 实证结果

被调查的村庄户均人口为 4.6 人。1988 年，马达加斯加的人均收入为 190 美元，被调查村庄的人均收入水平可能比平均值更低。一些村庄十分偏僻，其中很多没有获得医疗设施、自来水、电和小学教育的途径。大约 95%的家庭拥有土地，每户平均拥有土地 1.9 公顷（见表 13-1）。根据调查得知，36%的家庭有一个表，33%的家庭有一个无线广播设备，97%的家庭用煤油灯来照明。80%的受访家庭说他们会增加现有的土地用来耕种，这其中 99%计划通过砍伐森林来增加他们的土地。在未来几年平均每户计划砍伐 1.7 公顷森林来实施轮垦。

表 13-1　　村民的土地利用信息

变量（每户）	家庭数量	范围	平均值
农用土地总量（ha）	311	0-9	1.89
计划增加耕地面积（ha）	256	0-10	1.7
每年种植的水稻数量（ha）	289	0.04-5	1.04
水稻的年总产量（kg）	296	2-3,600	487
每年市场上交易的水稻总量（kg）	249	0-990	41.8
每年水稻生产的总价值（美元）	296	0.5-1,101	128

调查显示平均每户每年生产 487 千克水稻（约价值 128 美元）。大多数家庭同时采用轮垦的方式进行生产。所采集的森林产品中薪材是最重要的一项（见表 13-2）。平均每户每年采集 5,952 千克的薪材，即价值 38 美元的薪材。每年采集的薪材总价值为 13,289 美元，而所采集的其他的森林产品只有 818 美元。

表 13-2　　村民收集农业和森林产物的价值

农业及森林产品	样本数量	所有村庄的年总价值（美元）	每户年价值的平均值（美元）
水稻	351	44,928	128
薪材	316	13,289	38
小龙虾	19	220	12
螃蟹	110	402	3.7
马岛猬	21	125	6
青蛙	11	71	6.5

条件价值法的研究显示了村民对森林的看法。40％的村民似乎认为森林无助于土壤保护，尽管有65％的村民认同如果有森林，洪水发生的频率低一些。91％的被访者认为原始森林比次生林更加“有趣”，这说明了森林有休憩价值，但77％的人不认为为了保护祖先墓地而保护森林是非常重要的。最后，68％的被访者认为，作为害虫管理的一种方式，砍伐森林是有利的。

条件价值法研究的结果显示，平均来说，当每户每年获得55千克水稻补偿时，家庭户的福利水平在有公园和没有公园时持平。在既定的水稻产出数据下说明：如果要放弃对森林的自由获取，平均每户的接受补偿意愿大约是在目前日均水稻食用量水平上接受1.5个月的水稻补偿。对所有被调查的家庭户来说，这意味着以10％的折现率一次性补偿大约5.2万美元，或者以3％的折现率一次性补偿17.3万美元。

在对游客的调查中，游客的收入范围在3,000-30万美元之间，平均值为59,156美元（见表13-3）。游客的平均年龄为39岁，平均接受过15年教育，分别来自13个国家。旅行的时间在3-100天不等，平均值为27天，1-8天停留在佩里内（平均值为2天）。旅行花费在335-6,363美元之间，平均费用为2,874美元。到马达加斯加的平均交通成本为1,390美元，而岛内的平均交通成本为590美元。以国家来源表征的旅行者特征的详细信息显示出相当大的多样性（见表13-4）。

表13-3 游客完整样本统计特征摘要

变量	游客数量	范围	平均值
收入	71	3,040-296,400美元	59,156美元
教育（年）	86	10-18	15年
年龄（年）	87	16-71	38.5年
在马达加斯加的天数	83	3-100	27天
在佩里内的天数	80	1-8	2天
从出发地到马达加斯加旅行总成本	78	335-6,363美元	2,874美元
从出发地到马达加斯加交通成本	47	352-5,000美元	1,388美元
在马达加斯加岛内的交通成本	43	8-2,000美元	588美元

如果游客在新公园看到狐猴的数量是佩里内的两倍，那么他们对游览新公园的平均支付意愿是118美元；如果和在佩里内看到的数量一样，则只愿意支付75美元。1990年，约有3,000名外国游客到佩里内旅行。如果有相同数量的人游览新公园，那么为了看狐猴一项所额外增加的每年总支付意愿在29.22万-46.02万美元之间。

通过机会成本法、两种旅行费用法和条件价值法估算的当地村民和外国游客得到总经济价值概括在表13-5中。

表 13-4　到马达加斯加游客的统计特征摘要

国家	所占样本的百分比	平均花费（美元）	在马达加斯加的平均天数	在佩里内的平均天数	平均年龄（年）	平均教育水平（年）	平均收入水平（美元）
英国	20.2	3,332	18	1.6	45	15.8	36,891
意大利	21.4	2,357	21.4	1.9	34	14.2	112,000
法国	15.5	2,481	36	1.9	34	15	63,197
德国	11.9	3,172	24.8	1.8	40	15	42,304
瑞士	11.9	3,200	37.6	2.3	36	15.6	51,243
美国	4.8	3,097	18.5	2.75	49	16.5	53,515
其他	14.3	2,726	26.6	2.91	40.8	14	33,997

表 13-5　建立新的国家公园的经济费用和效益（使用不同的评价方法）

	年平均价值	总的净现值（10%折现率）
当地村民的福利损失（美元）		
使用的评价方法	每户	
机会成本法	91	566,070
条件价值法	108	673,078
外国游客的福利增加（美元）		
使用的评价方法	每次旅行	
旅行费用 1（随机效用）	24	936,000
旅行费用 2（典型路线）	45	1,750,000
条件价值（使用和非使用价值）	65	2,530,000

从该项研究中可以得到几条结论。非市场价值评估技术可以为国家公园的经济评价提供有用信息，这些信息可以纳入到项目的费用—效益分析中，以此确定该项目是否适合实施，包括欲实施保护的项目。

提高当地贫穷社区的福利，同时又保护自然系统，这样允许发展中国家能够同时追求可持续发展目标的三个维度。这个过程当中需要识别一些政策，通过这些政策更好地调整私人成本和私人收益使之接近社会成本和社会收益，从而使市场力量能够更为有效地促进自然资源使用。另外，还需要采取措施解决分配的不公平——尤其是承受环境退化成本的人和受益人之间的差异带来的不公平。

13.2.3.2　政策含义和结论

更进一步，这类研究对政策、投资决策、资源流动及项目设计和管理有所启示。这些信息可以帮助政府决定如何（a）在互斥性的土地利用活动中分配稀缺的资金资源，（b）选择投资和进行投资从而保护和开发自然资源。这些结果还可用于确定或影响定价政策、土地利用政策以及激励政策。在地方层面，研究结果还可以用于确定补偿问题，即由于将原先可进入的森林地区改为国家公园而应对地方村民进行的补偿。此外，研究结果表明，公园作为全球环境资产对外国人的价值，推动了外部对地方保护项目的援助。

同时，这些结论还警示了未来的一些问题。现状的继续预示着现有的土地利用模式将会继续使公园的退化持续下去（在未来 30-40 年间，所有森林可能消失）。另一方面，如果采取严格的森林土地保护制度，就会剥夺村民的重要生计。这项研究中使用的经济方法的基础是 WTP，但依赖 WTP 可能过分强调了森林对富裕国家旅客的重要性。如果仅仅基于 WTP 来解决享用公园的冲突性问题，当地居民（尤其是当地较为贫穷的村民）可能被排除在外。因此，需要考虑可持续经济学方法（尤其是分配公平）中的社会文化因素，以此保护当地居民的基本权益——以“最低安全”程度享用公园设施的形式也许是可行的，与此同时，还应当追求可持续旅游。

更加值得注意的方面包括：更加强调对自然栖息地及其相关物理和生物系统进行全面评价。在此基础上，可以利用环境资产的价值进行发展资助政策及项目的改进和设计。我们还需要进行进一步的研究以更好理解开发或保护自然栖息地的费用和效益的分配。进一步研究自然栖息地保护和环境资产管理的互斥性策略（如多种用途）之间的关系，应当更好的利用当地居民关于自然栖息地最优利用方法方面的知识。最近，一项保证自然资源管理的政策（GELOSE Act）已经建立了框架，其目的就是将权力从中央政府转移到地方社区（Antona 等，2004）。

13.3 农业及气候变化

13.3.1 背景

气候变化已经成为人类社会主要关心的问题，因为它可能带来全球性的有害影响（第 5 章）。气候变化对发展中国家的可持续发展造成了严重的威胁，尤其是那些资源相对更稀缺、相对更加脆弱的国家（Munasinghe, 2001）。我们需要更多的研究来识别特定地区的脆弱性。然而，一般认为发展中国家更加脆弱，原因是：(a) 处于气候较热的地区；(b) 更多的人缺少足够的食物；(c) 经济更加依赖于那些对气候敏感的部门，如农业；(d) 总人口中较大的比例（农村地区）从事劳动力密集型农业，其适应性机会相对较小。这几点由图 13-1 和图 13-2 表示。

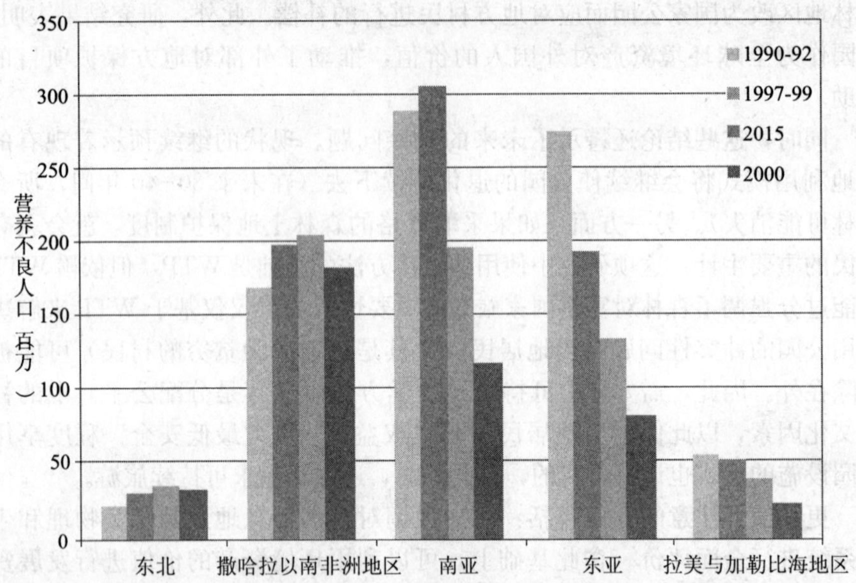

图 13-1　1991-2030 年估计/预计的处于营养不良状态的人口

资料来源：UNESCO（2006）。

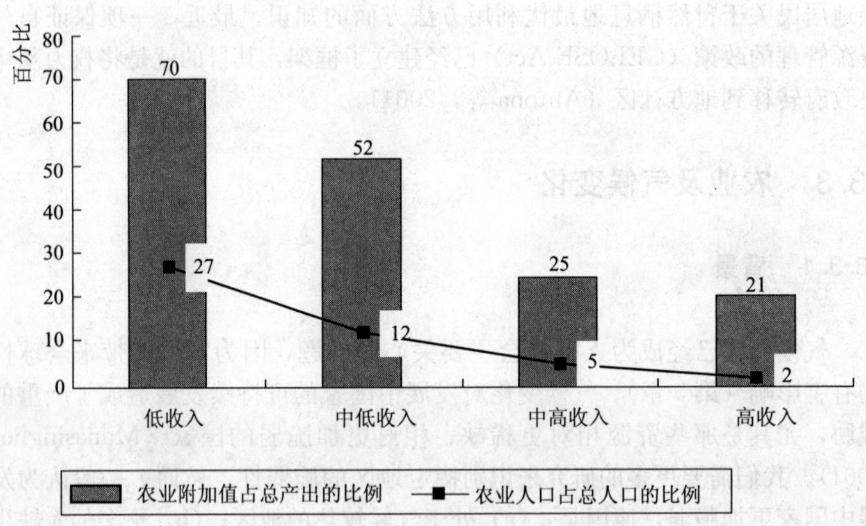

图 13-2　农村人口及农业附加值

资料来源：世界银行 2005。

有研究采用行为影响矩阵（Action Impact Matrix，AIM）对斯里兰卡不同部门受到气候变化的影响及其脆弱性进行了排序。行为影响矩阵研讨会统一了不同参与者（超过 70 个优秀的经济学家、生态学家、社会学家、气候方面的专家和其他专家）的意见（2.4.1 节）。结果认为最脆弱的领域是传统农业（水稻种植）和木本作物（人造林）（Munasighe 等，2002）。同时强调，急迫需要更加详细地研究气候变化对农业的影响。

相应地，有案例研究考察了气候对斯里兰卡农业的影响。研究使用了两组不同的模型假设和数据，以此证明更多不同的研究如何能够帮助改进政策结论。这项研究使用李嘉图方法（Mendelsohn 等，1994）来考虑斯里兰卡农业净收益如何随着不同气候带而变化。其基本假设是：农民们适应于其所居住的环境。这个方法通过比较面临不同气候的农民的净产出，从而侧面地刻画适应性。该模型没有研究具体作物的产出，而是考察不同地区的气候如何影响农田的净收益或价值。李嘉图方法通过直接估算净收益，研究气候对农户以下方面造成的直接影响：不同作物的产出、不同投入的替代物、不同活动的引入，以及其他的潜在适应性措施。

李嘉图方法在美国主要被用于预测气候变化带来的损害（Mendelsohn 等，1994、1999、2001）。在巴西和印度也有很多相关的研究（Dinar 等，1998；Kumar 和 Parikh，2001；Mendelsohn 等 2001），加拿大最近也有一项研究（Reinsborough，2003）。这些研究结果表明，气候变化对美国农业有微小的益处，而对热带和亚热带国家有可能是有害的。

除了李嘉图方法，“农业—经济”模型也可以衡量气候变化的影响。该模型结合使用特定作物的受控试验、农艺数学模型和经济模型，以此预测气候变化的影响（Adams 等，2001）。由农艺数学模型推出产量的变化，再将产量变化代入经济模型中，从而确定作物选择、作物生产和作物市场价格。尽管这个模型在帮助人们科学地理解气候变化影响方面贡献很大，但是却很难在发展中国家应用。首先，这个模型低估了人类对气候变化的适应性响应，并因此遭到批评（Mendelshn 和 Neumann，1999）。其次，绝大多数发展中国家农艺学方面的数据不足。最后，发展中国家的农业经济模型缺乏校准。

13.3.2 李嘉图理论模型

我们假设农民会最大化每公顷土地的净收益，NR：

$$\text{MaxNR} = P_i \times Q_i(R, E) - C_i(Q_i, R, E) \tag{13.1}$$

这里 P_i 和 Q_i 分别是产品 i 的价格和数量；C_i（.）是相关成本方程；R 是投入的向量，E 表示农民土地的环境特征（包括气候）的向量。在农民选择既定的投入 R 时，最大化 NR，可以用 E 来表示 NR 的结果：

$$NR = f(ER) \tag{13.2}$$

环境从状态 A 到 B 时，福利变化的值是：

$$W = \sum f_i(E_{iB}) \times L_i - \sum f(E_{iA}) \times L_i \tag{13.3}$$

L_i 表示第 i 类土地的数量。

不同气候的横截面样本可以揭示农田对气候的敏感性。这一实证方法的优势是，该方法当中不仅包括气候对生产力的直接影响，还包含农民对地局地气候的适应性响应。

农艺学研究和随机样本揭示了很多作物对温度和降水区域都有偏好。温度和降水量低于或高于某个最优的范围，都会使生产力降低。有证据显示，净收益和这些气候变量之间的关系应该是“山形流动曲线”。下面我们尝试用一个二次方程的形式来刻画这个“山形流动曲线”：

$$NR_i = a_0 + \sum (a_s T_s + b_s T_{s2} + c_s P_s + d_s P_{s2}) + \sum f_c Z_c + e \quad (13.4)$$

T_s 和 P_s 分别代表每个季节的标准温度和降水变量；Z_c 代表相关的社会经济变量。

最初的李嘉图研究将土地价值作为因变量。然而，对于许多发展中国家来说，土地的价值不可获得。此时可以用每公顷的年净收益作为替代，因为土地价值是以未来净收益流的现值体现的（Dinar 等，1998）。但是，任何一年的净收益都受到那一年的天气的影响，这样使用年净收益会带来潜在的问题。

李嘉图方法的一些估算受到了批评。最初的估算没有包括地表水或灌溉（Cline，1996；Schlenker、Fisher 和 Hanemann，2003）。这个方法不能衡量随空间没有变化的变量带来的影响，如 CO_2。可以衡量长期的适应，但不能衡量适应的速度。该方法模型中假定当前技术维持不变，因此没有考虑未来可能获得的技术。另外，此方法还假设没有价格效应（Darwin，1999）。现实情况是，如果气候变化改变了各类作物的供给，价格是可能发生改变的。另外这种估算方法对应的是目前农业政策下的情况。

这些问题都是重要的，但不是致命的，CO_2 的影响可以当作外生变量纳入模型当中，新技术也是如此。人们预期全球物价不会因为气候变化而发生剧烈变化（Reilly 等，1996）。地表水和灌溉在最近的研究中已经被纳入考虑范围，并发现他们没有影响农业的气候敏感性（Mendelsohn 和 Dinar，2003）。目前农业政策在李嘉图估算中所起的作用还不是十分明确。

13.4 气候对斯里兰卡农业的影响

13.4.1 斯里兰卡的概况

斯里兰卡位于印度半岛的下部。面积 6.6 万平方千米，从南到北绵延 433 千米（北纬 5°55-北纬 9°51），从东到西最宽长度为 244 千米（东经 79°41-东经 81°53）。整个国家包括 9 个省份和 25 个地区。首都科伦坡的人均月收入最高，东部省份（拜蒂克洛、亭可马里、安帕赖）和北部省份（贾夫纳、基里诺奇、马纳尔、瓦武尼亚、穆莱蒂武）的收入水平最低。西部省份（冈巴哈、科伦坡、卡卢特勒）和南部省份（加勒、马塔莱）地处低纬度，人口密度较高，北部和东部省份人口密度较低。中部省份全国海拔最高。

斯里兰卡是一个热带国家，有分明的旱季和湿季。气候特征表现为两个不同季风控制下的气候。西南季风控制下的“Yala”季节从 5 月持续到 8 月，给南部和西部海岸地区和中部高地带来降雨。这些地区的旱季从 12 月持续到 3 月。随着东南季风到来，开始第二个湿季，时间从 10 月到 1 月（Maha 季节），为岛屿的北部和东部带来降雨。北部和东部地区的旱季从 5 月到 9 月。10 月和 11 月还有一个跨季风季节，期间岛屿的很多地区会有降雨和雷暴天气。

一般来说，根据年降雨量把斯里兰卡划分为干旱区和湿润区。湿润区再根据纬度分为邻海地区和丘陵湿地。气候带和行政区划的分布见表 13-6。南部、西南部及中部高地比北部和中北部地区更加湿润。科伦坡和沿海低海拔地区平均温度为 27℃。气温随着纬度增加迅速下降。康提（纬度 500m）平均温度为 20℃，努沃勒埃利耶（1,889 m）的平均温度降到 16℃。本书中，“常温”和“平均降雨量”定义为 30 年来的平均温度和平均降雨量。

斯里兰卡主要的农业产品为水稻、经济林和高地作物。水稻种植遍及全国，占 2005 年 GDP 的 3.0%（斯里兰卡中央银行，2005）。水稻生产成本根据水稻种植方法的不同而变化（如人工灌溉还是雨水灌溉）。三种经济林木（椰子、橡胶和茶）的种植主要在西部海岸和山地地区。经济林产品在国家出口中占重要份额，由种植业部门负责。它们分别占 2005 年 GDP 的 1.2%（茶）、1.1%（椰子）和 0.4%（橡胶）（斯里兰卡中央银行，2005）。2005 年，农业总出口额为 11.538 亿美元，其中，茶叶出口额 8.1 亿美元，橡胶出口额 4,700 万美元，椰子出口额 1.13 亿美元。这三种经济作物的出口额占农业总出口额的 84%。2005 年市场价格下的 GDP 为 235 亿美元，其中农业占总 GDP 的 17.2%（斯里兰卡中央银行，2005）。

表 13-6　气候区划及地区

气候区划	亚区	地区
湿润带	邻海地区	科伦坡、冈巴哈、卡卢特勒、加勒、马塔莱
	丘陵地区	康提、努沃勒埃利耶、拉特纳普勒、凯格勒
干旱带＊		马塔莱、汉班托特、贾夫纳、马纳尔、瓦武尼亚、穆莱蒂武、拜蒂克洛、亭可马里、安帕赖、库鲁内格勒、普塔勒姆、阿努拉德普勒、波隆纳鲁沃、巴杜勒、莫讷勒格勒

＊注：马塔莱、巴杜勒和库鲁内格勒部分地区属于中间过渡带。

资料来源：斯里兰卡普查，1980、2001。

13.4.2 分析及结果 1——1995 年初步数据集

首先用 1995 年初步的农业数据来建模，以此评估该模型，然后将模型和大尺度全球气候变化预测结合起来，预测对未来农业的影响。

13.4.2.1 回归估计 1

李嘉图模型根据气候和其他解释变量回归净收益（见式 13.4）。每个行政区的净收益通过政府记录的数据来构建。每单位面积净收益等于该行政区内每公顷农田的总净收益。水稻生产的净收益从国家统计数据手册中获得（斯里兰卡统计摘要，1997）。这里用人工灌溉成本和旱地耕作成本的平均值作为水稻生产成本。

我们用《种植部门统计简本》（2001）来构建计算经济作物的净收益。用不同行政区的面积数据乘以平均产量数据得到每种作物的总产量。表 13-7 给出各个行政区上述四种作物的总净收益。北部省份的五个行政区以及东部省份的两个行政区的收益最低，而环丘陵地区的的西部行政区和南部行政区的收益相对较高。水稻种植的主要地区在国家的东北部，茶和橡胶的种植主要在西部和中部地区，而椰子主要在西部沿海地区。

因变量定义为：

单位面积净收益＝行政区总净收益/该区划内农田面积（公顷）

我们选择四个月作为解释变量来代表斯里兰卡的气候。11 月和 1 月代表干季季风季节，5 月代表湿季季风季节。9 月也作为一种类型，用来分析两个季风季节之间的时期气候带来的影响。

表 13-7 1995 年不同地区的总净收益（百万斯里兰卡卢比）

省份	地区	水稻	椰子	橡胶	茶	总数
西部	冈巴哈	194	2,415	164	—	2,775
	科伦坡	67	388	339	4	800
	卡卢特勒	375	541	1,386	242	2,546
中部	马塔莱	530	506	84	296	1,417
	康提	339	356	68	1,651	2,415
	努沃勒	103	44	2	3,562	3,712
萨巴拉加穆瓦省	凯格勒	485	914	1,538	385	3,323
	拉特纳普勒	489	714	1,007	1,844	4,055
南部	加勒	82	548	375	1,361	2,368
	马塔莱	363	689	178	1,310	2,541
	汉班托特	1,076	987	0.7	19	2,083
乌沃省	巴杜勒	623	51	11	2,100	2,786
	莫讷勒格勒	357	272	51	8	689

续表

省份	地区	水稻	椰子	橡胶	茶	总数
东部	拜蒂克洛	436	174	—	—	611
	亭可马里	464	76	—	—	541
	安帕赖	2,497	165	—	—	2,662
中北部	阿努拉德普勒	1,638	244	—	—	1,882
	波隆纳鲁沃	3,116	127	—	—	3,244
西北部	普塔勒姆	333	2,205	—	—	2,539
	库鲁内格勒	2,721	6,808	106	3	9,639
北部	马纳尔	68	50	—	—	118
	瓦武尼亚	214	18	—	—	232
	基里诺奇	336	—	—	—	336
	贾夫纳	95	427	—	—	522
	穆莱蒂武	182	93	—	—	276
总数		17,192	18,823	5,316	12,792	54,124

注：总数等于所有区划四种作物的总净收益之和。

表13-8给出了两个回归。第一个回归，运用完整的模型，包括四个月的气候变量，模型用一个二次方程表示。其中有三个控制变量，分别是灌溉地、人口密度和纬度。之前的研究显示了这三个变量的重要性。回归的拟合度很高，调整后的 R^2 为0.84。所有的气候变量都在5%的置信水平上显著。控制变量不显著。

另外，我们还使用了一个较为简单的模型。前面的那个模型中气温的系数高度相关，二次方程的形式似乎使情况变差。结果，使用完整模型导致了非常大的置信区间。通过简化模型，我们可以估计较少的系数，但是系数之间更加相互独立，这样对全国影响的估算会更加准确。

简化模型只覆盖三个月（1月、9月和11月）的降雨，以及一个月的温度（5月）。把它们都设置成线性形式（即方程4中没有温度的平方项）。模型还包括两个重要的控制变量：灌溉地和纬度。根据模型得到调整后的 R^2 为0.59，显著性明显低于完整模型的结果，但是系数估计的t统计量更好。温度系数说明温度每升高1℃，净收益将减少4,105。对降雨变量的系数加总，表明除了11月降雨增加是有害的以外，降雨一般来说都是有益的。

表13-8　气候回归

	完整模型			简化模型		
变量	参数估计	标准差	T值	参数估计	标准差	T值
1月温度	347,785	153,092	2.27*			
(1月温度)^2	−5,999	2,794	−2.15*			
5月温度	443,965	185,709	2.39*	−4,105	1,173	−3.5*
(5月温度)^2	−7,760	3,202	−2.42*			

续表

	完整模型			简化模型		
变量	参数估计	标准差	T值	参数估计	标准差	T值
11月温度	−745,121	330,648	−2.25*			
(11月温度)^2	12,901	5,907	2.18*			
5月降雨	−190	81	−2.33*			
9月降雨	227	93	2.43*	93	28	3.27*
1月降雨				103	49	2.11*
11月降雨				−141	68	−2.05*
灌溉地	−0.08	0.06	−1.42	−0.15494	0.09968	−1.55
人口密度	−3.31	2.62	−1.27			
纬度	−13.16	11.13	−1.18	−27.3012	8.98063	−3.04*
	N=25			N=25		
R^2：0.91，调整的R^2：0.84				R^2：0.69，调整的R^2：0.59		

注：T值上的星号表示参数估计在5%的置信水平上显著。

13.4.2.2 未来的气候影响1

这一小节，我们使用AOGCM对斯里兰卡2100年的气候进行预测。AOGCM的五个模型分别是CGCM（Boer等，2000）、CSIRO（Gordon和O'Farrell，1997）、CCSR（Emori等，1999）、HAD3（Gordon等，2000）和PCM（Washington等，2000）。这五个模型预测出来的结果相差很多，结果见表13-9。

表13-9 AOGCM气候预测

变量	1月降雨	9月降雨	11月降雨	5月温度
目前的值	8.71	17.91	29.74	27.18
2100年的值				
CCSR	5.14	37.36	17.01	29.83
CGCM	7.32	38.32	14.05	31.2
CSIRO	10.85	23.58	31.75	30.14
HAD3	2.36	40.88	22.32	30.59
PCM	31.27	24.92	44.21	28.76
降雨量改变的百分比				改变的绝对值
CCSR	−40%	108%	−42%	2.65
CGCM	−15%	113%	−52%	4.02
CSIRO	24%	31%	6%	2.96
HAD3	−72%	128%	−24%	3.41
PCM	259%	39%	48%	1.58

表13-10给出了所有气候模型估算全国层面的影响。从五个模型的结果看，降雨量的改变对斯里兰卡是有益的。对于模型目前涉及的作物来说，

降雨量带来的作物净收益的变化从 11%到 122%不等。从五个模型预测的结果来看，温度的改变对斯里兰卡是有害的。目前作物生产力的损失从 18%到 50%不等。

表 13-10　　全国水平的影响

模式	温度的影响	降雨的影响	温度+降雨的影响
CSIRO	−19.9B（−35%）	8.9B（+14%）	−11.0B（−20%）（−23B，1B）
PCM	−10.6B（−18%）	6.2B（+11%）	−4.3B（−7%）（−34B，25B）
CCSR	−17.8B（−31%）	53.1B（+98%）	35.2B（+64%）（−7B，77B）
CGCM	−27.0B（−50%）	66.4B（+122%）	39.3B（+72%）（−13B，91B）
HAD3	−22.9B（−40%）	39.9B（+72%）	16.9B（+29%）（−19B，53B）

注：绝对值以 10 亿斯里兰卡卢比为单位。百分数表示占本分析中涉及的所有作物占总净收益的比例。

温度变化和降雨量变化产生的共同影响方向尚不能确定。CSIRO 和 PCM 模型预测，气候变化会使国家受到损失。根据这两个模型的预测，11 月的降雨增加带来的损失抵消了其他时间降雨的增加带来的效益。而根据其他三个模型的预测，气候变化使福利增加，因为降雨带来的效益超过了温度变化带来的损失。这三个模型都预测，降雨会在有益的时候增加，即 1 月和 9 月。但是，这些模型还预测到，11 月降雨会减少——降雨有害的季节。

表 13-10 还给出了预测气候变化对全国层面影响的相关不确定性。在最后一列，影响估计下面的圆括号中的数字表示净收益 95%的置信区间。对气候变化净影响的预测在所有置信区间上都是不确定的，包括零。它们和零没有统计上的显著差异。这些结果显示出李嘉图模型在小国家应用的局限性。估算非边际气候变化带来的影响时，在较小的地域范围内，使用气候变化的变化量可能不足获得可靠的结果。

表 13-11 总结了 AOGCM 模型中的 CSIRO 和 HAD3 模块所估算的不同行政区划受到影响的变化情况。通过简单模型，给出各个行政区划由于气候变化带来净收益的变化。在 HAD3 模式中，预计中部高地和西部沿海地带会从气候变化中获益，而北部和东部旱地会受损。在 CSIRO 模式中，预计所有行政区划会由于进一步的气候变化受到损失。但是中部高地受到的损失相对北部和东部省份来说较小。这些地区的损失超过了目前净收益的 50%。基于这两个模式，我们可以预期，斯里兰卡从北到东到中部高地的农业产出未来可的能变化趋势。

表 13-11　行政区划层面的影响（1,000 斯里兰卡卢比）

地区	HAD3 影响	HAD3 改变%	CSIRO 影响	CSIRO 改变%
冈巴哈	19	61	−7	−22
科伦坡	35	98	−3	−8
卡卢特勒	38	92	−1	−2
马塔莱	0	−1	−7	−20
康提	14	44	−5	−17
努沃勒	23	59	−3	−9
凯格勒	43	121	−2	−5
拉特纳普勒	33	85	−2	−6
加勒	30	73	−3	−6
马塔莱	17	52	−5	−15
汉班托特	−3	−11	−10	−44
巴杜勒	−4	−13	−6	−18
莫讷勒格勒	−1	−2	−11	−25
拜蒂克洛	−13	−54	−8	−35
亭可马里	−3	−20	−9	−54
安帕赖	−14	−74	−7	−39
阿努拉德普勒	−3	−15	−10	−46
波隆纳鲁沃	−5	−28	−8	−48
普塔勒姆	2	7	−10	−46
库鲁内格勒	6	27	−10	−45
马纳尔	−6	−35	−12	−72
瓦武尼亚	1	4	−10	−51
基里诺奇	−1	−17	−11	−202
贾夫纳	−1	−12	−11	−121
穆莱提（音译）	1	9	−10	−62

13.4.3　分析及结果 2——2003 年最新的数据集

下面用相同的基础模型进行了重新估算，做了以下改动：

(a) 使用 2003 年修正的农业数据；

(b) 对水稻和人工林木作物分别进行了模型估计；

(c) 基于全球 Hadley 气候变化模型的 down-scale 版本，使用分解的、针对行政区划的气候预测，预测气候变化对斯里兰卡未来农业产出的影响；

(d) 一系列气候预测的基础是 IPCC、A1F1 和 B1 的情景。

13.4.3.1 回归估计 2

模型重新估计时有一个主要的变化。水稻种植所处气候条件的差异性比人工林木作物所处的气候条件的差异性大，因此需用不同的模型分别估算气候变化对水稻和人工林木作物的净收益的影响。并且，很多行政区的水稻种植不仅仅依赖于降雨——比如，在 2002 年和 2003 年，有很多灌溉为水稻种植提供了 71%的水。当 Maha 季节（9 月到 2 月）的降水充沛时，库鲁内格勒，阿普鲁（音译）和波隆纳鲁沃地区的农民能够在小蓄水池和水库中节约更多的水，以便在 Yala 干旱季节使用，这样，Yala 季节的水稻种植就可以较少依赖于降水。类似的，就算在降雨较少的波隆纳鲁沃和阿努拉德普勒地区，一些农民在两个季节都是用从 Mahaweli 河中抽取的水来灌溉农田。

通过删除原来 25 个行政区中的一个行政区对数据集进行了微小的调整(因为努沃勒埃利耶地区的数据可信度较差，它的温度是全国最低水平)，整体结果的准确性显著增加（更好的 F 统计量和调整的 R^2）。

13.4.3.2 净收益估计

水稻种植范围、生产成本、稻谷的收割价格和生产者价格可以从斯里兰卡人口普查和统计部与农业部获得。每年水稻的种植面积取决于降雨量和灌溉系统的可用水量，干旱地区在 Yala 季节的种植尤其如此。

各个行政区划层面的人工林木作物（如茶、橡胶和椰子）的产量不可得。每个区划人工林木作物的净收益通过各个区划的种植业政府部门和 HARTI 耕地数据库提供的种植企业的范围和生产率数据来估算。

13.4.3.3 2003 年的气象数据

行政区划水平的降雨量和温度数据可以从气象部门（DOM）获得。每个区划的降雨量数据都可得，温度数据不齐全，有四个地区的温度数据是通过咨询气象部门官员，用相邻地区的数据估算出来的。

各个区划内一年当中月降雨量变化很大。但是，1 月的降雨量与 2 月、11 月和 12 月的降雨量在 1%的置信水平统计相关，因为这几个月是东北季风控制下的降雨。4 月的降雨量与 3 月、5 月、6 月、7 月和 9 月的降雨量在 1%的置信水平统计相关。因此，选择月降雨量来避免回归分析中的共线性问题。

根据表 13-12，气候变量（降雨量和温度）、主要灌溉系统涵盖的土地面积、地区的海拔这几个变量对水稻种植的净收益有很强的解释力。模型的形式是二次方程。两个降雨量变量（6 月的降雨量和它的平方）在 1%的置信水平统计显著。7 月温度和它的平方分别在 5%和 10%的置信水平上统计显著。另外两个控制变量（主要灌溉系统下覆盖的土地面积和海拔）在1%的置信水平上显著。

表 13-12　　气候回归——水稻

自变量	系数	标准差	T 值
降雨量－6 月	－146.84	35.40	－4.15*
(降雨量－6 月)^2	0.26	0.08	3.10*
温度－7 月	3,451.57	1,359.60	2.54**
(温度－7 月)^2	－81.83	46.02	－1.78***
范围—主要灌溉系统	0.22	0.07	2.97*
纬度	－18.71	6.50	－2.88*

注：因变量：水稻的净收益（卢比/公顷）。
F 统计量＝88.4，调整的 R^2＝0.96，R^2＝0.97，N＝24
* 1%置信水平上显著，**5%置信水平上显著，***10%置信水平上显著

温度和海拔之间有微小的相关，但是当把海拔加入到模型后，R^2 和 F 统计量增加，模型整体的标准差下降。另外，海拔在 5%置信水平上统计显著。

表 13-13　　气候回归——人工林木作物

自变量	系数 t	标准差	T 值
11 月降水量	32.48	12.3	2.63**
5 月温度	－3,314.00	1,525.0	－2.17**
(5 月温度)^2	137.96	53.3	2.59**

注：因变量：人工林木作物的净收益（卢比/公顷）。
F 统计量＝89.1，调整的 R^2＝0.92，R^2＝0.93，N＝24
**5%置信水平上显著

根据以上分析，每公顷人工林木作物的净收益可以由 11 月的降水量、5 月的温度、5 月温度的平方来解释。这个模型也是二次方程的形式，并且所有气候变量在 5%置信水平上统计显著。种植地区的海拔在本模型中统计上不显著。

13.4.3.4　未来的气候影响 2

Basnayake（2004）为斯里兰卡开发了 2025 年和 2050 年的降雨和温度的情景，使用两个全球排放情景——IPCC、SRESAF 和 B1 情景（Munasinghe 和 Stwart，2005）。第一个情景假设较低的全球经济增长和较低的排放，另一个情景假设较高经济增长和较高的排放。这两个情景提供了一系列的气候变化预测来检验我们对斯里兰卡的预测结果。我们把空间内推基线气候学和 Hadley 中心的全球循环模式中关于未来气候变化的缩减模型放

到 SimCLIM 模型中，得到斯里兰卡 500 米网格内温度和降水量的未来气候情景（Basnayake，2004）。本研究中，将 A1F1 情景作为基线，有以下几个原因：（a）在全球目前排放的既定趋势下，达到 B1 情景的可能性很小；（b）对斯里兰卡来说，基于 A1F1 和 B1 两个情景预测的到 2050 年的气候变化，二者之间的差异相对很小；（c）出于政策目的，研究较高风险的情景更加有用。

表 13-14 显示，到 2050 年，根据预测到的降雨量和气温的变化，水稻收益会下降 11.4%——这个负面影响主要是由降雨量变化（7.8%）引起的。相比之下，种植业收益总体上会有 3.5%的增长。表 13-15 给出了气候变化对 2050 年农业生产和 GDP 的整体影响是负的：农业为－1.76%，GDP 为－0.26%，这里假设经济结构没有变化。但是，如果农业占 GDP 的比重沿着过去的趋势发展，即呈下降趋势，则对 2050 年的 GDP 影响会小一些。

表 13-14全国水平上气候变化对 2050 年农业收益的影响（基于 A1F1 情景）

作物	温度影响	降雨量影响	温度影响和降雨量影响的结合
水稻	－3.5%	－7.8%	－11.4%
人工林木作物	＋1.5%	＋2.0%	＋3.5%

表 13-15　对 2050 年全国经济的影响

作物	变化占 2050 年 GDP 的百分比	变化占 2050 年农业 GDP 的百分比
水稻	－0.36	－2.46
人工林木作物	＋0.10	＋0.70
水稻＋人工林木作物	**－0.26**	**－1.76**

注：假设 2050 年的经济结构不变。

13.4.4 结论

本研究依据不同的数据集和气候情景，对斯里兰卡的农业进行了李嘉图分析。研究得到温度和降水量对生长在不同地理区域内的不同作物的影响。31%的劳动力（斯里兰卡中央银行，2005）从事农业，同时人工林木作物在外汇中占有很大的份额（2005 年占总出口的 15.3%）。因此，气候变化对水稻和人工林木作物的任何影响都会对经济造成严重影响。在一系列不同假设和情景设置下分析，一个主要的政策结论是不变的——农业生产将从干旱地带转移到湿润地带。对不同作物的农业分析如果能够在空间上更加细分，在情景设计上更加具体的话，将得到更加准确的结果，对政策制定也更有用。因此，未来的研究应该进行更加细致的调整，通过这样的分析来确定斯里兰卡长期的气候适应策略。

根据分析 1，一般来说气候变暖对斯里兰卡是有害的，但降雨量增加则是有益的。把估算的回归结果放到五个气候情景中，得到一系列结果：影响从损失 20%到获益 72%不等。产生损失的情景中，温度的的负面影响超过了补充性降雨增加的益处。产生获益的情景中，降雨改变的正面影响超过了温度的负面影响。在获益的情景下，在降雨有益的月份中，降雨量有很大增加，而在降雨有害的月份（11 月）中则减少。

第二个对农业和气候变化的回归分析的基础是李嘉图模型，这部分分析了气温和降雨量的变化分别对水稻和人工林木作物的影响。这种空间上的细分是有帮助的，因为水稻和人工林木作物集中在不同的地理区域，而对这些区域降雨量和温度的预测结果差异很大。基于 A1F1（IPCC-SRES）情景，2050 年气温和降水量的改变都对水稻收益产生负面影响（下降 11.4%）。水稻的在其生长时期（2-2.5 个月）需要相当大的水量，在成熟和收割时期（一个月）则需要暖和的温度。因为斯里兰卡水稻的种植高度集中于干旱地区，因此这些地方降雨量的降低和气温的上升会使产量严重降低。

与此同时，2050 年增加的降雨量和温度会对人工林木作物带来正面影响，总收益平均上升 3.5%。气候的预测表明，在茶和橡胶生长的很多地区降雨将会增加。茶主要生长在丘陵地区，这些地区目前的气温相对较低(25 摄氏度左右)。因此，根据回归结果，气温上升 1-1.5 摄氏度，对作物不会产生有害影响。另外，70%左右的椰子产地位于湿润地带或中间过渡带，预计在这些地区降雨对这些人工林木作物有利。

表 13-16 比较了我们的研究结果和其他的李嘉图分析结果，这里都用一个统一的情景：气温上升 2 摄氏度，降雨量增加 7%。我们发现，在斯里兰卡的简单模型中用分析 1，得到的预测结果是，全国农业产出损失 27%。气温统一上升 3.5 摄氏度，农业产出损失 46%。斯里兰卡受到的影响比其他国家还要严重。这个结果很令人惊讶，特别是斯里兰卡与印度相邻。显然，我们还需要更多关于斯里兰卡和其他国家的研究。可以注意到，以斯里兰卡为基础的 AOGCM 分析，结果有很大的变化范围，原因是这里分析了很多不同的气候情景。

回归分析 2 中，各种气候情景在空间上进行了细分，特别是对斯里兰卡不同气候带的变化进行了细分，以此进行模型估计。如果我们用更加细分的数据和更好的农业数据，并结合此前的气候变化预测（气温上升 2 摄氏度，降雨增加 7%），得到的分析结果是：水稻的净收益降低 10%，但人工林木作物的净收益增加 39%。最后，如果我们用专门针对斯里兰卡的气候预测结果，结果会令人更加悲观——水稻产出降低 11.4%，人工林木作物收益的增长只有 3.5%。气候变化对 2050 年农业产出和 GDP 的总体影响是负面的：农业−1.76%，GDP−0.26%，这里的假设是到 2050 年经济结构没有重大的改变。

表 13-16　　净收入的改变：李嘉图结果

国家	气温上升（摄氏度）降水量增加 7%	净收入改变（%）	来源
斯里兰卡	2.0	−27	基本模型—分析 1（本书）
斯里兰卡	3.5	−46	基本模型—分析 1（本书）
斯里兰卡：水稻	2.0	−10	改进的农业数据—分析 2（本书）
斯里兰卡：人工林木作物	2.0	+39	改进的农业数据—分析 2（本书）
斯里兰卡：水稻	温度=+1.1to1.2℃ & 降雨量=+70 to 520mm	−11.4	改进的农业及气候数据—分析 2（本书）
斯里兰卡：人工林木作物	温度=+1.1to1.2℃ & 降雨量=+70 to 520mm	+3.5	改进的农业及气候数据—分析 2（本书）
美国	2.0	−3 to +3	Mendelsohn，Nordhaus，ShaW (1994)
印度	2.0	−3 to −6	Sanghi，Mendelsohn，Dinar (1998)
印度	3.5	−3 to −8	Sanghi，Mendelsohn，Dinar (1998)
印度	2.0	−7to−9	Kumar and Parikh (1998a)
印度	3.5	−20 to −26	Kumar and Parikh (1998a)
巴西	2.0	−5 to −11	Sanghi (1998)
巴西	3.5	−7 to −14	Sanghi (1998)

将这些结果和南亚以及东南亚的农艺学研究结果进行比较也是有帮助的。一项文献调研表明，对作物和国家的预计影响差异很大（Chang 等，2003；Sanderson，2002；Watson 等，1998）。总的来说，农艺学研究预测，变暖对生产是有害的，但这些研究没有考虑农民的适应性调整或 CO_2 的肥土作用。如果考虑这些因素，气候变暖可能减少这个地区 4%的生产 (Mathews 等，1997)。但是，农艺学研究明确发现，对某些特定作物的影响会和本研究中作物所受到的影响一样大。同时，本研究也证明，不同的区划受到的影响不同。从气候角度来看，目前还处于边缘状态的北部和东部地区对未来气候变暖尤其脆弱。

这个研究再次证明，在 21 世纪，面对我们预计到的气候变化来说，热带发展中国家是非常敏感的。根据气候情景、种植地区的作物和地理特征，损失将会实实在在发生。但是，不是每一个情景都对国家有害。一些情景预计斯里兰卡的降雨模式有所改进，这样的气候情景可能是有益的。另外，本研究中的估算没有考虑碳的肥土作用带来的效益，而这可能抵消掉很多气候变化带来的损失。比如，De Costa 等（2003）的研究表明，斯里兰卡在某些情况下，碳的肥土作用可能显著增加水稻的产量。更进一步，因为这种肥土作用对不同种类的水稻来说其影响非常不同，因此选择那些能够使产出增加的水稻（产出的变化是对温度、降水、以及大气中二氧化碳浓度变化的一种响应）可能减少斯里兰卡对气候变化的脆弱性。对于气候敏感性来说，我们还有很多需要学习的内容，尤其是世界上热带地区对气候的敏感性。

附录 A13.1 热带森林评估的模型

A13.1.1 家庭户生产模型——分析对村民的影响

家庭户生产模型已经被用于研究很多与农户有关的问题（Singh 等，1986），包括靠劳动力供给、交通、家庭户内部决策等（Gronau，1977）。这样的框架可以用来研究国家公园的建立对马达加斯加村民的影响（Shyamsundar，1993），分析的基础是农户对森林和农业产品的需求以及农户的相关土地利用活动。

假设家庭户消费各种物品的向量分别是：市场物品 X_m，生存物品 X_a，少数森林产品 X_f。其中，X_a 和 X_f 都是由家庭户生产并同时由他们来消费的。另外，家庭户还消费休闲 X_l，从中获得效用。

家庭户效用方程为：

$$U = U(X_m, X_a, X_f, X_l) \tag{A13.1}$$

家庭户用农业生产和少数森林产品的剩余来购买市场产品，所面临的收入约束为：

$$p_m X_m = p_a(A - X_a) + p_f(F - X_f) - wl_h - pk_k + I - \infty c T_p^a \tag{A13.2}$$

其中，

X_m＝由家庭户购买的市场产品向量

A＝家庭户生产的不同农业产品数量的向量

F＝家庭户采集或加工的森林产品数量的向量

p_m＝市场产品的价格向量

p_f＝农业产品的价格向量

l_h＝农业产品生产中所雇用的劳动力

k＝农业产品生产中所使用的资本品的向量

w＝市场工资

p_k＝资本品的价格向量

I＝家庭户其他可能的收入

$\infty c T_p{}^a$＝为扩展临时性农田而砍伐原始森林的成本

以上表达式的右边代表家庭户的净剩余，即消费自己生产产品中的一部分并购买家庭生产所必需的投入之后，所剩余的部分。这些收入用于以

市场价格 p_m 购买市场产品向量 X_m。家庭户同样面临土地、农业和森林生产的约束。

公园的建立使得家庭户可获取的土地面积发生改变，包括进行农业生产和森林产品生产的土地。也就是说，最初没有公园时，假设平均每户可以获得 T 公顷的土地。公园建立之后，每户可获得的土地面积变为 T′公顷（$T' \leqslant T$）。这部分土地包括原始森林覆盖地（T_p），次生森林覆盖地（T_s）。

$$T - T' = AT = AT_p + AT_s \tag{A13.3}$$

可获得的土地面积减少对家庭户生产、收入和消费产生直接影响。生产和消费行为的改变继而会影响家庭户的福利。可以通过建立公园使家庭户承担的机会成本来间接估算福利损失。只要家庭户用最优土地量进行生产，那么由于获得土地的机会和途径变化带来的可获得土地的减少就会造成家庭户利润的降低。

确定家庭户福利损失的一个替代方法是使用家庭户支出函数。在标准福利经济学中，通过间接效用函数将收入和效用连接起来（为了获得既定水平的效用，使支出最小化）。条件价值方法可以通过直接提问来估计支出函数的变化。

A13.1.2 旅行费用法模型——分析对旅游的影响

我们可以用经济评估技术来衡量由于环境保护项目增加了自然旅游从而带来的相关效益。尽管国际自然旅行已经成为一个“大事件”（Laarman 和 Durst，1987），但却只有很少研究尝试对发展中国家的国家公园旅行进行经济评估，多数研究还是集中在国内旅行的价值上。下面，我们分析建立曼塔迪亚自然公园带来的国际自然旅行增加从而带来的潜在效益。

外国游客到马达加斯加自然旅行的决策比许多娱乐需求的相关研究中所使用的模型要复杂得多。外国游客飞行很长的距离，采用不同旅行方式，以此游览马达加斯加的大量景点，并参与很多不同的活动。很少有只参观马达加斯加自然公园的旅行计划。一般来说，旅行者到马达加斯加是观赏自然风景，他们会采取一种涵盖多个公园和文化景点等的旅行计划。

假设家庭户（或个人）到一个国家（比如马达加斯加）旅行并参加一系列活动——参观不同地方的植物、动物和自然景观等。考虑国际自然旅行的家庭，他们试图最大化其效用，即娱乐服务流（Z_R）和非娱乐服务流（Z_{NR}）的函数：

$$U = U(Z_R, Z_{NR}) \tag{A13.4}$$

非娱乐服务流由一揽子市场商品（X_{NR}）和时间（T_{NR}）来共同提供。娱乐服务流由以下三者共同提供：市场旅行服务（XT_i）、到国家 i 旅行的时间（T_i）、在国家 i 自然旅行经历（V_i）。因此，Z_R 和 Z_{NR} 的家庭户生产方程是：

$$Z_R = z_R(V_1 \cdots V_i, T_1 \cdots T_i, XT_1 \cdots XT_i) \quad (A13.5)$$

$$Z_{NR} = Z_{NR}(X_{NR}, T_{NR}) \quad (A13.6)$$

非齐次的在国家 i 的自然旅行经历（V_i）的由如下变量确定：选择一系列 j 的活动（A_{ji}）、享用该国的市场服务（X_{tji}）、到活动地点的旅行时间（tji）。A_{ji} 可以是该国内一个单一目的地，也可以是一系列目的地。举个例子，在马达加斯加的活动可能包括：旅行到曼塔迪亚国家公园去参观 Indiri 狐猴，到某个特定海滩去游泳和晒日光浴，或者到一些公园和一些海滩。因此 V_i 生产方程可以表示为：

$$V_i = v_i(A_i^1 \cdots A_i^j, t_i^1 \cdots t_i^j, Xt_i^1 \cdots Xt_i^j) \quad (A13.7)$$

其中

A_i^j＝在国家 i 的活动 j，它是景点的环境服务（s_i^j）、市场产品（Xr_i^j）、在该景点的时间（tr_i^j）的函数

t_i^j＝到 a_i^j 旅行的时间

Xt_i^j＝到地点 a_i^j 旅行所使用的市场产品

家庭户的问题是：在生产约束和（式 A13.5-式 A13.7）和全部收入约束限制下，通过选择自然旅游旅行（V_i）和市场产品（X_{NR}），使自身效用最大化。这个决策问题可以由两个实证模型来检验：（a）典型的旅行模型，以及（b）随机效用模型（RUM）。

第 14 章

资源定价政策应用

可持续定价政策

基本模型的扩展

依据严格长期成本计算有效价格

调整有效价格以达到其他目标

可持续水资源定价

本章把关注点放在可持续经济学在国家内层面的应用，考察在一国经济内部能源、水等自然资源的可持续定价政策，对可更新和不可更新资源都有所分析。在前面第 10 章给出的可持续能源发展途径的基础上，本章发展出一个实用、有效的针对国家目标的可持续定价政策（Sustainable pricing policy，SPP）框架，并把它应用到能源定价政策上面。价格作为一种长期政策工具是最有效的，它对于可持续发展是一把双刃剑。价格是经由两个阶段确定的。第 14.1 节到第 14.3 节运用经济学原理讨论基于边际成本的严格有效率的价格，这样的价格能够引致经济上最优化的能源生产与消费。通过对相关的影响和外部性进行评估（第 3 章），把环境方面的考量，通过评估的结果整合到经济分析中。接下来，在第 14.4 节说明这样的有效价格要如何进一步调整为更加可持续和符合实际的价格结构，以同时达到可承受性和满足穷人基本需求的社会目标，并加入区域或政治方面的考虑，以及实际的计量和计费方面的约束。最后，在第 14.5 节我们把可持续定价政策框架运用到诸如水这样的其他自然资源的定价政策上，并讨论一些与水相关的专门话题。

感谢 C. Fernando，P. Kleindorfer 和 J. J. Warford 对本章的贡献。本章的部分内容基于以下几篇文献修改而成：Munasinghe，M. (1980a) "An Integrated Framework of Energy Pricing in developing Countries"，*The Energy Journal*，Vol. 1，July，p. 1-30；Munasinghe，M. and Warford，J. J. (1982) *Electricity Pricing*，Johns Hopkins Univ. Press，Baltimore MD，USA；Munasinghe，M. (1984a) "Engineering-economic analysis of electric power systems"，*Proc. IEEE*，Vol. 72，No. 4，p. 424-461；Munasingh，M. (1984) "Implementing LRMC-based tariff structures"，in Munasinghe，M. and Rungta S. (1984) *Costing and Pricing Electricity in Developing Countries*，Asian Development Bank，Manila，Philippines，p. 193-212；Munasinghe，M. (1990b)，*Electric Power Economics*，Butterworths-Heinemann，London，UK；Munasinghe，M. (1992b)，*Water Supply and Environmental Management*，Westview Press，Boulder，CO，USA；and Fernando. C.，Kleindorfer，P. and Munasinghe，M. (1994) "Integrated resource planning with environmental costs in developing countries"，*The Energy Journal*，Vol. 15，No. 3，p. 93-121。

14.1 可持续定价政策

这里以能源为例来解释什么是可持续定价政策框架（联系经济、环境和社会三个方面）。第 10 章所介绍的可持续能源开发（SED）和能源定价的基本原理在本节将会得到进一步讨论，电力、石油、天然气、煤炭和传统燃料等不同能源部门所采用的各种纷繁复杂的（往往也是不一致的）定价政策会被统一化和合理化。非传统的能源量类型也有可能可以套用这个框架。

14.1.1 背景

在可持续能源发展框架（参见第 10 章）下，一个整合的、可持续的定价政策的优势是显而易见的，特别是在当前能源成本快速上升、燃料相对价格不断变化、新技术和替代可能性不断出现的情况下（Munasinghe，1990a）。

本节要对可持续定价政策的基本原则进行解释，把焦点放在发展中国家的可持续能源定价政策上。在这些发展中国家，往往市场扭曲程度更高，外汇储备和发展所需的资源都缺乏，有更多基本需求必须被满足的穷人，更加依赖于传统燃料；能源数据的不完善同样也使得原本已经很复杂的能源规划问题更加困难。此外，本节也会对定价政策有很强影响的主要投资问题有所讨论。特别地，可持续能源开发方法依赖于与基本的国家目标相关的三个层级上的分析：（1）能源部门与其他部门（如工业部门）的联系；（2）能源部门之内的不同子部门（如电力、煤炭和石油）的互相作用；（3）各个能源子部门内部的活动。

14.1.2 可持续定价政策的内容与目标

定价政策仅仅是进行可持续能源供给—需求规划与管理可用的众多政策手段之一——其他政策手段包括行政手段、技术手段（包括技术的研究与开发）以及宣传教育（参见第10.2节）。由于这些政策工具是相互关联的，所以它们的使用也必须要协调统一。当出现未预测到的能源短缺时，行政手段作为一种短期手段更为有效。对消费进行直接控制的所有方法都属于此类政策工具，比如电力部门直接减小生产负荷或汽油供给上实行配给。供应方面的技术手段包括生产某种形式能源最小成本的方法，最优的燃料组合，以及对替代燃料（如木醇就是汽油的替代燃料）的研发；需求方面的技术手段则包括引进使用更高效的节能装置，如薪柴改良灶等。而宣传教育方面，在供应方面来说主要是增强能源开发者对于外部不经济性（如污染）的知识了解，积极号召其支持保护环境的造林计划；而在需求方面则是进行能源节约方面的公众教育。

定价是一个关键的长期政策工具，对可持续发展来说是一把双刃剑。比如，提高（之前受到补贴的）能源价格以反映真实资源成本，可以增进资源配置的经济效率，有利于与能源相关的自然资产的管理与保护。但是，更高的价格也有可能使得穷人难以承认，无法满足其基本的能源需求，也等于是把稀缺的能源留存给了富人，从而加剧了社会不平等。

可持续的定价政策和投资决策应该密切相关。但是，能源供给系统（比如，发电、传输与配送，石油和天然气的油井、气井与输送管道，煤矿矿山，森林）常常都需要大量的资本投入，筹建时间和回收周期都很长。所以，一旦做了投资决策，通常是在传统的子部门满足需求最小成本法（包括了燃料间的替代可能性）的基础上作出的决策，供给方面，就会有一种锁定效应。所以定价也必须考虑到长期的规划时限。同样，在需求方面，节能装置（如节能汽车、天然气灶以及节能电器等）相对于一般收入水平来说很昂贵，并且使用寿命很长；这样消费者短期内比较没有能力应对燃料价格的相对变化。

可持续能源定价的目标与可持续能源发展的目标（参见第10章）是紧密联系的，但定价目标更加具体。

第一，经济增长的目标要求定价政策能够引导出经济上有效率的资源配置，不仅是能源部门内部，也包括能源部门与经济体其他部门之间。总的来说，这意味着要求未来的能源使用达到最优水平，能源使用的单位价格（或使用者的边际支付意愿）能够反映供给该单位能源为国家经济带来的增量资源成本。燃料的相对价格同样需要能够把消费引导向能够同时保证满足未来需求的最优的或成本最小的能源组合。当市场存在扭曲或受到约束的时候，就需要用到以下会详细介绍的影子价格和经济次优调整等方法（参见第 3 章）。

第二，社会目标则把每个公民得到一定量的最低能源供给看作是他们的基本权利。考虑到大量贫困消费者的存在和巨大的贫富差距，对价格进行补贴是有必要的，至少针对低收入消费者是如此。

第三，政府可能会对关系到能源部门自负盈亏的财务目标很关心。这方面要求定价政策能够使得能源供给机构（往往都是政府所有的）得到合理的资产回报率，并能够靠自身投入未来能源资源开发所需投资中的相当一部分。

第四，环境保护也是定价政策的一个重要目标。比如，能源节约可以减少或缓解废弃物、森林砍伐、污染以及对国外资源的依赖（如石油进口）等问题。

第五，还有一些其他的专门目标，比如推动区域发展（如农村电气化）或者促进特殊行业（如出口导向型产业），以及应对社会政治上（如国家安全）和法律上（如国际条约）的约束。

综上，总的来说价格作为一种长期的政策工具是最为有效的。从经济效率的角度来看，价格说明了支付意愿和能源的使用价值；对于使用者，它则传达了现在和将来各种能源资源供给的机会成本。

政府往往在商业化能源的定价中扮演了主要角色，但是政府常常会忽略一些与传统能源相关的问题。他们常常是通过占有能源所有权或进行价格管制，对价格施加直接的影响。此外也有一些非直接影响的手段，包括税收、进口关税、补贴、市场配额、针对能源使用装置的税收以及政府导向的能源投资。

在很多国家虽然私有化程度在不断增加，但大多数电力企业还是为政府所有。而在煤矿开采以及石油、天然气的生产、提炼和配送行业，公有和私有组织都在进行运营，而且往往是公私合营。然而不管所有制形式如何，所有政府都对能源的批发或零售价格有所管制，这种管制通常在几个环节都可能发生（包括生产、提炼、运输或传输等）。能源行业的公私企业也都需要缴纳所得税和消费税。

总的来说，政府倾向于补贴用于特殊用途的某些燃料，虽然也常有补贴没有指向明确的消费者群体，从而产生了补贴的流失与浪费的现象。照明用和烹饪用的煤油、照明用和用于农用水泵的农村用电以及用于交通的柴油燃料，通常都是应该给予补贴的。不同的燃料、不同的使用群体、不同的地理区域之间都存在交叉补贴。因此，石油的高价可能会用于煤油的补贴，工业用电可能会补贴民用消费者，而全国统一定价政策常常意味着边远地区使用能源的居民得到城市居民的补贴。补贴带来的一个主要问题是，能源生产者可能没有办法得到足够多的利润来进行新的投资以满足增长的需求，甚至仅仅是维持已有设施也有困难，这样最终导致短缺的出现。而且交叉补贴会向使用者传达错误的价格信息，从而导致投资被错误地配置。

进出口关税，以及消费税和增值税的征收往往是由从中央到地方的多个政府层级来层层执行的，并且发生在生产、处理、配送和零售整个生产链的不同阶段。很多情况下，一些产品身上的所有税率加总可能会达到产品原价的好几倍，而另一些产品则面对负的（或者接近于零的）税率。也有一些不那么直接的途径会影响能源使用，比如财产税、水权和使用收者付费、特许经营费等。此外政府与跨国公司之间拟订的开发石油和天然气资源的各种使用费、利润分享计划、开发协议等也都会对能源价格产生影响。

其他的政策工具往往都是用来强化定价政策的，比如进口产品或稀有能源的配额。能源保护型管制措施可能会减缓石油和天然气的开发速率，而多功能大坝的水力来源也可能受到灌溉和河流航运需水的限制。其他政策，比如税收减免、进口补贴、出口退税、政府贷款或拨款、对大排量机动车征收重税等手段也都被用来控制能源使用。

传统燃料往往相对被忽略，因为这些形式的能源常常不在市场中进行交易。但是，可以使用一些更加间接的方法，比如要实现对烹饪用薪材的替代，可以通过补贴煤油和天然气；而要实现增加薪材的供给也可以通过造林工程、对木炭进行有效分配、对非法伐木予以更加严厉的处罚、实行适宜的水源地管理等方法。

14.1.3 分析框架

14.1.3.1 两阶段法

因为上面所提到的目标往往不是互相一致的，所以一个实用的、整合的能源价格结构必须要足够灵活，以使可以平衡不同的目标。所以，能源定价政策的制定必须要经过两个阶段。第一阶段要在自洽和严格的框架下确定出严格符合经济效率目标的价格。第二阶段则要为达到所有其他目标对这些有效价格进行调整。调整的过程是有针对性的，并且由不同目标的相对重要性决定。下面我们就回顾影子价格定价（详见第 3 章），并发展出能源有效定价的经济学框架。稍后再介绍第二阶段基于非经济因素的调整。

14.1.3.2 基于边际机会成本确定效率价格

影子价格理论主要被运用于工程的费用—效益分析（Squire 和 Van der Tak，1975；Munasinghe，1979b）。但是，由于能源投资决策与能源价格密切相关，为了在这两个过程中保持一致，需要使用同样的影子价格。影子价格指的是稀缺资源的机会成本，比市场价格（或者私营财务成本）更好更适用（参见专栏 2-3 和 3.2 节）。

数据、时间和技术的缺乏（特别是在发展中国家）往往导致不可能使用全经济范围的整体模型（第 7-9 章）来进行能源分析。这种整体的或一般均衡的分析在概念上是相当重要的。比如，某个给定资源有效率的影子价格可能代表这种资源的可得性上很小的变化会带来的全国消费总量的相应变化。然而，在实际运用中往往使用局部均衡的方法，能源部门和经济体其他部分之间关键的联系与资源流动，以及不同能源子部门之间的互动会被有选择性地识别和分析。模型中使用的都是合适的影子价格，比如资本的机会成本、影子工资率以及不同燃料的边际成本（Munasinghe，1979a）。相对简单的模型可能反而能够得到有用的结果。

为了解释最优能源定价的基本概念，我们首先分析一个简单的模型。接下来将考察更复杂的特性，包括短期和长期的动态考虑、成本分摊、资本的不可分性、供给的质量以及需求的价格反馈效应。有效率的能源价格由两个步骤决定（详见附录 A14.1）。首先估算边际机会成本或供给的影子价格。接下来进一步调整这个值以涵盖由于能源替代品等其他产品价格的扭曲在需求方面带来的效应。从实际的角度来看，从 MOC 出发估计最优价格是相对更容易的，因为供给成本更加可得（来自经济技术数据），而需求曲线的信息相对不足。

假设某能源子部门供给的边际机会成本如图 14-1 中的曲线 MOC（Q）所示。对于一个非贸易的能源如电力，MOC 通常都是向上倾斜的，其计算方法是：首先了解电力部门所有投入的影子价格，然后基于长期的生产扩大的基础上估算边际供给成本（MSC）的大小和组成结构。在电厂这个特殊部门中，MSC 由长期边际成本（LRMC）代表（Munasinghe，1979a；Munasinghe 和 Warford，1982）。而对于可贸易的能源如原油，以及那些可与贸易品进行边际替代的燃料来说，MOC 则由贸易品的国际或者边境价格（即进口品的到岸价格以及出口品的离岸价格，并根据国际运输与装卸成本进行调整）决定——这些边境价格的使用不需要自由贸易的假设，但确实是隐含了影子价格的数值与外汇没有关系这一假设（第 3 章）。

对大多数发展中国家来说，这样的进口或出口 MOC 曲线通常都会是平坦的，即具有完全弹性的。其他的燃料，如煤和天然气，用上面提到的两种方式来处理都可以，取决于它们是否是贸易品。一个非贸易品的国内供给价格通常会高于离岸价格但低于到岸价格。而对于不可更新且非贸易品的能源资源，其 MOC 则通常在边际生产成本之外还包含一个“使用者成本”或经济租的成分。对于一些市场完全不存在的传统燃料，MOC 可以通过计算煤油等替代燃料的节约、收集薪柴所需的劳动力机会成本，以及（或）毁林与水土侵蚀带来的外部性成本来进行间接的估值。

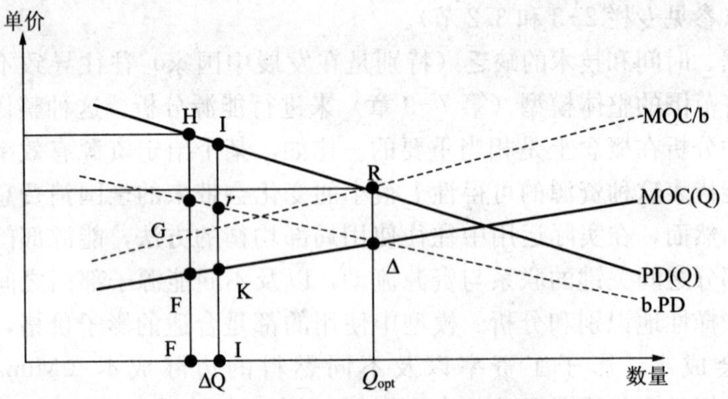

图 14-1　利用影子价格进行有效定价

对于一个非贸易的能源种类来说，MOC 是其生产投入的机会成本，加上相关的使用者成本。而对于可贸易的燃料或替代燃料而言，MOC 则是进口的边际外汇成本或边际出口所得。不管是哪种情况，MOC 衡量的都是由于能源使用而放弃的其他可能产出的，以影子价格形式表现的经济价值。接下来，我们将考察需求方的影响，特别是根据不同能源子部门之间的互动关系而进行的次优修正。

14.1.3.3　关于需求方的考虑

如图 14-1 所示能源（如石油）在市场价格下的需求曲线如曲线 PD（Q）所示，代表的是消费者的支付意愿（详见附录 A14.2）。考虑消费有一个很小的增量 ΔQ，需求会有一定的变化（即需求曲线与 x 轴之间区域的变化），相应的供给成本也会有变化（即供给曲线与 x 轴之间区域的变化）。由于 MOC 采用的是影子价格，所以 PD 也必须转化为采用影子价格的曲线以使得两者可比。这一转化步骤是通过以下思路进行的：假设市场价格乘以产量得到的支出（p＊ΔQ）被用于经济体中的其他消费（和/或投资）的话，那经济体中其他部分将耗费的资源，以影子价格衡量的边际成本将是多少。

假设这种其他消耗类型的影子成本是 b（p＊ΔQ），其中 b 被称作转换因子（附录 A14.1 和第 3 章）。这样转换后的 PD 曲线就由 PD（Q）表示，它代表了所放弃的其他消费的影子成本——我们假设在数值上 b＜1。于是在价格 p 下，增量收益 EGJL 超过了增量成本 EFKL。最优的消费水平是 Q_{opt}，在这一点 MOC 与 b＊PD 曲线相交，或者同样也可以看作是一条新的虚拟供给曲线 MOC/b 与市场需求曲线 PD 相交。消费者面临的最优的或者有效的卖出价格会出现在现实市场出清点 B，将会 P_e＝MOC/b。（这是因为消费者会沿着市场需求曲线 PD 而不是影子价格曲线 b＊PD 反应）。由于 b 取决于使用者的特殊消费类型，所以在同样 MOC 值的基础上，不同的使用类型可能会得到不同的有效价格 P_e——如下面的实证例子所示。

首先，假设所有的支出（$p*\Delta Q$）原本可以用于购买另一种完全替代的燃料。那么转换因子 b 就是这种替代燃料的市场价格相对其影子价格的扭曲程度或比率（第 3 章）。所以 P_e＝MOC/b 代表了对于第一种燃料的 MOC 进行一个特定的次优调整，对替代燃料价格的扭曲进行补偿。比如，MOC_{el} 可以代表农村（照明）用电的长期边际成本，而替代燃料可以是进口的煤油。假设（受到补贴的）国内煤油市场价格由于社会政治原因被定在进口（边境）价格的一半，那么 b＝2，有效的电力卖出价格应该是 P_e＝MOC_{el}/2。更加精细的分析可能还需要包括更多的方面，比如部分替代，以及两种燃料在质量和设备转化（电灯泡和煤油灯）上所需投入上的差异等。然而如果想对比现在计算出的低价 P_e，来对受补贴的煤油价格进行调整，就是错误的了。整体的定价框架就避免了这样的循环推论，这种循环推论在不同能源子部门的定价政策互相不协调的时候有可能出现。所有能源补贴必须要尽量准确地指向目标，避免流失及其他浪费。

接下来，我们考虑一个更具有一般性的例子，假设支出（$p*\Delta Q$）被用来购买平均一篮子的产品。如果消费者是居民，那么 b 可以是消费转换因子，它是一篮子日常商品（附录 A3.1）的影子价格与市场价格之比。在非特定使用者或关于消费者类别的详细信息不可得这样的通常情形下，b 则可能是标准转换因子（SCF）——官方汇率（OER）与影子汇率（SER）的比率。官方汇率把国内价格转换成为边境影子价格。b＝SCF 这样的设定代表着对整个经济体中平均的市场价格和影子价格之间的差别进行一个全球性的次优修正。比如，假设进口柴油的边境价格是每升 4 比索（即按照 20 比索兑换 1 美元的官方汇率转换为 0.2 美元）。令反映平均进口关税和出口补贴的恰当的影子汇率为 25 比索兑换 1 美元。于是 SCF＝OER/SER＝0.8，则严格有效率的柴油卖出价格应该是每升 P_e＝4/0.8＝5 比索。

14.2 基本模型的扩展

到目前为止的分析都是静态的，然而现实的能源定价政策需要在动态条件下实施。

14.2.1 动态效应：资源开发

某种能源资源的可得性、不同燃料之间的替代可能性等常常会随着时间而发生变化，从而导致燃料市场的非均衡，以及短期价格与长期最优价格的分离。以下为对这个方面进行详述，将举例说明一种国内的不可更新资源，其最优开发速率与 MOC 路径会如何受到需求变化的影响。这里的需求变化主要是来自可贸易性、储量规模和替代可能性等的变化。

如图 14-2 所示，作为比较基础的国际能源真实价格随着路径 BE 不断上升。假设现在某种国内能源资源如煤的边际供给成本（MSC）（包括开采成本，加上适当的运输和环境成本等）与等热值的另一种国际贸易下的燃料（如石油）的价格相比更低，在图中由点 A 和 B 表示。等热值的定义是两种替代燃料在某种使用中提供相同的有用能量所需的量（即包含了转换效率的概念）。我们注意到能源形式的选择也依赖于最后热产出的质量、资本以及转换的处理成本等，但是为了简化分析，这里我们仅在单位价格的基础上进行燃料的对比。

我们首先对建立在简单假设上的两种极端情形进行分析。首先，假设储量非常之大，对这种燃料的边际使用将不会影响燃料出口或进口燃料的替代品。这样这种国内能源的长期 MOC 将以边际供给成本为基础，随着 AC 向上倾斜，其向上倾斜的趋势反映了全要素成本和开采成本的增加。另一方面，假设在本地能源有一个出口市场，或者进口燃料具有替代性的情况下，如果储量很小或者产出能力有限，那么资源的边际使用将会在短期内减少出口所得，或者增加进口支出。这样，MOC 就会沿着 AD 朝着与世界能源价格相当的水平上升。

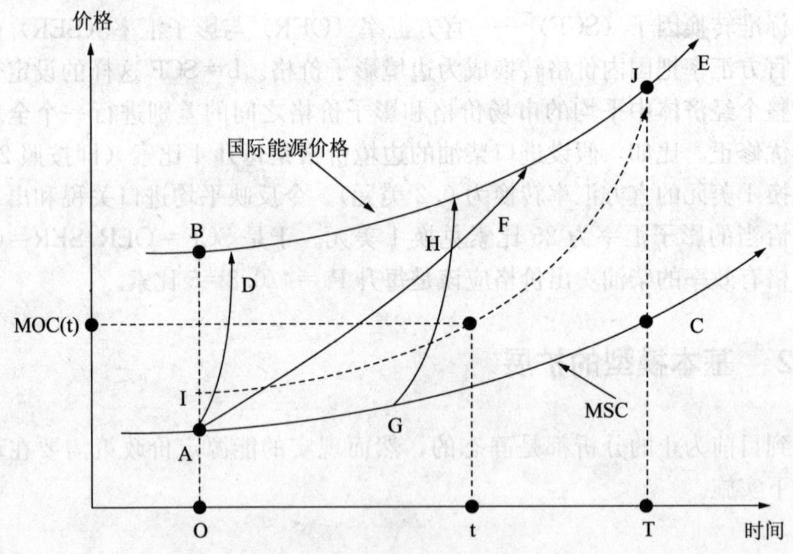

图 14-2 国内可耗竭能源的动态价格路径

实际的情况可能会落在这两种极端情况之间，往往会得到 AFE 或者 AGHE 这样的价格路径。这里，资源的最初使用对于出口和进口替代没有边际影响，但是随着时间的推进，有限的国内储量逐渐耗竭，在未来最终转变为向高价燃料。当价格保持在低水平上（路径 AGHE）的时候，与价格稳步上升（路径 AFE）比起来，对于国内能源储量的开采速率会更高，达到耗竭的时间将更短。路径 AGHE 带来的宏观经济后果也是更加令人难以接受的，因为在本地资源耗竭的转折点上会发生价格的突然上升。在实践中价格路径很可能取决于非经济因素。比如，新发现的天然气或煤炭可能会持续一段时间的低价以占领国际市场并且取代进口的液体燃料（这些燃料可能由于政治原因得到了补贴）。一般来说，在当前保持较低能源价格的愿望，与避免未来更大的价格冲击的需要之间，必须做到互相平衡。

上述讨论对于石油进口或能源不足的发展中国家更加适用。对于主要的石油出口国，影响世界市场价格和决定资源开发速率的能力使得它们更具有灵活性。大量的外汇顺差和有限的资本吸收能力将会减小边际出口所得的吸引力，从而有助于对石油资源的保存。同样这样的国家也更有能力对国内石油使用进行补贴以达到基本需求，并通过增加投资和扩大非石油产出而加速经济发展。

一个更加严格的在长期内最大化能源消费净经济收益的动态模型被构建出来以决定最优的价格路径和开发速率。然而，这样的模型都依靠于很多的要素，比如社会贴现率、储量的大小、需求的增长以及开发备用技术所需要的成本与时间上的滞后性（这个成本可以替代国际能源价格作为价格的上限）。未来供给和需求的不确定性——比如发现新的能源资源或发明新技术的可能性——会增加动态分析的复杂性。Hotelling（1931）的经典公式表明最优资源租（也就是价格与边际开采成本之差）的增加应该等于资本回报率（r）。在我们的影子定价框架中，r 应该是社会贴现率或者“会计利息率”（accounting rate of interest，ARI）。

以上表明 MOC 的最优路径将会是图 14-2 中的 IJE，是 t 的如下函数：

$$MOC(t) = MSC(t) + JL/(1+r)^{T-t}$$

其中，JL 是在耗竭期 T 期的资源租。所以 MOC 由 MSC（开采、运输和环境退化等当下的边际成本）和“使用者成本”或者是未来消费者剩余受损的部分（JL）组成。随着 T 趋向于无穷，IJ 可能会向 AC 靠近，AC 就是无穷储量的情况；而当 T 接近零，IJ 会朝 AD 靠近，代表的就是非常小储量的情况下迅速转换到高价能源的情形。

14.2.2 动态效应：需求变化

如图 14-3 所示，在第 0 年，供给和需求量在市场出清价格 P_0 上等于相同的 Q_0，即出于供给与需求曲线（MC 和 PD_0）的交点 G 上。由于需求的增长，需求曲线在第 1 年上升到 PD_1（参见附件 A14.2）。如果价格第 1 年仍然保持在 P_0 的话，就会出现 GK 大小的超额需求。在理想情况下，供给应该增加到 Q_1，而新的最优市场出清价格应该在 P_1（点 L)。然而，关于

需求曲线 PD_1 的信息可能是不完美的，使得 L 点难以达到。不过无论如何，根据供给的边际机会成本进行定价，以及增加产出直至市场出清的政策仍然是一个很好的基础性指南。

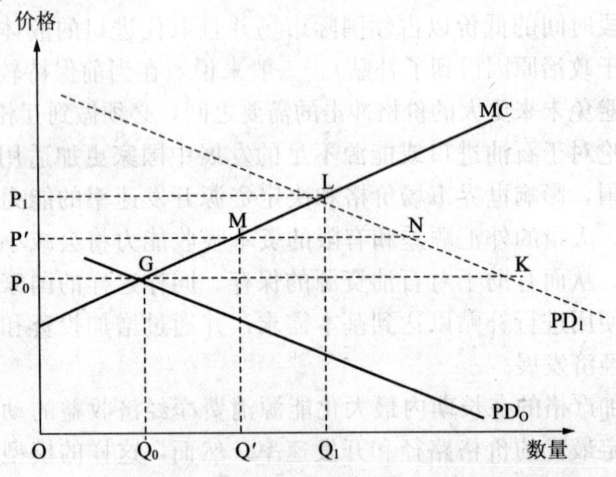

图 14-3　由于需求曲线变化产生的动态效应

幸而可以通过使用已知的生产函数或国际价格得到更加精确的 MOC 曲线。所以，作为第一步，生产可能会增加到一个即时的水平 Q′，而价格变为 p′。这样观察到超额需求 MN 就意味着供给水平和价格都应该进一步地增加。相反的，如果我们调整过度导致超额供给的话，就有必要等到需求的增加赶上来抵消过度供给。在这种互动方式下就有可能沿着 MOC 曲线达到最优点 L。当我们靠近最优点的时候，这个点本身可能随着消费的增长产生新的变化，于是我们可能总是无法达到这个不断变动的目标。

接下来，我们考虑实际中价格反馈效应带来的复杂性。一般的，长期的需求预测都会对未来价格进行预测，然后得到满足相应需求的最低成本投资，最后计算最优价格。而如果估算出来的、未来消费者面对的最优价格与最初的价格预测有差异，那么第一轮的价格估算就必须要反馈回到模型中来，对消费预测进行修正并重新进行计算。从理论上来说，这个反复的过程一直持续到未来的消费、价格和 MOC 的估算值互相一致为止。但在操作中，数据不确定性可能会使只有第一次重复才是有意义的。那么要做的就是在一定时间段内观察需求的情况，然后修正第一轮的价格以更加接近最优情景；当然如前所述，最优情景可能已经发生了变化。

14.2.3　资本不可分性

当 MOC 是由边际生产成本确定的时候，资本的不可分性或者称之为投资的分割性特点会带来一些问题。由于规模效应，能源投资是巨大的、长期的。下面我们通过把以电力供应的长期边际成本（LRMC）为基础的 MOC 方法运用到电力行业来阐明这个问题。

边际成本定价理论可以追溯到 Dupuit（1932）和 Hotelling（1938）具有开创性的研究。Ruggles（1949a，b）对这些早期文献进行了一个很好的综述。理论发展，特别是在电力部门的应用方面，从 20 世纪 50 年代以来得到了极大的推动（Boiteux，1949；Steiner，1957；Turvey，1968；Munasinghe 和 Warford 1982；Munasinghe，1990b）。最近的研究则集中在局部定价、不确定性和电力短缺的成本等。

如图 14-4 所示，假设在第 0 年最大供给能力是 QM_1，而最优价格与产出组合需求曲线 D_0 和短期边际成本曲线 SRMC（Short-Run Marginal Cost，或也可叫做可变成本、运行维护成本等）的交点（P_0，Q_0）得以实现。

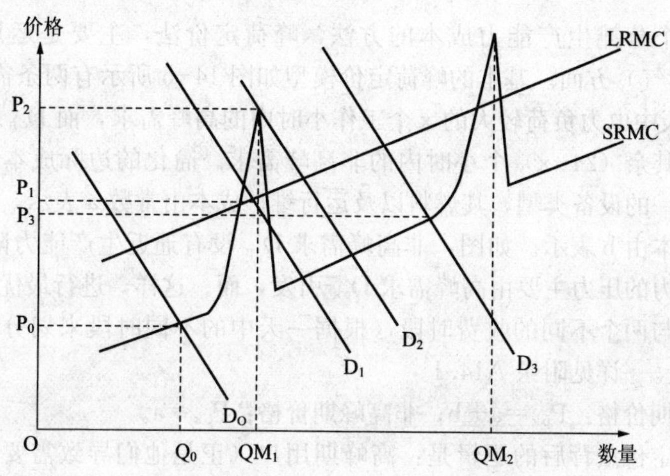

图 14-4 资本不可分性对价格的影响

当随着时间变化需求从 D_0 增加到 D_1，达到已有生产能力的极限，价格必然上升 P_1 到以达到出清市场——这就发生了所谓的“价格限制”问题。当需求曲线移到 D_2，而价格变为 P_2，生产能力增加到了 QM_2。但是，一旦生产能力已经增加则它就变为了沉没成本，价格就应该回落到之前的 SRMC 曲线上——比如根据需求 D_3，P_3 是最优价格。总的来说，这样过程中的大幅度价格波动会给消费者造成困扰，令其难以接受。实际上这个问题可以通过采取长期边际成本（LRMC）定价的方法来避免。这个方法既能够满足价格稳定性，又符合支付意愿与增量供给成本匹配的原则。从本质上来讲，单个工程或投资项目的资本成本应该分摊到工厂生命周期内的所有预期产出上。比如，资本成本可以通过社会折现率进行年均化处理并分摊到年产出，或者也可以使用平均增量成本的方法来分摊（Munasinghe，

1979a)。这样每单位产出的平均增量投资成本加上可变成本（SRMC），得到长期边际成本（LRMC），如图 14-4 所示。如果预期到持续的需求增长，则可以假设消费者最初对于相当于年均 LRMC 的价格的支付，意味着他们在资产的整个生命期内都有这样的支付意愿。

有时，偏离长期边际成本曲线（LRMC）也可能导致效率上的获益。如果大量的超额生产能力存在，暂时地对特定消费者（14.2.5 节）按照短期边际成本（包括可变和使用者成本）来定价可能会更合适。不过，按照短期边际成本（SRMC）定价的供给必须随着长期边际成本下需求的增长而减小，并且不能让暂时性的低价供给变成长期的负担，如电力系统中的可中断负荷。

14.2.4 峰荷定价与价格结构

另一个分摊生产能力成本的方法，峰荷定价法，主要是运用在电力（以及天然气）方面。基本的峰荷定价模型如图 14-5 所示有两条需求曲线：D_{pk} 是一天中电力负荷较大的 x 个工作小时内的高峰需求，而 D_{op} 是电力负荷较小的其余（24-x）个小时内的非高峰需求。简化的边际成本曲线假设了一种单一的设备类型，其燃料以及运行维护成本由常数 a 表示，而边际生产能力成本由 b 表示。如图，非高峰需求 D_{op} 没有逼近生产能力限制 QM，对生产能力的压力主要由高峰需求 D_{pk} 引发，而。这样，进行最优定价现在就要考虑与两个不同的收费时段（根据一天中的不同时段来划分）相联系的两部分——详见附录 A14.1。

高峰期价格：$P_{pk}=a+b$；非高峰期价格：$P_{pk}=a$。

这种定价法背后的逻辑是：高峰期用户（正是他们导致需要更大的生产能力），应该为生产能力成本全权负责，同时也承担相应的燃料和运行维护成本；而非峰荷期用户只需要支付燃料和运行维护成本。峰荷定价方法同样也可以运用在一年中不同季节的定价上。更加复杂的峰荷定价模型表明在一个最优规划系统中，边际生产能力成本应该根据两个或更多不同收费时段的短缺成本来按比例进行分摊。如果高峰期被定义得太短了的话，峰荷定价可能会使得消费高峰（负荷段）移动到另一个收费时段中。

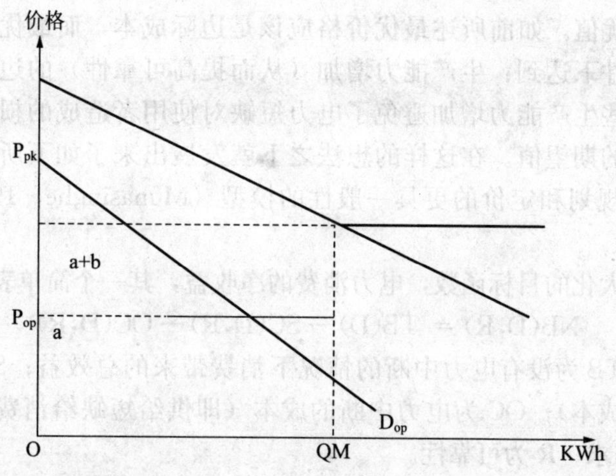

图 14-5 高峰负荷定价模型

其他能源子部门中同样也存在与分摊共同成本相关的问题——比如天然气的生产能力成本分摊，或不同石油产品之间对提炼成本的分摊等。前者可以像电力的这个案例这样处理。而对于石油产品，可交易的轻炼品（如煤油、汽油和柴油），都有可作为基准的国际价格。而另一些（如重油）可能也必须按照非交易品来对待。另外，提炼过程中产生的伴生气往往被认为有较低的边际机会成本，尽管后续的储存以及作为 LPG 进行使用所需的处理都会使得成本有所增加。还有一种更加复杂的方法，是用一个精炼厂的规划模型来解决对偶问题并确定各种蒸馏物的影子价格。

生产能力限制相关的一个更一般的方面，是能源价格的结构化，这个概念包含了峰荷定价。比如，图 14-1 中所示的边际机会成本（MOC）可能会随着消费者类型、地理位置、时间和消费水平、电压水平（对于电力而言）等而不同。且这些 MOC 的数值还必须进一步进行调整以反映关于需求方的考虑（正如之前讨论的）。所以，在一个已知能源子部门中，有效的价格可能会呈现出相当的结构差异。

14.2.5 短缺成本与生产能力限制

供给与需求不确定性、安全限制以及短缺成本等相关问题也可能增加定价问题的复杂性。我们这里首先阐释电力部门的问题，然后再试图把结果推广到其他的能源子部门。要确定能满足电力需求预测的最小成本供电系统扩建规划，往往（任意地）设定系统可靠性的目标水平。这些系统可靠性参数包括：荷载能力损耗、供电中断频率与持续时间以及储备余额量等。然而经济学理论告诉我们，可靠性也应该作为一个变量纳入最优化的过程中，价格和生产能力（或者与生产能力相当的，可靠性），这两者应该共同达到最优值。如前所述最优价格应该是边际成本，而最优可靠性水平则在以下条件下达到：生产能力增加（从而提高可靠性）的边际成本正好等于因为这些生产能力增加避免了电力短缺对使用者造成的损失从而带来的成本节约的期望值。在这样的想法之下就发展出来了如下所示的一个供电系统扩建规划和定价的更具一般性的模型（Munasinghe，1979，1980a、1990b）。

考虑最大化的目标函数，电力消费的净收益，其一个简单表达式如下：

$$NB(D,R) = TB(D) - SC(D,R) - OC(D,R)$$

其中，TB 为没有电力中断的情况下消费带来的总效益；SC 为供给成本（即系统成本）；OC 为电力中断的成本（即供给短缺给消费者带来的成本）；D 为需求；R 为可靠性。

在以最小成本电力系统扩建规划为基础的传统方法中，D 和 R 都是外生给定的，所以 SC 最小化就等于最大化了 NB。然而，如果 R 也被看作是一个变量的话：

$$\frac{d(NB)}{dR} = -\frac{\partial (SC + OC)}{\partial R} + \frac{\partial (TB - SC - OC)}{\partial D} \cdot \frac{\partial D}{\partial R} = 0$$

上式就是最大化的一阶必要条件。

令 $\partial D / \partial R = 0$，我们可以得到 $\partial (SC) / \partial R = -\partial (OC) / \partial R$

于是，正如前面所讨论的，应该增加生产能力增加可靠性直到上式的条件得到满足。在这样的点上可靠性和价格都是最优的（假设价格也被最优地设定为边际成本）。这个结果也可以有其他的表达方式：由于 TB 与 R 无关，所以当总成本 TC=（SC+OC）最小化的时候 NB 最大化。所以上式的这个标准实际上有效地包含了传统的系统规划，只是后者最小化的仅仅是系统成本。而对供电中断成本的强调则要求更多精力用在对这样的成本的估算和测量上（Munasinghe，1979、1980b；Munasinghe 和 Gellerson，1979）。

这个方法可以被推广应用于电力之外的其他能源部门。尽管在电力部门之外的其他部门可能没有像荷载能力损耗这么复杂的可靠性衡量指标，但是最小化总社会成本的概念还是很有借鉴意义的。比如，在石油和天然气的投资规划中，由于汽油供给不足、炉用油或民用和工业用气缺乏等短缺造成的成本，可以用来与通过增加路面运输或管道系统从而提高储备和传输能力所带来的供给成本之间进行权衡并作出最终决策。这类分析的结果，支持了要首先在城市而不是农村提高燃料价格、汽车牌照费、公路使用费和停车费等政策。显然，这些考虑会影响能源供给的边际成本从而影响最优定价政策。

下面让我们回到关于如何在短期和长期边际成本（SRMC 和 LRMC）之间选择确定最优价格的讨论上。短期边际价格是在生产能力给定的情况下满足增量的电力需求所需成本（包括短缺成本）。长期边际价格则是指在对最优生产能力有调整可能的时候，为消费提供持久性提高可能所带来的成本。如果系统的规划和运行都是最优的（即生产能力和可靠性都在最优水平），那么 SRMC＝LRMC。但是，如果系统的规划是次优的，就需要面对 SRMC 和 LRMC 之间显著的差异。比如，如果需求被高估了，那么就可能会有相当的多余生产能力被建造出来的剩余生产力。于是，在短期内边际成本会下降，这样根据 SRMC 确定的最优价格就会下降到 LRMC 之下。然而，随着需求增长至高峰期系统又回到最优状态的时候，价格应该沿着 LRMC 平滑上升。如果最初的价格下降幅度太大，或者需求增长过激的话，这样的转换过程就会变得非常突然，令消费者不适。

最后，如果在高峰期之外也存在大量的短缺成本的话，最优边际生产能力成本就应该按照不同收费期的边际短缺成本比例进行分摊。这样的分摊也可以与荷载能力损耗成反比进行，不过这是一个近似的方法，因为像荷载能力损耗这样整合的可靠性指标仅仅是分摊储运损耗成本的一个较弱的近似。

另一种定价法，即时定价（Real Time Pricing，RTP）可以向使用者提供即时的价格信号（比如，每小时的信息），这种方法已经被测试了上十年的时间（Barbose 等，2004）。关于 RTP 的经济有效性以及它如何综合考虑了边际机会成本和长期机会成本，都有不少争议和讨论（Borenstein，2005）。

14.2.6 环境考虑

最后，为了确定有效能源价格，外部性（特别是环境外部性）必须被尽可能地考虑进来（第 3 章）。比如，如果一个新建的水电大坝导致了一片具有休闲或农业价值的土地被淹，或者城市交通增长导致拥堵和空气污染问题，这些成本都应该反映到边际机会成本中。虽然这些外部性成本往往很难量化，但是它们实际上可能已经（至少是部分地）被包含在了供给成本中。例子包括为避免环境退化所采取的措施，比如在一个炼油厂或煤电厂的污染控制设施成本，或对露天矿土地进行的景观美化等。

对于非贸易或传统能源比如薪材来说，环境成本是最难估算的。它们的边际机会成本可能会包括（如果恰当的话）毁林、侵蚀、水源地流失等方面的外部性成本。传统燃料经济价值的其他衡量方法还包括收集木柴的劳动力的机会成本，或者与之相当的替代燃料比如煤油和 LPG 的成本结余。

环境成本可以包含到可持续能源定价政策中，以使能源发展资源密集程度减小，产生的污染更少（第 7.3.1 节）。图 14-6 表示了在低燃料价格的初始稳态经济中价格和收入效应是如何相互影响的，说明了后续的经济增长会如何与被忽视的经济扭曲一起，共同对环境造成危害。

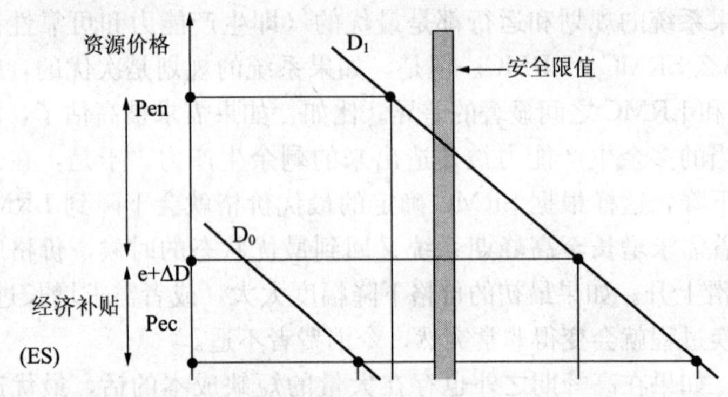

图 14-6 考虑环境因素以使能源价格更加可持续

资料来源：Munasinghe（1995）。

向下倾斜的曲线 D_0 表示的是液态油的需求，它是由价格 p 和收入 Y 决定的（即 D=D（p，Y））。假设 Q_L 是城市空气污染的安全限值，在它之上就会发生严重的健康损害。如果 $Q_0<Q_L$，那么空气污染的水平是可接受的。接下来，假设经济改革刺激了增长——比如通过扩张了的公路交通，使得燃料需求曲线向外移至 D_1。这样，空气污染水平可能就会移至 $Q_1>Q_L$，给带来很大的健康风险。

显然，解决办法不可能是停止经济增长，而应该是引入解决措施以建立起适当的能源价格。首先，需要通过去除经济补贴（Economic Subsidies，ES）把燃料价格提高到更加有效率的水平，比如准确地反映出道路拥堵所延误时间的机会成本。这样得到的有效价格（P_{ec}）会使得空气污染水平降低至 Q_{ec}，但它仍然高于 Q_L。其次，应该征收环境外部性成本（Environmental Externality cost，EE），反映出健康成本（肺部疾病、铅中毒等），从而建立考虑环境因素的调整后价格（P_{en}）。这样空气污染水平就下降到 $Q_{en}<Q_L$。这样的定价政策才是可持续的，因为由健康原因确定的安全标准 Q_L 得到了满足。

14.3 依据严格长期成本计算有效价格

作为第一步计算，严格长期边际成本（以及最优投资规划），要用影子价格（而非市场价格）来进行估算，这样就能去除经济中的扭曲。

14.3.1 估算严格长期边际成本

严格长期边际成本的定义是：由于需求的一个小的、持续性的增长会引起系统扩建计划与系统操作上的最优调整，这种调整所带来的增量成本就是严格长期边际成本。长期边际成本必须建构一个结构性的框架，需要包括由于一天中的不同时间段、电压水平、地理位置、季节等因素影响下的不同的边际成本。计算的结构化和复杂性程度，取决于数据的可得性和预期结果。计算和实行一个复杂的费率会遇到很多实际的问题；当然理论上，长期边际成本的估算甚至可以细化到每个用户每段很短的时间。以下对严格长期边际成本的计算方法进行了总结（Munasinghe 和 Warford，1982；Munasinghe，1990b——详细理论和实际案例）。

14.3.1.1 成本类型与收费时段

边际成本的三大类分别是：(a) 生产能力成本；(b) 能源成本；(c) 消费者成本。电厂发电，之后电力在达到最终使用者之前源源不断地被输入到特高压和高压（EHV 和 HV）输送系统，以及中压和低压（MV 和 LV）配送系统。边际生产能力成本包括为了增加额外的供给能力所需发电、输送与配送设备的投资成本。边际能源成本是供给额外一定额度千瓦时电力所对应的燃料和运行成本，边际消费者成本则是直接由使用者承担的增量成本，比如装置安装、计量和计费等方面的成本。运行维护成本（O&M Cost）、行政和一般费用（A&G Cost）实际上也都可以分别归入以上这些基本的分类中。最后，所有这些要素都应该按时收费。

设计价格结构的第一步就是选择适当的时间段作为不同的收费时段。需要对系统负荷曲线以及发电计划表进行考察，识别出需求给予生产能力和供给成本最大压力的时段。这些关键期可能是源于一天之中需求的变化（比如，晚上的照明负荷），或者是需求与供给的季节变化（比如，夏季的空调使用所增加的负荷，或者水电遇到旱季）。以下我们从一个简单的热电系统开始讨论，这样系统的需求没有呈现明显的季节性特征，可以只选择一天中的两个时段——高峰期和非高峰期作为收费时段。接着会再专门讨论长期边际成本的季节变化以及水电系统的分析。

14.3.2 边际生产能力成本

在图 14-7 (a) 中，在起始年第 0 年，典型的系统年负荷曲线，被分为了两个收费期间：高峰期和非高峰期。负荷曲线和需求一样都随着时间的推移而上升。

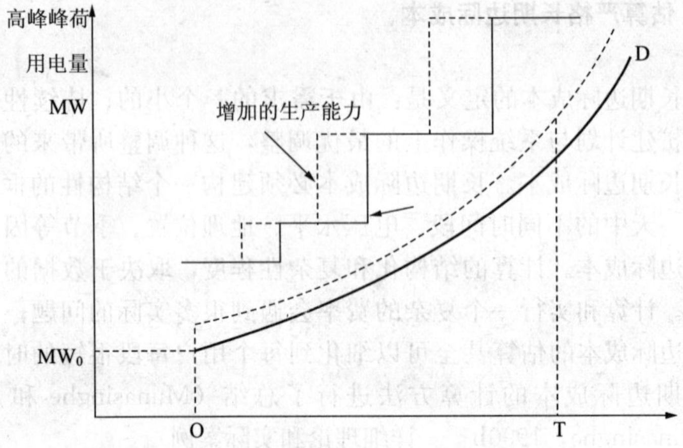

图 14-7（a）典型 LDC；（b）高峰电力需求预测

对高峰需求的预测由从初始值 MW 开始的曲线 D 给出。生产能力的长期边际成本等于比率（ΔC/ΔD），其中 ΔC 指的是由于长期高峰需求的一个可持续的增量 ΔD 所带来的系统生产能力成本的变化（如图分别是图 14-7（a）中的阴影部分和图 14-7（b）中的虚线 D+ΔD）。需求的增加量 ΔD 从时间上和发电量的 MW 数上来说都是边际增加量。在理论上，ΔD 可正可负，而比率（ΔC/ΔD）大体上会随着 ΔD 的符号和大小变化而变化。如果能够计算出很多个这样的（ΔC/ΔD）值，那么把它们平均起来就可以得到长期边际成本。

在一个最优规划系统中，增加生产能力负荷的办法通常包括升级新建电厂或者加入新的设备比如燃气轮机或调峰水电，如图 14-7（b）。用一个发电规划模型可以很容易地通过模拟扩建路径和系统运行，对比在需求量增加 ΔD 与不增加 ΔD 的情况下会带来的生产能力成本之差 ΔC。这个过程当然也可以进行更一般化的推广从而设计成有很多不同收费时段的更为复杂的费率结构。总的来说，此方法利用了动态长期边际成本的概念，模拟了最优系统规划过程。

当时间、数据和资源的限制使得以上这样最为理想的方法不可行的时候，可以使用其他近似的方法。Munasinghe（1979a、1990b）在文章中提供了一些实用的计算长期边际成本的方法。基于对长期边际成本的静态理解而进行的简单考虑往往也可以得到很好的结果。假设燃气轮机是被用于高峰期的，那么发电能力的长期边际成本（$LRMC_{GenCap}$）就可以近似地表示为燃气轮机每千瓦发电能力的安装成本在预期使用寿命期内的年均化分摊。另外还必须根据储备量和电站损耗进行调整。一个典型的表达式将是：

$$LRMC_{GenCap} = (\text{Annuitized Costper kW})(1+RM\%)/(1-L_{su}\%)$$

在我们的模型中，所有的生产能力成本全都由高峰期使用者承担。所以，如果计算中包含了基准负荷发电机组的生产能力成本，就需要去除由于这些基准负荷机组相比低效设备带来的燃料节约（附录 A14.1）。向高峰期消费者收取基准负荷单位（如核能）的高生产能力成本是不合理的，比如会有可能促使他们自建燃气轮机。

接下来我们考察输电和配电方面的投资成本，它们也应该分摊到增量的生产能力，因为该方面设施的设计是由高峰期它们运载的千瓦量而不是平均的千瓦时数值决定的。不过特别是在配送阶段，一段线路需要多大的馈电线可能取决于局地的高峰需求，而局地高峰需求不一定发生在系统高峰期内，这样配电能力成本在不同收费时段之间的分摊就变得相当复杂(Boiteux 和 Stasi，1964)。这种情况下可以实行按电压收费，主要是区分电压的三种供给类型：高压、中压、低压。由于消费者只会被收取上游环节的成本，必须分别确认每个电压水平的生产能力成本。

估算运送与配送的长期边际成本最简单的方法就是使用平均增量成本(Average Incremental Cost，AIC）方法。令 ΔWM_i 和 I_i 分别是第 i 年所满足的电力需求的增加（相较于上一年而言）以及相应的投资成本。那么生产能力的 AIC 就等于：

$$AIC = [\sum_{0}^{T} I_i / (1+r)^i] / [\sum_{L}^{T+L} \Delta MW_i / (1+r)^i]$$

其中，r 是贴现率（代表资本的机会成本），T 是规划期间（如 10 年），而 L 是投资与新设备投入运行之间的时间间隔。

我们可以注意到，在平均增量成本（AIC）方法中，采用的是实际发生的需求增量，而不是计算生产长期边际成本时所用的假设的（也是更加严格的）需求固定增量 ΔD。不过由于即便考虑输电和配电也不会改变分析的方式，平均增量成本方法和假定增量方法会得到类似的结果；而平均增量成本方法可以利用可得的规划数据，往往更容易计算。而且平均增量成本还是综合考虑了电力产出的贴现值（分母）与它供给成本的贴现值（分子）的单位成本。所以这是经过有效折现的 ΔMW_i，而不是 ΔMW_i 物理单位的货币价值。

另一个确定不同电压水平边际输配电成本的可选方法是使用历史数据进行类似下面回归等式的回归：

运送成本＝a＋b＊（高峰期需求）

但是，随着系统的扩建，不能保证这样的基于过去关系的方法能够在未来仍然保持正确。

令 $LRMC_{HV}$ 为在电厂寿命期内（如 30 年）年均化后的超高压和高压输送的平均增量成本，那么高压水平上高峰期内生产能力的总长期边际成本将会是：

$$LRMC_{HV.Cap} = LRMC_{Gen.Cap.}/(1 - L_{HV}\%) + \Delta LRMC_{HV}$$

其中，$L_{HV}\%$是传输过程中在超高压和高压电网中损耗掉的电力的百分比。在中压和低压阶段也可以再次重复这个操作。这种输配电长期边际成本的计算方法基于未来需求的实际增长，平摊到了很多消费者身上。但是，向特定地点供电或特定用途负荷的相关设备应该专门地分摊到那些相应的用户身上而不是更大范围地分摊，比如一般的和提供给特定消费者的输电线路。

14.3.3 边际能源成本和对损耗的处理

供配电系统的概念对于计算边际能源成本非常有用。高峰期间的能源长期边际成本等于为了满足增量的高峰期需求（ΔD kwh），不得不启用的较低效设备的运行成本。在我们的模型中，具体就是燃气轮机的燃料和运行成本，同时还需要对这些成本根据各个电压水平的相关高峰期损耗系数因子进行调整。相似的，非高峰期的能源长期边际成本则是最低效的基准负荷运行成本，或是在此期间循环使用的设备的运行成本。不过在一些例外的情况下，收费期间内使用到的增量设备不一定是可用机器中最低效的。比如，在下一个收费时段需要用到的低效设备并可能需要较长的启动时间，那么它也许就会先于高效机器装机。这个问题会在不同收费期之间而不是按小时进行运行成本最小化规划的时候出现。另外由于设备的热耗率会随着产出水平而不同，生产成本和所产出的千瓦时电力之间假定的简单线性关系可能就需要改为更加符合现实的非线性模型。非高峰期调整所用的损耗系数因子可能要比流量大的高峰期调整所用因子小（Munasinghe，1979a）。

在损耗的处理方面也有一些重要的问题。虽然不同系统的总技术损耗量会有不同，但一般来说如果它达到了总产量的15%，那么就应该考虑进行损耗控制了。如果超过可接受水平的工程损耗被惯常地转移给了消费者，生产者就不太有激励提高这方面的效率。另外，偷电和电费拖欠等方面的损失往往也会转嫁到那些按时缴费的消费者身上。同样，这里要考虑的问题仍然是，这些非技术损耗是能够通过适当的措施得到控制的呢，还是说消费的增加必然与这些损耗的因素相伴。在美国，偷电电量达到系统总产出的2%，而发展中国家的一般水平应该要设定得更高（Munasinghe 和 Warford，1982）。生产、输送和配送水平上分别的长期边际成本分析可以帮助了解边际成本较高的原因是由于过度投资还是高损耗，或者两者都存在。

14.3.4 消费者成本

在需要满足最小负荷要求的假定基础上，很难把一些配电系统的投资成本分摊给消费者。同样的，也有人尝试把历史数据根据类似下面这样的等式进行回归：配送成本＝a＋b×高峰期需求＋c×消费者数量。但这样的回归分析也会有问题，因为高峰期需求与消费者数量往往是高度相关的。所以，一般配送成本都被视为生产能力成本，而消费者成本则被定义为那些直接由用户承担的成本。初始消费者成本包括的项目有配电服务、计量设施以及安装相关设施的劳动力等。费用收取方式可能是一次性收取，也可能在一定时段内进行分摊支付。

查电表、收电费以及管理和其他支出等周期性消费者成本可以作为按千瓦和千瓦时收费之外的月均费用加到总费用中。增量的非燃料运行维护和管理成本在三类成本：生产力成本、能源和消费者成本之中的分摊在不同系统有所不同，但往往这些成本都比较小。

14.3.5 对水电的分析

水电系统的特殊性决定了在水电系统中长期边际成本的季节变化是很重要的（Turvey 和 Andersen，1977；Munasinghe，1990b）。在整体水电系统中，生产能力的长期边际成本等于高峰期生产能力增加带来的成本（即额外的涡轮、阀门以及发电站的扩建等），而增量能源成本则是增加水库蓄水量的成本。当水量充足（如湿季）的时候，增量能源成本可能会很小(可能就只有运行维护成本)；而在需求没有对生产能力造成压力的时候，增量生产能力成本也可以被忽略。然而如果系统受到能源的严重限制，在达到生产力限制之前不断发生能源短缺，所有增量资本都需要用于能源储备，那么高峰期和非高峰期成本、生产能力和能源成本之间就不再有明显的区别。极端地说，由于任何时期（除了水量充足期）水电的使用都会导致水库水位的下降，那么需要的可能就只是简单地在所有时段内仅仅按千瓦时收取的同一费率，比如把平均增量成本方法用于系统总成本的计算。

在一个水电—热电混合系统中，一般用以下方法进行计算：如果水电设备在一个收费时段内替代了热电设备，那么后者的运行成本就是相应的增量能源成本。如果使用了抽水蓄能的方式，那么边际能源成本或用水的价值等于考虑损耗量之后的抽水成本。另外，如果运行类型在未来很可能发生剧烈变化（比如高峰期的临时增置设备从燃气轮机变为高峰期水电，或者反过来），那么长期边际成本的值就必须以加权平均来进行计算，权重则根据未来生产中使用各类设备的比重来确定。

14.4 调整有效价格以达到其他目标

14.4.1 偏离严格的长期边际成本

通过严格长期边际成本的计算，我们完成了费率制定的第一个阶段。在第二个阶段必须调整严格长期边际成本，从而得到一个能够满足经济次优、社会政治、财务、环境和其他各方面约束的实用的可持续定价结构。这个调整的过程将会使价格在大小和结构上与严格长期边际成本有所偏离。这个阶段的费率结构可能针对的是不同类型的使用者或不同收入水平的人群。一些实际的考虑比如计量和计费方面的困难可能也会影响最终费率。

使最终费率与严格长期边际成本有所偏离的约束条件主要可分为两组类（Munasinghe 和 Warford，1978）。第一组约束包括次优考虑和针对低收入消费人群的价格补贴（获成为生存线费率），这些都可以在经济学框架内进行分析。第二组约束则包括所有其他因素，比如财务可行性、社会政治约束、不能被货币化的环境影响以及计量计费方面的问题等。对于这些因素很难进行严格的经济分析。同时这两类约束可能会相互关联，比如价格补贴可能同时有经济福利与财务、社会政治方面的意义。

14.4.1.1 次优考虑

如果一个经济体中其他产品价格没有反映边际成本（特别是我们这里研究的电力服务的替代品和互补品），在严格边际成本定价的基础上，可能需要进行次优的调整。也就是说，那些影响上游的电力生产投入品和下游的电力密集型产品的价格扭曲也需要进行考虑。前一种扭曲可以如前面所讨论的通过直接使用投入品影子价格的办法来解决，后一种情况则要求对市场进行更加细致的分析。关于替代能源价格的扭曲，一个例子是在不少国家都存在的对进口发电机和（或）柴油燃料的补贴。这可能会激励私人用电者私自使用发电设备（captive plant），尽管这（对于整个经济而言）不是成本最小的满足需求的方法。最好的解决办法可能是政府取消这样的补贴或限制私人发电设备的进口。然而，如果交通政策要求保留对柴油燃料的补贴，或强势的压力集团给予政治上的阻力，那么由于（受到补贴的）私人发电的成本很低，所以最优的电网供电价格应该设定得低于严格长期边际成本。低于严格长期边际成本的程度取决于补贴的大小和其他能源对电能的替代率（Munasinghe 和 Warford，1982）。

一个相关的问题是，旨在向低收入消费人群以他们能够承受的价格提供满足基本需求的能源的煤油补贴政策的有效性问题。这样的补贴同时还可以避免低收入消费者（特别是在发展中国家）转向使用木材等非商业燃料采暖；这些燃料的过度使用会导致森林毁坏和环境损害。如果我们假定煤油补贴是既定存在的，电价就必须下调（以在照明用途上与之竞争）。同时，如果低价煤油补贴没有专门地指向穷人，比如煤油往往会与更加昂贵的汽油或柴油混合，使用者则主要变成富有的汽车主或实业家，这样就会出现不好的补贴流失。

14.4.2 社会考量：价格补贴和生存线费率

除了以上次优的经济学观点，社会政治和平等的观点支持实行以满足基本的能源需求为目标的生存线费率，特别是在电力支出占收入比重较高的地方。电力供应方具备可进行歧视定价的垄断能力，这使得可以在以下的分析框架中，对能源价格进行系统性的实际调整以使其更加符合可持续发展。

针对低收入消费人群的补贴“社会”水量或“生存线”费率，从公平角度来说有很重要的社会经济意义。我们借助图 14-8 来说明这一点。图上表示出了低收入（I_1）与一般收入水平的（I_2）国内用户分别的需求曲线 AB 和 GH，在 0 到 Q_{min} 的最低消费阶梯之上的社会费率 P_s，以及按照边际成本定价的价格水平 P_e。如果实际费率 $P=P_e$，那么中等收入家庭将会消费“最优”水平 Q_2，但低收入家庭将无法承担。

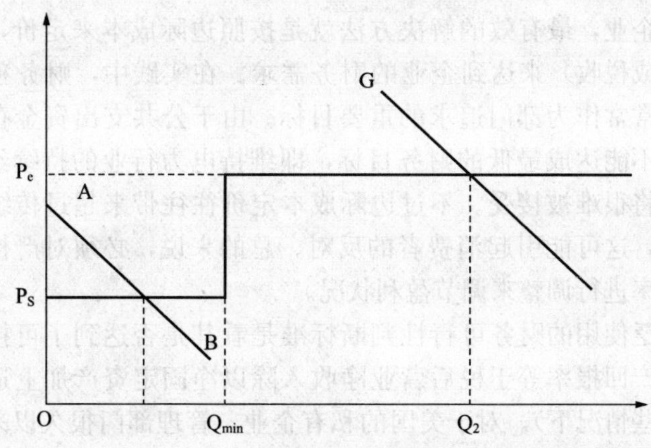

图 14-8 社会或生存线费率的理论基础

如果穷人的福利的增加社会权重或社会价值更高，那么消费者剩余部分 ABF 就应该乘上适当的社会权重（大于 1）——附录 A14.1。这样，尽管 A 点在 P_e（市场价格）之下，权重后的 OA 距离可能还是会大于边际供给成本。如图所示，按照由生存线费率 P_s 与后面全费率 P_e 组成的累进阶梯定价，就可以获得这部分“加权”的低收入用户消费者剩余。这样的阶梯定价并不会影响一般消费者达到最优消费模式，一般消费者受到的影响仅仅是由于对第一阶梯水量即 Q_{min} 的支出减少，会产生一定的收入效应。在实践中，Q_{min} 的大小取决于可接受的确定“低收入”群体的标准，以及对他们的最低消费水平的合理估计（比如，要足以满足照明、取暖等用具的基本需求）。

在富裕国家，平均家庭用量在每月 1,000 kWh 左右，最低消费水平可能会是每月几百 kWh。而在发展中国家平均用电量相对低得多，Q_{min} 通常在每月 50 kWh 左右。一个简单的模型可以得到 P_s

如下：

P_s＝严格长期边际成本×（低收入者的收入/临界收入）

其中，临界收入类似国家制定的贫困线（Munasinghe 和 Warford 1978）。在确定 P_s 和 Q_{min} 的时候也要考虑效用约束条件和低收入消费者的支付能力。这个补贴的方法可能还可以通过适当的电网政策（如补贴家庭联入电网）得到加强。也可以通过立法保护穷人和弱势群体，以防止出现不公平的断电现象等。

14.4.3 财务可行性

最为普遍的财务约束来自部门的利润要求，一般体现为财务上的资产回报率目标，或者可接受的未来项目投资贡献率等指标。理论上来说，对于国有电力企业，最有效的解决方法就是按照边际成本来定价，并依靠政府的补贴（或税收）来达到企业的财务需求。在实践中，财务独立和自负盈亏的指标常常作为部门追求的重要目标。由于公共支出资金存在机会成本，所以如不能达成最低的财务目标，即维持电力行业的持续经营，这样的定价政策将很难被接受。不过边际成本定价往往带来超过传统盈利目标的财务盈余，这可能引起消费者的反对。总的来说，必须对严格边际成本基础上的费率进行调整来调节盈利状况。

一个广泛使用的财务可行性判断标准是看其是否达到了可接受的资产回报率。资产回报率等于税后营业净收入除以净固定资产加上适量的流动资金（在一些情况下）。对于美国的私有企业，管理部门很久以来都是对盈利规定一个合理上限，这样等于对每单位电的平均销售价格规定了上限(Garfield 和 Lovejoy，1964)。在企业为政府所有的地方，正如很多发展中国家的情形，目标回报率经常被看作是面对倾向于压低价格的社会政治压力，所需要保证的最低要求。如果是在对资产进行重新评估的基础上进行考虑，那么这样的财务要求会更接近进一步的长期边际成本定价。对于一个快速扩展的系统来说，有另一个很有用的未来导向的财务标准，即企业从自身利润中拿出相当一部分贡献于自身的未来投资项目。这样的自筹资率往往会和债务偿还一样，记为资本支出的一部分。

财务标准的应用可能会需要解决一些重要的概念和实际问题。如果要进行回报率检验，就需要进行资产重估。如果生产能力成本在快速增长，对于使用中的资产用历史价格来进行评估，即如通常所做的直接用原始成本减去折旧，可能会造成资产价值的低估。如果要进行资产重估，那么以下两种成本计算方法都是可用的：(a) 在当下价格下完全重新建构建造电力系统的成本；(b) 在当下价格下用一个与之相当的系统来进行替代的成本。当然这两种方法都必须减去折旧，即减去由于已有设备的耗损所引起的价值流失。不管选取哪种方法进行资产重估，要在实际的操作运用中对其释义都是有一定难度的。

不管最后选用哪些标准来进行定价，把基于严格长期边际成本的初始费率考虑进电厂财务预测中是很重要的。然后可以反复调整这些初始费率，直到财务可行性方面的系数值达到可接受范围。尽管这个过程可能需要具体问题具体分析，不过要协调严格长期边际成本和财务盈利要求，还是有一些实用经验的。根据主要的消费者类别（如居民和工业），以及同一个消费者类别不同的收费时段（如高峰期和非高峰期），调整长期边际成本，将决定每类用户在每个收费时段内所应分担的财务成本。

一个简单而公平的调整办法就是保持长期边际成本的相对结构，通过同比变化得到平均费率。一般来说这样的程序将不是经济有效的。

根据“逆弹性”定价公式，不同消费者类别之间的价格负担分摊，应该使得价格弹性最低的消费者群体所面对的价格与边际机会成本偏离最大，反之亦然。这样得到的结果会与严格有效价格引致的“最优”使用量偏离最小（Baumol 和 Bradford，1970）。这个公式的一个简化版如下：

$$(1-LRMC_1/p_1)/(1-LRMC_2/p_2) = (1/e_1 + 1/e_{12})(1/e_2 + 1/e_{21})$$

其中 $LRMC_i$ 和 p_i 是商品 i 相应的严格长期边际成本和价格；而 $e_i = (\partial Q_i/\partial p_i)/(Q_i/p_i)$；$e_{ij} = (\partial Q_i/\partial p_j)/(Q_i/p_j)$ 分别是需求（Q）对于价格（p）的自价格弹性和交叉价格弹性。

商品 1 和 2 既可以看作是同一收费期内两个不同消费群体的电力消费，也可以看作是同一消费群体在两个不同收费时段内的电力消费。在实践中，往往必须考虑很多的消费者类型和收费时段，那么这个标准的应用往往会由于价格弹性数据的缺乏而受限。另外这个方法可能会对某一些消费者相对于其他消费者更为不利，这有违公平目标。

通过一次付费，或用户费或联网费的收缴或折扣等，来进行调整，会是经济有效性的。当然这个结论的前提是电力使用并不怎么受到这些操作的影响，即使用量更多是受可变费率的影响。另一个减少盈利的相关方法是：仅按照严格长期边际成本来确定边际用费率而降低初始阶梯的费率。

这样对消费者费率或者初始阶梯用量的补贴同时也满足了低收入消费者的生存线费率要求，不过也会使得价格结构复杂化。

在实践中，把所有这些方法结合起来的折中方法是最可能成功的。

14.4.4 环境和其他考虑

能源节约是一个与环境相关的目标，也会引起与严格有效价格的偏离，但它的作用方向与补贴相反。一种解决途径就是（通过更高价格）鼓励生产部门提高能源利用效率，而把能源补贴集中指向基本需求应得到满足的穷人。在另一些情况下，环境保护的目标与能源价格补贴也可以是一致的。比如，农村地区的低价煤油，可以减少薪柴的使用以防止森林的乱砍滥伐和水土侵蚀。

向一个边远农村地区进行补贴供电，这样的决策可能完全是出于非经济因素的考虑，比如，为的是维持一个地区的工农业基础，阻止农村向城市的人口迁移，或者缓解当地民众政治上的不满情绪。不过实际上，这些政策的间接经济效益可能是大于偏离严格长期边际成本所带来的直接效率损失的——特别是在能源支出占民众收入比例较高、收入再分配或达成其他发展目标的管理与财政机制较为无效的发展中国家。

在实践中，提高价格需要逐步进行，主要是要考虑到那些预期传统的电力定价政策不会发生什么变化，并已经基于这样的预期购买了电器或作出了其他相关决策的人群，他们可能会因为提价所承受成本的增加。逐步提价的效率损失可以看作是这项政策所带来的社会效益的隐含影子价格。也有另一个观点，从宏观经济学角度出发认为电力价格上升会引起通货膨胀。这个观点不太站得住脚，因为电力支出通常都只占家庭支出与工业生产成本的很小一部分。电价过低过度刺激消费，限制供给方再投资，会引起更加严重的问题。

14.4.4.1 计量和计价以及消费者的理解力

出于实际问题和计量与计费的成本，费率结构必须简洁，同时也应便于使用者理解，以便他们能够根据价格信号对他们的消费做出调整。因此，使用者类别、收费时段、电压水平等的细分水平和复杂程度都需要适当限制。

计量的困难主要在于实际中有安装和维护的问题。进行计量的净收益用费用—效益分析方法可以得到：对比计量后使用量减少所节约的供给成本，与计量成本加上消费者剩余的减少。所以，对于价格受到补贴的贫困消费者来说，简单的流量限制装置可能就足够了，因为就算是简单的千瓦时计量设备的成本可能都会高于它能带来的净效益。一般来说，各种峰荷定价方式（即最大需求计量，或对分时段计量）可能会更加适用于大型中压和高压工商业消费者（Munasinghe，1990b）。对于大多数低压消费，特别是居民来说，更合适的可能是按千瓦时计量，每千瓦时的价格则采用基于能源和生产能力成本分摊（比如，使用重合与负荷系数）的综合费率。更加复杂的计量（比如用同步时钟进行的分时段的计量）可能会受断电影响。相比之下，流量限制设备就容易控制多了。

稳态设施管理的概念在兴起，使用先进的晶体管（包括微处理器）来执行复杂计量、自动读表、负荷管理和收费计算（MIT Energy Lab，1979)。相对而言，发展中国家可能会缺乏安装或维护这些精密电表的技术人员，或者甚至连可靠的查表人员也不足。所以，适宜的计量方式选择可能需要结合本国情况，结合实际来考虑。

此外，使用相当复杂的方式进行天然气定价是可行的，包括在传统计量条件下区分不同的消费阶梯收取不同费率。然而，对于煤油这样的液态燃料来说，受补贴的或者歧视性定价往往需要系统中有相应的配给制度和票券制度与之配合，而且可能导致流失和浪费。

14.5 可持续水资源定价

根据以上可持续能源定价的整体框架，可稍作调整以用于水资源定价(Munasinghe，1992b)。可以用与电力系统同样的方法对供水系统（包括灌溉用水、饮用水等）进行分析。以下我们详细解释水资源可持续定价政策所特有的问题——详见第 12 章。

14.5.1 共同成本分摊

一个典型的多功能水库可以提供饮用水、灌溉、水力、航运、防洪以及渔业等多方面的效益。虽然工程总成本对于总体的投资决策是最直接有用的，但这些共同成本的分担对于各方面用途的成本回收评估和有效定价也是很重要。所以，如果城市用水由一个大坝供给，那么分摊给饮用水的那部分大坝建设成本等就会决定消费者需要支付的饮用水价格。

在理论上没有能够严格满足像经济效益、社会公平等各种要求的成本分摊方法。一种方法是进行模拟，看某方面效益产出的一个很小变化，会使工程的增量成本有多大的不同（比如，通过增加大坝的高度提供更多的饮用水)。然而，这样的方法可能仍然没有排除其他方面（如防洪）的产出和效益。这样纠结在一起的共同成本，确实很难分摊。

一个更加公平的方法是按照各个用途所带来效益的比例，把总成本在各种用途之间进行分摊。然而这个方法应用起来也很困难，特别是不同方面的效益往往没有一致的或精确的衡量。

一个更实用的相方法是可分成本与剩余效益法（separable costs and remaining benefits，SCRB），它权衡协调了经济效率目标、社会平等目标与简单可行这几方面的要求，非常符合可持续经济学与可持续资源定价的精神主旨。通过表 14-1 中大坝的例子，我们来对这个方法进行说明。这里假设这个大坝具有两种典型用途（水力和饮用水）。实际上同样的步骤可以很容易地推广到涉及更多方面产出和用途的其他案例。第一步首先需要清楚一系列可以提供与多目标工程同样效益的单目标可选计划。在我们的例子中，对应两个用途的可选措施分别是：一个发电量相当的热电厂和从地下含水层抽取相同量的地下水，当然也要考虑把电和水运送到指定地点的运输费，以对成本进行调整。单目标可选措施的成本（表中第 2 项）被拿来与其对应的收益（第 3 项）进行对比，选出两者中更小的（第 4 项）。这个步骤的认真筛选可以避免把分析建立在不切实际而又昂贵的可选工程上。

表 14-1　　共同成本分摊的可分成本和剩余效益（SCRB）方法：一个简单的两用途例子

项目	工程目标 A（饮用水）	 B（电力）	 总共
1. 多功能项目总成本			i
2. 可选单目的项目成本	a	b	
3. 多功能项目效益	c	d	
4. 第 2 项与第 3 项中相对更小的	c	b	
5. 分项成本	e	f	(e+f)
6. 剩余效益（第 4 项-第 5 项）	g=（c−e）	h=（b−f）	(g+h)
7. 剩余效益比率	[g/（g+h）]	[h/（g+h）]	1.0
8.（第 1 项-第 5 项）			k=［i−（e+f）］
9. 剩余联合成本的分摊	gk/（g+h）	hk/（g+h）	［i−（e+f）］
10. 总分摊成本(第5项＋第9项)	e+［gk/（g+h）］	f+［hk/（g+h）］	i

第 5 项表示的是可分成本，它被定义为直接归因于一个特定用途的成本（如把饮用水从大坝输送出来的管道），加上共同成本（如说大坝的建设成本）中可以归为一个特定用途纳后引起的部分。剩余效益（第 6 项）被定义为第 4 和第 5 项之差。剩余共同成本（第 8 项）则被定义为工程总成本（第 1 项）和可分成本（第 5 项）之差。这些剩余共同成本，按照剩余效益的比例（第 7 项）分摊到不同的用途方面（第 9 项）。最后，可分成本与分摊的共同成本相加就得到总的分摊成本（第 10 项）。

以上过程不是对工程成本的严格分摊。不过这样的分摊成本往往只占水供给系统总成本中很小的比重。所以，共同成本分摊计算上的不精确并不会对水系统整体的经济和财务分有太大的影响。

14.5.2 环境影响

与水相关的活动引起的环境变化可能导致巨大的经济和社会影响（第 12 章)。这些影响需要在长期成本的计算中考虑进来以更加实际地衡量水供给的真实成本。那些对外部性的产生负有责任的人应该要承担其转嫁到别人身上的成本（第 3 章)。根据长期边际成本的定价提供了实现这种理念的一个方式。比如，一个新建的蓄水大坝导致部分有生态、休闲或者农业价值的土地被淹，那这样的成本可以在长期边际成本中得到体现。类似地，通过在含水层抽取地下水的方式取水的话，外部性成本则包括：地表沉降对建筑与基础设施的损坏，耗竭成本，以及地下水污染等方面。其中地下水污染会进一步增加未来水资源使用者承受的成本，比如带来海水倒灌等问题（第 12.4 节)。

尽管有一些污染和耗竭成本很难量化，但在很多国家它们还是被大致计算出来，并加到价格上，由消费者来承担。环境成本也包含在水资源项目的减排和污染预防等方面，这些方面的成本可达到项目总投资的 5%。第 12.4 节给出了一个关于地下水耗竭的案例研究。

14.5.3 水供给的边际成本和价格

根据第 14.1 节和第 14.3 节给出的框架，使用水资源的总成本是以下三个部分的加总：(1) 抽取、处理、储存、批量输送、配送和处置等环节的常规成本；(2) 由于造成未来使用者以后要在同一个水源取水必须付出更大花费而引起的耗竭成本；(3) 由于环境危害所带来的额外成本，或者为避免这种环境危害所需的减排成本。根据不同的释义，这三类之间可能存在重合的部分。

接下来我们用平均增量成本（AIC）方法（第 14.3 节）估算供水的长期边际成本。在一个供水系统中，渠首工程中产出的水，通过管道或渠道输送给不同用户。以管道供水系统为例，水通过主干管道被传输到一级和二级配送系统中，最后达到消费者。

首先，在暂时不区分高峰期和非高峰期进行的情况下，我们定义渠首工程中所产出水的平均增量成本（即长期边际成本）为：

$$AIC_{HP} = \frac{\sum_{t=0}^{T} \frac{(I_{Ht} + R_{Ht})}{(1+r)^t}}{\sum_{t=L}^{T+L} \frac{Q_{Ht}}{(1+r)^t}}$$

其中 $LF_M = L_M/Q_1$、R_{Ht}、Q_{Ht} 分别是投资成本、增量运行维护成本

(O&M)和第 t 年渠首工程中所生产水的增量；r 是贴现率（即资本的机会成本）。边际增量成本是根据水产量现值与供给成本得到的单位成本，它代表的是被有效贴现之后的水量 Q 而不是实际的物理量所对应的货币价值。

把水从渠首工程输送到主干管道的边际增量成本则是：

$$AIC_{HS}=\frac{AIC_{HP}}{1-LF_{H}}$$

其中 $LF_H=L_H/Q_l$ 是水在渠首工程中的损失率。

主干管道系统的 AIC 如下：

$$L_H/Q_l=\frac{\sum_{t=0}^{T}\frac{(I_{Mt}+R_{Mt})}{(1+r)^t}}{\sum_{t=L}^{T+L}\frac{Q_{Mt}}{(1+r)^t}}$$

其中 I_{Mt}、R_{Mt} 分别是主干管道系统中的投资成本和增量运行维护成本(O&M)；Q_{Mt} 则是第 t 年通过主干管道的增量水流量。

最后，出主干管道之后的水配送 AIC 等于：

$$AIC_{MS}=\frac{AIC_{HS}+AIC_{M}}{1-LF_{M}}$$

其中 $LF_M=L_M/Q_l$ 是主干管道系统中的水损耗率。可以类似地得到水配送下层系统（即一级和二级配送）的平均增量成本相应的表达。

精确计算水供给平均增量成本对于决策制定来说很重要，因为现在水供给的成本越来越高，但是价格却没有跟着提高。从 1966 年到 1981 年，供水的平均增量成本（按照 1988 年美元计价）是每立方米 0.49 美元而平均水价只有 0.26 美元。由于整个工程的水损耗约为 35%，每平方米的有效水价仅是 0.17 美元，占平均增量成本的 1/3。在 1987-1990 年期间，平均增量成本上升为 0.55 美元（仍然按 1988 年美元计价），而在不考虑水损耗的情况下平均水价为每平方米 0.32 美元（Munasinghe，1992b）。平均增量成本不仅总是高于水价，而且也由于更加困难的水供给条件而持续上升（表 14-2）。城市水供给的平均增量成本通常是已有水供给系统供水成本的 2 到 3 倍(Munasinghe，1992b)。

14.5.4 污水处理费和污染的外部性

污水处理成本是由随着人口增加而不断增加的水供给产生的。这个成本在不同的地区差别很大，就承担者而言，要么是由消费者自己承担，要么则是由更大范围的社区或者公共部门承担。它既可以包含在水费中收取，也可以单独收取，比如按用水量征收污水处理费。污水处理成本可以是相应环卫和处理设施带来的成本，也可以是废水带来的环境影响，比如饮用水污染，水库富营养化，由于相关疾病引起的失业，或者因此降低的资产价值等。总的来说，只要环境影响不产生跨区域的扩散，废水单位处理成本会随着处理总量的上升而下降。然而，处理总量达到一定高值之后，其环境影响会超越区域的界限（通过污水的向外排放等方式），收集和处理成本可能会随着用水量的增加而呈指数上升。

以上所述说明了把环卫设施的增量成本整合到定价政策中的重要性。有效的环卫设施总是比水供给本身要更加昂贵。在较低的服务水平上（20lcd——手动冲水式坑式厕所），这个比率是 1.3∶1，因而其成本往往由使用者作为自助式投入、自行承担或通过成本回收。而服务水平上升到 700lcd，比率则变为 15∶1。

表 14-2　一些发展中国家已有和未来水供给项目的平均增量成本（1988 年美元）

国家	已有项目	平均增量成本（\$/m^3）	未来项目	平均增量成本（\$/m^3）
阿尔及利亚—阿尔及尔	地下水	0.23	地表水（未经处理）	0.50
孟加拉国—达卡	地下水	0.08	地表水	0.30
中国—沈阳	地下水	0.04	地表水	0.11
中国—营口	地下水	0.07	水库补给	0.30
印度—海德拉巴德	Ph2 水库	0.17	ph3 水库	0.62
印度—班加罗尔	（从河流）抽水	0.10	（从河流）抽水	0.22
约旦—安曼	地下水	0.41	地表水—管道	1.33
墨西哥—墨西哥城	地下水	0.54	（从河流）抽水	0.82
秘鲁—利马	地表水	0.25	盆地间调水	0.54

资料来源：Munasinghe（1992b）。

为了避免环境外部性，环卫服务的成本应该被加入到水供给费率中。根据把废水从消费者处经由下水道系统导入污水处理厂以及再排回水体整个过程的成本，可以计算出污水处理的平均增量成本。对污水处理过程中每个环节的基本平均增量成本必须进行调整，因为系统外排水管流入到污水收集系统中，会增加污水的流量大小。污水处理与水供给的平均增量成本加到一起得到综合水价。

有两个问题。第一，对于供水和污水处理的综合价格来说，很难在概念上区分这两项服务分别为用户带来的收益，也很难衡量用户分别对于这两项服务单独的支付意愿，因为他们通常不会把它们看做两项泾渭分明的决策。这个问题对于投资分析比对于定价决定来说更加重要。消费者对水的使用量将达到这样的最优点：边际单位水量所带来的收益等于供给与处理的成本。

第二，广大社区由于污水处理服务所带来的外部审美与健康效益非常明显。水供给也能够为社区带来间接的健康效益。在可能的情况下使用者应该支付污水处理的费用，为付不起该项服务的贫困消费者提供污水处理补贴也是值得经济学研究的一个问题。“污染者付费原则”要求废水或污水处理所剩污泥所导致的地表水与地下水源的污染成本也被纳入到污水处理费中（第 12.4 节）。

附录 A14.1 最优能源定价

社会最优价格

对于某一个给定能源类型 A 有社会最优价格的一般表达（基于影子价格），并把它运用于三种情景：(a) 完全竞争经济（经典结果）；(b) 有效价格，包括经济次优和环境考量；(c) 社会补贴价格或者贫困消费者的生存线费率。

图 A14-1 表示的是能源类型 A 的供给与需求，其中 S 是国内市场的供给曲线或供给的边际成本曲线（MC），而 D 是某个特定使用者的需求曲线。定义 a_p 为能源转化因子（ACF），它可以把 MC 转换为对应的真实经济资源成本，即在正确的影子定价条件下，边际机会成本为 MOC＝（a_pMC）。我们在特定个人的每单位边际使用（以市场价格衡量）前面加上一个社会权重 W_c。一般使用者越贫困，相应的社会权重应该越高，以反映社会对缓解贫困的强调。第三，如果个人对能源类型 A 之外产品与服务的消费（以市场价格衡量）增加一单位，那么所使用经济资源基于影子价格的边际成本则为 b_c：

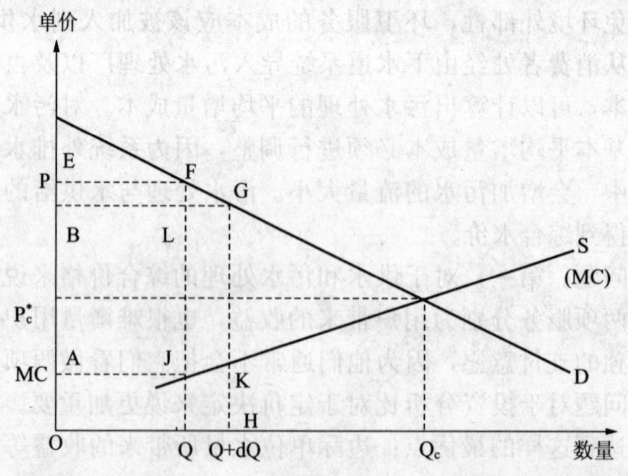

图 A14-1 能源子部门 A 的供给与需求

从初始价格和消费（p，Q），考虑一个很小的价格下降（dp）的福利影响，以及所引致的需求量增加（dQ）。消费者在能源上的花费减少了（p，dQ）（即区域 IFGH），而收入增加了 pQ－（p－dp）（Q＋dQ）。如果收入都没有被储蓄，那么这个人的其他产品与服务的消费同样用市场价格来衡量，将会增加（Qdp－pdQ），（即 BEFG 区域减去 IFGH 区域）。所以，总消费（能源 A 加上其他产品）将会在市场价格下净增加（Q. dp）。这是消费者剩余的增加，它的影子价值为 W_c（Q＊｜p）。

接下来，考虑这些变化的资源成本。提高能源类型 A 供给的影子成本是（a_p. MC＊｜Q），即 a_p 乘以 IJKH，而为了供给被消费的其他产品所用掉的资源则是 b_c＊（Qdp－pdQ）。最后，我们假定能源生产者为政府，并忽略它的收入变化。

能源价格变动的社会净效益的总体提高为：

dNB＝W_c（p. dQ）－（a_pMC. dQ）＋（Wc－b_c）（Q. dp－p. dQ）

于是：dNB/dp＝Q［（W_c－b_c）＋n. bc－n＊a_p（MC/p）］

其中，n＝（p＊｜Q/Q·dp）表示需求弹性（大小）。

最大化净社会效益的一阶条件为：d（NB）/dp＝0

由此得到最优价格水平：

$$p_0 = a_P \cdot MC/[b_c + (W_c - b_c)/n] \quad (A14.1)$$

情景一：完全竞争；市场价格等于影子价格；忽略收入转移效应（没有社会权重）。

这样，a_p＝W_c＝b_c＝1 式（A14. 1）化简为：P_0＝MC

这是基本的边际成本定价结果。净效应被最大化了，在市场出清点（P_0，Q_0）价格等于边际成本。

情景二：忽略收入转移效应，因为边际社会效益等于消费的边际成本。

于是，W_c＝，式（A14. 1）变为：P_e＝（a_p＊MC）/b_c＝MOC/b_c

最优价格 P_e 保证了资源的有效配置，但是忽略了收入分配方面的考虑。MOC 有可能直接得到（比如，一种可贸易燃料的边境价格，或者对于一种非可交易能源如电力，则可通过生产所用最小成本投入的影子价格来计算）。不过系数 b_c 主要取决于不同的使用者。对一个一般消费者来说，b_c 是消费转换因子（CCF），由家庭一篮子消费品的边际资源成本或者影子价格决定。如果 CCF＜1，那么 P_e＞MOC。如果使用者的消费类型未知，b_c 则可以被更广义地定义为标准转换因子（SCF）——适用于所有能源使用者。

上式可以用来纠正由于能源替代可能性所带来的经济次优考虑。假设花费在能源类型 A 上面的所有支出都用于购买另一种能源类型 B，而 B 是受到补贴的（比如，照明方面由煤油替代电力）。这种情况下，b_c 是能源类型 B 的边际机会成本与其市场价格直逼，表示为：b_c＝MOC_{ae}/p_{ae}

于是有 p_e＝MOC（p_{ae}/MOC_{ae}）。由于另外的这种能源 B 定价是低于其边境边际成本的（b_c＞1），则也有 p_e＜MOC。所以对替代能源 B 价格的补贴将会使得能源 A 的最优价格是在其影子成本之下的。

情景三：一般补贴价格

式（A14.1）是加入了公平方面考虑后的能源 A 的最优价格。

考虑一组非常贫困的消费者，对于他们我们假设：

$W_c \gg b_c$（n−1）。则等式（A14.1）可以写为：$p_s \approx n * MOC/W_c$。

我们还可以进一步简化，假设 n=1。于是有 $p_s = MOC/W_c$。

假设这些贫困消费者的净收入或消费（c）为收入或消费的临界水平（$\bar{c}$）——比如贫困线的 1/3。则社会权重的一个简单的表达式为：于是，$P_s = MOC/3$，它代表了适于这一低收入群体来说的“生存线”费率或者补贴价格。

边际成本定价规则的动态应用

我们要说明在一段时期内把价格定于边际成本将最大化能源使用带来的净社会效益（Munasinghe，1981）。模型同时也得到高峰、非高峰的两部定价结构。

我们选择了一定时期内，能够最大化净效益或福利的现值的一系列价格（以及产出）水平，其中净效益或福利由需求曲线以下面积减去供给曲线以下面积。任意某个时间点 t 上的消费的净效益由下式表示：

$$NB = \int_0^Q p(q,t)dq - c(q,K_t) - i(t)$$

其中 p 是消费者的支付意愿或价格曲线；q 是每单位时间内的能源产出；c 是能源生产成本函数；K 是资本存量或可得的生产能力；i 则是投资率。

福利最大化由以下这个最优控制问题得到：

$$\text{Max}\int_0^T NB * \exp(-rt)dt$$

s. t $K(t) \geqslant q(t) \geqslant 0$；$I(t) \geqslant i(t) \geqslant 0$；$i(t) = K(t) + \delta K(t)$

其中 r 是折现率；I 是投资率的上限；δ 是资本折旧率；T 是时间范围。

我们定义汉密尔顿等式为：$H = NB + \lambda(i - \delta K)$；相应的拉格朗日函数为：$L = H + m_1(K - q) + m_2 * q + m_3(I - i) + m_4 * i$。

根据 Pontryangin 的最大化法则，最优控制问题的解也必须要在所考虑时间范围中的任意时点最大化拉格朗日方程，于是可以得到下面一系列条件（Takayama，1985）：

$(\partial L/\partial q) = 0$；$(\partial L/\partial i) = 0$；以及 $(\partial \lambda/\partial t) = r - (\partial L/\partial K)$

通过一阶条件算出最优价格：$p*(t) = (\partial c/\partial q) - m_1 + m_2$。

我们也可以通过补充条件来理解以上条件。

m_1（K－q）＝0，m_2q＝0；以及 $m_1 \geqslant 0$，$m_2 \geqslant 0$

情景一：高峰期间——生产能力受限：K（t）＝q（t）＞0。

得到：m_2＝0；以及 p_1＊＝（∂c/∂q）＋m_1

在高峰期间，最优价格是边际运行成本 ∂c/∂q（在生产能力固定的情况下），加上新增生产能力的边际成本（m_1）。

情景二：非高峰期——没有生产能力限制：K（t）＞q（t）＞0

得到：m_1＝m_2＝0；以及 p_2＊＝（∂c/∂q）

在这种情况下，只有边际运行成本被算进了最优价格。

这些基本的边际成本定价条件，类似静态情景（第 14.1.3 节）在给定时间段中对于一个动态的价格路径都是成立的。

生产能力与能源成本在高峰期与非高峰期使用者之间的分摊

我们将说明基于最优系统扩展计划的长期边际成本（LRMC）分析将如何得到以下这些理想的结论：

（1）高峰期使用者应该支付生产能力和能源的高峰期 LRMC；

（2）非高峰期使用者只用支付能源的非高峰期 LRMC；

（3）高峰期生产能力的“LMRC＝基线负荷生产能力的 LRMC－由于这一基线负荷设备所带来的燃料结余”。

图 A14-2 中表示出了对于整个热电系统的年负荷曲线，这一系统中只有两种类型的设备，其成本的线性特征在以下表格中给出。一个更加真实的一般系统模型可能还必须要考虑很多复杂的因素，比如更多的收费期和设备类型、收费期间的分割与不同设备类型之间的经济交叉点并不重合、规模效益以及不同设备的不同热耗率、水电设备、损耗、边际储水、供给和需求的随机性，等等。这个一般情景的主要不同在于生产能力成本中的一小部分可能会分摊到非高峰期的消费者头上。

设备类型	每 kW 生产能力的安装成本（年均化）	每小时的运行成本
(1) 高峰期（如气涡轮，GT）	a	e
(2) 基线负荷（如蒸汽轮）	b	f

每年使用 h 小时的情况下，1kW 的总成本为：(1) 气涡轮（GT）为 a＋e∗h；而（2）基线负荷设备则是 b＋f∗h。令 H 为 GT 和基线设备总成本相等的交叉点上运行的小时数。则 a＋e∗H＝b＋f∗H，得到 H＝（b－a）/（e－f）。

附录 A14. 2 需求分析和预测

简介

以电力为例，我们考察进行精确需求推算的主要影响因素。第一，及时可靠的能源需求预测对于整个经济体来说都是很重要的。第二，电力系统的扩展需要很多年的规划与实施。第三，系统投资是资本密集的。如果预测过低，短缺可能阻碍发展，而短缺给使用者带来的成本是生产这些未被满足能源的成本的好几倍。但是，如果预测过高，具有很高机会成本的大量资本可能就会被长期套牢，并发挥不了应有的作用。通过进行一些相对不那么昂贵的需求研究可以避免这些代价高昂的错误。

在电力系统中能源的单位通常是千瓦时（kWh）。单位时间的能源生产率被成为能力（或生产能力），衡量单位是千瓦（kW）。所以 kWh 所衡量的能源就是以 kW 为单位的生产能力乘以以小时为单位的时间。负荷因子（LF）是在给定时间间隔中平均与最大（或高峰期）kW 之比。这个因子是很重要的，因为电力系统组分的大小（以及成本）都主要是由它们处理高峰电力流量的能力决定的。由于在实际中所有消费者都只是在一天中很短的高峰期间要求他们的最大 kW，LF 也是对资本使用强度的衡量指标。负荷预测的具体形式可能是高峰期发电能力，或者也可能是一定时期内（如一年）中所消耗的能源总量。一般来说，不同消费者 kW 的高峰期可能不会同时发生。一组消费者的多样性因子衡量了个人高峰负荷在时间分布上的差异，使得可以以分散峰值的方式计算这个组的加总高峰负荷。

由源产生的 kW 和 kWh 总值将大于相应的由于系统损耗所消耗的值。生产损耗主要是用于电站的一些用途，比如在电厂用于驱动辅助设备。传输和配送网络损耗是电阻损耗。偷电是另外一种类型的损耗。

对不同的时间段都会进行负荷预测。非常短期的需求预测建立在日或周的基础上，以最优化系统运行或安排水电机组。一到三年的短期预测则用于水库管理、配送系统规划，等等。中期需求预测的时间范围则大约是 4-8 年，足以规划主要的传输与生产项目。长期需求预测（往往是好几十年），则在长期系统扩展规划中最为重要，并且与可持续经济学框架非常相关。

为了达到这个目标使用了许多方法，包括时间趋势分析、经济计量多元回归方法、实地调查等。

时间趋势分析和外推

在电力使用的相关历史数据可得的情况下常常使用趋势分析。基于需求的影响因素如收入、价格、消费者偏好口味等的增长形式几乎没有发生变化的假设，把过去的增长趋势外推到现在。趋势则是通过对过去的消费数据进行最小二乘法估计或其他类似统计方法得到的。取决于数据的可得性，可能是基于某个地区整体估计趋势，或者也可能是划分为不同的使用者部门（如民用、工业等）。对于已知的未来需求的较大变化，可能可以进行一些专门的调整。比如，大量的新建工厂的预期需求就是可以识别出来的。这种结合总体趋势预测与基于实地调研的专门性调整的方法常常被使用。

这种方法的优点在于简单而且对数据与分析技巧的要求不算过分。预测是基于可得数据的。缺点则在于一点都没有试图解释某些用途的需求趋势为什么在过去会呈现那样的趋势。背后的假设是：导致过去消费变化的因素在将来将保持不变。这是一个相当强的假设，特别是考虑到真实世界中迅速变化的相关能源的价格。

计量多元回归

计量预测方法要复杂得多，同时也有更精确的可能。过去的电力需求首先是与其他变量如价格、收入等相关的，则未来需求就与这些变量的预期增长相关。但是，如果这些影响因素本身的预测也是基于历史趋势的话，那么这种方法常常也就仅仅成了一种特殊的趋势分析。而且，得到统计显著的结果所需的时间序列数据，常常是很难拿到的。时间序列往往很短、不完整，受到不同时间内定义变化的影响。另外，统计显著性要求的长期实践序列数据涉及的期间内，可能经济的底层结构已经发生了变化。这样结果就算是统计显著的，却也可能不精确。

计量研究的主要优点在于它明确地考虑了很多重要的、决定需求的变量，如价格和收入等。有时也使用一种专门的预测方法，叫做最终用途分析，它特别适用于家庭消费，主要是基于用电设备的数量和种类。

居民需求模型往往是基于经济学中的消费者理论（Nicholson，1978）。衡量对于一个消费者来说各种产品的消费得到的固有价值的消费者直接效用函数可以写作：$U=U(Q_1, Q_2, \cdots, Q_n; Z)$；其中 Q_i 代表在一个给定期间（如一年）内产品 i 的消费水平，而是一个向量，Z 代表的是消费者口味和其他因素。预算约束为：

$$I \geqslant \sum_{i=1}^{n} P_i Q_i$$

其中 P_1、P_2，…，P_n 是这 n 种产品（包括电力）的价格，而 I 则是消费者收入。在预算约束下最大化消费者效用 U，得到一系列每种家庭所消费产品的马歇尔需求函数：

$Q_i = Q_i$（P_1，P_2，…，P_n；I；$\underline{Z}$），其中 i=1 ton。

对于电力，上面的需求函数可能可以简化为：

$Q_e = Q_e$（P_e，P_K，P；I；$\underline{Z}$），其中下标 e 代表电力（electricity），而下标 k 则代表能源替代形式煤油（如对于照明），而 P 则是一个代表所有其他产品的平均价格指数。

如果需求对于货币变量（即价格和收入）是一次其次的，那么我们可以写为：$Q_e = Q_e$（P_e/P，P_k/P；I/P；$\underline{Z}$）。

于是，从消费者偏好理论开始，我们可以得到一个依赖于其自身价格、替代品价格和收入（全都是真实值）的电力需求函数。供给质量对需求的影响有以下讨论：Munasinghe（1990b）在电力方面的讨论，Munasinghe（1992b）在水方面的讨论，以及 Munasinghe 和 Corbo（1978）在通信方面的讨论。

这样一个表达式最终的设定会有很大的差别（Taylor，1977；Pindyck 1979；Munasinghe，1992b）。Q_e 可以是家庭消费或者是人均消费；需求函数可能是线性、对数线性或者超越对数形式，也可以加入滞后变量；而$\underline{Z}$ 也可以包括供给方的约束，比如供给的可得性等。

类似的，工业能源需求则是从经济学的生产函数理论中得到的。比如，考虑一个特定的工业企业的年产出：

X=F（K，L，M，Q_1，…，Q_2；$\underline{S}$）

其中，K、L 和 M 分别是资本、劳动力和其他非能源材料的投入；而 Q_i 是能源类型 i 的投入，$\underline{S}$ 则是一系列代表其他因素比如技术改变等的系数。

为了避免资本、劳动力等不同类型的问题，有必要假设投入 K、L 和 M 可分性较弱，而 E_i =（Q_1，Q_2，…，Q_n），这样每一种投入都可以有一个总体的、明确的复合价格指数，即 P_K，P_L，P_M。进一步的，为了确定成本最小化的资本、劳动力、材料和能源组合，我们假设单个能源投入如石油和电力都是类似的。首先最优化了组成能源投入的燃料组合，其次则选择资本、劳动力和其他材料投入的最优量。

生产理论是在投入价格外生给定的情况下，最小化生产产量 X 的成本（Shepard，1953）。与居民的情况一样，结果可以得到电力需求函数，根据非能源投入价格（P_K）标准化为以下单位：

$Q_e = Q_e$（P_L/P_K，P_M/P_K，…，P_n/P_K；X/P_K；$\underline{S}$）

时点 t 上的电力需求是其自身价格、能源替代品和非能源投入、产出水平以及其他因素 S 的函数。可以选择许多不同的变量与设定。

类似的生产函数也可以用于其他的最终使用部门（如农业和商业），用计量经济学方法进行估计，被用来进行未来消费预测。

这种方法也有不少问题。第一，把经济计量等式机械地外推到未来常常无法考虑需求的结构性变化。第二，很难区分度短期和长期效应。第三，数据可能不可得，特别是在发展中国家。第四，把能源价格作为需求的主要决定因素的估计过程，可能没有恰当地考虑到能源使用设备的成本、可得性、预期寿命以及可替代性。第五，时间序列的能源价格可能是不稳定的。第六，能源也可以进行实物配给（而不是通过价格），而服务质量也会不同。最后，需求弹性可能会在时间内有显著变化。

实地调查

考虑到其他预测方法的局限性，调查有可能提供一个进行需求分析和预测的直接、可靠的手段。基本上，调查由一系列或多或少有点复杂的问题组成，向现有的或潜在的电力使用者提出，以计量和记录他们当前的消费和未来的消费计划。能源调查实际上也可以与其他调查结合起来，如人口普查、收入调查等。

调查的主要问题在于：(a) 需要大量时间；(b) 高成本；(c) 需要经过培训的访问者；(d) 使用者有可能无法或不愿意提供所需信息；(e) 使用者有意或无意地提供错误答案；(f) 未来能源使用计划可能会很模糊。

实际应用

总的来说，没有一种负荷预测的方法是在任何情况下都最优的。那些更加复杂的方法可能会使不是那么好的数据与方法论假设被更加模糊化。所以当信息不是那么可靠时更简单的方法会更有效。对于同样的地区，常常会拿许多分散的需求预测与一个独立的整体预测想对比。调查方法会最适用于预测大型用户的需求。不同使用者需求的决定因素需要进行仔细筛选，因为它们会有不同。分散的程度将要取决于数据以及预测的最终目的。需求预测是动态的，而且只要一有更好的数据与分析方法就需要经常反复进行。在不断修订的过程中建立一个可靠的数据库是极为重要的。

一个有经验的预测者将能够基于判断做出适当的调整，判断的主要内容是那些不能被机械地纳入数量预测中来的约束条件与复杂因素。增加负荷、对消费者的教育以及社区领导的态度的也都会显著地影响需求增长。

对于某个特定消费群体的需求预测依赖于一系列连接，每个连接的平均用电量以及使用者特征。于是需要对这些变量的演进进行分析。连接政策是另一个关键因素。如果收入水平很低，很高的连接费用可能就会是一个主要的障碍，抵消了低电价的种种正面效益。最后，可能的或潜在消费水平应该与可达到的消费水平有明确的区分。一些实际的限制可能会组织一些过高的需求预测的实现。抑制需求的制度限制，比如断电或消费者的无连接以及限产的存在都可能使可能的与可达到的（实际的）需求之前出现差距。

第 15 章

项目评估应用

斯里兰卡的小水电工程和可持续能源发展

小水电研究的主要结果

可再生新能源工程：太阳能光伏发电的案例研究

基于可再生能源的农村电气化可持续发展

一项对非洲贫困农村推行的供水工程的评估

本章介绍了可持续经济学在工程方面的实际应用。15.1-15.3节介绍了如何运用可持续能源发展的理论框架对斯里兰卡小水电工程进行价值评估。同时还运用了多标准分析方法来评价社会、经济和环境方面的一系列指标。15.4节和15.5节讨论了如何在发展中国家应用各种政策工具（包括影子价格和市场价格的相互作用）促使人们使用新能源和可再生能源。这些经济政策的应用提高了能源发展的可持续性，其中一个典型案例是利用光伏发电进行农业灌溉。15.6-15.7节中分析了斯里兰卡的农村电气化工程，重点关注了其中的新能源和可再生能源技术。同时本节将斯里兰卡农村新能源项目（太阳能住宅和农村水利）与菲律宾和越南的新能源项目进行了对比。15.8节介绍了几项案例研究，包括在非洲贫困农村建设的地面凿洞钻井式供水工程。重点在于经济成本效益的定量分析，通过边境和国内影子价格确定水利投资决策和价格政策。

感谢R. Morimoto和P. Meier对本章的重要贡献。本章部分内容参考了以下文献：Munasinghe, M. (1977) *Economic Analysis of Water Supply Projects: A Case Study of an African Township*, Public Utilities Department, The World Bank, Washington DC; Munasinghe, M. (1983) "Non-conventional energy project analysis and national energy policy", *Int. Journal of Ambient Energy*, Vol. 4, No. 2, pp. 79-88, April; Morimoto, R. and Munasinghe, M. (2005) "Small hydropower projects and sustainable energy development in Sri Lanka", *Int. Journal of Global Energy Issues*, Vol. 24, No. 1/2, pp. 3-18; and Munasinghe, M., and Meier, P. (2003c) *Greenhouse Gas Mitigation Options in the Sri Lanka Power Sector*, ESMAP, The World Bank, Washington DC, USA.

15.1 斯里兰卡的小水电工程和可持续能源发展

能源是影响经济、环境和社会可持续发展的一种关键资源（见第 10 章），而水力发电是一种关键的可再生能源（UNEP，2000）。因此，本节选取了小水电工程作为研究对象，运用可持续经济学的理论（例如多标准分析方法）来分析斯里兰卡小水电工程的经济、社会和环境影响。

该案例分析分为三部分。15.1 节介绍了斯里兰卡的发电业的发展历程，从过去的水利发电为主转变为现在的水电—热电混合发展。15.2 节是研究方法。15.3 节是分析结果和结论。

15.1.1 斯里兰卡发电行业的简要回顾

斯里兰卡国内生产总值（GDP）增长率和电力需求增长率呈现出显著的相关性（见图 15-1；CEB，1999、2003），皮尔逊相关性为 72%（基于 1%的显著性水平）。1996-2001 年之间由于旱灾导致水资源短缺，水电供应不足，斯里兰卡的电力使用量明显下降，与此同时 GDP 的增长率也出现了下降（2001 年为－1.5%）。

斯里兰卡的电力需求增长非常迅速。2003 年电力最大需求量为 1,422 MW，且预计将以 10 年翻一番的速度增长（CEB，2003）。斯里兰卡近期主要的电力供给来自水力发电（见图 15-2）。1998 年全国电力总需求中超过 60%（3,351 GWh）由水力发电提供，30%左右（1,599 GWh）由热力发电提供，不到 5%（159 GWh）来自自行发电。然而之后水力发电所占的份额便开始下降。2002 年水力发电所占的份额降至 39%，热力发电上升至 60%，自行发电下降至 1%。截至 2003 年，斯里兰卡共建成超过 1,200 MW 装机规模的水电站，平均每年提供 3,858 GWh 电能（CEB，2003）。CEB

计划在 2011 年之前建成 300 MW 燃煤电厂以及同等规模的燃油电厂。可以看出，斯里兰卡目前正处于一个能源消费结构转型阶段，将从以水力发电为主转变为水电—热电（使用进口的煤炭和石油的）混合。

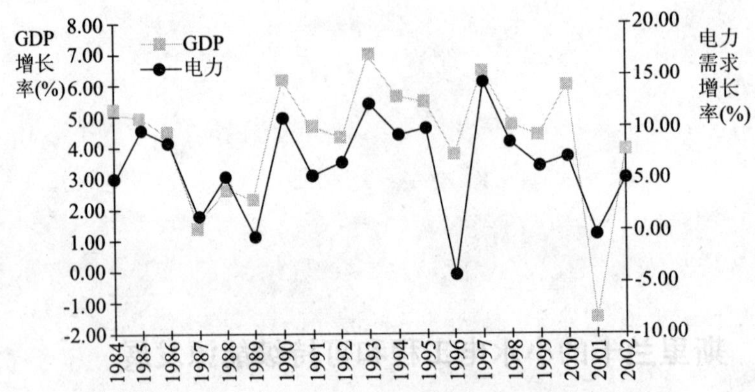

图 15-1　斯里兰卡 GDP 增长率和电力需求增长率

资料来源：CBSL（1998、2003），CEB（1999、2003）。

到 2003 年为止，斯里兰卡的电气化程度为 66%，大部分农村地区尚未通电（人口统计部门，2003）。斯里兰卡政府 2006 年的用电普及目标为 77%（CEB，2003）。大约 40 万户家庭还没有通电，而是使用车载电池来提供电灯、广播、电视等设备所需要的电。还有部分家庭使用煤油灯照明、燃烧薪柴烹饪。

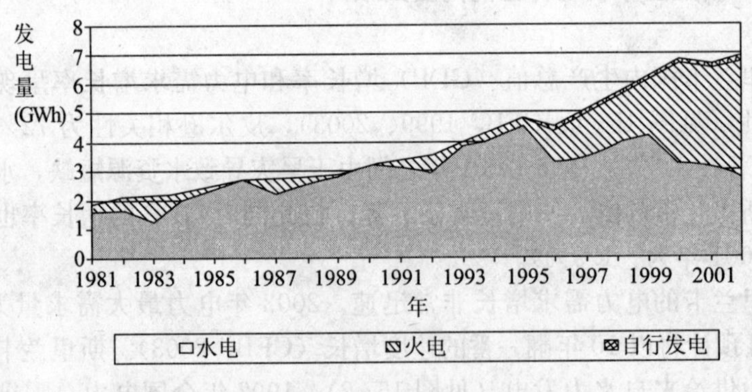

图 15-2　斯里兰卡的水电和热电比例

资料来源：CEB（1999、2003）。

在接下来的几年中，可再生能源发电将只占斯里兰卡总发电量的一小部分。然而，小水电、太阳能、风能和生物质能（包括木材燃烧发电）正在吸引越来越多关注的目标，预计将在可持续能源发展中扮演重要的角色（见 15.7 节）。

15.1.2 研究方法

本研究采用了多标准分析法来分析小水电工程产生的各方面影响，以及对“使发展更可持续”的推动作用。过去在分析过程中常常遇到多种目标之间存在冲突且难以直接比较的情况，而多标准分析方法能有效地解决这一问题（见 3.5 节）。多标准分析法与传统的成本效益分析法相比，能为决策者提供有用的额外资料、补充的经济数据。在本文中，多标准分析方法分析的主要指标为发电行业的经济成本、破坏生物多样性生态成本和移民的社会成本。

小水电工程的主要目的是弥补斯里兰卡用电需求增长产生的电力供应缺口。在下文中，我们将通过计算水力发电每生产一单位电能所需要经济、社会和环境成本，来讨论发电工程是否符合可持续发展（假设每增加 1 kWh 电可以获得的效益相同）。在多标准分析方法中，社会影响和环境影响将用非货币单位进行量化，而不是像成本效益分析法那样统一货币化。

经济指标：发电成本

常用的评价工程的经济指标是净现值（NPV）最大化，然而在本研究中我们将采用最小平均单位发电成本——假设被比较的所有工程的单位发电量的总效益是一样的。

假如目前存在两个工程，根据单位发电量的净效益，如果：

$$(NB_1)/Q_1 > (NB_2)/Q_2 \tag{15.1}$$

则认为工程 1 优于工程 2。

此处 $NB_i=(B_i-C_i)$，即净效益；

Q_i 为工程 i 的总发电量；

B_i 为工程 i 的总效益；

C_i 为工程 i 的总成本。

假设

$$B_1/Q_1=B_2/Q_2 \tag{15.2}$$

如果不考虑将电从发电厂输送到电网的成本，则不同地区的发电厂生产的每单位电的效益是相同的。于是，式（15.1）可以改写成如下形式：

$$(C_1/Q_1) > (C_2/Q_2) \tag{15.3}$$

我们可以将（15.3）理解成：单位发电成本较低的工程较优。成本 C_i 为贴现后的工程成本（贴现率取 10%）根据工程使用寿命平均到每年后的结果，Q_i 为平均每年期望发电量。本案例实证研究中，我们假设所有的发电设备参数相等并忽略设计容量。综上所述，每年的平均发电成本可以作为表征可持续能源发展的经济指标。

环境指标：生物多样性指数

对发电厂进行具体的价值评估需要了解长期规划时间范围内所建位置周围地区详细的环境数据，而这些数据通常难以获得。因此我们考虑将生物多样性影响的定量化指标，作为一项概率意义上的估计值呈现给决策者，以提醒他们环境破坏对地区性物种潜在的危害、显著的生态系统影响或者是对濒危物种的打击（第4章）。尽管从广义上来看，地方特征和生物多样性并不存在必然的相关性，但是在斯里兰卡，生物多样性越丰富的地区越是可能存在特有物种。

生物多样性指数可以反映出几个关键特征。首先是受影响系统本身的性质，表15-1列出了斯里兰卡几个主要的农业生态地区并用 w_j 反映当地不同栖息物种之间的相对生物多样性价值。该指标是一个严格的比率指标（也就是说数值为零即意味着特征数量为零，数值为0.1即为数值为0.01的10倍）。第二个特征为相对价格。一个地区遭受影响之后的价值损失可以视为该地区栖息物种损失比例的一个函数。例如生态系统内最后一公顷土地的丧失几乎是不可接受的，即使该公顷土地的生物多样性很低（如沙丘），其价值损失仍可能很高，高于从1万公顷土地中丧失一公顷的价值。

表15-1 斯里兰卡不同农业生态区的生物多样性指数

编号	生态系统种类	相对生物多样性指数
1	低地湿润常绿林	0.98
2	低地潮湿常绿林	0.98
3	低山林	0.90
4	高山林	0.90
5	河岸林	0.75
6	干燥混合常绿林	0.5
7	长茸毛地	0.4
8	红树林	0.4
9	针叶林	0.3
10	草地	0.3
11	橡胶地	0.2
12	家庭花园	0.2
13	盐沼湿地	0.1
14	沙丘	0.1
15	椰子地	0.01

资料来源：Meier及Munasinghe (1994)。

i地的总生物多样性指数被定义为：

$$E_i = \sum_j W_j A_{ij} \tag{15.4}$$

此处 A_{ij} 为i地j种生态系统所占的面积，w_j 为j种生态系统的相对生物多样性指数数值（如表中所示）。

由于 E_i 可能与栖息地大小有关（例如，被淹土地面积和能源储存容量），因此增加两个指标的定义：

$$F_i = E_i/[\sum_j A_{ij}] = E_i/[\text{i 地受影响的土地面积总和}] \quad (15.5)$$

$$G_i = E_i/[\text{i 地每年水力发电总电量}] \quad (15.6)$$

即，F_i 为每公顷受影响土地的平均生物多样性指数数值，G_i 为每年每单位电力生产的平均生物多样性指数数值。利用公式可以计算每一个水电厂的生物多样性指数，并将其作为可持续能源发展的环境指标。

社会指标：移民

一般情况下，水坝会选择建在人烟稀少的农村偏远地区，但是仍然会产生不同程度的移民问题。斯里兰卡境内的移民常常是从湿润地区转移到干燥地区，在湿润地区，一般可以种植多种作物，包括水稻、烟草、椰子、芒果、洋葱和辣椒。然而在干燥地区耕作这些作物会因为水分和土壤养分的不足而难以种植。由于农业生产水平下降，移民的生活标准也会随之下降，可能会引发营养不良、社区凝聚力下降、不适应生活环境等社会问题，因此要尽可能降低因建造水坝导致的移民数量。可以把每年每生产一单位电需要移民的人数作为可持续能源发展的一个社会指标。

15.2 小水电研究的主要结果

15.2.1 结果分析

表 15-2 列出了本研究涉及的斯里兰卡境内 22 处水电工程项目（CEB，1987、1988）。这些水电工程的规模从 10.9GWh/年到 512GWh/年不等。所有的指标变量（生产成本、生物多样性指数、移民人数）均以单位发电量的数值计算，这样可以消除工程大小的影响，增加不同的工程项目之间的可比性。

图 15-3 列出了 22 处工程的各项指标。很显然，以每年每千瓦时为单位计，AGRA003 工程的生物多样性指数最高，HEEN009 的移民人数最多，MAHA096 工程的平均发电成本最高。表 15-2 的数据显示小水电工程的单位发电成本较高，而大型工程产生移民人数较多。而生物多样性方面的影响似乎更为复杂。总之，如果像图 15-3 那样将所有工程的每个指标分别列在图上，难以为决策提供一个清晰的依据。

表 15-2　　　　　　　　　　　水电工程的基本情况

编号	工程	所处河流	发电量（GWh/年）
1	AGRA003	亚格拉河	28
2	DIYA008	迪亚维尼河	10.9
3	GING052	琴河	159
4	GING053	琴河	210
5	GING074	琴河	209
6	HEEN009	和恩河	19.9
7	KALU075	卡鲁河	149
8	KELA071	凯拉尼河	114
9	KOTM033	库特马勒河	390
10*	KUKU022	库库勒河	512
11	LOGG011	勒戈尔河	22
12	MAGA029	马盖尔河	77.8
13	MAGU043	马古鲁河	161
14	MAHA096	马哈河	33.5
15	MAHO007	马哈河	50
16	MAHW235	马哈维利河	83.4
17	MAHW287	马哈维利河	42.2
18	NALA004	那烂陀水库	17.9
19	SITA014	悉多瓦迦河	123
20	SUDU009	苏笃河（音）	79
21	SUDU017	苏笃河（音）	113
22	UMAO008	乌玛河（音）	143

* KUKU022 为多标准工程，因此在计算的时候将一些非发电效益排除在外。

资料来源：CEB（1987）；CEB（1988）。

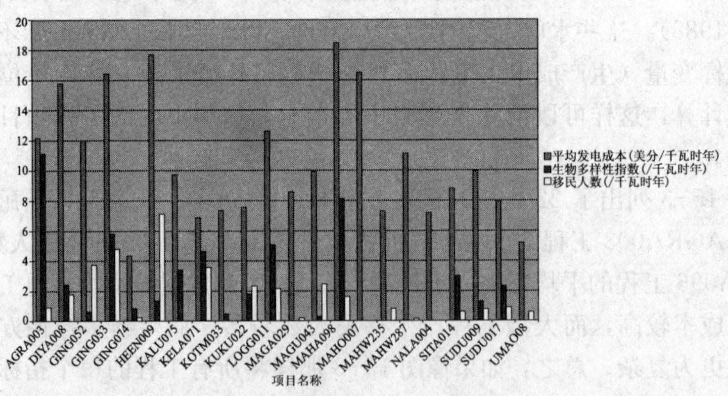

图 15-3　各水电工程的平均发电成本（AVC），生物多样性指数（BDI）和移民人数（RE）

注：所有的指标单位为/kWh/年，发电成本计算使用的贴现率为 10%，移民人数和生物多样性指数为表示方便，分别除以了 10^{-5} 和 10^{-9}。

从经济角度考虑，如果技术进步能削减平均发电成本，小水电工程（10MW 以下）将是一个较好的选择；如果能减少移民人数，则大型水电工程将是更优的选择。为了减少水电发展对生物多样性的影响，水坝的选址将需要更细致的研究考虑。我们可以利用图 15-3 进行一些重要的对照。例如 KALU075 是一个相对大型的工程，其成本较低，而 MAHA096 的规模较小且成本较高。更近一步来看，类似 KELA071 的工程比 GING053 更有优势，因为所有的三个指标都更高。其他的工程之间也可以进行同样的类比。需要注意，发电数量、平均发电成本、移民人数和生物多样性指数之间相关性很弱。

图 15-4 从三维角度显示了以上水电站的各个可持续发展指标，三个轴分别表示经济、生态和社会目标。从原点到各个点的距离是评价的依据。离原点越近，则该工程越符合三方面的目标。正如第 3 章中图 3-6 解释的那样，基于以上三个指标，得分越高的工程各指标之间的平衡越好。

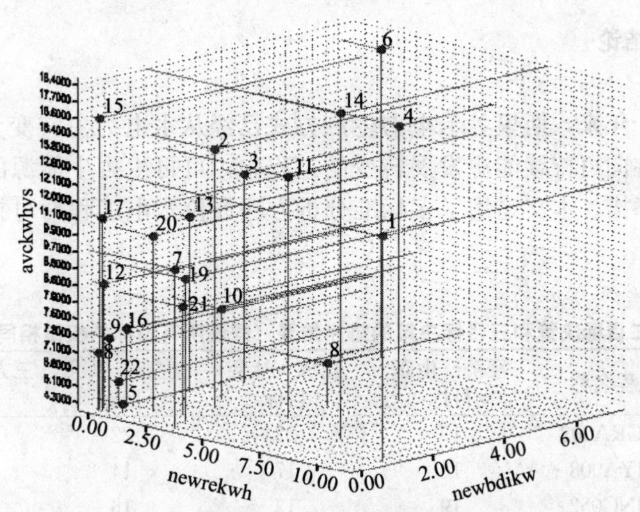

图 15-4　可持续发展影响的三维分析图

注：avckwhyr 为经济指标；newrekwh 为社会指标；newbdikw 为环境指标。

在图 15-4 中，那些落在几何体表面的点要优于那些落在外面、且距离原点较远的点，而图 3-6 正好相反（因为三个坐标轴的方向是相反的）。下一步工作是如何从“选择面”（trade-off surface）上的点中选出最合适的点，此时便需要加入对不同目标的权重。图 15-4 的三维图比简单的二维图（图 15-3）更清晰地显示了水电工程三个可持续发展的指标数值。它为政策制定者提供了更为全面的信息，可以从可持续能源发展的角度来选择最优的工程。

为了绘图的方便，我们暂时假设三个目标的权重相同，也就是说他们在可持续能源发展中同等重要。于是可对工程按其三维坐标点与原点的距离进行排序，即：

距离＝［（x 轴坐标）^{2}＋（y 轴坐标）^{2}＋（z 轴坐标）^{2}］$^{1/2}$

例如，1 号为与原点距离最近的点，2 号为与原点距离第二近的点。该排序方法进一步简化了工程之间的比较，不过需要注意的是，如果权重发生了改变，则排序也会发生变化。

从可持续能源发展的综合角度来考察，最佳工程为 GING074（1 号），其次是 MAHA096（22 号）（见表 15-3 最后一列）。表 15-3 同时也展示了一组较为复杂的排序——一次同时考虑三个目标中的两个。从经济—生态、经济—社会、生态—社会的角度分别考虑，GING074 的相对顺序依次是 1、2、7。这一结果表明该项目从可持续经济学的角度考虑是一个相当平衡的项目。以上工作将为政策制定者提供一些直接并可靠的决策参考。

15.2.2 结论

近几十年来，斯里兰卡电力生产方式已经从水电为主转变为水力—热力混合。在向可持续能源发展转变的过程中，可再生再生能源的使用是一项重要的举措。本文运用了多标准分析方法评价水电工程对可持续能源发展的影响。

表 15-3 二目标决策和三目标决策的排序结果（假设所有指标的权重相同）

工程编号	工程名称	经济—生态目标	经济—社会目标	生态—社会目标	三方面目标—图 15-4
1	AGRA003	13	22	22	19
2	DIYA008	18	17	14	17
3	GING052	19	13	16	15
4	GING053	21	20	20	20
5	GING074	1	2	7	1
6	HEEN009	22	19	19	21
7	KALU075	7	14	13	13
8	KELA071	15	15	18	9
9	KOTM033	4	5	5	4
10	KUKU022	12	7	14	6
11	LOGG011	16	17	17	16
12	MAGA029	5	6	4	8
13	MAGU043	4	8	10	12
14	MAHA096	20	21	21	22
15	MAHO007	17	16	2	18

续表

工程编号	工程名称	经济—生态目标	经济—社会目标	生态—社会目标	三方面目标—图15-4
16	MAHW235	6	4	8	5
17	MAHW287	10	11	3	14
18	NALA004	2	3	1	3
19	SITA014	8	12	12	10
20	SUDU009	10	10	9	11
21	SUDU017	8	9	11	7
22	UMAO008	2	1	6	2

这种分析方法的优势在于能够帮助政策制定者更方便有效地比较不同工程之间的差别，能更清晰地描述各项工程的可持续发展特征。多标准分析方法能对仅基于成本效益经济分析方法得到的结论加以补充。由于每项工程具有不同的特点，仅从一个方面来进行评价（例如，发电成本、对生物多样性的影响、造成的移民影响）有可能得到错误的结论，而多标准分析方法则对水电工程进行了多角度的细致分析，将会成为工程项目评价的一项有力工具。

本文使用的多标准分析方法有以下几个可以改进的方面：第一，本文中为了简化问题的讨论，每项目标都只选取了一个关键变量。实际上，可持续发展的经济、社会、环境目标都可以选取不只一个变量来描述。包括更多变量的进一步分析将可能提供新的见解。第二，本研究的方法可以扩展到其他可再生资源的讨论。第三，选择不同的贴现率将会影响经济变量的计算结果和排序。第四，通过排除筛选的方式可以使结果更清晰（例如，将各项治标占绝对劣势的 GING053 工程排除在外，然后关注其他工程）。最后，可以考虑使用更好的 3D 绘图技术呈现更清晰的结果。（Tufle，1992）

15.3 可再生新能源工程：太阳能光伏发电的案例研究

现代社会在家用、工业、商业、农业和交通等方面的用电需求不断增长。短期内能源的主要供给为非再生化石能源（石油、煤炭和天然气），而从长期来看，水电、太阳能、地热能、风能、潮汐能和生物质能等可再生能源将占据更重要的位置。

目前全球能源供应主要是商业化形式，如电、石油、煤炭和天然气等。但是不断上升的石油价格和因化石燃料产生的环境问题（如气候变化）使得可再生能源的吸引力逐渐上升。20 世纪 90 年代初期全球能源使用总量还不到每年通过光合作用固定的太阳能的 1/5，这一事实证明了生物质能具有重要的开发潜力。

2003年，可再生能源的使用量达到了10,579百万吨油当量，约占世界初级能源供给总量（TPES）的13%（见10.2.3节）。可燃性可再生能源和废弃物（97%为生物质能）占据了世界可再生能源的80%，而水电仅为16%。从1971年到2003年，可再生能源的总供给平均每年增长2.3%——边际增长率高于世界初级能源供给总量（TPES）的年增长率。新的可再生能源，例如地热能、太阳能、风能等，年增长率超过8%。在1971年，风能的使用处于一个较低的起点，而后达到其年增长率的顶峰——49%（太阳能的年增长率最高点为29%）（IEA，2003）。亚洲、非洲和拉丁美洲是主要的可再生能源使用地，这些地区的可再生能源大部分用于家庭烹饪和取暖。在2003年，OECD使用了全球47%的水电和67%的其他可再生"新"能源发电。

下面将介绍一项基于可持续经济学原理的方法学，该方法学通过分析修正财务价格的扭曲，提高小型或非集中的能源工程的可持续性。通常情况下，非集中的能源工程被认为有可能导致资源非经济配置以及环境和社会损害。该方法学的原理同样也适用于能源部门的其他大型公共投资项目，但本文的分析主要用以解决可再生能源新技术在评估和实施中的特殊困难。下面列出了该方法学的主要方面：包括新技术实施的可接受性（基于影子价格和国家视角）、新技术成功实施后的资金需求（基于市场价格和个人视角）以及以上分析的政策含义。最后将以一项太阳能水泵（用于农业灌溉）的研究为案例，说明经济和财务分析怎样相互作用并使国家能源政策更具可持续性。

15.3.1 经济和财务分析方法

本部分研究的重点在于确定部门工程的可持续能源发展工作框架（图10-4）。图15-5列出了农村能源资源投资决策实施的基本步骤，并指出了内在的经济学和金融学的准则。第一步，最重要的工作是建立起非集中能源供给地区的市场需求。例如，煤油灯照明就是一种非集中的能源供给方式，使用该技术的农村地区就存在能源改进的市场潜力，例如建设小水电站或柴油发电站。

第二步，从国家的视角出发选择一项成本较低的技术。此处将用影子价格法（或机会成本法）来确定技术R是否是较经济的选择（见第3章）。如果技术R并不是成本最低的选择，那么该技术将被拒绝并停止对其的研究。

如果技术R确定为成本最低的选择，我们将对其进行成本效益分析来确定是否进行投资。此处将再次使用影子价格法，对使用技术R产生的效益和工程的成本进行比较。分析中将包括环境影响及其他外部性的经济化指标（第 3 章）。如果成本超过了效益，我们将拒绝该项技术并停止研究。如果净效益（即效益减去成本）为正，那么从国家角度来讲技术 R 是可以接受的，同时投资决策将是经济有效的。

第三步，检验工程实施的可行性。如果该工程将由政府负责投资建造（例如提供农村用电的小水电工程），电量产出的价格将是一个重要的指标，需要确认在既定的市场价格水平下是否仍然存在足够的能源需求。如第 14 章描述的那样，该价格需要反映供给的边际经济机会成本（或长期边际成本）以实现经济有效性目标。除此之外，能源价格还需要结合部门财务能力、贫困人口的社会保障以及其他约束进行进一步的调整。

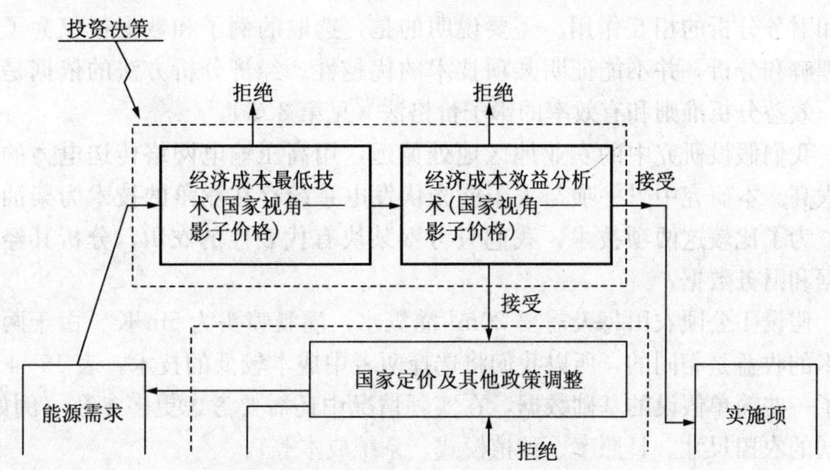

图 15-5　投资决策及实施的经济和金融分析基本步骤

如果该项目主要是靠个人支付的非集中式发电技术（例如利用太阳能光伏技术用以农田水泵），则其财务可行性分析会更复杂。图 15-5 中介绍了两项从个人角度出发的财务分析方法，通过该方法可以确定技术 R 是否：（1）比其他可替代的技术更便宜；（2）比其他可替代的技术具有更高的净收益。在理想的、非扭曲的市场经济下，市场价格和影子价格是相同的，而且对工程的经济分析和财务分析将会得到同样的结论（见 2.3 格和第 3 章）；但是在实践中市场价格和影子价格会产生显著的差异，所以经济计算和财务计算要分别进行。

如果技术 R 在财务上是成本最低而且有益的，理性的个体显然会接受该技术，也就是说，政府和个人的投资决策达成一致，项目可以被实施。但是如果一项在经济上无可非议的工程在一或两个财务分析上没有通过，则政府必须调整其市场价格或寻找其他政策。假设此时有另一项替代性技术 R′，该技术所用的燃料存在价格补贴，因此财务成本更低，如果政府仍要推行技术 R，则需要取消技术 R′的燃料补贴，或者直接通过发布法令禁止技术 R′的使用。总而言之，政策制定的原则是调控市场环境使得技术 R 具有财务优势，既可以通过经济手段调整其市场价格，也可以通过强制手段实现。以上的政策调整不会影响到技术的影子价格，因此从国家角度来看技术 R 仍然具有经济优势。当技术 R 同时具有经济优势和财务优势时，该技术便可以被执行。

15.3.2 用于农业灌溉的太阳能光伏发电

下文将讨论非集中式的新能源技术（如太阳能灌溉水泵系统）的经济评价方法，以及技术实施的决策过程，并描述了在政策制定过程中经济分析和财务分析的相互作用。需要说明的是，选取的例子和数据仅仅为了方便理解和分析，并不能证明某项技术的优越性。经济分析方法的依据是费用—效益分析准则和有效率的影子价格法（见第 3 章）。

我们假设研究中的农业地区地处偏远，用高压输电网络传送电力的成本太高。本研究中另一项与太阳能光伏发电系统存在竞争的技术为柴油发电。为了比较这两项技术，我们只考察某块有代表性的农田，分析其经济数据和财务数据。

假设 1 公顷农田每天需要 20m³ 灌溉水，灌溉喷头为 5m 长。由于两种技术的收益是相同的，所以我们将选择两者中成本较低的技术。表 15-4 列出了一些简单假设的基础数据，在实际情况中还需要考虑更多参数（例如，不同的农田尺寸、日照率、种植模式、系统成本等）。

表 15-4 太阳能和柴油发电灌溉系统的基础数据

	太阳能		柴油	
	市场价格（国内价格卢比）	影子价格（边境价格卢比）[a]	市场价格（国内价格卢比）	影子价格（边境价格卢比）[a]
初始成本	66,000	60,000	28,800	36,000[c]
年维护成本	1,100	1,000[b]	1,500	1,050[d]
年燃料成本	—	—	840[e]	1,200
使用寿命（年）	10	10	5	5
贴现率（%）	15[f]	10[g]	15[f]	10[g]
年通胀率（%）	10	—	10	—

(a) 所有的国外成本都将转为以边境价格卢比为单位，选取美元和卢比的官方汇率（OER）1∶20；

(b) 进口税为取 10%；

(c) 使用柴油泵，农民们将获得 20%的进口补贴；

(d) 转换因子取 0.7；

(e) 进口柴油价格为 0.3 美元/升，补贴 33%，并假设国际燃料价格年实际增长 3%；

(f) 即农民向银行贷款的年利率；

(g) ARI 代理的资金机会成本；
(h) 假设太阳能发电系统的设计使用寿命长于柴油发电系统。

15.3.3 投资决策

接下来我们将通过有效的经济影子价格，比较两种选择方案 10 年的净现值。货币单位选取边境价格卢比（BRs)，若换为美元形式则为 0.05 美元。

太阳能

$$PVC_{SE} = 60,000 + \sum_{t=0}^{9} 1,000/(1.1)^t$$
$$= BRs.\ 66,760$$

柴油

$$PVC_{DE} = 36,000 + 36,000/(1.1)^5 + \sum_{t=0}^{9} [1,500/(1.1)^t$$
$$+ 1,200(1.03/1.1)^t]$$
$$= BRs.\ 74,540$$

对于柴油而言，每年 3%的燃料实际价格增长率将会部分抵消 10%的贴现率（即资金机会成本)。结果显示太阳能发电系统相对成本更低。

接下来，假设由于灌溉量的增加，农田的影子价格即每年的谷物产出价值从 10,000BRs/公顷上升到 20,500BRs/公顷。这部分产出价值是扣除了成本增加（包括肥料和劳动力投入）的净增量，于是 10 年效益的净现值为：

$$PVB_E = \sum_{t=0}^{9} (20,500 - 10,000)/(1.1)^t = BRs.\ 70,970$$

表 15-5 投资决策的经济和财务分析（所有的数值为净现值形式）

	A	B	C	D
项目	国家视角影子价格（边境价格卢比）	个人视角（起始）政策改变前的市场价格（国内价格卢比）	个人视角(中期）政策第一次改变后的市场价格（国内价格卢比）	个人视角（最终）政策第二次改变后的市场价格（国内价格卢比）
太阳能发电成本	$PVC_{SE}=66,760$	$PVC_{SF}=75,080$	$PVC_{SF}=75,080$	$PVC_{SF}=75,080$
柴油发电成本	$PVC_{DE}=74,540$	$PVC_{DF}=71,110$	$PVC_{DF}=85,070$	$PVC_{DE}=86,070$
灌溉收益	$PVC_{E}=70,970$	$PVB_{F}=73,670$	$PVB_{F}=73,670$	$PVB_{F}=78,000$

结论	
条件	结果
A. 影子价格：	
$PVC_{SE} < PVC_{DE}$	太阳能发电是经济上成本较低的技术
$PVB_E > PVC_{SE}$	投资太阳能发电从经济角度来说是正确的
B. 政策改变前的市场价格：	
$PVC_{SF} > PVC_{DF}$	从财务角度来看，农民更倾向于柴油发电
C. 政策第一次改变后的市场价格：	
$PVC_{SF} < PVC_{DF}$	从财务角度来看，农民更倾向于太阳能发电
$PVB_F < PVC_{SF}$	农民将发现太阳能发电不具有经济效益
D. 政策第二次改变后的市场价格：	
$PVC_{SF} < PVC_{DF}$	从财务角度来看，农民更倾向于太阳能发电
$PVB_F > PVC_{SF}$	农民将发现太阳能发电具有经济效益

15.3.4 投资政策的实施

在不考虑政府决策的情况下，农民将根据个人财务的成本和效益来决定采用何种技术进行农业灌溉。下面从财务角度分析了太阳能发电和柴油发电的净现值，用的是市场价格（国内价格卢比，DRs）。

太阳能

$$PVC_{SF} = 66,000 + \sum_{t=0}^{9} 1,100(1.10/1.15)^t = \text{DRs. } 75,080$$

柴油

$$PVC_{DF} = 28,800 + 28,800(1.10/1.15)^5 + \sum_{t=0}^{9} [1,500(1.10/1.15)^t + 840(1.03 \times 1.10/1.15)^t] = \text{DRs. } 72,110$$

由于 $PVC_{SF} > PVC_{DF}$，一般的农户都会倾向于购买柴油泵而不是太阳能发电系统。市场价格信号的扭曲导致了个人决策和国家政策决策（见表 15-5 列 B）是相反的。因此政府必须调整市场价格或者采用其他政策提高太阳能发电对农民的吸引力。

第一种选择取消太阳能发电设备 10% 的进口税，之后 PVC_{SF} 变为 68,250 卢比，无论从经济角度还是财务角度考虑太阳能泵都是成本较低的选择。然而，实施这项措施的同时可能还需要减少其他同类光伏发电部件的进口税，而这一点是政府不希望看到的。

第二种选择是上调柴油价格直到 PVC_{DF} 超过 PVC_{SF}——但是这一点可能会遭到反通货膨胀集团的极大阻挠，因为这一政策会大大增加交通成本。

第三种选择是通过法律限制农户购买柴油泵。这项非经济手段政策不够灵活而且实施起来将会遇到许多困难。

第四种可能的选择是政府向购买太阳能泵的农户提供低息贷款。

最后一项选择是取消柴油发动机的进口补贴，这一政策将会使得 PVC_{DF} 上升至 85,070 卢比，高于 PVC_{SF}。之后农民将会自愿购买太阳能泵。我们假设政府最终选择了这项政策（见表 15-5 列 C）。

再次考虑财务收益。灌溉工程使得农田的收入从 8,500 DRs 增加到 17,425 卢比（基于政府承诺的谷物收买价格，为国际市场价格的 85%）。10 年内产出的财务收益的净现值如下：

$$PVB_F = \sum_{t=0}^{9}(17,425-8,500) \times (1.10/1.05)^t = DRs.\ 73,670$$

由于 PVB_F 为 75,080 卢比，低于 PVC_{SF}，农民如果选择了（成本最低的）太阳能技术，财务收入将会下降。所以政府必须进一步调整政策。例如将国内谷物价格上升到世界价格的 90%。这项政策改变将会增加财务收益，使得 PVB_F 变为 78,000 卢比，高于 PVC_{SF}，农民将会发现使用太阳能发电水泵是有利可图的（见表 15-5 列 D）。

本研究结果显示，通过一项技术的投资决策（基于影子价格）实施的需求管理将有助于新的可再生能源的可持续发展。然而，这需要一系列的配套政策。

15.4 基于可再生能源的农村电气化可持续发展

本节将讨论基于可再生能源的农村电气化工程（RE）。因为该工程的成本较高，本文的关注重点为经济和财务方面的可持续性。电气化工程对于农村的脱贫致富有着重要的意义。正如大部分发展中国家一样，斯里兰卡的农村也普遍存在着贫困现象。一份 1996 年的报告指出斯里兰卡 88%的贫困人口居住在农村地区，其余有 8%在城市，4%在工业区（Nexant, 2004）。在 2002 年年末，斯里兰卡只有 63%的家庭通电，地区通电率为 87%（科伦坡）到 32%（莫讷勒格勒）。通电比例与贫困率显著相关（见图 15-6），贫困率越高的地区，通电率越低。事实上该图中数据还未包括北部和东部的未开发地区，这些地区的贫困率更高，通电率更低。

目前斯里兰卡有小部分家庭正在使用非高压电网输送的电能，而且这一比例还在上升。在 2003 年大约有 28,000 户家庭拥有家庭太阳能发电系统，3,000 户家庭的电力供给来自由村镇规模的小水电工程。下文将要讨论的这些非高压电网输电方案，是能源服务传输工程的重要的组成（其他组成还包括 3MW 的风力发电示范工程和与高压电网连接的小水电）。下面先讨论关键的议题——如何量化农村电气化工程的效益。

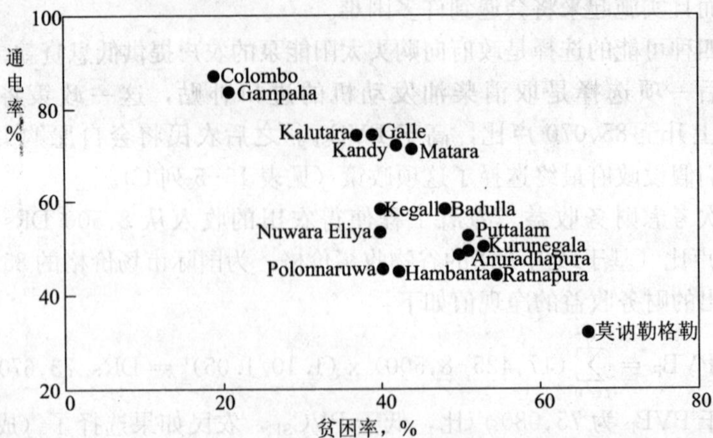

图 15-6　部分地区的通电率和贫困发生率

资料来源：Nexant（2004）和斯里兰卡中央银行提供的数据。

15.4.1　计算农村电气化的经济效益

估算农村电气化经济效益的传统方法有两种（Munasinghe，1987）。第一种方法是“可避免费用”法，该方法认为经济效益等于当前能源供给的平均可避免费用。以小水电方案为例，可避免费用包括用于电池充电和生产的煤油、柴油，用于照明的蜡烛，以及用于其他用途的干电池等。“可避免费用”法的应用非常简单，因为所需要的数据可通过家庭调查得到，而且计算方法简单易懂。然而，这种方法往往会低估实际效益。

首先，与原始的能源利用方式相比，电能的使用将会提高人们的生活质量。例如紧凑型节能荧光灯（CFL）的灯光亮度要远远高于蜡烛或者煤油灯。人们愿意为高质量的服务支付更多货币。换言之，经济效益比更换成本更高。

电力照明还能避免许多其他有害的副作用（如燃烧产生的烟气和臭味，着火受伤的风险）。在斯里兰卡，50%的烧伤事件都是因为使用煤油灯或者蜡烛产生的，相似的问题在其他地区也有报道（Foster 和 Tre，2000；Reyes，2001）。由于烧伤性损害和幼儿死亡的社会成本很高，所以降低这类事件的发生率也可以作为农村电气化的效益之一（部分情况下也可以作为太阳能光伏发电系统的效益）。这类直接成本的大小比局地空气污染的损害成本更容易确定。

其次，如图 15-7 所示，对电力服务的需求曲线（该曲线表达了需求数量和价格之间的函数关系）是向下倾斜的，电力消费总效益为该曲线下方区域（见 3.3.2 节）。不难得知，消费者愿意为最初的几度电支付很高的价格，这几度电的意义在于使得照明工具从煤油灯变成一或两个节能灯；消费者同样也愿意为电视机的用电支付足够高的价格。但是在此之后，每增加一只节能灯，他们的支付意愿都将比最初的节能灯（用以替代蜡烛或煤油灯）要低。

计算经济效益的第二种传统方法需要估计需求曲线。这种方法相对要难一些，因为准确估计曲线斜率所需要的数据可能很难获得。但在不考虑不确定性问题的情况下，这种估计需求曲线和支付意愿（WTP）方程的方法还是可以接受的，它能够更好地估计电气化的效益。在图 15-7 中，需求曲线是凹形的（凹向原点）。当超过曲线上有超过两点能够被确定，曲线的形状也就基本被描绘出来了。凹形曲线通常也被假设弹性不变（方便起见，常见于经济计量模型）。

电气化之前，这些地区的用能设备主要是用于照明的煤油灯和用于电视和广播的电池。为了简便起见，假设用能设备只有煤油灯，则能源消费总量为 Q_{KERO}，市场价格为 P_{KERO}。于是，家庭总照明成本为 $Q_{KERO} \times P_{KERO}$，也就是图中 $B+B^{*}+D+D^{*}$ 的区域。Q_{KERO} 水平下对生活能源的总支付意愿（WTP）为需求曲线和消费曲线中间的区域，也就是图中 $A+B+B^{*}+D+D^{*}$ 的区域。这部分就是消费者的总效益。于是，净效益（效益减去成本）——也就是消费者剩余——就是区域 A。电气化之后生活能源消耗（即节能灯的总照明时间）迅速上升。消费从 Q_{KERO} 上升至 Q_E，价格从 P_{KERO} 下降到 P_E。现在家庭用电总支出为 $P_E \times Q_E$，即 $D+D^{*}+E+E^{*}$ 区域。

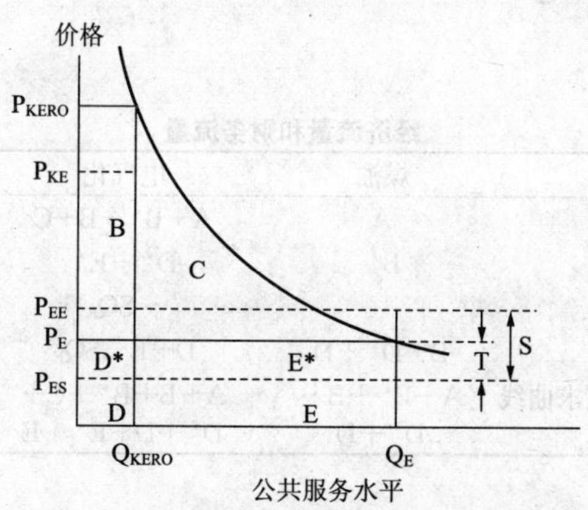

图 15-7 电力的需求曲线以及经济和财务流的调整

在该消费水平之下，总效益是需求曲线与 Q_E 之间的新区域，即 $A+B+B^{*}+C+D+D^{*}+E+E^{*}$。净效益（消费者剩余）为 $A+B+B^{*}+C$。所以净经济效益（与电气化之前相比）就是消费者剩余的上升，也就是 $B+B^{*}+C$。

根据电气化前后的消费数据、家庭用于柴油的预算以及电力服务的税收，即 $B+B^*$，$D+D^*$，$E+E^*$ 的面积很容易计算得到。但是C的面积比较难以计算，因为要计算该部分面积还需要知道需求曲线的形状。比较简单和常见的形式是线性需求曲线（Barnes 等人，2002；ECA 和 Vernstrom，2003）。

很不幸，线性假设常常高估了区域C面积（即电气化的净效益），因为一般经验认为需求曲线更近似于凹性的。给定若干个需求曲线可能的函数形式，可以粗略计算出区域C的大致面积。考虑到财务成本是消费者真实可见的成本，所以在计算消费者剩余时的成本依据是财务成本。需要注意的是，电气化前后的财务成本和经济成本的计算都要考虑税收和补贴。图15-7描述了一种常见的情景：柴油价格中包含了柴油税，所以市场价格 P_{KERO} 超过了经济价格 P_{KE}；电气化成本中也包含了建设成本增值税等税收和政府提供的补贴。

假设电气化的补贴为S卢比/kWh，则 $P_{ES}=P_{EE}-S$，其中 P_{EE} 和 P_{ES} 分别是经济价格和补贴后的价格，总补贴为区域 SQ_E。假设补贴后的价格同样需要征收T卢比/kWh的税收，则最终消费者面对的市场价格为 $P_E=P_{ES}+T$（政府总税收收入为 D^*+E^*）。在该图中，补贴超过了税收，而实际中斯里兰卡小水电项目的补贴也大大超过了建设增值税和收益税的总额。使用煤油的总（财务）成本为 B^*+B+D^*+D，其中 B^* 代表税收。

表15-6整理了经济数据和财务数据。例如，电气化之前，经济效益是 $A+B^*$，但是 B^* 被政府以税收的形式收回了，最终没有成为消费者的收益。

表 15-6　　经济流量和财务流量

	煤油	电气化	差别
消费者剩余	A	$A+B^*+B+C$	$B+B^*+C$
税收	B^*	D^*+E^*	$D^*+E^*-B^*$
补贴		$-SQ_E$	$-SQ_E$
经济成本	$B+D^*+D$	$D+E+SQ_E$	$E+SQ_E-B-D^*$
消费者总收益（=需求曲线以下的区域）	$A+B^*+B+D^*+D$	$A+B+B^*+C+D^*+D+E^*+E$	$C+E^*+E$

15.4.2　斯里兰卡的家用太阳能工程

斯里兰卡的家用太阳能工程（SHS）计划为短时间内无法接入高压输电网的农村地区提供最基本的用电需求，也就是支付意愿最高的那部分用电。不过家用太阳能工程的最大供应商“壳牌太阳能”称，他们已售出的

17,000 台设备中，有 10,000 台的购买家庭在安装了太阳能供电系统之后高压输电网络便覆盖了这些区域。而另一方面，也有报道称购买太阳能供电系统的家庭中有的已接入高压输电网络。农村供电系统的不稳定和 CEB 的高额消费税是刺激家用太阳能工程销售的最大原因。由世界银行和全球环境基金支持的能源服务传输工程（ESD）为家用太阳能工程提供了资金支持。

当能源服务传输工程初见成效的时候，太阳能工业正处于起步阶段，只有三家小型单位（Solar Power and Light，Sarvodaya，RESCO）每月出售 20-30 台太阳能发电系统（1998 年）。到 2002 年时，销售量已经上升到 850 台/月，而且有四家公司加入了生产和销售（Shell Solar，Access Solar，SELCO 和 Alpha Thermal），已安装数达到了 21,000 台，到 2003 年时增加了 10,000 台。

能源服务传输工程的一大成功之处在于，该工程吸引了私人部门参与其中，但是同时给经济分析带来了困难。在私人部门，许多关于真实成本和边际成本的数据都是机密的，而且税收优惠也因具体的公司不同而有所不同。然而，买卖双方表现出的对市场的极大兴趣都证明了家用太阳能工程具有经济效益和财务效益，前者可以通过人们愿意为照明和电视支付比煤油和电池更高的使用成本而证明，后者可以通过卖家的成功实践来证明。

曾有研究通过问卷调查统计了购买家用太阳能工程的家庭的月支出的信息（见表 15-7）。虽然结果显示了可以接受的异质性，但是这些数据仍能在一定程度上体现人们对家用太阳能工程的支付意愿，因为它带来了安全、方便和更高的照明质量。

表 15-7　　问卷调查结果总结

	Masse（2001）	IRG（2002）	AC Nielson（2003）
月煤油消费支出，卢比	231	340	312
家用太阳能工程实施前每月总能源支出	321	582	495
家用太阳能工程实施后每月总能源支出	—	1,450	1,286
样本量	—	100	250

使用家用太阳能之前，每月平均能源消费总额为 582 卢比（其中 340 卢比用于购买煤油，92 卢比用于干电池，152 卢比用于电池充电）。不过能源消费支出和家庭可支配收入之间没有显著相关性。使用家用太阳能之后，家庭月能源消费显著增加（图 15-8）。当人们意识到增加成本将会受到债务偿还期限的限制之后，他们的能源支出会大幅下降。购买家用太阳能之后平均每月用于能源方面的支出为 1,450 卢比。家庭收入和购买的家用太阳能规模之间没有显著相关性。

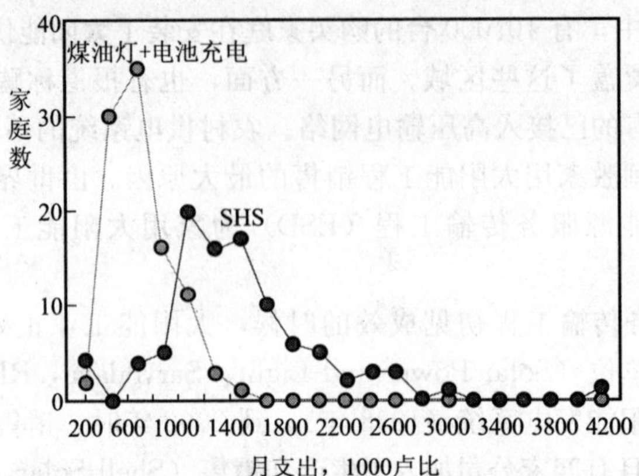

图 15-8 家用太阳能使用前后平均每月能源支出变化

如果按照可避免成本来计算收益，结果显示家用太阳能的净收益为负。AC Nielson 的调查结果显示：（1）使用家用太阳能之前平均每月用于煤油和电池充电的支出大约为 495 卢比/月；（2）四年期的贷款利率为 24%，其中 25%为首期付款；（3）贴现率为 12%；（4）家用太阳能的增值税为零售价的 11%；（5）煤油税受到国家安全税的限制（1.23 卢比/升）；（6）家用太阳能的零售价格是 46,000 卢比（45 Wp 功率的机器）。表 15-8 显示家用太阳能的内在经济回报率（IERR）为 7.7%，低于资本的机会成本（12%），而财务收益率为负。这一结果和其他用可避免成本法估计的效益是一致的。Meier（2003b）的研究表明，在菲律宾 40Wp 的家用太阳能的内在经济回报率为 11.7%（低于资金机会成本＝15%）。

表 15-9 整理了利益相关者的经济流量和财务流量。因为财务利率是 24%，贴现率是 12%，两者之间的差异表现为金融机构的剩余利益。全球环境基金（全球环境基金）是资金来源，因此扮演金融家的角色，而政府则是一个净收益者，因为向家用太阳能征收的增值税显著高于其他商品的增值税（如煤油灯、充电电池）和向煤油征收的国家安全税。

表 15-8 基于可避免成本的经济回报及财务回报

	[单位]	净现值	1	2	3	4	5	6	7	8	9	10
光伏系统成本												
首付款	[卢比]	10,268	11,500									
全球环境基金 [给消费者]	[卢比]	0	0									
政府拨款 [给消费者]	[卢比]	0	0									
贷款本金	[卢比]	30,804	34,500									
财务成本	[卢比]	41,071	46,000									
财务	[卢比]	38,217		16,905	14,835	12,765	10,695					
贷款偿还	[卢比]	−38,217		−16,905	−14,835	−12,765	−10,695					
增值税和关税减少	[卢比]	−4,107	−4,600									

续表

	[单位]	净现值	1	2	3	4	5	6	7	8	9	10
保证金所得税减少	[卢比]	−5,252	−5,882									
传输减少	[卢比]	−4,877	−5,462									
经济资本成本	[卢比]	26,835	30,055	0	0	0	0	0				
运行维护成本												
灯泡	[卢比]	3,539		582	582	582	582	582	582	582	582	582
控制器	[卢比]	2,465						3,104				
电池	[卢比]	8,566				4,753			4,753			4,753
消费者财务成本	[卢比]	14,570	0	582	582	5,335	582	3,686	5,335	582	582	5,335
增值税减少	[卢比]	−1,457	0	−58	−58	−534	−58	−369	−534	−58	−58	−534
经济运行维护成本	[卢比]	13,113	0	524	524	4,802	524	3,317	4,802	524	524	4,802
总经济成本	[卢比]	39,948	30,055	524	524	4,802	524	3,317	4,802	524	524	4,802
可避免成本带来的收益												
煤油消耗	[升]	1,314		216	216	216	216	216	216	216	216	216
煤油	[卢比]	32,118		5,282	5,282	5,282	5,282	5,282	5,282	5,282	5,282	5,282
电池	[卢比]	4,006		659	659	659	659	659	659	659	659	659
干电池	[卢比]	0		0	0	0	0	0	0	0	0	0
防风灯	[卢比]	0	0			0			0			0
汽化灯	[卢比]	0	0				0				0	
灯芯	[卢比]	0		0	0	0	0	0	0	0	0	0
财务总计	[卢比]	37,437	0	5,940	5,940	5,940	5,940	5,940	5,940	5,940	5,940	5,940
煤油灌水	[卢比]	−1,616		−266	−266	−266	−266	−266	−266	−266	−266	−266
增值税	[卢比]	0										
可规避成本	[卢比]	35,822	0	5,675	5,675	5,675	5,675	5,675	5,675	5,675	5,675	5,675
净经济流	[卢比]	−4,126	−30,055	5,151	5,151	873	5,151	2,357	873	5,151	5,151	873
经济回报率	[ ]		7.7%									
消费者净财务影响												
光伏系统	[卢比]	63,054	11,500	17,487	15,417	18,100	11,277	3,686	5,335	582	582	5,335
替代品	[卢比]	36,124	0	5,940	5,940	5,940	5,940	5,940	5,940	5,940	5,940	5,940
净流量	[卢比]	−26,930	−11,500	−11,547	−9,477	−12,160	−5,337	2,254	605	5,358	5,358	605
财务回报率	[ ]		−4.5%									

家庭的负财务回报表现为最初几年的负现金流，主要因为这段时间需要偿还贷款（图 15-9）。

表 15-9　　经济流量和财务流量的整合（净现值）

	消费者	销售商	政府	金融投资者	全球环境基金	总计
收益	37,437		−1,616			35,822
购买价格	−41,071	41,071				0
贷款	30,804			−30,804		0
全球环境基金许可证		6,790			−6,790	0
政府许可证						0
增值税（设备）		−4,107	4,107			0
收入税（销售者）		−5,252	5,252			0
收入税(金融投资者)			2,595	−2,595		0
经济成本		−26,835				−26,835
消费者财务	−38,217			38,217		0
运行维护成本	−14,570		1,457			−13,113
总计	−25,617	11,667	11,795	4,819	−6,790	−4,126

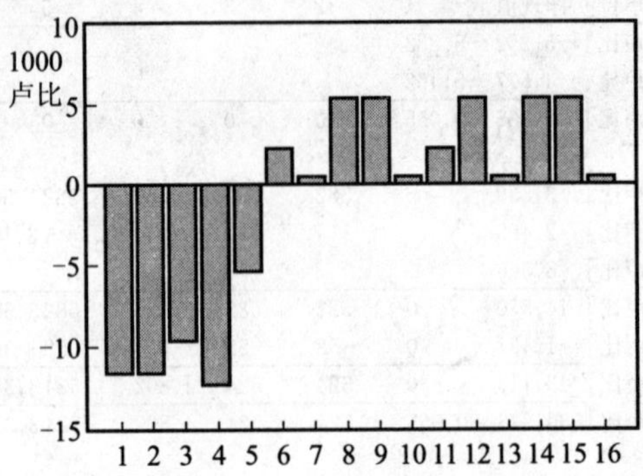

图 15-9　家庭现金流，卢比/年

考虑到消费者实际上愿意为家用太阳能支付更高的成本，则回报至少应该高于替换设备的成本。按照之前提到的方法，我们绘制出如图 15-10 的照明需求曲线（假设一户家庭购买了一台 45Wp 的机器）。

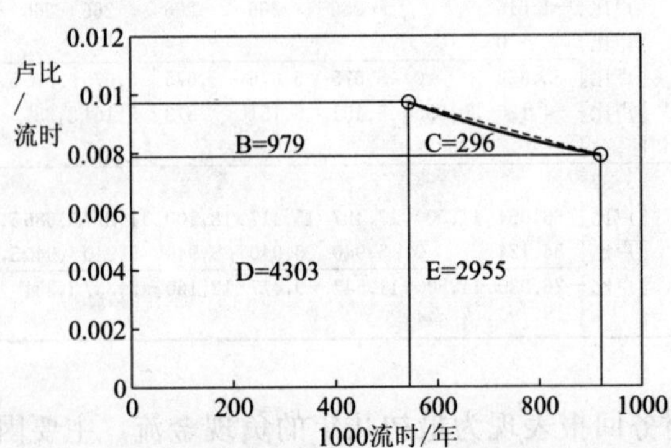

图 15-10　照明需求曲线（基于 45Wp 的太阳能发电系统）

表 15-10消费者剩余效益的内在经济收益率（15 年使用寿命的家用太阳能）

	单位	净现值	1	2	3	4	5	6	7	8
照明成本，光伏系统										
[1] 已分摊成本	卢比	70%								
[2] 光伏板成本	卢比	44,138	8,050	12,241	10,792	12,670	7,894	2,580	3,735	407
[3] 光伏板成本基准化	卢比	44,138	6,329	6,329	6,329	6,329	6,329	6,329	6,329	6,329
[4] 光伏照明光通量	流时	5,593,422	0	919,800	919,800	919,800	919,800	919,800	919,800	919,800
[5] 光伏照明单位价格	卢比/流时	0.0079								
[6] D+E 区域	卢比/年	7,258								
[7] 照明成本，煤油										
[8] 燃料成本	卢比		0	5,282	5,282	5,282	5,282	5,282	5,282	5,282
[9] 煤油灯	卢比		0	0	0	0	0	0	0	0
[10] 汽化灯	卢比		0	0	0	0	0	0	0	0
[11] 灯芯，纱网	卢比		0	0	0	0	0	0	0	0
[12] 总成本	卢比	32,119	0	5,282	5,282	5,282	5,282	5,282	5,282	5,282

续表

	单位	净现值	1	2	3	4	5	6	7	8
[13]煤油照明光通量	流时	3,315,928		545,280	545,280	545,280	545,280	545,280	545,280	545,280
[14]煤油灯照明单位价格	卢比/流时	0.0097								
[15]D+E区域	卢比/年	5,282								
[16]收音机/电视：光伏系统										
[17]已分摊成本		30%								
[18]光伏板成本［财务］	卢比	18,916	3,450	5,246	4,625	5,430	3,383	1,106	1,601	175
[19]光伏板成本基准化	卢比	18,916	2,712	2,712	2,712	2,712	2,712	2,712	2,712	2,712
[20]光伏非照明发电量	VL-hours	1,098		1,825	1,825	1,825	1,825	1,825	1,825	1,825
[21]光伏发电单位价格	卢比/TV-hr	1.7								
[22]D+E区域	卢比/年	3,111								
[23]收音机/电视：电池										
[24]总成本	卢比	4,006	0	659	659	659	659	659	659	659
[25]非照明发电量	VL-hours	1,665		274	274	274	274	274	274	274
[26]电量单位价格	卢比/TV-hr	2.4								
[27]B+D区域	卢比/年	659								
[28]净经济流										
[29]照明［见图表］										
[30]总效益［B+C+D+E］	卢比/年	51,887	0	8,532	8,532	8,532	8,532	8,532	8,532	8,532
[31]总成本［D+E］	卢比/年	44,138	6,329	6,329	6,329	6,329	6,329	6,329	6,329	6,329
[32]净消费者效益，照明	卢比/年	7,749	−6,329	2,203	2,203	2,203	2,203	2,203	2,203	2,203
[33]收音机/电视										
[34]总效益［B+C+D+E］	卢比/年	26,708		4,392	4,392	4,392	4,392	4,392	4,392	4,392
[35]总成本［D+E］	卢比/年	18,916	3,450	5,246	4,625	5,439	3,383	1,106	1,601	175
[36]净消费者效益，电视/收音机	卢比/年	7,792	−3,450	−854	−233	−1,038	1,009	3,286	2,792	4,217
[37]总消费者剩余	卢比/年	15,541	−9,779	1,349	1,970	1,165	3,212	5,490	4,995	6,421
[38]	经济回报率		30.7%							
[39]总财务成本	卢比/年	−63,054	−11,500	−17,487	−15,417	−18,100	−11,277	−3,686	−5,335	−582
[40]总收益	卢比/年	78,595	0	12,924	12,924	12,924	12,924	12,924	12,924	12,924
[41]净财务流	卢比/年	15,541	−11,500	−4,563	−2,493	−5,176	1,647	9,238	7,589	12,342
[42]	经济回报率		21.1%							
[43]经济成本调整	卢比/年	0	−30,055	4,413	4,413	4,413	4,413	4,413	4,413	4,413
[44]	卢比/年	15,541	−41,555	−150	1,920	−763	6,060	13,651	12,002	16,755
[45]	经济回报率		16.8%							
[46]减去净政府补贴	卢比/年	11,795	13,211							
[47]减去全球环境基金补贴	卢比/年	−6,790	−7,605							
[48]加上金融投资者剩余	卢比/年	4,819	5,397							
[50]净经济流	卢比/年	37,032	−17,485	−150	1,920	−763	6,060	13,651	12,002	16,755
[51]	经济回报率		31.0%							
[52]加上全球环境基金（作为经济收益）	卢比/年	43,822	−9,881	−150	1,920	−763	6,060	13,651	12,002	16,755
[53]	经济回报率		42.6%							

注：不考虑 43-45 行的“经济成本调整”，经济流量存在不止一个拐点（因为在第一年同时发生了补贴和调整），因此内在经济回报率不是确定数值。净现值的计算不受影响。将全球环境基金的贡献作为第一年的收益，假设它和世界环境效益相等。

基于表 15-10 的消费者剩余计算，图 15-11 中列出了相应的成本和收益。内在经济回报率为 31%，而加上全球环境基金作为环境效益的贡献之后，内在经济回报率上升到 42.6%。一台 75Wp 的机器每天发电量为 315

瓦小时，或 115kWh/年，其 15 年的净现值为 700kWh。财务成本的净现值为 63,054 卢比。于是计算得到，对于家用太阳能提供的第一个 115kWh/年（用于照明和电视）的电量的支付意愿是 63,054/700＝90 卢比/kWh（相当于 1 美元/kWh）。

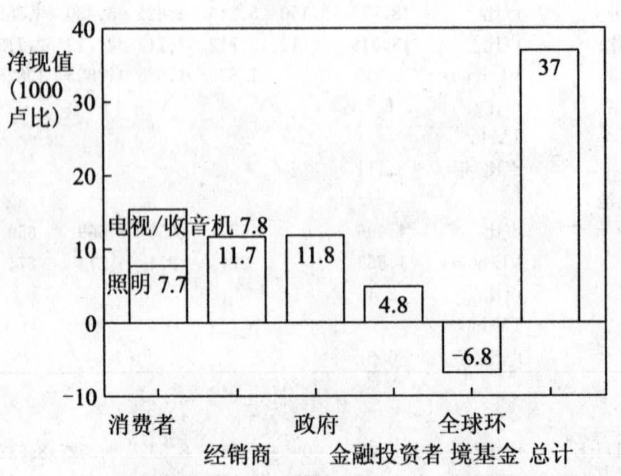

图 15-11　成本和效益分布

通过上述分析，可以得出这样的结论：家用太阳能系统对于未接入高压电网地区是一项可行的电气化措施，全球环境基金提供的补贴是成本有效的，可以避免经济有效的措施因为财务问题而被否决。对于家用太阳能的支付意愿的计算（高于替换成本）体现了估算消费者剩余的价值，这种计算方法优于可能低估效益的替换成本法。

15.4.3　村镇小水电

小水电是斯里兰卡能源服务传输项目中第二个成功的案例。这些小水电的规模通常在 50kW 左右，由村镇合作社负责投资兴建。AC Nielson（2003）调查了 100 个村镇小水电项目（VHS）的受益者，其中 30 个是由能源服务传输项目负责兴建的。不幸的是，难以从村镇合作社获得足够的数据，尤其是实际月使用效率和年使用效率等关键参数。估算的内在经济回报率为 12%，似乎有捏造数据以满足 12%的 OCC 的嫌疑。然而对实际项目的评估结果显示实际成本要低于预想、而收益要高于预想。例如，事先估计的成本为 2,023 美元/kW，但是调查报告显示，已经完成项目的平均成本为 1,892 美元/kW。

图 15-12 显示了单位资金成本和建成容量的关系，证明了规模效应的存在。更进一步存在着很大一部分基于自愿劳动力的“人力资本”。调查报告显示，根据每天 300 卢比的平均收入，村镇小水电项目因自愿服务造成的

至少 9,000 卢比（30 人/天）的机会成本。受益者调查显示，自愿服务的正常比例大概是 20-30 天。

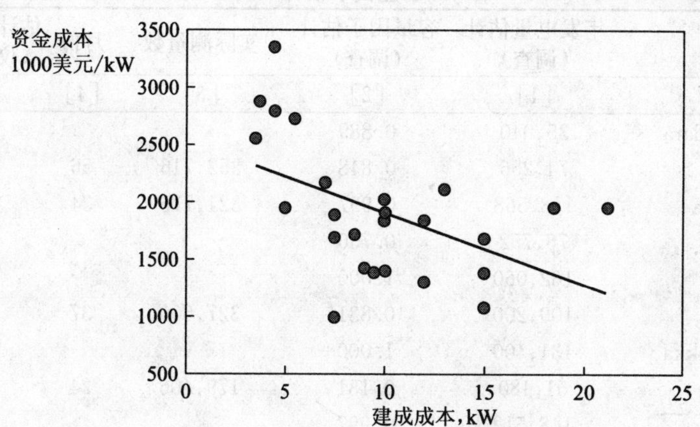

图 15-12　资金成本 vs. 建成容量

表 15-11 显示了通过时间机会成本（基于家庭收入）计算的"人力资本"成本。设现金资产比例为 15%，同时估计工程成本中的 25%为进口，则经济资产成本（包括人力资本）为 2,060 美元/kW，而财务资本成本为 2,225 美元/kW（除去人力资产）。

这些水电工程的实际发电量很难获得，我们只得到了 7 种机器的实际运行数据（见表 15-12 第 3 列）。使用寿命可以从委员会处获得的数据推算出来，依此估计平均容量因子，计算的结果见第 5 列。总之，最后推算得到的容量因子范围大概在 80%-95%之间。

表 15-11　人力资本估计

发电系统	人力资产	现金资产	总城镇资产	工程成本	人力资产（%）	现金资产（%）	调整后的现金资产（%）
	[1]	[2]	[3]	[4]	[5]=[1]/[4]	[6]=[2]/[4]	[2]/([4]−[1])
Handunella		125	125	1,325	0	9	9
Aluthgama	561	102	603	1,307	43	8	14
Diyapoda	280	134	414	1,152	24	12	15
Manamperigama	168	24	912	800	21	3	4
Dumbara	1,527	470	1,997	3,700	41	13	22
平均					26	9	13

可见，容量因子要远大于事先估计的 50%的数值。然而容量因子实际上是符合设计理念的，也就是说，发电规模要和干季的流量相匹配。如果一个村镇的小水电仅根据容量因子 50%而运作，则需要储备大量柴油以满

足全面的电力需求供给。

表 15-12 容量因子估计

	年发电量估计（调查）	容量因子估计（调查）	实际测量数	月份	估计容量因子（仪器测量）
	[1]	[2]	[3]	[4]	[5]
Maddabaddara	35,040	0.889			
Kandaloya	74,256	0.848	352,716	56	0.863
Handunella	113,568	0.997	321,776	34	1.012
Gedarawat	76,752	0.730			
Golahinna	162,060	1.000			
Kaduoya	109,200	0.831	327,600	37	0.809
Kawudubukka	131,400	1.000			
Veediyawa	51,480	0.131	179,406	24	0.232
Samanala	148,512	0.997			
Ihalagonna	60,840	0.926	91,260	18	0.926
Glime	33,670	0.769	73,002	21	0.976
Hathkella	87,360	0.997			
Hinguralakande	65,700	1.000			
Gamperigama	4,269	0.139	2,490	7	0.139
Dumbara-Manana	24,768	0.133			
Wewagama	32,850	1.000			
Ritigala Ella	131,400	1.000			

虽然村镇小水电建于分水岭之上而且通常高于测量站点，但是在入水口并未记录径流的变化情况。因此，每月近似的径流变化情况只能从降雨量的记录中推算得到。图 15-13 显示了英格亚（音译）地区月降雨量的变化，当地建有一座名为哈度尼拉—奥图兰达（音译）的村镇小水电。

如果设计径流能满足一/二月份的条件，那么年容量因子的高值便可以实现。然而基于日运行曲线的情况来看，这些连续供应的电量并没有被电视和照明所消耗。

村镇小水电的受益者之前的月平均成本为 322 卢比（用于煤油、充电电池、干电池）。收益可认为是原有成本的减少加上全球环境基金的拨款，成本则为实际资金成本 2,050 美元/kW，同类小水电工程的内在经济回报率为 21.8%（15kW，150 户家庭），若除去全球环境基金拨款的效益，内在经济回报率为 17.9%。因为是将电气化之前的用能支出作为收益，所以不管电力实际使用水平是高是低都不会影响计算结果。如果使用的电量较少，则将会增加平均 5.7 美分/kWh 的收益。图 15-14 列出了基于问卷调查估算的每个小水电工程的内在经济收益率。

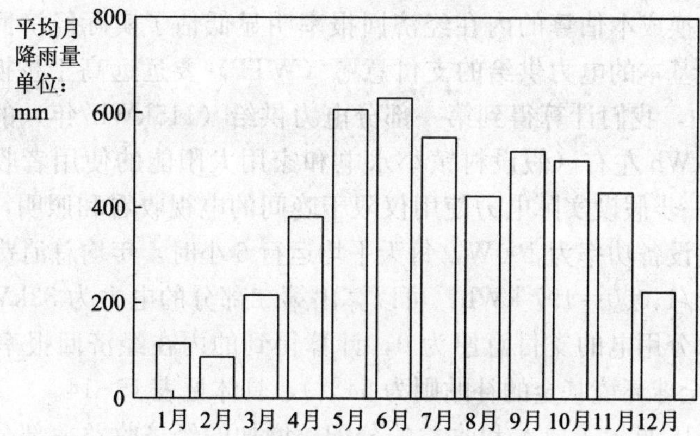

图 15-13 英格亚地区的月降雨量情况（mm）

表 15-13 实际内在经济收益率

			净现值	0	1	2	3	4	5	6
资金成本	2,050（美元/kW）									
发电量	15.0	（kW）								
全球环境基金拨款		（美元）	4,783		6,000					
资金成本		（美元）	−27,455	−30,750						
运行维护成本	0.8%	（美元）	−1,702		−6,255	−255	−255	−255	−255	−255
总成本		（美元）	−24,374	−30,750	5,745	−255	−255	−255	−255	−255
容量引资	0.800									
收益/kWh	5.7（美分/kWh）									
收益		（MWh）			105	105	105	105	105	105
		（美元）	39,960		5,992	5,992	5,992	5,992	5,992	5,992
总现金流		（美元）	15,586	−30,750	11,737	5,737	5,737	5,737	5,737	5,737
内在经济回报率			21.8%							

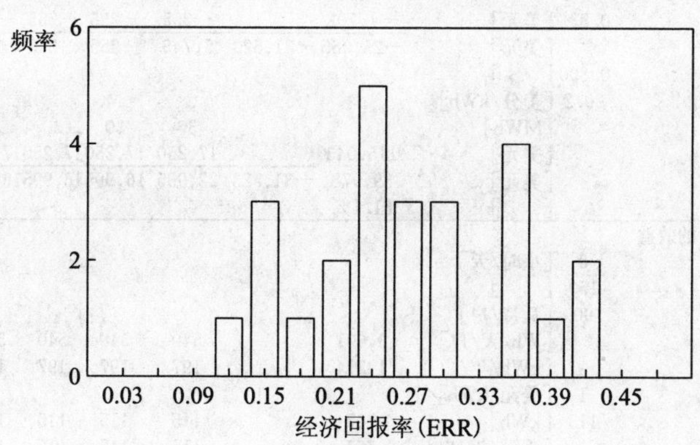

图 15-14 小水电工程的内在经济收益率

基于替换成本估算的内在经济回报率明显低估了实际经济回报，因为人们对于最基本的电力供给的支付意愿（WTP）要远远高于替换成本。在15.4.2节中，我们计算得到第一部分电力供给（115kWh/年）的价值大约在1美元/kWh左右（假设村镇小水电和家用太阳能的使用者收入水平相当）。更进一步假设实际电力使用仅限于晚间的电视收看和照明，每户家庭安装的用电设备功率为100W，每天平均运行6小时，年均总消费为6×100×0.9×365/1,000=197 kWh，可以算出第二部分的电力为83kWh/年。即使对第二部分用电的支付意愿为0，计算得到的内在经济回报率仍有61%(若不包括全球环境基金的补贴则为54%)，具体见表15-14。

表15-15显示了成本和收益的分配。增加的经济收益一部分归于消费者，一部分归于村镇合作者，其中第二部分剩余在现实中也是通过无须支付会费、现金剩余归还等方式返还给消费者。假设作为补贴的全球环境基金拨款和全球环境效益相等。对于政府而言，因减少煤油使用而损失的国家安全税（对柴油）可以被资金成本的税收收入大致抵消。

专栏15-1显示了同类小水电工程在菲律宾的不同结果，当地的柴油发电装置比小水电要便宜。考虑到内在经济收益率的计算结果的不确定性，用概率分布区间表示结果要比某个确定的数值表示更好，所以专栏15-2中运用了蒙特卡罗模拟方法估算了越南小水电工程回报率的概率分布。

表 15-14　　基于消费者剩余的收益

			净现值	0	1	2	3	4	5	6
资本成本	2,050	[美元/kW]								
kW	15.0	[kW]								
全球环境基金		[美元]	4,783		6,000					
资本成本		[美元]	−27,455	−30,750						
收入损失［人力资本］			−690	−773						
运行维护成本	0.8%	[美元]	−1,702		−255	−255	−255	−255	−255	−255
总成本		[美元]	−25,065	−31,523	5,745	−255	−255	−255	−255	−255
容量因子	0.800	[　]								
收益/kWh	20.2	[美分/kWh]								
		[MWh]			30	30	30	30	30	30
总收益		[美元]	115,043		17,250	17,250	17,250	17,250	17,250	17,250
总剩余		[美元]	89,978	−31,523	22,995	16,995	16,995	16,995	16,995	16,995
		[　]	61.1%							
基于支付意愿估计的效益										
消费	6	[小时/天]								
户数	150	[　]								
	90	[瓦特/户]								
		[Wh/天/户]	3,601		540	540	540	540	540	540
		[kWh/年/户]	1,314		197	197	197	197	197	197
第二部分支付意愿	1	[美元/kWh]								
	115	[kWh]	767		115	115	115	115	115	115
		[美元/年/户]	767		115	115	115	115	115	115
第二部分支付意愿		[kWh]	548		82.1	82.1	82.1	82.1	82.1	82.1
	0	[美元/kWh]								
		[美元/年/户]	0		0	0	0	0	0	0
总支付意愿		[美元/年/户]	767		115	115	115	115	115	115
		[美元/年]	115,043		17,250	17,250	17,250	17,250	17,250	17,250

表 15-15 成本（+）和收益（-）的分配

项目	消费者	政府	村镇小水电	全球环境基金	总计	全球环境	总计（包括环境）
电力	115,043				115,043		115,043
环境					0	4,783	4,783
收费	−39,974		39,974		0		0
收入损失	−690				−690		−690
拨款			0	−4,783	0		0
资金成本			−27,455		−27,455		−27,455
运行维护成本			−1,702		−1,702		−1,702
NSL，煤油	2,216	−2,216			0		0
基于资金成本的税收		2,344	−2,344		0		0
总计	76,594	128	8,472		85,195		89,978

专栏 15-1 菲律宾——关于独立小型电网的分析

通过独立小型电网供电的小水电工程并不总是像斯里兰卡的小水电工程那样经济有效的。在菲律宾，柴油发电比小水电成本更低。下表总结了菲律宾国内六个社区的可行性研究结论，在这些地区连接高压输电网被证明是非经济的。

	第一年连接的家庭数	第一年的发电量 kW	内在经济收益率（柴油）（%）	平准化成本 美分/kWh 柴油发电	平准化成本 美分/kWh 小水电
Roxas	1,441	625	**32.6**	15.0	26
El Nido	479	250	11.2	19.1	54
SanVicente	413	185	**19.7**	18.1	39
Taytay	1,216	575	**25.6**	16.1	
Palawan	3,549	1,625	**28.2**	15.3	
Jose Abas Santos	796	310	8.9	21.6	
Malita	1,778	685	**25.1**	16.3	23
Davao	2,575	990	**20.6**	17.6	41

注：粗体为经济可行（内在经济收益率>15%）。

据估算，在菲律宾家庭第一阶梯电力消费（300 kWh/年）的支付意愿为 30 美分/kWh。下图显示了菲律宾的电力需求曲线，是基于对不同发电系统的边际支付意愿的实证研究绘制的。

最高的支付意愿出现在第一部分的用电（约 30 kWh/月），典型代表是 20Wp 规模的家庭太阳能系统。由于在菲律宾对小型电网要征收 15 美分/kWh 的税，因此支付意愿迅速下降——这一点被未通电家庭的支付意愿所证实。

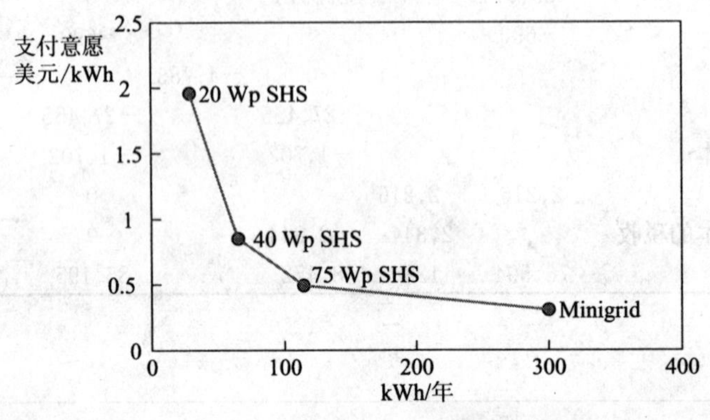

专栏 15-2 越南：回报率的概率区间

评价一项已建成投产工程是否实现了其建设目的，简单的经济回报率计算就已足够。但是，如果要评估一项尚未实施的工程（此时数据的确定性较低，而且可能存在一系列可选的工程），则需要更精密的计算方法。蒙特卡罗模拟是一种常见的方法，在该方法中，每个关键参数都以概率分布的形式输入，而不是某个确定值。内在经济回报率将会根据输入假设重复计算许多次（一般来说是 1,000-10,000 次），最后得到一个内在经济回报率的概率分布。

下图是该方法的一个例证。研究对象是越南的小水电工程，这些工程服务于未接入高压输电网络的独立用户。图中列出了每一种发电方式（小水电、电网延伸、柴油发电）的经济回报率的概率分布情况，和每种发电方式的不确定性有关系。概率区间不仅给出了一个内在经济回报率期望值的估算结果，而且给出了风险的概率——即无法达到回报率门槛的概率（也就是 10%线左边、概率分布曲线下方的面积总和）。

表 A15-1 **内在经济回报率**

		BatMoT	GiapTrung	ThongThu	PhuNam
水电	(%)	11.9	13.4	14.3	15.0
电网延伸	(%)	12.1	**14.7**	7.3	14.4
柴油发电	(%)	**16.1**	12.8	**18.4**	15.7

表 A15-2 内在经济回报率＜10%（门槛）的风险

		BatMoT	GiapTrung	ThongThu	PhuNam
水电	（%）	27	**4**	**11**	**14**
电网延伸	（%）	20	8	98	20
柴油发电	（%）	**18**	26	18	28

这个例子说明了内在经济回报率的概率分布要优于一个确定的估计值，而且期望回报和风险之间的权衡也是必要的。

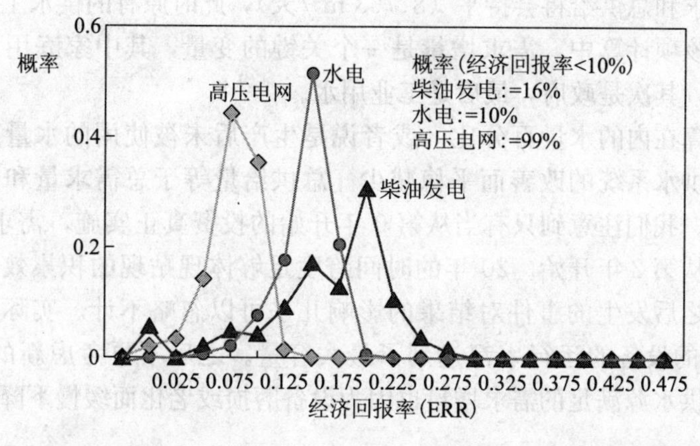

总而言之，实际获得的经济收益基本上要大于之前的估算。首先，容量因子总是会显著高于预计值——因为发电系统的大小是基于平均旱季径流量。其次，实际资本成本会比预计值要稍微小一些。最后，通电之前的煤油和电池支出自 1996 年之后便显著增加了，因此对于电力服务的支付意愿要高一些。从经济的视角来看，村镇水电系统带来的经济收益较大，短期内应该在无法接入高压输电网络的地区继续推行。

15.5 一项对非洲贫困农村推行的供水工程的评估

本节将对一项在非洲贫困农村实行的简单农村供水工程进行分析（Munasinghe，1977、1992b）。主要采用成本—效益方法进行经济定量分析（见第 3 章）。分析的内容包括：需求预测、最小投资成本项目、内在经济回报率（IERR）、供给成本增量及价格。重点在于研究如何在最优决策中利用需求、成本、效益数据。评估中同时也考虑了经济和环境，但是只是定性的考虑。

15.5.1 用水需求预测

表15-16列出了供水工程涵盖地区的需求预测（见第14章，附表A14-2列出了需求的具体细节）。从第2、3列的总人口和总需求，可以大致推算出工程的总规模。供水需求的增加带来了新的投资，包括替换现有的、将来无法满足供水需求的供水源。从第1年到第2年，每天的用水总需求仅增加了413m³（从4,548 m³/天到4,135 m³/天），而新投资项目能满足的总需求增量为700 m³/天，多余的供给量将用于替代原有供水工程。到第11年，总需求和总供给将会持平（8,763 m³/天），此时原有的供水工程全部被取代。在该项计算中，需求增量是一个关键的变量，其中家庭用水是最重要的需求，其次是政府，最后是工业用水。

未计算在内的水量百分比（或者说是生产后未被使用的水量所占的比例）由于供水系统的改善而平稳减少。总供给量等于总需求量和未计算水量的总和。我们注意到只有当从第0年开始的投资真正实施，需求（供给）增量才会从第2年开始。20年的时间跨度足够体现贴现的积累效应，使得在该时期之后发生的事件对结果的影响几乎可以忽略不计。实际上，在第16年所有的设备的运行率都达到了最大容量。之后不再考虑新的供水源，而由现有供水源满足的需求增量也因为设备磨损或老化而缓慢下降。

15.5.2 成本最低的投资项目

为了简化问题，我们假设存在两个可行的最优选择。它们是：

(1) 先有一个蓄水池，然后有一系列钻孔；

(2) 先有一个钻孔，然后有一个蓄水池，再后面有一系统钻孔。

当地有充足的、可利用的地下水源和地表水源，因此并不用担心因为水源枯竭而产生的成本（例如由于水位降低而带来了水泵成本的增加）。因为地下水枯竭而产生的成本见第12章。

我们希望能够选出成本最低的方案（也就是成本净现值最低的方案）。本研究（和其他大部分案例研究）中本来应该有两个以上备选方案，但是为简便起见我们只比较了两个不同方案用来描述研究方法，其基本原理同样适用于两个以上方案的比较。

表15-17列出了第一种方案的成本分解。第二种方案的成本构成稍微有点不同。一些在所有方案中均相同的确定成本（例如，选址、操作、维护和连接的成本）可以不考虑在内，也不会影响最低成本分析的最终结果。然而因为计算回报率和边际成本的需求，表格中还是列出了这些成本数值。本研究中还运用了第3章所述的影子价格计算法。所有的成本都根据1990

年的实际价格换算成当地的货币单位（L）。引用的官方汇率为 1 美元＝1L。被记为“直接进口”的两列为净收费和净税收，根据官方汇率转换为边境价格。当地建设部门投入从国内市场价格转换为边境价格（施工转换因子为 0.85）。相似的，当地交易商品使用的投资转换因子为 0.9。

电力投入也从国内价格转换成边境价格，其转换因子是 0.8。使用调整后的边境电力价格可用于反映电力供给的长期边际成本（见第 14 章）。最后，当地劳动投入根据 0.85 的影子工资比（或劳动转换因子）被转换成劳动力边境价格。总影子工资比（SWR）是根据 75%权重的技术劳动力（SSWR 为 0.95）和 25%权重的非技术劳动力（USWR 为 0.55）计算得到的。最后，所有有关直接进口和边境价格成本的数值加总得到最后一列的数据，也就是方案 1 的总成本（边境价格）。第二种方案的成本分析也是同样的步骤。

表 15-18 列出了两种备选方案依据不同贴现率的计算的成本流现值。很显然，贴现率从 0 到 20%的范围内，方案 1 要优于方案 2（即方案 1 的现值要低于方案 2）。本案例中，资本的机会成本降低了 10%-12%。因此，第一个投资方案被选定为成本最低的方案。

15.5.3 成本、收益和内在经济回报率

理想情况下，可以根据消费者的支付意愿来估算因为供水增加带来的效益（也就是需求曲线之下的面积——见 3.3.2）。然而，在本案例中无法获得需求曲线，所以根据使用者利润的增加来计算项目收益的增加。然而，这种计算方法忽略了消费者剩余，得到的是收益的最低值。社会外部性和环境外部性难以货币化，所以在成本—效益分析中常常不做考虑（见 3.3.5 节）。

表 15-16 列出了根据用水供给增量计算的利润（收益）流的增量。从第 2 年、也就是初始投资后 2 年开始产生消费增加的收益。家庭用水增量（m^3）乘以平均家庭水费（0.32L/m^3）以获得相应效益（根据国内价格）。这部分国内价格形式的收益可以用 0.8 的消费转换因子转换成边境价格（见附表 A3-1）。相似的，政府用水和工业用水的收益也可以通过计算得到（用水量乘以平均水费 0.28 L/m^3）。这些收益同样可以转换成边境价格形式（由于不存在政府和工业的转换因子，所以使用标准转换因子 0.85）。家庭、政府和工业的收益加总得到总工程效益（边境价格形式）。

工程的内在经济回报率（IERR）就是使得经济成本和收益流现值相等的贴现率，在本案例中，该数值为 13%-14%之间。由于资本的机会成本（OCC）在 10%-12%之间（如之前所列），所以内在经济回报率>资金机会成本。这意味着收益的净现值（NPV）为正，该投资方案可行（3.2.1 节）。

15.5.4 供给的平均成本增量和定价政策

供水长期成本边际（LRMC）对于资源有效分配非常重要（14.3 节）。由于投资是不稳定的，所以可以用平均成本增量（AIC）来估计 LRMC。

所以，我们可以写出：LRMC＝AIC＝PVC（OCC）/PVD（OCC）；此处 PVC（OCC）为成本以资金机会成本水平贴现后的现值，PVD（OCC）为需求增量以资金机会成本水平贴现后的现值。

AIC 的数值范围为 0.210L-0.222L/m^3（边境价格），贴现率为 10%-12%。如第 3 章所列，将 AIC 数值按政府和工业消费者的标准转换因子（SCF＝0.85）进行转换，得到基准长期边际成本范围 AIC_{GI} 为 0.248-0.261L/m^3（国内价格），该数值可以与现有的平均收费水平相比。相似地使用消费转换因子（CCF＝0.8）可以得到家庭消费者的长期边际成本（国内价格）为 0.263-0.278L/m^3。

一般对于政府/工业和家庭的平均收费分别为 0.28L/m^3 和 0.32L/m^3，两者都略高于上文计算得到的相对的基准价格 AIC_H 和 AIC_{GI}。

表 15-16 需求预测

年份	总人口 (10^3)	总需求 (m^3/day)	新水源对需求满足的增量（m^3/day） 家庭	政府	工业	总计	未计算水量 For (%)	Total Incremental Supply (m^3/day)
0 (now)	121.5	3,717	0	0	0	0	20	0
1	125.7	4,135	0	0	0	0	20	0
2	130.1	4,548	420	210	70	700	20	875
3	134.6	4,983	900	450	150	1,500	20	1,875
4	139.4	5,416	1,356	678	226	2,260	20	2,825
5	144.2	5,904	1,860	930	310	3,100	20	3,875
6	149.0	6,350	2,328	1,164	388	3,880	19	4,790
7	153.9	6,796	2,760	1,380	460	4,600	19	5,679
8	158.9	7,250	3,030	1,515	505	5,050	19	6,235
9	164.2	7,647	3,476	1,737	579	5,793	19	7,152
10	169.7	8,134	4,035	2,017	672	6,724	18	8,200
11	175.3	8,763	5,258	2,629	876	8,763	18	10,687
12	180.9	9,328	5,597	2,798	933	9,328	18	11,376
13	187.0	9,892	5,935	2,968	989	9,892	18	12,063
14	193.1	10,600	6,360	3,180	1,060	10,600	18	12,927
15	199.6	11,300	6,780	3,390	1,130	11,300	18	13,780
16	207.0	12,000	7,200	3,600	1,200	12,000	18	14,634
17	不考虑当期之后的需		6,667	3,333	1,111	1,1111	18	13,550
18	求增加，因为该部分不		6,173	3,086	1,029	10,288	18	12,546
19	由本文分析的供给源		5,716	2,858	952	9,526	18	11,617
20	来提供		5,292	2,646	882	8,820	18	10,756

表 15-17　　方案 1 的供给成本

年份	投资成本（10^3L）(1)			操作和维护成本（10^3L）(1)							总成本（10^3L）
	直接进口 (2)	当地建设 (3)		直接进口 (2)	当地投资商品 (4)		电力 (5)		当地劳动力 (6)		
		国内价格	边境价格		国内价格	边境价格	国内价格	边境价格	国内价格	边境价格	边境价格
0	300	200	170.0	0	0		0		0		470.0
1	200	133	113.1	0	0		0		0		313.1
2				6	3	2.7	2	1.6	10	8.5	18.8
3				14	7	6.3	4	3.2	25	21.5	45.0
4				20	10	9.0	6	4.8	35	29.8	63.6
5				32	20	18.0	14	11.2	60	51.0	112.2
6				44	32	28.8	28	22.4	90	76.5	171.7
7				56	48	43.2	42	33.6	110	93.5	226.3
8	30	20	17.0	60	56	50.4	50	40.0	150	127.5	324.9
9	75	25	21.3	88	85	76.5	81	64.8	195	165.8	491.4
10				92	96	86.4	95	76.0	250	212.5	466.9
11	120	40	34.0	97	106	95.4	106	84.8	275	233.8	665.0
12				103	114	102.6	114	91.2	300	255.0	551.8
13	150	50	42.5	110	125	112.5	125	100.0	315	267.8	782.8
14				115	136	122.4	136	108.8	340	289.0	635.2
15				119	145	130.5	145	116.0	360	306.0	671.5
16				110	134	120.6	134	107.2	335	284.8	622.6
17	30	20	17.0	102	124	111.6	124	99.2	316	268.6	581.4
18				94	113	101.7	113	90.4	280	238.0	524.1
19				87	105	94.5	105	84.0	260	221.0	486.5
20				80	97	87.3	97	77.6	240	204.0	448.9

（1）所有成本均转换成 1990 年实际价格的货币单位（L）。官方汇率水平为 1 美元＝1L；（2）净收费和净税收，边境价格；（3）施工转换因子＝0.85，用于所有当地建设施工部门（包括劳动力）；（4）投资转换因子＝0.9，用于当地商业投资；（5）电力转换因子＝0.8，用于电力投入。理想情况下，边境价格应当反映电力供给的长期边际成本；（6）劳动力转换因子或者影子工资比（SWR）＝0.85，该数值为加权平均值：非技术 SWR＝0.55，技术 SWR＝0.95。

表 15-18　　供水延展方案的比较

贴现率（%）	总成本现值（10^3L）		
	方案 1	方案 2	差别
0	8,721	9,134	413
5	4,971	5,267	296
10	3,134	3,321	187
20	1,639	1,649	10
30	1,129	1,018	−111

均衡贴现率为 20.5%，资本机会成本 10%-12%。

经济效率和财政可行性都是资源定价政策的主要目标（见 14.2.1 节）。前面的计算显示了现行水价与经济有效性目标下的价格水平非常接近。因为实际收费水平略高于AIC，所以在被研究时期内的利润增量超过了投资成本，证明财政上也是可行性的。如果财政、社会政治和其他约束允许，我们可以证明总收费水平的小幅度下降是正确的（仅出于经济有效性的考虑）。然而，如果要确定具体的税收水平及结构，应当进行一个更全面和深入的定价研究（见第14章）。

第 16 章

本地应用—灾害、灾难与城市增长

可持续减灾与灾害管理

亚洲城市长期增长的可持续性

城市脆弱性、自然灾害和环境退化

北美和欧洲的发展更可持续范例

本章我们将运用可持续经济学的框架分析更多的地方问题如灾害、灾难以及人口密集城市区域的增长持续性。16.1节将阐述不可持续的人类活动弱化了环境承载能力并对环境造成损害，以及其如何加剧了灾害对社会经济及生态系统的破坏性影响。此外，还将介绍一套主流的用于国家发展中应对灾害和减少损失的管理办法——可持续减灾与灾害管理（SHARM），包括具体的救助、恢复和减灾步骤（包括规划、预案、防范）。这节还将分析灾难与可持续发展二者之间的相互联系。16.2节中可持续减灾与灾害管理方法将用于评估现代历史中最大的灾难性事件——亚洲海啸的影响，此次灾难造成了五个国家（印度、印度尼西亚、马尔代夫、斯里兰卡及泰国）超过25万人的死亡。本节分析其对于宏观经济、脆弱地区、就业生计、贫困、妇女儿童以及环境的影响，并找出适当的应对措施。通过对比2004年亚洲海啸对斯里兰卡的影响和卡特里娜飓风对新奥尔良造成的影响，提出了一些关于应对灾难时社会资本角色的重要问题。16.3节阐述了关于亚洲城市长期增长可持续性的一般性问题，这些问题主要是由于人口增长以及空气、水、土壤污染引致的。进而讨论了针对这些问题的政策选择，特别是在迅速膨胀的超过百万人口的大城市。16.4节中，我们研究得出城市发展加剧了自然灾害（如洪水、滑坡和地震）的破坏，并给出了里约热内卢的一个研究案例。最后，16.5节给出了加拿大、欧盟两个发达国家（地区）更具可持续性的发展示例。

感谢C. Clarke对本章的重要贡献。本章从其著作中获取了部分素材，包括Munasinghe, M. 与Clarke. C 1995年在美国华盛顿世界银行和联合国发布的*Disaster Prevention for Sustainable Development: Economic and Policy Issues*，Munasinghe，M. 1997年在瑞士日内瓦的减少自然灾难十年（减灾十年）大会发布的“Sustainable long term growth: prospects for Asian cities”，以及在同年12月在中国台湾发布的*Proc. of APEC Seminar on Sustainable Cities*，2005年在斯里兰卡科伦坡的Munasinghe发展研究所和联合国开发计划署（UNDP）区域中心发布的*Macro and Micro Impact of the 2004 Tsunami on Affected Countries and Peoples*.

16.1 可持续减灾与灾害管理

本节基于可持续经济学原理的框架，研究灾难与可持续发展之间的联系。提供方案步骤帮助灾难研究专家、发展研究专家和决策者识别减少灾难侵害和潜在损失的方法——使发展更可持续（MDMS）。

16.1.1 灾害、脆弱性与灾难

自有文明以来，人类社会就与自然环境和灾害灾难密切联系着。灾害与不断恶化的环境都始终威胁着人类的发展。人类与自然的关系历经了很多阶段，从一开始的史前共生时期，经由自然侵害逐渐减弱、人类凌驾于自然之上的工业化时期，发展至今。但是，20 世纪资源密集的快速增长又使得灾害风险增加，同时使得一些群体（特别贫困人群）在面临灾难时更为脆弱。

灾害指的是危害持续发生的一些极端事件，包括自然的和人为的（图 16-1 与专栏 16-1）。当灾害袭击脆弱人群（尤其是贫困落后地区的）时，后果会更加严重。图 16-1 的左边（灾害—灾难区域）指的是灾害，即具有潜在风险的事件，在脆弱地区会导致极大损害。一旦灾害发生，那么在可持续发展区域将对人类和自然系统造成重大损失，需要进行恢复。而且，灾害对人类和自然系统的损害将持续影响以后的发展。同时，一些与灾害无关的人类活动也影响了人类和自然系统。最后，不同的人类发展路径将提高或降低脆弱性和未来发生灾难的可能性。

可持续减灾与灾害管理旨在通过将灾难应对和减少灾害管理一并纳入到可持续发展战略中来减轻灾害损失。如图 16-1 所示，可持续减灾与灾害管理的目标是识别出如何发展才更可持续——通过规划、预案、防范实现

从灾害中更快恢复（事后），降低脆弱性（事前），降低未来灾害的可能性（事前减少灾害发生的可能性）。这个方法与第 5 章图 5-1 中的气候变化适应与减轻损害方法是平行的。事实上，可持续减灾与灾害管理将进一步应用到应对长期气候相关的极端事件带来的挑战中。

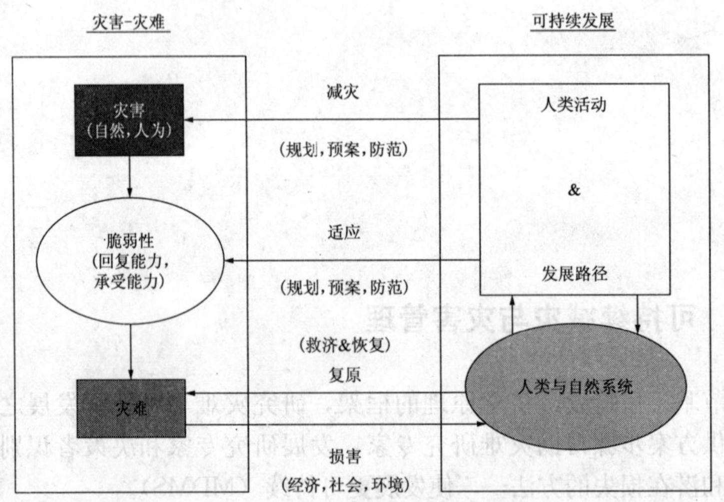

图 16-1 灾害、灾难与可持续发展关系循环图及可持续减灾与灾害管理的作用

资料来源：作者。

专栏 16-1 灾害、灾难，脆弱性及可持续减灾与灾害管理

灾害：

能造成重大潜在损害和损失的极端事件。自然灾害与自然因素相关（如地震、洪水、暴雨、海啸等）。人为因素引致的灾害常常与工业有关（如石油泄漏，化学或核事故等）。灾害发生的量级和可能性越大，灾情风险也越大。

脆弱性：

社会经济与生态系统对灾害的敏感性与不能抵抗的程度。如果系统更为脆弱，则其在灾难中所受侵害与损失也更大，恢复起来更慢且缺乏适应能力。

灾难：

发生在脆弱的部门或地区并引发严重损害的灾害，造成死亡、贫困、环境恶化及正常社会与自然功能的破坏。

可持续减灾与灾害管理（SHARM）：

将灾害减少措施纳入到可持续发展战略中以减少灾害损失的实用管理框架。一些特殊的措施旨在通过加强恢复能力，降低脆弱性（事前），更有效地应对灾害（事后），使得发展更可持续。

16.1.1.1　自然灾害分类

自然灾害从广义上说来源于两个方面，一类是气象灾害（洪涝、干旱、暴雨等），另一类是地球物理灾害（地震、火山爆发及海啸等）。由于发生频率和是否能被预测方面存在差异，它们对于人类发展和经济有着不同程度的影响和损害。

气象灾害和气候变化相关，有周期性特征，因而经济与社会活动可进行相应的适应准备，如孟加拉在洪涝或干旱地区种植特殊品种作物，并采用相应的种植模式。气候气象记录使得投资及生产决策可以考虑到风险分担，比如针对降雨量变化和极端情况做不同的用水安排，建造防洪设施。

预测失败也会导致高昂的代价，例如过多的资金用于海啸相关的损害防护，而保护港口的设施与道路建设的资金却不充足。在多米尼克的加勒比岛，从 1979 年的大卫海啸到 1999 年的伦尼海啸之间的时段，过多的公共开支都用于维护和翻新。由于管理不善，南非水利电力系统因为极少降雨（Kariba，1991-1992）或大量降雨（Caboro Baso，1999-2000）造成了极大的经济损失，这说明提高科学决策能力是必要的。人们普遍认识到，气候变化的潜在影响使得不确定性与风险增加，决策也应当相应地更为敏感（第 5 章）。

地球物理灾害大多数都是小概率随机事件。20 世纪 80%以上的火山喷发在历史上都找不到爆发先例，包括从 1902 年蒙特贝利火山喷发导致马提尼克首府圣皮埃尔几乎全城覆没，到 1995 年蒙特塞拉特火山持续喷发导致该岛 90%以上的人口被迫迁移。至今，在一些火山活跃区域，火山爆发仍会导致大量死亡、破坏、公共财产及私人财产的损失。随着经济增长和城市膨胀，更多的人口及资产都面临地震灾害的风险，如同土耳其的马尔马拉和日本的神户。2004 年印度洋海啸中，沿海城市化地区面对地震及火山活动引发的海啸时尤为脆弱（16.2 节）。

不同的地理位置地区承受灾害的能力不同，这是一种自然决定的经济脆弱性。海岛经济经受不起灾害事件，如蒙特塞拉特（面积 102km^2；火山爆发前人口为 1 万）在 1994 年蜡包尔火山爆发中受到重创，但巴布亚新几内亚群岛（700 个岛屿；面积 46.3 万 km^2；人口 420 万）在同一场灾害中所受的影响就要小一些。多米尼克（面积 751 km^2；人口 7.5 万）的国家经济屡屡遭受海啸的破坏。但海啸发生更为频繁的菲律宾（7,200 个岛屿；面积：29.8 万 km²；人口 7,600 万）却并未因此造成很大的国家经济损失。

16.1.1.2 影响

在过去的 20 年间，诸如地震、火山爆发、滑坡、洪水、热带暴雨、干旱、蝗灾等自然灾害造成了 300 万人死亡，有约 10 亿人受伤、感染疾病，流离失所遭受贫困，还造成价值数亿的物资损失。20 世纪 90 年代早期，每年全球因灾难而造成的损失平均约合 5,000 亿美元（IFRC，1996），在 1995-2000 年间损失加倍（Munich Re，1996）。

这些事件都一再显示了灾害的影响——人员伤害和经济损失都在持续快速增长。20 世纪 50-90 年代，全球报道的“自然”灾害损失增加了 15 倍。1995 年神户地震，灾害造成 1,780 亿美元损失，相当于全球一年 GDP 产值的 0.7%。在受灾国家，损失甚至可能超过国内产值和政府商业信贷资本，例如：1990 年洪都拉斯的米奇海啸造成人均 1,250 美元的损失，而当地的人均 GNP 仅为 850 美元。近年来的极端灾害事件还包括：2004 年印度洋 9.0 级里氏地震引致的海啸，造成 25 万以上人员伤亡；美国 5 级飓风卡特里娜造成约 2,000 亿美元的损失；2005 年南亚地震导致克什米尔数以万计的人口死亡和 300 万以上的人流离失所；同时，东、西非的作物歉收和灾荒一再威胁当地居民的生存。

1994 年，一个全球性会议——联合国减少自然灾害大会在日本横滨召开，会议主题是减少自然灾害（Munasinghe，Clarke，1994）。后续的会议包括 2005 年在日本京都举行联合国减少自然灾害大会，集中讨论 2004 年亚洲海啸问题。

拥有世界 2/3 人口的发展中国家遭受了最严重的自然灾害损失，90%的自然灾害及其引致的 95%的人口死亡均发生在发展中国家。另外，发展中国家因自然灾害导致的每 100 万人口中的死亡人数是美国的 12 倍。在发展中国家灾难造成的 GNP 损失约为工业化国家的 20 倍。自 20 世纪 60 年代，灾害造成的全球经济损失增加了至少 5 倍。而工业化国家的损失也在持续增长。例如，在保险覆盖度很大的美国，1990-1994 年间自然灾害赔偿款额比整个 80 年代要高出 4 倍之多，而 80 年代又是之前 10 年数目的 4 倍多。脆弱地区人口密集，投资增长，而在减灾投资上又不足，这使得灾害造成的损失越来越大（UNCRD，1994）。

从经济视角来看，一次灾害即是一次“冲击”，造成各方面的综合损失，包括人员、社会资本及物质资本存量，还有创收、投资、生产、消费、就业等经济活动的减少。穷困者受到的影响最大，影响范围也最广。另外，在金融方面，灾害可能对公共与个人开支均有影响。灾害研究人员通常将影响分为直接的和间接的，直接影响包括物资损失（资本存量）和农业渔业产出减少等，间接损失包括经济活动“流量”的改变。

面对灾害的脆弱性是由综合的、动态的一些因素决定的，比如经济结构、发展阶段、主要经济条件和政策环境。在各国，脆弱性会随着高速增长或衰弱的社会经济而快速变化。适当的灾害适应投资与合适的发展模式会使得经济脆弱性降低。而增加灾害敏感性的各项因素也是一个综合的整体，例如在南非，这些因素包括气候多样性（饱受洪涝、干旱灾害）、艾滋病流行以及恶劣的政策环境。

大多数引发灾害的极端事件都是人类不能控制的。一些人类活动增加了灾难的风险性。比如，不安全操作增加了工业事故的发生率（像博帕尔事件或石油泄漏）和环境恶化（如土壤侵蚀和气候变化），这些都会恶化灾害后果。更重要的是，面临灾难时的脆弱程度如何又是由人类活动本身决定的，这些活动包括大规模的城市化、人口爆炸性增长、自然资源耗竭、贫困、人口压力、特定结构的消费、生产和发展。东南亚沿海居住地区由于缺乏事前预警系统（不像监测条件良好的太平洋地区），使得 2004 年海啸造成的损害加剧。类似的，虽然地震是自然发生的灾害，但其造成损失大小和人类的发展活动和发展模式都是有关的。失控的城市增长和城市边缘地带贫民窟扩张、建筑设计及技术的缺乏、土地使用规定的强制力不足等因素都将使得该地区地震发生时，会造成严重的损失。

16.1.1.3　贫困问题

因国家收入不同，其灾害影响也各异。最不发达的国家也是最脆弱的——遭受极大的直接损失。而这些国家的穷人们则更为脆弱，因为社会经济的变化使得他们可能被迫去到灾害风险更大的地方谋生。但是由于数据缺乏，很大比例的直接和间接损失都被低估了，所以经济损失数值上可能看起来低些。

中等收入的经济体更紧密地整合在一起——在部门上和地理上。因此，一个地区所受的负面影响将波及整个经济系统范围。中等收入国家的政府在面临灾害重建和恢复时面临更大的成本，因为国际援助资金更多地流向较为不发达的国家。尽管发达国家在遇到自然灾害时金融资本会遭受较大的损失，但由于灾害应对措施和减灾措施比较到位，总经济损失较少；另外，金融和保险资源也更容易获得。更多的私人财产可以得到灾害保险赔偿，损失将由本地和全球的保险公司共同分担。

环境脆弱性与贫困相互助长：拉丁美洲 80%、亚洲 60%、非洲 50%的贫民居住在生活环境脆弱的边缘地区，面临着环境恶化与自然灾害。偏重于粮食生产和工业生产活动的发展中国家用于减少灾害风险的投资较少。即使是在工业化国家，灾害经济损失表明用于灾害适应的投资增长与脆弱性增长是不同步的。

许多发展中国家也在经历快速的人口增长，伴随而来的是在脆弱带的高度人口密集和投资密集。这些趋势加剧了自然资源和环境的压力，使得人类行动产生的风险更大。在乡村地区，草场过度放牧，森林过度砍伐。薪柴极度缺乏使得森林乱砍滥伐加剧，同时牧场的天然植被也被大量破坏，使得这些地区和肥沃土壤地区相比，它们面临的洪涝和水土流失灾害的风险更大。

在发展中国家，快速的城市化与城市工业活动规模的增长加大了环境压力，同时加剧了居民面对灾害的脆弱性——16.3 节（Kreimer，Munasinghe，1991）。人口和经济快速增长扰乱了生态平衡——见第 4 章（MA，2005）。环境退化和脆弱性之间的联系越来越明显。破坏环境（如砍伐森林）也会使得自然灾害的破坏性更大。极端灾害事件发生的频度和强度与局地和全球的环境退化之间的关联度在上升——第 5 章（IPCC，2001）。环境退化加剧了灾害，进而增加了二次灾害的风险：伴随暴雨而来的洪水和滑坡、伴随洪涝的干旱、伴随干旱而来的病虫害和饥荒。极端天气引致的生态灾害逐步增多，其增长速率比人口增长还快。

因为脆弱性与贫困息息相关，可持续发展缓和贫困的作用也将被灾难弱化。发展中国家和工业化国家的损失差异验证了这个观点。然而，尽管加快发展可以减缓灾害的影响（至少从总量上来说是这样），但不可持续的发展模式——例如资源过度利用、快速城市化、使用对环境不友好的技术——则会进一步加剧这种脆弱性。因此，可持续减灾与灾害管理成为国家发展的一个关键性因素。

16.1.2 主流可持续减灾与灾害管理框架

16.1.2.1 灾害与可持续发展

如上所述，自然与人为灾害都会破坏人类社会发展成果与投资，因此需要进行恢复和重建。极端灾害事件能对长期发展造成深远的负面影响，导致贫困和衰弱。之前很多年，对于自然灾难和环境压力的应对都是后发性的，其特点是不断增加防御措施。而近年来，我们应对灾害风险的态度有所发展，包括进行更多的旨在预测灾害和减轻损失的事前工程和政策准备。这也使发展更可持续。

基本的可持续减灾与灾害管理框架有三个关键步骤——救济、恢复与减灾（3R）。首先，减灾主要集中在事前规划、预案与防范（3P），减少灾难发生的频度和强度，降低脆弱性以控制灾害可能造成的损失。其次，当发生灾难时，救济工作旨在立即减轻人们的损害。以上是短期应对灾害的管理规划，通常持续几天或者数周。第三，恢复是应对灾害的中短期计划，包括居住地损坏建筑和地基的复原、重建，有可能持续几个月或数年。

16.2 节评估了 2004 年亚洲海啸的事后救济和恢复（还在持续）工作，

并根据经验教训，对未来的减灾和防灾提出了相应的事前防范政策建议。

16.1.2.2　分析框架

国家决策者更重视旨在达到经济增长、减轻贫困、食品安全、人类健康和劳动就业等目标成效的传统发展模式。图 16-2 中，可持续发展（SD）被认为是传统发展模式的一种特殊（更为不明朗）形式；其次，环境是可持续发展的组成部分；最后，自然灾害是环境中的一些元素。图中红色的箭头标明了灾害和可持续发展之间的双向联系。表明灾难风险和传统发展活动之间密切联系着，是可持续减灾与灾害管理在现实应用中非常关键的一步，还有识别重要问题并且确定适当的补救政策，在发展地区作出反应也很重要。

在明了可持续减灾与灾害管理措施对于可持续发展的意义后，这些措施应在各国推行，并将在各国决策者和国际发展组织中获得重视。因此，我们从最基础的前提假设开始，最有效的人类灾害防护方法是将有效的措施纳入到发展活动中。更确切地说，可持续减灾与灾害管理旨在将灾害防护措施纳入到国家甚至地方层面的可持续发展战略之中，在更多基础部门、当地组织和个体中付诸实践。因此，它基于可持续经济学的基本元素——包括使发展更可持续，可持续发展三角，跨边界和全程分析工具应用（特别是行为—影响矩阵——2.4.1 节）。

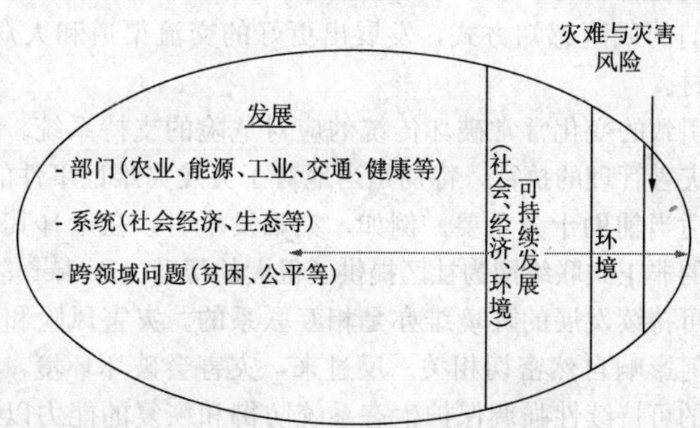

图 16-2　灾害—可持续发展关系图：决策者将灾害视为国家发展战略的一个重要元素，

16.1.3　灾害与可持续发展的双向联系

16.1.3.1　经济、社会和环境视角

如图 16-1 所示，灾害与可持续发展之间是循环联系的关系——灾害对可持续发展有重大影响（与脆弱性有关），反过来，可持续发展路径可以改变灾害风险和脆弱性。灾难从三个维度威胁着可持续发展——经济、社会及环境资本均会被灾害破坏，导致其产生的利润流损失。而以上损失大小则与当地的社会经济和环境系统的恢复力和脆弱性相关。

一些经济发展模式会加剧脆弱性。因而，这种相互联系放大了灾害风险。世界范围内间接受灾人数是死亡人数的 1,000 多倍（Munasinghe，1995）。例如，灾害可以通过资本市场、资本外流、货币贬值、外债增值等方式扩大。发展中国家的经济尤其对国际资本流动敏感，这更凸显了这些国家的脆弱性。经济增长所需的关键因素包括投资、有效政府管理与社会稳定——不幸的是，灾害恰恰会对这些产生负面影响。人造资本与自然资本的流失造成投资失败，灾后救济又增加了政府的经济和管理负担，最后，灾害还会造成社会动荡。

可持续发展的社会维度同样与灾害有双向联系。灾害风险性和脆弱性与社会行为相关。反过来，灾害通过侵蚀社会资本和加剧脆弱性来破坏可持续发展。因此，社会经济系统的恢复能力可以通过事前的灾情预测、事先预防和适应来加强，更宽泛地说，通过使发展更可持续来实现上述目标。16.2 节（专栏 16-1）中说明了应对灾害时社会资本的重要作用。

自然灾害的影响更多地被穷人承担，在面临风险的社区有效执行和运用措施能降低该社区面对灾害的脆弱性。社区必须直接识别出可用的具体办法并且对预期效果进行评估。当地方社区、政府和工业部门联合执行可持续减灾与灾害管理时，效果最佳。更好的公共预警是十分重要的。因而需要了解人们的风险感知方式，发展出更好的交流渠道和大众咨询模式，应该就地取材。

城市化引致的变化常常破坏传统的应对危险的支持系统。对于加强可持续减灾与灾害管理的执行，特别是当地对于突发灾难性事件的快速应对，分散决策和适当辅助十分重要。例如，灾难发生时，在土耳其城市贫民窟居民中建立的非正式联络网为社区提供了很大的帮助（Parker 等，1995）。

灾害和可持续发展的环境维亦是相互联系的。灾害风险和脆弱程度与发展活动如何影响自然密切相关。反过来，灾害会破坏环境，妨碍可持续发展。环境的可持续性强调保护生态系统防御和恢复的能力以适应外部冲击和灾害侵袭。大多数灾难都是人类难以控制的，而近来的人口与经济发展趋势都是有违生态系统的（第 4 章），这将进一步增加生态系统的脆弱性。

脆弱性和贫困会相互助长，发展中国家往往面临着最为严峻的自然灾害威胁。对于脆弱性的分析必须包含贫困、社会政治边缘化、社会安全网缺乏和其他社会、政治经济指标，这些都将影响人们面对灾害风险时的反应行为。通常，低下的社会经济地位会使极端性灾害事件产生致命的严重后果。到 2025 年，80％的人口居住在发展中国家，其中将近 60％面临极端事件时十分脆弱，易受侵害（Munasinghe，Clark，1994）。

16.1.3.2 政策含义

在做投资决策时，需要同时兼顾经济因素和灾害风险（例如，基础设施和房屋建造应该能够抵挡得住极端事件中的冲击），并且通过保险手段分摊风险和成本。为阐明有效的措施，费用—效益分析需要包含外部性的分析。当价值评估难以进行时，进行多准则分析能降低风险和成本。

精确和重要的信息需要广泛地传达给处在风险中的人们。在科技发达的国家，提高预警和有效预防减少了人员伤亡。这表明发展中国家在这方面还需要提高能力。

只有在有效管理框架下，措施才能被有效执行。对于发展中国家，普及保险计划中重要的一方面就是应该使保险包括所有自然灾害保险，并通过政府再保险来保障保险市场，并对穷人进行保险补贴或提供低成本保险。因此，保险可用于提高抗灾能力和降低脆弱性。其他基于市场的控制机制（价格与赋税）也可以用于此类援助。优化制度安排也是很重要的，例如更好的城市规划管理。重点是要在服务基础上提供更多的综合环境保护。

一个国家应对此类不可预测事件的能力取决于该国评定潜在损失的能力。费用—效益分析是一个有用的方法，但需要注意如下问题：精神损害、预期的作用、对效益的低估等（由于不确定性，信息不充分或缺乏计算方法）。当风险更大、减灾成本更大的时候，对于单个国家尤其是穷国则会缺乏相应的激励。国家之间的合作则变得更为有意义。

最后，基于可持续减灾与灾害管理的综合处理方案包括以下部分：减灾、救济与恢复。通常，灾害发生的时候关注救济与恢复，但是最有效的改善则是通过事前减灾来实现的，包括规划、预案、防范。即使是在恢复阶段，也需要实施好的减灾措施，而不仅仅是进行重建。例如，世界银行（2004）估算，在 20 世纪过去的 40 年中，31.5 亿美元被用于控制中国的洪水灾害，却有效防止了 120 亿美元的损失。

在存在风险的社区必须实施有效的降低脆弱性政策，识别当地适用的办法，并且有效实施已颁布的规定。可持续减灾与灾害管理的执行在地方社区、政府和工业部门的运用都收效良好。更好的公共预警是十分重要的。需要了解人们的风险感知途径，从而发展出更好的交流渠道和大众咨询模式，要就地取材和利用传统的支持系统。最后，从可持续减灾与灾害管理中获得的经验需要推广到其他阶段和不同国家，用于未来的灾难应对。

16.2 2004 年亚洲海啸——初步评估

本研究采用可持续减灾与灾害管理框架回顾并评估了 2004 年亚洲海啸中五个受灾国家（印度、印度尼西亚、马尔代夫、斯里兰卡及泰国）的损失，进而总结经验使得未来应对灾害时减少潜在的影响和损失（MIND，2005）。并全面剖析2004年海啸的影响，提出推行可持续发展以抵抗灾害，在未来决策时通过防御和管理，采取事前减少灾害的策略。更宽泛地说，我们基于近年来的经验寻求灾害与可持续发展之间的现实联系，企图促进灾害研究专家、发展研究者及决策者们关于在长期减少潜在灾害损失和可持续发展脆弱性的对话。

在2.4.1节，国家层面可持续发展战略中的主流管理方式可持续减灾与灾害管理将纳入一种更为系统性的方法——行为—影响矩阵（AIM）。第3章、第4章进一步阐述了海啸发生后的恢复活动应当被纳入全面的可持续发展评估（SDA）。但是，这样一种细致的分析超出了预评估的范围。表16-1显示了每个国家主要的经济、社会和环境影响。接下来，我们将分国家、部门、主题来全面地看其影响：（1）宏观经济和保险市场；（2）渔业、旅游、农业、中小企业和其他部门；（3）就业；（4）贫困与差距；（5）妇女、儿童及不同族群的心理影响；（6）环境；（7）总结与政策含义。

表16-1 海啸影响：经济、社会与环境

	社会			经济			环境		
	死亡人口（%总人口）	人口迁移（千）	新增贫困人口（千）	损失/百万美元（%GDP）	事业人口（千）	GDP增长（灾前/灾后）	珊礁	树林	土地盐碱化
斯里兰卡	35,000（0.2）	517	287	1,500（5.2）	400	5.5（5.2）	低	中	高
印度尼西亚	16,400（0.07）	704	1,035	5,000（2.3）	600	5.2（5.5）	低	低	高
泰国	8,000（0.01）	60	24	235（0.8）	100	6.6（5.6）	低	中	高
印度	16,000（0.001）	650	644	1,070（0.3）	2,700	6.0（6.8）	低	低	高
马尔代夫	<100（0.02）	13	39	470（53.1）	25	5.0（1.0）	低	中	高

资料来源：MIND（2005b）。

16.2.1 宏观经济影响和保险市场

海啸对关系国计民生的生产部门（包括农业、渔业、旅游业和小企业）产生重创，对宏观经济产生了极其关键的一些影响。其影响程度与受灾部门的经济冲击应对能力以及经济独立性相关。一般来说，经济结构具备多样性的国家相对那些经济部门单调的国家更有抗灾优势。国家政府及地区管理者们同样都面对着极大的灾后经济与管理困难，因为需要将其他部门的资源调配到预算外的救济和重建工作中。许多基于海洋资源的经济活动都受到影响，另外在人口密集的海岸地区，公路桥梁、水利电力等基础设施也被海啸严重破坏。

尽管政府和私人部门在重建上的投入将部分抵消灾难对于经济增长的负面影响，重建带来的持续增长对于新的发展并不会产生真正的贡献，因为这些投入仅仅是填补灾害带来的大坑。

在斯里兰卡，海啸在渔业、农业、旅游业和小企业中造成的损失高达1.5亿美元。海啸对当地经济、民生和生活方式产生了很多影响，但对于经济增长的影响却不大，因为这些在GDP中所占份额不大。在泰国，据2005年8月的估算，灾害导致2005年的增长下降了4%。据亚行及国际货币基金组织的事前估算，这个数字则应该是5.5%。该国目前的经济增长减缓不仅是因为海啸损害，还有国际油价提高、干旱、禽流感、石油暂时停产、为未来产能扩张做准备的石化钢铁企业停产，以及南部三省局势动荡等原因。

尽管印度尼西亚受灾省份情况严重——造成约合500万美元的损失，但海啸对印度尼西亚的GDP增长影响并不显著（仅减少了0.25%），2005年该国的增长率约为6.8%。但是，受灾的四省、安达曼、尼科巴群岛沿海的渔业、农业和小企业等经济活动都遭到毁坏性打击，损失逾10亿美元。与其他国家不同，海啸对马尔代夫的影响是全国性的，摧毁了旅游业和渔业等支撑产业。对该国的长期影响还要看这两个支撑产业的恢复情况。因为海啸对马尔代夫GDP的影响高达33%，总体增长和其他宏观经济指数均受到极大的影响。

16.2.1.1 政府收支

政府在救济分配和生计恢复等方面发挥了更大的作用，因为保险赔偿率非常低，而穷人又是主要的受灾群体。捐赠者、私人部门和全社会都慷慨解囊。截至2005年11月，印度尼西亚、马尔代夫、斯里兰卡接收了约10.5亿美元的捐赠承诺。不同于此前灾害后的情况，此次在捐赠承诺中截至当年11月就有75%的款项到账。泰国和印度拒绝接收救济和援助资金，而仅仅接受基础设施重建贷款。

由于主要的经济部门（如旅游业、渔业、农业）均受影响，国税和地税对于这些部门的收入都减少课税。除马尔代夫以外的所有受灾国家都有很好的多种经济支撑产业。因此，受灾减少的政府收入可以通过其他生产部门来弥补。

16.2.1.2 通货膨胀

因为灾后重建的大量资金流入以及大量外来、当地工作人员增加，推动了受灾当地以及全国的物价上升。另外，受灾国家还受到全球范围内石油涨价的影响。但是，中央银行通过控制货币供应有效地控制了通货膨胀。

16.2.1.3 外汇储备和外债

由于2005年前期的油价高涨，上半年进口增加，但海啸对制造业的出口却未造成明显影响。总的来说，灾后重建和恢复所需进口的物资造成了2005年贸易赤字。除马尔代夫外，其他国家外币储备均未受影响。

受灾国家被允许延期偿付贷款——主要是来自巴黎俱乐部的外债。但是，捐赠者拒绝将捐献款项用于抵消债务。国际货币基金组织、亚行、欧盟和世界银行因而提供了大量贷款给受灾国家。泰国和印度都有大量的外部资源，所以都未提出救济贷款的要求。泰国还拒绝了灾后恢复的经济援助。

16.2.1.4 劳动力市场

海啸极大地破坏了受灾国家的民众生计。就业率受到旅游业受损、渔船减少、小企业和农田的破坏等因素的影响而下降。在这些国家的建设部门，基础设施的灾后恢复和重建又提供了就业机会。

16.2.1.5 保险市场

由于保险率很低，投保损失主要是由受灾面决定的。2005年1月，Swiss Re估算了其数目约为50亿美元。更近的一些估算数字在25亿-40亿美元之间，而整个经济损失在130亿-140亿美元之间。从中我们可以认识到，应对未来灾害，脆弱团体的风险转移十分重要。

16.2.2 各部门影响

沿海地区的渔业和农业都被海啸严重破坏。各地的受灾情况各异。受灾最严重的经济部门是渔业及水产业。农业部门遭受了劳动力、作物（尤其是水稻）、耕地（由盐分决定）和家畜等多方面的损失。海啸还对马尔代夫等各国的旅游业产生了巨大影响。

16.2.2.1 渔业及水产业

海啸破坏了渔船和该行业的基础设置，造成了沿海地区的数以百万计的小规模渔业经营者的生计损失。沿海水产业装置（渔场、孵卵所、设备和设施）的损失对沿海人口及生态系统均造成了极大的影响。鱼群急剧减少，珊瑚礁被大量摧毁。由于人们对海啸地区海产品莫须有的恐惧感，认为其存在危险性，水产品消费量又随之减少。

16.2.2.2 农业及家畜

受灾国家的主要作物是水稻。当季水稻在海啸袭击前就被种植下去，导致了未来食物供给的短缺。家畜死亡、粮食作物和经济树种都被冲走或者在海水冲刷中死去。耕地因侵蚀、冲刷、沉淀和盐渍化而减产。食物减少和生计困难不可避免，除非农业和渔业重新恢复的方法迅速被研究出来。而农业活动计划及其实施、重建项目需要的物资都非常短缺。家畜栏均被损毁。主要损失的是家禽、猪、山羊、绵羊，还有一些黄牛和水牛。

16.2.2.3 旅游业

沿海的宾馆、观光景点、纪念品商店和交通运营都遭到了破坏。网吧、潜水店、出租车和纪念品销售等与旅游业相关的就业岗位大量流失。伴随着灾害到来，旅游业收入急剧减少。在以旅游业为支撑产业的马尔代夫，影响尤为严重。

16.2.2.4 其他小产业

沿海私人产业（主要是与旅游相关的产业如宾馆、饭店、商店和便利店）也受到严重影响。

16.2.2.5 基础设施

教育：海啸破坏了许多学校和职业培训中心，包括教学设施、器械、工具、家具、书籍和其他馆藏资源，还有一些教学耗材如化学试剂、粉笔和水笔等。

医疗保健：医疗系统所遭受的破坏包括与服务、人力资源、医疗相关的设施（医院、药店、门诊、防疫站、医疗器械、社区医院、救护车、卡车电动车、双层电车等机动车）和医院、商门诊的医药设备。

住房：许多家庭房屋受损急需重建。

电力：电力部门所受影响较小，主要体现在沿海输送网、低压电线和变压器方面。其他设置如变电站、主要输电网和火电站均未受到直接影响。

供水和卫生：许多水井被海水污染。对现有供水系统的破坏被控制在沿海岸线供水管道范围内。

交通：持续涌至的海浪使得桥梁和管道移位。由于缺乏维护，道路受到的破坏还在持续恶化。

16.2.3 就业和生计影响

2004 年海啸中的死亡人数和财产损失记录是现代历史中最高的。雪上加霜的是，灾民缺乏重新就业和获得生计的途径（表 16-2）。穷人的生存问题最为严重。近 645,000 个居民户直接或间接地受灾，包括渔民，旅游商贸从业者、农民、自由劳动者、小商贩、小型企业的员工和非正式部门的其他类别的工作人员。

除了就业损失，当地民众的持续生计资源也受到极大损失，例如耕地、湿地等。

表 16-2　失业人口估算——2005 年联合国需求评估调查

印度	印度尼西亚	马尔代夫	斯里兰卡	泰国
650,000	600,000	25,000	275,000	100,000

16.2.3.1　渔业

尽管在受灾国家渔业对 GDP 的贡献较少，但是提供了捕鱼和相关产业的大量就业岗位。沿海岸的渔业捕捞所受损失最大，而在该部门从业的民众普遍贫困问题使其更为脆弱。在泰米尔纳德邦、班达海、北苏门答腊岛和斯里兰卡，分别有 30010 万和 10 万的渔业相关岗位受到影响。泰国的安达曼沿海地区有约 490 个渔村被毁坏。

16.2.3.2　旅游业

泰国的普吉岛和马尔代夫遭受了最严重的旅游业损失。旅游业是马尔代夫最大的产业，占 GDP 的 33%和外汇收入的 60%以上，为广大的当地和海外居民提供了就业机会。马尔代夫和普吉岛的经验教训昭示了依靠单一行业支撑经济的风险。经济活动的多样化将使就业机会多样，灾害带来的冲击能被分摊吸收。旅游业有多边效应，该行业提供了 2.5 万多个就业岗位。亚奇与北苏门答腊岛不是主要的旅游胜地，因而所受的直接损失较小。在斯里兰卡，尽管旅游业占 GDP 的 2%，但它直接提供了约 5 万个岗位，间接提供了 6.5 万多个就业岗位。在泰国，约 10 万在旅游行业工作的人因海啸失业，并且如果旅游业不能够重振的话，约 50 万人将面临失业风险。

16.2.3.3　农业

沿海地区的作物减产及家畜伤亡对穷人的生计影响很大。在一些地区海啸造成的盐渍化很严重。在班达亚奇地区，据最新估计有超过 60 万人（约合当地就业人口的 25%）失去生计来源。在马尔代夫，农业部门是占 GDP 很少的部门。在斯里兰卡，沿海土地的产量本身也很低。尽管东北部如预期受到了破坏，但对农业产出的当即影响并不明显。但是，土地盐化对农业生产的长期影响仍有待评估。在泰国，六个受灾省份均有作物减产。

16.2.3.4 小产业和临时从业人员

临时从业人员包括临时工、季度工和计时工。因为受灾地区的特定的社会经济结构，这些是受灾人员中最为弱势的群体。海啸暴露了社会组织和安全网对这些人群保护的不足。失业和收入减少是主要的损失。技术工人丧失了工具和设备。许多在社会经济各部门工作的沿海地区居民，包括贸易、工业和小企业，他们都因海啸亦失去了生计来源。所有这些人都需要支持以重新获得生计。

16.2.3.5 恢复工作

考虑到受灾巨大和受灾国家应对灾害能力有限，在生计恢复方面的努力已算是较为成功。国际组织、捐赠者、政府、私人部门乃至全民都一起行动。在灾难中，文化特点和家族体系都显得尤为突出。在所有的国家，早在政府能够调动和安排恢复任务之前，民众就开始承担了最初的救济负担。

非正式经济部门和渔业部门的恢复较快，旅游业和农业的恢复较慢。重建规划需要各层面的努力，包括管理层和中层的。在印度等国家，发展当地经济以保障就业和生计等策略方法还未被很好地运用。恢复中的关键不足之处在于缺乏帮助人们重新就业和获得生计的机制。

政府致力于改善体制结构，并通过赋予执行者更多的权力以改善灾害管理机制。印度政府引入了"事故指挥系统"，创建了六个区域资源中心，并设置指挥中心来协调其工作。在泰国，恢复计划由社会发展和人民安全部出台并联合其他相关部门施行。在斯里兰卡，总理办公室负责恢复和重建工作，同时为灾害管理专门设立了一个部门。

各国都公认技术培训十分重要。一些国家在进行一些更高水平管理的培训。"以工代赈"计划是一个获得成功的策略，该计划为妇女、儿童等弱势群体集资。鉴于一些恢复和重建计划惠及穷人需要很长时间，此类计划能够提供急需的现金。联合国开发计划属鼓励这些计划。斯里兰卡政府为自雇用提供优惠。在所有国家，建设工作带来的就业机会接踵而来。但是，仅有一些大型建设活动在灾后六个月实施并提供工作岗位。小型信贷及其他金融服务帮助一些小企业恢复正常运营。印度、斯里兰卡和泰国都将推广小型信贷作为恢复策略。

16.2.4 对贫困和不公平存在的影响

海啸最致命的影响是贫困。海啸在国家层面的影响不及沿海地区和社区层面的影响那么大。虽然因海啸增加的贫困人口是 200 万，但它使数以百万的穷人变得更加贫穷。表16-3总结了其贫困影响。受影响最大的是印度尼西亚，其次是印度和斯里兰卡。贫困人口比（HCR）最高的是马尔代夫。

表16-3　贫困指标与海啸贫困影响

国家	基年 r	总人口（000）	贫困人口（000）	国家人贫困人口比（%）	新增贫困人口（000）	新贫困人口比（%）
印度尼西亚	2002	212,000	38,584	18.2	1,035	18.7
印度	1999	1,001,000	261,261	26.1	644	26.2
斯里兰卡	1995	17,280	4,355	25.2	287	26.6
马尔代夫	2004	300	66	22.0	39	35.0
泰国	2002	63,430	6,216	9.8	24	9.8

资料来源：表格数据基于国家贫困线和亚行工作人员的估计。

16.2.4.1　恢复情景

未来情景分析（表16-4）显示，如果恢复慢，100万多的人口在2007年底之前都将持续贫困（Hagiwara，Sugiyarto，2005）。恢复速度和贫困影响是由受灾程度、受灾部门、政府反应、政策稳定性和宏观经济管理等因素决定的。快速恢复情景假设泰国的恢复期限为1年，印度和斯里兰卡是2年，印度尼西亚为3年。类似地，缓慢恢复情景中泰国需要3年，印度和斯里兰卡需要4年，印度尼西亚需要5年，马尔代夫的恢复速度将略慢于印度和斯里兰卡（2005亚洲发展展望）。

因为各国的经济、社会—政治、文化结构都有所不同，执行减少贫困政策没有一个简单的放之四海而皆准的蓝图。为了很好地减少贫困，各部门之间必须协调努力。

表16-4　恢复情景

国家	快速恢复情景	缓慢恢复情景
印度尼西亚	345,000	621,000
印度	0	322,000
斯里兰卡	0	144,000
马尔代夫	0	20,000
泰国	0	8,000
总计	345,000	1,115,000

16.2.4.2　恢复和重建

在快速恢复的行为影响矩阵中，“超越恢复”为目标函数，意味着贫困减少优先于海啸后存在的其他问题的解决。中长期恢复和重建为克服缺陷和创建更好的生计提供了机会。受灾区的新投资不仅要抵消灾难在各部门中带来的破坏，还要使用新的方法建设更好、更先进的社区。在重建中需要注意结合以下减少贫困的千年发展目标：（a）清洁饮水；（b）卫生设置；

(c) 教育；(d) 保护弱势群体的“安全网”。

整个计划过程中需要纳入辅助性原则，包括中央政府设立的标准、政策和准则，而且计划执行应从最底层的政府和社区机构开始。中央、地方和当地标准的协调一致十分重要。另外，为了使政策有效执行，所有层级的政府都要致力于管理能力建设。

必须优先考虑使发展更可持续，这不仅强调经济的发展，同时需要兼顾可持续发展的社会维和环境维。现在主要的恢复工作步入了中长期的重建阶段，例如，从“以工代赈”（仅仅靠该计划无法恢复可持续生计）转变为当地经济的重建。但是，一些地方的经济恢复可能需要很长时间。同时，通过为利益相关者提供咨询，并授权在受灾地区和其他可能受灾地区重建社会资本是极其重要的。长期来说，社会资本是增加防灾能力和减少脆弱性的一个关键因素（专栏 16-2）。

印度尼西亚和斯里兰卡均存在政策执行障碍，因为部分受灾地区在叛乱者的控制下。印度尼西亚最初的进程比较慢，因为花了很多时间来建立恢复重建机构，该机构在起初的恢复工作管理中有重要作用。机构成立之后，亚奇地区的独立运动叛乱者和政府达成了协议，该地区的恢复进程如期加速。亚齐和尼亚斯群岛需要全面的重建，计划需要全面兼顾所有的人群。

减少贫困的一项核心工作是重振经济，为流离失所和丧失收入的人们创造工作机会。

专栏 16-2　社会资本的作用：比较亚洲海啸对斯里兰卡的影响及卡特里娜飓风对新奥尔良的影响

2004 年亚洲海啸和卡特里娜飓风的发生相距不超过九个月。抛开两地差异造成的比较困难，它们提供了一些有益的经验教训。

亚洲海啸

印度尼西亚海域里氏 9 级大地震引发的 2004 年海啸是现代历史中最具破坏性的灾害，造成了东南亚 25 万以上的人口死亡。穆纳辛格发展研究所（2005）发布了 5 个受灾国家（印度、印度尼西亚、马尔代夫、斯里兰卡和泰国）关于所受影响的回顾与比较报告。

我们集中讨论斯里兰卡，该国是迄今受灾最为严重的。2004 年 12 月 26 日的短短几个小时间，海啸在毫无预警（因为没有事前预警系统）的情况下夺走了斯里兰卡 3.5 万人的生命（也就是该国每 570 个人中就有一个死亡），并导致 50 万以上的人流离失所（也就是 40 人中就有一个)。无论以何种标准来衡量，对于一个约 2,000 万人口的发展中小国来说（年人均收入仅有 1,000 美元)，这都是一场巨大的灾难。

后果就是接下来几周政府近乎瘫痪。在流离失所的人们中，政府崩溃的传言和传染病一样蔓延开来，对于已处于灾难中的国家更是雪上加霜。但是，公民社会有了空前的凝聚力。海啸发生的几小时内，当地组织就开始在沿海地区进行生还者的搜寻，并在学校和宗教场所（佛教、伊斯兰教、斯里兰卡和基督教）附近建立起难民营，同时私人捐赠的救济物质开始从该国其他地区运送到受灾地区。并提供给生还者水、食物和居住的避难所，数以万计的腐尸也被安全处置以防其造成严重的健康隐患。强抢和掠夺事件极少发生。甚至持续发生的种族冲突也放下战斗（暂时的）一起面对共同的灾难——在为海啸受害者提供及时救济时有很多合作的例子，但是好景不长。

一个公民社会主动性体现的例子就是仅在海啸灾难发生 10 天后穆纳辛格发展研究所（MIND）和其他公民组织就举办了民众咨询会议（ISEE 2005)，交流意见并全面布置灾后工作——救济（短期)，恢复（中期)，减灾（长期)。来自政府、政党、大学、工商界、国际组织、媒体、非政府组织和公民社区组织的 100 多个领导人参加了会议。

这个多边利益相关者论坛有良好的收效。与会者可以交换最新信息并洞悉最新的形势。识别出重要的短缺和需求，避免在及时的救济中可能存在的重复工作。使得合作与联盟建设更加容易，许多参与者都提出建议并付诸实践。进一步识别出对下一步的恢复有用的建议，并特别关注未来通过规划、预案、防范来减少灾害损失。然后递交给公民社会的主权代表——政府一套全面的行动计划，并在接下来几周后（2005 年 1 月）在神户召开的第二次关于灾难主题的联合国世界大会上提交了一个全面的报告。

总的来说，斯里兰卡的公民社会实现了效果卓著的灾难防护，尤其在最初的几周使得整个国家团结一致——显然，在受灾地区甚至整个国家中，早已植根于传统社会组织中的社会资本发挥了关键的作用。数周后，尽管来自国外的救济和捐赠在灾后恢复中分摊了主要负担，但是公民社会依然发挥了重要的作用。

亚洲海啸也显示了社会—经济—环境之间的有趣联系。由于经济基础设施不足，沿海地区穷人的住房十分僻陋，这些房子在海啸中都被吞噬。没有海啸早期预警系统（事实上印度洋海域地区对该现象一无所知）导致严重的后果，否则的话就可以减少很多死亡。

从社会方面观察到一个特殊的现象，穷人比富人在灾害中更坚韧。土耳其地震事件也显示了这个现象（Munasinghe，Clarke，1995)。当极端灾害侵袭，所有人都受到严重的影响。但是，穷人可以更快地恢复到以往的正常状态，反之依赖于自动化和电气化、水、食物和佣人服务的富人难以应对突如其来的缺失。缺乏相关知识也是一个因素。太平洋的岛上居民在海岸线缩进的时候纷纷搬到更高的地方，而斯里兰卡却不是这样，住在浅湾的居民是海啸造成的巨浪潮汐中的第一批受害者。

在环境方面，令人吃惊的是，斯里兰卡沿海地区公园里的野生动物几乎没有受到损失——显然，海啸前的微震给野生动物们提供了灾害预警。据粗略估计，珊瑚礁和红树林之前存在破坏的地区，在海浪中表现得更为脆弱。

卡特里娜飓风

2005 年 8 月底，新奥尔良遭受卡特里娜飓风袭击的情况和上述案例有些差异。庞恰特雷恩湖（音译）和新奥尔良之间的护城堤坝被海浪冲坏，80%的城市被海水冲刷。海湾海岸因飓风所受损失高达 1,000 亿美元，是美国历史上最严重的飓风灾害损失。暴雨导致至少 1,836 人次死亡。新奥尔良人口 150 万，约有 130 万居住城区。飓风袭击前约有 28%贫困人口——在该国的 245 个大城市中（人口百万以上），新奥尔良是第六贫困的（Sherman，Shapiro，2005）。

从地理范围来看，飓风比亚洲海啸侵袭的受灾地区小得多，但造成的社会影响却更大。海啸在黎明前袭击并持续了数个小时，而飓风则持续了一周（8 月 23 日-8 月 29 日），如果有更先进的预警系统和技术、经济资源的话，就可以争取到重要的准备时间。然而，一个 150 万人口的城市（美国总人口为 3 亿，2006 年人均年收入为 4.4 万美元，是世界上最富有和有地位的国家之一）遭受了灾难性打击，使得社会崩溃。在举国和世界的注视下，惊异、恐惧、违法、抢劫等犯罪问题逐渐吞噬了幸存者。警察等政府执法系统因为人员短缺和交通崩溃而难以充分运行。许多遭受暴雨灾害的市民不得不依靠自己对抗贫困。另外，暴力、武力抢劫贵重物品、掠夺生活必需品的违法事件盛行。

新奥尔良后继的救济和恢复工作都致力于弥补前期造成的问题。因为没有及时应对灾害造成的困境（尤其生活供水），没有很好地采取紧急时期管理、环境措施和解决贫困、失业等问题的应急措施，政府遭到严重的谴责。高科技和管理体系重复建设的同时，社会结构的脆弱性导致了更多更严重的社会资本长期问题（紧急情况下缺失）。

一些研究问题

观察到的这些问题给我们上了很有益的一堂课，并不是一味强调其失败并指责，而是帮助认识到在未来应对灾害中应该怎么做。其他研究大多都在讨论经济和环境因素，而本研究认为社会资本也是一个关键因素，需要深入的研究。可持续减灾与灾害管理框架旨在通过平衡社会、环境和经济三个维度，提供一个良好的分析框架和起始点，从而使得发展更具可持续性（Munasinghe，2007）。因此，以下问题值得研究者进一步的思考和考察。

1. 我们能识别出造成感知行为差异的一些潜在原因吗？例如经济、社会和环境的差异性，灾害的范围和强度，还有社区和国家规模。

2. “社会资本”的概念是否可以帮助揭示这些差异？

3. 不同的社会资本对于紧急灾害事件和长期的可持续发展会产生影响吗？他们之间可能的联系是什么？

4. 在危急情况下，不同的资本（社会、经济和环境）的作用分别是什么？它们是怎样相互作用的？

5. 是否可以通过可持续发展使得社会具备更强的灾害（包括气候变化以及相关的极端事件）应对能力？

6. 政府、公民社会和私人部门是否有一些可采取的行动和措施，尤其是从社会层面的角度？

资料来源：Munasinghe（2007b）

16.2.5 对妇女儿童的影响以及社会心理影响

灾害是十分“不公平”的。灾害发生前就已存在的一些因素（如社会条件差距）会恶化灾害对穷人的影响。弱势群体包括（1）需要成人照顾的孤儿；（2）需要照顾孩子的寡妇，她们在劳动经验上没有优势，同时又处在公共保障缺失的环境中。

在印度尼西亚、斯里兰卡和印度的受灾地区，妇女死亡人数是男性的四倍。许多妇女因为照看孩子和其他亲属而落在后面，最终在灾害中死去。还有，她们大多数不会游泳和爬树。在受灾最严重的国家，儿童占总人口近49%，因而人员伤亡中也有很多是儿童。灾后，妇女儿童仍然处在弱势，因为他们社会—经济地位低，难以获取资源。缺乏权利、欠缺公平、缺乏决策权和控制权使她们对自己的命运难以掌控。家中男性户主伤亡使弱势者承担起双重的重担——既要承担家庭生计、又要照顾家中的老弱病残。

同时，缺乏技术和工作经验使得妇女在其他方面也面临风险。

由于妇女通常都承担了照顾伤病者的责任，海啸后伤病人员的增加又加重了她们的负担。另外，她们还负责取水，而现在获取生活用水和种植用水都更为困难。灾后男人和女人在应对新的情况时都需要扮演新的角色，以保证他们的家庭能够存活下去。当性别问题更好地被理解的时候，拯救生命和保证生计的办法才会更为有效。因此，难民营中应该优先保护妇女儿童和其他弱势群体。

16.2.5.1 社会资本损失

一些难民失去住所，还不和同社区的人们在一起。她们失去了家庭成员、朋友甚至所有的邻居。世世代代建立起来邻里间的团结和互助感不复存在。这些影响意味着将来生计更加困难，生活质量也更低。许多难民进而丧失信心。至今，来自不同地区的在一起工作和生活的人们有一种目标一致、团结共进的感觉。据报道，即使他们原有的管理领导死亡或失踪，人们还是选取代表来应对及时需要。

16.2.5.2 受伤

社会创伤和家庭成员受伤这些社区层面的问题会持续很多年。数以百万计的人们都有灾后重压这样的社会心理问题。很多人都不敢面对未来，也很难适应生活的改变。大量失踪和死亡人口对居民户和社区的决策过程和工作方式都产生了巨大的影响。这个情况为很多措施在社区层面的执行带来了极大挑战。

受伤也有很多负面影响。最严重的情况是因灾害造成残疾并需要医药治疗。大部分人虽然还可以继续维持生计，却因灾害而受到很大的负面影响。这些人需要安慰和社会支持。另外，他们需要更多得知周边发生的事情。由于很多传言和恐慌等因素，人们对于情况还是不太了解。训练有素的精神健康专家们需要在学校、社团和存留的村庄里通过咨询帮助受害者。由于妇女、男性和儿童对伤害的敏感程度不同，需要依靠不同的社会角色和支持系统来构建应对机制，从而处理好灾后事务。

16.2.6 环境和生态系统影响

海啸灾害对沿海环境造成了严重影响，例如由于海啸对湿地的破坏，影响了依赖于湿地的渔业、农业等食物来源，这些行业同时也是当地居民收入的主要来源。

当时对各地造成的破坏情况存在差异。在一些地区，盐、沉积物、残骸遍地，被拔起的树木和灌木等物严重破坏了海岸的生态系统。泻湖中的盐和多种化学物质平衡完全被破坏了。微生物群和野生动植物都受到极大影响，需要很多年才能恢复到灾前状态。一些地区的珊瑚礁被严重破坏了（尤其是浅海地区），而有的地方则没有受影响。有很多关于珊瑚礁被沙子覆盖的报道（比如在印度）。

海水侵入农业用地（特别是一些海水迟迟未退的地区）导致土壤的深度盐化，因而不再适合种植任何蔬菜和水稻。盐渍化可能改变植被和湿地的特性。贮存的和水井中的供应当地居民用水和农业用水的淡水被海水、渣滓污染，用于供给沿海社区的地下水也被海水污染。在鱼虾养殖池塘被毁坏的地区，海岸线和入海径流都被改变了。在沙丘及其植被都被冲走的地方，景观恢复需要的时间无法预计。

许多红树林和沿海树林减少了海浪的影响，因而减少了人员伤亡。但在此过程中，它们本身受到毁灭性破坏，进而对当地居民生计造成了损失（红树林对保障当地渔业起到了很关键的作用）。沿海的受灾地区丧失了大部分的水资源。许多地方，当地主要的水源（水井）被海水、死尸和从化学容器及其他地方泄漏的污染物所污染。许多泻湖系统（保持海水和内陆水之间的物理联系和化学平衡）都被扰乱或者毁坏了。

对生态系统的长期破坏结果所进行的全球评估还未出来。最可能的假设应该是，除了一些严重受破坏的浅海暗礁，其他对环境造成的长期损害是较小的。但是，从中期来看，由于一些生态资源（卵、幼虫、未成年的、成年的）均被冲到岸上，可能在约一年左右的时间产生短缺。另一方面，在过去渔业资源被过度开发的地方，事实上可能由于停止捕捞而引致鱼类存量的短期恢复。

16.2.7 归纳总结

16.2.7.1 各国影响

灾前最为脆弱的群体（贫渔地区民众、单亲家庭、非法移民及其他）本身就依靠不稳定的微薄收入度日，生活水平普遍在社会标准以下，如果这些群体没有得到适当的支持，将变得更加脆弱和穷困。海啸造成的损害显现出局地特征，其隐性损害也是各地不一。受灾最严重的地区包括：(1) 在海岸线（旅游和渔业社区）附近的人口密集地区，这些地区近年来人口暴增的同时却缺乏发展规划；(2) 在海湾（西部和西南部）处于低海拔地区（仅高于海平面几米的平地）的居民区，没有珊瑚礁的屏障，海床陡峭，也没有岛屿一类的天然保护屏障的地区；(3) 完全没有准备的地区，过去没有类似灾害的记录（包括台风、飓风海浪）和没有早期预警系统以及潜在灾害应对措施的地区。

16.2.7.2　主要建议

中长期的灾后恢复和重建不仅为使生计和生态系统恢复到灾前情况提供了机会，还为克服以前的缺陷创造了条件。在行为—影响矩阵中，灾后恢复和重建以“更优恢复”为目标，即恢复到优于灾前的情况。在受灾地区，新的投资不仅要冲销灾害所造成的损失，还要采用新技术重新建成更好更为先进的社区。

所采取的行动落实的措施都应该“公开”和“透明”。任何的干涉都需要进行有效的沟通，该类行动将支持协调政府、公民社会、国际组织和双边捐赠者间的关系。通过适当的立法和管理手段进行的制度安排和执行程序设计需要能够应对未来可能发生的所有级别的灾害和灾难。

尽管海啸在不同国家影响的都是相似的经济部门，但对于五个国家的间接影响却不尽相同。这就需要调整未受影响部门和地区（转移资金和修改规划）的工作计划，从而分摊负担。

辅助原则应该应用于一切合适的地方。这意味着恢复重建工作的设计、实施和监控需要下达到最底层的政府、私人部门和公民社会机构。中央政府作为领导者设定标准、措施和原则。

优先考虑可持续发展的理念，强调经济、社会和环境三个维度的均衡发展。作为传统的经济和自然资源重建的补充，受灾地区和利益相关者的咨询和赋权是建设社会资本的一个重要方面。

16.3　亚洲城市长期增长的可持续性

亚洲的崛起是全球经济的一个强有力驱动。近几十年，亚洲地区经历了极高速率的增长（特别是东亚），很多人都认同亚洲经济在21世纪将更有影响力。自1965年到1990年，东亚的人均GDP增长速率平均达到6.7%，东南亚为3.8%，而南亚也有1.7%的增长速度（ADB，1997）。2005年全区增长率达到6.6%，预计2006年将达到7.4%（ADB，2006）。抛开最近的金融危机，预测保障长期增长的基本条件仍然没有改变。为了完全认识他们未来的发展潜力，亚洲国家需要将快速的增长率再保持几十年。东亚和东南亚国家要维持现有的发展动力，南亚则要继续维持经济苏醒。如果亚洲的决策者想要在未来的几十年仍然维持现在的发展趋势，现在就要打好基础。特别是必须清楚识别出发展的基础和制约是什么，并且采用合适的策略去应对挑战——尤其是使迅速增长的城市可持续化的问题。

持续增长面对制约的同时，环境因素也成为一个长期的隐患——特别是在高速率的经济增长之下。进一步失控的增长和环境退化将增加城市的脆弱性（5.1节）。因此，我们探寻怎样的增长和增长政策会导致环境或社会问题，分析这些关系后的机制，给亚洲城市作出一个良好的政策总结（第 7 章）。

16.3.1 亚洲城市增长回顾

16.3.1.1 整体发展

亚洲发展迅猛，尤其是在过去的几十年更是如此。日本是最好的例子，该国的增长率在战后几十年持续保持在 10%，直到 20 世纪七八十年代才缓慢下来，近年来一直保持在 2%左右（ADB，2006）——在成熟的市场经济中这也是难能可贵的。其他亚洲国家在过去的 30 年里发展迅猛，尤其是中国、韩国和印度（ADB，2005；ADB，2006）。成功的因素包括很多：对外贸易和鼓励出口、商业主导发展、通过现代化改进使得农业增产，提高国内储蓄率，加强人力资源发展、出口竞争力和内需，以及灵活的市场为主的经济体制发展（ADB，2005）。

同时，地区决策者需要认识到为了保证城市的持续增长，环境和社会因素与经济增长同样重要。总的来看，尽管贫困仍然存在，但亚洲的生活水平大大改善了。平均来说，几乎所有的通常指标例如平均寿命、婴儿存活率、教育水平、营养水平和基础服务等都有所改善。不幸的是，亚洲环境却严重退化了，特别是在经济高速增长的时期。城市增长和环境退化长期持续在一个危险的速率水平上，破坏着环境的可持续性（第 2 章，第 3 章）。同时，社会资本的下降（由大量农民移民至城市、贫困、失业和传统观念崩塌等因素引致）使人们疏远，排外，关系紧张引发暴力事件，这降低了城市的生活质量（第 2 章，第 4 章）。这种非持续的城市增长模式导致了整体脆弱性并增加了灾害发生。

16.3.2 城市化

发展中国家的城市人口由 1920 年的 1 亿增长到 1990 年的 17 亿，据推算到 2030 年将达到 40 亿人口（世界观察，2003）。从 2000 年到 2030 年将增加 22 亿人口（世界银行，2005）。截至 2000 年，十个百万人口城市中有八个都在发展中国家，亚洲 45%的贫困家庭居住在城市。亚洲的增长是迅速的——每年新增 4,000 万城市人口，预期城市化率将从 1995 年的 30%增至 2025 年的 53%。快速的城市化可能是过去几十年中粮食产量激增造成的。但是，这一趋势有可能会因为多方面的制约而减缓，包括粮食增长速度的降低（土地利用压力），水资源稀缺，施肥增产的效率越来越低，以及渔业资源不可持续的使用方式。

在发达国家，许多大城市也似乎在偏离可持续发展的范式。例如，在工业化国家尽管对公共交通系统投入很多，但私家车使用率却显示持续增长，其中还包括多缸的高耗油车辆。不幸的是，发展中国家的城市发展模式沿袭了发达国家最坏的一面——例如在许多亚洲城市，私家车拥有率和20 世纪 60 年代的发达国家很相近，而大量低收入者更是驾驶燃油效率低下的老车。还有，亚洲的城市人口都集中在一些首都城市，而不是很好地分散在各处的城市和城镇。很多亚洲城市的人口都已超过 1,000 万。工业、教育、政治、文化活动都主要集中在少数几个城市，导致了未来可能有更多人涌入，造成拥挤和城市生活质量下降（在社会、经济、环境三个维度）。

然而，对于亚洲国家还有一个改变以上趋势的绝好机会，那就是借鉴经验并设计出一套交通和土地利用体系。如果城市能够结存能源、控制污染、优化交通、减少水污染和使用量、促进生物燃料使用、保护环境资源、鼓励企业采用生态友好型技术，以及建立生态可持续的生产基地并开发出经济友好型产品，就可以使城市的发展更加可持续。

16.3.3 环境问题

在亚洲发展中国家，包括亚洲的一些城市地区，空气污染、水质和土地退化都在加剧。

16.3.3.1 空气

1988 年，有 6 亿多人口居住在二氧化硫严重超过世界卫生组织指导标准的城市地区，同时 12.5 亿人口居住在悬浮颗粒物严重超标的地区。硫氧化物，光化学氧化剂、硫酸盐和硝酸盐氧化物，以及空气中的铅等有毒物质的浓度水平都很高。世界卫生组织和联合国环境规划署的一项研究覆盖20 个世界百万人口大城市，该研究表明每个大城市至少有一项污染超过世界卫生组织的规定标准（表 16-5）。有证据表明，这些污染物的复合污染要比单个污染物的污染效应大得多。

发展中国家城市空气含铅浓度水平达到 1.5-3 $\mu g/m^3$ 并不稀奇。在曼谷，铅污染导致儿童智商平均下降 4 点，在临床发病之前，铅污染就已损伤受害者神经系统，降低了集中注意力和掌握先进技术的能力。强制使用无铅汽油帮助减轻了这个问题。在曼谷、雅加达和吉隆坡，每年当地居民因灰尘和铅污染造成的隐性损失共计 50 亿元（城市收入的 10%），见专栏 16-2。

人们逐步转向公共交通可能减少环境损害，例如东京 90%的通勤采用地铁，只有 1%的人自己驾车出行。诸如曼谷的区域控制交通体系、东京的区域控制系统、新加坡的区域许可证系统等措施也帮助控制了环境损害。共有 80 个城市（很多是亚洲城市）加入了一个由世界卫生组织/全球环境监测体系（GEMS）组织的城市空气质量监测项目，该项目致力于通过全球合作改善和分享空气质量监测信息。

表 16-5　　人口过百万城市的污染情况（1992）

城市	二氧化硫	悬浮颗粒物	铅	一氧化碳	二氧化氮	臭氧
曼谷	轻微	严重	中等	轻微	轻微	轻微
北京	严重	严重	轻微	—	轻微	中等
孟买	轻微	严重	轻微	轻微	轻微	—
布宜诺斯艾利斯	—	中等	轻微	严重	—	—
开罗	—	严重	严重	中等	—	—
加尔各答	轻微	严重	轻微	—	轻微	—
德里	轻微	严重	轻微	轻微	轻微	—
雅加达	轻微	严重	中等	中等	轻微	中等
卡拉奇	轻微	严重	严重	—	—	轻微
伦敦	轻微	轻微	轻微	中等	轻微	轻微
洛杉矶	轻微	—	轻微	中等	中等	严重
马尼拉	轻微	严重	中等	—		
墨西哥城	严重	严重	中等	严重	中等	严重
莫斯科	—	中等	轻微	中等	中等	—
纽约	轻微	轻微	轻微	中等	轻微	中等
里约热内卢	中等	中等	轻微	轻微	—	—
圣保罗	轻微	中等	轻微	中等	中等	严重
首尔	严重	严重	轻微	轻微	轻微	轻微
上海	中等	严重			—	—
东京	轻微	轻微		轻微	轻微	严重

说明：—：没有数据或数据不充分。
严重：超过 WHO 标准一项或两项。
中等：超过 WHO 标准一项或两项（短时间超标或在特定时间内超标）。
低微：基本达到 WHO 标准（偶尔短时间超标）。
资料来源：Serageldin 等人，1995。

专栏 16-3　城市污染估价

不安全饮用水的损失是多少？

在雅加达，健康损失每年约为 3 亿美元。在曼谷，现在每年有 6% 的死亡是由痢疾、伤寒、脑炎、脊髓灰质炎、斑疹伤寒症和急性腹泻引起的。

灰尘和铅污染的损失是多少？

平均是曼谷、吉隆坡和雅加达每年城市收入的近 10%。

降低城市空气中的粉尘和烟尘污染能减少多少损失？

东欧城市在 18 世纪因达到欧盟污染标准，每年死亡人数减少了 1.8 万人，损失减少 12 亿美元。

更清洁的空气可以避免多少死亡？

开罗是世界最大的城市之一，污染排放也在最高水平，每年有 4,000 到 1.6 万的人死于工业、火电、机动车、垃圾焚烧、建设和自然扬尘等污染，而这些都是可以避免的。

交通堵塞造成了多大的损失？

在曼谷，如果交通拥堵高峰时段车辆能加快行驶 10%，每年将节约 4 亿美元。

哪些行业能减少污染及其损失？

在能源的生产和失业中，电力的输出和使用如果能提高 20%的效率，将为亚洲节约近 900 亿美元，相当于 2000 年的新增投资水平。

资料来源：世界银行 1996c。

一般来说，国家和地方政府可以使用一系列的政策工具来快速改善空气质量。其中一些工具已经使用，而有的则有待开发。环境空气质量标准、排放标准、排污许可证和土地使用控制都是常规政策工具范例，另外还有经济手段，包括赋税、收费、可交易的许可证和补贴（专栏 16-4）。

专栏 16-4　城市空气污染控制手段

固定源

排放控制

（1）环境空气质量标准、排放标准；（2）逐步淘汰；限制使用特定种类的能源；（3）通过改善环境管理工具和清洁技术在住宅区和工业行业发展清洁产品；（4）经济激励（可交易的许可证，税收）；（5）教育和培训

尾气处理

（1）排放标准；（2）经济激励

交通

减少机动车使用

(1) 推广公交；(2) 土地使用规划；(3) 合乘；(4) 宣传；(5) 经济激励（征收税费、养路费、提高交通和燃料价格）

改善交通状况

(1) 规划和交通管理办法（控制街头停车，控制交通灯）；(2) 土地利用和城市规划；(3) 公共信息

改善汽车性能

(1) 机动车尾气控制；(2) 机动车技术（电动汽车和轻型车等）；(3) 燃料选择（可再生燃料，替代燃料，本土资源）；(4) 车辆检查和维修；(5) 培训；(6) 公共信息

16.3.3.2 水

在过去的三个世纪，全世界的人均用水量增长了30倍（第12章）。水资源减少的趋势在上升而水质又不断下降。事实上，水质和水量的问题相互关联。随着人口的增加和国家城市化，国内需水尤其是工业用水需求量激增。因此，由于需要开发一些新的、成本高昂的水源，供水的成本也急剧上升。

在发展中国家进行水资源管理主要有三点不足：(1) 分散管理导致环境退化、水质下降、居民健康受损和投资浪费；(2) 供水服务的过分集中，使得缺乏激励，造成了供水服务不佳、支付意愿低和供水服务能力下降的恶性循环；(3) 低价供水和成本回收不足导致了水资源的过度使用和浪费，还有资源配置不当。在亚洲一些城市已经尝试了一些创新——例如，马尼拉在水费单上包括水费、设施费和环境费用，而达卡和雅加达对地下水使用还额外征收个人使用费。

表16-6显示了亚洲八个大城市的用水情况。这些城市的发展并没有基于良好的水资源供需规划，而只是在用水危机发生时才作出响应。其中七个城市都存在着主要水体的污染问题，六个城市用水紧张和地下水开采过度，五个城市供水成本回收不足、供水不持续，四个城市存在溢流问题，三个城市供水损失50%以上，三个城市污水处理不到15%，三个城市进行了跨流域调水计划。这些结果表明急需一个综合水源管理体系，改善用水管理，使大家认识到水资源是一种稀缺资源。

表16-6　亚洲大城市水资源管理的比较

指标	曼谷	北京	德里	达卡	雅加达	卡拉奇	马尼拉	首尔
人口（百万）	6.0	11.0	10.0	5.0	8.8	10.0	9.0	11.0
人口增长率（%）	2.5	3.0	4.0	5.1	2.4	4.5	2.8	2.0
城市贫困率（%）	20	—	47	40	15	40	35	0

续表

指标	曼谷	北京	德里	达卡	雅加达	卡拉奇	马尼拉	首尔
供水覆盖率（%）	75	95	69	65	44	83	70	100
污水处理率（%）	10	—	37	28	6	42	12	90
供水服务（%）	24	24	7	6	19	4	16	24
连接管道（百万）	1.0	0.2	1.1	0.1	0.3	0.6	0.7	1.8
公共水龙头（千）	0	—	14.0	1.3	2.0	21.0	1.7	0
水滴漏损失（%）	30	7	40	50	52	—	58	38
装表率（%）	100	99	53	68	100	—	100	100
国内用水（公升/人/日）	240	190	225	120	157	124	116	198
水价结构	阶梯水价	统一水价	多样化水价	多样化水价	阶梯水价	地税	阶梯水价	阶梯水价
维护人员/1,000 管道	5.5	17.0	8.9	21.3	8.7	11.7	9.0	1.9
地下水损耗	SR	SR	SF	SF	SR	—	SF	—
溢流	SF	—	—	SR	SF	SF	—	—
水污染	SR	SF	SF	SF	SR	SF	SF	—
用水紧张程度	SF	SF	SF	—	SF	SF	SF	—

说明：SF：明显；SR：严重

营运比率是指每年的营运及维修费用除以每年账目总成本。净数值不包括成本、折旧、利息费用或分期偿还。

资料来源：Seregeldin，1995。

亚洲城市水资源管理存在的问题包括：地下水过度开发，水表不足，低价格水平，供水不持续，城市规划和污染控制不足，水资源管理机构重叠，污水处理不足，政府机构用水不支付水费，还有新水源利用率越来越低下。

16.3.3.3 土地

在亚洲城市，处理大量废弃物是一个很紧迫的问题，尤其是在没有改善废弃物管理技术的地方，这些问题尤为紧迫（Munasinghe，1994）。固废处理技术的发展和应用很多政府都得不到重视，因为没有意识到管理不足可能造成的人类健康和环境方面的严重后果。由于固体废弃物的处置不当造成的人类疾病导致每年都有数以百万计的儿童和成年人死亡。在发展中国家，废弃物处理率不到 20%，其中更是很小一部分处理达到了标准。在曼谷、雅加达和马尼拉即存在该类问题，居民每天人均丢弃废物将近 1 公斤。2000 年，20 亿以上的人缺乏基本的卫生设施，发展中国家将近一半的城市人口不能适当处置废弃物。

市政垃圾（MSW）一般包括废纸、塑料、玻璃、金属和其他多种生活垃圾、街道清扫垃圾和商业、政府机构的垃圾。在一些国家，污水中的淤泥和污水处理厂的尾料也作为市政垃圾。有害垃圾（HW）包括重金属、二噁英和多环芳烃，主要是指化工和其他行业在管理不善时产生的会损害人体健康和环境的工业废弃物。其主要特征包括导致人类急性或慢性中毒、易燃、易反应、易传染，以及存在潜在生态损害。医疗卫生垃圾或化工垃圾（CW）包括医院和其他医疗服务机构产生的垃圾。它包括制药，病理及感染性废弃物，针头、注射器、手术刀、化工（气溶胶/消毒剂）和低水平放射性废料（X射线，辐射小瓶）。

废弃物管理不善带来很大的财务成本和经济成本。由于相关的疾病和早死造成的收入和生产损失很大。医疗保健成本也造成了经济负担。对于一些要全面处理生活垃圾和工业废物的国家来说，处置费用预算是一个很大的负担。废弃物管理不善同时也会对后代产生影响，有可能造成后代的福利损失，因为他们不得不花更高的成本进行处理，承受健康影响，或对自然资源的利用选择受到很大限制。这些风险都有伦理寓意。

16.3.4 对亚洲研究者的建议

前述讨论表明，解决亚洲城市问题（可持续发展）的政策导向性的研究可能有助于实现城市的可持续发展。这样的方法结合可持续减灾与灾害管理框架还可以减少城市地区（尤其是人口过百万的大城市）的脆弱性（16.1节）。

亚洲研究者和政策制定者应合作制定可持续发展的实施策略，促进研究和决策机构间的互动联系，推动相关的研究计划，在这些地区发动和支持高质量的战略研究。关键的步骤包括：（1）识别出最重要的发展问题并将其排序——行为—影响矩阵方法是最有效的；（2）确定知识、研究需求、研究能力和切入点之间的差距；（3）在这个重要地区实施一个“行动计划”以促进其他的活动。在建立新的正式研究机构之前，更有效地利用现存的研究机构和力量是较为谨慎的做法。

16.4 城市脆弱性、自然灾害和环境退化

16.4.1 一般政策问题和政策选择

我们旨在更好地了解主要城市地区的脆弱性，修正过去几十年传统发展规划和政策的错误，这些不足导致了易受灾害地区不当的大规模城市化——尤其是在发展中国家。除非改变主要的发展政策，否则在城市地区已经遭受社会、经济、环境退化的人们将面临风险的上升。可以通过改良政府政策和激励，更好地利用市场力量来使得城市发展更持续。需要在机构组织方面进行重大变革，并在新的科技园实施创新办法以应对挑战。

本章前面的小节主要探讨了两个主题：(a) 环境退化和灾害中的城市脆弱性之间的双向联系；(b) 公共部门和私人部门遵循可持续发展准则可以帮助可持续减灾与灾害管理的实施。

城市发展的传统模式需要改进。物质、社会机制与环境退化、自然灾害间的联系十分辅助，意味着减少脆弱性和加强灾害防护能力要求公共政策不仅要针对自然灾害，还要关注科技创新和风险分摊。在发展中国家，分析工具和程序主要集中在传统经济标准上，没有重复考虑到问题的复杂性，或加强灾害防护。而发达国家已经逐步认识到灾害和风险评估作为一项重要的平衡和辅助措施可以帮助应对自然灾害的影响。该措施的执行需要包括一个类似于可持续减灾与灾害管理的框架来保持灾后救济、恢复、重建和长期减灾之间的平衡。

政策制定者都关注城市增长的社会、生态和经济成本。可持续减灾与灾害管理显示，更加关注可持续发展进程的风险一体化提供了更广泛的替代政策，以解决社会、经济和环境问题。例如，减少灾害的费用有效性办法包括更好地利用土地以减少灾害影响，依照过去的经验，找出漏洞，并利用知识和技术进行选址和设计新的建筑物。减少城市脆弱性，需要一个协商过程，以界定公共部门和私人部门的角色，以及一个社会愿意接收的风险程度。经济选择应该基于社会风险感知，在不同的选项中作出有效利用现有资源的选择。

在进行风险评估时更需要强调所有利益相关者的参与。行为—影响矩阵方法（2.4.1 节）已被证实为能够帮助实现这一目标的保障工具。风险评估能力建设需要搭建一个管理框架，营造一个平和投资狂热的氛围，利用新的科技知识进行评价、监督和示警。公民社会和私人部门的社会资本可以在帮助完成政府工作中发挥很关键的作用（专栏 16-1）。政策制定者需要制定关系到可持续发展的灾害减少目标，在各种政策工具和路径之间作出选择。还有，中央、地方政府和国际组织间在灾害减少问题上需要进行有效合作，分享关于发生类似灾害的各国家和地区当地组织机能的经验。

在国家和地区之间加强数据和经验共享是非常重要的，从而可以（1）提高评估能力；（2）鼓励在不同情景下应用研究结果；（3）为实施灾害防护和减少计划加强现有的人力资源、经验和设施。

可以通过以下途径加强国家和地方的灾害防护和减轻计划能力建设：（1）在政府决策者间分享信息以提高减灾方案的优点和费用有效性；（2）确定替代方案以更好地配置资源；（3）进行减灾技术培训以促进了解自然灾害与人类活动之间的相互作用；（4）开发和使用可持续减灾与灾害管理这样的方法以协助国家和地方组织进行风险评估。

过去的经验帮助我们识别脆弱性、政策实施的关键地区，使得发展更可持续。减少灾害的长期收益依赖于对当地脆弱性的引发因素、灾害潜在损失和可减少影响的技术的了解程度。

界定不同层级政府的责任，根据辅助原则分摊责任都很重要。这使政策不仅是维护公共利益，还可以使城市发展更为可持续。社会、金融组织革新和技术传播对于动员个人主动性、推动资源利用和国家间的合作都至关重要（尤其是来自发达国家的技术转让）。如果可行措施在考虑出台时就被清楚地界定，那么有害于国家政策执行的社会—经济或政治问题可能可以克服。例如，风险分担的技术合作是一个激励研究和影响策略选择的好办法。减少灾害相关损失的努力尝试同样与有效的规定及其执行有关。但是，强制性控制措施并不总是费用--有效的，在发展中国家提高环境标准需要调动私人部门的创新力和追求环境质量、减少灾害的主动性。

16.4.2 里约热内卢案例研究——1988 年洪水灾后重建和灾害预防规划

1988 年洪水灾后重建和灾害预防规划旨在通过减少当地灾害脆弱性和促进长期多元发展来使得发展更可持续（世界银行，1988)。该案例是可持续减灾与灾害管理应用的一个先驱，创建了一种新的结合灾害减少和脆弱性减少的重建计划模式，并通过加强城市环境管理达到跨部门需求。在此之前，发展组织筹集的灾害相关资金都是主要用于救济和重建，尤其是短期的救济和恢复。里约热内卢是将灾害预防和减少脆弱性纳入城市发展规划中的先驱城市，走出了很重要的一步。另外，还通过为加强局地管理和规划能力的长期社会、环境政策提供支持，从而使得发展更可持续——这些是短期的恢复计划不可能实现的。

1988 年 2 月，反常的暴雨袭击首府城市里约热内卢，该城市是巴西第二大城市和经济中心。在部分地区，相当于三个月的降雨量在 24 小时内降落。5 月上旬，暴雨造成的洪水和滑坡造成约 300 人死亡，750 人受伤，近 19,000 人流离失所，并对基础设施（公路、桥梁、沟渠、排水管网、护堤、污水管网、电网、工厂和商业设施）造成巨大破坏。以上损失严重扰乱了里约热内卢的经济活动（尤其是北部)，使得低收入人群无法上学、就医，缺乏基础卫生保障。这是 1966 年以来记录在案的最严重的发生在大城市并造成洪水和滑坡的大暴雨。

这次严重灾害可归因于当地面临自然灾害的脆弱性（Munasinghe，Menezes，Preece，1991)。环境退化（由于缺乏规划的人类居住地扩张，豆腐渣工程建筑，排水管道堵塞和维护不足）造成了灾难性的后果。里约热内卢的穷人住在高风险的地区，像倾斜度高的山坡、垃圾填埋地和低洼涝地。他们既是环境退化的罪魁祸首又是最终受害者。贫困、排外和环境管理不当仍然使得该市居民处于未来灾害的风险中。

1989 年，该市的人口约为 102 亿，其中大概 1/6 的家庭处于贫困中。

低收入人群聚居地在不安全地区迅速扩张。缺乏规划的贫民区沿着狭长的沿海地带逐渐形成并越过了海岸山脉。他们有的住在地基不稳的山坡上，有的住在城市北部易受洪水侵袭的白沙达—弗洛米伦赛（音译）低洼地区。

城市贫困人口的增加需要国家和地方有更多的基础建设和设施，所需基本的住房和服务都难以满足。城市环境规划机构孱弱，难以协调。信息系统和技术人员缺失致使规划、计划和预算均严重不足。投资决策常常是政治导向性，导致资源配置缺乏效率和花费计划不周。

在城市外围，尤其是在贫民区，排外、赋权不足、基础设施规划缺陷、建设不足、数年的管理缺失、设施的维护较少或缺乏等原因使得社区服务供应受到了严重的影响。排水管网被淤泥和未收集的固体废弃物严重堵塞，堆积成山的垃圾和溢出的生活污水在建设粗陋的贫民区到处可见。未处理的固体废弃物和垃圾（每天 5,400 吨）成为滑坡的一部分，埋葬了家园，摧毁了贫民区。很多废弃物都直接抛弃在城市露天垃圾场，暂住居民因为不能依法获得土地而聚集在这些地方。在这些山坡上建房尤其危险，因为地基不稳，很容易被破坏。废水毫无控制地排入附近的沟渠或树林，进一步使得土地退化。这些环境脆弱地区对雨水冲刷很敏感，很容易发生洪水和滑坡。

16.4.2.1 环境管理和灾害防护不足

在洪水灾害期间，城市环境恶化是由多方面原因造成，其中包括制度无作为，穷人的权利得不到保障，政治冲突，还有人们健康受到损害和卫生网络设施遭受的破坏。这些都急剧地增加了流行病的发病率。洪水中夹杂着的垃圾和生活废品都普遍含有细螺旋体病、肝炎、伤寒及其他胃肠疾病的病菌。

洪水和滑坡造成了总共大约 9.35 亿美元的损失，4 亿美元的直接损失和 5.35 亿美元的间接损失（其中失去价值 4.35 亿美元的产品，5,000 万美元旅游税收和 5,000 万美元的灾后安置费用）。缺乏政策分析和发展规划，低效的资源利用，低效的执行手段，法律执行力度弱，以及体制的不完善，这些都导致机构之间的冲突和政府与群众间的冲突。决策者只关注短期的资源配置。由于缺乏用来运作及维持的资源，很多方案得到不有效地执行。

用于救援的物资不充分并且离灾区较远，在洪水来临时便得不到有计划地救援。应急方案不够周全，在紧急事件来临时人力和物资的迅速集中造成混乱，导致很多努力都白费，并且当务之急得不到解决。

灾难过后，政府和地方政府才慢慢地开始一些短期的补救工作：疏通道路、恢复应急供电、把因受灾而无家可归的人安置在公共场所。这时政府也开始作更长远的考虑，恢复受灾地区的经济和物质基础设施。同时刺激了当地政府对 20 年左右的周期性洪水灾害作出预防措施以减轻其损害并提高了对特大洪水的救援应变能力。1988 年 4 月，国家政府建立了灾后重建与紧急工作执行小组，监督和协调灾后短期恢复和中长期重建和预防工作。里约热内卢市政府也创建了一个专门机构进行协调工作。

16.4.2.2 反应行动

世界银行很早就作出了响应，为加强对洪水灾害的技术援助，提高城市的长远发展规划，发起了一项 3.94 亿美元的洪水灾害重建基金，并且捐献了 1.75 亿美元。该项目主要致力于以下三个方面：（1）提供紧急援助；（2）在洪水过后用于恢复物资及生产；（3）降低里约热内卢面对洪水的脆弱性。该项目的主要目标是通过加强城市制度方面和金融方面的能力，从而进行良好的发展和环境规划，基础重建工作包括：（1）从制度上提高对紧急事件的应变能力；（2）改造和恢复基础设施；（3）实施对未来洪水灾害的预防措施；（4）帮助里约热内卢政府和地方政府发展洪水预防规划；（5）改良市政当局对环境日常维持、环保政策和增强政府动员财政资源的能力。

该项目在执行初期遇到了制度缺陷，因为执行任务被分配给了若干个毫不相干的部门。市政、国家政府和联邦政府之间存在的政治冲突也增加了项目的风险。另外，该项目的金融合作伙伴、巴西的金融中介——联邦储蓄银行（CEF）在项目执行期间进行了大量的管理调整，使得该项目最终被推迟了 18 个月。

经过缓慢的启动过程，里约热内卢的大部分基础工程已经逐步完成。修复了道路和桥梁，大量的江河污泥、阻塞排水管道的废弃物和淤泥被清除，加固了危险陡峭的山坡斜面，修复了排水系统使积水能及时地排放。制度上的问题延缓了大城市地区处理废物计划的执行，但现在这些问题得到了改善。基金项目中的水电供应部分为高频率受灾地区提供了有力的抗灾保障。在受灾期间每个家庭都能得到最低 11,000 美元的保障基金，并为失去房屋或需要重新安置的受灾户提供了约 5,000 套房屋居住，这些房屋都由政府建造规划。在城市里，大约 5,700 户失去住房的受灾流亡家庭可以搬到受灾程度较低的区域居住。

为防止在环保问题上走弯路以及环境恶化，里约热内卢政府还得到了这方面的技术支持。一个能够改善在紧急受灾事件中通信、交通、设施的完整系统逐渐发展了起来。还有整个市政民防计划：包括防止洪水、山崩、高楼中的火灾和有毒物泄漏等。里约热内卢政府在技术方面得到了以下援助：（1）废物处理技术；（2）低成本住宅建设的安全自救技术；（3）森林保护；（4）监控违法勘矿；（5）改善财政管理。

16.4.2.3　归纳与总结

从短期和中期来看，这项灾后保护工程主要是为了解决以下几个关键问题：(1) 住房供给和卫生设施保障；(2) 预防山体滑坡；(3) 环境规划和空间发展的管理；(4) 城市废物的收集与处理。从长远来看，基金通过以下方面来改革城市的环境政策：(1) 为大城市作出规划；(2) 准备一个中期或长期的造林计划；(3) 对土地的使用和规划作出分析；(4) 贯彻环境教育计划。

里约热内卢的灾后重建和预防工程是减少灾害损失的一个成功范例。这项工程从长远利益上强调对灾难的阻止与可持续发展，不像以前的灾难预防工程那样只顾及短期的利益。它依靠了一个全面的技术援助工程，这项工程使灾后经济、社会和环境得到恢复，并能保障可持续发展，为今后的灾后防治提供了成功的典范。

16.5　北美和欧洲的发展更可持续范例

这一节列举了两个有关发达国家如何实现城市可持续发展的典型范例。

16.5.1　加拿大——大温哥华地区（GVRD）

加拿大温哥华地区把重点放在从长远目标上使整个地区经济繁荣、社会稳定、生态健康。从 2002 年到 2005 年期间，这座城市的人口增长了 2.9%，同时劳动力增加了 4.6%，而工作岗位增加了 7.1%，这导致失业率下降了 26.5%。从过去三年看，可持续发展政策已经与社会活动合为一体，例如废物治理、土地的获得与使用、绿化、建筑、交通、社团活动、学习与交流等。

在可持续发展方案中包括一些基本的因素：废弃土地与建筑废弃物的再生与重复利用；通过合理的城市景观布置与使用低耗水的装置来节约水资源；使用环保的建筑产品；使用自然光照明，建筑设计时注意保证良好通风；在建筑过程中与群众协商使其对周围环境的影响降至最低；倡导环保、实行噪声监控并减轻噪声污染；恢复绿化；保护现有的树木并进行再种植。

16.5.1.1　废物处理

废水：现有的小型山地水库存在结构不合理、易受地震破坏和运作困难等缺陷，因此在同一位置将其替换成现代化水库，替换后水库储水量增加 25%以上，并且有着很好的抗地震能力。这些具有可持续发展意义的变革包括高级抗震设计；在增加储水量的同时不增加其面积；与利益相关者协调合作；给每日在水库顶上练习太极的人们提供相应的替代运动设施和场地；在观光台附近建造残疾人通道。

固体废料：周边市的固体废料由一个5,600平方米大小的垃圾中转站收集，并用垃圾运输车转送到垃圾填埋场进行填埋。这一中转站能控制生活垃圾和商业垃圾，减少化工燃料及废气的排放。该建筑的持续效益包括节约40%的水，材料中40%的重复利用，增加26%的能源利用效率，80%的建筑用材料使用当地制造的材料，96%的建筑废料合理转移，并能滤去废水中沉淀物。鼓励使用绿色交通工具，为自行车建造固定存放点和公交换乘站附近的临时停车场，同时为电动车提供定点充电站。该设备被混凝土密封，并内置了一个除味喷雾系统。

温哥华政府将20%的废料转化成能源并提供给一个再生纸厂，满足了其能源需求，并每年节省了12万兆瓦用电量，能供给1,500户家庭的用电。这一废物利用的方法没有造成环境的污染，增加了税收，并且与燃烧化工燃料相比，减少了废气的排放量。

下水道溢出：生活用水的下水道由于过多的流入物或大雨的渗入而产生溢出。新的废水处理系统将溢出的废水自动转入到一个水泥结构的储水池中并回流至水处理系统。该设备中的可持续革新包括利用重力运转，节约电泵用电；将少量的废水冲洗和清洁容器以避免浪费清洁的水；同时利用自动化控制系统以减少操作人员的工作量。

供水：水体经由地下岩床的两个隧道过滤。为防止水土流失，用混凝土加固岩床并在旁边种植大量树木，保护野生动植物栖息地和大型树木，通过屋顶绿化增加陆地栖息地，对水体进行低能紫外光消毒，在水处理站下建造42千米长的热交换管。

16.5.1.2 生态保护

温哥华政府开发自然保护区以维持和保护自然生态的完整性和土地的利用价值，并以自然保护区的环境作为环境研究及气候监控的基准。在高速公路下的管路旁边建造一些空隙让鱼能够游回到以往的产卵地岩石缝隙中产卵。废弃的树桩和木头拿来稳固河床，并在这些地方种植灌木和树来保护鱼类的生存环境。大约经历了50年，鲑鱼又重新回到上游河段的岩石缝隙中产卵。休闲娱乐、生态保护和无车辆染污等问题互相制约，共同作用，形成一条绿色环境通道。例如，一条废水处理管道的安装就和区域的自然环境联系在一起。

16.5.1.3 住房提供

在温哥华地区，让每个人都有房子居住是一项不小的挑战。在2005年，约 21%的当地居民在住房方面的支出超过了收入的 30%，大大超过了全国 16%的住房消费水平。在 2002-2005 年期间，房地产公司扩建住宅，商品房的数量从 3,397 套增加到 3,559 套。建筑费用的提升和联邦政府拨款的减少使房地产公司减少了经济适用房的建设，比例从 40%下降到了 30%。

16.5.1.4 交通

政府提供一部分燃气出租车以发展当地的公共交通。从当地的公交卡 U-pass 的记录就可以看出乘公交出行的人们显著增多，而使用私家车出行的人数量减少。每月提供给学生的交通补贴已经超过了 300 万美元。每年减少了 16,000 吨的温室气体排放。由于私家车的减少，政府在建设停车场这一项上就节省了超过 2,000 万美元。

16.5.1.5 企业的可持续发展

一个企业能否取得成功是由多方面因素决定的：有效的管理、目标深远、团队合作、从可持续发展角度出发的技术革新。

综合资产管理：资产维护、资金的计划使用和吸引投资是合为一体的。首先要明确如何来建立资产管理系统，然后在企业内部讨论出方案，最后必须决定如何在企业中存储和分配信息。成功的资产管理系统能够节约达 40%的成本和流动资金。

职业健康和安全：温哥华地区很少出现工人因工受伤和生病的情况，并且这些事件的比例在下降，是因为工人就职前都会参加培训，并且有着安全的工作规章制度。

社区参与：温哥华的社区机构都会举办很多参与性和互助性活动，并鼓励成员参加公益活动和慈善捐款。许多慈善机构都会举办像高尔夫球竞赛、卡拉 OK 比赛和献血等活动。

16.5.2 欧盟的城市策略

平均每 5 个欧洲市民中有 4 个人居住在城市地区，他们的生活状况直接受周围环境的影响。环境对居民的健康、生活质量和经济状况均有着显著的影响。第六次欧洲行动计划呼吁建立起城市环境专题战略，通过在城市内采取综合措施来提高生活质量。当城市污染水平较低，没有危害人体健康和破坏社会环境，城市能够可持续发展时，人们的生活质量将得到提高，社会环境也会变得更加和谐。城市的发展有四个主题：城市管理，可持续交通，城市建设和城市规划。

16.5.2.1 可持续的城市交通规划

城市交通对空气污染、噪声、堵塞和二氧化碳的排放都有直接的影响，城市交通也是人们生活和城市发展的基础。可持续交通计划需要从长远利益上进行规划，对基础建设和车辆运行的财政计划，设计激励方案来提高公众交通质量、行人和自行车的安全，并且与土地使用计划联系起来，使其达到合适的管理水平。交通规划包括很多方面：安全保证措施、交通工具和基础设施的使用权、空气污染、噪声、温室气体排放和能源消耗、土地使用、客货运输和所有方式的运输。解决方案需要在与群众和管理者广泛交流磋商后，结合具体情况制定——见第11章。

16.5.2.2 欧盟国家之间实践与经验的交流

各个地方政府由于情况不同，制定的环境发展方案也不一样，他们之间应该互相学习和借鉴经验，以制定出更合适的发展方案。信息要结构良好，便于获取并由专家提供支持。地方政府应该在网络上提供接纳建议与接收信息的链接。

16.5.2.3 培训

各个地区之间应该建立起一个综合的管理体系，包括交互合作和环境立法细节上的交流，并鼓励公众有效参与，树立环保意识，以环保规则来约束自己的行为。

16.5.2.4 进一步的研究

建议进行城市管理变革的深入研究，重建人造环境，包括：文化遗产、环境风险、能源效率、清洁机动车、替代能源、灵活性、安全保障。

16.5.2.5 和其他措施协调

气候变化：城市地区在气候变化应对和温室气体排放两方面都扮演着重要的角色。面对气候变化带来的一些结果，例如洪水、热浪、更频繁和严重的水资源短缺，城市是脆弱的。综合城市管理规划应当出台规定限制环境风险。可持续城市交通规划的更广泛实施可以帮助减少本地的温室气体排放——这些措施包括促进低碳排放和使用节能机动车。可持续建筑改进能源效率，也降低了 CO_2 的排放。绿色公共行动可以提高知情度、设定和实施标准、采用最好的建筑技术。本地和区域的能源效率和可更新能源的使用都被提高了。

自然和生物多样性：可持续的城市设计（合适的土地利用规划）将帮助减少城市扩张、自然栖息地和生物多样性的损失。城市环境综合管理应该鼓励可持续的城市土地利用政策，该类政策防止城市扩展、土壤减少，增加城市生物多样性和城市居民知情度。

环境和生活质量：可持续的城市交通规划可以减少污染排放和噪声，鼓励骑车和步行，因此可以改善健康和减少肥胖。可持续建筑方法可以帮助提高舒适性、安全性和通达性，同时减少室内外空气污染对健康造成的影响。欧盟委员会建议采取以下行动来改善城市环境：制定新的机动车标准，环境敏感地区赋税，划定低排放地区并在这些地区限制高污染的交通方式。调查研究私家车在城市中的重要程度以及改善公共交通的措施。欧盟法要求绘制噪声地图从而减少主要城市地区的噪声。

自然资源的持续利用：自然资源持续利用的专题战略研究有效利用自然资源的方法，从而减少环境影响。避免城市以高人口密度、混合聚落模式的方式继续增长，从而提高土地利用、交通和供暖的效率，减少人均资源使用量。成员国的环境保护和废物回收策略要求先实施保护计划。

参考文献

Abaza, H. (1995), 'UNEP/World Bank workshop on the Environmental Impacts of Structural Adjustment Programmes——New York, 20-21 March 1995', *Ecological Economics*, 14 (1): pp. 1-5.

Abed G. and Davoodi, H. (2000), 'Corruption, Structural Reforms, and Economic Performance in the Transition Economies', IMF Working Paper 00/132, 2000.

Abeygunawardena P. et al., (1999), 'Yunan Dachaoshan Power Transmission Project', in Environment and Economics in Project Preparation: Ten Asian Cases, Asian Development Bank, Manila, Philippines.

Acemoglu, D., Johnson, S. and Robinson J. A. (2001), 'The Colonial Origins of Comparative Development: An Empirical Investigation', *American Economic Review*, Vol. 91 (December), pp. 1369-1401.

Adams, R. and McCarl, B. (2001), 'Agriculture: Agronomic-economic analysis', in R. Mendelsohn (ed.), *Global Warming and the American Economy: A Regional Assessment of Climate Change*, Edward Elgar, England, pp. 18-31.

ADB (1996), *Economic Evaluation of Environmental Impacts*, Asian Development Bank, Manila, Philippines.

ADB (2006), Asian Development Bank, http://www.adb.org/Governance.

Adelman, I., and Morris, T. (1973), *Economic Growth and Economic Equity in Developing Countries*, Stanford University Press, Stanford. USA.

Adger, W. N. (1999), 'Social vulnerability to climate change and extremes in coastal Vietnam', *World Development*, February, pp. 1-21.

Adriaanse, A. (1993), *Environmental Policy Performance Indicators*, Sdu, Den Haag, Netherlands.

Ahluwalia, M. S. (1975), Income inequality: Some dimensions of the problem, in Chenery, H. et al. (1974), Redistribution with Growth, Oxford University Press, London.

Ahmad, Q. K. (ed)(2005), *Emerging Global Economic Order and the Developing Countries*, University Press, Dhaka, Bangladesh.

Ahmed, K. (1994), *Renewable Energy Technologies: A Review of Status and Costs of Selected Technologies*, World Bank Technical Paper No. 240, Washington, DC, The World Bank.

Alcorn, Janis B., and Toledo, Victor M. (1995), The Role of Tenurial Shells in Ecological Sustainability: Property Rights and Natural Resource Management in Mexico. In Hanna, S. and Munasinghe, M. (eds). 1995b. op. cit.

Alfsen, K. H., and Saebo H. V. (1993), 'Environmental quality indicators: background, principles and examples from Norway', *Environmental and Resource Economics*, October, Vol. 3, pp. 415-35.

Alkire, S. (2002), 'Dimensions of human development', *World Development*, Vol. 30, No. 2, pp. 181-205.

Alliende, F. (2002), 'Estudio de caso completo basado en el Plan de Descontaminación de la Región Metropolitana', Taller instrumentos de mercado y fuentes de financiamiento para el desarrollo sostenible, División de desarrollo sostenible y asentamientos humanos, CEPAL, Santiago de Chile, 24 de octubre de 2002.

Amman, H., Kendrick, D. and Rust, J. (1996), *Handbook of Computational Economics*, Elsevier, Amsterdam, Netherlands.

Amman, H., Kendrick, D. and Achath, S. (1995), 'Solving stochastic optimization models with learning and rational expectations', *Economics Letters*, Vol. 48, p. 9-13.

Andersen, E. (1993), *Values in Ethics and Economics*, Harvard University Press, Cambridge MA, USA.

Antona, M., et al. (2004), 'Rights transfer in Madagascar biodiversity policies', *Envrionment and Development Economics*, Vol. 9, pp. 825-847.

Armitage, D. R. (2003), 'Traditional agroecological knowledge, adaptive management and the socio-politics of conservation in Central Sulawesi, Indonesia'. *Environmental Conservation* 30: 79-90.

Aronsson, T. and Lofgren, K. G. (1998), 'Green Accounting: What Do We Know and What Do We Need to Know ?', in T. Tietenberg and H. Folmer (eds), *Int. Yearbook of Env. and Resource Economics* 1998/99, Edward Elgar, Cheltenham, UK. Chapter 6.

Arrow, K. J., Bolin, B., Costanza, R., Dasgupta, P., Folke, C., Holling, C. S., Jansson, B-O., Levin, S., Maler, K-G., Perrings, C., and Pimentel, D. (1995), 'Economic Growth, Carrying Capacity and the Environment', *Science*, 268: pp. 520-521.

Arrow, K. J., Cline, W., Maler, K. G., Munasinghe, M. and Stiglitz, J. (1995), 'Intertemporal equity, discounting, and economic efficiency', in *Global Climate Change: Economic and Policy Issues*, M. Munasinghe (Ed.) World Bank. Washington DC.

Arrow, K. J., Dasgupta, P., Jorgensen, D. W., Kuroda, M., Maler, K. G., Munasinghe, M., Nordhaus, W. D., Uzawa, H. and Weitzman, M. (1996), *Symposium on the Environment and Sustainable Development*, Research Centre on Global Warming, Japan Development Bank, Tokyo, Japan.

Arrow, K. J. and Hahn, F. (1971), *General Competitive Analysis*, Holden-Day, San Francisco, CA, USA.

Assefa, G. (2005), *On Sustainability Assessment of Technical Systems*, PhD Thesis, Royal Institute of Technology, Stockholm, Sweden, December.

Atkinson, G., Dubourg R., Hamilton, K., Munasinghe, M., Pearce, D. W. and Young, C. (1997), *Measuring Sustainable Development: Macroeconomics and the Environment*, Edward Elgar, Cheltenham, UK.

Auerbach, A. (1985), 'The Theory of Excess Burden and Optimal Taxation', in A. J. Auerbach y M. Feldstein (eds), *Handbook of Public Economics*, Vol. I, Amsterdam, North Holland.

Awegoda, C. M., M. S. Perera and D. T. Mathhes (1994), 'An assessment of blood lead levels of the population exposed to vehicle emissions', Sri Lanka Academy of Science, Abstracts, E2.

Ayensu, E., Claasen, D. R., Collins, M., Dearing, A., Fresco, L., Gadgil, M., Gitay, H., Glaser, G., Juma, C., Krebs, J., Lenton, R., Lubchenco, J., McNeely, J. A., Mooney, H. A., Pinstrup-Andersen, P., Ramos, M., Raven, P., Reid, W. V., Samper, C., Sarukhán, J., Schei, P., Tundisi, J. G., Watson, R. T. and Azkri, A. H. (2000), 'International ecosystem assessment', *Science*, 286, pp. 685-86.

Aylward, B. A., J. Echeverría, L. Fendt, and E. B. Barbier (1993), The economic value of species information and its role in biodiversity conservation: Costa Rica's National Biodiversity Institute, *LEEC Paper* 93-06, London Environmental Economics Centre, London, UK.

Ayres R. U. (1998), *Turning Point*, Earthscan Publications, London.

Ayres, R. U. (1996), 'Limits to growth paradigm', *Ecological Economics*, 19, pp. 117-34.

Azar, C., Homberg, J. and Lindgren, K. (1996), 'Socio-ecological indicators for sustainability', *Ecological Economics*, Vol. 18, August, pp. 89-112.

Baer, P. and Templet, P. (2001), 'GLEAM: A Simple Model for the Analysis of Equity in Policies to Regulate Greenhouse Gas Emissions through Tradable Permits', in M. Munasinghe, O. Sunkel and C. de Miguel (eds), *The Sustainability of Long-term Growth*, Edward Elgar, Cheltenham, UK and Northampton, MA, USA.

Banaszak, S., Chakravorty, U. and Ljeung, P. (1999), 'Demand for ground transportation fuel and pricing policy in Asian Tigers: a comparative study of Korea and Taiwan', *Energy Journal*, 20 (2), pp. 145-65.

Banco Central de Chile (2001), 'Matriz de insumo-producto de la economía chilena 1996', Santiago, Chile.

Banco Central de Costa Rica (1990), *Cuentas nacionales de Costa Rica*, 1980-1989, San José, December.

Banuri, T. (1998), 'Human and environmental security', *Policy Matters*, Vol. 3, Autumn.

Banuri, T. and Spanger-Siegfried, E. (2002), 'Equity and the clean development mechanism: equity, additionality, supplementarity', In Pinguelli-Rosa, L. and Munasinghe, M., (eds), op. cit. Chapter 5, pp. 102-36.

Banuri, T., Hyden, G., Juma, C. and Rivera, M. (1994), *Sustainable Human Development: From Concept To Operation: A Guide For The Practitioner*, UNDP, New York.

Barrett, C. B., Brandon K., Gibson C., and Gjertsen H. (2001), Conserving tropical biodiversity amid weak instiutions. *BioScience* 51: 497-502.

Barro, Robert J. and Salai-Martin, Xavier (1995), Economic growth. McGraw-Hill, Boston, MA, USA.

Barros, R. P., Henriques, R. and Mendonça, R. (2000), 'A Estabilidade Inaceitável: Desigualdade e Pobreza no Brasil. ' in Henriques, R. (Ed.), *Desigualdade e Pobreza no Brasil*. IPEA, Rio de Janeiro, Brazil.

Barrow, C. J. (2000), *Social Impact Assessment: An Introduction*. Arnold, London, UK.

Bartelmus, P., C. Stahmer and J. van Tongeren (1991), 'Integrated Environmental and Economic Accounting: Framework for a SNA Satellite System', *Review of Income and Wealth*, Vol. 37 (2), pp. 111-48, June.

Basnayake B. R. S. B. (2004), 'Development of rainfall and temperature scenarios for Sri Lanka', Climate Change Secretariat, Colombo, Sri Lanka.

Batabyal, A. A. (1994), 'An Open Economy Model of the Effects of Unilateral Environmental Policy by a Large Developing Country', *Ecological Economics*, Vol. 10 (3), pp. 221-32.

Batabyal, A. A., Beladi, H. and Lee, D. M. (2001), 'Dynamic Environmental Policy in Developing Countries in the Presence of a Balance of Trade Deficit and a Tariff', in M. Munasinghe, O. Sunkel and C. de Miguel (eds), op. cit.

Bates, R., Cofala, J. and Toman, M. (1995), 'Alternative Policies for the Control of Air Pollution in Poland', Environment Paper 7, World Bank, Washington DC.

Bator, F. M. (1957), 'The Simple Analytics of Welfare Maximization' *American Economic Review*, 47: pp. 22-59.

Baumol, W. J. and Oates, W. E. (1988), The Theory of Environmental Policy, Cambridge University Press, Cambridge, UK.

Baumol, W. J. and Bradford, D. F. (1970), 'Optimal Departures from Marginal Cost Pricing', *Amer. Econ. Rev.*, pp. 265-283.

Baytelman, Y., Cowan, K., De Gregorio, J. & González, P. (1999), 'Política Económica-Social y Bienestar: El Caso de Chile', Documento preparado para proyecto de UNICEF.

BCHydro (1995), 'Electricity Plan', Vancouver, British Columbia.

Becker, C. D., and Ghimire, K. (2003), Synergy between traditional ecological knowledge and conservation science supports forest preservation in Ecuador. *Conservation Ecology* 8(1): 1.

Beckerman, W. (1974), *In Defence of Economic Growth*, Jonathan Cape: London.

Beckerman, W. (1993), 'Is economic growth still desirable', in Beckerman, W. *Growth, the Environment and the Distribution of Income*, Edward Elgra, Aldershot.

Beckerman, W. (1994), 'Sustainable development: is it a useful concept? ', in Environmental Values 3, pp. 191-204.

Beg, N., Morlot, J. C., Davidson, O., Afrane-Okesse, Y., Tyani, L., Denton, F., Sokona, Y., Thomas, J. P., La Rovere, E. L., Parikh, J. K., Parikh, K. and Rahman, A. A. (2002), 'Linkages between climate change and sustainable development', *Climate Policy*, Vol. 2, No. 2/3, pp. 129-144.

Beghin, J. and Dessus S. (1999), 'Double Dividend with Trade Distortions, Analytical Results and Evidence from Chile', mimeo.

Beghin, J., Bowland, B., Dessus, S, Roland-Holst, D. and Van der Mensbrugghe, D. (2002), Trade integration, environmental degradation and public health in Chile: assessing the linkages, Environment and Development Economics, Vol. 7, n. 2, pp. 241-67.

Beghin, J., Dessus S., Roland-Holst, D. and Van der Mensbrugghe, D. (1996), 'General Equilibrium Modelling of Trade and the Environment', *Technical Paper*, No. 116, Paris, OECD Development Center.

BEN, (1997), Balanço Energético Nacional, Ministério de Minas e Energia, Brasília.

Bennet, R. (2000), 'Risky business', *Science News*, Vol. 158, pp. 190-1, September.

Bentley, R. W. (2005), 'Global oil and gas depletion', *IAEE Newsletter*, pp. 6-14, Second Quarter.

Bento, A. M. and Rajkumar, A. S. (1998), 'Rethinking the Nature of the Double Dividend Debate', Documento presentado en 'World Congress of Environmental and Resource Economists', Venecia, Italia, 25-27 de Junio, 1998.

Bergman, L. (1990a), 'Energy and Environmental Constraints on Growth: A CGE Modeling Approach', *Journal of Policy Modeling* 12: 4, pp. 671-91.

Bergman, L. (1990b), 'General Equilibrium Effects of Environmental Policy: A CGE-Modeling Approach', Research Paper 6415, Economic Research Institute, Stockholm.

Bergman, L. (1991), 'General Equilibrium Effect of Environmental Policy: A CGE Modeling Approach, ' *Environmental and Resource Economics*, 1: 43-61.

Bergstrom, S. (1993), 'Value standards in sub-sustainable development: On limits of ecological economics', *Ecological Economics*, Vol. 7, pp. 1-18, February.

Berkes, F. (1995), Indigenous Knowledge and Resource Management Systems: A native Canadian case study from James Bay. In Hanna, S. and Munasinghe, M. (eds). 1995b. op. cit.

Berkes, F. (1999), *Sacred ecology: traditional ecological knowledge and management systems*. Taylor & Francis, London, UK.

Berkes, F., and Folke, C. (eds)(1998), *Linking Social and Ecological Systems: Management Practices and Social Mechanisms for Building Resilience*. Cambridge University Press, Cambridge, UK.

Berkes, F., and Folke, C. (2002), Back to the future: ecosystem dynamics and local knowledge in L. H. Gunderson and C. S. Holling, editors. *Panarchy: understanding transformations in human and natural systems*, Island Press, Washington, DC, USA, pp. 121-146.

Berkes, F., Colding, J. and Folke, C. (2000), Rediscovery of traditional ecological knowledge as adaptive management. *Ecological Applications* 10: 1251-62.

Berkes, F., Colding, J. and Folke, C. (2003), *Navigating social-ecological systems: building resilience for complexity and change*, Cambridge University Press, Cambridge, UK.

Besant-Jones, John, E., et al. (1990), *Review of Electricity Tariffs in developing Countries During the* 1980*s*, IEN Series Paper No. 32, Washington DC, The World Bank.

Bhatia, R. and Falkenmark, M. (1992), 'Water Resources policies and the urban poor: innovative approaches and policy imperatives', Background paper prepared for the ICWE, Dublin, 26-31 January 1992.

Biesanz, R., Biesanz, K. and Biesanz, M. (1987), *The Costa Ricans*, New York: Prentice-Hall, Inc.

Binswanger, Hans (1989), 'Brazilian Policies that Encourage Deforestation in the Amazon' Environment Working Paper 16, Environment Department, World Bank, Washington DC.

Birdsall, N. and Wheeler, D. (1992), 'Trade Policy and Industrial Pollution in Latin America: Where are the Pollution Havens? ', in P. Low (ed.), International Trade and the Environment, World Bank Discussion Paper 159, World Bank, Washington DC.

Blomström, M., and Lundahl, M. (1989), *Costa Rica en landstudie*, Stockholm, Blickfång Centralamerika, Latinamerika-institutet.

Boer, G., Flato, G. and Ramsden, D. (2000), 'A transient climate change simulation with greenhouse gas and aerosol forcing: projected climate for the 21st century', Climate Dynamics 16, 427-50.

Bohle, H. G., Downing, T. E. and Watts, M. J. (1994), 'Climate change and social vulnerability: toward a sociology and geography of food insecurity', *Global Environmental Change*, Vol. 4, No. 1, pp. 37-48.

Boiteux, M. (1949), 'La Tarification des Demandes en Pointe', *Revue Generale de l'Electricite*, Vol. 58.

Boiteux, M. and Stasi, P. (1964), 'The Determination of Costs of Expansion of an Interconnected System of Production and Distribution of Electricity', in J. Nelson, (ed.), *Marginal Cost Pricing in Practice*, Prentice-Hall, Englewood Cliffs, NJ.

Bonelli, R. (1998), 'A Note On Foreign direct Investment (FDI) and industrial competitiveness in Brazil' Texto para discussão IPEA, n. 584.

Bongaarts, J. (1994) 'Population policy options in the developing world', *Science* 263:

pp. 771-76.

Borenstein, S. (2005), 'Time varying retail electricity prices: theory and practice', in Griffin, J. M., and Puller, S. L. (eds), op. cit.

Bosello, F., Carraro, C. and Galeotti, M. (1998), 'The double dividend issue: Modeling Strategies and empirical findings', Paper presented at the Symposium on 'Envirnoment, Energy, Economy. A Sustainable Development', Rome.

Botkin, D. B. and Talbot, L. M. (1992), Biological diversity and forests. In N. P. Sharma (ed.) Managing the World's Forests: Looking for balance between conservation and development. Kendall/Hunt, Dubuque, Iowa, pp. 47-74.

Boulanger, P-M, and Brechet, T. (2002), *Improving Scientific Tools for Sustainable Development Decision Making*, Directorate General Research, European Commission, Brussels, Belgium.

Boulding, K. (1966), 'The economics of the coming spaceship earth', in Jarrett, H. (ed.) *Environmental Quality in a Growing Economy*, Johns Hopkins Univ. Press, Baltimore, MD, USA.

Bovenberg, L. and De Mooij, R. (1994), 'Evironmental Levies and Distorsionary Taxation', *American Economic Review*, No. 84: 1085-9.

Braden J. B. and. Kolstad C. D. (eds)(1991), *Measuring The Demand For Environmental Quality*. Elsevier Science Publishing Co. Inc. New York. —change text ref.

Brenman, T. (2001), 'Drawing Lessons from the California Power Crisis', *Resources*, No. 144, pp. 8-12, Summer Issue.

Bromley, D. W. (1989), *Economic Interests and Institutions*, Blackwell, Oxford, UK.

Bromley, D. W. (1991), *Environment and Economy: Property Rights and Public Policy*. Oxford Univ. Press, Oxford, UK.

Brooke, A., Kendrick, D., Meeraus, A., Raman, R., (1997) GAMS: A User's Guide, GAMS Homepage, http://www.gams.com.

Brown, L. (2003), *Plan B: Rescuing a Planet Under Stress and a Civilization in Trouble*, W. W. Norton and Company, New York.

Brown, L. (2004), *Europe Leading World into Age of Wind Energy*, URL: www.earth-policy.org/Updates/Update37.htm.

Brown, P. G. (1998), 'Towards an economics of stewardship: the case of climate', *Ecological Economics*, Vol. 26, pp. 11-21.

Bryne, J., Toly, N., Glover, L. (2006), *Transforming Power: Energy, Environment and Society in Conflict*, Transaction Publishers, NY, USA.

Brzovic, F., Miller, S. and Lagos, C. (2002), 'Gasto, inversión y financiamiento para el desarrollo sostenible en Chile', Serie medio ambiente y desarrollo No 57, División de desarrollo sostenible y asentamientos humanos, CEPAL, diciembre.

Burmeister, E. and Dobell, R. (1971), Mathematical Theories of Economic Growth, Macmillan, New York.

Bussolo, M., Mizala, A. and Romaguera, P. (1998), 'Beyond Heckscher-Ohlin: Trade and Labour Market, Interactions in a Case Study for Chile', *Serie Documentos de Trabajo*, FEDESARROLLO, Agosto.

Cain, M. and McNicoll, G. (1988), 'Population growth and agrarian outcomes' in Lee et al (eds) *Population, Food and Rural Development* Clarendon Press.

Capistrano, D. and Kiker, C. F. (1990), "Global economic influences on tropical closed broad-leaved forest depletion, 1967-1985", paper presented to the International Society for Ecological Economics Conference (Washington, DC, World Bank), May 1990.

Carney, D. (ed)(1998), *Sustainable Rural Livelihoods*, DFID, UK Government.
Carpenter, S. R., and Gunderson, L. H. (2001), Coping With Collapse: Ecological and Social Dynamics in Ecosystem Management. *Bioscience* 51, No. 6: 451-57.
Carriére, J. (1991b), 'The Political Economy of Land Degradation in Costa Rica', *International Journal of Political Economy* 21: 1 (spring), pp. 10-31.
Cash, R. A., Music, S. I., Libonati, J. P., Craig, J. P., Pierce, N. F. and Hornick, R. B. (1974), Response of man to infection with Vibrio cholerae, II, Protection from illness afforded by previous disease and vaccine. J Infect Dis. 1974 Oct; 130(4): 325-33
Caspary, G. and O'Connor, D. (2002), 'Au-deláde Johannesburg: politiques economiques et financières pour un développement respectueux du climat', *Cahier De Politique économique* N°21, OECD, Paris, France.
Cattaneo A. (2005), 'Inter-regional innovation in Brazilian Agriculture and deforestation in the Amazon: income and environment in the balance', *Environment and Development Economics*, Vol. 10, No. 4, pp. 485-511
Cavalcanti, M. A. F. H., Ribeiro, F. J. and Castro, A. S. (1998), in. 'Desempenho Recente e Perspectivas das Exportações Brasileiras', *Revista Brasileira de comércio Exterior*, 57, pp. 39-46.
CBD (1992), *Convention on Biological Diversity*: *Article* 2, UN, New York, USA.
CEB (1987), *Masterplan for electricity supply in Sri Lanka*, Vol 1, Ceylon Electricity Board, Colombo, Sri Lanka.
CEB (1988), *Masterplan for electricity supply in Sri Lanka*, Vol 2, Ceylon Electricity Board, Colombo, Sri Lanka.
CEB (1999), *Long Term Generation Expansion Plan* 1999-2013, Ceylon Electricity Board, Colombo, Sri Lanka.
CEB (2003), *Long Term Generation Expansion Plan* 2003-2017, Ceylon Electricity Board, Colombo, Sri Lanka.
CEB (1992), Wind energy resources assessment for the Southern Lowlands of Sri Lanka, Ceylon Electricity Board, Colombo, Sri Lanka.
CEC (2004), *Towards a Thematic Strategy on the Urban Environment*, Report COM 60, Commission of the European Communities, Brussels, Belgium.
CEF (2005), Central Energy Fund, iGas web-site, http://www.cef.org.za/group/iGas/index.htm, 14 September, 2005.
Central Bank of Sri Lanka (2005), *Annual Report*, Central Bank of Sri Lanka, Colombo, Sri Lanka.
Central Bank of Sri Lanka (CBSL)(1998 & 2003), *Annual Reports of Central Bank of Sri Lanka*.
CEPAL (1999), Panorama social en América Latina 1998, LC/G. 2050-P, Santiago de Chile, Naciones Unidas.
CEPAL (2000), Panorama social en América Latina 1999/2000, LC/G. 2068-P, Santiago de Chile, Naciones Unidas.
Cesar, H. S. (1994), Control and Game Models of the Greenhouse Effect, Springer Verlag, Heidelberg.
CGSDI (2006), Consultative Group on Sustainable Development Indicators, Winnipeg, Canada, URL: http://www.iisd.org/cgsdi/members.asp; and http://esl.jrc.it/envind/dashbrds.htm.
Chakravarty, S. (1969), Capital and Development Planning, MIT Press, Cambridge, Massachusetts.

Chambers, R. (1989), 'Vulnerability, coping and policy', *IDS Bulletin*, Vol. 20, No. 2, pp. 1-7.

Chandrasiri, S. and Jayasinghe, S. (1998), 'Health effects of vehicular emissions in Colombo', UC-ISS Project Working Paper Series, 9805.

Chandrasiri, S. (1999), 'Controlling automotive air pollution: the case of Colombo City', Economy and Environment Programme for Southeast Asia, Research Report Series.

Chang, C. C., Mendelsohn, R. and Shaw, D. (eds)(2003), *Global Warming and the Asian Pacific*, Edward Elgar, Cheltenham, England.

Chenery, H. and Srinivasan, T. N. (eds)(1988)(1989), *Handbook of Development Economics*, i and ii, North-Holland, Amsterdam.

Chichilnisky, G. (1993), 'North-South Trade and the Dynamics of Renewable Resources,' *Structural Change and Economic Dynamics* 4: 2, pp. 219-48.

Chichilnisky, G. and Heal, G. (eds.)(2000), *Environmental Markets: Equity and Efficiency*, Columbia University Press, New York, USA.

Chopra, K. (2001), 'Social capital and sustainable development: the role of formal and informal institutions in a developing country', Institute of Economic Growth, Delhi, India.

Choucri, N. (2003), *Mapping Sustainability*, Global System for Sustainable Development (GSSD), Massachusetts Institute of Technology, Cambridge MA, USA, URL: http://gssd.mit.edu/.

Cialdini, R. B. (2001), *Influence: Science and Practice*, Fourth Edition, Allyn and Bacon, London, UK.

Cicin-Sain, B. and R. W. Knecht (1995), Analysis of Earth Summit Prescriptions on Incorporating Traditional Knowledge in Natural Resource Management. In Hanna, S. and Munasinghe, M. (eds). 1995a. op. cit.

Ciriacy-Wantrup, S. V. (1952), *Resource Conservation: Economics and Politics*, University of California Press, Berkeley, CA, USA.

Clarke, C. and Munasinghe, M. (1995), 'Economic aspects of disasters and sustainable development', in M. Munasinghe and C. Clarke (Eds) *Disaster Prevention for Sustainable Development*, Int. Decade of Natural Disaster Reduction (IDNDR) and World Bank, Geneva and Washington DC.

Cleaver, K. and Schreiber, G. (1991), 'The Population, Environment, and Agriculture Nexus in Sub-Saharan Africa', Africa Region Technical Paper, World Bank, Washington DC.

Cline, W. (1996), 'The impact of global warming on Agriculture: Comment', The American Economic Review, Vol. 86, No. 5, pp. 1309-11.

Coase, R. H. (1960), 'The Problem of Social Cost', Journal of Law and Economics 3 (October), pp. 1-44.

Cochrane, P. (2006), 'Exploring cultural capital and its importance in sustainable development', *Ecological Economics*, Vol. 57, pp. 318-30.

Cocklin, C. R. (1989), 'Methodological Problems in Evaluating Sustainability', *Environmental Conservation* 16: pp. 343-51.

Coeymans, J. E. and Larraín, F. (1994), 'Efectos de un Acuerdo de Libre Comercio entre Chile y Estados Unido: Un Enfoque de Equilibrio General', *Cuadernos de Economía*, Vol. 31, No 94, pp. 357-99.

Colding, J., and Folke, C. (1997), 'The relations among threatened species, their protection, and taboos', *Conservation Ecology*, Vol. 1, No. 1, p. 6. Available from the Internet URL: http://www.consecol.org/vol1/iss1/art6.

Cole, M. A., Rayner, A. J. and Bates, J. M. (1997), 'Environmental quality and economic growth', *University of Nottingham, Department of Economics Discussion Paper*; 96/20, pp. 1-33, December.

Coleman, J. (1990), *Foundations of Social Theory*, Harvard Univ. Press, Cambridge MA.

Colwell, R. and Huq, A. (1994), 'Vibrios in the environment: viable but non-culturable Vibrio cholerae', in Wachsmuth, I. K., Blake, P. A. and Oslvik, O. (eds), Vibrio cholerae and Cholera: Molecular to Global Perspectives, ASM, Washington DC., pp. 117-33.

Committee of International Development Institutions on the Environment (CIDIE)(1992), Workshop on Environmental and Natural Resources accounting, United Nations Environment Programme, Nairobi, Kenya.

Common Wealth of Australia (1999), *Global Trade Reform—Maintaining Momentum*, Foreign Affairs and Trade.

Corfee-Morlot, J., Berg, M. and Caspary, G. (2002), 'Exploring linkages between natural resource management and climate adaptation strategies', Environment Directorate, OECD, Paris, France.

Cornia, G. A., Jolly, R. and Stewart, F. (1992), *Adjustment with a Human Face*, Vol. 1, *Protecting the Vulnerable and Promoting Growth*, Clarendon Press, Oxford.

Costanza, R. (2000), 'Ecological sustainability, indicators and climate change', in M. Munasinghe and R. Swart (eds) *Climate Change and its Linkages with Development, Equity and Sustainability*, IPCC, Geneva, Switzerland.

Costanza, R., Cumberland, J., Daly, H., Goodland, R. and Norgaard, R. (1997), *An Introduction to Ecological Economics*, St. Lucia's Press, Boca Raton FL, USA.

Craven, B, and Islam, S. M. N. (2001), On Multiobjective Dynamic Optimization: Issues in Growth, Social welfare, and Sustainability, Centre for Strategic Economic Studies, Victoria University, Melbourne.

Craven, B. (1995), Control and Optimisation, Chapman and Hall, UK.

Cropper, M. L. and Oates, W. E. (1992), Environmental Economics: A Survey, *Journal of Economic Literature* 30.

Cruz, W. and Gibbs, C. (1990), 'Resource Policy Reform in the Context of Population Pressure, and Deforestation in the Philippines', *American Journal of Agricultural Economics*, 72(5).

Cruz, W. and Repetto, R. (1992), *The Environmental Effects of Stabilization and Structural Adjustment Programs: The Philippines Case*, World Resources Institute, Washington DC.

Cruz, W., Munasinghe, M. and Warford, J. (1997), *The Greening of Economic Policy Reform*. Vol. 1 (Principles) and Vol. 2 (Case Studies), World Bank, Washington DC.

Dabla-Norris, E. and Freeman, S. (1999), 'The Enforcement of Property Rights and Underdevelopment', IMF Working Paper 99/127.

Dahl, C. and Sterner, J. (1991), 'Analysing gasoline demand elasticities: a survey', *Energy Policy*, July, pp. 203-10.

Daly, H. (2000), Ecological Economics and the Ecology of Economics, Edward Elgar, Cheltenham, UK.

Daly, H. (1991), 'Elements of Environmental Macroeconomics', in R. Costanza (ed.), *Ecological Economics: The Science and Management of Sustainability*, Columbia University Press, New York, NY. Chapter 3.

Daly, H. (2001), 'Globalization Versus Internationalization: Some Implications', in M. Munasinghe, O. Sunkel and C. de Miguel (eds), op. cit.

Daly, H. and Cobb, W. (1989), *For the Common Good*, Beacon Press, Boston, MA, USA.

Daniels, P. L. (2005), 'Economic systems and Buddhist world view: the 21st century nexus', *Journal of Socio-economics*, Vol. 34, p. 245-68.

Darwin, R. (1999), 'The impact of global warming on Agriculture: A Ricardian Analysis: Comment', The American Economic Review, Vol 89, No. 4, pp. 1049-52.

Dasgupta P (1993), *An Inquiry into Well-Being and Destitution*, Oxford and New York: Clarendon Press.

Dasgupta, P. and Maler, K. G. (1997), 'The resource basis of production and consumption: an economic analysis', in P. Dasgupta and K. G. Maler (ed.) *The Environment and Emerging Development Issues*, Vol. 1, Claredon Press, Oxford, UK.

Davis, A., and Wagner, J. R. (2003), 'Who knows? On the importance of identifying experts when researching local ecological knowledge', *Human Ecology* 31: 463-489.

Davis, M. (2001), *Late Victorian Holocausts: El Nino Famines and the Making of the Third World*, Verso, London, UK and New York, USA.

Davis, S. H. (2005), 'International Agency Perspectives on Cultural Diversity and Development', Social Development Dept., World Bank, Wash. DC, USA.

DDP/UNEP (2004), *Proceedings of the Third Dams and Development Forum——June* 2004, Dams and Development Project, United Nations Environment Programme, Nairobi.

DDP/UNEP (2005), *DDP Phase 2 Goals and Work Programme*, Information Sheet No. 1, Dams and Development Project, United Nations Environment Programme, Nairobi.

de Bruyn, S. and Heintz, R. J. (1999), 'The environmental Kuznets curve hypothesis', in J. C. J. M. van den Bergh (ed.), *Handbook of Environmental and Resource Economics*, Chapter 46, Edward Elgar, Cheltenham, UK.

De Costa, W. A. J. M., Weerakoon, W. M. W., Herath H. M. L. K. and Abeywardena, R. M. I. (2003), 'Response of growth and yield of rice (oryza sativa) to elevated atmospheric carbon dioxide in the subhumid zone of Sri Lanka', *J. Agronomy and Crop Science*; Vol. 189, pp. 1-13.

De Miguel, C. and Millar, S. (1998), 'Macroeconomía, Medio Ambiente, y Modelos de Equilibrio General', *Documento de Trabajo*, Programa de Desarrollo Sustentable, Centro de Análisis de Políticas Públicas, Universidad de Chile, Santiago, Noviembre 1998.

de Soto, H. (1993), 'The missing ingredient', *The Economist* 328 (7828), pp. 8-12.

De Vriess, B. and Goudsblom, J. (eds)(2002), *Mappae Mundi*, Amsterdam Univ. Press, Amsterdam, Netherlands.

Debski, K. (1966), Continental Hydrology, Vol 2: Physics of Water, Atmospheric Precipitation and Evaporation.

Department of Census and Statistics (2003), *Poverty Indicators——Household Income and Expenditure Survey* 2002, Ministry of Interior, Sri Lanka.

Dessus, S. and Bussolo, M. (1996), 'Is there a Trade-off between Trade Liberalization and Pollution Abatement in Costa Rica? A Computable General Equilibrium Assessment', OECD Development Centre.

Devarajan, S. (1990), 'Can Computable General Equilibrium Models shed light on the

Environmental problems of developing Countries? Paper prepared for WIDER. conference the Environment and Emerging Development Issues, Helsinki, Septemeber

DFID, EC, UNDP and World Bank (2002), *Linking Poverty Reduction and Environmental Management*, Department for International Development, United Kingdom (DFID), Directorate General for Development, European Commission (EC), United Nations Development Programme (UNDP), and The World Bank, Washington DC, USA.

Dheerasinghe, K. G. D. D. and Jayaweera, D. S. (1997), 'Economic, social and environmental demands on transport: past performance and emerging challenges', in Sri Lanka Transport Sector Study, Volume II, South Asia I Infrastructure Division, World Bank Report 16269-CE, Washington DC.

Diamond, J. (1997), *Guns, Germs and Steel: The Fates of Human Societies*, W. W. Norton, New York, NY, USA.

Diefenbacher, H. (1994), 'The Index of Sustainable Economic Welfare', in J. Cobb and C. Cobb (eds), *The Green National Product*, University Press of America, Lanham.

Dietz, T., Ostrom, E. and Stern, P. C. (2003), The struggle to govern the commons, *Science* 302: 1907-12.

Dijk, J. F. W. van (1999). Assessment of non-wood forest product resources in view of the development of sustainable commercial extraction. in Sunderland, T. C. H., Clark, L. E. and Vantomme, P. (eds.). Non-wood forest products of Central Africa: current research issues and prospects for conservation and development. FAO, Rome, Italy. pp. 37-50.

Dinar, A., Mendelsohn, R., Evenson, R., Parikh, J., Sanghi, A., Kumar, K., McKinsey, J., Lonergan, S. (eds)(1998), Measuring the Impact of Climate Change on Indian Agriculture, World Bank Technical Paper No. 402, Washington, DC.

DIPRES (2001), 'Estadísticas de las Finanzas Públicas 1991-2000' Series Estadísticas, Dirección de Presupuestos, Ministerio de Hacienda, Gobierno de Chile.

DIPRES (2003), Series Estadísticas, Estadísticas de las Finanzas Públicas 1987-2002, National Budget Office, Ministry of Finance, Chile.

DME (2001), *South Africa National Energy Balance* 1999, Microsoft Excel Spreadsheet, Department of Minerals and Energy, Pretoria, South Africa.

DME (2003), *South Africa National Energy Balance* 2001, Department of Minerals and Energy, Pretoria, South Africa.

Dodds, S. (1977), Economic growth and human well-being, in Diesendorf, M., Hamilton, C. Human Ecology and Human Economy, Allen and Unwin, Sydney.

Dopfer, K. (1979), The New Political Economy of Development: Integrated Theory and Asian Experience, The Macmillan Press Ltd, UK.

Dreze, J. and Sen, A. (1990), *Hunger and Public Action*, Clarendon Press, Oxford.

du Toit, J. T., B. H. Walker, and B. M. Campbell. 2004. Conserving tropical nature: current challenges for ecologists. *Trends in Ecology and Evolution* 19: 12-17.

Dufournaud, M., Harrington, J. and Rogers, P. (1988), 'Leontief's Environmental Repercussions and the Economic Structure Revisited: A General Equilibrium Formulation', *Geographical Analysis*, 20(4), pp. 318-27.

DUKES (2006), The Digest of UK Energy Statistics (DUKES), London, UK.

Duloy, J. (1975), 'Sectorial, regional and project analysis', in Chenery, H., et. al. (eds), op. cit.

Dupuit, J. (1932), De l'utilité et de sa mesure: Écrits choisis et republiés par Mario de Bernardi. Turin: La Reforma Soziale.

Durayappah A. K. (1998), 'Poverty and Environmental Degradation: a Review and Analysis of the Nexus', *World Development*, Vol 26 No. 12, pp. 2169-79.

Eberhard, A. (2003), 'The political, economic, institutional and legal dimensions of Electricity Supply Industry reform in South Africa', Political Economy of Power Market Reform Conference, 19-20 February, Stanford University.

ECLAC (Economic Commission for Latin America and the Caribbean)(1989), 'Crisis External Debt, Macroeconomic Policies, and Their Relation to the Environment in Latin America and the Caribbean. ' Paper prepared for the meeting of high-level government experts on Regional Cooperation in Environmental Matters in Latin America and the Caribbean, United Nations Environmental Programme, Brasilia.

Ecological Economics (1998), *Special Issue on the Environmental Kuznets Curve*, Vol. 25, May.

Ecological Economics (2000), *Special Issue on the Human Actor in Ecological-Economic Models*, Vol. 35, No. 3, December.

Ecological Economics (2006), *Special Issue on Environmental Benefits Transfer*, Vol. 60, No. 2.

Ecology and Society (2006), *Special Issue on Resilience in Social-Ecological Systems*, Vol. 11, No. 1, URL: http://www. ecologyandsociety. org/vol11/iss1/

Edwards, Sebastian (1992), 'Structural Adjustment and Stabilization: Issues on Sequencing and Speed. ' EDI Working Papers, Economic Development Institute, World Bank, Washington DC.

Edwards, T. Huw and Hutton, John P. (2001), 'Allocation of carbon permits within a country: A general equilibrium analysis of the United Kingdom', *Energy Economics*, Kidlington, Jul 2001, Vol. 23, Iss. 4; pp. 371-86

Eggertsson, T. 1990, *Economics Behaviour and Institutions*, Cambridge University Press, Cambridge.

EIA (2005), *International Energy Outlook* 2005, Report #: DOE/EIA-0484(2005), Energy Information Administration, Dept of Energy, USA.

EIA (2006), International Energy Outlook, 2006. Energy Information Administrtation., USA.

EIA (2006), International Energy Outlook, 2006. Energy Information Administration, US Government, Wash. DC, USA.

Ekins, P., Folke, C., and de Groot, R. (2003), 'Identifying Critical Natural Capital', *Ecological Economics*, Vol. 44 No. 2-3, pp. 159-65.

Eltis, W. (1966), *Economic Growth*, Hutchinson and Co., London.

Emori, S. T. Nozawa, Abe-Ouchi, A., Namaguti, A. and Kimoto, M. (1999), 'Coupled ocean-atmospheric model experiments of future climate change with an explicit representation of sulfate aerosol scattering', J. Meteorological Society Japan 77: 1299 -1307.

Energy Conservation Fund (1996), Sri Lanka Energy Balance, Colombo, Sri Lanka.

England, R. W. (2000), 'Natural Capital and the Theory of Economic Growth', *Ecological Economics*, Vol. 34 (3), pp. 425-31.

Environment and Development Economics (1997), *Special Issue on the Environmental Kuznets Curve*, Vol. 2, Part 4, October.

Environment and Development Economics (1998), *Policy Forum*, Vol. 3, Part 4, October.

Environment and Development Economics (1999), *Special Issue on Structural Adjustment and the Environment*, Vol. 4, Part 1, February.

Environment and Development Economics (2004), *Special Issue on Poverty and Forest Degradation*, Vol. 9, Part 2, April.

Environment and Development Economics (2004), *Special Section on the Dynamics of Coupled Human and Natural Systems*, Vol. 11, Part 1, February.

Environmental Ethics (Various issues), Elsevier, Amsterdam.

Estrada-Oyuela, R. A. (200), 'Equity and climate change', In Pinguelli-Rosa, L. and Munasinghe, M., (eds), op. cit., Chapter 3, pp. 36-46.

Esty, D. C. (2004). Environmental Protection in the Information Age. *New York University Law Review* 79: 115.

Eurostat (2006), *European Union Sustainable Development Indicators*, Brussels, Belgium, URL: http://epp. eurostat. cec. eu. int.

Faber, M. and Proops, J. L. R. (1990), Evolution, Time, Production and the Environment, Springer-Verlag, Heidelberg.

Fabricius, C., and Koch, E. (2004), Rights, resources and rural development: community-based natural resource management in Southern Africa. Earthscan, London, UK.

Falkenmark, M. and Rockstrom, J. (2006), 'Green water breaking new ground', *Water Front*, No. 1, pp. 10-11.

Falkenmark, M., Garn, M., Cesti, R. (1990), Water Resources: A call for new ways of thinking, Draft Paper, INUWS, World Bank, Washington DC.

FAO (2005), *State of the World's Forests* 2005, Food And Agriculture Organization, Rome. Italy.

Faucheux, S., Pearce, D. and Proops, J. (Eds.)(1996), *Models of Sustainable Development*, Edward Elgar Publ., Cheltenham, UK.

Feder, G., Ochan, T., Chalamwong, Y. and Hongladarom. C. (1988), *Land Policies and Farm Productivity in Thailand*, Johns Hopkins University Press, Baltimore, MD.

Fernando, C. and Munasinghe, M. (1998), 'A real options framework to assess environmental policy, programs and strategy for GHG mitigation', World Bank, Washington DC.

Fernando, C., Kleindorfer, and Munasinghe, M. (1994), 'Integrated resource planning with environmental costs in developing countries', *The Energy Journal*, Vol. 15, No. 3, pp. 93-121.

Fernando, C., Kleindorfer, Paul R. and Munasinghe, Mohan (1994), Integrated Resource Planning with Environmental Costs in Developing Countries, The Energy Journal-in Ch17-v57.

Fernando, S. (1998), 'An assessment of the small hydro potential in Sri Lanka', Intermediate Technology Development Group, Colombo, Sri Lanka.

Fields, G. (1995), Income distribution in developing economies: conceptual, data, and policy issues in broad-based growth, in Quibira, M., Dowling, M., Current Issues in Economic Development, Oxford University Press, Hong Kong.

Fischer, S and Thomas, V. (1990), 'Policies for economic development', *American Journal of Agricultural Economics*, Vol. 72, No. 3

Fisher I. (1906)(reprinted 1965), *The Nature of Capital and Income*, Augustus M. Kelly, NY, USA.

FOCUS Estudios y Consultarías (2000), *Presupuesto Nacional Ambiental* 1999-2000, Comisión Nacional de Medio Ambiente, Santiago, Chile.

Focus the Nation (2007) http://www. focusthenation. org/index. html.

Folke, C. and Berkes, F. (1995), 'Mechanisms that Link Property Right to Ecological Systems, ' in Hanna, S. and Munasinghe M., eds. 1995a, op. cit.

Folke, C. and Gunderson, L (2006), 'Facing global change through social-ecological research' *Ecology and Society*, Vol. 11, No. 2, URL: http://www.ecologyandsociety.org/.

Forsund, F. and Storm, S. (1988), *Environmental Economics and Management: Pollution and Natural Resources*, Croom Helm Press, New York, USA.

Foster, S. S. D. (1988), 'Impacts of Urbanization on Groundwater. ' *UNESCO-IHP Proc. Intl Symp Urban Water* 88, Duisberg, Germany.

Fox, K., Sengupta J. and Thorbecke, E. (1973), Theory of Quantitative Economic Policy, North Holland, Amsterdam.

Foy, G. and Daly, H. (1989), 'Allocation, Distribution, and Scale as Determinants of Environmental Degradation: Case Studies of Haiti, El Salvador, and Costa Rica', Environment Working Paper 19, Environment Department, World Bank, Washington, DC.

Frankel, J. and Romer, D. (1999), 'Does Trade Cause Growth? ' *American Economic Review*, Vol. 89 (June), pp. 379-99.

Freeman, A. M. (1993), *The Measurement of Environmental and Resource Values: Theory and Methods*, Resources For the Future. Washington, DC.

French, H. (2000), *Vanishing Borders: Protecting the Planet in the Age of Globalization*, Worldwatch, Wash. DC, USA.

Friedman, J. W. (1986), Game theory with applications to economics, Oxford University Press.

FT (Financial Times)(2006a), 29 October.

FT (Financial Times)(2006b), 3 December.

Fullerton, D. and Metcalf, G. E. (1997), 'Environmental Taxes and the Double-Dividend Hypothesis: Did You Really Expected Something for Nothing? ', *NBER Working Paper*, No 6199, September.

Gadgil M., Rao, P. R. S., Utkarsh, G., Pramod, P. and Chatre, A. (2000), New meanings for old knowledge: the people's biodiversity registers programme. *Ecological Applications* 10: 1307-17.

Gadgil, M. and Rao, P. R. S. (1995), 'Designing incentives to conserve India's biodiversity', in Susan Hanna and Mohan Munasinghe (eds), pp. 53-62, 1995b op. cit.

Garbacz, C. (1989), 'Gasoline, diesel and motorfuel demand in Taiwan', *Energy Journal*, 10 (2), p. 153.

Garfield, P. J. and Lovejoy, W. F. (1964), *Public Utility Economics*, Prentice-Hall, Englewood Cliffs NJ.

Gbetnkom D. (2005), 'Deforestation in Cameroon: Immediate causes and consequences', *Environment and Development Economics*, *Vol.* 10, *No.* 4, *pp.* 557-72.

GENI (2002). *Electricity For All: Targets, Timetables, Instruments*, Global Energy Network Institute, Paris, France.

GENI (2004), Global Energy Network Institute, http://www.geni.org/globalenergy/policy/renewableenergy/index.html.

GEO (2006), Year Book 2006, UNEP, Nairobi, Kenya.

Georgescu-Roegen, N. (1971), *The Entropy Law and the Economic Process*, Harvard Univ. Press, Cambridge, MA, USA.

Ghimire, S. K., Mc Key D, Thomas, Y. A. (2004), Heterogeneity in Ethnoecological

Knowledge and Management of Medicinal Plants in the Himalayas of Nepal: Implications for Conservation, *Ecology and Society*. ; 9:6.

Gilbert, A. and Feenstra, J. (1994), 'Sustainability indicators for the Dutch environmental policy theme "diffusion" cadmium accumulation in soil', *Ecological Economics*, Vol. 9, pp. 253-65, April.

Gintis, H. (2000), 'Beyond homo economicus: evidence from experimental economics', *Ecological Economics*, Vol. 35, No. 3, pp. 311-23.

Githinji, M. and Perrings, C. (1992), 'Social and ecological sustainability in the use of biotic resources in sub-Saharan Africa: rural institutions and decision making in Kenya and Botswana', *Mimeo.*, Beijer Institute and University of California, Riverside.

Glaister et al., (1999), 'Transport and Health in London', report for the NHS executive, London.

Glomsrod, S., Monge, M. D. and Vennemo, H. (1999), 'Structural Adjustment and Deforestation in Nicaragua', *Environment and Development Economics*, Vol. 4 (1), pp. 19-43.

Goldin I. and Roland-Host, D. (1997), 'Economic Policies for Sustainable Resource Use in Morocco', in W. Cruz, M. Munasinghe and J. Warford (eds), *The Greening of Economic Policy* Reform, Vol. II: Case Studies, Chapter 3, World Bank, Washington DC.

Goldin, I., and Winters, A. (1992), *Open Economies: Structural adjustment and Agriculture*, Cambridge University Press, London, UK.

Goldin, I., and Roland-Host, D. (1994), 'Economic Policies for Sustainable Resource Use in Morocco', Paper prepared for the joint meeting on Sustainable Economic Development: Domestic and International Policy, OECD Development Center, Paris, 24-25, 1993. Gordon, C., C. Senior, H. Banks, I. Gregory, T. Johns, Mitchell, J. and Wood, R. (2000), 'The simulation of SST, sea ice extents, and ocean heat transports in a version of the Hadley Centre coupled model without flux adjustments', Climate Dynamics 16, 147-68.

Gordon, H. and O'Farrell, S. (1997), 'Transient climate change in the CSIRO coupled model with dynamic sea ice', Mon. Weather Research 125, 875-907.

Gordon, H. S. (1954), The economic theory of a common-property resource fishery. J. Polit. Econ., 62: 124-42

GOSL (Government of Sri Lanka)(2002), *Regaining Sri Lanka: Vision and Strategy for Accelerated Development*, Govt. Press, Colombo, Sri Lanka.

Gottret, M. A. V. N. and White, D. (2001), Assessing the impact of integrated natural resource management: challenges and experiences. Conservation Ecology 5 (2): 17.

Gowdy, J. and Erikson, J. (2005), 'Ecological economics at a cross roads', *Ecological Economics*, Vol. 53, No. 1, pp. 17-20.

Gray, A. (1991), 'The impact of biodiversity conservation on indigenous peoples', in *Biodiversity: Social and Ecological Perspectives*, V. Shiva (editor), Zed Books, London, UK.

Green, T. L. (2001), *Mining and Sustainability: the Case of the Tulsequah Chief Mine*, Environmental Mining Council, BC, Canada.

Gren, I. M., and Brannlund, R. (1995), Enforcement of regional environmental regulations: Nitrogen fertilizers in Sweden. in Hanna, S. and M. Munasinghe (eds.), 1995b. op. cit.

Griffin, J. M., and Puller, S. L. (eds)(2005), *Electricity Deregulation: Choices and*

Challenges, Chicago University Press, Chicago, IL, USA.

Grima, A. P. L., Horton, S. and Kant, S. (2003), 'Introduction to natural capital, poverty and development', *Environment, Development and Sustainability*, Vol. 5, pp. 297-314.

Gronau, Reuben (1977), 'Leisure, Home Production, and Work——The Theory of the Allocation of Time Revisited. ' *J. P. E.* 85(6): 1099-1123.

Grootaert, C. (1998), 'Social capital: the missing link', *Social Capital Initiative Working Paper*, No. 3, World Bank, Washington DC.

Grossman, G., and Krueger, A. (1993), 'Environmental Impacts of a North American Free Trade Agreement', in Peter Garber, *The Mexico CUS Free Trade Agreement*, Cambridge: the MIT Press.

Grossman, G. (1995), 'Pollution and growth——what do we know', in Goldin, L., Winters, L., *The Economies of Sustainable Development*, Cambridge University Press, Cambridge, UK.

Grossman, G. M., and Krueger. A. B. (1995), 'Economic Growth and the Environment', *Quarterly Journal of Economics*, CX, pp. 353-77.

Gunderson, L., and Holling, C. S. (2001), *Panarchy: understanding transformations in human and natural systems*, Island Press, New York, USA.

Gupta, S., Davoodi, H. and Tinogson, I. (2000a), 'Corruption and the Provision of Health Care and Education Services', Working Paper 00/116, 2000, IMF Washington DC, USA

Gupta, S., Mello, L. and Saran, R. (2000b), 'Corruption and Military Spending, ' Working Paper 00/23, 2000, IMF Wash. DC, USA.

Gupta S., Davoodi, H. and Alonso-Terme, R. (1998), 'Does Corruption Affect Income Inequality and Poverty? ' IMF Working Paper 98/76.

GVRD (2003), *Greater Vancouver Sustainability Report* 2003-2005: *Building a Sustainable Region*, Vancouver, British Columbia, Canada.

Gylfason, T. (1999), *Principles of Economic Growth*, Oxford University Press, Oxford.

Hall, C. (Ed). (1995), *Maximum Power: The Ideas and Applications of H. T. Odum*, Colorado Univ. Press, Niwot, CO, USA.

Hall, C., Tharakan, P., Hallock, J., Cleveland, C. and Jefferson, M. (2003), 'Hydrocarbons and the evolution of human culture', *Nature*, Vol. 426, pp. 318-22.

Hall, D. L. (1989), 'On seeking a change of environment in nature', in *Asian Traditions of Thought: Essays in Environmental Philosophy* edited by J Baird Calicott and Roger T Ames, State University of New York Press, Albany, NY, USA.

Hall, M. J. (1984), *Urban Hydrology*, Elsevier Applied Sciences Publishers Ltd., London, UK.

Hamilton, C. (1998), Measuring changes in economic welfare, in Eckersley, R. Meauring Progress, CSIRO Publishing, Melbourne.

Hammer, M. (1995), 'Integrating ecological and socioeconomic feedbacks for sustainable fisheries', in Hanna, S. and Munasinghe, M. (eds). 1995b. op. cit.

Hanna S, Folke C, Maler K. (ed.)(1996), *Rights to nature*, Island Press, Washington.

Hanna, S. (1995), 'Efficiencies of User Participation in Natural Resource Management', in Hanna, S. and Munasinghe, M. (eds)(1995a) op. cit.

Hanna S. and Munasinghe, M. (1992), 'An Introduction to Property Rights and the Environment' In Hanna, S. and Munasinghe, M. (eds). 1995a. op. cit.

Hanna, S., and Munasinghe, M. (1995a), *Property Rights and the Environment*, Beijer Institute and the World Bank, Stockholm and Washington DC.

Hanna, S. and Munasinghe, M. (1995b), *Property Rights in Social and Ecological Context*, Beijer Institute and the World Bank, Stockholm and Washington DC.

Hansen, A. Chr. (2006), 'Do declining discount rates lead to time inconsistent economic advice? ', *Ecological Economics*, Vol. 60, No. 1, pp. 138-44.

Haque N. and Sahay, R. (1996), 'Do Government Wage Cuts Close Budget Deficits? Costs of Corruption? , ' *IMF Staff Papers*, December.

Harberger, A. C. (1976), *Project evaluation: collected papers*. University of Chicago Press.

Hargrove, E. C. (1989), 'Foreword', in Calicott, J. B. and R. T. Ames (eds), *Nature in Asian Traditions of thought: Essays in Environmental Philosophy*, State University of New York Press, Albany, NY, USA.

Harrison, G., Rutherford, T. F. & Tarr, D. G. (1997), 'Opciones de Política Comercial para Chile: Una evaluación cuantitativa', *Cuadernos de Economía*, No 31.

Harrison, G., Rutherford, T. F. & Tarr, D. G. (2002), 'Chile's Regional Arrangements: The Importance of Market Access and Lowering the Tariff to Six Percent', prepared for the Central Bank of Chile conference on General Equilibrium Models for the Chilean Economy, Santiago, April 4/5, 2002.

Hartwick, J. M. (1990), 'Natural Resources, National Accounting and Economic Depreciation', *Journal of Public Economics*, Vol. 43, pp. 291-304.

Hassan, M. H. A. (2005), 'Small Things, Big Changes', *Third World Academy of Sciences Newsletter*. Vol 17(3).

Hazilla M., and Koop, R. (1990), 'Social Cost of Environmental Quality Regulations: A General Equilibrium Analysis', *Journal of Policy Modeling*, 98(4), pp. 853-873.

Heal, G. (1973), The Theory of Economic Planning, North Holland Publishing Co., Amsterdam.

Hellsten, M. (1988), 'Socially Optimal Forestry. ' *Journal of Environmental Economics and Management* 15, pp. 387-94.

Herath, V. (2006), 'EIA theories and practice: balancing conservation and development in Sri Lanka', *J. Environmental Assessment and Policy*, Vol. 8, No. 2, pp. 205-22.

Hertel, T. W. (Ed.)(1997), *Global Trade Analysis: Modeling and Applications*, Cambridge University Press, Cambridge, UK.

Heyes, A. (2000), 'A Proposal for the Greening of Textbook Macroeconomics: IS-LM-EE', *Ecological Economics*, Vol. 32, No. 1, pp. 1-8.

Hicks, J. (1946), *Value and Capital*, 2nd edition, Oxford University Press, Oxford, UK.

Hindriks J., Keen, M. and Muthoo, A. (1999), 'Corruption, Extortion, and Evasion', *Journal of Public Economics*.

Hinterberger, F. and Luks, F. (2001), 'Dematerialization, Competitiveness and Employment in a Globalized Economy', in M. Munasinghe, O. Sunkel and C. de Miguel (eds), op. cit.

Holden, S. T., Taylor, J. E. and Hampton, S. (1999), 'Structural Adjustment and Market Imperfections: A Stylized Village Economy-wide Model with Non-separable Farm Households', *Environment and Development Econ*. Vol. 4 (1), pp. 69-87.

Holland, D. Figueroa, E., Alvarez, R. and Gilbert, J. (2002), 'Imperfect Labor Mobility, Urban Unemployment and Agricultural Trade Reforms in Chile' prepared for the Central Bank of Chile conference on General Equilibrium Models for the Chilean

Economy, Santiago.
Holling, C. S. (1973), 'Resilience and stability of ecological systems', *Annual Review of Ecology and Systematics*, Vol. 4, pp. 1-23.
Holling, C. S. (1986), 'The resilience of terrestrial ecosystems: local surprises and global change', in W. C. Clark and R. E. Munn (Eds.), *Sustainable Development of the Biosphere*, Cambridge University Press, Cambridge, UK, pp. 292-317.
Holling, C. S. (2004), 'From complex regions to complex worlds', *Ecology and Society* 9(1): 11. URL: http://www. ecologyandsociety. org/vol9/iss1/art11.
Holling, C. S. and Walker, B. (2003), 'Resilience Defined', *Internet Encyclopedia of Ecological Economics*, International Society for Ecological Economics.
Holmberg, J., and Karlsson, S. (1992), 'On designing socio-ecological indicators', in U. Svedin and Bhagerhall-Aniansson (Eds.) *Society and Environment: A Swedish Research Perspective*, Kluwer Academic, Boston.
Holtz-Eakin, D. and Selden, T. M. (1995), 'Stoking the fires? CO_2 emissions and economic growth', *National Bureau of Economic Research, Working Paper Series*, 4248, pp. 1-38.
Hotelling, H. (1931), 'The Economics of Exhaustible Resources', *Journal of Political Economy*, 39 (2), pp. 137-75.
Hotelling, H. (1938), 'The General Welfare in Relation to Problems of Taxation and of Railway and Utility Rates, ' *Econometrica*, 6: 3, pp. 242-69
Hufschmidt, M. M., et al. (1983), *Environment, Natural Systems and Development*, John Hopkins Univ. Press, Baltimore, USA.
Hugo, V., González, B. Jiménez, R. and Vargas, T. (1983), *Problemas económicos en la década de los* 80. San José: Agencia para el Desarrollo International.
Hultkrantz, L. (1992), 'National Account of Timber and Forest Environmental Resources in Sweden', *Environmental and Resource Economics*, Vol. 2 (3), pp. 283-305.
Huq, A., Small, E. B. West, P. A. Huq, M. I. Rahman, R. and Colwell, R. R. (1983), Ecological relationships between Vibrio cholerae and planktonic crustacean copepods, Appl Environ Microbiol. 45(1): 275-83.
Hyde, W. F. et al (1991), 'Forest economics and policy analysis: An overview', World Bank Discussion Paper No. 134, Washington DC.
IAIA (2003), *Social Impact Assessment: International Principles*, Special Publication Series No. 2, International Association for Impact Assessment, North Dakota, USA.
Ianchovichina, E. Darwin, R. and Shoemaker, R. (2001), 'Resource use and technological progress in agriculture: a dynamic general equilibrium analysis', *Ecological Economics* 38: 275-91.
IBAMA (1997), Portaria de biodiversidade No. 62.
IEA (2000a), World Energy Outlook 2000.
IEA (2000b), *Energy Labels and Standards*, OECD/IEA.
IEA (2002), Improving Energy Efficiency.
IEA (International Energy Association)(2006), *Technology Agreements-Demand Side Management*, IEA Website: http://www. iea. org/textbase/techno/iaresults. asp? Ia=Demand-Side%20Management.
IEA (2005), World Energy Outlook 2005, International Energy Agency.
IISD (2006), *Compendium of Sustainable development Indicators*, International Institute for Sustainable Development, Winnipeg, Canada, URL: http://www. iisd. org/measure/compendium/.

INPE (2000), *Relatório Anual de Desflorestamento na Amazônia*. São José dos Campos.

IPCC (1996a), *Climate Change* 1995: *Economic and Social Dimensions of Climate Change*, J. P. Bruce, *et al*., (Eds.) Cambridge University Press, London, UK.

IPCC (1996b), *Climate Change* 1995: *Impacts, Adaptations and Mitigation of Climate Change*, Watson, R. T., *et al*., (Eds.) Cambridge University Press, London, UK.

IPCC (1997), *Climate Change and Integrated Assessment Models* (*IAMs*), Geneva, Switzerland.

IPCC (2000), *Special Report on Emission Scenarios* (*SRES*), IPCC, Geneva, Switzerland.

IPCC (2001a), *Climate Change* 2001: *The Scientific Basis*, Third Assessment Report, Cambridge University Press, London, UK.

IPCC (2001b), *Climate Change* 2001: *Impacts Adaptation and Vulnerability*, Third Assessment Report, Cambridge University Press, London, UK.

IPCC (2001c), *Climate Change* 2001: *Mitigation*, Third Assessment Report, Cambridge University Press, London, UK.

IPCC (2001d), *Climate Change* 2001: *Synthesis Report*, Third Assessment Report, Cambridge University Press, London, UK.

Islam, S. and Craven, B. (2003), 'Measuring sustainable growth and welfare: computational models and methods', in Fetherston, J. Batten, J., *Governance and Social Responsibility*, Elsevier-North Holland, Amsterdam.

Islam, S. and Jolley, A. (1996), Sustainable development in Asia, Natural Resources Forum, 20 (4), pp. 263-79.

Islam, S. Munasinghe, M. and Clarke, M. (2003), 'Making Long-term Economic Growth More Sustainable: Evaluating the Costs and Benefits', *Ecological Economics*, Vol. 47, Nos. 2-3, pp. 149-66.

Islam, S. (1998), *Mathematical Economics of Multi-level Optimisation*: *Theory and Application* (Physica series: Contributions to Economics), Springer Verlag, Heidelberg.

Islam, S. (2001), 'Ecology and Optimal economic Growth: An Optimal Ecological Economic Growth Model and Its Sustainability Implications', in M. Munasinghe, O. Sunkel and C. de Miguel (eds), op. cit.

Islam, S. (2001), *Optimal Growth Economics*, North-Holland, Amsterdam

Islam, S. and Craven, B. (2001), 'Computing optimal control on MATLAB the SCOM package and economic growth models', in A. Rubinov et al. (eds), *Optimisation and Related Topics*, Kluwer Academic Publishers, Amsterdam.

IUCN (The World Conservation Union) (2004), *IUCN Red List of Threatened Species*: *A Global Species Assessment*. Eds. Jonathan E. M. Baillie, Craig Hilton-Taylor and Simon N. Stuart.

Jackson, T. and Marks, N. (1994), Measuring sustainable economic welfare, Stockholm Environment Institute in cooperation with the New Economics Foundation, Stockholm.

Jaeger, W. K. (1999), 'Double Dividend Reconsidered', Paper presented at 'EAERE Ninth Annual Conference', Oslo, Norway.

Jayaweera, D. S. (1999), 'Effective steps towards traffic calming in developing countries: A case study for Metropolitan Region of Colombo in Sri Lanka', Ph. D. Thesis, MIT.

Jayewardene, P. and Perera, V. (1991), 'Sri Lanka: the rural electrification problem', Report by Power and Sun (Pvt) Ltd, Colombo.

Jefferson, M. (2005), Renewable Energy: How are we doing? , *Renewable Energy* 2005, pp 14-17, World renewable Energy Network, Sovereign Publications, UK.

Jenkins, T. N. (1996), Democratising the global economy by ecologising economics: the example of global warming, *Ecological Economics*, 16 (3): 227-39.

Jepma, C. and Munasinghe, M. (1998), *Climate Change Policy*, Cambridge Univ. Press, Cambridge, UK.

Jevons, S. (1865) , *The Coal Question*, British Museum Archive, London, UK.

Jodha, N. S. (1995), 'Environmental crisis and unsustainability in Himalayas: Lessons from the degraduation process', pp. 183-99 in Hanna, S. and M. Munasinghe (Eds) 1995b. op. cit. pp. 183-199

Johannes, R. E. (1998), The case of data-less marine resource management: examples from tropical nearshore finfisheries. *Trends in Ecology and Evolution* 13: 243-46.

Johansson, Per-Olov, and Löfgren, K. G. (1985), *The Economics of Forestry and Natural Resources*, Oxford, England: Basil Blackwell.

Johnson, D. G. (1973), World agriculture in disarray, Macmillan Press Ltd, London.

Jorgensen, D. W. and Wilcoxon, P. J. (1990), 'Intertemporal General Equilibrium Modeling of U. S. Environmental Regulation', *J. of Policy Modeling*, Vol. 12 (4), pp. 715-44.

Jorgenson, D. W. and Wilcoxen, P. (1993), 'Reducing U. S. Carbon Dioxide Emissions: An Assessment of Different Instruments', *Journal of Policy Modeling*, 15(5): 491-520.

Joskow, P. (2006), 'Markets for power in the US-an interim assessment', Energy Journal, Vol. 27, No. 1, pp. 1-36.

Kadekodi, G. K. and Agarwal, M. M. (2001), 'Why and Inverted U-shaped Environmental Kuznets Curve May Not Exist', in M. Munasinghe, O. Sunkel and C. de Miguel (eds), op. cit.

Kahn, J. R. and McDonald, J. A. (1991), 'Third World debt and tropical deforestation', paper presented by Oak Ridge National Laboratory, Tennessee, for the US Department of Energy.

Kaitala, V. and Munro, G. R. (1995), The management of transboundary resources and property rights systems: The case of fisheries in S. Hanna and M. Munasinghe, (eds) 1995a op. cit. pp. 69-83.

Kellert, S. R., Mehta, J. N. Ebbin, S. A. and Lichtenfeld, L. L. (2000), Community natural resource management: promise, rhetoric, and reality, *Society and Natural Resources* 13: 705-15.

Keogh, R. M. (1984), 'Changes in the Forest Cover in Costa Rica through History', *Turrialba* 34: 3, pp. 325-31.

Kessler J. J. and Van Dorp, M. (1998), 'Structural Adjustment and the Environment: The Need for an Analytical Methodology', *Ecol. Econ.* Vol. 27 (3), pp. 267-81.

Khatib, H. and Munasinghe, M. (1992), *Electricity, The Environment, and Sustainable World Development*, World Energy Council, 15th Congress. Madrid.

Knetsch, J. L. and Sinden, J. A. (1984), 'Willingness to pay and compensation demanded: Experimental evidence of an unexpected disparity in measures of value' , *The Quarterly Journal of Economics* 99(3).

Kok, M. T. J. and de Coninck, H. C. (Eds)(2004), *Beyond Climate: Options for Broadening Climate Policy*, RIVM, Bilthoven, Netherlands.

Kolstad, C. and Krautkraemer, J. (1993), 'Natural Resource use and the Environment', in Kneese, and J. L. Sweeney, Handbook of Natural Resource and

Energy Economics, North Holland, Amsterdam.

Koopmans, T. C. (1973), 'Some Observations on Optimal Economic Growth and Exhaustible Resources', in H. C. Bos, H. Linnemann and P. de Wolff (eds), *Economic Structure and Development: Essays in Honour of Jan Tinbergen*, pp. 239-55.

Koskela, E., Schöb, R. & Sinn, H. (1999), 'Green Tax Reform and Competitiveness', *NBER Working Paper*, No. 6922, February.

Krautkraemer, J. (1988), 'The rate of discount and the preservation of natural environments', *Natural Resources Modelling*, Vol. 2.

Krueger, A., Schiff M. and Valdes, A. (1991), The political economy of agricultural pricing policies, the World Bank, Washington DC.

Krupnik, I. and Jolly, D. (2002), *The Earth is faster now: indigenous observation on Arctic environmental change*, Arcus, Fairbanks, Alaska, USA.

Kuik, O. and Verbruggen, H. (Eds.)(1991), *In Search of Indicators of Sustainable Development*, Kluwer, Boston.

Kumar, K. and Parikh, J. (2001), 'Indian agriculture and climate sensitivity', Global Environmental Change Vol. 11, pp. 147-54.

Kumarage, A. S. (1999), 'Assessment of Public Investments in the Transport Sector', Appendix A1, University of Moratuwa, Sri Lanka.

Kumarage A. S. et al. (2000), 'TRANSPLAN V2: A regional traffic estimation model', University of Moratuwa, Sri Lanka.

Kverndokk, S. (1995), 'Tradeable CO_2 emission permits: initial distribution as a justice problem', *Environmental Values*, Vol. 4, pp. 129-48.

Laarman, J. D., and Durst, P. B. (1987), 'Nature Travel in the Tropics', Journal of Forestry, 85 (5): 43-6.

Lancaster, Kelvin, and Richard G. Lipsey (1956), 'The General Theory of Second Best', Review of Economic Studies 24: 7, pp. 11-32.

Larson, B. and Bromley, D. (1991), 'Natural Resource Prices, Export Policies, and Deforestation: The Case of Sudan', *World Development*.

Lawn, P. A. (2005), 'An assessment of the valuation methods used to calculate the index of sustainable economic welfare (ISEW), genuine progress indicator (GPI), and sustainable net benefit index (SNBI)', *Environment, Development and Sustainability*, Vol. 7, pp. 185-208.

Lazaro, T. R. (1979), *Urban Hydrology*, Ann Arbor Science Publishers, Michigan, USA.

Lee, N. and Kirkptrick, C., 2000. Integrated Appraisal, decision making and sustainable development : an overview. In N. Lee and C. Kirkpatrick (Editors), *Sustainable Development and Integrated Appraisal in a Developing World*, Cheltenham, Northampton : Edward Elgar: 1-14.

Leite J. C. (2005), *The World Social Forum: Strategies of Resistance*, Haymarket Books, Chicago, IL, USA.

Leite C. and Weidmann, J. (1999), 'Does Mother Nature Corrupt? : Natural Resources, Corruption, and Economic Growth,' IMF Working Paper 99/85.

Lele, U. and Stone, S. (1989), 'Population Pressure, the Environment , and agricultural Intensification : Variations on the Boserup Hypothesis', MADIA Discussion Paper 4. World Bank, Washington, DC.

Leontief, W. (1970), 'Environmental Repercussions and the Economic Structure: an Input-Output Approach', *Review of Economics and Statistics*, 52, pp. 262-71.

Leontief, W. (1982), 'Academic economics', Letter to the Editor, *Science*, Vol. 217, pp. 106-7.

Levin, S. A. (1998), Ecosystems and the biosphere as complex adaptive systems. *Ecosystems* 1:431-36.

Levine, Mark D., Ashok Gadgil, Steven Meyers, Jayant Sathaye, Jack Stafurik, and Tom Wilbanks (1991), *Energy Efficiency, Developing Nations and Eastern Europe: A Report to the U. S. Working Group on Global Energy Efficiency*. Washington, DC.: International Institute for Energy Conservation.

Li, P., & Rose, A. (1995), 'Global Warming and the Pennsylvania Economy: A Computable General Equilibrium Analysis', unpublished paper, MIT.

Lind, R. C. (ed). (1982), Discounting for Time and Risk in Energy Policy, Washington, DC: Resources for the Future, 21-94.

Little, I. M. D. and J. A. Mirrlees (1974), *Project Appraisal and Planning for Developing Countries*, Basic Books, New York.

Liverman, D., Hanson, M., Brown, B. J. and Meredith, R. Jr. (1988), 'Global sustainability: towards measurement', *Environmental Management*, Vol. 12, pp. 133-143.

Lomborg, B. (2001), *The Skeptical Environmentalist: Measuring the Real State of the World*, Cambridge University Press, London, UK.

Lonergan, S. L. (1993), 'Impoverishment, population and environmental degradation: the case for equity', *Environmental Conservation*, Vol. 20, No. 4, pp. 328-334.

Long, J., Tecle, A. and Burnette, B. (2003), 'Cultural foundations for ecological restoration on the White Mountain Apache Reservation', *Conservation Ecology* 8 (1): 4.

López, Ramón (1993), 'Economic Policies and Land Management in Ghana', Draft report. ENVPE, World Bank, Washington, DC.

Lovei, M. (1998), 'Phasing out lead from gasoline: Worldwide experiences and policy implications', World Bank Technical Paper 397, Washington DC.

Lovelock, L. (1975), *Gaia: A New Look at Life on Earth*.

Lucas, R., Wheeler, D. & Hettige, H. (1992), 'Economic Development, Environmental Regulation and the International Migration of Toxic Industrial Pollution: 1960-1988', in International Trade and the Environment, edited by Patrick Low, World Bank Discussion Paper No. 159, pp. 67-88, Washington DC.

Ludwig, D., Mangel, M. and Haddad, B. (2001), Ecology, conservation, and public policy. *Annual Review of Ecology and Systematics* 32: 481-517.

Ludwig, D., Walker, B. and Holling, C. S. (1997), 'Sustainability, stability, and resilience', *Conservation Ecology* [online] Vol. 1, No. 1, p. 7. Available from the internet. URL: http://www.consecol.org/vol1/iss1/art7.

Luenberger, David G. (1973), 'An Approach to Nonlinear Programming', *Journal of Optimization Theory and Applications*, 11: 3 (1973) 219-227.

Lukas, A. (2000), WTO Report Card III: Globalization and Developing Countries.

Lutkepohl, H. (1991), Introduction to Multiple Time Series Analysis, New York: Springer-Verlag.

Lvovsky, K., G. Hughes, D. Maddison, B. Ostrp and D. Pearce (2000), 'Environmental costs of fossil fuels, A rapid assessment method with application to six cities', World Bank, Environment Department, Paper 78, Washington DC.

MA-BS (2005), *Board of Directors Statement*, Millennium Ecosystem Assessment, Island Press, Washington DC.

MA-CF (2003), *Conceptual Framework: Ecosystems and Human Well-being*, Millennium Ecosystem Assessment, Island Press, Washington DC.

Mackinson, S., and Nottestad, L. (1998), Combining local and scientific knowledge. *Reviews in Fish Biology and Fisheries* 8: 481-90.

Madrid-Aris, M. E. (1998), 'International Trade and the Environment: Evidence from the North America Free Trade Agreement (NAFTA)', Presentado en 'World Congress of Environmental and Resources Economics', Venice, Italy.

Mahar, D. (1988), 'Government Policies and deforestation in Brazil's Amazon Region', Environment Working Paper 7, Environment Department, World Bank, Washington, DC.

Maler, K. G. (1974), *Environmental Economics: A Theoretical Inquiry*, Johns Hopkins University Press, Baltimore.

Maler, K. G., and Munasinghe, M. (1996), 'Macroeconomic Policies, Second-Best Theory, and the Environment' in *Environmental Impacts of Macroeconomic and Sectoral Policies*, ed. M. Munasinghe, World Bank, Washington, DC.

Malinvaud, E. (1979), Costs of economic growth, in Malinvaud, E., Economic Growth and Resources, 1, Macmillian, London.

Malthus, T. (1798), *On Population*, Modern Library Edition, Random House, New York.

Mangel, M. et al. (1996), 'Principles for the conservation of wild living resources', *Ecological Applications*, Vol. 6, No. 2, pp. 338-62.

Mani, M. and Wheeler, D. (1998), 'In Search of Pollution Havens? Dirty Industry in the World Economy, 1960-1995', in *Trade, Global Policy, and the Environment*, World Bank Disc. Paper No. 402, Chapter 8, World Bank, Washington DC.

Manning, I. and De Jonge, A. (1996), The New Poverty: Causes and Responses' in P. Sheehan, B. Grewal and M. Kumnick (eds). Dialogue on Australia's Future, Centre for Strategic Economic Studies, Melbourne.

Marglin, S. (1963), 'The Social Rate of Discount and the Optimal Rate of Investment', *Quarterly Journal of Economics*, 77, pp. 95-111.

Markandya, A., Harou, P. Bellu L. G. and Cistoulli V. (2002), *Environmental Economics for Sustainable Growth*, Edward Elgar Publ., Cheltenham, UK, for the World Bank, Washington DC, USA.

Marrs, D. (2000a), 'Sasol takes over stakes in Temane gas field' *Business Day*, 3 March, Johannesburg, South Africa.

Marrs, D. (2000b), Cape power station likely after gas find, *Business Day*, 3 April, Johannesburg, South Africa.

MA-RS (2005), *Responses Working Group Summary*, Millennium Ecosystem Assessment, Island Press, Washington DC.

Martinez-Allier, J. (2004), *The Environmentalism of the Poor*, Oxford University Press, London, UK.

Martini, A.; Rosa, N. e Uhl, C. (1994), 'An Attempt to Predict which Tree Species may be Threatened by Logging Activities', *Environmental Conservation*, Vol. 21(2): 152-162.

Maslow, A. H. (1970), *Motivation and Personality*, Harper and Row, New York.

Matthews, R. N., Kropff, M. J., Horie, T. and Bachelet, D. (1997), 'Simulating the Impact of Climate Change on Rice Production in Asia and Evaluating Options for Adaptation: *Agricultural Systems*, Vol. 54, No. 3, pp. 399-425.

Max-Neef, M. (1995), 'Economic growth and quality of life: a threshold hypothesis',

Ecological Economics 15: pp. 115-118.

McLain, R., and Lee, R. (1996), Adaptive management: promises and pitfalls. *Journal of Environmental Management* 20: 437-448.

McNicoll, Geoffrey, Mead Cain, Institutional Effects on Rural Economic and Demographic Change, *Population and Development Review*, Vol. 15, Supplement: Rural Development and Population: Institutions and Policy (1989), pp. 3-42.

McRae, R. (1994), 'Gasoline demand in developing Asian countries', *Energy Journal*, 15 (1), p. 143.

Meadows D. H. et al. (1972), The Limits to Growth, Universe Book, New York.

Meier P., Munasinghe, M. and Siyambalapitiya, T. (1995), 'Energy Sector Policy and the Environment: A Case Study of Sri Lanka' in *Environmental Impacts of Macroeconomic and Sectoral Policies*, ed. M. Munasinghe, World Bank, Washington DC.

Meier, P. (1997), 'Economic Analysis of the Haryana Power Sector Restructuring and Reform Program', World Bank, New Delhi.

Meier, P. (2004), 'Economic Analysis of the China Renewable Energy Scaleup Programme (CRESP)', World Bank, Washington DC.

Meier, P. and Munasinghe, M. (1994), *Incorporating Environmental Concerns into Power System Decision Making-A Case Study of Sri Lanka*, Environment Paper No. 6, World Bank, Washington DC, USA.

Mendelsohn, R. and Dinar, A. (2003), 'Climate, Water, and Agriculture', Land Economics Vol. 79, pp. 328-41.

Mendelsohn, R., Nordhaus, W. and Shaw, D. (1994), 'The impact of global warming on agriculture: A Ricardian Analysis', The American Economic Review, Vol. 84 pp. 753-71.

Mendelsohn, R., Dinar A. and Sanghi, A. (2001), 'The Effect of Development on the Climate Sensitivity of Agriculture', Environment and Development Economics Vol 6, pp. 85-101.

Mendelsohn, R., and Neumann, J. (eds)(1999), The Impact of Climate Change on the United States Economy. Cambridge University Press, Cambridge, UK.

Mendes, F. E. (1994), 'Uma Avaliac? o Crítica dos Custos de Controle da Poluição Hídrica de Origem Industrial no Brasil', Tese de Mestrado, COPPE/UFRJ, Rio de Janeiro.

Mercer, E. and Kramer, R. (1992), 'An International Travel cost Model: Estimating the Recreational Use Value of a Proposed National Park in Madagascar', Paper presented at the Association of Environmental and Resource Economists Contributed Paper Session: Recreation Demand Models Allied Social Science Associations Annual Meeting, New Orleans, Louisiana.

Michaels, R. (2005), *Rethinking Vertical Integration in Electricity*, Dept of Economics, California State University, Fullerton, CA.

Micklethwait, J. and Wooldridge, A. (2000), *A Future Perfect: The Challenge and Hidden Promise of Globalisation*, Times Books, New York, USA.

MIDEPLAN (1996), Balance Seis Años de las Políticas Sociales: 1990-1996, Santiago de Chile.

Miguez, J. D. G. (2002), Equity, responsibility and climate change, In Pinguelli-Rosa, L. and Munasinghe, M., (eds), op. cit., Chapter 2, pp. 7-35

Milestad, R. and Hadatsch, S. (2003), 'Organic farming and social-ecological resilience: the alpine valleys of Sölktäler, Austria', *Conservation Ecology* 8 (1): 3.

MIND (2004), *Action Impact Matrix Manual*, Munasinghe Institute for Development, Colombo (URL: www. mindlanka. org).

MIND (2005) *Macro and Micro Impact of the* 2004 *Tsunami on Affected Countries and Peoples*, Munasinghe Institute for Development and UNDP Regional Centre, Colombo, Sri Lanka.

Ministerio de Recursos Naturales, Energía y Minas (1990), *Estrategia de conservación para el desarrollo sostenible de Costa Rica*, San José: ECODES.

Ministry of Plantation Industries, Plantation Sector Statistical Pocket Book 2001.

Ministry of Transport (1999), *Bus Transport Policy Report*, Govt. of Sri Lanka, Colombo, Sri Lanka.

MINTRAB (Ministerio del Trabajo y Previsión Social)(2002), www. mintrab. cl.

Miranda, K., and Muzondo, T. (1991), 'Public policy and the environment', *Finance and Development*, 28 (2): 25-7.

Mirza, M. M. Q. and Ahmad, Q. K. (eds)(2005), *Climate Change and Water Resources in South Asia*, A. A. Balkema Publishers, London, UK.

MIT (2005), *Technology Review*, Massachusetts Institute of Technology, Mass. USA, p. 24.

Moffat, I. (1994), 'On measuring sustainable development indicators', *International Journal of Sustainable Development and World Ecology*, Vol. 1, pp. 97-109.

Moser, C. (1998), 'The asset vulnerability framework: reassessing urban poverty reduction strategies', *World Development*, Vol. 26, No. 1, pp. 1-19.

Munasinghe, M. (1977), *Economic Analysis of Water Supply Projects: A Case Study of an African Township*, Public Utilities Department Report, The World Bank, Washington DC.

Munasinghe, M. (1979a), 'Electric Power Pricing Policy', Staff Working Paper No. 340, The World Bank, Washington DC.

Munasinghe, M. (1979b), *The Economics of Power System Reliability and Planning*, Johns Hopkins Univ. Press, Baltimore MD.

Munasinghe, M. (1980a), 'An Integrated Framework of Energy Pricing in developing Countries', *The Energy Journal*, Vol. 1, pp. 1-30.

Munasinghe, M. (1980b), 'Integrated National Energy Planning in Developing Countries', *Natural Resources Forum*, Vol. 4, October, pp. 359-73.

Munasinghe, M. (1980c), 'A New Approach to System Planning', *IEEE Transactions on Power Apparatus and Systems*, Vol. PAS-79.

Munasinghe, M. (1980d), 'The Costs Incurred by Residential Electricity Consumers Due to Power Failures', *Journal of Consumer Research*, Vol. 6, pp. 361-69.

Munasinghe, M. (1981), 'Principles of modern electricity pricing', *Proc. IEEE*, Vol. 69, No. 3, pp. 332-48.

Munasinghe, M. (1984a), 'Engineering-economic analysis of electric power systems', *Proc. IEEE*, Vol. 72, No. 4, pp. 424-61.

Munasinghe, M. (1984b), 'Energy strategies for oil-importing developing countries', *Natural Resources Journal*, Vol. 24, No. 2, pp. 351-68, April.

Munasinghe, M. (1984c), *Rationale and Economic Basis for a Groundwater User Charge Mechanism and Legislation. Metropolitan Waterworks and Sewerage System (MWSS) —Final Report*. Manila.

Munasinghe, M. (1987), 'Computer and informatics issues and policy for third world development', *Information Technology for Development*, Vol. 2, No. 4, p. 303-35.

Munasinghe, M. (1988), *Integrated National Energy Planning and Management*:

Methodology and Application to Sri Lanka, World Bank, Washington DC, USA.
Munasinghe M. (Ed)(1989), *Computers and Informatics in Developing Countries*, Third World Academy of Sciences, Trieste, Italy.
Munasinghe, M. (1990a), *Energy Analysis and Policy*, Butterworths-Heinemann, London, UK.
Munasinghe, M. (1990b), *Electric Power Economics*, Butterworths-Heinemann, London, UK.
Munasinghe, M. (1990c), *Managing Water Resources to Avoid Environmental Degradation*, Environment Dept, Paper No. 41, The World Bank, Washington DC.
Munasinghe, M. (1991), 'Electricity and the Environment in Developing Countries with Special Reference to Asia', in *Energy and the Environment in the 21st Century*, edited by Ferrari et al. Cambridge, MA: The MIT Press.
Munasinghe, M. (1992a), *Environmental Economics and Sustainable Development*, Paper presented at the UN Earth Summit, Rio de Janeiro, Environment Paper No. 3, World Bank, Washington DC, USA.
Munasinghe, M. (1992b), *Water Supply and Environmental Management*, Westview Press, Boulder, CO, USA.
Munasinghe, M. (1992c), 'Efficient management of the power sector in developing countries', *Energy Policy*, Vol. 20, No. 2, pp. 94-103, February.
Munasinghe, M. (1992d), *Environmental Economics and Valuation in Development Decision-Making*, WP51, Environment Dept., The World Bank, Washington DC.
Munasinghe, M. (1992e), 'Biodiversity protection policy: environmental valuation and distribution issues'. *Ambio*, Vol XXI, No 3, May 1992, pp. 227-36.
Munasinghe, M. (1993a), 'South-North Partnership To Meet Energy-Environmental Challenges of The 21st Century', *New Electricity* 21: *Power Industry and Management Strategies for The Twenty-First Century*. Paris: IEA/OECD.
Munasinghe, M. (1993b), 'The Economist's Approach to Sustainable Development', *Finance and Development*, 30 (4): 16-19.
Munasinghe, M. (1993c), 'Environmental issues and economic decisions in developing countries', *World Development*, Vol. 21, No. 11, Nov., pp. 1729-48.
Munasinghe, M. (1993d), "Environmental economics and biodiversity management in developing countries", *Ambio*, Vol. XXII, No. 2-3, pp. 126-35.
Munasinghe, M. (1994a), 'Sustainomics: a transdisciplinary framework for sustainable development', *Keynote Paper*, *Proc.* 50*th Anniversary Sessions of the Sri Lanka Assoc. for the Adv. of Science* (SLAAS), Colombo, Sri Lanka.
Munasinghe, M. (1994b), 'Sustainable Water Resources Management and Planning (SWAMP), Best Treatise Award Paper, *Proceedings of the International Water Association Conference*, Dubai.
Munasinghe, M. (1995a), 'Making growth more sustainable', *Ecological Economics*, Vol. 15, pp. 121-4.
Munasinghe, M. (1995b), *Sustainable Energy Development*, The World Bank, Washington DC, USA.
Munasinghe, M. (Ed.)(1996a), *Environmental Impacts of Macroeconomic and Sectoral Policies*, International Society for Ecological Economics and World Bank, Solomons, MD and Wash. DC.
Munasinghe, M. (1996b), 'An overview of the environmental impacts of macroeconomic and sectoral policies' in M. Munasinghe (ed.), *Environmental Impacts of Macroeconomic and Sectoral Policies*, World Bank, Washington, D. C.

Munasinghe, M. (1997), 'Sustainable long term growth: prospects for Asian cities', *Proc. of the APEC Seminar on Sustainable Cities*, Asia Pacific Economic Cooperation (APEC), Taiwan, December.

Munasinghe, M. (1998a), 'Climate change decision-making: science, policy and economics', *International Journal of Environment and Pollution*, Vol. 10, No. 2, pp. 188-239.

Munasinghe, M. (1998b), 'Countrywide policies and sustainable development: are the linkages perverse? ', in T. Teitenberg and H. Folmer (Eds.) *The International Yearbook of International and Resource Economics*, Edward Elgar Publ., London, UK.

Munasinghe, M. (1998c), 'Is environmental degradation an inevitable consequence of economic growth', *Ecological Economics*, December.

Munasinghe, M. (1999a), 'Is environmental economics an inevitable consequence of economic growth: tunneling through the environmental Kuznets curve'. *Ecological Economics*, Vol. 29, pp. 89-109.

Munasinghe, M. (1999b) 'Measuring sustainability to improve economic decision making', in Munasinghe, M., Dreyer, D. and Kurukulasuriya, P. (eds) *Greening the National Income Accounts*, Munasinghe Institute for Development (MIND) and German Cultural Institute (Goethe), Colombo, Sri Lanka.

Munasinghe, M. (Ed)(1999c), *Structural Adjustment Policies and the Environment*, Special Issue of *Environment and Development Economics*, Vol. 4, Part 1, February.

Munasinghe, M. (2000a), Development, equity and sustainability in the context of climate change. *IPCC Guidance Paper*. Intergovernmental Panel on Climate Change, Geneva, Switzwerland.

Munasinghe, M. (2000b), 'The Sustainomics Trans-disciplinary Framework for Making Development More Sustainable', *MIND Research-Discussion Paper* No. 1, Munasinghe Institute for Development (MIND), Colombo, Sri Lanka.

Munasinghe, M. (2001a), 'Sustainable development and climate change: applying the sustainomics transdisciplinary meta-framework', Int. Journal of Global Environmental Issues, Vol. 1, No. 1, pp. 13-55.

Munasinghe, M. (2001b), 'Sustainable water resources management and policy (SWAMP) framework and applications', Paper presented at the World Conference of the International Water History Association (IWHA), Bergen, Norway.

Munasinghe, M. (2001c), 'Exploring the linkages between climate change and sustainable development: A challenge for transdisciplinary research', *Ecology and Society* Vol. 5, No. 1, pp. 14-23, URL: http://www.ecologyandsociety.org/Vol. 5/iss. 1/.

Munasinghe, M. (2002a), 'The sustainomics trans-disciplinary meta-framework for making development more sustainable', Paper presented at the UN World Summit on Sustainable Development (WSSD), Johannesburg, *International Journal of Sustainable Development*, Vol. 5 (1-2), pp. 125-82.

Munasinghe, M. (Ed)(2002b), *Macroeconomics and the Environment*, The International Library of Critical Writings in Economics, Edward Elgar Publ., London, UK.

Munasinghe, M. (2002c), *Analysing the Nexus of Sustainable Development and Climate Change: An Overview*, Environment Directorate, Organisation for Economic Cooperation and Development, Paris, France.

Munasinghe, M. (2003), *Sustainable Livelihoods and their Linkages with Macro-policies*, Issue Paper 1, Improving Policy——Livelihood Relationships in South Asia,

Dept. for Int. Dev. (DFID), UK.

Munasinghe, M. (2004a), 'Sustainomics', *Ecological Economics Encyclopedia*, International Society of Ecological Economics (ISEE) [online], URL: http://www.ecoeco.org/publica/encyc.htm.

Munasinghe, M. (2004b), 'Environmental macroeconomics-basic principles', *Ecological Economics Encyclopedia*, International Society of Ecological Economics (ISEE) [online], URL: http://www.ecoeco.org/publica/encyc.htm.

Munasinghe, M. (2004c), *Evaluation of the UNEP Dams and Development Project*, United Nations Environment Programme, Nairobi.

Munasinghe, M. (2004d), 'Sustainable development: basic concepts and applications to energy', *Encyclopedia of Energy*, Vol. 5, pp. 789-808, Elsevier, Amsterdam, Netherlands.

Munasinghe, M. (2007a), 'Mainstreaming and implementing the millennium ecosystem assessment (MA) results by integrating them into sustainable development strategy', in Ranganathan, J., Munasinghe, M. and Irwin, F. *Millennium Ecosystems Assessment: Implications for Policy and Governance*, Edward Elgar Publishing, Cheltenham, UK.

Munasinghe, M. (2007b), 'The importance of social capital: comparing the impacts of the 2004 Asian tsunami on Sri Lanka, and hurricane Katrina 2005 on New Orleans', *Ecological Economics*, Vol. XX, No. YY, p, ZZ.

Munasinghe, M. and Belle, A. (1995), *Natural Disasters and Sustainable Development: Linkages and Policy Options*, Int. Decade for Natural Disaster Reduction (IDNDR), United Nations, Geneva.

Munasinghe, M. and Clarke, C. (1995), Disaster Prevention for Sustainable Development: Economic and Policy Issues, World Bank, Washington DC and Int. Decade for Natural Disaster Reduction (IDNDR), United Nations, Geneva.

Munasinghe, M. and Corbo, V. (1978) 'The demand for CATV services in Canada', Canadian journal of Economics, Vol 11, August 1978, pp. 506-520.

Munasinghe, M. and Cruz, W. (1994), *Economywide Policies and the Environment: Lessons from Experience*. World Bank, Washington DC.

Munasinghe, M., Cruz, W. and Warford, J. (1993), 'Are Economywide Policies Good for the Environment?' *Finance and Development*, 28: pp. 25-27, June.

Munasinghe, M., Deraniyagala, Y., and Munasinghe, S. (2002), 'Interactions between climate change and sustainable development in Sri Lanka: analysis using the Action Impact Matrix (AIM)', MIND Research Discussion Paper, Munasinghe Institute for Development, Colombo.

Munasinghe, M. and Gellerson, M. (1979), 'Economic criteria for optimizing power system reliability levels', *The Bell Journal of Economics*, Vol. 10, No. 1, pp. 353-65 Spring.

Munasinghe, M., Gilling, J. and Mason, M. (1988), *A Review of World Bank Lending for Electric Power*, IEN Energy Series No. 2, World Bank, Washington DC.

Munasinghe, M and King, K. (1992), 'Accelerating ozone layer protection in developing countries', *World Development*, Vol. 20, April, pp. 609-18.

Munasinghe, M. and McNeely, J. (Eds.)(1995), *Protected Area Economics and Policy*, The World Bank and World Conservation Union (IUCN), Washington DC, USA and Gland, Switzerland.

Munasinghe, M. and Meier, P. (1993), *Energy Policy Analysis and Modeling*, Cambridge University Press, London, UK.

M. Munasinghe and Meier, P. (2003a), *Sri Lanka Electric Power Technology Assessment* (*SLEPTA*), ESMAP Report 262-03 (Vol III), World Bank, Washington DC, USA.

Munasinghe, M. and Meier, P. (2003b), *Sri Lanka Electric Power Technology Assessment* (*SLEPTA*), ESMAP, The World Bank, Washington DC, USA. —drop (previous ref. is correct).

M. Munasinghe and Meier, P. (2003b), *Sustainable transport options for Sri Lanka*, ESMAP Report 262-03 (Vol I), World Bank, Washington, DC, USA.

Munasinghe, M. and Meier, P. (2003c), *Sustainable Transport Options for Sri Lanka*, ESMAP, World Bank, Washington DC, USA. —drop (previous ref. is correct).

Munasinghe, M., Meier, P. and Fernando, C. (2003), *Greenhouse Gas Mitigation Options in the Sri Lanka Power Sector*, ESMAP Report No. 262-03 (Vol. II), World Bank, Washington DC, USA.

Munasinghe, M., Menezes, B. and Preece, M. (1991), 'Rio reconstruction and flood prevention in Brazil', *Land Use Policy*, Vol. 8, No. 4, pp. 282-7.

Munasinghe, M. and Munasinghe. S. (1993), 'Enhancing south-north cooperation to reduce global warming', *Paper presented at the IPCC Meeting on Global Warming*, Montreal.

Munasinghe, M., O'Ryan, R, Seroa da Motta, R., de Miguel, C., Young, C., Miller, S. and Ferraz, C. (2006), *Macroeconomic Policies for Sustainable Growth——Analytical Framework and Policy Studies of Brazil and Chile*, Edward Elgar Publ., Cheltenham, UK.

Munasinghe, M. and Reid, W. (2004), 'The Role of Ecosytems in Sustainable Development', *Millennium Ecosystems Assessment Launch Conference*, New Delhi, India.

Munasinghe, M. and Rungta S. (1984), *Costing and Pricing Electricity in Developing Countries*, Asian Development Bank, Manila, Philippines.

Munasinghe, M. and Shearer, W. (Eds.)(1995), *Defining and Measuring Sustainability*: *The Biogeophysical Foundations*, UN University and World Bank, Tokyo and Washington, DC, USA.

Munasinghe, M., Sunkel, O. and de Miguel, C. (Eds.)(2001), *The Sustainability of Long Term Growth*, Edward Elgar Publ., London, UK.

Munasinghe, M. and Swart, R. (Eds.)(2000), *Climate Change and its Linkages with Development*, *Equity and Sustainability*, Intergovernmental Panel on Climate Change (IPCC), Geneva, Switzerland.

Munasinghe, M. and Swart, R. (2005), *Primer on Climate Change and Sustainable Development*: *Facts*, *Policy Analysis and Applications*, Cambridge University Press, Cambridge, UK.

Munasinghe, M. and Warford, J. (1978), 'Shadow Pricing and Power Tariff Policy', in *Marginal Costing and Pricing of Electricity*, State of the Art Conference on Marginal Cost Pricing, Montreal.

Munasinghe, M. and Warford, J. (1982), *Electricity Pricing*, Johns Hopkins Univ. Press, Baltimore MD.

Munasinghe, M. and Warren, C. (1979), 'Rural Electrification, Energy Economics and National Policy in the Developing Countries', in *Future Energy Concepts*, Institution of Engineers, London.

Muylaert, M. S. and Rosa, L. P. (2002), 'Ethics, equity and convention on climate change', in Pinguelli-Rosa, L. and Munasinghe, M., (eds), op. cit., Chapter 6, pp. 137-58.

MWSS (1983a), *Groundwater Development MWSII Final Report* (*GWD*). Metro Manila: Metropolitan Waterworks and Sewerage System.

MWSS (1983b), *MWSII Water Demand and Tariff Study*. Manila: Metropolitan Waterworks and Sewerage System. pp. 61-3.

Myers, N. and Simon, J. L. (1994), *Scarcity or Abundance? A Debate on the Environment*, W. W. Norton, New York, USA.

Najam, A. and Cleveland, C. (2003) 'Energy and sustainable development at global environmental summits: an evolving agenda', *Environment, Development and Sustainability*, Vol. 5, pp. 117-38.

Narada, The Venerable (1988), *The Buddha and His Teachings*, Buddhist Missionary Society, Kuala Lumpur, Malaysia, Fourth Edition.

Naredo, J. M. (2001), 'Quantifying Natural Capital: Beyond Monetary Value', in M. Munasinghe, O. Sunkel and C. de Miguel (eds), op. cit.

Nepstad, D. C. et al. (1999). 'Large-Scale Impoverishment of Amazonian Forests by Logging and Fire', *Nature*, Vol. 398, pp. 505-08.

Nepstad, D. C. et al. (2000). 'Cenários Futuros para a Amazônia', Avança Brasil: Os Custos Ambientais para a Amazônia. Relatório do projeto Belém: IPAM/Instituto Socioambiental.

NER (1999), *Electricity Supply Statistics for South Africa* 1999, National Energy Regulator, Pretoria, South Africa.

NER (2002), *Electricity Supply Statistics for South Africa* 2002, National Energy Regulator, Pretoria, South Africa.

Neumayer, E. (2001), 'Measuring Genuine Savings: Are Most Resource-extracting Countries Really Unsustainable? ' in M. Munasinghe, O. Sunkel and C. de Miguel (eds), op. cit.

Newberry, D. (2005), 'Introduction', The Energy Journal. IAEE. pp. 1-10.

Niang-Diop, I. and Bosch, H. (2004), 'Formulating an adaptation strategy', in *Adaptation Policy Frameworks for Climate Change: Developing Strategies, Policies and Measures*, Edited by Bo Lim and Spanger-Siegfried E., UNDP, New York, USA.

Nicholson, Walter (1978), *Microeconomic Theory*. Hinsdale, Illinois: The Dryden Press.

Nordhaus, W. and Tobin, J. (1972), 'Is growth obsolete? ' *Economic Growth*, National Bureau of Economic Research (NBER) and Columbia University Press, New York, USA.

Nordhaus, W. D. (1994), Managing the Global Commons: The Economics of Climate Change, MIT Press, London.

Nordhaus, W. D. (2000), "Alternative methods for measuring productivity growth", Discussion Paper 1282, Cowles Foundation, Yale University, New Haven, CN, USA.

Norgaard, R. B. (2001), 'Growth, Globalization and an Agenda for Ecological Economics', in M. Munasinghe, O. Sunkel and C. de Miguel (eds), op. cit.

Norgaard, R. D. (1994), *Development Betrayed: The End of Progress and a Co-evolutionary Revisioning of the Future*, Routledge, London, UK.

North, D. (1990), *Institutions, Institutional Change and Economic Performance*, Cambridge Univ. Press, Cambridge, UK.

Nzomo, M. (1992), 'Beyond Structural Adjustment Programs: Democracy, Gender, Equity, and Development in Africa, with Special Reference to Kenya' in Nyang'oro, J. and Shaw, T. (eds), *Beyond Structural Adjustment in Africa——Political Economy of Sustainable and Democratic Development.*, Praeger, New York, USA.

Ocampo, J. A. (2001), 'Policies and Institutions for Sustainable Development in Latin America and the Caribbean', in M. Munasinghe, O. Sunkel and C. de Miguel (eds), op. cit.

Odeh, B, (2005), 'Enhancement of policies and tools for sustainable development', Paper presented at the Doha Development Forum (DDF-2005), Canadian International Development Agency (CIDA), Ottawa, Canada.

OECD (1994), *Environmental Indicators*, OECD, Paris, France.

Olson, M. (1982), *The Rise and Decline of Nations*, Yale Univ. Press, New Haven, CN, USA.

Opschoor, J. B. (1998b), 'Delinking, Relinking and the Perception of Resource Scarcity' in Van den Bergh, J. and Hofkes, M. eds. *Theory and Implementation of Economic Models for Sustainable Development*, Kluwer Academic Press, Dordrecht/London, pp. 165-72.

Opschoor, J. B. and Reijnders, L. (1991), 'Towards sustainable development indicators' in O. Kuik and H. Verbruggen (Eds.) *In Search of Indicators of Sustainable Development*, Kluwer, Boston, MA, USA.

Opschoor, J. B. (1998a), 'Economic Growth, the Environment and Welfare: Are They Compatible? ' in Evenson, R. E. and Alves, D. *Planejamento e Políticas Públicas*, IPEA, Rio de Janeiro.

Opschoor, J. B. and Jongma, S. M. (1996), 'Structural Adjustment Policies and Sustainability'. *Environment and Development Economics*, 1: 183-202.

O'Ryan, R., C. J. de Miguel, S. Miller and C. Lagos (2001), 'A Social Accounting Matrix for Chile 2001', mimeo.

O'Ryan, R., S. Miller and C. J. de Miguel (2003), 'A CGE Framework to Evaluate Policy Options for Reducing Air Pollution Emisions in Chile', *Environment and Development Economics*, 8: 285-309.

Ostrom, E. (1995), A Framework Relating Human Driving Forces and Their Impact on Biodiversity, Working Paper W95I-12, Workshop in Political Theory and Policy Analysis, Indiana University.

Ostrom, E. (1990), *Governing the Commons: The Evolution of Institutions for Collective Action*, Cambridge University Press, New York.

Ott, H. E. and Sachs, W. (2002), The ethics of international emissions trading, In Pinguelli-Rosa, L. and Munasinghe, M., (eds), op. cit., Chapter 7, pp. 159-78.

Palmer, M. (1997), 'The practice of conservation by religions in Holy ground' in Edwards, J. and M. Palmer, *The Guide to Faith and Ecology*, Pilkington Press, Northamptonshire, UK.

Palsson, Gisli (1995), Learning by Fishing: Practical Science and Scientific Practice, in Hanna, S. and Munasinghe, M. (eds). 1995b. op. cit.

Panayatou, T. and Susangkarn, C. (1991), 'The Debt Crisis, Structural Adjustment and the Environment: The Case of Thailand', Paper prepared for the World Wildlife Fund Project on the Impact of Macroeconomic Adjustment on the Environment, Washington, D. C.

Panayotou, T. and K. Hupe (1996), 'Environmental Impacts of Structural Adjustment Programs: Synthesis and Recommendations', in M. Munasinghe (ed), *Environmental Impacts of Macroeconomic and Sectoral Policies*, Chap. 3, World Bank, Washington DC.

Panayotou, T. and Sussengkarn, C. (1992), 'Case Study for Thailand', in D. Reed, (ed.), *Structural Adjustment and the Environment*. Boulder, Colo.: Westview Press.

Parks, P. J. and Bonifaz, M. (1995), Nonsustainable use of renewable resources: Mangrove deforestation and Mariculture in Ecuador. In Susan Hanna and Mohan Munasinghe (eds), pp. 75-82, 1995b, op. cit. pp. 75-82.

Parris, T. M. and Kates, R. W. (2001), *Characterizing a Sustainability Transition: The International Consensus*, Research and Assessment Systems for Sustainability Discussion Paper, Environment and Natural Resources Program, Belfer Center for Science and International Affairs, Kennedy School of Government, Harvard University, Cambridge, MA, USA.

Parry, I. W. and Bento, A. M. (1999), 'Tax Deductions, Environmental Policy, and the "Double Dividend" Hypothesis', *World Bank Working Paper Series*, 2119.

Parry, I. W. and Oates, W. E. (1998), 'Policy Analysis in a Second-Best World', *Resources for the Future Discussion Paper Series*, 98-48.

Pasurka, C. (1984), 'The Short-Run Impact of Environmental Protection Costs on U. S. Product Prices'. *Journal of Environmental Economics and Management*, 11, pp. 380-90.

Patinkin, Don. (1965), *Money, Interest and Prices*. Harper and Row, New York.

Pearce, D. W. and Turner, K. (1990), *Economics of Natural Resources and Environment*, Harvester Wheatsheaf, Hemmel Hempstead, UK.

Perera, J. (1988), 'Kremlin Moves to save the Aral Sea', New Scientist.

Perrings, C. (l987), Economy and environment, Cambridge University Press, New York.

Perrings, C. (1993), 'Pastoral Stategies in Sub-Saharan Africa: The Economic and Ecological Sustainiblity of Dryland Range Management', Environment Working Paper 57, World Bank, Washington DC.

Perrings, C., Maler, K. G. and Folke, C. (1995), *Biodiversity Loss: Economic and Ecological Issues*, Cambridge University Press, Cambridge, UK.

Persson, A. (1994), 'Deforestation in Costa Rica: Investigating the Impact of Market Failures and Unwanted Side Effects of Macro Policies Using Three Different Modeling Approaches', Beijer Discussion Paper Series 48. Stockholm.

Persson, A. and Munasinghe, M. (1995), 'Natural Resource Management and Economywide Policies in Costa Rica: A Computable General Equilibrium (CGE) Modeling Approach', *World Bank Economic Review*, 9(2), pp. 656-77.

Petersen, G. D., Allen, C. R. and Holling, C. S. (1998), 'Diversity, ecological function, and scale: resilience within and across scales', *Ecosystems*, Vol. 1.

Petry, F. (1990), 'Who is afraid of choices? A proposal for multi-criteria analysis as a tool for decision-making support in development planning', *Journal of International Development*, Vol. 2, pp. 209-31.

Pettersen, S. (1964), 'Meteorology', in *Handbook of Applied Hydrology: A Compendium of Water-resources Technology*, V. T. Chow (Ed.), McGraw—Hill, New York, USA, pp. 3-1 to 3-39.

Pezzey, J. (1992), 'Sustainable development concepts: an economic analysis', *Environment Paper No. 2*, World Bank, Washington DC.

Pigott, J., Whalley, J. & Wigle, J. (1992), 'International Linkages and Carbon Reduction Initiatives', in *The Greening of World Trade Issues*, edited by K. Anderson and R. Blackhurst, University of Michigan Press.

Pigou, A. C. (1932), *The Economics of Welfare*, Macmillan, London, UK.

Pimm, S. L. (1984), The complexity and stability of ecosystems. *Nature* 307: 322-26.

Pimm, S. L. (1991), *The Balance of Nature?*, University of Chicago Press, Chicago, Illinois, USA.

Pindyck, R. S. (1979), The Structure of World Energy demand, MIT Press, Cambridge MA.

Pinguelli-Rosa L. and Munasinghe, M. (2002), *Ethics, Equity and International Negotiations on Climate Change*, Edward Elgar Publishing, Cheltenham, UK.

PNAD (1998), Pesquisa Nacional de Amostra Domiciliar, IBGE, Rio de Janeiro.

Posch and Partners (1994), 'Sri Lanka micro hydro feasibility study', Report to the Asia Alternative Energy Unit, World Bank, Washington DC.

Pradhan, A. S. and Parks, P. J. (1995), Environmental and socioeconomic linkages of deforestation and forest land use change in the Nepal Himalaya, pp. 167-80, in Hanna, S. and M. Munasinghe (Eds) 1995b. op. cit.

Pretty, J. and H. Ward. (2001), Social capital and the environment, *World Development* 29: 209-227.

Putnam, R. D. (1993), *Making Democracy Work: Civic Traditions in Modern Italy*, Princeton Univ. Press, Princeton.

Quiggin, J. and Anderson, J. (1990), *Risk and project appraisal*, paper presented at World Bank conference, Washington DC.

Raskin P. (2006), *World Lines: Pathways, Pivots, and the Global Future*, GTI Paper Series No. 17, Tellus Institute, Boston, MA, USA.

Raskin P. et al. (2002), *Great Transition—The Promise and Lure of the Times Ahead*, Global Scenario Group, Stockholm Environment Institute, Stockholm, Sweden.

Ratnasiri, J. (ed.)(1998), 'Final Report of the Sri Lanka climate change country study', Ministry of Forest and Environment, Environment Division, Colombo.

Raventós, P. (1990), *Commercial and Tax Reform in Costa Rica in the Mid* 1980's. Preliminary version. Alajuela: INCAE.

Rawls, J. A. (1971), Theory of Justice. Harvard Univ. Press, Cambridge MA, USA.

Rayner, S. and Malone, E. (Eds)(1998), *Human Choice and Climate Change*, pp. 1-4, Batelle Press, Columbus OH, USA.

RDA (Road Development Authority)(1997), 'Colombo Katunayake expressway', Environmental Impact Assessment Report, Colombo.

Red Herring (2006), *'Open Source Biotech'*, 17 April 2006, URL: http://www.redherring.com/.

Reed, D. (ed.)(1992), *Structural Adjustment and the Environment*. Westview Press, Boulder CO.

Reed, David (1996), *Structural Adjustment, the Environment and Sustainable Development*, Earthscan Publishers, London, UK.

Reilly, J., et al. (1996), 'Agriculture in a Changing Climate: Impacts and Adaptations', in IPCC (Intergovernmental Panel on Climate Change), Watson, R., M. Zinyowera, R. Moss, and D. Dokken (eds.) Climate Change 1995: Impacts, Adaptations, and Mitigation of Climate Change: Scientific-Technical Analyses, Cambridge University Press: Cambridge.

Reinsborough, Michelle J. (2003), A Ricardian model of climate change in Canada, *Canadian Journal of Economics* 36 (1), pp. 21-40.

Reis, E. J. and Blanco, F. (1996), The Causes of Brazilian Amazon Deforestation. *Mimeo*, IPEA, Rio de Janeiro, Brazil.

Reis, E. J. and Andersen, L. E. (2000), 'Carbon Emissions from Deforestation in the Brazilian Amazon', Working Paper No. 2000-2, Institute for Socio-Economic Research, Catholic University of Bolivia, La Paz.

REN21 (2005), 'Renewables 2005 Global Status Report', Renewable Energy Policy Network, Worldwatch Institute, Washington DC.

Rennie, J. K. and Singh, N. (1996), *Participatory Research for Sustainable Livelihoods*, Winnipeg: International Institute for Sustainable Development.

Repetto, R., Dower, R., Jenkins, R. & Geochegan, J. (1992), 'Green Fees: How a Tax Shift can work for the environment and the economy', World Resources Institute, Washington DC.

Repetto, R., Magrath, W., Wells, M., Beer, C. and Ossini, F. (1989), 'The Need for Natural Resource Accounting', in *Wasting Assets: Natural Resources in the National Income Accounts*, Chapter 1, World Resources Institute, Washington DC.

Ribot, J. C., Najam, A. and Watson, G. (1996), 'Climate variation, vulnerability and sustainable development in the semi-arid tropics', in J. C Ribot, A. R. Magalhaes and S. S. Pangides (Eds), *Climate Variability, Climate Change and Social Vulnerability in the Semi-Arid Tropics*, Cambridge University Press, Cambridge, UK.

Ricardo, D. (1817), 'Principles of Political Economy and Taxation', in P Sraffa and Maurice H Dobb (eds), *The Works of David Ricardo*, Cambridge University Press, Cambridge.

Robinson, S. & Gelhar, C. (1995), 'Land, Water and Agriculture in Egypt: The Economy-Wide Impact of Policy Reform', *Discussion paper*, International Food Policy Research Institute, Washington DC.

Robinson, S. (1990), 'Pollution, Market Failure, and Optimal Policy in an Economywide Framework ', Working Paper 559. Department of Agricultural and Resource Economics, University of California at Berkeley.

Robson, A. J. (2001), 'The biological basis of human behavior', *Journal of Economic Literature*, Vol. XXXIX, pp. 11-33.

Rocha, S. (2000), 'Pobreza e Desigualdade no Brasil: O Esgotamento dos Efeitos Distributivos do Plano Real ', Texto para discussão, IPEA, n. 721.

Rodríguez, A., Abler, D. & Shortle, J. (1997), 'Indicadores Ambientales en un modelo de equilibrio general computable para Costa Rica', in *Medio Ambiente en Latinoamérica: Desafíos y Propuestas*, Calvo, W., Figueroa, E. y Vargas, J. R. (Eds). IICE-CENRE, San Jose, Costa Rica.

Rose, A. and Abler, D. (1998), 'Computable General Equilibrium Modeling in the Integrated Assessment of Climate Change', Presentado en la V Conferencia Bienal de la Sociedad Internacional de Economía Ecológica, Santiago, Chile, Noviembre.

Rose, A., Schluter, G. & Wiese, A. (1995), 'Motor-Fuel Taxes and Household Welfare: An Applied General Equilibrium Analysis', *Land Economics*, 71(2), pp. 229-243.

Rosenberg, D. and T. Oegema (1995), A Pilot ISEW for The Netherlands, 1952-1992, Institute for Environment and Systems Analysis, Amsterdam.

Rowe, R. D. et al. (1995), 'The New York electricity externality study', Dobbs Ferry, NY: Oceana Publications.

Rowe, R., et al. (1992), Deforestation: Problems, causes, and concerns. In managing the World's forests: Looking for balance Between Conservation and Development, ed N. P. Sharma. Dubuque, IA: Kendall/Hunt Publishing Company.

Ruddle, Kenneth (1995), The role of validated local knowledge in the restoration of fisheries property rights: the example of the New Zealand Maori. In Hanna, S. and Munasinghe, M. (eds). 1995b. op. cit.

Ruggles, N. (1949a) 'Welfare basis of marginal cost pricing principles', *Review of Economics Studies*, Vol. 17, pp. 29-46.

Ruggles, N. (1949b), 'Recent developments in the theory of marginal cost pricing', *Review of Economics Studies*, Vol. 17, pp. 107-26.

Ruiz, J. and Yarur, I. (1990), 'Un modelo de Equilibrio General para Evaluación de Política Tributaria', Tesis para optar al título de Ingeniero Industrial y al grado de Magister en Ciencias de la Ingeniería mención Ingeniería Industrial, Universidad de Chile.

Sachs, I. (2001), 'Development Thinking in the Age of Environment: Wise Use of Nature for the Good Society', in M. Munasinghe, O. Sunkel and C. de Miguel (eds), op. cit.

Sachs, J. D. (2001), 'Tropical Underdevelopment ', NBER Working Paper 8119, National Bureau of Economic Research, Cambridge, MA, USA.

Sack, R. B., Siddique, A. K., Longini, I., Nizam, A., Yunus, M., Islam, S., Morris, J. G., Ali, A., Huq, A., Nair, G. B., Qadri, F., Shah, M. Faruque, Sack, D. A. and Colwell, R. R. (2003), A four-year study of the epidemiology of Vibrio cholerae in four rural areas of Bangladesh. Journal of Infectious Diseases, 187, pp. 96-101.

Sader, S. and Joyce, A. (1988), 'Deforestation Rates and Trends in Costa Rica, 1940 to 1983 ', *Biotropica* 20: 1, pp. 11-19.

Sanderson J. (2002), 'An Analysis of Climate Change Impact and Adaptation for South East Asia', PhD Thesis, Centre for Strategic Economic Studies, Victoria University of Technology.

Sastry, G. S. (2005), 'A model for sustainable development of mountain regions', *Indian Journal of Regional Science*, Vol. 37, No. 2, pp. 53-65.

Satake, A. and Iwasa, Y. (2006), 'Coupled ecological and social dynamics in a forested landscape: the deviations of individual decisions from the social optimum', *Ecological Research*, Vol. 21, pp. 370-9.

Sawin, J. (2004), *Mainstreaming Renewable Energy in the 21st Century*, Worldwatch Institute, Washington DC.

Schkolnik, M. & Bonnefoy, J. (1994), 'Una Propuesta de Tipología de las Políticas Sociales en Chile', Documento UNICEF.

Schlenker, W., Hanemann, M. and Fisher, A. (2003), 'Will US agriculture really benefit from global warming? Accounting for irrigation in the hedonic approach', Presented at the NBER summer Research Institute, Boston, MA.

Schmidt-Traub, G. and Cho, A. (2005), 'Operationalizing Environmental Sustainability at the National Level——What do we learn from the Millennium Ecosystem Assessment? 'UN Millennium Project, United Nations, New York, USA.

Schneider, R. (1993), 'Land Abandonment, Property Rights, and Agricultural Sustainability in the Amazon ', LATEN Dissemination Note No. 3, World Bank, Washington DC.

Schneider, R. (1994), 'Government and the Economy on the Amazon Frontier ', Latin America and the Caribbean Technical Department, Regional Studies Program, Report No. 34, World Bank, Washington DC.

Schneider, R. R. (1995), 'Government and the Economy on the Amazon Frontier', *World Bank Environment* paper Number 11, World Bank, Washington DC.

Schucking, Heffa and Anderson, Patrick (1991), *Biodiversity: Social and Ecological Perspectives*, New Jersey and the World Rainforest Movement: Zed Books Ltd.

Schuh, G. E. (1974), 'The exchange rate and U. S. agriculture', *American Journal of Agricultural Economics*, Vol. 56, No. 1.

Schutz, J. (1999), 'The value of systemic reasoning', *Ecological Economics*, Vol. 31, No. 1, pp. 23-29.

Schwartz, A. L. (1996), 'Theory and Implementation of Numerical Methods Based on Runge-Kutta Integration for Solving Optimal Control Problems', Ph. D. dissertation, University of California at Berkeley.

Schwartz, A. L., Polak, E., Chen Y., (1997), 'RIOCTS —Recursive Integration Optimal Control Trajectory Solver. A MATLAB toolbox for solving optimal control problems. Version 1. 0', Dept. of Electrical Engineering and Computer Science, University of California at Berkeley.

Schwartz, J. (1994), 'Environmental benefits of phasing out lead in gasoline', Environmental research, 66: 105-24.

Sen, A. K. (1981), *Poverty and Famines: An Essay on Entitlement and Deprivation*, Clarendon, Oxford, UK.

Sen, A. K. (1987), *On Ethics and Economics*, Basil Blackwell, Cambridge MA, USA.

Senanayake, M. P., Samarakoddy, R. P. et al. (1999), 'Is Colombo choking its children: A Case-control analysis of hospital attendance and air pollution', National Building Research Organisation and Faculty of Medicine, University of Colombo.

Sengupta, J. K. and Fox, K. A (1969), Optimization Techniques in Quantitative Economic Models, American Elsevier, Inc. ,New York.

Sengupta, R. (1996), *Economic Development and* CO_2 *Emissions*, Institute for Economic Development, Boston University, Boston MA.

Seroa da Motta, R. (1996), 'Indicadores ambientais: aspectos ecológicos, de eficiência e distributivos', Texto para Discussão 399, Rio de Janeiro, IPEA.

Seroa da Motta, R. et al. (1994), 'Perdas e serviços ambientais do recurso água para uso doméstico ', *Pesquisae Planejamento Econômico*, 24, n. 1.

Seroa da Motta, R. and Fernades Mendes, A P. (1996), 'Health Costs Associated with Air', Texto para Discussão IPEA, n. 332, Rio de Janeiro.

Seroa da Motta, R. and Ferraz, C. (2000), 'Estimating Timber Depreciation in the Brazilian Amazon', *Environment and Development Economics*, 5 (1&2).

Seroa da Motta, R. and Rezende, L. (1999), 'The impact of sanitation on waterborne diseases in Brazil ', in Peter H. May (org.) Natural Resource Valuation and Policy in Brazil: Methods and Cases pp. 174-87, Columbia University Press, New York.

Shaw, E. M. (1983) ,*Hydrology in Practice*, Van Nostrand Reinhold, Berkshire, UK.

Shepard, R. W. (1953), Cost and Production Functions, Princeton University Press, Princeton NJ.

Shyamsundar, P. (1993), 'Economic Implications of Tropical Rain Forest Protection for Local Residents: The Case of the Mantadia National Park in Madagascar' ,Ph. D. Dissertation, School of the Environment, Duke University.

Siebhuner, B. (2000), 'Homo sustinens-towards a new conception of humans for the science of sustainability ', *Ecological Economics*, Vol. 32, pp. 15-25.

Silva, A. B. O. and Medina, M. H. (1999), 'Produto Interno Bruto por Unidade da Federação: 1985-1998 ', Texto para Discussão, No. 677, IPEA.

Sivagnasothy, V. and McCauley, D. (2000), 'Environmental considerations in the environmental impact analysis of the Katunayake Expressway in Sri Lanka', in J.

Rietbergen-McCracken and H. Abaza, (eds), *Environmental Valuation: A Worldwide Compendium of Case Studies*, London: Earthscan Publications.

Sneddon, C., Howarth, R. B. and Norgaard, R. B. (2006), 'Sustainable development in a post-Bruntland world', *Ecological Economics*, Vol. 57, No. 2, pp. 253-68.

Snower. D. J. (1982), Macroeconomic Policy and the Optimal Destruction of Vampires, The Journal of Political Economy, Vol. 90, No. 3 (Jun., 1982), pp. 647-55

Solórzano, R., Camino, R. de, Woodward, R., Tosi, J., Watson, V., Vásquez, A., Villalobos, C., Jiménez, J., Repetto, R. and Cruz, W. (1991), *Accounts Overdue: Natural Resource Depreciation in Costa Rica*. San José: Tropical Science Center; World Resources Institute, Washington DC.

Solow, R. (1986), 'On the intergenerational allocation of natural resources', *Scandinavian Journal of Economics*, Vol. 88, No. 1, pp. 141-9.

Solow, R. (1993), 'An Almost Practical Step Toward Sustainability', *Resources Policy*, Vol. 19 (3), pp. 162-72.

Sousa, T. and Domingo, T. (2006), 'Is neoclassical economics formally valid? An approach based on an analogy with equilibrium thernodynamics', *Ecological Economics*, Vol. 58, pp. 160-9.

Southgate, D. and D. W. Pearce. October, 1988. 'Agricultural Colonization and Environmental Degradation in Frontier Developing Economies '. Environment Working Paper 9. Environment Department, World Bank, Washington D C.

Squire, L. and H. Van der Tak (1975), *Economic analysis of Projects*, Johns Hopkins Univ. Press, Baltimore MD.

Srinivasan, A. (2005), 'Adaptation to Climate Change: A Critical Challenge for Asian Development', *What's New From IGES (IGES newsletter)*. Nov. 2005. p1.

Steiner, P. (1957), 'Peak Loads and Efficient Pricing', *Quart J. Economics*, pp. 585-610.

Steininger, K. W. (1999), 'General Models of Environmental Policy and Foreign Trade', in J. C. J. M. van den Bergh (ed.), *Handbook of Environmental and Resource Economics*, Edward Elgar, Cheltenham, UK, Chapter 28.

Stern, N. (2006), *The Economics of Climate Change: the Stern Review*. Cambridge University Press, Cambridge, UK.

Stiglitz, J. (1974), 'Growth with Exhaustible Natural Resources: Efficient and Optimal Growth Paths', *Review of Economic Studies*, Vol. 41, Special Symposium Issue, pp. 123-37.

Stiglitz, J. (2002), *Globalisation and its Discontents*, W. W. Norton, New York, USA.

Stiglitz, J. (2006), *Making Globalisation Work*, W. W. Norton, New York, USA.

Stryker, J. D., et al. (1989), 'Linkages Between Policy Reform and Natural Resource Management in Sub-Saharan Africa', Fletcher School, Tufts University, Bedford, Massachusetts, and Associates for International Resources and Development.

SUMMA (2003), *Sustainable Mobility, Policy Measures and Assessment*, European Commission——Directorate General for Energy and Transport, Brussels, Belgium.

Swart, R., Robinson, J. and Cohen, S. (2003), 'Climate change and sustainable development: expanding the options', *Climate Policy*, Vol. 3, pp. 19-40.

Takayama, A. (1985), *Mathematical Economics*. 1985 (2nd) edition, Cambridge University Press, Cambridge, UK.

Tanzi V. and Davoodi, H. (1997), 'Corruption, Public Investment and Growth ', IMF Working Paper 97/139, IMF, Wash. DC, USA.

Tanzi, V. (1998), ' Corruption Around the World: Causes, Consequences, Scope and Cures ', *IMF Staff Papers*, December.

Tarp, F. (1993), *Stabilization and Structural Adjustment: Macroeconomic Frameworks for Analyzing the Crisis in Sub-Saharan Africa*. Routledge, New York.

Taylor, L. (1990), *Socially Relevant Policy Analysis: Structuralist CGE Models for the Developing World*, Cambridge: The MIT Press.

Taylor, L. D. (1977), 'The demand for energy: a survey of price and income elasticities', in W. D. Nordhaus (ed), *International Demand for Energy*, North Holland, Amsterdam.

Tellus Institute (2001), *Halfway to the Future: Reflections on the Global Condition*, Tellus Institute, Boston. MA, USA.

Tietenberg, T. (1992), *Environmental and Natural Resource Economics*, Harper Collins Publications, New York.

Tietenberg, T. (1995), "Tradable Permits for Pollution Control when Emission Location Matters: What Have We Learned? " in *Environmental and Resource Economics*, Vol. 5, No. 1, pp. 95-113.

Townsend, R. E. and Pooley, S. G. (1995a), Distributed governance in fisheries, in S. Hanna and M. Munasinghe (eds), Property rights in a social and ecological context: Case studies and design applications, op. cit. pp. 47-58. Beijer International Institute of Ecological Economics, Stockholm, Sweden and World Bank, Washington D C.

Townsend, R. E. and S. G. Pooley. (1995b), Corporate management of the Northwestern Hawaiian Islands lobster fishery. *Ocean & Coastal Management* 28(1-3), pp. 63-83.

Trondalen, J. M. and Munasinghe, M. (2005) ,'Ethics and water resources conflicts', *Essay 12-Series on Water and Ethics*, United Nations Educational, Scientific and Cultural Organisation (UNESC), Paris, France.

Tsigas, I., Gray, D., Hertel, T. and Krissoff, B. (2001), in M. Munasinghe, O. Sunkel and C. de Miguel (eds), 'Environmental Consequences of Trade Liberalization in the Western Hemisphere', op. cit.

Turvey, R. (1968), *Optimal Pricing and Investment in Electricity Supply*, MIT Press, Cambridge, MA, USA.

Turvey, R. and Andersen (1977), *Electricity Economics*, Johns Hopkins Univ. Press, Baltimore, MD, USA.

TWNSO (2004), Safe Drinking Water Workshop Case Studies, Third World Network of Science Organisations, Trieste, Italy.

UN (1992), *Rio Declaration on Environment and Development*, United Nations, NY, USA.

UN (1993), *Integrated Environmental and Economic Accounting*, Series F, No. 61, United Nations, New York, NY, USA.

UN (1996), *Indicators of Sustainable Development: Framework and Methodology*, United Nations, New York, NY, USA.

UN (2000a), *We the Peoples: The Role of the United Nations in the 21st Century*, United Nations General Assembly Report, New York, USA.

UN (2000b), *Handbook of National Accounting: Integrated Environmental and Economic Accounting——An Operational Manual*, United Nations, New York.

UN (2003), *Handbook of National Accounting: Integrated Environmental and Economic Accounting——An Operational Manual*, United Nations, New York.

UN (2006), *Trends in Sustainable Development*. Department of Economic and Social

Affairs, Division for Sustainable Development, United Nations, New York,

UNCED Prepcom (1992), 'Protection of the Atmosphere. ', Preparatory Committee UN Conference on Environment and Development, New York ,USA.

UNCSD (2005), *CSD Theme Indicator Framework*, UN, New York, USA, URL: http://www. un. org/esa/sustdev/natlinfo/indicators/isdms2001/table_4. htm .

UNCSD (2005), 'Indicators of sustainable development——CSD theme indicator framework', UN Commission on Sustainable Development, NY, USA.

UNDP (1998), *Human Development Report*, United Nations Development Programme, New York, USA.

UNDP (2004), *Cultural Liberty in Today's Diverse World*, United Nations Development Programme, New York, NY, USA.

UNDP (2004), World Energy Assessment: Overview 2004 update. Eds. J. Goldemberg and T. B. Johansson. United Nations Development Programme, New York.

UNDP (2005a), *Environmental Sustainability in* 100 *Millennium Development Goal Country Reports*, United Nations Development Programme, New York, USA.

UNDP (2005b), *Human Development Report* 2005, United Nations Development Programme, New York, USA.

UNDP (2005c), *Energy Services for the Millennium Development Goals*, The Millennium Development Project, United Nations Development Programme, New York, USA.

Unemo, Lena (1996), 'Environmental Impact of Government Policies and External Shocks in Botswana: A CGE-Model Approach, ', Ch. 10 in Munasinghe, M. (ed). 1996a. op. cit.

UNEP (2006), *Global Environmental Outlook Year Book* 2006: An Overview of Our Changing Environment United Nations Environment Programme, Nairobi.

UNEP, IUCN and WWF (1991), *Caring for the Earth*, United Nations Environment Programme International Union for the Conservation of Nature and World Wildlife Fund, Nairobi, Kenya.

UNEP (2000), *Report of the World Commission on Dams*, UNEP, Nairobi, Kenya.

UNEP (2005), 'High-Level Brainstorming Workshop for MEAs on Mainstreaming Environment Beyond MDG 7——Conclusions', Nairobi, Kenya.

UNESCO (2001), *Declaration on Cultural Diversity*, United Nations Educational, Scientific and Cultural Organisation, Paris, France.

UNFCCC (United Nations Framework Convention on Climate Change)(1993), *Framework Convention on Climate Change*: *Agenda* 21, United Nations, New York, USA.

Universidad de Chile (2002), Informe País. Estado del Medio Ambiente en Chile-2002, Instituto de Asuntos Públicos-Universidad de Chile, LOM Ediciones.

Unruh, G. C. and Moomaw, W. R. (1998), 'An alternative analysis of apparent EKC-type transitions', *Ecological Economics*, Vol. 25, pp. 221-29.

USAID (1995), 'Integrated resource plan for Andhra Pradesh', Report to Andhra Pradesh State Electricity Board, Hyderabad.

USBEA (1995), *Natural Resource and Environment Accounting*, Conference Proceedings, U. S. Bureau of Economic Analysis, Washington D. C.

USEPA (1985), 'Costs and benefits of reducing lead in gasoline: Final Regulatory impact estimate', Office of Policy Analysis, Washington, DC EPA-230-05-85-006.

USEPA (2004), Human Health and Environmental Effects of Emissions from Power Generation. United States, Environment Protection Agency.

Uzawa, H. (1969), 'Time preference and the Penrose effect in a two-class model of economic growth', *J. Political Economy*, Vol. 77, pp. 628-52.

Van den Bergh, J. (1991), Dynamic Models for Sustainable Development, Tinbergen Institute, Amsterdam.

Van den Bergh, J. (1996), *Ecological Economics and Sustainable Development: Theory Methods and Application*, Edward Elgar Publ., Cheltenham, UK.

Van den Bergh, J. (1999), *Handbook of Environmental and Resource Economics*, Edward Elgar Publ., Cheltenham, UK.

Van den Bergh, J. C. J. M and Nijkamp, P. (1994), Dynamic macro modelling and materials balance, Economic-environmental integration for sustainable development Economic Modeling, Vol. 11, Issue 3, pp. 283-307.

Van Heerden, J., et al. (2006), 'Searching for Triple Dividends in South Africa: Fighting CO_2 pollution and poverty while promoting growth', *The Energy Journal*, Vol. 27, No. 2, pp. 113-41.

Van Pelt, M. J. F. (2003), *Sustainability-Oriented Project Appraisal for Developing Countries*, PhD Thesis, Wageningen University, Netherlands.

Van Rijckeghem, C. and Weder, B. (1997), 'Corruption and the Rate of Temptation: Do Low Wages in the Civil Service Cause Corruption?' IMF Working Paper 97/73.

Van Tongeren, J. et al. (1991), Integrated Environmental and Economic Accounting——A Case Study for Mexico.

Vanclay, J. K., (1993), Saving the tropical forest: Needs and prognosis. *Ambio* 22:225-31.

Vanderstraetten, M. (2001), *Development of Scientific Tools in Support of Sustainable Development Decision Making*, Conference Proceedings, Brussels, November, European Commission, Brussels, Belgium.

Walker, B., Holling, C. S., Carpenter, Stephen R. and Kinzig, Ann P. (2004), 'Resilience, Adaptability and Transformability in Social-ecological Systems', *Ecology and Society*, Vol. 9, No. 2, *internet online*.

Walker. R., Moran. E. and Anselin. L. (2000), 'Deforestation and cattle ranching in the Brazilian Amazon: external capital and household processes', *World Development*. 28. n. 4. pp. 683-99.

Warford, J. and Schwab, A. (1992), 'Issues in adjustment lending policies', Environment Policy and Research Division, World Bank, Washington DC.

Warford, J., Munasinghe, M. and Cruz, W. (1997), *The Greening of Economic Policy Reform*, Vol. 1 (Principles), World Bank, Washington DC.

Warming, J. (1911), 'On Rent of Fishing Grounds', A Translation of Jens Warming's 1911 Article, with an Introduction, 15 HIST. POL. ECON. 391 (1983)(translated by Peder Andersen).

WASH (1991), *Orientation of Guinea worm disease: A Guide to use in pre-service and in-service traiing*, USAID, Washington DC, USA.

Washington, W., et al. (2000), 'Parallel Climate Model (PCM): control and transient scenarios', *Climate Dynamics*, Vol. 16, pp. 755-74.

Watkins, A., Osifo-Dawodu, E., Ehst, M. and Cisse, B. (2007), 'Building science, technology and innovation capacity', *Development Outreach*, Vol. 9, No. 1, pp. 2-5.

Watson, A., Alessa, L. and Glaspell, B. (2003), 'The relationship between traditional ecological knowledge, evolving cultures, and wilderness protection in the circumpolar north', *Conservation Ecology* 8 (1): 2.

Watson, R. T., Zinyowera, M. C. and Moss, R. H., (eds.)(1998), *The Regional*

Impacts of Climate Change: An Assessment of Vulnerability, Cambridge University Press, Cambridge.

WCD (2000), *Dams and Development*, Report of the World Commission on Dams, Earthscan, London, UK.

WCED (World Commission on Environment and Development) (1987), *Our Common Future*, Oxford University Press, Oxford, UK.

Westing, A. (1992), 'Environmental refugees: a growing category of displaced persons', *Environmental Conservation*, Vol. 19, No. 3, pp. 201-207.

Westra, L. (1994), *An Environmental Proposal for Ethics: The Principle of Integrity*, Rowman and Littlefield, Lanham MA, USA.

Wijewardene, R. and Joseph, P. G. (1999), 'Growing our own energy: complementing hydro-power for sustainable thermal energy and rural unemployment in Sri Lanka', Colombo.

Willig R. D. (1976), Consumers' Surplus Without Appology. *American Economic Review* 66 (4).

Wilson, J. A. and Dickie, L. M. (1995), 'Parametric Management of Fisheries: An Ecosystem-Social Approach', pp. 153-165, in Hanna, S. and M. Munasinghe (Eds) 1995b. op. cit.

Winkler, H, Brouns, B. and Kartha, S. (2006), 'Future mitigation commitments: differentiating among non-Annex I countries', *Climate Policy* Vol. 5 (5), pp. 469-86.

Winkler, H. (2006), *Energy Policies for Sustainable Development in South Africa's Residential and Electricity Sectors*, PhD Thesis, Energy Research Centre, University of Cape Town, South Africa.

Winkler, H., Spalding-Fecher, R., Mwakasonda, S. and Davidson, O. (2002), 'Sustainable development policies and measures: tackling climate change from a development perspective', in *Developing Energy Solutions For Climate Change*, Davidson, O. and Sparks, D. (Eds), Energy & Development Research Centre, University of Cape Town, South Africa, pp. 176-98.

Winkler, R. (2006), 'Does better discounting lead to worse outcomes?' *Ecological Economics*, Vol. 57, No. 4, pp. 573-82.

Withagen, C. (1990), 'Topics in Resource Economics', in F. van der Ploeg (ed.), *Advanced Lectures in Quantitative Economics*, Academic Press, London, pp. 381-20.

Wood, C. and Djeddour, M. (1992), Strategic Environmental Assessment: EA of policies, plans and programmes, *Impact Assessment Bulletin*, 10, 3-22.

World Bank (1986), *Metropolitan Manila Water Distribution Project*, Staff Appraisal Report No. 5903-PH, World Bank, Washington DC.

World Bank (1988), *Rio Flood Reconstruction and Prevention Project*, President's Memorandum.

World Bank (1989), *Angat Water Supply Optimization Project. Staff Appraisal Report*, *No.* 7801-*PH*, World Bank, Washington DC, USA.

World Bank (1990), *Water Supply and Sanitation—FY90 Sector Review*, Infrastructure Department, The World Bank, Washington DC.

World Bank (1992a), *Development and the Environment: World Development Report* 1992, Oxford University Press for the World Bank, Washington DC.

World Bank (1992b), *Water Quality and Pollution Control Project in Brazil*, Staff Appraisal Report, World Bank, Washington DC.

World Bank (1992c), *The Changchun Water Supply and Environmental Project in China*, Staff Appraisal Report, World Bank, Washington DC.

World Bank (1992d), *The Zambia Marketing and Processing Infrastructure Project*, Staff Appraisal Report, World Bank, Washington DC.

World Bank (1992e), 'The World Bank's Role in the Electric Power Sector—Policies for Effective Institutional, Regulatory and Financial Reform', Industry and Energy Department, Washington DC.

World Bank (1993a), *Energy Efficiency and Conservation in the Developing World*, A World Bank Policy Paper, Washington DC.

World Bank (1993b), *Peru: Privatization Adjustment Loan*, Report No. P-5929-PE, Washington DC.

World Bank (1993c), *The Karnataka Rural Water Supply and Environmental Sanitation Project in India*, Staff Appraisal Report, World Bank, Washington DC.

World Bank (1993d), *The East Asian Miracle*, Policy Research Report, World Bank, Washington DC, USA.

World Bank (1994a), *Global Economic Prospects and The Developing Countries*, Washington D C.

World Bank (1994b), *World Development Report* 1994: *Infrastructure For Development*, Washington DC, Oxford University Press for the World Bank.

World Bank (1994c), *Adjustment in Africa: Reforms, Results and the Road Ahead*, A World Bank Policy Research Report, Washington D C.

World Bank (1994d), 'Chile, Managing Environmental Problems: Economic Analysis of Selected Issues', *Report* No . 13061-CH, December 19th.

World Bank (1995b), *Social Assessment*, Environment Department Dissemination Notes No. 36, World Bank, Washington DC, USA. .

World Bank (1996a), *Sustainable Transport: Priorities for Policy Reform*, World Bank, Washington DC, USA.

World Bank (1996b), *World Bank Participation Sourcebook—Annex I Methods and Tools*, World Bank, Washington DC, USA.

World Bank (1996c), *Livable Cities for the 21st Century*, World Bank, Washington DC, USA.

World Bank (1997a), 'Project appraisal document', Energy Services Delivery Project, Report 16063-CE, Country Department 1, South Asia Region, World Bank, Washington DC, USA.

World Bank (1997b), 'Economic analysis of the Haryana power sector reform and restructuring programme', World Bank Office, New Delhi, India.

World Bank (1998), *Environmental Assessment Operational Directive*, (EAOD4. 01) Washington DC, USA.

World Bank (2000), *World Development Report: Attacking Poverty*, World Bank, Washington D C, USA.

World Bank (2001), *World Development Indicators* 2001. World Bank, Washington D C, USA.

World Bank (2003), *World Development Indicators* 2003. World Bank, Washington D C, USA.

World Bank (2004a), 'Environmental issues in the power sector: long-term impacts and policy options for Rajasthan', World Bank, Washington DC, USA.

World Bank (2005a), *World Development Indicators* 2005, Washington DC, USA.

World Bank (2005b), *Dynamics of the GLOBAL Urban Expansion*, http://www.citiesalliance.org/publications/homepage-features/feb-06/urban-expansion.html.

World Bank (2006), *Where is the Wealth of Nations*, World Bank, Washington

DC, USA.

WHO/UNICEF (2000), *Global Water Supply and Sanitation Assessment* 2000, World Health Organization and United Nations Children's Fund , Rome, Italy.

WHO/UNICEF (2005), World Health Organization and United Nations Children's Fund, *Water for Life*, Rome, Italy.

WRI (World Resources Institute) 1991, Accounts Overdue. Natural Resource Depreciation in Costa Rica, Washington DC.

WRI (World Resources Institute) 1994, *World Resources Environment in the 21st Century*, edited by 1994-95: *A Guide to the Global Environment*, New Ferrari et al. Cambridge, MA: The MIT Press. York: Oxford University Press.

Worldwatch 2003, *State of the World* 2003, http://www.worldwatch.org/pubs/sow/2003/.

WRI (World Resources Institute)(1999), World Resources 1998-99: Environmental change and human health.

WRI, UNDP, UNEP, and World Bank, 2000: *World Resources* 2000-2001: *People and Ecosystems: The Fraying Web of Life*, World Resources Institute, Washington DC, 389.

Yang, Hao-Yen (2001), 'Trade liberalization and pollution: a general equilibrium analysis of carbon dioxide emissions in Taiwan', *Economic Modelling* 18: 435-454.

Yohe, G. and Van Engel, E. (2004), 'Equity and sustainability over the next fifty years: an exercise in economic visioning', *Environment, Development and Sustainability* 6:393-413.

Yohe, G. W. and Tol, R. S. J. (2001), *Indicators for Social and Economic Coping Capacity-Moving Towards a Working Definition of Adaptive Capacity*, Research Unit Sustainability and Global Change FNU-8, Centre for Marine and Climate Research, Hamburg University, Hamburg.

Young, C. E. F. and J. Bishop (1995), *Adjustment Policies and the Environment: A Critical Review of the Literature*, CREED Working Paper Series No. 1, IIED, London, UK.

Young, M. D. and B. J. McCay (1995), 'Building equity, stewardship, and resilience into market-based property rights systems', (eds) Susan Hanna, and Mohan Munasinghe, pp. 87-102, 1995a op. cit.

Zylicz, T. (1995), Will new property right regimes in Central and Eastern Europe serve the purpose of Nature Conservation in Susan Hanna and Mohan Munasinghe (eds), pp. 63-74, 1995b, op. cit.

本书简介

本书是作者在环境与发展领域35年之久的学术研究、决策支持、政策分析方面的经验的集大成之作。

可持续发展是21世纪人类社会面临的最重要的挑战。它以不同的方式，影响着这个星球上的每一个人。过去的一个世纪，人类借由技术和经济的增长，取得了前所未有的物质发展成就。然而，世界上很多国家依然面临着贫困、饥饿、疾病和不平等问题，与此同时，建立在消耗自然资源和环境质量基础上的增长和发展模式，以及经济的全球化进程，使得人类面临各种严峻的接踵而至的挑战，比如环境退化、暴力冲突、气候变化以及失控的全球化进程等。

为了应对人类发展的关键挑战：如何在发展与环境之间权衡、如何在发展过程中兼顾效率和公平、如何改进发展模式实现有质量的增长、如何在发展经济减缓贫困的过程中维系并保持甚至增值包括环境容量资源在内的各种自然资本等，国际社会逐步达成了一定的共识，即：需要通过实施可持续发展战略来应对这些挑战和问题。但是，没有一个传统学科能够有效地阐释这些困境的原因以及解决方案。可持续发展学就是在这样的大背景下产生并不断发展的，可持续经济学是被作为一个创新的跨学科框架提出来的，它建立在一系列关键的原则、理论和方法的体系之上，成为一个指导可持续发展研究和实践的重要理论和方法集成。

本书作者早在1992年里约热内卢联合国关于环境与发展的地球高峰会议上就提出了可持续经济学的基本原理和初步框架建议，历经15年的审慎分析和严谨的验证，本书在发展了原有的理论和方法的基础上，进一步完善，成为促进全球“使发展更可持续”理论研究和实践的力作。

可持续经济学是“一个跨学科的、整体的、综合的、平衡的、启发式的，以及有实践性的，旨在使得发展更加可持续的框架”。与其他传统学科不同的是，它更关注如何让发展更加可持续化。与其他的学术专著不同，本书的理论论述和语言简洁、清晰和明了，并充分利用不同区域和不同时间跨度、不同国家、部门、生态系统和环境等相关的实证案例研究，阐释如何将这些理论和方法应用到具体的实践中，使其具有实践操作和政策含义，本书所建立的相关分析工具，不仅对研究者同时对决策者和各类管理者，都是可以直接借鉴和使用的方法。

本书在继续强调和深化芒纳星河教授所提出并被广泛接受的可持续发展三角（经济、社会、环境）的平衡与均衡的基础上，在如何突破局限实现理论、观点和学科的整合与综合方面，进行了深入的探索，特别是本书突破了学科、空间、时间、利益相关者立场、现实需求等各种局限，开发了一系列贯穿于数据收集、政策实施和决策反馈整个过程中的创新方法和分析工具，并通过精心选取的跨空间和时间尺度、国家和部门尺度、环境与发展部门尺度的案例，阐释其方法论的实际应用。

耶鲁大学森林与环境学院主任、联合国开发署前任署长詹姆斯·古斯塔夫·思博斯教授这样评价道："作为一个备受尊敬的学者和多个重要奖项的获得者，富有经验、著作等身的大学教授，芒纳星河在本书汇集并利用了各类不同的分析工具，同时也展示了他的严谨和学识。作为一个在发展领域有着35年之久经验的资深决策者和管理者，他的建议也具有极强的可操作性。这本由全球可持续发展方面的权威写就的著作，对于学生、研究人员、发展领域的实践者、政策分析家、政府决策者、企业管理者以及对此问题关注的公民而言，都是一个无价的知识宝库。"

后 记

过去的一个世纪，人类借由技术和经济的增长，取得了前所未有的物质发展成就。然而，伴随着工业文明带来的经济增长和经济繁荣，建立在消耗自然资源和环境质量基础上的增长和发展模式，以及经济的全球化进程使得人类面临各种严峻的挑战：环境污染、资源短缺、全球环境问题、无序的全球化进程以及人类社会发展本身的问题等。每一个问题都足以阻滞人类社会的发展进程。在这个历史发展的十字路口，一些有洞察力和远见卓识的人们开始观察工业文明带来的潜伏的负面影响，并寻求社会发展和变革的方向，在长期的争论和讨论以及思考过程中，人们关于未来发展方向和模式的观念在逐渐形成，即：寻求一个环境优美、经济繁荣、社会稳定、公平和高效的发展模式。20 世纪 80 年代末到 90 年代初发生在世界范围内的第二次环境革命，不仅提高了人们对环境问题的认识，同时还重新界定和扩展了有关环境与发展方面的诸多定义和概念，并促成了“可持续发展”这一重要理念的诞生。

可持续发展是 21 世纪人类社会面临的最重要的挑战。它以不同的方式，影响着这个星球上的每一个人。为了应对人类发展的关键挑战，特别是如何在发展与环境之间权衡、如何在发展过程中兼顾效率和公平、如何改进发展模式实现有质量的增长、如何在发展经济减缓贫困的过程中维系并保持甚至增值包括环境容量资源在内的各种自然资本等，国际社会逐步达成了一定的共识，即：需要将可持续发展理念转化为切实的可持续发展战略，来应对这些挑战和问题。但是，没有一个传统学科能够系统有效地阐释人类面临的各种困境的原因以及解决方案。可持续经济学就是在这样的大背景下产生并不断发展的一个跨学科体系，致力于为可持续发展研究和实践提供指导的重要理论和方法集成。本书是作者在环境与发展领域 35 年之久的学术研究、决策支持、政策分析方面的经验的集大成之作。

本书作者早在 1992 年里约热内卢联合国关于环境与发展的地球高峰会议上就提出了可持续经济学的基本原理和初步框架建议，历经 15 年的审慎分析和严谨的验证，本书在发展了原有的理论和方法基础上，进一步完善，成为促进全球“使发展更可持续”理论研究和实践的力作。

在中国，以市场经济为依托的中国经济长足发展，并在不断地创造着经济奇迹。与此同时，中国经济发展结果是否会拉美化、环境资源基础能否支撑继续发展等一系列问题已经引起社会的普遍关注。环境问题的产生和解决，都与社会经济发展过程密切相关。伴随经济高速发展历程和急剧的社会变迁，中国的经济—环境—社会问题呈现出许多新的特征和互动方式。保全中国社会可持续发展的基础——自然资本的任务异常艰巨，同时，为防止中国的环境问题演变为安全问题并能够在全球化和全球环境问题压力之下，寻求经济—环境—社会的均衡发展，是中国面临的最关键的挑战和问题之一。中国政府将实施可持续发展作为应对这一挑战的重要国家战略选择，并进而提出转变增长方式、转变经济结构的对策安排。相信本书的翻译出版，能够为中国的相关学术研究和决策制定提供重要的参考。

自15年前结识芒纳星河教授并有机会与其合作，见证着他对可持续发展研究特别是对可持续经济学研究的执著，我们有幸在进程中分享他在推动可持续发展研究和实践的每一个进展，感谢芒纳星河教授将本书的翻译工作交给北京大学环境经济学组完成，并借此机会感谢参与翻译的每一个同学。参与本书翻译的同学包括：邹文博（第1、8、14章）、谢旭轩（第5、6、9章）、余嘉玲（第4、13章）、易如（第11、15章）、万薇（第7、16章）、吴丹（第2章）、李智（第3章）、黄德生（第10章）、李佳黎（第12章）。

张世秋

北京大学环境与经济研究所、北京大学环境科学与工程学院 教授

2008年10月